CLAIRE DE KERSAINT DUCHESSE DE DURAS.

Reproduction d'un portrait de la duchesse de Duras
vraisemblablement inspiré par un pastel du baron Gérard.
(Maison de Chateaubriand, la Vallée aux Loups)

Portrait de Mme de Duras
par Nicolas-Auguste Hesse (1795-1869)
(Collection particulière)

Madame de Duras

Ourika
Édouard
Olivier
ou le Secret

Préface de Marc Fumaroli
de l'Académie française

Édition intégrale et en partie inédite
présentée, établie et annotée
par Marie-Bénédicte Diethelm

Gallimard

PRÉFACE

*Malheur à qui n'est jamais sorti du cercle des
sagesses convenues et des puériles entraves de
tant de prétendues convenances! il n'entend
rien aux arts.*

Henri de Latouche, *Fragoletta*.

Claire de Duras a longtemps été rangée parmi les
auteurs du «second rayon». Elle bénéficie de nos jours
d'un regain d'intérêt. Elle mérite encore mieux. Le lecteur trouvera réunis pour la première fois, dans ce
volume, les trois romans-nouvelles achevés qui ont suffi
à la ranger, pour ses contemporains de la Restauration et pour ses admirateurs depuis, dans la lignée
des romancières de génie, inaugurée dans notre langue,
au XVe siècle, par Christine de Pisan, poursuivie au
XVIe siècle par Marguerite de Navarre, sœur de François Ier, illustrée aux deux siècles suivants par la comtesse de Lafayette et la marquise de Tencin, et poursuivie,
au XIXe siècle par Mme de Staël et George Sand, au XXe
par Colette et Françoise Sagan.

Les femmes ont été depuis le Moyen Âge français le
lectorat majoritaire du roman, et il est normal que des
rangs de ces lectrices passionnées soit issue une lignée
de narratrices sachant toucher les cordes les plus poi-
gnantes de la lyre romanesque. De cette ancienne

famille littéraire, la duchesse de Duras est sans doute celle à qui la gloire a été le plus longtemps retirée. Ne se piquant de rien, elle n'a tâté du roman que tard (en 1820 : elle avait alors la quarantaine) et elle n'en publia de son vivant que deux, *Ourika* et *Édouard*, qui à son grand étonnement reçurent un accueil éclatant de la critique et du public. Traduits en plusieurs langues, ils rivalisèrent auprès des lecteurs de toute l'Europe avec *Les Fiancés* de Manzoni. En 1826, Alexandre de Humboldt mandait à leur auteur, qui n'avait plus que quelques mois à vivre, l'admiration du roi de Prusse pour *Édouard*, qu'il préférait à *Ourika* et, honneur suprême, lui transmettait l'hommage du vieux Goethe : « Je sais, avait dit à Humboldt le maître de Weimar, que vous connaissez la duchesse de Duras, l'auteur d'*Ourika* et d'*Édouard*. Que vous êtes heureux ! Elle m'a fait cependant bien du mal. À mon âge, il ne faut pas se laisser émouvoir à ce point. » Ces deux romans brefs font l'objet pour la première fois dans ce volume d'une édition établie d'après les manuscrits autographes qu'a laissés l'auteur.

Le troisième qu'elle acheva, *Olivier ou le Secret*, bien que Claire de Duras se soit gardée de le publier, ou même de le faire circuler sous forme de lectures de salon ou de copies manuscrites, comme c'était fréquent alors pour préparer une éventuelle publication, suscita sur-le-champ une curiosité intense dans le public et même une forme d'espionnage parmi les écrivains professionnels. Henri de Latouche n'hésita pas à faire paraître en 1826, sous un anonymat et sous un vêtement éditorial qui prêtaient à confusion, un faux *Olivier*, immédiatement désavoué par la duchesse, suivi plus tard en 1829 par *Fragoletta ou Naples et Paris en 1799* du même auteur, un roman de l'androgynie qui reste son chef-d'œuvre trop ignoré et qu'il eut raison, cette fois, de signer. Beyle fit ses premiers pas dans le roman, en 1827, avec une autre contrefaçon d'*Olivier*, *Armance ou quelques scènes d'un salon de Paris*, qui traitait, sous l'anonymat, de l'impuissance masculine, l'autre des deux sujets possibles que le petit monde littéraire attribuait au roman inédit de Mme de Duras. Il est très probable que le couple impossible Mathilde de La Mole-Julien Sorel, dans *Le Rouge et le Noir* publié sous le pseudonyme de Stendhal en 1830, doive quelque chose au couple non moins impossible de la duchesse de Nevers et de son amant roturier décrit par Mme de Duras dans *Édouard*. L'année précédente, Astolphe de Custine avait publié *Aloys ou le Religieux du Mont Saint-Bernard*, qui par toutes sortes de côtés, à commencer par la forme, tenait de l'*Olivier* inédit de Mme de Duras.

La réaction en chaîne provoquée par les romans de la duchesse ne s'arrêta pas avec les Trois Glorieuses. Au moins indirectement, à travers le *Fragoletta* de Latouche, un ami et une admiration de Balzac, l'*Olivier* mystérieux de Mme de Duras agira sur l'imagination de l'auteur de *La Comédie humaine*, qui a porté l'androgynie au rang des grands thèmes romanesques, d'abord à titre de variations, dans *Séraphîta* et dans *Sarrasine*, puis à l'échelle symphonique, préfigurant Jean Genet, dans *Splendeurs et misères des courtisanes*. *Olivier ou le Secret* est le cas unique d'un roman inédit et gardé sous clef dont la légende se soit montrée à ce point génératrice.

Olivier n'a été publié qu'en 1971, d'après une première ébauche autographe conservée dans la famille de la duchesse. On trouvera ici le texte définitif et autographe du roman, découvert par l'ingénieux et savant éditeur, Marie-Bénédicte Diethelm, dans les papiers de Mme de Duras conservés par une autre branche de sa descendance.

Écrivain tardif et éphémère, pendant une année de retraite et de solitude (1821-1822), Mme de Duras eut d'autres titres positifs à l'admiration, au respect, à l'estime, ou à l'affection de ses contemporains, sensibles plus que nous le sommes à la littérature comme «civili-

sation», et pas seulement comme «écriture». Sa naissance, son rang, ses épreuves pendant la Révolution, sa
haute position au centre des lettres, de la diplomatie et
de la politique à Paris sous Louis XVIII, son caractère,
son esprit, son intrépidité, ses talents dans l'art de la
conversation et dans l'art épistolaire suffisaient largement alors à faire de l'amie de Mme de Staël son égale
littéraire. À tous ces titres, s'ajoutait la véritable liaison amicale qui unit la duchesse depuis 1809 au plus
célèbre écrivain et orateur français de l'époque, Chateaubriand, son aîné de dix ans : leurs affinités et leur
complicité firent de ce couple d'amis, entre 1814 et
1824, une force politique de la Restauration. Même si
Chateaubriand, dans les *Mémoires d'outre-tombe*, s'est
réservé jalousement le mérite d'avoir incarné, à lui
seul, ce qu'il appelle «la Restauration possible», son
influente alliée, dont le royalisme était comme le sien,
inséparable de l'amour des libertés publiques et personnelles, fut de moitié, au moins pendant ces dix ans,
dans ce rôle impossible de mentor du régime. Mme de
Staël était morte en 1817. Chateaubriand, accaparé par
la politique et, à ses moments de répit, par ses *Mémoires*,
avait renoncé au roman. C'est sur ses traces, mais non
à son imitation, que Mme de Duras, pendant quelques
mois, s'improvisa romancière, donnant d'emblée des
migraines à Henri Beyle qui se cherchait encore en
vain, et qui s'indigna, dans ses chroniques adressées à
la presse libérale anglaise, qu'une duchesse puisse voler
leur pain aux écrivains de vocation et de métier.

Quel plus bel éloge d'une femme que de la qualifier
de «femme supérieure», comme Chateaubriand l'a fait
dans les *Mémoires*, à la date de la mort de son amie en
janvier 1828? Le mot ne passe plus. Non moins admirative, l'expression répandue autrefois de «femme de
cœur» est tombée en désuétude. Il vaut mieux aujour-
d'hui parler de «femme intelligente» ou de «femme
de pouvoir», si l'on ne veut pas s'entendre sèchement
répondre, comme le fit un jour devant moi l'un des plus

célèbres de nos bas-bleus, qu'un galant homme félicitait sur son élégance : « Est-ce une chose à dire à une intellectuelle ? » Mme Verdurin et Mme de Beauvoir sont passées par là.

Pour célébrer à son tour Mme de Duras, qu'il égale à Mme de Staël, Sainte-Beuve l'a qualifiée de « grande dame », autre expression rayée de notre vocabulaire. En 1834, l'auteur de *Portraits de femmes* a jugé bon de peindre sa grande dame avec un enthousiasme d'autant plus vif qu'il lui permettait d'opposer implicitement, avant l'heure, l'amie sublime à l'ami égoïste et ingrat qu'elle s'était donné, et contre lequel le ressentiment du critique sécrétait déjà le venin qui giclera en 1861 dans *Chateaubriand et son groupe littéraire* :

Elle avait un don singulier de se proportionner à chaque chose, à chaque personne, et cela naturellement, sans effort et sans calcul ; elle était très simple avec les simples, peu spirituelle avec les insignifiants, non par dédain, mais parce qu'il ne lui venait alors rien de plus vif. Elle racontait qu'on disait souvent d'elle toute jeune : « Claire est très bien, c'est dommage qu'elle ait si peu d'esprit ! » L'absence de prétention était son trait le plus distinctif. Elle ne songeait nullement alors à écrire. Elle lisait peu, mais les bons livres en divers genres, de science quelquefois, ou autres ; les poètes anglais lui étaient familiers, et quelques vers d'eux la faisaient rêver. Mariant ainsi cette culture d'esprit aux soins les plus réguliers de sa famille et de sa maison, elle prétendait que cela s'entraide, qu'on sort d'une de ces occupations mieux préparé à l'autre, et elle allait jusqu'à dire en plaisantant que d'apprendre le latin sert à faire les confitures. Cependant les plus nobles et les plus glorieuses amitiés se formaient autour d'elle. M. de Chateaubriand lui consacrait des heures, et elle écrivait fréquemment sous sa dictée les grandes pages futures. Dès lors, je crois, elle entretenait avec Mme de Staël un commerce de lettres et des relations qui plus tard, au retour de l'exilée illustre, devaient encore se resserrer. Pour ceux qui n'ont vu que les portraits, il est impossible de ne pas trouver entre ces deux femmes, dont les œuvres sont si différentes de caractère, une grande ressemblance de physionomie, ne serait-ce que dans le noir des yeux et dans la coiffure. Mais l'âme ardente, la faculté d'indignation généreuse et de dévouement, l'énergie de sentir, voilà surtout ce qu'elles avaient de commun, et ce par quoi l'auteur d'Édouard était sœur au fond, sœur germaine de l'auteur de Delphine.

Pour suggérer combien cette grande dame échappe à toutes les normes de son monde, Sainte-Beuve ne se borne pas à marquer ses affinités physiques (le peu de beauté) et morales (la générosité et la compassion) avec Germaine de Staël, l'illustre Parisienne de Genève, il va jusqu'à la rapprocher de la très plébéienne Mme Roland, qui appartint sous la Révolution au même parti girondin que l'amiral de Kersaint, le père de la duchesse de Duras, acheminé à l'échafaud dans la même charrette : le critique attribue aux deux femmes «même âme, même cœur». De fait, la fille du noble marin breton qui, avant de protester contre le procès de Louis XVI et de refuser de voter la mort du roi, s'était rangé parmi les révolutionnaires et avait siégé, en représentant du peuple, à la Convention avait pris sur elle la mémoire et les idées libérales de son père. La fortune coloniale qu'elle tenait de sa mère et de sa tante, créoles de la Martinique, et que, toute jeune, elle était allée sauver sur place pendant la Révolution, lui avait valu d'épouser à Londres, dans une émigration qui regardait cette fille de Girondin comme une pestiférée, le duc Amédée de Duras, ruiné par la Révolution, dont elle s'était éperdument éprise.

La Restauration venue, le duc de Duras, portant l'un des plus grands noms de France, premier gentilhomme de Louis XVIII, familier du roi, logeant aux Tuileries dont l'étiquette attribuait à son épouse le privilège, lors des réceptions officielles, de faire les honneurs du palais, donna à la duchesse (avec qui il vivait depuis longtemps sur le pied de la paix armée) le rang et la couverture indispensables pour tenir le sceptre, tantôt dans le palais royal, tantôt dans leur hôtel de la rue de Varenne, plus tard dans sa petite retraite d'Andilly ou dans sa maison de Saint-Germain, du plus brillant et choisi salon de Paris. Sainte-Beuve, à juste titre, voit dans le monde de Mme de Duras sous la monarchie restaurée l'héritier des «compagnies» les plus huppées de la fin de l'Ancien Régime, celles dont la maréchale de Luxembourg ou la princesse de Beauvau avaient été «l'âme du rond». Singulière résurrection dans le présent du passé d'avant 1789, et de cet art de la conversation dont Balzac romancier fera l'âme du bonheur social français, mais dont Mme de Staël, qui en était virtuose, avait donné la meilleure définition :

> *Le genre de bien-être que fait éprouver une conversation animée ne consiste pas précisément dans le sujet de cette conversation; les idées ni les connaissances qu'on peut y développer n'en sont pas le principal intérêt; c'est une certaine manière d'agir les uns sur les autres, de se faire plaisir réciproquement et avec rapidité, de parler aussitôt qu'on pense, et jouir à l'instant de soi-même, d'être applaudi sans travail, de manifester son esprit dans toutes les nuances par l'accent, le geste, le regard, enfin de produire à volonté comme une sorte d'électricité qui fait jaillir les étincelles, soulage les uns de l'excès même de leur vivacité, et réveille les autres d'une apathie pénible* (De l'Allemagne).

Dans cette musique des voix alternées, Mme de Staël était de l'école de Paganini, Mme de Duras de celle de François Couperin. Mais elle savait obtenir du clavecin classique les accents du piano romantique, comme le montrent le rythme et la mélodie de ses lettres à Chateaubriand et à Rosalie de Constant (la cousine de Benjamin), et mieux encore ses romans, écrits dans la

langue de *La Princesse de Clèves*, qu'elle réussit à accor-
der au leitmotiv déchirant qu'elle a noté elle-même en
février 1824 pour sa correspondante lausannoise : « Mon
caractère a quelque chose de raide et de violent qu'heureusement vous n'avez pas. Tout est plus passionné en
moi ; *je ne puis me résoudre à reconnaître l'impossible.* »

Louis XVIII n'ayant pas regagné Versailles, le salon
des Tuileries où recevait Mme de Duras, avant que sa
santé très altérée ne resserre son cercle et raréfie ses
apparitions publiques, mêlait des traits de Cour et de
Ville : la conversation n'y était pas seulement l'un des
principaux relais de la vie diplomatique européenne et
de la vie politique du régime parlementaire de la Charte,
où se croisaient « ultras » (en petit nombre, ils avaient
leurs propres salons clos sur eux-mêmes), « libéraux » et
« doctrinaires », elle y attirait les intelligences de l'époque
dont la maîtresse de maison était l'amie admirée : Chateaubriand, Humboldt, Cuvier, Rémusat, Barante, Villemain. Survivant de toutes les « très bonnes compagnies »
d'avant 1789, Talleyrand, grand ami du couple Duras, y
assurait, par quelques apparitions, la continuité entre
deux époques du grand monde français. Un jeune Amé-
ricain de passage à Paris, qui a laissé un reportage de
son séjour d'une année (1817) dans la capitale française, George Ticknor[1], évoque ainsi le charme du « petit
cercle » qu'animait alors Mme de Duras, dans les intervalles de ses grandes soirées officielles ou mondaines :

*Ardente, enthousiaste, extraordinairement instruite, bien
que toujours simple et sans prétention, elle ne pouvait
parler sans captiver tous ses auditeurs, même les plus
célèbres. […] C'était surtout dans les petites réunions
intimes qu'on pouvait juger le charme magique de sa
parole. Un soir qu'elle n'avait à sa table que sa plus jeune
fille, M. de Humboldt et moi, je fus littéralement soulevé*

---

1. Voir *L'Année 1817* d'Edmond Biré (Champion, 1895, p. 245), cité
par G. Pailhès, *op. cit.*, p. 418.

en l'écoutant. Une autre fois, j'assistais chez elle à une ravissante réunion en l'honneur de la duchesse de Devonshire. Chateaubriand y lut sa nouvelle des Abencérages, *pleine de descriptions brillantes et poétiques qui rappellent celles des environs de Naples dans* Les Martyrs. *Outre ces réunions du soir, Mme de Duras recevait dans l'après-midi, de quatre à six heures, mais seulement des intimes ou des personnages de marque.*

C'était un exercice de haute école et une épreuve quotidienne, pour la duchesse, que d'assurer avec grâce et esprit aux Tuileries son rôle d'arbitre mondaine, sans trop cacher néanmoins ses convictions intimes hostiles aux extrêmes et, surtout, sans marchander son soutien aux ambitions politiques de Chateaubriand, l'enfant terrible du régime. Combattant la répugnance qu'inspirait l'auteur de *René* à Louis XVIII et à son fidèle duc de Blacas, l'entregent de Mme de Duras, et accessoirement celui de son mari, réussirent à valoir à l'encombrant personnage la pairie et un ministère d'État (qu'il perdit en 1816), puis l'ambassade de Prusse et d'Angleterre, puis les fonctions de ministre plénipotentiaire au Congrès de Vérone, et enfin de ministre des Affaires étrangères coordonnant l'intervention militaire française en Espagne de 1823, avant qu'il ne tombe de nouveau en disgrâce en 1824. Le bénéficiaire de cette protection politique a reconnu de bonne grâce son efficacité dans les *Mémoires*, rendant pleine justice à la loyauté sans faille de sa protectrice, qui prit souvent de grands risques en dépit de ses autres amitiés et de ses préférences pour la modération.

Protégé au su de tous de Mme de Duras, Chateaubriand demeurait au fond le «sauvage» qu'avait diagnostiqué Pauline de Beaumont quand elle s'éprit de lui en 1800, à son retour de sept ans d'exil en Angleterre. Mme de Duras retrouvera ce mot pour le qualifier, lui et son épouse Céleste, lorsqu'elle aura à les recommander, en 1826, à Rosalie de Constant, en vue du séjour que le couple avait projeté à Lausanne. Il resta en effet « sauvage », alors même que s'étaient rétablies sous la Restauration les conventions sociales et morales de l'Ancien Régime, et qu'une règle du jeu politique retors, favorisant la modération, avait été établie par le régime de la Charte, inspirée à Louis XVIII par le parlementarisme anglais et célébrée avec un talent éclatant par Chateaubriand lui-même, en 1814, dans ses *Réflexions politiques*.

Persuadé qu'il comprenait « l'esprit du temps » mieux que tous les royalistes, ralliés de la onzième heure, ultras, doctrinaires ou libéraux, convaincu qu'il était seul à pouvoir ancrer durablement la Restauration dans la longue durée française, Chateaubriand brûlait de parvenir au gouvernement et d'en prendre la direction. Aussi, pour contourner l'obstacle de l'hostilité de Louis XVIII à son égard, il mit en œuvre son incontestable prestige d'écrivain, ses dons redoutables d'orateur et de journaliste, et un sens implacable de la manœuvre politique, n'hésitant pas à prendre la tête des ultras pour combattre les premiers ministres modérés de Louis XVIII, Decazes et Richelieu, puis, ses amis ultras une fois portés au pouvoir, et lui-même ostracisé par eux, à se rapprocher des libéraux pour combattre Villèle, qu'il avait aidé à devenir Premier ministre, dont il avait été le ministre des Affaires étrangères, mais qui l'avait chassé en 1824 avant qu'il ne le chassât à son tour.

Quoique souvent irritée par des alliances tactiques qu'elle réprouvait, et indignée par une virulence polémique qu'elle jugeait excessive, Mme de Duras ne lui ménagea jamais son ardent soutien. Il ne suivait ses conseils expérimentés que dans les phases d'euphorie où il croyait toucher au but, appréciant à leur juste valeur les progrès que l'influence et l'entregent de sa protectrice lui faisaient faire sur les marches ou dans la proximité du pouvoir, mais il n'écoutait que lui-même pour décider de ses grandes manœuvres d'opposant.

Les amies de Mme de Duras, notamment Mme de La Tour du Pin, depuis Bruxelles, ne se lassaient pas de lui reprocher par correspondance ce dévouement sacrificiel qu'elles tenaient pour une indécente folie. Ce qu'elles redoutaient arriva : la presse anglaise en 1823 attribua l'alliance de la duchesse et du vicomte à une liaison amoureuse. Très endolorie sur le moment, mais vite consolée par le chagrin et l'indignation de son ami, la fidélité de Mme de Duras ne se démentit jamais.

C'est qu'elle aussi, à sa façon, était une « sauvage ». « Je ne sais pour quoi j'étais née, a-t-elle écrit un jour de 1824 à Rosalie de Constant, mais ce n'est pas pour la vie que je mène. Je ne prends du monde que ce qui n'est pas lui, et quand je reviens sur moi-même, je ne conçois pas ce que je fais là, tant je m'y sens étrangère. » Sa vie publique, politique et sociale parisienne était loin de la résumer. Les nombreuses amitiés qu'elle s'était attirées dans cette sphère ne comptaient pas au centre de son existence, et ce n'était pas là non plus que s'enracinait l'amitié passionnée qui l'attachait à Chateaubriand, lui-même homme de société et de pouvoir à temps très partiel. La vie secrète et ardente du cœur comptait pour elle de façon incommensurable. Épouse très éprise que son mari avait déçue, ne formant plus avec le duc de Duras qu'un couple officiel et froid, elle reporta sa violente exigence d'amour sur Chateaubriand, et aussi sur ses deux filles, Félicie et Clara. La cadette Clara, « son ange », se plia toujours à son empire, demeurant auprès d'elle, même après avoir épousé en 1819 le jeune comte de Chastellux, descendant d'un héros de l'Indépendance américaine : l'époux de cette cadette reçut le titre de duc de Rauzan, celui du fils aîné dans la famille de Duras ; Chateaubriand fit de lui son collaborateur au Congrès de Vérone et au ministère des Affaires étrangères. C'est dire si Clara était scellée au bon parti.

Mais Mme de Duras adorait et préférait son aînée, Félicie, « son image », qu'elle avait formée amoureusement « selon ses goûts, ses sentiments, ses opinions ». La fille du Girondin Kersaint souffrit mille morts quand elle vit son enfant, mariée à quinze ans au prince de Talmont, le 30 septembre 1813, se rallier entièrement «aux goûts, aux sentiments, et aux opinions» de son époux, fils d'un héros de la guerre de Vendée et de sa belle-mère, la princesse de Talmont, auguste veuve, qui réunissait dans son salon rival de celui de Mme de Duras la fine fleur de l'ultracisme titré. La défaite du Pygmalion maternel se conjuguait avec le sentiment d'une trahison de la part de sa fille et d'une captation politique de la part du camp royaliste le plus revanchard. Les «droites» en France étaient déjà plus incurablement froissées que la «gauche» n'a jamais été divisée. Le drame se répéta, plus cruel encore si possible, quand Félicie, devenue veuve en 1815, se remaria en 1819, malgré la résistance et les objurgations de sa mère, au comte Auguste de La Rochejacquelein, frère de deux autres héros de la Vendée, ce qui l'arrima de plus belle au même clan «ultra». Cérès ne fut pas aussi ulcérée que la duchesse quand sa fille Proserpine lui fut enlevée par Pluton.

De «cette pensée déchirante et qui ne me quitte jamais», de «cette douleur dont rien ne peut me consoler», confiées sous le sceau du secret, en 1823, à Rosalie de Constant, date la détérioration croissante de sa santé et l'augmentation, de crise en crise, de ses souffrances physiques. Chateaubriand, à qui elle ne cachait rien, songe à «sa sœur» d'âme, autant qu'à lui-même et à l'humanité «sensible» en général, quand il écrit dans les *Mémoires*: «On n'est pas juge des peines d'autrui. Les cœurs ont des secrets divers incompréhensibles à d'autres cœurs. Ne disputons à personne ses souffrances; il en est des douleurs comme des patries, chacun a la sienne.»

Ce n'était certainement pas l'union des corps qu'elle attendait de Chateaubriand. Elle l'avait connu sous l'Empire par la «mieux aimée», Natalie de Noailles, et elle s'était attachée passionnément à lui, comme au drapeau de sa «cause» de royaliste libérale, alors même qu'il lui faisait confidence de sa propre passion pour la belle jeune femme. Surtout, il y avait quelque chose de féminin en lui, dont il lui arrive dans ses *Mémoires* de se prévaloir contre le machisme militaire de Napoléon, et personne n'a si bien deviné et adoré ce secret bien gardé que celle qu'il appelait «ma sœur». D'emblée, leur complicité confiante, étroite, ardente, se plaça sous le signe chaste de la fraternité. Signe chaste, mais enflammé, s'agissant de ces deux «sauvages» ultra-civilisés: adolescent, Chateaubriand avait eu, avec sa sœur Lucile, un attachement chaste qui, de part et d'autre, ressemblait étrangement à la «Passion dans le désert» entre un officier et une panthère que narrera Balzac; et Mme de Duras, éprouvant pour sa fille aînée des sentiments de tigresse, aurait volontiers puni les intrus qui lui avaient aliéné Félicie comme la marquise espagnole punit De Marsay dans *La Fille aux yeux d'or*.

Mme de Duras se savait, ou se croyait laide et noiraude. Le portrait qu'en fait Astolphe de Custine sous le nom de Mme de M**, dans son roman à clefs *Aloys* (1829) où apparaît aussi Chateaubriand, un temps l'amant de Delphine, sa mère, avant que Natalie de Noailles ne s'impose au cœur de René, rend davantage justice à la duchesse:

Sa physionomie expressive tenait à la fois de la véhémence passionnée du Midi et de la réserve anglaise. Elle avait passé en Angleterre une grande partie de son enfance; l'éducation qu'elle y avait reçue, loin de nuire à un caractère tel que le sien, lui avait servi de contrepoids, sans lui rien ôter de la grâce que donne la vivacité des affections; tout dans sa personne respire la dignité morale, et cette noble fermeté ajoute du prix à l'abandon avec lequel son âme sincère exprime les sentiments les plus exaltés. Ce qui la caractérise, c'est le dédain des petites choses, uni au talent de les diriger. Sa toilette avait une élégance particulière, et si l'on voulait y découvrir de la

recherche, on n'y trouvait que de la simplicité. Sa taille
élevée et légère lui donnait une grâce irrésistible. Le son
de sa voix...

C'est Aloys devenu moine qui parle et qui interrompt
cet enthousiaste portrait lui rappelant trop qu'il a été
sous le charme de la grande dame. Quoi qu'il en fût
de sa beauté, Mme de Duras s'enorgueillit d'avoir du
moins assez d'esprit, de grâces et de race pour s'attirer
l'amitié privilégiée d'un prince des Lettres, qui avait
par ailleurs la réputation, non surfaite, d'être un redoutable séducteur de célèbres beautés. En mars 1810, elle
écrivait à sa douce et lointaine confidente lausannoise :
« M. de Chateaubriand triomphe de tous ses ennemis et
j'en jouis plus que je ne saurais dire. Je le vois souvent,
j'ai pour lui l'amitié et l'admiration qu'on ne peut refuser à sa noble conduite et à la générosité de ses sentiments. L'antique honneur français s'est réfugié dans ce
cœur-là, afin qu'il en reste au moins un échantillon sur
cette terre. »
De ce chevalier breton avec lequel elle avait d'innom-
brables affinités, elle attendit, elle exigea quelque chose
allant bien au-delà du bonheur et de la fidélité physiques, une fusion des âmes absolue et impossible, une
présence, une conversation, une correspondance exclu-
sives et quotidiennes. Elle lui écrivit le 14 mai 1822 :

Une amitié comme la mienne n'admet pas le partage.
Elle a les inconvénients de l'amour et j'avoue qu'elle n'en
a pas les profits ; mais nous sommes assez vieux pour que
cela soit hors de la question. Savoir que vous dites à
d'autres tout ce que vous me dites, que vous les associez
à vos intérêts, cela m'est insupportable et cela sera éter-
nellement ainsi. Laissons ces pensées, elles me font mal,
et je n'ai pas besoin d'ajouter de l'amertume au chagrin
de votre absence.

De telles exigences étaient d'autant plus difficiles à satisfaire après 1815 que l'élu de la duchesse était surmené et distrait par les carrières parallèles qu'il menait de front, tambour battant, tout en bramant sans cesse sa soif de retraite et de renoncement : carrière politique, carrière littéraire, carrière journalistique, carrière amoureuse, pour ne rien dire de sa carrière-calvaire conjugale, Mme de Chateaubriand s'ingéniant par ses maladies perpétuelles et ses insatiables œuvres de charité à faire valoir ses droits sur le temps et l'attention de son époux. Et pourtant, même lorsque Mme de Duras vit entrer en 1817-1820 dans le cœur, les sens, mais aussi dans les calculs politiques de son protégé, une autre puissance sociale féminine, Mme Récamier, elle souffrit mille morts, pesta, protesta férocement : « Vous croyez que d'autres soignent mieux vos intérêts. Mettez-vous dans la tête que vous n'avez que moi d'*amie*. »

Elle ne plia pas et ne rompit point. Chaque rendez-vous remis au lendemain la tuait. Chaque rendez-vous échu la rengageait de plus belle à son ami et à son héros. Elle lui écrivait, le 11 avril 1822, en religieuse portugaise du xixe siècle : « Savez-vous ce que c'est que de passer une longue matinée sans voir arriver l'ami avec lequel on a l'habitude d'épancher son cœur, auquel on raconte et de qui on écoute toutes les misères qui remplissent la vie ? J'ai fait arrêter toutes les pendules pour ne plus entendre sonner les heures où vous ne viendrez plus. »

La leçon, indirecte cette fois, de sa cousine et amie Natalie de Laborde, duchesse de Noailles-Mouchy, le grand amour de Chateaubriand dans les années 1805-1815, aurait dû la refroidir. Celle qui les avait présentés l'un à l'autre dans son château de Méréville en 1808, l'héroïne du *Dernier Abencérage*, devint folle en 1817 et dut être internée. Sa liaison avec Chateaubriand était rompue depuis deux années, du fait de Natalie, dont l'égarement couvait depuis longtemps et Mme de Duras le savait mieux que personne. Apprenant d'elle que

Natalie avait sombré, il ne put s'empêcher d'écrire à
l'amie avec qui il ne se gênait pas plus qu'elle de penser
tout haut : «Tout ce que j'ai aimé, connu, fréquenté, est
devenu fou. Moi-même, je finirai par là.» Ce mot terrible n'intimida pas Mme de Duras, qui elle aussi avait
sa mélancolie et sa pente à la folie, comme tous les
alcyons que la Révolution avait meurtris, exorbités et
initiés à des exacerbations du cœur et des sens inconnus de l'Ancien Régime libertin. Il fut au contraire pour
elle une raison de l'aimer davantage. Dans la patrie des
chavirements, il était roi.

On a souvent cité, à la charge de Chateaubriand, les
plaintes que Mme de Duras, à demi paralysée, retirée
dans sa maison de Saint-Germain, à quelques mois de
sa mort, adressa au cours de l'été 1826 à Rosalie de
Constant : «M. de Chateaubriand ne me croira malade
que quand je serai morte : c'est sa manière, elle épargne
bien des inquiétudes et il est probable que si j'avais eu
cette manière d'aimer, je me porterais mieux» (7 juin).
Ou encore, à propos d'un vase de fleurs confié par
Rosalie et que l'Enchanteur oubliait de lui apporter à
chacune de ses visites, raréfiées par la distance : «M. de
Chateaubriand oublie tout, et surtout ceux qu'il aime.
[...] Il faut l'aimer quand même, mais ne jamais compter sur ce qui exige un sacrifice. À Paris il vient tous les
jours, je suis sa promenade et son habitude ; ici, il faut
une journée, et il dit : demain. Voilà l'homme, et voilà
ce qui fait que toutes les personnes qui l'ont aimé ont
été malheureuses, quoiqu'il ait de l'amitié et surtout
beaucoup de bonté» (10 septembre). C'est le ton d'une
Vénitienne très malade parlant de son sigisbée négli-
gent. Trois ans plus tôt, le 28 octobre 1823, moins fragile, plus équanime, elle avait tenu à sa confidente
lausannoise des propos tout différents : «Non, ma chère
Rosalie, M. de Chateaubriand ne m'a point abandonnée. Son amitié m'a toujours été fidèle et la mienne l'a
suivi dans toutes ses fortunes. Depuis quinze ans, je le
vois tous les jours, il n'a jamais cessé de m'être attaché,

et son affection est aussi une consolation dans ma vie, un adoucissement à mes peines. Mais un des résultats d'une grande douleur, c'est d'empêcher de jouir de ce qui nous reste : on a perdu la sécurité, on n'ose s'appuyer sur rien, et cela suffit pour tout gâter. »

L'un des plus efficaces « adoucissements de ses peines », avant qu'elle ne se confie entièrement à Dieu et n'écrive d'admirables *Réflexions et prières* féneloniennes, encore en partie inédites, elle le devait à Chateaubriand. Elle lui avait servi souvent de secrétaire bénévole sous sa dictée, et elle connaissait à fond les scellements ignorés qui reliaient ses romans, *René, Atala, Les Martyrs,* l'*Abencérage,* qu'elle savait par cœur, et les *Mémoires de ma vie,* dont elle eut la primeur, au cœur inquiet de son ami. Entrée de plain-pied, dès les années de l'Empire, dans ce laboratoire d'alchimie littéraire, elle ouvrit soudain le sien propre, encouragée pas à pas par son « maître », dans l'année 1821-1822, au cours des longues retraites loin du grand monde et à l'écart de Paris que lui imposaient sa santé et l'intolérable chagrin d'avoir perdu Félicie.

Elle ne manquait pas de substance émotionnelle : épouse déçue, fille d'un martyr, mère privée de sa fille adorée, amie ardente d'un « frère » à éclipses, initiée aux secrets de tout un monde et de sa propre famille, elle était à la fois l'héroïne, la confidente ou le témoin intime d'un enchevêtrement de passions voilé à l'extérieur par les formes retrouvées des « bonnes compagnies », mais beaucoup plus difficile à contenir que les classiques intrigues galantes d'autrefois. De cette matière explosive, le Chateaubriand d'*Atala* et de *René* et la Germaine de Staël de *Delphine* et de *Corinne* avaient allumé la mèche littéraire sous le Consulat, et à sa façon, sans paraître y toucher, avec des réticences de princesse au pois, Mme de Duras la ralluma en 1820, avec ses trois romans, et surtout le dernier, tout inédit qu'il restât, et qui amorça l'étonnante canonnade romanesque des années 1824-1830. Elle avait révélé qu'une révolution des cœurs se poursuivait jusqu'au sommet d'un régime qui prétendait mettre fin à la révolution politique. Elle avait même montré, au grand agacement de Stendhal, et sur les traces de Chateaubriand parlant dans le *Génie du christianisme* de «passions étouffées qui fermentent toutes ensemble», que son propre monde aristocratique, le plus cruellement frappé par la révolution politique, était celui où la révolution des cœurs était la plus concentrée et violente. Ce trouble était d'autant plus déchirant, et elle le savait d'expérience, qu'il se heurtait, dans son propre monde et en elle-même, à des conventions, à des habitudes et à un langage qui avaient paru «naturels» avant 1789, et qui avaient cessé de l'être, bien que «restaurés», depuis le retour des émigrés et celui des Bourbons.

Elle avait souffert de trouver chez son mari une idée du mariage que l'on se faisait dans son milieu sous Louis XV et Louis XVI, alors qu'elle attendait une réponse à l'exclusivité de sa passion pour lui. Elle avait dû céder à l'interdit que le duc de Duras avait jeté sur le mariage de leur fille cadette avec un roturier. Elle avait observé chez les prétendants de ses filles les débuts d'une certaine érosion des rôles sexuels classiques et d'une étrange confusion des sentiments. Elle avait aussi mesuré la difficulté (dont Chateaubriand et Mme de Staël avaient été les premiers à se jouer) à faire entrer la vérité morale nouvelle dans les formes élégantes, les seules qui lui fussent familières, et qu'elle tenait de son éducation féminine du XVIIIᵉ siècle, l'art de la conversation, l'art épistolaire, et un art du roman qui tenait de l'un et de l'autre. Formes fluides qui échappaient du moins au néoclassicisme masculin et impérial, avec lequel Chateaubriand avait eu à se mesurer.

La jeune génération de romanciers «réalistes» qui pointait alors, enfants roturiers de la Révolution et de l'Empire, les Stendhal et les Balzac, fut fascinée de loin par ce «grand monde» réapparu en porte-à-faux avec les aspirations de l'époque, et sous la façade duquel couvait la même confusion des sentiments qu'ils ressentaient eux-mêmes. Ils ne restèrent indifférents ni à la fraîcheur des «Princesses de Clèves» d'automne que Mme de Duras, de l'intérieur de ce «grand monde», y avait fait refleurir, ni à la modernité libérale du regard qu'elle jetait sur les anciennes mœurs aristocratiques, ni à l'ironie romantique que prenait sous sa plume avertie du «mal du siècle» la forme ancienne du roman bref qu'elle restaurait avec un naturel confondant. Cette inimitable coïncidence des contraires dans le monde de Mme de Duras aiguisait la curiosité qu'éprouvaient ces artistes de la sociologie pour les ressacs entre deux moments successifs de la longue durée française, l'Ancien Régime et la Révolution, superposés et comprimés par la Restauration. Chateaubriand romancier, celui du moins des *Martyrs* et du *Dernier Abencérage,* ouvrant les gouffres romantiques de la passion et de l'*estrangement* dans une forme qu'il voulait classique, avait anticipé les paradoxes et l'ironie dont était fécond le retour, après la Révolution jacobine, à l'ancienne monarchie. Mais Chateaubriand, qui n'est plus romancier sous la Restauration, mais qui en deviendra le mémorialiste après 1830, n'a jamais été classique qu'à son corps défendant. Il déclare fièrement dans ses *Mémoires* : «En moi commençait, avec l'école dite romantique, une révolution dans la littérature française.» De fait, il était loin de détenir comme Mme de Duras (et il s'en souciait médiocrement) le fil de l'ancienne prose française dont La Bruyère disait qu'il fallait en recueillir le naturel et la pureté oraux sur les lèvres des femmes. Fondateur, il avait autant à sacrifier qu'à transmettre ; sa science neuve des couleurs et des contrastes ignorera toujours l'art incolore du dessin et des arabesques analytiques propre aux moralistes et aux romancières d'Ancien Régime, dont Mme de Duras avait la parfaite maîtrise. Chez elle la tension entre la forme ancestrale intacte et le contenu moderne est aussi vive que le conflit entre les mœurs de caste et les passions personnelles qu'elle décrit.

Du grand écrivain novateur qu'elle voyait, entendait, ou lisait tous les jours, elle a certes goûté l'art de la description vive et colorée d'objets et de paysages « états d'âme », mais elle n'en fit qu'un usage très retenu : la description de la forge, dans *Édouard*, miroir de la violence incandescente cachée qui fait rage à l'intérieur d'un personnage apparemment si bien dompté, ou encore, dans le même roman, l'apparition embaumée, au crépuscule, de Mme de Nevers assise au balcon, regardant le paysage et ne se sachant pas vue de son amoureux transi. C'est à peine, dans ces rares et sobres images, si le trait de Mme de Lafayette, évoquant le parc de Coulommiers où Nemours, intrus et caché, épie la solitude de Mme de Clèves avant de la surprendre, reçoit un accent plus coloré.

Ses situations romanesques, la romancière improvisée les tira d'incidents vécus, en quoi elle anticipe Stendhal lecteur avide de la *Gazette des tribunaux* et insatiable de « petits faits vrais ». Le personnage principal et imaginaire d'*Ourika* fait fusionner deux d'entre eux : l'un, contemporain de la Révolution, c'est la mort à seize ans, en 1799, causant un second grand chagrin à la maréchale de Beauvau veuve, de la petite fille africaine ramenée du Sénégal par le chevalier de Boufflers en 1788 et donnée par lui en cadeau, comme un colifichet, au couple Beauvau qui la prit en affection ; l'autre remonte au début du règne de Louis XV, et il avait donné lieu à une sorte de roman vrai par la publication de la correspondance entre les deux amants : c'était la mort par désespoir de Mlle Aïssé, jolie petite Circassienne achetée à Constantinople comme un oiseau exotique par l'ambassadeur Ferriol, élevée dans sa famille, et qui se refusa, pour ne pas le déshonorer, à épouser le chevalier d'Aydie qui l'aimait, qu'elle aimait et dont elle avait eu une fille. L'abbé Prévost, dès 1740, s'était emparé de cette mésaventure cruellement réelle pour la transposer dans son *Histoire d'une Grecque moderne*. En superposant les deux cas analogues, Mme de Duras, tout en fouillant davantage l'ironie noire de la situation commune, se montre fidèle à l'une des vocations du roman moderne : métamorphoser un fait divers en exemple.

Le canevas d'*Édouard* lui a été fourni par une expérience directe, dans sa propre famille : un plébéien, M. Benoist, avait passionnément soupiré pour sa propre fille Clara, mais le mariage s'était heurté à l'opposition indignée et sans réplique du duc de Duras. *Olivier ou le secret* s'est nourri d'un drame à rebondissements qui venait de secouer la famille de Mme de Duras et celle de son amie Delphine de Custine. Le marquis Astolphe de Custine, fils de Delphine, attiré et enchanté par Mme de Duras, mais aussi encouragé par sa mère et par l'ex-amant de celle-ci, Chateaubriand, resté ami de la maison Custine, avait été poussé vers un mariage avec la fille cadette de la duchesse, une amie d'enfance. Trois jours avant la discussion du contrat chez les notaires des deux familles, en 1818, le fiancé écrivit une lettre de rupture à Mme de Duras. Scandale mineur, qui intrigua et fit jaser les Duras et leur monde.

La duchesse, qui connaissait bien Astolphe, qu'elle avait eu le temps d'étudier de près, émit son propre oracle, sous la forme d'un roman par lettres achevé en 1822, jamais publié, laissant largement place au mystère, tout en le circonscrivant avec une saisissante précision. Peu de lecteurs ou d'auditeurs eurent accès au manuscrit, mais le bruit en filtra. D'où l'intense curiosité qui entoura le dernier roman de Mme de Duras, qu'on supposait un roman à clefs. D'où aussi la répugnance de l'auteur, puis de ses héritiers, à publier un récit qui pouvait, à tort ou à raison, effleurer l'honneur de plusieurs familles.

D'autant que le mystère de la dérobade d'Astolphe de Custine, marié entre-temps à une jeune, noble et riche Normande, et déjà père, se trouva sinon éclairci, du

moins éclairé en partie par le scandale, cette fois
majeur et public, qui éclata le 28 octobre 1824 : ramené
quasi nu et couvert de plaies chez lui, le marquis fut
convaincu par l'enquête de police qu'il avait été maltraité par les camarades d'un jeune sous-officier de
cavalerie de la caserne de Saint-Denis avec qui il avait
rendez-vous.

En 1829 (sa femme, son fils et sa mère étaient morts
dans l'intervalle), Custine publia dans un roman à clefs,
Aloys, sa version de la rupture de 1818. Il présente son
refus de convoler avec Clara comme un acte courageux
de libération et d'indépendance, le projet de mariage
lui ayant été imposé par surprise, à force de séduction
de la part de la duchesse de Duras (Mme de M**) et de
pressions habiles de la part de ses complices. Le fragile
et mélancolique Aloys, qui dit avoir été désorienté sur
sa vocation véritable par la fréquentation de Chateaubriand (M. de T.) et par la lecture au pied de la lettre de
René, finit au couvent. C'était une réponse implicite, et
qui ne manquait pas de panache, à l'*Olivier* inédit de
Mme de Duras. C'était aussi le quatrième roman en
date inspiré par cet incunable de l'androgynie littéraire.

Chacun des romans de Mme de Duras est une varia-
tion sur «le mur de cristal» infranchissable qui interdit
au désir de connaître le bonheur dont il a rêvé et qui le
condamne à une mélancolie mortelle de coupable innocent. À première vue, les obstacles qui s'opposent à ces
bonheurs sont minces. Ils suffisent sans doute à briser
des vies, mais ils sont susceptibles, avec le progrès des
Lumières qu'accélère la leçon romanesque, d'être un
jour abattus. Serions-nous dans le cas de figure de
La Religieuse de Diderot ? Le racisme qui s'ignore des
Beauvau et qui interdit à la noire Ourika d'être regardée comme un objet d'amour ou un parti sortable par
ceux-là mêmes qui, en 1787, paraissaient l'avoir adoptée pour fille et sœur, est une erreur susceptible à long
terme d'être enrayée. Le premier roman de Mme de
Duras offre une image séduisante des mœurs douces et

caressantes de la haute société d'Ancien Régime, mais cette image, où est prise au piège la pauvre Ourika, révèle peu à peu un fonds d'égoïsme de caste et de cynisme inconscient qui peut rendre féroce cette apparente et narcissique douceur. La romancière s'identifie à «l'étrangère» incurable qu'est sa petite héroïne, et sa lucidité indirecte n'épargne pas la «restauration» intacte de ces mœurs aristocratiques sous Louis XVIII.

Dans *Édouard*, le préjugé nobiliaire du maréchal d'Olonne, une figure du duc de Duras, qui ne peut envisager de mariage entre sa fille et un plébéien de grand mérite tel qu'Édouard, condamnant ainsi au malheur et à la mort deux jeunes êtres d'exception, est une survivance du passé féodal appelée à disparaître, en dépit des «ultras» de la Restauration. Le secret d'Olivier, dans le roman de Mme de Duras qui porte ce titre, reste un secret. A-t-elle pressenti chez son modèle, Astolphe de Custine, comme dans l'image romanesque qu'elle en a donné, une homosexualité inavouée et honteuse d'elle-même, paralysant l'attachement réciproque qui lie le jeune homme à son amie d'enfance, Louise, empêchant cet attachement de s'épanouir en bonheur conjugal ? Par sa revendication d'indépendance privée sur laquelle la société n'a aucun droit, la réponse de Custine, dans *Aloys*, imposa au roman inédit, et par là même doublement ambigu, de Mme de Duras un sens plus libéral qu'elle-même ne l'aurait sans doute souhaité.

Quoi qu'il en soit, les romans de la grande dame de la Restauration s'emploient, de l'intérieur, à décrire le «vague des passions» qui fêle de l'intérieur l'édifice de l'Ancien Régime «restauré». Le jacobin Stendhal, qui avait lancé des piques contre la duchesse romancière dans des articles envoyés au *New Monthly Magazine*, lui manifesta de l'admiration à la nouvelle de sa mort en 1828 : «Mme de Duras, grâce au succès rapide de ses ouvrages (car personne n'aurait osé avouer, une semaine après leur publication, qu'il ne les avait pas lus), était un trait d'union entre les idées libérales qui se dévelop-

pent tous les jours et les préventions encore répandues
dans les hautes classes de la société.»

Cependant, à y regarder de plus près, ces trois brèves
tragédies en prose ne se résument pas à une prédica-
tion sympathique de morale sociale, voire d'humanita-
risme sexuel. À supposer même que soient levés les
obstacles occasionnels qui interdisent le bonheur aux
héros de ces trois romans, il resterait que le désir de
bonheur, dont *le fond* aux yeux de Mme de Duras est
sauvage, insatiable et illimité, parce qu'il aspire à une
fusion mystique ou androgynique des cœurs impossible
dans le temps et dans la société terrestres, si éclairés
qu'ils soient, porte en lui-même le principe d'une désillu-
sion mélancolique qui conduit nécessairement soit à
Dieu, soit à la mort. Ses héros, se refusant aux faux-
fuyants médiocres aussi bien qu'à la fade résignation,
jamais distraits ni excentrés par des occupations ou des
divertissements, touchent tous au fond du désir de bonheur, ils le découvrent indéracinable à mesure qu'il se
révèle infini et irréalisable...

Le prince charmant Charles, et sa cécité pour la passion d'Ourika qu'il traite en sœur et confidente de son
propre banal bonheur, sont moins un obstacle pour
cette noble sauvagesse (sœur d'Atala, disait, moqueur,
Louis XVIII), qu'un rebond sur lequel elle apprend
durement la vraie nature et le véritable objet de son
amour fou. Mme de Duras n'a pas hésité à porter la
«confession» de la petite exilée, qui a trouvé trop tard
au cloître sa vérité que lui avaient longtemps cachée les
gâteries du grand monde, à la hauteur des *Confessions*
d'Augustin, où l'on peut lire: «Mais, ô mon Dieu que
j'adore, ne souffrez pas que votre serviteur se laisse
jamais porter à croire que toutes sortes de joies soient
capables de nous rendre heureux; car cela n'appartient
qu'à cette joie qui n'est point connue des méchants,
mais de ceux qui vous servent sans intérêt, dont vous-
même êtes la joie et c'est en cela que consiste la vie
bienheureuse de se réjouir en vous, et pour l'amour de

vous ; c'est en cela qu'il consiste et il n'y en a point d'autre. Ceux qui en cherchent d'autre cherchent aussi une autre joie, mais qui ne peut être que fausse et trompeuse ; quoi qu'il en soit, il est impossible que leur volonté ne soit attirée au moins par quelque ombre et quelque image de joie. »

Dans *Édouard*, la duchesse de Nevers et Édouard ne font que jouer avec l'idée de former en exil un couple innocent et heureux, fiction que crève comme une bulle le premier commérage dont ils sont l'objet. D'emblée l'un et l'autre s'étaient sombrement reconnus pour des êtres d'élection hors société, faits l'un pour l'autre et prédestinés à se fondre l'un dans l'autre, comme la Salmacis et l'Hermaphrodite d'Ovide. Ils étaient préparés à voir en face que leur bonheur n'aurait jamais lieu de ce côté du monde. Tels les deux héros d'*Axël*, de Villiers de L'Isle-Adam, leur désir de bonheur est trop déplacé ici pour ne pas éprouver une sorte de hâte à passer de l'autre côté de la vie. Claire de Duras, plus sobrement que le Chateaubriand du *Dernier Abencérage*, s'est montrée capable du mythe romantique de l'amour absolu, reflet, dans le miroir du couple profane, de l'amour sacré de l'âme pour son Époux divin.

Quant au noble Olivier de Sancerre, que dans cette édition l'on peut enfin dévisager dans le portrait le plus achevé qu'en a laissé Mme de Duras, peu importe que son secret soit un mariage antérieur (comme Chateaubriand, marié à Céleste en coup de vent en 1792 et contraint de fuir en 1795 Charlotte Ives, son grand amour anglais, pour éviter une bigamie), ou l'impuissance (version Stendhal) ou l'androgynie (version Latouche), c'est en définitive la terreur de gâcher, en tentant de le vivre, le bonheur que par deux fois il a été en droit de se promettre avec Louise de Nangis, son double féminin, qui lui fait préférer se donner la mort à ses pieds, sous le chêne de Beauval, plutôt que de consentir au petit feu d'un mariage, blanc ou non. Louise lui répond à la même altitude en sombrant dans la folie. Au cours des méandres tourmentés qui avaient précédé ce dénouement de l'autre côté de la vie, Olivier, avec le même orgueil que l'Axël de Villiers, se flatte d'avoir «arraché au sort jaloux», avec Louise, «des plaisirs que ceux qui se croient heureux ne connaissent peut-être pas».

L'incontestable libéralisme politique et moral de Mme de Duras n'est donc pas son dernier mot de romancière. Elle est en dernière analyse «romantique», comme son ami Chateaubriand et comme le Stendhal du *Rouge*, par sa justification de la passion amoureuse contrariée comme révélatrice du désir d'infini bonheur enfoui au fond du cœur humain. Louis XVIII pouvait se moquer d'*Atala* et d'*Ourika*, en «roué» classique du XVIIIe siècle. Chateaubriand se flattait avec raison d'être plus au fait de «l'esprit» de son siècle, ou plus exactement de son mythe, pour lui avoir révélé, dans son *Génie du christianisme*, que loin d'être l'ennemie de l'amour la religion chrétienne en avait fait le principe du dépassement des leurres du bonheur mondain et de l'accession élégiaque aux vraies joies du cœur. Dans ses *Réflexions et prières*, postérieures à son œuvre romanesque, Mme de Duras énonçait, à son tour et à sa manière, cet article de foi romantique: «La passion, souvent si coupable, est moins funeste à l'homme que le vice. Elle use et dévaste l'âme où elle règne, mais le vice la flétrit. L'âme passionnée peut diriger vers Dieu l'ardeur et l'activité qui l'ont égarée: l'âme vicieuse doit se renouveler entièrement avant d'offrir à Dieu un hommage digne de lui.»

MARC FUMAROLI,
janvier-juin 2006

INTRODUCTION

À Roland Chollet et Anne-Marie Meininger.

La duchesse de Duras dînant avec Lucien de Rubem-pré, tel est le projet merveilleusement proustien caressé par Mme d'Espard dans Illusions perdues*! Mais comment réunir, fût-ce dans l'illusoire égalité d'un salon du faubourg Saint-Honoré, un «jeune rat sorti de son trou*[1]*» et l'auteur d'*Ourika *et d'*Édouard*, la reine d'un des premiers salons de Paris, l'amie intime de Chateaubriand, de Talleyrand et de Cuvier? La redoutable marquise annule donc son invitation, renvoyant sans états d'âme Lucien à son néant social. Pas de grande dame parisienne pour l'enfant sublime d'Angoulême!*

Mais quelle est-elle cette grande dame, célèbre et célébrée sous la Restauration, héroïne in partibus *de* La Comédie humaine*? Une romancière de premier plan, méconnue après une gloire aussi tapageuse qu'éphémère, ressuscitée au xxe siècle par les travaux de la critique féministe française et américaine. Claire de Duras mérite amplement cette renaissance posthume. Notre objectif sera donc de rendre compte de la qualité de son œuvre romanesque. Notre méthode, de la situer dans le contexte*

---

1. *La Comédie humaine* [abrégé ici *CH*], dir. P.-G. Castex, Gallimard, coll. «Bibliothèque de la Pléiade», 1976-1981, t. V, p. 256.

*littéraire de son temps. Non pour l'y enfermer, mais pour
mieux faire surgir la singularité de ces romans d'analyse
qui, comme* La Princesse de Clèves *et* Adolphe, *traver-
sent les âges sans prendre une ride.*

*Passons sur la légère distorsion chronologique qui per-
met à Balzac de citer Mme de Duras comme «l'auteur
d'Ourika[1]» quatre ans avant la parution de ce petit chef-
d'œuvre, et considérons à quel point l'immense succès
rencontré par les ouvrages de la duchesse est atypique en
ces étranges années de la Restauration où le* roman *est
mis au ban de la «haute littérature». 1822: Claire de
Duras rédige la plus grand part de son œuvre. Au même
moment, le libraire Pigoreau recommande à ses lecteurs*
Frère Jacques *de Paul de Kock, le célèbre auteur de* L'Enfant de ma femme. Les fanatiques du Solitaire (1821)
s'arrachent avec un enthousiasme incroyable Le Réné-
gat, *nouvelle création de Victor d'Arlincourt, le frénétique
«vicomte inversif», celui dont on dit: «du sublime au
ridicule, il n'y a qu'un pas»! Les cabinets de lecture
offrent à leurs insatiables abonnés les compositions les
plus impérissables de leurs immenses fonds,* Le Damné
volontaire, *ou les* Suites d'un pacte, L'Ermite de la
roche noire, Camille *ou la* Tête de mort, Le Château de
Marozzi, *ou l'*Orpheline persécutée..., *permettant aux
lecteurs de s'abîmer dans un univers extravagant, un
«monde à part, purement "divertissant" au sens pasca-
lien du mot, sans lien avec les problèmes que pose la vie,
sans racines dans l'inconscient[2]».*

*L'industrie de la lecture est, de surcroît, soumise à un
système absurde qui veut que les romans soient publiés
dans le plus grand nombre de volumes possible. Ces
ouvrages étalés à l'aide de marges, de blancs et de points
de suspension coûtent donc extrêmement cher, en général
2,50 francs par volume. Ce qui les rend à peu près inaccessibles à la plupart des particuliers, puisqu'un employé*

---

1. *Ibid.*, p. 278.
2. Max Milner, *Le Romantisme*, I, 1820-1843, Arthaud, 1973, p. 221.

gagne alors de quatre-vingt-dix à cent cinquante francs par mois et — nous dit Balzac dans Le Colonel Chabert — *un saute-ruisseau trente à quarante francs qu'il partage le plus souvent avec une vieille mère. Souvenons-nous du père Sorel qui extorque avec peine à M. de Rênal un salaire de trente-six francs mensuels pour son fils. Et des quarante-cinq francs de la grisette du* Livre des Cent-et-Un *qui, elle, n'est ni logée, ni nourrie! Comment, dans ces conditions, acquérir un roman coûtant dix ou douze francs ? Seules deux cents personnes achètent les nouveautés littéraires en France, les cabinets de lecture — environ mille cinq cents — absorbant le reste de la production.*

*Mme de Duras fait exploser toutes les catégories de cet univers ultra-codifié. À un public avide de médiocres romans du genre «noir», «gai» ou sentimental, elle fait accepter sans coup férir d'intemporelles merveilles de brièveté, de densité et de dépouillement. En un mot de classicisme. Sept mille exemplaires d'*Ourika *s'envolent, sans compter les éditions pirates, les traductions et les contrefaçons belges!* Édouard, *selon Stendhal, connaît «une très grande vente[1]».* Éditions et traductions des ouvrages de la duchesse se succèdent à un rythme accéléré. Ce phénomène exceptionnel[2] doit être replacé dans le contexte du temps où le tirage d'un roman dépasse rarement mille cinq cents exemplaires : mille cinq cents pour* Clotilde de Lusignan *(1822) du jeune Balzac, sous le pseudonyme de Lord R'Hoone, mille cent pour* Le Vicaire des Ardennes *et* Le Centenaire *(1822), toujours de Balzac, mais sous le masque d'Horace de Saint-Aubin, cinq cents pour chacune des éditions de* La Dernière Fée *(1823) du même, mille pour* Han d'Islande *(1823), mille pour* Armance *(1827), mille pour les premières nouvelles de Dumas imprimées (comme la deuxième édition de* La

---

1. *Paris-Londres. Chroniques* traduites et présentées par Renée Dénier, Stock, 1997, p. 625.
2. Dont nous donnons le détail dans notre Chronologie des œuvres, p. 312 et s.

Dernière Fée*) à compte d'auteur. Ce qui ne signifie pas que lesdits tirages soient épuisés. Loin de là! Sept cents exemplaires d'*Armance*, six cents de La Dernière Fée et cinq cents de Han d'Islande *restent en boutique. Et Dumas vendra quatre exemplaires seulement du volume de nouvelles qui devait, croyait-il, «produire dans le monde littéraire une sensation au moins égale à celle d'*Ourika[1]*»!

Chose étrange, la duchesse n'a pas songé un instant à se plier aux goûts — d'ailleurs supposés — du public en écrivant ses romans! P.-F. Tissot, professeur au Collège de France, ancien directeur du Pilote, *la félicite à plusieurs reprises de ne pas écrire comme un «auteur de profession[2]». Il s'émerveille, en ces temps où l'on tire aisément à la ligne, qu'il n'y ait «[p]as un mot à ajouter, pas un mot à retrancher à la narration» dans* Ourika. *Talleyrand, bon juge, lui fait le même compliment, il ne trouve pas «deux phrases à corriger[3]». Car le talent de Claire de Duras prend directement sa source dans un don de converser hérité des salons du XVIIIe siècle. Qui ne supporte ni l'emphase, ni la surcharge. Qui procède par élimination et concentration. Grâce au jeu de la parole reçue et renvoyée, l'analyse des sentiments les plus intimes progresse vers une lucidité toujours plus aveuglante, aboutissant à la maxime, resserrement, précision ultime de la pensée. Tout ceci pour conter, en une admirable et vivante fusion, l'histoire de sentiments qui sont à la fois tragiquement classiques et passionnément romantiques.*

Ses amis, dit Sainte-Beuve, qui devait tenir cette information de Clara de Rauzan, fille cadette de Mme de Duras et héritière de ses papiers, l'ayant entendue conter vers 1820 le sort d'une enfant noire élevée par la maréchale de Beauvau, en furent si charmés qu'ils lui demandèrent d'en écrire l'histoire. On a donc répété avec mépris

1. *Mes Mémoires*, Quatrième série, Michel Lévy, 1863, p. 238-240.
2. *Mercure du XIXe siècle*, 1823, t. III, p. 488 et *Le Diable boiteux*, 1er décembre 1823.
3. Cité par G. Pailhès, *La Duchesse de Duras et Chateaubriand*, Perrin, 1910, p. 464.

le mot de Louis XVIII à propos d'Ourika : « une Atala de salon[1] ». À tort. La lecture d'une œuvre préalablement à sa publication est alors chose courante, essentielle même : « Tout livre est destiné à subir une double épreuve, [...] examiné dans les journaux, [...] jugé dans les salons[2] ». Chateaubriand lit Velléda, un épisode des Martyrs, chez Delphine de Custine et tient compte des réflexions que lui fait le fils de celle-ci, Astolphe. Il n'hésite pas à consulter d'autres amis, dont Fontanes. On prétend même « qu'il avait été décidé entre eux si Velléda deviendrait ou ne deviendrait pas coupable[3] ». Quant à la lecture de son propre Abencérage chez Mme de Ségur, elle lui arrache des larmes[4] ! Et de 1806 à la publication d'Adolphe en 1816, Benjamin Constant multiplie les lectures de son roman aux différents stades de son élaboration.

Mais le premier lecteur de Claire de Duras est Chateaubriand, qui écrit à sa « chère sœur » : « Allez donc à Saint-Cloud avec Ourika, et vous me direz demain matin ce que vous aurez fait. » Ou bien : « Ourika n'a point perdu, et en lisant les premières pages, j'ai pleuré. » Puis : « Je suis tout ému d'Ourika[5]. » Ourika est ensuite lue sous le manteau de la cheminée à quelques intimes. Victor Hugo rappelant dans Les Misérables le souvenir des événements marquants de l'année 1817 — moins soucieux encore que Balzac de dates exactes ! — évoque la duchesse de Duras « lisa[n]t à trois ou quatre amis, dans son boudoir meublé d'X en satin bleu ciel, Ourika inédite[6] ». Trois ou quatre amis ? Plutôt quinze à trente « bienheureux du Paradis[7] »

---

1. Duchesse de Maillé, *Souvenirs des deux Restaurations*, Perrin, 1984, p. 230.

2. *Mercure du XIXe siècle*, 1825, t. XI, p. 572.

3. *Mémoires de Madame de Chastenay. 1771-1815*, Plon, 1896, t. II, p. 78.

4. *Ibid.*, p. 224 et comtesse de Boigne, *Mémoires. Récits d'une tante*, éd. Jean-Claude Berchet, Mercure de France, 1986, t. I, p. 201.

5. Chateaubriand, *Correspondance générale*, Gallimard, 1983, t. IV, p. 223, 226 et 233.

6. *Les Misérables*, Gallimard, coll. « Folio classique », éd. Yves Gohin (1973), tirage de 1995, t. I, p. 175.

7. *Le Frondeur*, no 30, 30 janvier 1826.

ou même une bonne centaine de personnes puisque la duchesse, comme la marquise de Bonnivet, a un salon « où se réunissent cent personnes tous les soirs [1] » ! Le succès est vif et immédiat. Mme de Duras se décide donc à faire imprimer un petit nombre d'exemplaires d'Ourika hors commerce et sans nom d'auteur à la fin de 1823. Dès lors, chacun dans Paris se fait raconter, parfois ligne à ligne, le roman. Les copies circulent. C'est un privilège d'en détenir une, fût-ce fugitivement : « Tombé entre mes mains par hasard, je n'en suis possesseur qu'un moment », indique sans déplaisir le rédacteur anonyme (P.-F. Tissot) d'un compte rendu élogieux paru dans Le Diable boiteux *le 1er décembre 1823. Certains sont, au contraire, exaspérés : « Notre condition roturière nous a privés sans doute d'un grand plaisir ; nous n'avons pas lu* Ourika. *Mais tôt ou tard la presse gémit pour tout le monde. L'édition bourgeoise de ce petit chef-d'œuvre sentimental doit paraître demain : nous aurons donc aussi notre exemplaire, et le droit d'en rendre compte [2]. »*

Le 3 avril 1824, la Bibliographie de la France *annonce que la première édition publique d'Ourika sans nom d'auteur est enfin mise en vente au profit d'une œuvre de charité. Elle est épuisée immédiatement. Les vaudevillistes qui, selon Balzac, se jettent « sur un ouvrage comme des équarrisseurs sur un cheval [3] », s'emparent de ce sujet en or. Pas moins de quatre* Ourika *d'une extrême médiocrité sont représentées sur les théâtres parisiens. Au grand mécontentement de la duchesse : « On en a fait cent comédies plus ridicules les unes que les autres [4] » ! Un mauvais plaisant assure que Mme de Duras a trois filles, « Ourika, Bourika et Bourgeonika », faisant allusion au peu d'esprit supposé de la duchesse de Rauzan et au teint coupe-*

---

1. *Armance*, Gallimard, coll. « Folio classique », éd. Armand Hoog (1975), tirage de 1994, p. 97.

2. *Feuilleton littéraire*, n° 31, 24 mars 1824.

3. *Œuvres diverses*, dir. P.-G. Castex, collab. Roland Chollet et René Guise, Gallimard, coll. « Bibliothèque de la Pléiade », t. II, 1996, p. 1245.

4. Cité par G. Pailhès, *op. cit.*, p. 283.

rosé de sa sœur aînée, la comtesse de La Rochejacquelein[1].
On vend aux Trois-Sultanes, rue Vivienne, des rubans à
l'Ourika[2]. Les femmes portent des blouses à l'Ourika
«dont la broderie en laine rouge imite des branches de
corail brut[3]», «des fleurs à l'Ourika dont le calice est
rouge[4]», des «feutres à l'Ourika» et des bijoux en perles
de corail dits «collier à l'Ourika[5]». Une des couleurs les
plus en vogue, une sorte de gris foncé, est l'«Ourika[6]». On
fabrique des pendules et même des vases à l'Ourika dont
l'un subsiste encore au château d'Ussé. Suivent une élé-
gie (de Delphine Gay), des stances élégiaques (de Pierre-
Ange Vieillard), une romance (d'Ulric Guttinguer), une
«inspiration poétique» (de Gaspard de Pons), un tableau
du baron Gérard immédiatement popularisé par le burin
d'Alfred Johannot... Et ceci sans préjudice d'une foule de
vers de mirliton envoyés à Mme de Duras, dont ce «Madri-
gal (inédit) sur Ourika»!

> De son vivant les dieux avaient jeté
> Cette négresse, en bonne compagnie,
> Et le trépas ne l'en a point bannie ;
> Duras la mène à l'immortalité.

Encouragée par le succès d'Ourika, Mme de Duras use
de la même politique pour son deuxième roman. Son pre-
mier lecteur est toujours Chateaubriand : «Achevez L'Avo-
cat [Édouard], écrit-il. Vous me le lirez demain[7].» Puis
viennent les lectures de salon, suivies d'une publication
privée à un nombre restreint d'exemplaires, enfin une édi-
tion publique qui se vend admirablement, suivie d'une

1. *Mémoires, souvenirs et journaux* de la comtesse d'Agoult, Mercure de France, 1990, t. I, p. 261.

2. *Le Diable boiteux*, n° 99, 8 avril 1824.

3. *Journal de Paris*, n° 123, 2 mai 1824.

4. *Journal des Dames et des Modes*, n° 19, 9 mai 1824.

5. O. Uzanne, *La Femme et la mode*, Libraires-imprimeurs réunis, 1892, p. 97, n. 1174 et p. 98.

6. *Panorama des nouveautés parisiennes*, 3 juillet 1824.

7. *Correspondance générale*, éd. citée, t. IV, p. 244.

*deuxième édition et d'une traduction en allemand.
Édouard dont les amours ont «coûté tant de larmes à nos
dames*[1]*» va jusqu'à susciter une sorte de tourisme sentimental : Georgette Ducrest, nièce de Mme de Genlis, met en
scène une jeune femme visitant le «château de Noailles»
dans le Limousin avec «l'idée que la duchesse de Duras
l'avait copié dans son charmant roman d'Édouard*[2]*».
Devant pareil engouement, même satisfaction de certains : «J'aime les livres qu'on ne peut pas se procurer ;
on a toujours une bonne raison à donner quand on ne les
a pas lus, et un motif de plus pour désirer de les connaître.
Quant à Édouard, j'en ai plus d'un pour bénir sa rareté.
S'il eût été jeté dans la circulation, je l'aurais lu comme
tout le monde. Or, j'ai mieux fait que de le lire, je l'ai
entendu ; on me l'a raconté mot pour mot, page pour
page*[3]*.»*

*Et même irritation des esprits chagrins : «ce qui la pre-
mière fois avait été pris pour les timides précautions d'un
talent à son début, la seconde fut considéré comme les
manèges d'un amour-propre de duchesse*[4]*»! La curiosité
du public pour les œuvres de Mme de Duras est cependant
toujours aussi intense. Le* Feuilleton littéraire *affirme
dès le 7 avril 1824, immédiatement après la parution
d'Ourika : «Il n'est bruit maintenant dans les salons du
faubourg Saint-Germain que de quatre nouvelles nouvelles de l'auteur d'Ourika. On vante surtout celle qui
porte le titre d'Édouard. Les autres sont* Olivier, Les
Aventures de Sophie, *et...» Après* Le Globe *(26 novembre
1825),* Le Frondeur, *quotidien satirique et littéraire, «le
meilleur de nos petits journaux» selon Stendhal*[5]*, signale
également les ouvrages à venir de Mme de Duras : «On
nous promet les* Souvenirs de Sophie *pendant l'émigration, et en même temps on nous annonce un roman nou-*

---

1. *La Pandore*, 22 janvier 1826.
2. *Paris en province et la province à Paris*, Ladvocat, 1831, t. II, p. 3.
3. *Mercure du xixe siècle*, 1825, t. XI, p. 214.
4. *Le Frondeur*, n° 30, 30 janvier 1826.
5. *Paris-Londres. Chroniques*, éd. citée, p. 672.

veau du même auteur. Le héros s'appellera Frère Ange.
*On ne sait si Frère Ange est Cordelier ou Carme ; mais on
assure qu'il n'est pas, comme les autres enfants de la
même mère, de l'ordre de la Trappe »* (n° 9, 9 *janvier
1826). La même feuille fait encore allusion à* Frère Ange
le 31 *janvier.* Frère Ange, *que Mme de Duras nomme
dans sa correspondance* L'Abbé *ou* Le Moine du Saint-
Bernard, *et les* Mémoires de Sophie *sont ces mystérieux
écrits de la duchesse qui ont disparu après sa mort et
dont nous avons retrouvé la trace. En revanche, l'allusion «aux autres enfants de la même mère» concerne
clairement* Olivier ou le Secret *qui, bien que non publié
du vivant de son auteur, n'en était pas moins extrêmement célèbre en raison du curieux sujet qu'il osait aborder.*

En 1822, *Mme de Duras entretient déjà Chateaubriand
de ce troisième roman dont le héros, trappiste involontaire, est impuissant. Stendhal signale dès 1824 que le
nouveau héros de Mme de Duras se trouve «dans une
situation [...] embarrassante : il ne peut être aimé ! » «On
ne parle » donc pas «d'autre chose dans nos salons à la
mode* [1] ». «*Longtemps il a été question de ce roman d'Olivier, et nous n'avons entendu personne mettre en doute
son existence », renchérit un rédacteur anonyme du Frondeur. Tout le monde est «d'accord sur le nom, sur l'obstacle » qui empêche le héros d'être heureux* [2]. *Le secret
d'Olivier n'en est donc un pour personne. On déclare ce
texte «à l'unanimité infiniment supérieur à* Édouard *ou
à* Ourika [3] ». *Il n'en faut pas plus pour qu'un mystifica-
teur de talent, Henri de Latouche, broche sur le thème
de l'impuissance un roman, d'ailleurs intéressant, auquel
il donne délibérément le nom d'Olivier, et le publie
de manière à le faire passer pour un écrit de l'auteur
d'*Édouard *et d'*Ourika, *imprimé en Angleterre, sans nom
d'auteur et au profit d'un établissement charitable ! Le*

---

1. *Paris-Londres. Chroniques,* éd. citée, p. 172 et 636.
2. N° 30, 30 janvier 1826.
3. *Paris-Londres. Chroniques,* éd. citée, p. 636.

*public s'y laisse prendre et accueille avec faveur ce bref
texte mis en vente en janvier 1826 (le 21 selon* La Pandore *du 22 janvier, le 23 selon* La Quotidienne *du même
jour). Une deuxième édition suit de près la première.
Comme d'autres petits journaux,* Le Figaro *proclame ironiquement le succès de l'ouvrage: «Parlez-moi de ces
habiles fabricateurs de nouveau qui, bravant d'impuis-
santes railleries, ont, à l'aide d'un Damné, d'un Monstre,
d'un Impuissant, d'un être, en un mot, hors nature et en
dehors de la société, enrichi à la fois et la littérature et
leur libraire*[1]*!»*

*Cependant, la réaction de la duchesse ne se fait pas
attendre: elle fait paraître un communiqué lapidaire niant
toute participation au pseudo-Olivier dans le* Journal des
Débats, La Quotidienne *(24 janvier 1826) et* Le Moniteur
universel *(25 janvier 1826). D'ailleurs, l'imposture de
Latouche avait été dénoncée d'avance par Mme de Duras
elle-même en une formule prémonitoire que l'on trouve
précisément dans son* Olivier: *ce que dit un personnage
secondaire «est agréablement tourné [...] mais la touche
y manque, c'est comme une belle copie, elle peut plaire
tant qu'on n'a pas vu le tableau original*[2]*»!*

*On ne le vit pas. Découragée par cette affaire, la duchesse
abandonna l'idée de faire paraître le véritable* Olivier,
*pourtant achevé et prêt à l'impression, comme le prouve
la version définitive et inédite, jusqu'ici conservée dans
des archives familiales, que nous livrons pour la première fois au lecteur. La belle image du «mur de cristal»,
citée par Sainte-Beuve dans ses* Portraits de femmes *et
transformée par Stendhal en «mur de diamant» dans*
Armance[3], *permettait seule de supposer l'existence d'un
texte différent de la version publiée par Denise Virieux en
1971 (provenant d'autres archives privées), puisqu'on ne
trouvait pas trace de cette formule dans le* manuscrit

---

1. *Le Figaro, journal littéraire*, dimanche 29 janvier 1826, n° 14,
rubrique «Littérature. Romans», p. 3.
2. *Olivier ou le Secret*, lettre XV, p. 258.
3. Éd. citée, p. 150.

transcrit par ses soins. Le vœu profondément émouvant de Claire de Duras inscrivant au crayon sur son testament: «Je voudrais qu'*Olivier* fût imprimé» *se trouve donc enfin exaucé, grâce à la générosité de ses descendants actuels!*

Voici, trop rapidement résumée, l'histoire en quelque sorte extérieure des romans de Mme de Duras. Mais qu'en est-il de leur reconnaissance littéraire sous la Restauration? À lire la presse du temps, on perçoit le malaise de la critique, déconcertée et admirative, devant ces écrits inhabituels qui n'ont rien à voir avec «ces petits ouvrages qui, nés le matin, sont déjà morts le soir[1]», devant cette femme du grand monde dénuée de toute prétention qui assure à Chateaubriand: «J'écris au lieu de faire de la tapisserie, cela fatigue moins mes yeux» (lettre inédite). La situation sociale prééminente de l'auteur lui cause incontestablement du tort. On tente donc de l'insérer dans le sous-genre que constitue alors le roman aristocratique, illustré non sans brio par quelques écrivains que la postérité n'a pas retenus, bien que leur simplicité et leur pureté de ton les distinguent radicalement des productions propres à ce que le jeune Balzac appelle, en 1822, dans la préface du Vicaire des Ardennes, la «littérature marchande». Mme de Duras ne serait-elle pas la digne continuatrice de Mme de Souza, auteur des succès estimés que sont Adèle de Sénange (1794) et Eugène de Rothelin (1808) dont elle loue elle-même le «ton exquis» et la «politesse charmante[2]», et dont un dernier et bien faible roman, La Comtesse de Fargy (1822), vient de paraître? Ne peut-on lui comparer la princesse de Salm, auteur des Vingt-quatre heures d'une femme sensible (1824), que P.-F. Tissot félicite pour sa «vérité fidèlement observée[3]»? ou Mme de Cubières, dont le roman Mar-

---

1. *Mercure du XIXᵉ siècle*, 1823, t. I, p. 56-57.
2. Cité par G. Pailhès, *op. cit.*, p. 56.
3. *Mercure du XIXᵉ siècle*, 1824, t. VII, p. 163, voir *Vingt-quatre heures d'une femme sensible*, éd. Claude Schopp, Phébus, 2007.

guerite Aimond *(1822)* fait l'objet d'un compte rendu élogieux de Stendhal ? N'aurait-elle pas, de surcroît, donné
de l'éclat et de l'avenir à ce courant mineur de la production romanesque se caractérisant par des «aperçus d'une
grande finesse» et une véritable «délicatesse de style[1]» ?
Lorsqu'un ami de Claire de Duras, Antoine-Claude Valery,
bibliothécaire du roi, publie en 1826 Sainte-Périne, *roman
en un volume non dénué de mérite, le* Mercure du
XIXe siècle *relève de manière significative que cet ouvrage
fait partie des «écrits du même genre dont Mme la duchesse
de Duras a commencé la série[2]». En 1830, Balzac évo-
quera encore de belles mains aristocratiques méditant
«quelque Ourika de province[3]» !*

Les plus clairvoyants perçoivent mieux l'exploit de
Mme de Duras : faire lire à des milliers de gens de la littérature, leur enseigner «que le plus grand mérite d'un
roman est de n'être point romanesque[4]». Donc rapprocher les «lecteurs frivoles [...] que la seule crainte de
recueillir en dépit d'eux et sans s'en apercevoir une instruction cachée dégoûterait des romans» des «lecteurs
austères[5]». «Ourika et Édouard — écrit Barante — ont
appris à beaucoup de milliers de lecteurs, quelle délicatesse
de sentiments, quelle élévation d'âme, quelle connaissance et quelle pitié des souffrances du cœur formaient le
caractère distinctif du talent de Mme de Duras[6].» Elle
a apporté la preuve «que le bon goût n'était pas mort[7]».
Émile Deschamps note que «cette nouvelle vraiment
neuve» réussit à plaire aussi bien aux classiques qu'aux

---

1. *Paris-Londres. Chroniques*, éd. citée, p. 95.
2. *Mercure du XIXe siècle*, 1826, t. XIII, p. 227.
3. «De la mode en littérature», *Œuvres diverses*, éd. citée, t. II,
p. 758.
4. *Mercure du XIXe siècle*, 1825, t. XI, p. 218.
5. *La Quotidienne*, 10 décembre 1823.
6. *Mercure du XIXe siècle*, 1828, t. XX, p. 238. En effet, puisque
Mme de Duras notait dans son *Journal* inédit : «il faut souffrir pour
apprendre les chemins des cœurs.»
7. Duchesse d'Abrantès, *Mémoires sur la Restauration ou Souvenirs
historiques sur cette époque...*, J. L'Henry, 1836, t. VI, p. 14-15.

romantiques : « *Le charme qui règne dans cette délicieuse production semble l'avoir placée en dehors de toutes les discussions littéraires* [1]. » *Devant ce style, cette clarté, cette concision, Goethe se montre ému au dernier point* [2]. *En la lisant, on* « *retrouve Mme de Sévigné* [3] ». *On pense également à Chateaubriand :* « *Demandez au grand coloriste qui a peint Velléda de mieux exprimer cette pensée* », *s'exclame encore Tissot ! Et Stendhal :* « *Le personnage d'Édouard est la contrepartie du René de Chateaubriand* [4]. » *Pour Chateaubriand lui-même, cette* « *personne si généreuse, d'une âme si noble* » *réunit* « *la force de la pensée de madame de Staël à la grâce du talent de madame de Lafayette* [5] ».

Claire de Duras met expressément en garde son lectorat contre la démarche réductrice qui consiste à ne poursuivre que les « clefs » d'une œuvre : « ce n'est point un portrait que l'auteur prétend tracer ici — affirme-t-elle avec force dans un fragment inédit —, il ne les aime pas, il trouve que c'est au lecteur à les faire, et aux personnages de se faire connaître par leurs paroles et par leurs actions. » Avis indispensable puisque les romans de Mme de Duras s'appuient toujours sur un fait réel ou sur une source littéraire précise. L'aventure de la petite Ourika rapportée du Sénégal par le chevalier de Boufflers et « offerte » à la maréchale de Beauvau était bien connue de la romancière qui assure en avoir « été témoin [6] ». L'histoire d'Édouard aurait été inspirée à la duchesse par la mésaventure du fils du comte Benoist épris sans espoir de Clara de Duras [7].

1. *La Muse française*, 11e livraison, mai 1824, éd. Jules Marsan, Édouard Cornély et Cie, t. II, p. 275.

2. Cité par G. Pailhès, *op. cit.*, p. 501-502.

3. P.-F. Tissot, *Le Diable boiteux*, 1er décembre 1823.

4. *Paris-Londres. Chroniques*, éd. citée, p. 625.

5. *Mémoires d'outre-tombe*, éd. Jean-Claude Berchet, Le Livre de Poche, « La Pochothèque », 2 vol., 1989-1998, t. I, p. 1139.

6. *Journal* inédit tenu par la duchesse de Duras du 31 août 1821 au 23 juillet 1825. Voir Document, p. 327.

7. S'il faut en croire Sainte-Beuve, « Madame de Duras », *Portraits de femmes*, Gallimard, coll. « Folio classique », éd. Gérald Antoine, 1998,

*Et l'auteur dévoile elle-même dans une lettre adressée
à Chateaubriand son modèle pour Olivier: Charles de
Simiane qui, désespéré de son état, mit fin à ses jours*[1].
*Elle avait de surcroît connaissance du roman, non
publié, de la comtesse Charles de Damas, belle-sœur du
suicidé, sur le thème de l'infirmité affligeant son parent.
La dérobade apparemment inexplicable d'Astolphe de
Custine rompant avec Clara de Duras trois jours avant la
discussion du contrat de mariage (février 1818), préalablement à la révélation publique de son homosexualité
en novembre 1824, avait également exercé sa sagacité
(«J'avais eu un moment une autre idée, que votre mariage
a détruite», écrit-elle à Astolphe dans une lettre inédite où
elle s'interroge sur le «vrai motif» de sa fuite). Quant au
Moine du Saint-Bernard, en religion frère Ange, son nom
et une partie de son histoire proviennent directement de
deux sources: un roman intitulé* Frère Ange ou l'Ava-
lanche du Mont Saint-Bernard *(1802) écrit par un auteur
oublié, Mme de Saint-Venant, ainsi qu'une anecdote contée
à la duchesse dont elle fait mention dans son* Journal à
la date du 27 avril 1822[2]. *Le Moine de la duchesse, lu*

---

p. 115, n. a. Denis Benoist (1796-1880), dit Benoist d'Azy, ami intime
de Lamennais, issu d'une très ancienne famille d'avocats d'Angers, était
le fils du comte Benoist, conseiller d'État, et de Marie-Guillemine
Leroulx-Delaville (1768-1826), ancienne élève de David. La comtesse
Benoist est l'auteur du beau *Portrait d'une femme noire* dit autrefois
«*Portrait d'une négresse*», présenté au Salon de 1800, acquis par le
Louvre en 1818 (voir notre couverture).

1. «[...] vous savez l'histoire de M. de Simiane qui se tua de désespoir, ce sera dans ce genre-là. J'ai écrit en lettres car dans ce sujet tout
est voilé, tout est mystère, je ne prononcerai jamais le mot, et cela s'appellera *le secret*, devine qui voudra, cela pourra être autre chose» (*Chateaubriand et la duchesse de Duras*, correspondance actuellement en
préparation, Bernard Degout et Marie-Bénédicte Diethelm, sous la
direction de Marc Fumaroli). Lettre citée partiellement par A. Bardoux,
La Duchesse de Duras, Calmann-Lévy, 1898, p. 362.

2. *Journal* inédit de la duchesse de Duras: «27 avril 1822. / César de
Chastellux contait hier que se rendant en Italie [...] il avait couché une
nuit à l'hospice du Grand Saint-Bernard; dans la soirée ne sachant que
faire, il avait questionné les religieux qui composaient le couvent sur les
motifs qui les avaient déterminés à entrer dans un ordre aussi rigou-

comme les précédents dans les salons, inspirera à son tour à Custine son Aloys ou le Religieux du Mont Saint-Bernard *(1829) où il décrit — avec quelle acuité! — Mme de Duras sous les traits de Madame de M**. Et puis, il y a les sources annexes : l'*Histoire d'une Grecque moderne *de l'abbé Prévost (1741) qui transpose les malheurs de Mlle Aïssé,* The Wanderer *de Fanny Burney (1814), dont l'héroïne, temporairement noire, se couvre de nombreux voiles comme Ourika, obnubilée par l'idée de dissimuler sa couleur de peau. Mme de Duras connaissait bien cette romancière britannique, citant son roman* Evelina *(1778) dans les* Mémoires de Sophie, *et croyant même, au début de son union avec Amédée de Duras, avoir rencontré un homme semblable à Delville, le héros du très beau* Cecilia. Memoirs of an heiress *(1782). À propos d'*Olivier, *on a évoqué* Anatole *(1815) de Sophie Gay, dont le héros sourd et muet se croit incapable d'inspirer l'amour, et qui fait l'objet d'une nouvelle édition en 1822, année de la rédaction d'*Olivier. *Mme de Duras donne à Louise, éprise d'Olivier de Sancerre, le nom de Nangis que l'on rencontre déjà dans le roman de Sophie Gay. Citons également* Adolphe *de Benjamin Constant, écrit «plein de talent et d'esprit et* horriblement *vrai» selon la duchesse*[1]. *La déclaration selon laquelle « le sentiment le plus passionné ne peut aller contre l'ordre des choses. La société est trop puissante » (*Adolphe, *«* Lettre à l'éditeur *») ne pouvait qu'aller droit au cœur de l'auteur d'*Ourika *et d'*Édouard. *Citons encore* Alvare, *roman qu'une autre duchesse, Aimée de Coigny, «la Jeune Captive» d'André Chénier, fit imprimer à vingt-cinq exemplaires par Didot en 1818. Le héros éponyme de Mme de Coigny, pourtant follement épris de Louise Trevor (Mme de Duras donnera le prénom de Louise à l'héroïne*

---

reux, tous y avaient été conduits par l'amour! L'histoire de chacun de ces six moines était un roman!»

1. Comte d'Haussonville, *La Baronne de Staël et la duchesse de Duras*, Imprimerie du Figaro, 1910, p. 41.

d'Olivier), ne se décide pas à l'épouser. Et l'on découvre successivement les trois raisons secrètes qui l'éloignaient de sa bien-aimée [1]*... Cependant ces sources, si effectives soient-elles, témoignent surtout de l'imprégnation littéraire d'une femme remarquable qui pratiquait l'anglais, l'italien, le latin, qui avait tout lu (contrairement à ce qu'affirme Sainte-Beuve) et dont la curiosité était, dit Villemain, «si intelligente* [2]*»!*

Mais pourquoi — dirons-nous en reprenant les mots d'Alain sur Stendhal — lui est-il «si indifférent de traduire ou copier au lieu d'inventer»? C'est que l'essentiel, pour elle comme pour Stendhal, est ailleurs: «[...] ce qu'[elle] invente n'est jamais l'anecdote.» Ce qui «change tout, c'est une manière de dire, d'éclairer, d'aimer [3]*». L'essentiel, en dépit des apparences et même de l'intérêt des sujets choisis, fût-ce aux yeux de la duchesse elle-même, n'était probablement pas qu'Ourika fût femme et noire, Édouard socialement inférieur à sa maîtresse et Olivier impuissant. Certes*, Ourika *est un cri de révolte contre la pratique inhumaine du commerce d'ébène.* Édouard, *qui met en scène à la veille de la Révolution les amours impossibles d'un roturier et d'une duchesse, est bien l'œuvre de la fille du conventionnel Kersaint, auteur d'un pamphlet,* Le Bon Sens, *attaquant la division des Français en trois ordres* [4]*. À son tour, Claire se passionne pour les «idées généreuses», ne jugeant rien «du haut de l'esprit de parti* [5]*».* Olivier *témoigne, également, de l'intérêt de son hypocondriaque auteur pour le phénomène de l'impuissance (dans les* Mémoires de Sophie, *le frère*

---

1. Ce roman, cité par Mme de Dino dans sa correspondance, avait été lu par l'ensemble de la haute société du temps (Louis Royer, *La Duchesse de Dino et le baron de Vitrolles, lettres inédites 1817-1829*, Grenoble, 1937, lettre du 14 septembre 1818, p. 11).

2. *Souvenirs contemporains*, Bruxelles, Méline, Cans et Cie, 1854, p. 323.

3. *Les Arts et les Dieux*, Gallimard, coll. «Bibliothèque de la Pléiade», 1958, p. 759.

4. *Le Bon Sens*, «par un gentilhomme breton», 1788, p. 22.

5. Comtesse de Boigne, *op. cit.*, t. I, p. 362 et 348.

aîné de l'héroïne, nouvel Olivier, n'a «point d'enfants, on ne se flattait pas qu'il dût en avoir», feuillet 1) et pour la médecine en général, au point qu'un fragment du brouillon d'Olivier est rédigé au revers du billet suivant: «M. Cuvier s'empresse d'adresser à Mme la duchesse de Duras le volume qu'elle a désiré consulter. Il la prie de ne pas trop lire le reste du livre, car il n'y a pas de plus mauvaise lecture que les livres de médecine pour les personnes qui se portent bien» (inédit)! Cela étant posé, Mme de Duras n'en écrit pas moins à Rosalie de Constant à propos d'Ourika: «Le fond de l'histoire est vrai. [...] mais [...] tout le reste est d'imagination[1].» C'est ce «reste» et cette «imagination» qui nous intéressent ici.

On a beaucoup glosé dès la parution des romans de la duchesse sur les différentes impossibilités de l'amour qu'elle semblait se complaire à décrire. Dans un déluge de chroniques, on feint d'admirer les sentiments généreux d'une grande dame. Mais comment imaginer «qu'une négresse rende sensible le cœur d'un gentilhomme blanc comme un lys!» On trouve Édouard bien effarouché, mais «le moyen qu'un simple avocat épouse une princesse!» surtout si c'est une duchesse qui tient la plume[2]. Quant aux comptes rendus consacrés à Olivier (qu'il s'agisse de celui de Latouche ou bien de ce que l'on imagine de l'ouvrage non publié de la duchesse), ils s'élèvent rarement au-dessus du ricanement de salon convenablement égrillard[3]. Quelques phrases tranchent cependant. Lorsqu'un chroniqueur anonyme écrit le 31 janvier 1826 dans Le Frondeur: «Il est des hommes au-dessus du préjugé de la couleur pour qui Ourika eût été une compagne désirable» et qu'il ajoute: «L'obstacle véritable, dans Édouard, n'est point le préjugé de la naissance», *il fait preuve d'indépendance d'esprit, de cœur, mais surtout d'une remarquable pénétration.*

---

1. 1er janvier 1824, cité par G. Pailhès, *op. cit.*, p. 279.
2. *La Pandore*, 1er janvier 1826, n° 959.
3. Voir *Le Figaro. Journal littéraire*, n° 10, 25 janvier 1826, «*Lettre d'une duchesse à une marquise*».

*L'essentiel, en effet, n'est pas dans ces thèmes, mais dans ce que ces personnages nous disent de la souffrance d'une femme supérieurement intelligente, torturée par la conviction «qu'elle n'avait pas ce qu'il faut pour être aimée[1]». À cette âme malheureuse, il est suggéré de «calmer son imagination assombrie en écrivant[2]». Elle s'y essaie. Et avec quelle fougue! On connaît Ourika, Édouard, Olivier mais l'examen des papiers laissés par la duchesse montre qu'elle avait entrepris bien d'autres œuvres (*Le Moine du Saint-Bernard, les admirables Mémoires de Sophie, un récit médiéval pour lequel elle s'occupait à rassembler une large documentation historique, un roman intitulé Le Paria, un autre nommé Amélie et Pauline, l'ébauche d'une tragédie en cinq actes mettant Henri IV et Ravaillac en scène, un proverbe à la manière de Leclercq, un journal intime, des projets d'articles, des vers, etc.)! Travail considérable qui n'entraîne pas le résultat escompté: «chercher au fond de [m]on âme», écrit-elle, y réveille «mille nouvelles douleurs[3]». Et dans une lettre, en grande partie inédite, adressée à Chateaubriand le 14 mai 1822: «[...] j'avais espéré que d'écrire me tirerait de là, mais il en est tout le contraire.» Mme de Boigne note que ses «occupations littéraires ne la calmaient pas sur ses chagrins de cœur que l'attachement naissant de monsieur de Chateaubriand pour madame Récamier rendait très poignants[4]». Car à l'éloignement du «cher frère» qui l'avait un peu trop abreuvée de fraternité, s'ajoutaient l'indifférence de son mari et le quasi-reniement de sa fille préférée: «elle a toujours repeint dans ses écrits les chagrins que donne la société et les situations qui isolent. Je n'oublierai jamais avec quelle amertume elle me dit un jour en parlant d'âge: "On n'a jamais été jeune lorsque l'on n'a jamais été*

---

1. *Aloys ou le Religieux du Mont Saint-Bernard*, de Custine, Vezard, 1829, p. 152.
2. G. Pailhès, *op. cit.*, p. 302.
3. *Édouard*, p. 104.
4. *Op. cit.*, t. II, p. 11.

jolie." *Il faut être femme pour sentir tout ce que ce mot renferme de tristesse ; c'est avoir été privée de ce qui seul embellit l'existence des femmes ; c'est s'avouer que l'on n'a jamais été aimée*[1]. »

La thérapie de l'écriture n'a pas fonctionné. Mais elle a permis à la duchesse de mener une investigation approfondie sur l'idée fixe qui la dévorait. Claire de Duras n'a pas choisi les sujets de ses romans parce qu'elle se passionnait, au premier chef, pour les victimes de la traite des Noirs, l'inégalité des conditions sociales ou l'impuissance physique, mais parce que ces questions, si fondamentales qu'elles aient pu lui paraître, étaient les plus adaptées à l'examen et à l'expression de sa souffrance intime : n'être ni aimée, ni désirée comme elle l'eût voulu. Si Mme de Duras situe l'action de ses ouvrages avant la Révolution, ce n'est pas parce que son esprit rétrograde se tournerait naturellement vers un passé révolu — Claire de Duras, Sainte-Beuve l'a noté dans ses Portraits de femmes, *est une femme du XIXe siècle et on rencontrerait difficilement une intelligence plus libre, plus moderne et plus lucide* —, mais parce que revenir à une époque, peu éloignée, mais brusquement et définitivement inaccessible, permet au roman de se dérouler dans un hors-temps tragique où des êtres ivres d'absolu transforment un élément extérieur — couleur de peau, infériorité sociale ou impuissance — en une hantise maladive, en un interdit fondamental. Les romans de la duchesse content toujours l'histoire d'un homme qui, d'une manière ou d'une autre, se refuse à l'amour d'une femme. La détresse sans remède qui ne cesse d'affleurer dans ces tableaux déchirants est celle de l'auteur.

Pourquoi Olivier, *destiné à paraître avant* Édouard (*« C'était* Olivier *qui devait suivre* Ourika[2] »), est-il mis en attente, indéfiniment exposé aux commentaires des salons et des échotiers ? Parce que, comme l'écrit la duchesse

---

1. Duchesse de Maillé, *op. cit.*, p. 231.
2. *La Pandore*, nº 980, 22 janvier 1826.

*elle-même à Rosalie de Constant, c'est «un défi[1]». En
effet. Non pas (ou si peu) parce que le sujet en est sca-
breux, mais parce que le fameux secret d'Olivier, ce secret
que nul n'ignore, n'est en réalité qu'un leurre, un simulacre, un trompe-l'œil! Ce que Mme de Duras souhaite
véritablement en multipliant les lectures, en particulier à
ses proches, c'est apprendre si cette mise à nu de ses
propres tourments leur apparaît ou non, puisque la forme
épistolaire autorise l'aveu des souffrances personnelles
les plus aiguës. Ce qui sera transposé, sous une forme
romanesque totalement maîtrisée dans* Édouard, *à nos
yeux le chef-d'œuvre de la duchesse, une pure merveille
encore trop méconnue, est exposé directement, crûment
dans* Olivier, *confession autobiographique à deux voix:
Claire de Duras, sous le couvert de Louise de Nangis,
conversant avec son double («mon autre moi-même»,*
Olivier, *p. 240), sa raison mise à mal, sa sagesse difficilement consentie, représentée par Adèle, sa sœur aînée, sa
mère par procuration. La publication infiniment espérée,
toujours retardée, de cet aveu bouleversant est le signe du
désir paradoxal de la duchesse de se dissimuler (à ses
familiers) pour être mieux devinée (par le public). Celle
que son entourage accuse d'être une malade imaginaire
— elle meurt cependant minée par la mélancolie et la
tuberculose moins de deux ans après le scandale du faux*
Olivier *(«je suis désolé de ce crachement de sang», lui
écrit Chateaubriand dans une lettre inédite) — aspirait
sans aucun doute aux «amis inconnus» que donne la
lecture[2]; «et quel ami qu'un lecteur», s'écrie Balzac dans*

---

1. 15 mai 1824, cité par G. Pailhès, *op. cit.*, p. 462. Le 23 décembre
1826, Stendhal expose à Mérimée les difficultés du sujet du roman qu'il
projette (*Armance*) en utilisant le même terme: «J'ai pris le nom d'Olivier, sans y songer, à cause du défi» (Stendhal, *Correspondance*, Champion, 1997-1999, 6 vol., t. III, p. 598).

2. Mme de Duras notait, en effet, le 7 novembre 1823 dans son *Journal* inédit que «le talent prend sa source dans notre propre émotion.
[Dans] les ouvrages où l'imagination et l'émotion ne sont pas, [...] l'impression qu'on fait est légère, on ne devient pas l'ami de son lecteur, on
ne le touche ni ne le console, on lui reste toujours étranger».

la dédicace de L'Élixir de longue vie*! La mystification de Latouche l'a privée d'une compassion méritée que les lecteurs du* XXIe *siècle lui accorderont peut-être en découvrant ici sous une forme nouvelle ce chef-d'œuvre d'introspection douloureuse.*

S'avouer que l'on n'a jamais été aimée... Qu'importait, au fond, à Claire de Duras d'être la reine du salon le plus brillant de Paris! Elle, qui n'a pas «une âme bien vulgaire» (ce que Stendhal appelle, non sans une certaine mauvaise foi, «une âme de duchesse[1]»), «s'était fait un entourage charmant, au milieu duquel elle se mourait de chagrin et de tristesse[2]». Comme elle, ses héros vivent isolés au sein d'un monde qui «méconnaît ce qu'il ne saurait comprendre[3]». «Le vide, l'ennui qui me dévorent se mêlent à mes moindres actions, comme pour les empoisonner toutes», dit Olivier de Sancerre (p. 233). Et Louise de Nangis: «Le monde me sera toujours étranger, je le sens, il est autour de moi, mais il n'est pas en moi» (p. 237-238). La Sénégalaise Ourika, le bourgeois Édouard, les aristocrates Natalie de Nevers, Olivier de Sancerre et Louise de Nangis, véritable élite, en butte à la petitesse d'esprit, à la sécheresse de cœur, broyés par leur propre lucidité, isolés par leur délicatesse de sentiments, sont unis par le bon goût qui est comme l'élégance du cœur: «le bon goût forme entre ceux qui le possèdent une sorte de lien qu'on ne saurait définir» (Édouard, p. 103).

D'où le désintérêt complet qu'ils manifestent à l'égard de toute idée «mondaine», d'où leur penchant destructeur pour l'introspection et l'analyse, d'où le rêve obsédant d'une île déserte que nourrit Édouard et que Stendhal reprend dans Armance. D'où le thème essentiel et récurrent de l'enfance heureuse ressassé par celle qui n'en eut point. D'où l'insistance obsessionnelle sur les liens de

1. *Mémoires d'un touriste*, *Voyages en France*, Gallimard, coll. «Bibliothèque de la Pléiade», 1992, p. 157.
2. Comtesse de Boigne, *op. cit.*, t. II, p. 10.
3. Texte non repris dans le manuscrit définitif, *Olivier ou le Secret*, éd. Denise Virieux, Corti, 1971, p. 139.

frère et sœur au point qu'il est suggéré qu'Olivier «avait eu des raisons de se croire le frère de madame de Nangis», c'est-à-dire de Louise, et que cette «conjecture a paru probable» (p. 305). Insistance que l'on retrouve dans les Mémoires de Sophie, *encore inédits, où l'héroïne, dotée d'un «cœur passionné dans ses attachements», dit de son frère: «il était la première affection de mon cœur et l'objet de toutes mes pensées» (feuillet 1). Stendhal note de la manière la plus pertinente que dans son rêve d'un amour parfait, Édouard, refusant d'épouser celle qu'il aime pour ne pas la déshonorer, montre un peu «de la folie d'Hamlet*[1]*». La religion, qui joue un rôle notable dans* Ourika *(et dans la vie de la duchesse), n'offre ni apaisement, ni réconfort dans* Édouard *et* Olivier. *Édouard recherche et trouve la mort après la disparition de Natalie atteinte d'une maladie de langueur,* Olivier *s'achève par le suicide du héros et la démence de Louise. On comprend que Sainte-Beuve ait classé* Édouard *(mais* Ourika *et* Olivier *entrent dans la même catégorie) dans ce qu'il appelait «ces lectures vives et courtes qui fondent l'âme ou la brûlent*[2]*»!*

L'incandescence des passions romantiques mises en scène par Mme de Duras apparaît d'autant plus saisissante (et c'est là, nous semble-t-il, le signe le plus évident de son génie) qu'elle est strictement encadrée dans une forme illustrée par Manon Lescaut, Paul et Virginie, René, Atala *ou* Adolphe*: une introduction, un corps de texte, une conclusion (trois parties, une conclusion dans le cas d'*Olivier*). Même sobriété dans un style, qui se caractérise par la précision et l'élégance. Un style «né naturel», nous dit Sainte-Beuve dans* Portraits de femmes[3]*, de ce naturel infiniment raffiné qui surgit de l'usage constant d'une langue parfaite, de lectures incessantes et éclairées. La duchesse s'interdit toute concession à la*

---

1. *Paris-Londres. Chroniques,* éd. citée, p. 625.
2. *Vie, poésies et pensées de Joseph Delorme* (1829), Bartillat, 2004, p. 49.
3. Éd. citée, p. 117.

*facilité, à l'artifice et à la mode. La vogue aussi prodi-
gieuse qu'imméritée des romans du «vicomte inversif» au
cours des années 1820 la fait sourire: elle se moque avec
esprit des textes écrits «en style du Solitaire[1]». Mais toute
forme de supplément esthétique lui est foncièrement étrangère, quelle qu'en soit l'origine: elle a beau connaître les
œuvres de Chateaubriand par cœur, comme le lui reproche
avec aigreur son amie Lucy de La Tour du Pin, l'emphase
de René et d'Atala est absente des ouvrages de la «chère
sœur» qui sait d'instinct qu'il faut «être soi-même,
n'imiter personne». On comprend que Stendhal, ennemi
de ceux qui «chateaubrillantent» leur «style», amateur
de phrases nettes et épris d'âmes nobles, ait été fasciné
par l'œuvre de la duchesse.*

*Il l'accable pourtant de sarcasmes dans ses chroniques
destinées à la presse anglaise. Quelle habileté consom-
mée de la part de cette grande dame lorsqu'il s'agit de
faire désirer ses œuvres! Et quelle crainte «de se départir
du ton de sa classe et de choquer par inadvertance les personnes de condition»! Mais est-il vraiment sincère, ce
théoricien de l'amour pour lequel «sans clarté il ne peut
pas plus y avoir de bon français que de bonne peinture
des passions»? Puisqu'il admet que Claire de Duras,
attachée à «peindre les passions», se signale par sa
«vérité» et son «naturel», qu'elle décrit admirablement
la société exclusive à laquelle elle appartient! Chose
extraordinaire sous la Restauration, son salon, ouvert aux
meilleurs esprits, lui semble un «trait d'union» unique
entre les idées libérales et les préjugés ayant cours dans le
faubourg Saint-Germain: «Dans le salon de Mme de Duras
toutes les opinions justes, quelque nouvelles qu'elles fussent, étaient sûres de trouver bon accueil.» Quel éloge
sous la plume de ce libéral élitiste!*

*Stendhal était-il admis chez la duchesse? La chose est
incertaine. Mais, de toute évidence, il était parfois bien
renseigné. S'il consacre une chronique à Ourika sans*

---

1. Cité par A. Bardoux, *op. cit.*, p. 342.

*l'avoir encore lue, comme le démontre clairement le
dénouement extravagant qu'il communique à ses lecteurs
en juin 1824, il leur signale sans se tromper dès cette date
que Claire de Duras prépare un roman sur le thème de
l'impuissance. Il ment en revanche effrontément lorsqu'il
affirme avoir rencontré une dame « sorta[n]t d'entendre la
duchesse de Duras lire à quelques intimes le manuscrit
de son Olivier[1] » puisque cette déclaration est suivie d'un
résumé laudatif du roman de Latouche ! Il semble cependant évident qu'à un moment ou à un autre, Beyle a pris
connaissance du véritable* Olivier *qui, on le sait, lui a
inspiré* Armance.

*Les romans de Mme de Duras ont, en effet, été lus par
Stendhal avec la plus extrême attention. Julien Sorel est,
à l'évidence, un avatar d'Édouard. Il en a la roture, l'intelligence, l'âme passionnée, le mépris du vulgaire. L'affection paternelle que lui témoigne le marquis de La Mole
est proche de celle que le maréchal d'Olonne éprouve
pour Édouard qui, comme son double stendhalien, passe
de longues heures à travailler dans la bibliothèque du
maréchal et, plus encore, à y rêver de la fille du maître
des lieux. Le prince d'Enrichemont, qui ne dit « rien qui
ne fût convenable et agréablement tourné »* (Édouard,
*p. 120), rappelle irrésistiblement les jeunes gens compas-
sés qui hantent l'hôtel de La Mole. Tel le marquis de
Croisenois auquel M. de La Mole destine Mathilde, il
représente le gendre idéal pour le maréchal d'Olonne qui,
pas plus que le marquis, ne supporte l'idée d'une union
de sa fille bien-aimée avec un roturier. Dans cette distribution, M. d'Herbelot, comme M. de Rênal, l'abominable
Valenod ou l'horrible petit Tanbeau, se signale par son
âme grossière. À l'inverse, Natalie de Nevers unit à la
grande naissance de Mathilde la tendresse naturelle, parfaite de Mme de Rênal. Certes, Édouard est dénué de toute*

---

1. *Paris-Londres. Chroniques*, éd. citée, p. 565, 625, 545, 590, 589, 852, 636. Voir ci-dessous p. 317-320 les comptes rendus d'*Ourika* et d'*Édouard* que Stendhal a donnés au *New Monthly Magazine*.

ambition. Mais Julien, comme plus tard Fabrice del Dongo, ne renonce-t-il pas à tout pour s'abandonner à un amour si véritable qu'on peut le dire «glorieux», comme on dit «un corps glorieux»?

Olivier de Sancerre et Octave de Malivert, malades pendant leur adolescence — à dix-sept ans dans le cas du premier, jusqu'à quinze ans dans le cas du second —, ont un comportement étrange, fait de «susceptibilité ombrageuse» et d'«accès de malheur[1]». Ils se sentent, comme Ourika, exclus de l'humanité tout entière. Olivier confesse qu'il lui est «défendu de puiser dans un autre cœur la force et l'appui qui [lui] manquent» (p. 232). Et Octave: «moi seul, je me trouve isolé sur la terre.» Sans pouvoir se confier à qui que ce soit, Olivier s'estime «priv[é] de la douceur de confier [ses] peines» (ibid.); «je n'aurai jamais personne à qui je puisse librement confier ce que je pense», dit Octave. Olivier avoue à Adèle: «je regarde le laboureur qui cultive en paix ses champs, je voudrais prendre sa place [...], je gagnerais à cet échange» (ibid.). Octave dit à Armance: «Ah! si le ciel m'avait fait le fils d'un fabricant de draps, j'aurais travaillé au comptoir dès l'âge de seize ans.» Aux yeux du monde, personne plus qu'Olivier «ne possède tant de moyens de bonheur» (p. 210). Pour Octave: «S'il eût reçu du ciel un cœur sec, froid, raisonnable, s'il fût né à Genève, avec tous les autres avantages qu'il réunissait d'ailleurs, il eût pu être fort heureux.» Les délices qui leur sont interdites les hantent pareillement: «Le bonheur que je dois fuir ne cesse d'obséder toutes mes pensées, et mon imagination en multiplie les charmes pour augmenter mon supplice», dit Olivier (p. 232). Et Octave: «Une imagination passionnée le portait à s'exagérer les bonheurs dont il ne pouvait jouir.[2]» L'imagination d'Armance s'égare «dans des sup-

---

1. *Armance*, éd. citée, p. 68; pour les citations suivantes d'*Armance*, voir p. 71, 72, 241, 191.
2. Édouard entretient Natalie d'une île «déserte», «entièrement isolée» où, comme au Paradis, «le soleil ne [...] brûle jamais», et qui devient «l'objet de toutes [s]es rêveries» (p. 156).

positions de solitude complète et d'île déserte, trop romanesques et surtout trop usées par les romans pour être
rapportées ».

Car nos deux héros sont violemment épris d'une cousine, leur unique amie, qui, en retour, les aime à la folie.
Au sens propre du terme. Depuis que ses yeux ont vu Olivier inanimé, « [t]out ce qui l'entoure [Louise] semble lui
être étranger, elle reçoit les soins qu'on lui rend avec
indifférence, elle ne s'y prête pas, elle ne s'y oppose pas,
son âme est ailleurs. Le médecin attribue à la maladie
l'espèce d'égarement où elle est » (Olivier, p. 301). La vue
d'Octave, qu'elle croit mort, « fut un spectacle trop cruel
pour Armance, qui tomba sans mouvement sur la fenêtre ».
Les médecins « la trouvèrent silencieuse, les regardant
fixement, ne pouvant répondre, et dans un état qu'ils
jugèrent voisin de la folie ». Quant à la propriété d'Andilly, lieu cher à Octave, c'est justement le nom d'une
propriété de Mme de Duras où, si l'on en croit Charles
Brifaut, celle-ci lisait à ses amis le manuscrit d'Olivier[1] !

On pourrait multiplier les rapprochements. Plus intéressante encore serait l'étude des divergences : Stendhal,
provoqué par cette œuvre prenante qu'il voudrait, lui,
écrire autrement, inversant les données de la scène du bal
du prince de L. lorsque Julien se rend chez le duc de Retz.
Ou les variations infinies dessinées sur la carte du Tendre,
par exemple dans cette manière d'aimer qui projette les
héros en dehors de la vie sociale. Là où les personnages
de Mme de Duras, persuadés, comme leur auteur, que
« nous ne sommes pas sur terre pour être heureux »
(Mémoires de Sophie, feuillet 1), s'abandonnent aux
énervantes délices des désirs inexaucés, les héros stend-
haliens se livrent avec transport à un amour bienheureux
qui est toujours une grâce. Et pourtant, tous peuvent
s'écrier comme Octave : « J'ai trouvé un cœur tel que
jamais je n'avais eu la moindre idée qu'il pût en exister

---

1. *Récits d'un vieux parrain à son jeune filleul* dans Œuvres, Prosper
Diard, 1858, t. I, p. 530.

un semblable sur la terre[1].» Mais dans les romans de Claire de Duras, aucun personnage n'entendra à l'unique question qui fait que l'existence vaut la peine d'être vécue la réponse que nous désirons tous: «*Entre ici, ami de mon cœur.*»

Oui, le lecteur du XXIe siècle, s'il pratique peu ou prou Stendhal, accède de plain-pied à l'univers créé par cette femme exceptionnelle. Ce qu'on ne saurait affirmer des romans illustrant la veine aristocratique que nous avons cités. Les meilleurs d'entre eux, en dépit d'un charme auquel l'auteur de ces lignes s'avoue très sensible, n'offrent plus guère qu'un intérêt archéologique. En revanche, croyons Sainte-Beuve, auteur à ce jour de la plus perspicace étude consacrée à Mme de Duras, lorsqu'il affirme, dès 1834, qu'«au temps de La Princesse de Clèves, en une littérature moins encombrée», telle des pages de la duchesse de Duras «aurait certitude d'être immortelle»: Mme de Duras «réalise un rêve [...] qui se reproduit à chaque génération successive», qui est adopté «d'avance par des milliers d'imaginations et de cœurs». Notre époque est tout aussi saturée que celle de Claire de Duras. Plus sans doute. Pourquoi, justement, ne s'offrirait-elle pas le luxe de faire accéder enfin et définitivement à l'immortalité littéraire ces écrits «exquis et rares[2]»: Ourika, Édouard *et* Olivier ou le Secret?

MARIE-BÉNÉDICTE DIETHELM

---

1. *Armance*, éd. citée, p. 199.
2. *Portraits de femmes*, éd. citée, p. 117 et 60.

AVERTISSEMENT

Quand les textes que nous citons (romans, ébauches romanesques, correspondance et fragments divers) sont dépourvus
de références, ils proviennent des trois collections particu-
lières que nous avons consultées. Leurs propriétaires, descendants de Mme de Duras, qui nous ont ouvert leurs archives
avec la plus grande générosité, ont souhaité rester anonymes.
Nous donnerons la version complète de ces écrits inédits dans
une édition ultérieure. Lorsque nous mentionnons un feuillet
manuscrit pourvu d'un numéro, celui-ci est de la main de
Mme de Duras. Dans le cas contraire, nous précisons : «feuillet
non numéroté».

Le titre du roman, *Olivier ou le Secret*, est le plus souvent
abrégé en : *Olivier*.

Les notes de l'auteur sont appelées par un astérisque, celles
de l'éditeur par un chiffre.

Ourika

This is to be alone, this, this is solitude[1].

Byron

INTRODUCTION

J'étais arrivé depuis peu de mois de Montpellier, et je
suivais à Paris la profession de la médecine, lorsque je
fus appelé un matin au faubourg Saint-Jacques, pour
voir dans un couvent une jeune religieuse malade.
L'empereur Napoléon avait permis depuis peu le rétablissement de quelques-uns de ces couvents[1] : celui où
je me rendais était destiné à l'éducation de la jeunesse,
et appartenait à l'ordre des Ursulines. La Révolution
avait ruiné une partie de l'édifice ; le cloître était à
découvert d'un côté par la démolition de l'antique église,
dont on ne voyait plus que quelques arceaux. Une religieuse m'introduisit dans ce cloître, que nous traver-
sâmes en marchant sur de longues pierres plates, qui
formaient le pavé de ces galeries : je m'aperçus que
c'étaient des tombes, car elles portaient toutes des ins-
criptions pour la plupart effacées par le temps. Quelques-
unes de ces pierres avaient été brisées pendant la
Révolution : la sœur me le fit remarquer, en me disant
qu'on n'avait pas encore eu le temps de les réparer. Je
n'avais jamais vu l'intérieur d'un couvent ; ce spectacle
était tout nouveau pour moi. Du cloître nous passâmes
dans le jardin, où la religieuse me dit qu'on avait porté
la sœur malade : en effet, je l'aperçus à l'extrémité
d'une longue allée de charmille ; elle était assise, et son
grand voile noir l'enveloppait presque tout entière.
«Voici le médecin», dit la sœur, et elle s'éloigna au

: moment. Je m'approchai timidement, car mon
cœur s'était serré en voyant ces tombes, et je me figurais que j'allais contempler une nouvelle victime des
cloîtres[1]; les préjugés de ma jeunesse venaient de se
réveiller, et mon intérêt s'exaltait pour celle que j'allais
visiter, en proportion du genre de malheur que je lui
supposais. Elle se tourna vers moi, et je fus étrangement surpris en apercevant une négresse[2]! Mon étonnement s'accrut encore par la politesse de son accueil
et le choix des expressions dont elle se servait. «Vous
venez voir une personne bien malade, me dit-elle: à
présent je désire guérir, mais je ne l'ai pas toujours souhaité, et c'est peut-être ce qui m'a fait tant de mal.» Je
la questionnai sur sa maladie. «J'éprouve, me dit-elle,
une oppression continuelle, je n'ai plus de sommeil, et
la fièvre ne me quitte pas.» Son aspect ne confirmait
que trop cette triste description de son état: sa mai-
greur était excessive, ses yeux brillants et fort grands,
ses dents, d'une blancheur éblouissante, éclairaient seuls
sa physionomie; l'âme vivait encore, mais le corps était
détruit, et elle portait toutes les marques d'un long et
violent chagrin. Touché au-delà de l'expression, je résolus de tout tenter pour la sauver; je commençai à lui
parler de la nécessité de calmer son imagination, de se
distraire, d'éloigner des sentiments pénibles. «Je suis
heureuse, me dit-elle; jamais je n'ai éprouvé tant de
calme et de bonheur.» L'accent de sa voix était sincère,
cette douce voix ne pouvait tromper; mais mon étonnement s'accroissait à chaque instant. «Vous n'avez pas
toujours pensé ainsi, lui dis-je, et vous portez la trace de
bien longues souffrances. — Il est vrai, dit-elle, j'ai
trouvé bien tard le repos de mon cœur, mais à présent
je suis heureuse. — Eh bien! s'il en est ainsi, repris-je,
c'est le passé qu'il faut guérir; espérons que nous en
viendrons à bout: mais ce passé, je ne puis le guérir
sans le connaître. — Hélas! répondit-elle, ce sont des
folies!» En prononçant ces mots, une larme vint mouiller
le bord de sa paupière. «Et vous dites que vous êtes

heureuse! m'écriai-je. — Oui, je le suis, reprit-elle avec fermeté, et je ne changerais pas mon bonheur contre le sort qui m'a fait autrefois tant d'envie. Je n'ai point de secret : mon malheur, c'est l'histoire de toute ma vie. J'ai tant souffert jusqu'au jour où je suis entrée dans cette maison, que peu à peu ma santé s'est ruinée. Je me sentais dépérir avec joie ; car je ne voyais dans l'avenir aucune espérance. Cette pensée était bien coupable ! vous le voyez, j'en suis punie ; et lorsque enfin je souhaite de vivre, peut-être que je ne le pourrai plus. » Je la rassurai, je lui donnai des espérances de guérison prochaine ; mais en prononçant ces paroles consolantes, en lui promettant la vie, je ne sais quel triste pressentiment m'avertissait qu'il était trop tard et que la mort avait marqué sa victime.

Je revis plusieurs fois cette jeune religieuse ; l'intérêt que je lui montrais paraissait la toucher. Un jour, elle revint d'elle-même au sujet où je désirais la conduire. « Les chagrins que j'ai éprouvés, dit-elle, doivent paraître si étranges, que j'ai toujours senti une grande répugnance à les confier : il n'y a point de juge des peines des autres, et les confidents sont presque toujours des accusateurs. — Ne craignez pas cela de moi, lui dis-je ; je vois assez le ravage que le chagrin a fait en vous pour croire le vôtre sincère. — Vous le trouverez sincère, dit-elle, mais il vous paraîtra déraisonnable. — Et en admettant ce que vous dites, repris-je, cela exclut-il la sympathie ? — Presque toujours, répondit-elle : mais cependant, si, pour me guérir, vous avez besoin de connaître les peines qui ont détruit ma santé, je vous les confierai quand nous nous connaîtrons davantage. »

Je rendis mes visites au couvent de plus en plus fréquentes ; le traitement que j'indiquai parut produire quelque effet. Enfin, un jour de l'été dernier, la retrouvant seule dans le même berceau, sur le même banc où je l'avais vue la première fois, nous reprîmes la même conversation, et elle me conta ce qui suit.

Ourika

Je fus rapportée du Sénégal, à l'âge de deux ans, par M. le chevalier de B.[1], qui en était gouverneur. Il eut pitié de moi, un jour qu'il voyait embarquer des esclaves sur un bâtiment négrier qui allait bientôt quitter le port : ma mère était morte, et on m'emportait dans le vaisseau, malgré mes cris[2]. M. de B. m'acheta, et, à son arrivée en France, il me donna à madame la maréchale de B., sa tante, la personne la plus aimable de son temps, et celle qui sut réunir, aux qualités les plus élevées, la bonté la plus touchante.

Me sauver de l'esclavage, me choisir pour bienfaitrice madame de B., c'était me donner deux fois la vie : je fus ingrate envers la Providence en n'étant point heureuse ; et cependant le bonheur résulte-t-il toujours de ces dons de l'intelligence ? Je croirais plutôt le contraire : il faut payer le bienfait de savoir par le désir d'ignorer, et la fable ne nous dit pas si Galatée trouva le bonheur après avoir reçu la vie[3].

Je ne sus que longtemps après l'histoire des premiers jours de mon enfance. Mes plus anciens souvenirs ne me retracent que le salon de madame de B. ; j'y passais ma vie, aimée d'elle, caressée, gâtée par tous ses amis, accablée de présents, vantée, exaltée comme l'enfant le plus spirituel et le plus aimable.

Le ton de cette société était l'engouement, mais un engouement dont le bon goût savait exclure ce qui ressemblait à l'exagération[1] : on louait tout ce qui prêtait à la louange, on excusait tout ce qui prêtait au blâme, et souvent, par une adresse encore plus aimable, on transformait en qualités les défauts mêmes. Le succès donne du courage ; on valait près de madame de B. tout ce qu'on pouvait valoir, et peut-être un peu plus, car elle prêtait quelque chose d'elle à ses amis sans s'en douter elle-même : en la voyant, en l'écoutant, on croyait lui ressembler.

Vêtue à l'orientale, assise aux pieds de madame de B., j'écoutais, sans la comprendre encore, la conversation des hommes les plus distingués de ce temps-là. Je n'avais rien de la turbulence des enfants ; j'étais pensive avant de penser, j'étais heureuse à côté de madame de B. : aimer, pour moi, c'était être là, c'était l'entendre, lui obéir, la regarder surtout ; je ne désirais rien de plus. Je ne pouvais m'étonner de vivre au milieu du luxe, de n'être entourée que des personnes les plus spirituelles et les plus aimables ; je ne connaissais pas autre chose ; mais, sans le savoir, je prenais un grand dédain pour tout ce qui n'était pas ce monde où je passais ma vie. Le bon goût est à l'esprit ce qu'une oreille juste est aux sons. Encore toute enfant, le manque de goût me blessait ; je le sentais avant de pouvoir le définir, et l'habitude me l'avait rendu comme nécessaire[2]. Cette disposition eût été dangereuse si j'avais eu un avenir ; mais je n'avais pas d'avenir, et je ne m'en doutais pas.

J'arrivai jusqu'à l'âge de douze ans sans avoir eu l'idée qu'on pouvait être heureuse autrement que je ne l'étais. Je n'étais pas fâchée d'être une négresse : on me disait que j'étais charmante ; d'ailleurs, rien ne m'avertissait que ce fût un désavantage ; je ne voyais presque pas d'autres enfants ; un seul était mon ami, et ma couleur noire ne l'empêchait pas de m'aimer.

Ma bienfaitrice avait deux petits-fils, enfants d'une fille qui était morte jeune. Charles, le cadet, était à peu près de mon âge. Élevé avec moi, il était mon protec-

teur, mon conseil et mon soutien dans toutes mes
petites fautes. À sept ans, il alla au collège : je pleurai en
le quittant ; ce fut ma première peine. Je pensais souvent à lui, mais je ne le voyais presque plus. Il étudiait,
et moi, de mon côté, j'apprenais, pour plaire à madame
de B., tout ce qui devait former une éducation parfaite.
Elle voulut que j'eusse tous les talents : j'avais de la
voix, les maîtres les plus habiles l'exercèrent ; j'avais
le goût de la peinture, et un peintre célèbre, ami de
madame de B., se chargea de diriger mes efforts ; j'appris l'anglais, l'italien, et madame de B. elle-même s'occupait de mes lectures. Elle guidait mon esprit, formait
mon jugement : en causant avec elle, en découvrant
tous les trésors de son âme, je sentais la mienne s'élever, et c'était l'admiration qui m'ouvrait les voies de
l'intelligence. Hélas ! je ne prévoyais pas que ces douces
études seraient suivies de jours si amers ; je ne pensais
qu'à plaire à madame de B. ; un sourire d'approbation
sur ses lèvres était tout mon avenir.

Cependant des lectures multipliées, celles des poètes
surtout, commençaient à occuper ma jeune imagination ; mais, sans but, sans projet, je promenais au
hasard mes pensées errantes, et, avec la confiance de
mon jeune âge, je me disais que madame de B. saurait
bien me rendre heureuse : sa tendresse pour moi, la vie
que je menais, tout prolongeait mon erreur et autorisait
mon aveuglement. Je vais vous donner un exemple des
soins et des préférences dont j'étais l'objet.

Vous aurez peut-être de la peine à croire, en me
voyant aujourd'hui, que j'aie été citée pour l'élégance et
la beauté de ma taille. Madame de B. vantait souvent ce
qu'elle appelait ma grâce, et elle avait voulu que je
susse parfaitement danser. Pour faire briller ce talent,
ma bienfaitrice donna un bal dont ses petits-fils furent
le prétexte, mais dont le véritable motif était de me montrer fort à mon avantage dans un quadrille des quatre
parties du monde où je devais représenter l'Afrique[1].
On consulta les voyageurs, on feuilleta les livres de cos-

tumes, on lut des ouvrages savants sur la musique africaine, enfin on choisit une *Comba*, danse nationale de
mon pays[1]. Mon danseur mit un crêpe sur son visage :
hélas ! je n'eus pas besoin d'en mettre sur le mien ; mais
je ne fis pas alors cette réflexion. Tout entière au plaisir
du bal, je dansai la *Comba*, et j'eus tout le succès qu'on
pouvait attendre de la nouveauté du spectacle et du
choix des spectateurs, dont la plupart, amis de madame
de B., s'enthousiasmaient pour moi et croyaient lui faire
plaisir en se laissant aller à toute la vivacité de ce sentiment. La danse d'ailleurs était piquante ; elle se composait d'un mélange d'attitudes et de pas mesurés ; on y
peignait l'amour, la douleur, le triomphe et le désespoir. Je ne connaissais encore aucun de ces mouvements violents de l'âme ; mais je ne sais quel instinct
me les faisait deviner ; enfin je réussis. On m'applaudit,
on m'entoura, on m'accabla d'éloges : ce plaisir fut sans
mélange ; rien ne troublait alors ma sécurité. Ce fut peu
de jours après ce bal qu'une conversation, que j'entendis par hasard, ouvrit mes yeux et finit ma jeunesse.
    Il y avait dans le salon de madame de B. un grand
paravent de laque. Ce paravent cachait une porte ; mais
il s'étendait aussi près d'une des fenêtres, et, entre le
paravent et la fenêtre, se trouvait une table où je dessi-
nais quelquefois. Un jour, je finissais avec application
une miniature ; absorbée par mon travail, j'étais restée
longtemps immobile, et sans doute madame de B. me
croyait sortie, lorsqu'on annonça une de ses amies, la
marquise de... C'était une personne d'une raison froide,
d'un esprit tranchant, positive jusqu'à la sécheresse ;
elle portait ce caractère dans l'amitié : les sacrifices ne
lui coûtaient rien pour le bien et pour l'avantage de ses
amis ; mais elle leur faisait payer cher ce grand attachement. Inquisitive[2] et difficile, son exigence égalait
son dévouement, et elle était la moins aimable des amies
de madame de B. Je la craignais, quoiqu'elle fût bonne
pour moi ; mais elle l'était à sa manière : examiner, et
même assez sévèrement, était pour elle un signe d'inté-

rêt. Hélas ! j'étais si accoutumée à la bienveillance, que la justice me semblait toujours redoutable. «Pendant que nous sommes seules, dit madame de... à madame de B., je veux vous parler d'Ourika : elle devient charmante, son esprit est tout à fait formé, elle causera comme vous, elle est pleine de talents, elle est piquante, naturelle ; mais que deviendra-t-elle ? et enfin qu'en ferez-vous ? — Hélas ! dit madame de B., cette pensée m'occupe souvent, et, je vous l'avoue, toujours avec tristesse : je l'aime comme si elle était ma fille ; je ferais tout pour la rendre heureuse ; et cependant, lorsque je réfléchis à sa position, je la trouve sans remède. Pauvre Ourika ! je la vois seule, pour toujours seule dans la vie ! »

Il me serait impossible de vous peindre l'effet que produisit en moi ce peu de paroles ; l'éclair n'est pas plus prompt : je vis tout ; je me vis négresse, dépendante, méprisée, sans fortune, sans appui, sans un être de mon espèce à qui unir mon sort, jusqu'ici un jouet, un amusement pour ma bienfaitrice, bientôt rejetée d'un monde où je n'étais pas faite pour être admise. Une affreuse palpitation me saisit, mes yeux s'obscurcirent, le battement de mon cœur m'ôta un instant la faculté d'écouter encore ; enfin je me remis assez pour entendre la suite de cette conversation.

«Je crains, disait madame de..., que vous ne la rendiez malheureuse. Que voulez-vous qui la satisfasse, maintenant qu'elle a passé sa vie dans l'intimité de votre société ? — Mais elle y restera, dit madame de B. — Oui, reprit madame de..., tant qu'elle est une enfant : mais elle a quinze ans ; à qui la marierez-vous, avec l'esprit qu'elle a et l'éducation que vous lui avez donnée ? Qui voudra jamais épouser une négresse ? Et si, à force d'argent, vous trouvez quelqu'un qui consente à avoir des enfants nègres, ce sera un homme d'une condition inférieure, et avec qui elle se trouvera malheureuse. Elle ne peut vouloir que de ceux qui ne voudront pas d'elle [1]. — Tout cela est vrai, dit madame de B. ;

mais heureusement elle ne s'en doute point encore, et
elle a pour moi un attachement, qui, j'espère, la préser-
vera longtemps de juger sa position. Pour la rendre
heureuse, il eût fallu en faire une personne commune :
je crois sincèrement que cela était impossible. Eh bien !
peut-être sera-t-elle assez distinguée pour se placer au-
dessus de son sort, n'ayant pu rester au-dessous. —
Vous vous faites des chimères, dit madame de… : la phi-
losophie nous place au-dessus des maux de la fortune,
mais elle ne peut rien contre les maux qui viennent
d'avoir brisé l'ordre de la nature. Ourika n'a pas rempli
sa destinée : elle s'est placée dans la société sans sa
permission ; la société se vengera. — Assurément, dit
madame de B., elle est bien innocente de ce crime ;
mais vous êtes sévère pour cette pauvre enfant. — Je lui
veux plus de bien que vous, reprit madame de… ; je
désire son bonheur, et vous la perdez. » Madame de B.
répondit avec impatience, et j'allais être la cause d'une
querelle entre les deux amies, quand on annonça une
visite : je me glissai derrière le paravent ; je m'échappai ; je courus dans ma chambre, où un déluge de
larmes soulagea un instant mon pauvre cœur.

C'était un grand changement dans ma vie, que la
perte de ce prestige qui m'avait environnée jusqu'alors !
Il y a des illusions qui sont comme la lumière du jour ;
quand on les perd, tout disparaît avec elles. Dans la
confusion des nouvelles idées qui m'assaillaient, je ne
retrouvais plus rien de ce qui m'avait occupée jusqu'alors : c'était un abîme avec toutes ses terreurs. Ce
mépris dont je me voyais poursuivie ; cette société où
j'étais déplacée ; cet homme qui, à prix d'argent, consentirait peut-être que ses enfants fussent nègres ! toutes
ces pensées s'élevaient successivement comme des fantômes et s'attachaient sur moi comme des furies : l'isolement surtout ; cette conviction que j'étais seule, pour
toujours seule dans la vie, madame de B. l'avait dit ; et
à chaque instant je me répétais, seule ! pour toujours
seule[1] ! La veille encore, que m'importait d'être seule ?

je n'en savais rien; je ne le sentais pas; j'avais besoin de
ce que j'aimais, je ne songeais pas que ce que j'aimais
n'avait pas besoin de moi. Mais à présent, mes yeux
étaient ouverts, et le malheur avait déjà fait entrer la
défiance dans mon âme.

Quand je revins chez madame de B., tout le monde
fut frappé de mon changement; on me questionna: je
dis que j'étais malade; on le crut. Madame de B. envoya
chercher Barthez[1], qui m'examina avec soin, me tâta le
pouls, et dit brusquement que je n'avais rien. Madame
de B. se rassura, et essaya de me distraire et de m'amuser. Je n'ose dire combien j'étais ingrate pour ces soins
de ma bienfaitrice; mon âme s'était comme resserrée
en elle-même. Les bienfaits qui sont doux à recevoir,
sont ceux dont le cœur s'acquitte: le mien était rempli
d'un sentiment trop amer pour se répandre au-dehors.
Des combinaisons infinies, les mêmes pensées occupaient tout mon temps; elles se reproduisaient sous mille
formes différentes: mon imagination leur prêtait les
couleurs les plus sombres; souvent mes nuits entières
se passaient à pleurer. J'épuisais ma pitié sur moi-
même; ma figure me faisait horreur, je n'osais plus me
regarder dans une glace; lorsque mes yeux se portaient
sur mes mains noires, je croyais voir celles d'un singe;
je m'exagérais ma laideur, et cette couleur me paraissait comme le signe de ma réprobation; c'est elle qui
me séparait de tous les êtres de mon espèce, qui me
condamnait à être seule, toujours seule! jamais aimée!
Un homme, à prix d'argent, consentirait peut-être que
ses enfants fussent nègres! Tout mon sang se soulevait
d'indignation à cette pensée. J'eus un moment l'idée de
demander à madame de B. de me renvoyer dans mon
pays; mais là encore j'aurais été isolée: qui m'aurait
entendue, qui m'aurait comprise[2]? Hélas! je n'apparte-
nais plus à personne; j'étais étrangère à la race humaine
toute entière!

Ce n'est que bien longtemps après que je compris la
possibilité de me résigner à un tel sort. Madame de B.

n'était point dévote ; je devais à un prêtre respectable,
qui m'avait instruite pour ma première communion, ce
que j'avais de sentiments religieux. Ils étaient sincères
comme tout mon caractère ; mais je ne savais pas que,
pour être profitable, la piété a besoin d'être mêlée à
toutes les actions de la vie : la mienne avait occupé
quelques instants de mes journées, mais elle était demeurée étrangère à tout le reste[1]. Mon confesseur était un
saint vieillard, peu soupçonneux ; je le voyais deux ou
trois fois par an, et, comme je n'imaginais pas que des
chagrins fussent des fautes, je ne lui parlais pas de mes
peines. Elles altéraient sensiblement ma santé ; mais,
chose étrange ! elles perfectionnaient mon esprit. Un
sage d'Orient a dit : « Celui qui n'a pas souffert, que sait-
il ? » Je vis que je ne savais rien avant mon malheur[2] ;
mes impressions étaient toutes des sentiments ; je ne
jugeais pas ; j'aimais : les discours, les actions, les personnes plaisaient ou déplaisaient à mon cœur. À présent,
mon esprit s'était séparé de ces mouvements involontaires : le chagrin est comme l'éloignement, il fait juger
l'ensemble des objets. Depuis que je me sentais étrangère à tout, j'étais devenue plus difficile, et j'examinais, en le critiquant, presque tout ce qui m'avait plu
jusqu'alors.

Cette disposition ne pouvait échapper à madame de
B. ; je n'ai jamais su si elle en devina la cause. Elle craignait peut-être d'exalter ma peine en me permettant de
la lui confier : mais elle me montrait encore plus de
bonté que de coutume ; elle me parlait avec un entier
abandon, et, pour me distraire de mes chagrins, elle
m'occupait de ceux qu'elle avait elle-même. Elle jugeait
bien mon cœur ; je ne pouvais en effet me rattacher à la
vie, que par l'idée d'être nécessaire ou du moins utile à
ma bienfaitrice. La pensée qui me poursuivait le plus,
c'est que j'étais isolée sur la terre, et que je pouvais
mourir sans laisser de regrets dans le cœur de personne. J'étais injuste pour madame de B. ; elle m'aimait, elle me l'avait assez prouvé ; mais elle avait des

intérêts qui passaient bien avant moi. Je n'enviais pas
sa tendresse à ses petits-fils, surtout à Charles; mais
j'aurais voulu dire comme eux: Ma mère!

Les liens de famille surtout me faisaient faire des
retours bien douloureux sur moi-même, moi qui jamais
ne devais être la sœur, la femme, la mère de personne!
Je me figurais dans ces liens plus de douceur qu'ils n'en
ont peut-être, et je négligeais ceux qui m'étaient permis,
parce que je ne pouvais atteindre à ceux-là. Je n'avais
point d'amie, personne n'avait ma confiance: ce que
j'avais pour madame de B. était plutôt un culte qu'une
affection; mais je crois que je sentais pour Charles tout
ce qu'on éprouve pour un frère.

Il était toujours au collège, qu'il allait bientôt quitter
pour commencer ses voyages. Il partait avec son frère
aîné et son gouverneur, et ils devaient visiter l'Allemagne,
l'Angleterre et l'Italie; leur absence devait durer deux
ans. Charles était charmé de partir; et moi, je ne fus
affligée qu'au dernier moment; car j'étais toujours bien
aise de ce qui lui faisait plaisir. Je ne lui avais rien dit
de toutes les idées qui m'occupaient; je ne le voyais
jamais seul, et il m'aurait fallu bien du temps pour lui
expliquer ma peine: je suis sûre qu'alors il m'aurait
comprise. Mais il avait, avec son air doux et grave, une
disposition à la moquerie, qui me rendait timide: il est
vrai qu'il ne l'exerçait guère que sur les ridicules de
l'affectation; tout ce qui était sincère le désarmait.
Enfin je ne lui dis rien. Son départ, d'ailleurs, était une
distraction, et je crois que cela me faisait du bien de
m'affliger d'autre chose que de ma douleur habituelle.

Ce fut peu de temps après le départ de Charles, que la
Révolution prit un caractère plus sérieux: je n'entendais parler tout le jour, dans le salon de madame de B.,
que des grands intérêts moraux et politiques que cette
Révolution remua jusque dans leur source; ils se ratta-
chaient à ce qui avait occupé les esprits supérieurs de
tous les temps. Rien n'était plus capable d'étendre et de
former mes idées, que le spectacle de cette arène où les

hommes distingués remettaient chaque jour en question tout ce qu'on avait pu croire jugé jusqu'alors[1]. Ils approfondissaient tous les sujets, remontaient à l'origine de toutes les institutions, mais trop souvent pour tout ébranler et pour tout détruire.

Croiriez-vous que, jeune comme j'étais, étrangère à tous les intérêts de la société, nourrissant à part ma plaie secrète, la Révolution apporta un changement dans mes idées, fit naître dans mon cœur quelques espérances, et suspendit un moment mes maux ? tant on cherche vite ce qui peut consoler ! J'entrevis donc que, dans ce grand désordre, je pourrais trouver ma place ; que toutes les fortunes renversées, tous les rangs confondus, tous les préjugés évanouis, amèneraient peut-être un état de choses où je serais moins étrangère ; et que si j'avais quelque supériorité d'âme, quelque qualité cachée, on l'apprécierait lorsque ma couleur ne m'isolerait plus au milieu du monde, comme elle avait fait jusqu'alors. Mais il arriva que ces qualités mêmes que je pouvais me trouver, s'opposèrent vite à mon illusion : je ne pus désirer longtemps beaucoup de mal pour un peu de bien personnel. D'un autre côté, j'apercevais les ridicules de ces personnages qui voulaient maîtriser les événements ; je jugeais les petitesses de leurs caractères, je devinais leurs vues secrètes ; bientôt leur fausse philanthropie cessa de m'abuser, et je renonçai à l'espérance, en voyant qu'il resterait encore assez de mépris pour moi au milieu de tant d'adversités. Cependant je m'intéressais toujours à ces discussions animées ; mais elles ne tardèrent pas à perdre ce qui faisait leur plus grand charme. Déjà le temps n'était plus où l'on ne songeait qu'à plaire, et où la première condition pour y réussir était l'oubli des succès de son amour-propre[2] : lorsque la Révolution cessa d'être une belle théorie et qu'elle toucha aux intérêts intimes de chacun, les conversations dégénérèrent en disputes, et l'aigreur, l'amertume et les personnalités prirent la place de la raison. Quelquefois, malgré ma tristesse, je m'amusais de toutes ces violentes opinions, qui n'étaient, au fond, presque jamais que des prétentions, des affectations ou des peurs : mais la gaieté qui vient de l'observation des ridicules, ne fait pas de bien ; il y a trop de malignité dans cette gaieté, pour qu'elle puisse réjouir le cœur qui ne se plaît que dans les joies innocentes. On peut avoir cette gaieté moqueuse, sans cesser d'être malheureux ; peut-être même le malheur rend-il plus susceptible de l'éprouver, car l'amertume dont l'âme se nourrit, fait l'aliment habituel de ce triste plaisir.

L'espoir sitôt détruit que m'avait inspiré la Révolution n'avait point changé la situation de mon âme ; toujours mécontente de mon sort, mes chagrins n'étaient adoucis que par la confiance et les bontés de madame de B. Quelquefois, au milieu de ces conversations politiques dont elle ne pouvait réussir à calmer l'aigreur, elle me regardait tristement ; ce regard était un baume pour mon cœur ; il semblait me dire : « Ourika, vous seule m'entendez ! »

On commençait à parler de la liberté des nègres[1] : il était impossible que cette question ne me touchât pas vivement ; c'était une illusion que j'aimais encore à me faire, qu'ailleurs, du moins, j'avais des semblables : comme ils étaient malheureux, je les croyais bons, et je m'intéressais à leur sort. Hélas ! je fus promptement détrompée ! Les massacres de Saint-Domingue me causèrent une douleur nouvelle et déchirante : jusqu'ici je m'étais affligée d'appartenir à une race proscrite ; maintenant j'avais honte d'appartenir à une race de barbares et d'assassins[2].

Cependant la Révolution faisait des progrès rapides ; on s'effrayait en voyant les hommes les plus violents s'emparer de toutes les places. Bientôt il parut que ces hommes étaient décidés à ne rien respecter : les affreuses journées du 20 juin[3] et du 10 août[4] durent préparer à tout. Ce qui restait de la société de madame de B. se dispersa à cette époque : les uns fuyaient les persécutions dans les pays étrangers ; les autres se cachaient ou se retiraient en province. Madame de B. ne fit ni l'un ni l'autre; elle était fixée chez elle par l'occupation constante de son cœur: elle resta avec un souvenir et près d'un tombeau[1].

Nous vivions depuis quelques mois dans la solitude, lorsque, à la fin de l'année 1792, parut le décret de confiscation des biens des émigrés[2]. Au milieu de ce désastre général, madame de B. n'aurait pas compté la perte de sa fortune, si elle n'eut appartenu à ses petits-fils; mais, par des arrangements de famille, elle n'en avait que la jouissance. Elle se décida donc à faire revenir Charles, le plus jeune des deux frères, et à envoyer l'aîné, âgé de près de vingt ans, à l'armée de Condé[3]. Ils étaient alors en Italie, et achevaient ce grand voyage, entrepris, deux ans auparavant, dans des circonstances bien différentes. Charles arriva à Paris au commencement de février 1793, peu de temps après la mort du roi[4].

Ce grand crime avait causé à madame de B. la plus violente douleur; elle s'y livrait toute entière, et son âme était assez forte, pour proportionner l'horreur du forfait à l'immensité du forfait même. Les grandes douleurs, dans la vieillesse, ont quelque chose de frappant: elles ont pour elles l'autorité de la raison. Madame de B. souffrait avec toute l'énergie de son caractère; sa santé en était altérée, mais je n'imaginais pas qu'on pût essayer de la consoler, ou même de la distraire. Je pleurais, je m'unissais à ses sentiments, j'essayais d'élever mon âme pour la rapprocher de la sienne, pour souffrir du moins autant qu'elle et avec elle.

Je ne pensai presque pas à mes peines, tant que dura la Terreur; j'aurais eu honte de me trouver malheureuse en présence de ces grandes infortunes: d'ailleurs, je ne me sentais plus isolée depuis que tout le monde était malheureux. L'opinion est comme une patrie; c'est un bien dont on jouit ensemble; on est frère pour la soutenir et pour la défendre. Je me disais quelquefois, que moi, pauvre négresse, je tenais pourtant à toutes les âmes élevées, par le besoin de la justice que j'éprouvais en commun avec elles : le jour du triomphe de la vertu et de la vérité serait un jour de triomphe pour moi comme pour elles : mais, hélas ! ce jour était bien loin.

Aussitôt que Charles fut arrivé, madame de B. partit pour la campagne. Tous ses amis étaient cachés ou en fuite ; sa société se trouvait presque réduite à un vieil abbé que, depuis dix ans, j'entendais tous les jours se moquer de la religion, et qui à présent s'irritait qu'on eût vendu les biens du clergé, parce qu'il y perdait vingt mille livres de rente[1]. Cet abbé vint avec nous à Saint-Germain. Sa société était douce, ou plutôt elle était tranquille : car son calme n'avait rien de doux ; il venait de la tournure de son esprit, plutôt que de la paix de son cœur.

Madame de B. avait été toute sa vie dans la position de rendre beaucoup de services : liée avec M. de Choiseul[2], elle avait pu, pendant ce long ministère, être utile à bien des gens. Deux des hommes les plus influents pendant la Terreur avaient des obligations à madame de B. ; ils s'en souvinrent et se montrèrent reconnaissants. Veillant sans cesse sur elle, ils ne permirent pas qu'elle fût atteinte ; ils risquèrent plusieurs fois leurs vies pour dérober la sienne aux fureurs révolutionnaires : car on doit remarquer qu'à cette époque funeste, les chefs mêmes des partis les plus violents ne pouvaient faire un peu de bien sans danger ; il semblait que, sur cette terre désolée, on ne pût régner que par le mal, tant lui seul donnait et ôtait la puissance. Madame de B. n'alla point en prison ; elle fut gardée chez elle, sous prétexte de sa mauvaise santé. Charles, l'abbé et moi, nous restâmes auprès d'elle et nous lui donnions tous nos soins.

Rien ne peut peindre l'état d'anxiété et de terreur des journées que nous passâmes alors, lisant chaque soir, dans les journaux, la condamnation et la mort des amis de madame de B., et tremblant à tout instant que ses protecteurs n'eussent plus le pouvoir de la garantir du même sort. Nous sûmes qu'en effet elle était au moment de périr, lorsque la mort de Robespierre mit un terme à tant d'horreurs[1]. On respira ; les gardes quittèrent la maison de madame de B., et nous restâmes tous quatre dans la même solitude, comme on se retrouve, j'imagine, après une grande calamité à laquelle on a échappé ensemble. On aurait cru que tous les liens s'étaient resserrés par le malheur : j'avais senti que là, du moins, je n'étais pas étrangère.

Si j'ai connu quelques instants doux dans ma vie, depuis la perte des illusions de mon enfance, c'est l'époque qui suivit ces temps désastreux. Madame de B. possédait au suprême degré ce qui fait le charme de la vie intérieure : indulgente et facile, on pouvait tout dire devant elle ; elle savait deviner ce que voulait dire ce qu'on avait dit. Jamais une interprétation sévère ou infidèle ne venait glacer la confiance ; les pensées passaient pour ce qu'elles valaient ; on n'était responsable de rien. Cette qualité eut fait le bonheur des amis de madame de B., quand bien même elle n'eût possédé que celle-là. Mais combien d'autres grâces n'avait-elle pas encore ! Jamais on ne sentait de vide ni d'ennui dans sa conversation ; tout lui servait d'aliment : l'intérêt qu'on prend aux petites choses, qui est de la futilité dans les personnes communes, est la source de mille plaisirs avec une personne distinguée ; car c'est le propre des esprits supérieurs, de faire quelque chose de rien. L'idée la plus ordinaire devenait féconde si elle passait par la bouche de madame de B. ; son esprit et sa raison savaient la revêtir de mille nouvelles couleurs.

Charles avait des rapports de caractère avec madame de B., et son esprit aussi ressemblait au sien, c'est-à-dire qu'il était ce que celui de madame de B. avait dû être, juste, ferme, étendu, mais sans modifications ; la jeunesse ne les connaît pas : pour elle, tout est bien, ou tout est mal, tandis que l'écueil de la vieillesse est souvent de trouver que rien n'est tout à fait bien, et rien tout à fait mal. Charles avait les deux belles passions de son âge, la justice et la vérité. J'ai dit qu'il haïssait jusqu'à l'ombre de l'affectation ; il avait le défaut d'en voir quelquefois où il n'y en avait pas. Habituellement contenu, sa confiance était flatteuse ; on voyait qu'il la donnait, qu'elle était le fruit de l'estime, et non le penchant de son caractère : tout ce qu'il accordait avait du prix, car presque rien en lui n'était involontaire, et tout cependant était naturel. Il comptait tellement sur moi, qu'il n'avait pas une pensée qu'il ne me dît aussitôt. Le soir, assis autour d'une table, les conversations étaient infinies : notre vieil abbé y tenait sa place ; il s'était fait un enchaînement si complet d'idées fausses, et il les soutenait avec tant de bonne foi, qu'il était une source inépuisable d'amusement pour madame de B., dont l'esprit juste et lumineux faisait admirablement ressortir les absurdités du pauvre abbé, qui ne se fâchait jamais ; elle jetait tout au travers de son *ordre d'idées*, de grands traits de bon sens que nous comparions aux grands coups d'épée de Roland ou de Charlemagne[1].

Madame de B. aimait à marcher ; elle se promenait tous les matins dans la forêt de Saint-Germain, donnant le bras à l'abbé ; Charles et moi nous la suivions de loin. C'est alors qu'il me parlait de tout ce qui l'occupait, de ses projets, de ses espérances, de ses idées surtout, sur les choses, sur les hommes, sur les événements. Il ne me cachait rien, et il ne se doutait pas qu'il me confiât quelque chose. Depuis si longtemps il comptait sur moi, que mon amitié était pour lui comme sa vie ; il en jouissait sans la sentir ; il ne me demandait ni intérêt ni attention ; il savait bien qu'en me parlant de lui, il me parlait de moi, et que j'étais plus *lui* que lui-même : charme d'une telle confiance, vous pouvez tout remplacer, remplacer le bonheur même !

Je ne pensais jamais à parler à Charles de ce qui m'avait tant fait souffrir ; je l'écoutais, et ces conversations avaient sur moi je ne sais quel effet magique, qui amenait l'oubli de mes peines. S'il m'avait questionnée, il m'en eut fait souvenir ; alors je lui aurais tout dit :

mais il n'imaginait pas que j'avais aussi un secret. On
était accoutumé à me voir souffrante ; et madame de B.
faisait tant pour mon bonheur qu'elle devait me croire
heureuse. J'aurais dû l'être ; je me le disais souvent ; je
m'accusais d'ingratitude ou de folie ; je ne sais si j'aurais osé avouer jusqu'à quel point ce mal sans remède
de ma couleur me rendait malheureuse. Il y a quelque
chose d'humiliant à ne pas savoir se soumettre à la
nécessité : aussi, ces douleurs, quand elles maîtrisent
l'âme, ont tous les caractères du désespoir. Ce qui m'in-
timidait aussi avec Charles, c'est cette tournure un peu
sévère de ses idées. Un soir, la conversation s'était établie sur la pitié, et on se demandait si les chagrins inspirent plus d'intérêt par leurs résultats ou par leurs
causes. Charles s'était prononcé pour la cause ; il pensait donc qu'il fallait que toutes les douleurs fussent raisonnables. Mais qui peut dire ce que c'est que la raison ?
est-elle la même pour tout le monde ? tous les cœurs
ont-ils les mêmes besoins ? et le malheur n'est-il pas la
privation des besoins du cœur ?

Il était rare cependant que nos conversations du soir
me ramenassent ainsi à moi-même ; je tâchais d'y penser le moins que je pouvais ; j'avais ôté de ma chambre
tous les miroirs, je portais toujours des gants ; mes vêtements cachaient mon cou et mes bras, et j'avais adopté,
pour sortir, un grand chapeau avec un voile, que souvent même je gardais dans la maison. Hélas ! je me
trompais ainsi moi-même : comme les enfants, je fermais les yeux, et je croyais qu'on ne me voyait pas.

Vers la fin de l'année 1795, la Terreur était finie, et
l'on commençait à se retrouver ; les débris de la société
de madame de B. se réunirent autour d'elle, et je vis
avec peine le cercle de ses amis s'augmenter. Ma position était si fausse dans le monde, que plus la société
rentrait dans son ordre naturel, plus je m'en sentais
dehors. Toutes les fois que je voyais arriver chez madame
de B. des personnes qui n'y étaient pas encore venues,
j'éprouvais un nouveau tourment. L'expression de sur-

prise mêlée de dédain que j'observais sur leur physionomie, commençait à me troubler; j'étais sûre d'être
bientôt l'objet d'un aparté dans l'embrasure de la fenêtre,
ou d'une conversation à voix basse : car il fallait bien se
faire expliquer comment une négresse était admise dans
la société intime de madame de B. Je souffrais le mar-
tyre pendant ces éclaircissements; j'aurais voulu être
transportée dans ma patrie barbare, au milieu des sauvages qui l'habitent, moins à craindre pour moi que
cette société cruelle qui me rendait responsable du mal
qu'elle seule avait fait. J'étais poursuivie, plusieurs jours
de suite, par le souvenir de cette physionomie dédai-
gneuse; je la voyais en rêve, je la voyais à chaque instant; elle se plaçait devant moi comme ma propre
image. Hélas! elle était celle des chimères dont je me
laissais obséder[1]! Vous ne m'aviez pas encore appris, ô
mon Dieu! à conjurer ces fantômes; je ne savais pas
qu'il n'y a de repos qu'en vous[2].

À présent, c'était dans le cœur de Charles que je cherchais un abri; j'étais fière de son amitié, je l'étais
encore plus de ses vertus; je l'admirais comme ce que
je connaissais de plus parfait sur la terre. J'avais cru
autrefois aimer Charles comme un frère; mais depuis
que j'étais toujours souffrante, il me semblait que j'étais
vieillie, et que ma tendresse pour lui ressemblait plutôt
à celle d'une mère. Une mère, en effet, pouvait seule
éprouver ce désir passionné de son bonheur, de ses succès; j'aurais volontiers donné ma vie pour lui épargner
un moment de peine. Je voyais bien avant lui l'impression qu'il produisait sur les autres; il était assez heureux pour ne s'en pas soucier : c'est tout simple; il
n'avait rien à en redouter, rien ne lui avait donné cette
inquiétude habituelle que j'éprouvais sur les pensées
des autres; tout était harmonie dans son sort, tout était
désaccord dans le mien.

Un matin, un ancien ami de madame de B. vint chez
elle; il était chargé d'une proposition de mariage pour
Charles : mademoiselle de Thémines[3] était devenue,

d'une manière bien cruelle, une riche héritière ; elle avait perdu le même jour, sur l'échafaud, sa famille entière ; il ne lui restait plus qu'une grand-tante, autrefois religieuse, et qui, devenue tutrice de mademoiselle de Thémines, regardait comme un devoir de la marier, et voulait se presser, parce qu'ayant plus de quatrevingts ans, elle craignait de mourir et de laisser ainsi sa nièce seule et sans appui dans le monde. Mademoiselle de Thémines réunissait tous les avantages de la naissance, de la fortune et de l'éducation ; elle avait seize ans ; elle était belle comme le jour : on ne pouvait hésiter. Madame de B. en parla à Charles, qui d'abord fut un peu effrayé de se marier si jeune : bientôt il désira voir mademoiselle de Thémines ; l'entrevue eut lieu, et alors il n'hésita plus. Anaïs de Thémines possédait en effet tout ce qui pouvait plaire à Charles ; jolie sans s'en douter, et d'une modestie si tranquille, qu'on voyait qu'elle ne devait qu'à la nature cette charmante vertu. Madame de Thémines permit à Charles d'aller chez elle, et bientôt il devint passionnément amoureux. Il me racontait les progrès de ses sentiments : j'étais impatiente de voir cette belle Anaïs, destinée à faire le bonheur de Charles. Elle vint enfin à Saint-Germain ; Charles lui avait parlé de moi ; je n'eus point à supporter d'elle ce coup d'œil dédaigneux et scrutateur qui me faisait toujours tant de mal : elle avait l'air d'un ange de bonté. Je lui promis qu'elle serait heureuse avec Charles ; je la rassurai sur sa jeunesse, je lui dis qu'à vingt et un ans il avait la raison solide d'un âge bien plus avancé. Je répondis à toutes ses questions : elle m'en fit beaucoup, parce qu'elle savait que je connaissais Charles depuis son enfance ; et il m'était si doux d'en dire du bien, que je ne me lassais pas d'en parler.

Les arrangements d'affaires retardèrent de quelques semaines la conclusion du mariage. Charles continuait à aller chez madame de Thémines, et souvent il restait à Paris deux ou trois jours de suite : ces absences m'affligeaient, et j'étais mécontente de moi-même, en voyant que je préférais mon bonheur à celui de Charles; ce n'est pas ainsi que j'étais accoutumée à aimer. Les jours où il revenait, étaient des jours de fête; il me racontait ce qui l'avait occupé; et s'il avait fait quelques progrès dans le cœur d'Anaïs, je m'en réjouissais avec lui. Un jour pourtant il me parla de la manière dont il voulait vivre avec elle: «Je veux obtenir toute sa confiance, me dit-il, et lui donner toute la mienne; je ne lui cacherai rien, elle saura toutes mes pensées, elle connaîtra tous les mouvements secrets de mon cœur; je veux qu'il y ait entre elle et moi une confiance comme la nôtre, Ourika.» Comme la nôtre! Ce mot me fit mal; il me rappela que Charles ne savait pas le seul secret de ma vie, et il m'ôta le désir de le lui confier. Peu à peu les absences de Charles devinrent plus longues; il n'était presque plus à Saint-Germain que des instants; il venait à cheval pour mettre moins de temps en chemin, il retournait l'après-dînée à Paris; de sorte que tous les soirs se passaient sans lui. Madame de B. plaisantait souvent de ces longues absences; j'aurais bien voulu faire comme elle!

Un jour, nous nous promenions dans la forêt. Charles avait été absent presque toute la semaine: je l'aperçus tout à coup à l'extrémité de l'allée où nous marchions; il venait à cheval, et très vite. Quand il fut près de l'endroit où nous étions, il sauta à terre et se mit à se promener avec nous: après quelques minutes de conversation générale, il resta en arrière avec moi, et nous recommençâmes à causer comme autrefois; j'en fis la remarque. «Comme autrefois! s'écria-t-il; ah! quelle différence! avais-je donc quelque chose à dire dans ce temps-là? Il me semble que je n'ai commencé à vivre que depuis deux mois[1]. Ourika, je ne vous dirai jamais ce que j'éprouve pour elle! Quelquefois je crois sentir que mon âme tout entière va passer dans la sienne. Quand elle me regarde, je ne respire plus; quand elle rougit, je voudrais me prosterner à ses pieds pour l'adorer. Quand je pense que je vais être le protecteur de cet ange, qu'elle me confie sa vie, sa destinée; ah! que je

suis glorieux de la mienne ! Que je la rendrai heureuse !
Je serai pour elle le père, la mère qu'elle a perdus : mais
je serai aussi son mari, son amant[1] ! Elle me donnera
son premier amour ; tout son cœur s'épanchera dans le
mien ; nous vivrons de la même vie, et je ne veux pas
que, dans le cours de nos longues années, elle puisse dire
qu'elle ait passé une heure sans être heureuse. Quelles
délices, Ourika, de penser qu'elle sera la mère de mes
enfants, qu'ils puiseront la vie dans le sein d'Anaïs ! Ah !
ils seront doux et beaux comme elle ! Qu'ai-je fait, ô
Dieu ! pour mériter tant de bonheur ! »

Hélas ! j'adressais en ce moment au ciel une question
toute contraire ! Depuis quelques instants, j'écoutais ces
paroles passionnées avec un sentiment indéfinissable.
Grand Dieu ! vous êtes témoin que j'étais heureuse du
bonheur de Charles : mais pourquoi avez-vous donné la
vie à la pauvre Ourika ? pourquoi n'est-elle pas morte
sur ce bâtiment négrier d'où elle fut arrachée, ou sur le
sein de sa mère ? Un peu de sable d'Afrique eût recou-
vert son corps, et ce fardeau eût été bien léger ! Qu'importait au monde qu'Ourika vécût ? Pourquoi était-elle
condamnée à la vie ? C'était donc pour vivre seule, toujours seule, jamais aimée ! Ô mon Dieu, ne le permettez
pas ! Retirez de la terre la pauvre Ourika ! Personne n'a
besoin d'elle : n'est-elle pas seule dans la vie ? Cette
affreuse pensée me saisit avec plus de violence qu'elle
n'avait encore fait. Je me sentis fléchir, je tombai sur les
genoux, mes yeux se fermèrent, et je crus que j'allais
mourir.

En achevant ces paroles, l'oppression de la pauvre
religieuse parut s'augmenter ; sa voix s'altéra, et quelques
larmes coulèrent le long de ses joues flétries. Je voulus
l'engager à suspendre son récit ; elle s'y refusa. « Ce
n'est rien, me dit-elle ; maintenant le chagrin ne dure
pas dans mon cœur : la racine en est coupée. Dieu a eu
pitié de moi ; il m'a retirée lui-même de cet abîme où je
n'étais tombée que faute de le connaître et de l'aimer.

N'oubliez donc pas que je suis heureuse : mais, hélas ! ajouta-t-elle, je ne l'étais point alors. »

Jusqu'à l'époque dont je viens de vous parler, j'avais supporté mes peines ; elles avaient altéré ma santé, mais j'avais conservé ma raison et une sorte d'empire sur moi-même : mon chagrin, comme le ver qui dévore le fruit, avait commencé par le cœur ; je portais dans mon sein le germe de la destruction, lorsque tout était encore plein de vie au-dehors de moi. La conversation me plaisait, la discussion m'animait ; j'avais même conservé une sorte de gaieté d'esprit ; mais j'avais perdu les joies du cœur. Enfin jusqu'à l'époque dont je viens de vous parler, j'étais plus forte que mes peines ; je sentais qu'à présent mes peines seraient plus fortes que moi.

Charles me rapporta dans ses bras jusqu'à la maison ; là tous les secours me furent donnés, et je repris connaissance. En ouvrant les yeux, je vis madame de B. à côté de mon lit ; Charles me tenait une main ; ils m'avaient soignée eux-mêmes, et je vis sur leurs visages un mélange d'anxiété et de douleur qui pénétra jusqu'au fond de mon âme : je sentis la vie revenir en moi ; mes pleurs coulèrent. Madame de B. les essuyait doucement ; elle ne me disait rien, elle ne me faisait point de questions : Charles m'en accabla. Je ne sais ce que je lui répondis ; je donnai pour cause à mon accident le chaud, la longueur de la promenade : il me crut, et l'amertume rentra dans mon âme en voyant qu'il me croyait : mes larmes se séchèrent ; je me dis qu'il était donc bien facile de tromper ceux dont l'intérêt était ailleurs ; je retirai ma main qu'il tenait encore, et je cherchai à paraître tranquille. Charles partit, comme de coutume, à cinq heures ; j'en fus blessée ; j'aurais voulu qu'il fût inquiet de moi : je souffrais tant ! Il serait parti de même, je l'y aurais forcé ; mais je me serais dit qu'il me devait le bonheur de sa soirée, et cette pensée m'eut consolée. Je me gardai bien de montrer à Charles ce mouvement de mon cœur ; les sentiments délicats ont une sorte de pudeur ; s'ils ne sont devinés, ils sont

incomplets : on dirait qu'on ne peut les éprouver qu'à
deux.

À peine Charles fut-il parti, que la fièvre me prit
avec une grande violence ; elle augmenta les deux jours
suivants. Madame de B. me soignait avec sa bonté
accoutumée ; elle était désespérée de mon état, et de
l'impossibilité de me faire transporter à Paris, où le
mariage de Charles l'obligeait à se rendre le lendemain.
Les médecins dirent à madame de B. qu'ils répondaient
de ma vie si elle me laissait à Saint-Germain ; elle s'y
résolut, et elle me montra en partant une affection si
tendre, qu'elle calma un moment mon cœur. Mais
après son départ, l'isolement complet, réel, où je me
trouvais pour la première fois de ma vie, me jeta dans
un profond désespoir. Je voyais se réaliser cette situation que mon imagination s'était peinte tant de fois ; je
mourais loin de ce que j'aimais, et mes tristes gémisse-
ments ne parvenaient pas même à leurs oreilles : hélas !
ils eussent troublé leur joie. Je les voyais, s'abandonnant à toute l'ivresse du bonheur, loin d'Ourika mourante. Ourika n'avait qu'eux dans la vie ; mais eux
n'avaient pas besoin d'Ourika : personne n'avait besoin
d'elle ! Cet affreux sentiment de l'inutilité de l'existence,
est celui qui déchire le plus profondément le cœur : il
me donna un tel dégoût de la vie, que je souhaitai sincèrement mourir de la maladie dont j'étais attaquée. Je
ne parlais pas, je ne donnais presque aucun signe de
connaissance, et cette seule pensée était bien distincte
en moi : *je voudrais mourir*. Dans d'autres moments,
j'étais plus agitée ; je me rappelais tous les mots de cette
dernière conversation que j'avais eue avec Charles dans
la forêt ; je le voyais nageant dans cette mer de délices
qu'il m'avait dépeinte, tandis que je mourais abandonnée, seule dans la mort comme dans la vie. Cette idée
me donnait une irritation plus pénible encore que la
douleur. Je me créais des chimères pour satisfaire à ce
nouveau sentiment ; je me représentais Charles arrivant
à Saint-Germain ; on lui disait : Elle est morte. Eh bien !

le croiriez-vous ? je jouissais de sa douleur ; elle me ven-
geait ; et de quoi ? grand Dieu ! de ce qu'il avait été
l'ange protecteur de ma vie ? Cet affreux sentiment me
fit bientôt horreur ; j'entrevis que si la douleur n'était
pas une faute, s'y livrer comme je le faisais pouvait être
criminel. Mes idées prirent alors un autre cours ; j'essayai de me vaincre, de trouver en moi-même une force
pour combattre les sentiments qui m'agitaient ; mais je
ne la cherchais point, cette force, où elle était. Je me fis
honte de mon ingratitude. Je mourrai, me disais-je, je
veux mourir ; mais je ne veux pas laisser les passions
haineuses approcher de mon cœur. Ourika est un enfant
déshérité ; mais l'innocence lui reste : je ne la laisserai
pas se flétrir en moi par l'ingratitude. Je passerai sur la
terre comme une ombre ; mais, dans le tombeau, j'aurai
la paix. Ô mon Dieu ! ils sont déjà bien heureux : eh
bien ! donnez-leur encore la part d'Ourika, et laissez-la
mourir comme la feuille tombe en automne. N'ai-je donc
pas assez souffert !

Je ne sortis de la maladie qui avait mis ma vie en danger, que pour tomber dans un état de langueur où le
chagrin avait beaucoup de part. Madame de B. s'établit
à Saint-Germain après le mariage de Charles ; il y
venait souvent accompagné d'Anaïs, jamais sans elle. Je
souffrais toujours davantage quand ils étaient là. Je ne
sais si l'image du bonheur me rendait plus sensible ma
propre infortune, ou si la présence de Charles réveillait
le souvenir de notre ancienne amitié ; je cherchais quelquefois à le retrouver, et je ne le reconnaissais plus. Il
me disait pourtant à peu près tout ce qu'il me disait
autrefois : mais son amitié présente ressemblait à son
amitié passée, comme la fleur artificielle ressemble à la
fleur véritable : c'est la même chose, hors la vie et le
parfum[1].

Charles attribuait au dépérissement de ma santé le
changement de mon caractère ; je crois que madame de
B. jugeait mieux le triste état de mon âme, qu'elle devinait mes tourments secrets, et qu'elle en était vivement

affligée : mais le temps n'était plus où je consolais les autres ; je n'avais plus pitié que de moi-même.

Anaïs devint grosse, et nous retournâmes à Paris : ma tristesse augmentait chaque jour. Ce bonheur intérieur si paisible, ces liens de famille si doux ! cet amour dans l'innocence, toujours aussi tendre, aussi passionné ; quel spectacle pour une malheureuse destinée à passer sa triste vie dans l'isolement ! à mourir sans avoir été aimée, sans avoir connu d'autres liens, que ceux de la dépendance et de la pitié ! Les jours, les mois se passaient ainsi ; je ne prenais part à aucune conversation, j'avais abandonné tous mes talents ; si je supportais quelques lectures, c'étaient celles où je croyais retrouver la peinture imparfaite des chagrins qui me dévoraient[1]. Je m'en faisais un nouveau poison, je m'enivrais de mes larmes ; et, seule dans ma chambre pendant des heures entières, je m'abandonnais à ma douleur.

La naissance d'un fils mit le comble au bonheur de Charles ; il accourut pour me le dire, et dans les transports de sa joie, je reconnus quelques accents de son ancienne confiance. Qu'ils me firent mal ! Hélas ! c'était la voix de l'ami que je n'avais plus ! et tous les souvenirs du passé, venaient à cette voix, déchirer de nouveau ma plaie.

L'enfant de Charles était beau comme Anaïs ; le tableau de cette jeune mère avec son fils touchait tout le monde : moi seule, par un sort bizarre, j'étais condamnée à le voir avec amertume ; mon cœur dévorait cette image d'un bonheur que je ne devais jamais connaître, et l'envie, comme le vautour, se nourrissait dans mon sein. Qu'avais-je fait à ceux qui crurent me sauver en m'amenant sur cette terre d'exil ? Pourquoi ne me laissait-on pas suivre mon sort ? Eh bien ! je serais la négresse esclave de quelque riche colon ; brûlée par le soleil, je cultiverais la terre d'un autre : mais j'aurais mon humble cabane pour me retirer le soir ; j'aurais un compagnon de ma vie, et des enfants de ma couleur, qui m'appelleraient leur mère ! ils appuieraient sans dégoût leur petite bouche sur mon front; ils reposeraient leur tête sur mon cou, et s'endormiraient dans mes bras! Qu'ai-je fait pour être condamnée à n'éprouver jamais les affections pour lesquelles seules mon cœur est créé! Ô mon Dieu! ôtez-moi de ce monde; je sens que je ne puis plus supporter la vie.

À genoux dans ma chambre, j'adressais au Créateur cette prière impie, quand j'entendis ouvrir ma porte: c'était l'amie de madame de B., la marquise de..., qui était revenue depuis peu d'Angleterre, où elle avait passé plusieurs années. Je la vis avec effroi arriver près de moi; sa vue me rappelait toujours que, la première, elle m'avait révélé mon sort; qu'elle m'avait ouvert cette mine de douleurs où j'avais tant puisé. Depuis qu'elle était à Paris, je ne la voyais qu'avec un sentiment pénible.

«Je viens vous voir et causer avec vous, ma chère Ourika, me dit-elle. Vous savez combien je vous aime depuis votre enfance, et je ne puis voir, sans une véritable peine, la mélancolie dans laquelle vous vous plongez. Est-il possible, avec l'esprit que vous avez, que vous ne sachiez pas tirer un meilleur parti de votre situation? — L'esprit, madame, lui répondis-je, ne sert guère, qu'à augmenter les maux véritables; il les fait voir sous tant de formes diverses! — Mais, reprit-elle, lorsque les maux sont sans remède, n'est-ce pas une folie de refuser de s'y soumettre, et de lutter ainsi contre la nécessité? car enfin, nous ne sommes pas les plus forts. — Cela est vrai, dis-je; mais il me semble que, dans ce cas, la nécessité est un mal de plus. — Vous conviendrez pourtant, Ourika, que la raison conseille alors de se résigner et de se distraire. — Oui, madame; mais, pour se distraire, il faut entrevoir ailleurs l'espérance. — Vous pourriez du moins vous faire des goûts et des occupations pour remplir votre temps. — Ah! madame, les goûts qu'on se fait, sont un effort, et ne sont pas un plaisir. — Mais, dit-elle encore, vous êtes remplie de talents. — Pour que les talents soient

une ressource, madame, lui répondis-je, il faut se proposer un but; mes talents seraient comme la fleur du
poète anglais*, qui perdait son parfum dans le désert[1].
— Vous oubliez vos amis qui en jouiraient. — Je n'ai
point d'amis, madame; j'ai des protecteurs, et cela est
bien différent! — Ourika, dit-elle, vous vous rendez bien
malheureuse, et bien inutilement. — Tout est inutile
dans ma vie, madame, même ma douleur. — Comment
pouvez-vous prononcer un mot si amer! vous, Ourika,
qui vous êtes montrée si dévouée, lorsque vous restiez
seule à madame de B. pendant la Terreur? — Hélas!
madame, je suis comme ces génies malfaisants qui n'ont
de pouvoir que dans les temps de calamités, et que le
bonheur fait fuir. — Confiez-moi votre secret, ma chère
Ourika; ouvrez-moi votre cœur; personne ne prend à
vous plus d'intérêt que moi, et peut-être que je vous
ferai du bien. — Je n'ai point de secret, madame, lui
répondis-je, ma position et ma couleur sont tout mon
mal, vous le savez. — Allons donc, reprit-elle, pouvez-
vous nier que vous renfermez au fond de votre âme une
grande peine? Il ne faut que vous voir un instant pour
en être sûr.» Je persistai à lui dire ce que je lui avais
déjà dit; elle s'impatienta, éleva la voix; je vis que
l'orage allait éclater. «Est-ce là votre bonne foi, dit-
elle? cette sincérité pour laquelle on vous vante? Ourika,
prenez-y garde; la réserve quelquefois conduit à la
fausseté. — Eh! que pourrais-je vous confier, madame,
lui dis-je, à vous surtout qui, depuis si longtemps avez
prévu quel serait le malheur de ma situation? À vous,
moins qu'à personne, je n'ai rien de nouveau à dire là-
dessus. — C'est ce que vous ne me persuaderez jamais,
répliqua-t-elle; mais puisque vous me refusez votre
confiance, et que vous assurez que vous n'avez point
de secret, eh bien! Ourika, je me chargerai de vous

Born to blush unseen
And waste its sweetness in the desert air.

GRAY

apprendre que vous en avez un. Oui, Ourika, tous vos
regrets, toutes vos douleurs ne viennent que d'une passion malheureuse, d'une passion insensée ; et si, vous
n'étiez pas folle d'amour pour Charles, vous prendriez
fort bien votre parti d'être négresse. Adieu, Ourika, je
m'en vais, et, je vous le déclare, avec bien moins d'intérêt pour vous que je n'en avais apporté en venant ici. »
Elle sortit en achevant ces paroles. Je demeurai anéantie. Que venait-elle de me révéler ! Quelle lumière
affreuse avait-elle jetée sur l'abîme de mes douleurs !
Grand Dieu ! c'était comme la lumière qui pénétra une
fois au fond des enfers, et qui fit regretter les ténèbres à
ses malheureux habitants. Quoi ! j'avais une passion criminelle ! c'est elle qui, jusqu'ici, dévorait mon cœur ! Ce
désir de tenir ma place dans la chaîne des êtres, ce
besoin des affections de la nature, cette douleur de l'isolement, c'étaient les regrets d'un amour coupable ! et
lorsque je croyais envier l'image du bonheur, c'est le
bonheur lui-même qui était l'objet de mes vœux impies !
Mais qu'ai-je donc fait pour qu'on puisse me croire
atteinte de cette passion sans espoir ? Est-il donc impossible d'aimer plus que sa vie avec innocence[1] ? Cette
mère qui se jeta dans la gueule du lion pour sauver son
fils, quel sentiment l'animait ? Ces frères, ces sœurs qui
voulurent mourir ensemble sur l'échafaud, et qui priaient
Dieu avant d'y monter, était-ce donc un amour coupable
qui les unissait[2] ? L'humanité seule ne produit-elle pas
tous les jours des dévouements sublimes ? Pourquoi
donc ne pourrais-je aimer ainsi Charles, le compagnon
de mon enfance, le protecteur de ma jeunesse ?... Et
cependant, je ne sais quelle voix crie au fond de moi-
même, qu'on a raison, et que je suis criminelle. Grand
Dieu ! je vais donc recevoir aussi le remords dans mon
cœur désolé ! Il faut qu'Ourika connaisse tous les genres
d'amertume, qu'elle épuise toutes les douleurs ! Quoi !
mes larmes désormais seront coupables ! il me sera
défendu de penser à lui ! quoi ! je n'oserai plus souffrir !
  Ces affreuses pensées me jetèrent dans un accable-

ment qui ressemblait à la mort. La même nuit, la fièvre me prit, et, en moins de trois jours, on désespéra de ma vie : le médecin déclara que, si l'on voulait me faire recevoir mes sacrements, il n'y avait pas un instant à perdre. On envoya chercher mon confesseur ; il était mort depuis peu de jours. Alors madame de B. fit avertir un prêtre de la paroisse ; il vint et m'administra l'extrême-onction, car j'étais hors d'état de recevoir le viatique ; je n'avais aucune connaissance, et on attendait ma mort à chaque instant. C'est sans doute alors que Dieu eut pitié de moi ; il commença par me conserver la vie : contre toute attente, mes forces se soutinrent. Je luttai ainsi environ quinze jours ; ensuite la connaissance me revint. Madame de B. ne me quittait pas, et Charles paraissait avoir retrouvé pour moi son ancienne affection. Le prêtre continuait à venir me voir chaque jour, car il voulait profiter du premier moment pour me confesser : je le désirais moi-même ; je ne sais quel mouvement me portait vers Dieu, et me donnait le besoin de me jeter dans ses bras et d'y chercher le repos. Le prêtre reçut l'aveu de mes fautes : il ne fut point effrayé de l'état de mon âme ; comme un vieux matelot, il connaissait toutes ces tempêtes[1]. Il commença par me rassurer sur cette passion dont j'étais accusée : «Votre cœur est pur, me dit-il : c'est à vous seule que vous avez fait du mal ; mais vous n'en êtes pas moins coupable. Dieu vous demandera compte de votre propre bonheur qu'il vous avait confié ; qu'en avez-vous fait ? Ce bonheur était entre vos mains, car il réside dans l'accomplissement de nos devoirs ; les avez-vous seulement connus ? Dieu est le but de l'homme : quel a été le vôtre ? Mais ne perdez pas courage ; priez Dieu, Ourika : il est là, il vous tend les bras ; il n'y a pour lui ni nègres ni blancs : tous les cœurs sont égaux devant ses yeux, et le vôtre mérite de devenir digne de lui.» C'est ainsi que cet homme respectable encourageait la pauvre Ourika. Ces paroles simples portaient dans mon âme je ne sais quelle paix que je n'avais jamais connue ;

je les méditais sans cesse, et, comme d'une mine féconde, j'en tirais toujours quelque nouvelle réflexion. Je vis qu'en effet je n'avais point connu mes devoirs: Dieu en a prescrit aux personnes isolées comme à celles qui tiennent au monde; s'il les a privées des liens du sang, il leur a donné l'humanité tout entière pour famille. La sœur de la charité, me disais-je, n'est point seule dans la vie, quoiqu'elle ait renoncé à tout; elle s'est créé une famille de choix; elle est la mère de tous les orphelins, la fille de tous les pauvres vieillards, la sœur de tous les malheureux. Des hommes du monde n'ont-ils pas souvent cherché un isolement volontaire? Ils voulaient être seuls avec Dieu; ils renonçaient à tous les plaisirs pour adorer, dans la solitude, la source pure de tout bien et de tout bonheur; ils travaillaient, dans le secret de leur pensée, à rendre leur âme digne de se présenter devant le Seigneur. C'est pour vous, ô mon Dieu! qu'il est doux d'embellir ainsi son cœur, de le parer, comme pour un jour de fête, de toutes les vertus qui vous plaisent. Hélas! qu'avais-je fait? Jouet insensé des mouvements involontaires de mon âme, j'avais couru après les jouissances de la vie, et j'en avais négligé le bonheur. Mais il n'est pas encore trop tard; Dieu, en me jetant sur cette terre étrangère, voulut peut-être me prédestiner à lui; il m'arracha à la barbarie, à l'ignorance; par un miracle de sa bonté, il me déroba aux vices de l'esclavage, et me fit connaître sa loi: cette loi me montre tous mes devoirs; elle m'enseigne ma route: je la suivrai, ô mon Dieu! je ne me servirai plus de vos bienfaits pour vous offenser, je ne vous accuserai plus de mes fautes.

Ce nouveau jour sous lequel j'envisageais ma position fit rentrer le calme dans mon cœur. Je m'étonnais de la paix qui succédait à tant d'orages: on avait ouvert une issue à ce torrent qui dévastait ses rivages, et maintenant il portait ses flots apaisés dans une mer tranquille.

Je me décidai à me faire religieuse[1]. J'en parlai à madame de B.; elle s'en affligea, mais elle me dit: «Je vous ai fait tant de mal en voulant vous faire du bien, que je ne me sens pas le droit de m'opposer à votre résolution. » Charles fut plus vif dans sa résistance ; il me pria, il me conjura de rester ; je lui dis : « Laissez-moi aller, Charles, dans le seul lieu où il me soit permis de penser sans cesse à vous… »

Ici la jeune religieuse finit brusquement son récit. Je continuai à lui donner des soins : malheureusement ils furent inutiles ; elle mourut à la fin d'octobre ; elle tomba avec les dernières feuilles de l'automne.

Édouard

Brama assai, poco spera, e nulla chiede.

Le Tasse[1]

INTRODUCTION

J'allais rejoindre à Baltimore mon régiment, qui faisait partie des troupes françaises employées dans la guerre d'Amérique[1]; et, pour éviter les lenteurs d'un convoi, je m'étais embarqué à Lorient sur un bâtiment marchand armé en guerre. Ce bâtiment portait avec moi trois autres passagers: l'un d'eux m'intéressa dès le premier moment que je l'aperçus: c'était un grand jeune homme, d'une belle figure, dont les manières étaient simples et la physionomie spirituelle; sa pâleur, et la tristesse dont toutes ses paroles et toutes ses actions étaient comme empreintes, éveillaient à la fois l'intérêt et la curiosité. Il était loin de les satisfaire; il était habituellement silencieux, mais sans dédain. On aurait dit au contraire, qu'en lui la bienveillance avait survécu à d'autres qualités éteintes par le chagrin. Habituellement distrait, il n'attendait ni retour ni profit pour lui-même de rien de ce qu'il faisait. Cette facilité à vivre, qui vient du malheur, a quelque chose de touchant; elle inspire plus de pitié que les plaintes les plus éloquentes.

Je cherchais à me rapprocher de ce jeune homme; mais, malgré l'espèce d'intimité forcée qu'amène la vie d'un vaisseau, je n'avançais pas. Lorsque j'allais m'asseoir auprès de lui, et que je lui adressais la parole, il répondait à mes questions; et si elles ne touchaient à aucun des sentiments intimes du cœur, mais aux rapports vagues de la société, il ajoutait quelquefois une réflexion; mais dès que je voulais entrer dans le sujet des passions, ou des souffrances de l'âme, ce qui m'arrivait souvent, dans l'intention d'amener quelque confiance de sa part, il se levait, il s'éloignait, ou sa physionomie devenait si sombre que je ne me sentais pas le courage de continuer. Ce qu'il me montrait de lui aurait suffi de la part de tout autre, car il avait un esprit singulièrement original; il ne voyait rien d'une manière commune, et cela venait de ce que la vanité n'était jamais mêlée à aucun de ses jugements. Il était l'homme le plus indépendant que j'aie connu; le malheur l'avait rendu comme étranger aux autres hommes; il était juste parce qu'il était impartial, et impartial parce que tout lui était indifférent[1]. Lorsqu'une telle manière de voir ne rend pas fort égoïste, elle développe le jugement, et accroît les facultés de l'intelligence. On voyait que son esprit avait été fort cultivé; mais, pendant toute la traversée, je ne le vis jamais ouvrir un livre; rien en apparence ne remplissait pour lui la longue oisiveté de nos jours. Assis sur un banc à l'arrière du vaisseau, il restait des heures entières appuyé sur le bordage à regarder fixement la longue trace que le navire laissait sur les flots. Un jour il me dit: «Quel fidèle emblème de la vie! ainsi nous creusons péniblement notre sillon dans cet océan de misère qui se referme après nous. — À votre âge, lui dis-je, comment voyez-vous le monde sous un jour si triste? — On est vieux, dit-il, quand on n'a plus d'espérance[2]. — Ne peut-elle donc renaître? lui demandé-je. — Jamais, répondit-il.» Puis, me regardant tristement: «Vous avez pitié de moi, me dit-il, je le vois; croyez que j'en suis touché, mais je ne puis vous ouvrir mon cœur; ne le désirez même pas, il n'y a point de remède à mes maux, et tout m'est inutile désormais, même un ami.» Il me quitta en prononçant ces dernières paroles.

J'essayai peu de jours après de reprendre la même conversation; je lui parlai d'une aventure de ma jeunesse ; je lui racontai comment les conseils d'un ami m'avaient épargné une grande faute. « Je voudrais, lui dis-je, être aujourd'hui pour vous ce qu'on fut alors pour moi. » Il prit ma main : « Vous êtes trop bon, me dit-il ; mais vous ne savez pas ce que vous me demandez, vous voulez me faire du bien, et vous me feriez du mal : les grandes douleurs n'ont pas besoin de confidents ; l'âme qui peut les contenir se suffit à elle-même ; il faut entrevoir ailleurs l'espérance pour sentir le besoin de l'intérêt des autres ; à quoi bon toucher à des plaies inguérissables ? tout est fini pour moi dans la vie, et je suis déjà à mes yeux comme si je n'étais plus. » Il se leva, se mit à marcher sur le pont, et bientôt alla s'asseoir à l'autre extrémité du navire.

Je quittai alors le banc que j'occupais pour lui donner la facilité d'y revenir ; c'était sa place favorite, et souvent même il y passait les nuits. Nous étions alors dans le parallèle des vents alizés, à l'ouest des Açores, et dans un climat délicieux. Rien ne peut peindre le charme de ces nuits des tropiques : le firmament semé d'étoiles se réfléchit dans une mer tranquille. On se croirait placé, comme l'archange de Milton, au centre de l'univers, et pouvant embrasser d'un seul coup d'œil la création toute entière[1].

Le jeune passager remarquait un soir ce magnifique spectacle : « L'infini est partout, dit-il ; on le voit là, en montrant le ciel ; on le sent ici, en montrant son cœur : et cependant quel mystère ! qui peut le comprendre ! Ah ! la mort en a le secret ; elle nous l'apprendra peut-être, ou peut-être nous fera-t-elle tout oublier. Tout oublier ! répéta-t-il d'une voix tremblante. — Vous n'entretenez pas une pensée si coupable ? lui dis-je. — Non, répondit-il : qui pourrait douter de l'existence de Dieu en contemplant ce beau ciel ? Dieu a répandu ses dons également sur tous les êtres, il est souverainement bon ; mais les institutions des hommes sont toutes-puissantes aussi, et elles sont la source de mille douleurs. Les anciens plaçaient la fatalité dans le ciel ; c'est sur la terre qu'elle existe, et il n'y a rien de plus inflexible dans le monde que l'ordre social tel que les hommes l'ont créé.» Il me quitta en achevant ces mots. Plusieurs fois je renouvelai mes efforts, tout fut inutile; il me repoussait sans me blesser, et cette âme inaccessible aux consolations était encore généreuse, bienveillante, élevée; elle aurait donné le bonheur qu'elle ne pouvait plus recevoir.

Le voyage finit; nous débarquâmes à Baltimore. Le jeune passager me demanda de l'admettre comme volontaire dans mon régiment; il y fut inscrit, comme sur le registre du vaisseau, sous le seul nom d'Édouard. Nous entrâmes en campagne, et, dès les premières affaires que nous eûmes avec l'ennemi, je vis qu'Édouard s'exposait comme un homme qui veut se débarrasser de la vie. J'avoue que chaque jour m'attachait davantage à cette victime du malheur; je lui disais quelquefois: «J'ignore votre vie, mais je connais votre cœur; vous ne voulez pas me donner votre confiance, mais je n'en ai pas besoin pour vous aimer. Souffrir profondément appartient aux âmes distinguées, car les sentiments communs sont toujours superficiels. Édouard, lui dis-je un jour, est-il donc impossible de vous faire du bien?» Les larmes lui vinrent aux yeux. «Laissez-moi, me dit-il, je ne veux pas me rattacher à la vie.» Le lendemain nous attaquâmes un fort sur la Skulkill. S'étant mis à la tête d'une poignée de soldats, Édouard emporta la redoute l'épée à la main. Je le suivais de près; je ne sais quel pressentiment me disait qu'il avait fixé ce jour-là pour trouver la mort qu'il semblait chercher. En effet, je le vis se jeter dans les rangs des soldats ennemis qui défendaient les ouvrages intérieurs du fort. Préoccupé de l'idée de garantir Édouard, je ne pensais pas à moi-même; je reçus un coup de feu tiré de fort près, et qui lui était destiné. Nos gens arrivèrent, et parvinrent à nous dégager. Édouard me souleva dans ses bras, me porta dans le fort, banda ma blessure, et, soutenant ma tête, il attendit ainsi le chirurgien. Jamais je n'ai vu

une physionomie exprimer si vivement des émotions si
variées et si profondes; la douleur, l'inquiétude, la
reconnaissance, s'y peignaient avec tant de force et de
fidélité, qu'on aurait voulu qu'un peintre pût en conserver les traits. Lorsque le chirurgien prononça que mes
blessures n'étaient pas mortelles, des larmes coulèrent
des yeux d'Édouard. Il me pressa sur son cœur: «Je
serais mort deux fois», me dit-il. De ce jour, il ne me
quitta plus; je languis longtemps: ses soins ne se démen-
tirent jamais; ils prévenaient tous mes désirs. Édouard,
toujours sérieux, cherchait pourtant à me distraire; son
esprit piquant amenait et faisait naître la plaisanterie:
lui seul n'y prenait aucune part; seul il restait étranger
à cette gaieté qu'il avait excitée lui-même. Souvent il
me faisait la lecture; il devinait ce qui pouvait soulager
mes maux. Je ne sais quoi de paisible, de tendre, se
mêlait à ses soins, et leur donnait le charme délicat qu'on
attribue à ceux des femmes; c'est qu'il possédait leur
dévouement, cette vertu touchante qui transporte dans
ce que nous aimons ce *moi*, source de toutes les misères
de nos cœurs, quand nous ne le plaçons pas dans un
autre.

Édouard cependant gardait toujours sur lui-même ce
silence qui m'avait longtemps affligé; mais chaque jour
diminuait ma curiosité, et maintenant je craignais bien
plus de l'affliger que je ne désirais le connaître. Je le
connaissais assez; jamais un cœur plus noble, une âme
plus élevée, un caractère plus aimable, ne s'étaient mon-
trés à moi. L'élégance de ses manières et de son langage montraient qu'il avait vécu dans la meilleure
compagnie[1]. Le bon goût forme entre ceux qui le possèdent une sorte de lien qu'on ne saurait définir[2]. Je ne
pouvais concevoir pourquoi je n'avais jamais rencontré
Édouard, tant il paraissait appartenir à la société où
j'avais passé ma vie. Je le lui dis un jour, et cette simple
remarque amena ce que j'avais si longtemps sollicité en
vain. «Je ne dois plus vous rien refuser, me dit-il; mais
n'exigez pas que je vous parle de mes peines; j'essaierai

d'écrire, et de vous faire connaître celui dont vous avez
conservé la vie aux dépens de la vôtre.» Bientôt je me
repentis d'avoir accepté cette preuve de la reconnaissance d'Édouard. En peu de jours, il retomba dans la
profonde mélancolie dont il s'était un moment efforcé
de sortir. Je voulus l'engager à interrompre son travail.
«Non, me dit-il; c'est un devoir, je veux le remplir.» Au
bout de quelques jours, il entra dans ma chambre,
tenant dans sa main un gros cahier d'une écriture assez
fine. «Tenez, me dit-il, ma promesse est accomplie,
vous ne vous plaindrez plus qu'il n'y a pas de _passé_
dans notre amitié; lisez ce cahier, mais ne me parlez
pas de ce qu'il contient; ne me cherchez même pas
aujourd'hui, je veux rester seul. On croit ses souvenirs
ineffaçables, ajouta-t-il; et cependant quand on va les
chercher au fond de son âme, on y réveille mille nouvelles douleurs[1].» Il me quitta en achevant ces mots, et
je lus ce qui va suivre.

Édouard

Je suis le fils d'un célèbre avocat au parlement de
Paris ; ma famille est de Lyon, et, depuis plusieurs générations, elle a occupé les utiles emplois réservés à la
haute bourgeoisie de cette ville. Un de mes grands-pères
mourut victime de son dévouement dans la maladie épi-
démique qui désola Lyon en 1748[1]. Son nom révéré
devint dans sa patrie le synonyme du courage et de
l'honneur. Mon père fut de bonne heure destiné au bar-
reau ; il s'y distingua, et acquit une telle considération,
qu'il devint d'usage de ne se décider sur aucune affaire
de quelque importance sans la lui avoir soumise. Il se
maria déjà vieux à une femme qu'il aimait depuis longtemps ; je fus leur unique enfant. Mon père voulut m'élever lui-même ; et lorsque j'eus dix ans accomplis, il se
retira avec ma mère à Lyon, et se consacra tout entier à
mon éducation. Je satisfaisais mon père sous quelques
points ; je l'inquiétais sous d'autres. Apprenant avec une
extrême facilité, je ne faisais aucun usage de ce que je
savais. Réservé, silencieux, peu confiant, tout s'entassait
dans mon esprit et ne produisait qu'une fermentation
inutile et de continuelles rêveries. J'aimais la solitude,
j'aimais à voir le soleil couchant ; je serais resté des
journées entières, assis sur cette petite pointe de sable
qui termine la presqu'île où Lyon est bâtie, à regarder se
mêler les eaux de la Saône et du Rhône, et à sentir
comme ma pensée et ma vie entraînées dans leur cou-

rant. On m'envoyait chercher; je rentrais, je me mettais
à l'étude sans humeur et sans dégoût; mais on aurait dit
que je vivais de deux vies, tant mes occupations et mes
pensées étaient de nature différente. Mon père essayait
quelquefois de me faire parler; mais c'était ma mémoire
seule qui lui répondait. Ma mère s'efforçait de pénétrer
dans mon âme par la tendresse, je l'embrassais; mais je
sentais même dans ces douces caresses quelque chose
d'incomplet au fond de mon âme.

Mon père possédait au milieu des montagnes du Forez,
entre Boën et Saint-Étienne, des forges et une maison[1].
Nous allions chaque année passer à ces forges les deux
mois des vacances. Ce temps désiré et savouré avec
délices s'écoulait toujours trop vite. La position de ce
lieu avait quelque beauté; la rivière qui faisait aller la
forge descendait d'un cours rapide, et souvent brisé par
les rochers; elle formait au-dessous de la forge une
grande nappe d'eau plus tranquille; puis elle se détournait brusquement, et disparaissait entre deux hautes
montagnes recouvertes de sapins. La maison d'habita-
tion était petite; elle était située au-dessus de la forge,
de l'autre côté du chemin, et placée à peu près au tiers
de la hauteur de la montagne. Environnée d'une vieille
forêt de sapins, elle ne possédait pour tout jardin qu'une
petite plate-forme, dessinée avec des buis, ornée de
quelques fleurs, et d'où l'on avait la vue de la forge, des
montagnes, et de la rivière. Il n'y avait point là de village. Il était situé à un quart de lieue plus haut, sur le
bord du torrent, et chaque matin la population, qui tra-
vaillait aux forges presque toute entière, passait sous la
plate-forme en se rendant aux travaux. Les visages
noirs et enfumés des habitants, leurs vêtements en lam-
beaux, faisaient un triste contraste avec leur vive gaieté,
leurs chants, leurs danses, et leurs chapeaux ornés de
rubans. Cette forge était pour moi à la campagne ce
qu'était à Lyon la petite pointe de sable et le cours
majestueux du Rhône: le mouvement me jetait dans les
mêmes rêveries que le repos. Le soir, quand la nuit était

sombre, on ne pouvait m'arracher de la plate-forme ; la forge était alors dans toute sa beauté ; les torrents de feu qui s'échappaient de ses fourneaux éclairaient ce seul point d'une lumière rouge, sur laquelle tous les objets se dessinaient comme des spectres ; les ouvriers dans l'activité de leurs travaux, armés de leurs grands pieux aigus, ressemblaient aux démons de cette espèce d'enfer ; des ruisseaux d'un feu liquide coulaient au-dehors ; des fantômes noirs coupaient ce feu, et en emportaient des morceaux au bout de leur baguette magique ; et bientôt le feu lui-même prenait entre leurs mains une nouvelle forme. La variété des attitudes, l'éclat de cette lumière terrible dans un seul point du paysage, la lune qui se levait derrière les sapins, et qui argentait à peine l'extrémité de leur feuillage, tout ce spectacle me ravissait. J'étais fixé sur cette plate-forme comme par l'effet d'un enchantement, et, quand on venait m'en tirer, on me réveillait comme d'un songe.

Cependant je n'étais pas si étranger aux jeux de l'enfance que cette disposition pourrait le faire croire ; mais c'était surtout le danger qui me plaisait. Je gravissais les rochers les plus inaccessibles ; je grimpais sur les arbres les plus élevés ; je croyais toujours poursuivre je ne sais quel but que je n'avais encore pu atteindre, mais que je trouverais au-delà de ce qui m'était déjà connu ; je m'associais d'autres enfants dans mes entreprises ; mais j'étais leur chef, et je me plaisais à les surpasser en témérité. Souvent je leur défendais de me suivre, et ce sentiment du danger perdait tout son charme pour moi si je le voyais partagé[1].

J'allais avoir quatorze ans ; mes études étaient fort avancées, mais je restais toujours au même point pour le fruit que je pouvais en tirer, et mon père désespérait d'éveiller en moi ce feu de l'âme sans lequel tout ce que l'esprit peut acquérir n'est qu'une richesse stérile, lorsqu'une circonstance, légère en apparence, vint faire vibrer cette corde cachée au fond de mon âme, et commença pour moi une existence nouvelle. J'ai parlé de mes jeux : un de ceux qui me plaisaient le plus était de traverser la rivière en sautant de rocher en rocher par-dessus ses ondes bouillonnantes ; souvent même je prolongeais ce jeu périlleux, et, non content de traverser la rivière, je la remontais ou je la descendais de la même façon. Le danger était grand ; car, en approchant de la forge, la rivière encaissée se précipitait violemment sous les lourds marteaux qui broyaient la mine, et sous les roues que le courant faisait mouvoir. Un jour, un enfant un peu plus jeune que moi me dit : « Ce que tu fais n'est pas difficile. — Essaie donc », répondis-je. Il saute, fait quelques pas, glisse, et disparaît dans les flots. Je n'eus pas le temps de la réflexion ; je me précipite, je me cramponne aux rochers, et l'enfant, entraîné par le courant, vient s'arrêter contre l'obstacle que je lui présente. Nous étions à deux pas des roues, et les forces me manquant nous allions périr, lorsqu'on vint à notre secours. Je fondis en larmes quand le danger fut passé[1]. Mon père, ma mère accoururent et m'embrassèrent ; mon cœur palpita de joie en recevant leurs caresses. Le lendemain en étudiant je croyais lire des choses nouvelles ; je comprenais ce que jusque-là je n'avais fait qu'apprendre ; j'avais acquis la faculté d'admirer ; j'étais ému de ce qui était bien, enflammé de ce qui était grand. L'esprit de mon père me frappait comme si je ne l'eusse jamais entendu : je ne sais quel voile s'était déchiré dans les profondeurs de mon âme. Mon cœur battait dans les bras de ma mère, et je comprenais son regard. Ainsi un jeune arbre, après avoir langui longtemps, prend tout à coup l'essor ; il pousse des branches vigoureuses, et on s'étonne de la beauté de son feuillage ; c'est que sa racine a enfin rencontré le filon de terre qui convient à sa substance ; j'avais rencontré aussi le terrain qui m'était propre ; j'avais dévoué ma vie pour un autre.

De ce moment je sortis de l'enfance. Mon père, encouragé par le succès, m'ouvrit les voies nouvelles qu'on ne parcourt qu'avec l'imagination. En me faisant appliquer les sentiments aux faits, il forma à la fois mon cœur et mon jugement. Savoir et sentir, disait-il souvent, voilà toute l'éducation.

Les lois furent ma principale étude ; mais par la manière dont cette étude était conduite, elle embrassait toutes les autres. Les lois furent faites en effet pour les hommes et pour les mœurs de tous les temps : elles suivirent les besoins ; compagnes de l'Histoire, elles sont le mot de toutes les difficultés, le flambeau de tous les mystères ; elles n'ont point de secret pour qui sait les étudier, point de contradiction pour qui sait les comprendre.

Mon père était le plus aimable des hommes ; son esprit servait à tout, et il n'en avait jamais que ce qu'il fallait. Il possédait au suprême degré l'art de faire sortir la plaisanterie de la raison. L'opposition du bon sens aux idées fausses est presque toujours comique ; mon père m'apprit à trouver ridicule ce qui manquait de vérité. Il ne pouvait mieux en conjurer le danger.

C'est un danger pourtant et un grand malheur que la passion dans l'appréciation des choses de la vie, même quand les principes les plus purs et la raison la plus saine sont vos guides. On ne peut haïr fortement ce qui est mal, sans adorer ce qui est bien ; et ces mouvements violents sont-ils faits pour le cœur de l'homme ? Hélas ! ils le laissent vide et dévasté comme une ruine, et cet accroissement momentané de la vie amène et produit la mort[1].

Je ne faisais pas alors ces réflexions ; le monde s'ouvrait à mes yeux comme un océan sans bornes. Je rêvais la gloire, l'admiration, le bonheur ; mais je ne les cherchais pas hors de la profession qui m'était destinée. Noble profession ! où l'on prend en main la défense de l'opprimé, où l'on confond le crime, et fait triompher l'innocence. Mes rêveries, qui avaient alors quelque chose de moins vague, me représentaient toutes les occasions que j'aurais de me distinguer ; et je créais des malheurs et des injustices chimériques, pour avoir la gloire et le plaisir de les réparer.

La révolution qui s'était faite dans mon caractère

n'avait produit aucun changement dans mes goûts.
Comme aux jours de mon enfance, je fuyais la société ;
je ne sais quelle déplaisance s'attachait pour moi, à
vivre avec des gens, respectables sans doute, mais dont
aucun ne réalisait ce type que je m'étais formé au fond
de l'âme, et qui, au vrai, n'avait que mon père pour
modèle. Dans l'intimité de notre famille, entre mon
père et ma mère, j'étais heureux ; mais dès qu'il arrivait
un étranger, je m'en allais dans ma chambre vivre dans
ce monde que je m'étais créé, et auquel celui-là ressemblait si peu.

Ma mère avait beaucoup d'esprit, de la douceur et
une raison supérieure ; elle aimait les idées reçues, peut-
être même les idées communes, mais elle les défendait
par des motifs nouveaux et piquants. La longue habitude de vivre avec mon père et de l'aimer avait fait
d'elle comme un reflet de lui ; mais ils pensaient souvent les mêmes choses par des motifs différents, et cela
rendait leurs entretiens à la fois paisibles et animés. Je
ne les vis jamais différer que sur un seul point. Hélas !
je vois aujourd'hui que ma mère avait raison.

Mon père avait dû la plus grande partie de son talent,
et de sa célébrité comme avocat, à une profonde connaissance du cœur humain. Je lui ai ouï dire que les pièces
d'un procès servaient moins à établir son opinion, que
le tact qui lui faisait pénétrer jusqu'au fond de l'âme des
parties intéressées. Cette sagacité, cette pénétration, cette
finesse d'aperçus, étaient des qualités que mon père
aurait voulu me donner ; peut-être même la solitude
habituelle où nous vivions avait-elle pour but de me
préparer à être plus frappé du spectacle de la société
qu'on ne l'est, lorsque graduellement on s'est familia-
risé avec ses vices et ses ridicules, et qu'on arrive blasé
sur l'impression qu'on en peut recevoir. Mon père voulait montrer le monde à mes yeux, lorsqu'il se serait
assuré que le goût du bien, la solidité des principes, et
la faculté de l'observation, seraient assez mûris en moi

pour retirer de ce spectacle le profit qu'il se plaisait à en attendre.

Mon père avait été assez heureux dans sa jeunesse pour sauver dans un procès fameux la fortune et l'honneur du maréchal d'Olonne[1]. Les rapports où les avait mis cette affaire avaient créé entre eux une amitié qui, depuis trente ans, ne s'était jamais démentie. Malgré des destinées si différentes, leur intimité était restée la même: tant il est vrai que la parité de l'âme est le seul lien réel de la vie. Une correspondance fréquente alimentait leur amitié. Il ne se passait pas de semaine que mon père ne reçût de lettres de M. le maréchal d'Olonne, et la plus intime confiance régnait entre eux. C'est dans cette maison que mon père comptait me mener quand j'aurais atteint ma vingtième année; c'est là qu'il se flattait de me faire voir la bonne compagnie, et de me faire acquérir ces qualités de l'esprit qu'il désirait tant que je possédasse. J'ai vu ma mère s'opposer à ces desseins. «Ne sortons point de notre état, disait-elle à mon père: pourquoi mener Édouard dans un monde où il ne doit pas vivre, et qui le dégoûtera peut-être de notre paisible intérieur[2]? — Un avocat, disait mon père, doit avoir étudié tous les rangs; il faut qu'il se familiarise d'avance avec la politesse des gens de la cour pour n'en être pas ébloui. Ce n'est que dans le monde qu'il peut acquérir la pureté du langage, et la grâce de la plaisanterie. La société seule enseigne les convenances, et toute cette science de goût, qui n'a point de préceptes, et que pourtant on ne vous pardonne pas d'ignorer[3]. — Ce que vous dites est vrai, reprenait ma mère; mais j'aime mieux, je vous l'avoue, qu'Édouard ignore tout cela et qu'il soit heureux; on ne l'est qu'en s'associant avec ses égaux:

> *Among unequals no society*
> *Can sort**[4].*

* Milton.

« — La citation est exacte, répondit mon père, mais le
poète ne l'entend que de l'égalité morale, et, sur ce
point, je suis de son avis, j'ai le droit de l'être. — Oui,
sans doute, reprit ma mère ; mais le maréchal d'Olonne
est une exception. Respectons les convenances sociales ;
admirons même la hiérarchie des rangs, elle est utile,
elle est respectable ; d'ailleurs n'y tenons-nous pas
notre place ? mais gardons-la, cette place ; on se trouve
toujours mal d'en sortir. » Ces conversations se renou-
velaient souvent ; et j'avoue que le désir de voir des
choses nouvelles et je ne sais quelle inquiétude cachée
au fond de mon âme, me mettait du parti de mon père,
et me faisait ardemment souhaiter d'avoir vingt ans
pour aller à Paris, et pour voir le maréchal d'Olonne.

Je ne vous parlerai pas des deux années qui s'écoulèrent jusqu'à cette époque. Des études sérieuses occupè-
rent tout mon temps : le droit, les mathématiques, les
langues employaient toutes les heures de mes journées ;
et cependant ce travail aride, qui aurait dû fixer mon
esprit, me laissa tel que la nature m'avait créé, et tel
sans doute que je dois mourir.

À vingt ans, j'attendais un grand bonheur, et la Providence m'envoya la plus grande de toutes les peines : je
perdis ma mère. Comme nous allions partir pour Paris,
elle tomba malade ; et à cette maladie succéda un état
de langueur qui se prolongea six mois. Elle expira doucement dans mes bras[1] ; elle me bénit, elle me consola.
Dieu eut pitié d'elle et de moi ; il lui épargna la douleur
de me voir malheureux, et à moi celle de déchirer son
âme ; elle ne me vit pas tomber dans ce piège que sa raison avait su prévoir, et dont elle avait inutilement cherché à me garantir. Hélas ! puis-je dire que je regrette la
paix que j'ai perdue ? voudrais-je aujourd'hui de cette
existence tranquille que ma mère rêvait pour moi ? Non
sans doute. Je ne puis plus être heureux ; mais cette
douleur, que je porte au fond de mon âme, m'est plus
chère que toutes les joies communes de ce monde. Elle

fera encore la gloire du dernier de mes jours, après avoir fait le charme de ma jeunesse ; à vingt-trois ans, des souvenirs sont tout ce qui me reste ; mais, qu'importe ! ma vie est finie, et je ne demande plus rien à l'avenir.

Dans le premier moment de sa douleur, mon père renonça au voyage de Paris. Nous allâmes en Forez, où nous croyions nous distraire, et où nous trouvâmes partout l'image de celle que nous pleurions. Qu'elle est cruelle l'absence de la mort ! Absence sans retour ! nous la sentions, même quand nous croyions l'oublier. Toujours seul avec mon père, je ne sais quelle sécheresse se glissait quelquefois dans nos entretiens. C'est par ma mère, que la décision de mon père et mes rêveries se rencontraient sans se heurter ; elle était comme la nuance harmonieuse qui unit deux couleurs vives et trop tranchées. À présent qu'elle n'y était plus, nous sentions pour la première fois, mon père et moi, que nous étions deux, et que nous n'étions pas toujours d'accord.

Au mois de novembre nous partîmes pour Paris. Mon père alla loger chez un frère de ma mère, M. d'Herbelot, fermier général fort riche. Il avait une belle maison à la Chaussée-d'Antin[1], où il nous reçut à merveille. Il nous donna de grands dîners, me mena au spectacle, au bal, me fit voir toutes les curiosités de Paris. Mais c'était M. le maréchal d'Olonne que je désirais voir, et il était à Fontainebleau, d'où il ne devait revenir que dans quinze jours. Ce temps se passa dans des fêtes continuelles. Mon oncle ne me faisait grâce d'aucune façon de s'amuser ; les pique-niques, les parties de toute espèce, les comédies, les concerts, Géliot[2], et mademoiselle Arnould[3]. J'étais déjà fatigué de Paris, quand mon père reçut un billet de M. le maréchal d'Olonne, qui lui mandait qu'il était arrivé, et qu'il l'invitait à dîner pour ce même jour. «Amenez notre Édouard», disait-il. Combien cette expression me toucha !

Je vous raconterai ma première visite à l'hôtel d'Olonne, parce qu'elle me frappa singulièrement. J'étais accoutumé à la magnificence chez mon oncle M. d'Herbelot ; mais tout le luxe de la maison d'un fermier général fort riche ne ressemblait en rien à la noble simplicité de la maison de M. le maréchal d'Olonne. Le passé dans cette maison servait d'ornement au présent ; des tableaux de famille, qui portaient des noms historiques et chers à la France, décoraient la plupart des pièces ; de vieux valets de chambre marchaient devant vous pour vous annoncer. Je ne sais quel sentiment de respect vous saisissait, en parcourant cette vaste maison, où plusieurs générations s'étaient succédé, faisant honneur à la fortune et à la puissance plutôt qu'elles n'en étaient honorées. Je me rappelle jusqu'au moindre détail de cette première visite ; plus tard tout est confondu dans un seul souvenir ; mais alors j'examinais avec une vive curiosité ce qui avait fait si souvent le sujet des conversations de mon père, et cette société dont il m'avait parlé tant de fois.

Il n'y avait que cinq ou six personnes dans le salon lorsque nous arrivâmes. M. le maréchal d'Olonne causait debout auprès de la cheminée ; il vint au-devant de mon père, et lui prit les mains. « Mon ami, lui dit-il, mon excellent ami ! enfin vous voilà ! Vous m'amenez Édouard. Savez-vous, Édouard, que vous venez chez l'homme qui aime le mieux votre père, qui honore le plus ses vertus, et qui lui doit une reconnaissance éternelle ? » Je répondis qu'on m'avait accoutumé de bonne heure aux bontés de M. le maréchal. « Vous a-t-on dit que je devais vous servir de père, si vous n'eussiez pas conservé le vôtre ? — Je n'ai pas eu besoin de ce malheur pour sentir la reconnaissance », répondis-je. Il prit occasion de ce peu de mots pour faire mon éloge. « Qu'il est bien ! dit-il ; qu'il est beau ! qu'il a l'air modeste et spirituel ! » Il savait qu'en me louant ainsi il réjouissait le cœur de mon père. On reprit la conversation. J'entendis nommer les personnes qui m'entouraient ; c'étaient les hommes les plus distingués dans les sciences et dans les lettres, et un Anglais, membre fameux de l'opposition[1]. On parlait, je m'en souviens, de la jurisprudence criminelle en Angleterre et de l'institution du jury[2]. Je sentis, je vous l'avoue, un mouvement inexprimable d'orgueil en voyant combien dans ces questions intéressantes l'opinion de mon père était comptée. On l'écoutait avec attention, presque avec respect. La supériorité de son esprit semblait l'avoir placé tout à coup au-dessus de ceux qui l'entouraient; et ses beaux cheveux blancs ajoutaient encore l'autorité et la dignité à tout ce qu'il disait. C'est la mode d'admirer l'Angleterre[3]. M. le maréchal d'Olonne soutenait le côté de la question qui était favorable aux institutions anglaises, et les personnes qui se montraient d'une opinion opposée s'étaient placées sur un mauvais terrain pour la défendre. Mon père en un instant mit la question dans son véritable jour. Il présenta le jury comme un monument vénérable des anciennes coutumes germaniques; et montra l'esprit conservateur des Anglais et leur respect pour le passé dans l'existence de ces institutions, qu'ils reçurent de leurs ancêtres presque dans le même état où ils les possèdent encore aujourd'hui; mais mon père fit voir dans notre système judiciaire l'ouvrage perfectionné de la civilisation. «Notre magistrature, dit-il, a pour fondement l'honneur et la considération, ces grands mobiles des monarchies*[4]; elle est comme un sacerdoce, dont la fonction est le maintien de la morale à l'extérieur de la société, et elle n'a au-dessus d'elle que les ministres d'une religion qui, réglant cette société dans la conscience de l'homme, en attaque les désordres à leur seule et véritable source.» Mon père alla jusqu'à défendre la vénalité des charges que l'Anglais attaquait toujours. «Admirable institution, dit mon père, que celle qui est parvenue à faire payer si cher le droit de sacrifier tous les plaisirs de la vie, et d'embrasser la vertu comme une convenance d'État. Ne nous calomnions pas nous-mêmes, dit encore mon père; la magis-

---

* Montesquieu.

trature qui a produit Molé[1], Lamoignon[2], d'Aguesseau[3],
n'a rien à envier à personne ; et si le jury anglais se distingue par l'équité de ses jugements, c'est que la classe
qui le compose en Angleterre est remarquable, surtout,
par ses lumières et son intégrité. En Angleterre l'institution repose sur les individus ; ici les individus tirent
leur lustre et leur valeur de l'institution. — Mais il se
peut, ajouta mon père en finissant cette conversation,
que ces institutions conviennent mieux à l'Angleterre
que ne feraient les nôtres ; cela doit être ; les nations
produisent leurs lois, et ces lois sont tellement le fruit
des mœurs et du génie des peuples, qu'ils y tiennent
plus qu'à tout le reste ; ils perdent leur indépendance,
leur nom même avant leurs lois. Je suis persuadé que
cette expression, *Subir la loi du vainqueur*, a un sens
plus étendu qu'on ne le lui donne en général ; c'est le
dernier degré de la conquête que de subir la loi d'un
autre peuple ; et les Normands, qui en Angleterre ont
presque conquis la langue, n'ont jamais pu conquérir la
loi.»

Ces matières étaient sérieuses, mais elles ne le paraissaient pas[4]. Ce n'est pas la frivolité qui produit la légèreté de la conversation ; c'est cette justesse qui, comme
l'éclair, jette une lumière vive et prompte sur tous les
objets[5]. Je sentis en écoutant mon père qu'il n'y a rien
de si piquant que le bon sens d'un homme d'esprit.

Je me suis étendu sur cette première visite, pour vous
montrer ce qu'était mon père dans la société de M. le
maréchal d'Olonne. Ne devais-je pas me plaire dans un
lieu où je le voyais respecté, honoré, comme il l'était de
moi-même ? Je me rappelais les paroles de ma mère,
«sortir de son état !» Je ne leur trouvais point de sens ;
rien ne m'était étranger dans la maison de M. le maréchal d'Olonne : peut-être même je me trouvais chez lui
plus à l'aise que chez M. d'Herbelot. Je ne sais quelle
simplicité, quelle facilité dans les habitudes de la vie me
rendait la maison de M. le maréchal d'Olonne comme

le toit paternel. Hélas! elle allait bientôt me devenir plus chère encore.

«Natalie est restée à Fontainebleau, dit M. le maréchal d'Olonne à mon père; je l'attends ce soir. Vous la trouverez un peu grandie, ajouta-t-il en souriant. Vous rappelez-vous le temps où vous disiez qu'elle ne ressemblerait à nulle autre, et qu'elle plairait plus que toute autre? elle avait neuf ans alors. — Madame la duchesse de Nevers promettait dès ce temps-là tout ce qu'elle est devenue depuis, dit mon père. — Oui, reprit le maréchal, elle est charmante; mais elle ne veut pas se remarier, et cela me désole. Je vous ai parlé de mes derniers chagrins à ce sujet; rien ne peut vaincre son obstination.» Mon père répondit quelques mots, et nous partîmes. «Je suis du parti de Mme de Nevers, me dit mon père; mariée à douze ans, elle n'a jamais vu qu'à l'autel ce mari, qui, dit-on, méritait peu une personne aussi accomplie. Il est mort pendant ses voyages. Veuve à vingt ans, libre et charmante, elle peut épouser qui elle voudra; elle a raison de ne pas se presser, de bien choisir et de ne pas se laisser sacrifier une seconde fois à l'ambition.» Je me récriai sur ces mariages d'enfants. «L'usage les autorise, dit mon père; mais je n'ai jamais pu les approuver[1].»

Ce fut le lendemain de ce jour que je vis pour la première fois madame la duchesse de Nevers! Ah! mon ami! comment vous la peindre? Si elle n'était que belle, si elle n'était qu'aimable, je trouverais des expressions dignes de cette femme céleste. Mais comment décrire ce qui tout ensemble formait une séduction irrésistible? Je me sentis troublé en la voyant, j'entrevis mon sort; mais je ne vous dirai pas que je doutai un instant si je l'aimerais; cet ange pénétra mon âme de toute part[2], et je ne m'étonnai point de ce qu'elle me faisait éprouver. Une émotion de bonheur inexprimable s'empara de moi; je sentis s'évanouir l'ennui, le vide, l'inquiétude qui dévoraient mon cœur depuis si longtemps; j'avais trouvé ce que je cherchais, et j'étais heureux[3]. Ne me parlez ni de

ma folie ni de mon imprudence ; je ne défends rien ; je
paie de ma vie d'avoir osé l'aimer. Eh bien, je ne m'en
repens pas[1] ; j'ai au fond de mon âme un trésor de douleur et de délices que je conserverai jusqu'à la mort. Ma
destinée m'a séparé d'elle ; je n'étais pas son égal, elle
se fut abaissée en se donnant à moi : un souffle de blâme
eût terni sa vie ; mais du moins je l'ai aimée comme nul
autre que moi ne pouvait l'aimer, et je mourrai pour
elle, puisque rien ne m'engage plus à vivre.

Cette première journée que je passai avec elle, et qui
devait être suivie de tant d'autres, a laissé comme une
trace lumineuse dans mon souvenir. Elle s'occupa de
mon père avec la grâce qu'elle met à tout ; elle voulait
lui prouver qu'elle se souvenait de ce qu'il lui avait
autrefois enseigné ; elle répétait les graves leçons de
mon père, et le choix de ses expressions semblait en
faire des pensées nouvelles. Mon père le remarqua, et
parla du charme que les mots ajoutent aux idées. « Tout
a été dit, assurait mon père ; mais la manière de dire
est inépuisable. » Madame de Nevers se mêlait à cette
conversation. Je me souviens qu'elle dit qu'elle était née
défiante, et qu'elle ne croyait que l'accent et la physionomie de ceux qui lui parlaient. Elle me regarda en
disant ces mots ; je me sentis rougir, elle sourit ; peut-
être vit-elle en ce moment en moi la preuve de la vérité
de sa remarque.

Depuis ce jour, je retournai chaque jour à l'hôtel
d'Olonne. Habituellement peu confiant, je n'eus pas à
dissimuler : l'idée que je pusse aimer madame de Nevers
était si loin de mon père, qu'il n'eut pas le moindre
soupçon ; il croyait que je me plaisais chez M. le maréchal d'Olonne, où se réunissait la société la plus spirituelle de Paris, et il s'en réjouissait. Mon père assurément
ne manquait ni de sagacité ni de finesse d'observation ;
mais il avait passé l'âge des passions, il n'avait jamais
eu d'imagination, et le respect des convenances régnait
en lui à l'égal de la religion, de la morale et de l'honneur ; je sentais aussi quel serait le ridicule de paraître

occupé de madame de Nevers, et je renfermais au fond de mon âme une passion, qui prenait chaque jour de nouvelles forces.

Je ne sais si d'autres femmes sont plus belles que madame de Nevers; mais je n'ai vu qu'à elle cette réunion complète de tout ce qui plaît. La finesse de l'esprit, et la simplicité du cœur; la dignité du maintien, et la bienveillance des manières: partout la première elle n'inspirait point l'envie; elle avait cette supériorité que personne ne conteste, qui semble servir d'appui, et exclut la rivalité. Les fées semblaient l'avoir douée de tous les talents et de tous les charmes. Sa voix venait jusqu'au fond de mon âme y porter je ne sais quelles délices qui m'étaient inconnues. Ah, mon ami! qu'importe la vie, quand on a senti ce qu'elle m'a fait éprouver! Quelle longue carrière pourrait me rendre le bonheur d'un tel amour!

Il convenait à ma position dans le monde de me mêler peu de la conversation. M. le maréchal d'Olonne, par bonté pour mon père, me reprochait quelquefois le silence que je préférais garder, et je ne résistais pas toujours à montrer devant madame de Nevers que j'avais une âme, et que j'étais peut-être digne de comprendre la sienne; mais habituellement c'est elle que j'aimais à entendre: je l'écoutais avec délices; je devinais ce qu'elle allait dire; ma pensée achevait la sienne; je voyais se réfléchir sur son front l'impression que je recevais moi-même, et cependant elle m'était toujours nouvelle, quoique je la devinasse toujours.

Un des rapports les plus doux que la société puisse créer, c'est la certitude qu'on est ainsi deviné. Je ne tardai pas à m'apercevoir que madame de Nevers sentait que rien n'était perdu pour moi de tout ce qu'elle disait. Elle m'adressait rarement la parole; mais elle m'adressait presque toujours la conversation. Je voyais qu'elle évitait de la laisser tomber sur des sujets qui m'étaient étrangers, sur un monde que je ne connaissais pas; elle parlait littérature; elle parlait quelquefois de la France, de Lyon, de l'Auvergne; elle me questionnait sur nos montagnes, et sur la vérité des descriptions de d'Urfé[1]. Je ne sais pourquoi il m'était pénible qu'elle s'occupât ainsi de moi. Les jeunes gens qui l'entouraient étaient aussi d'une extrême politesse, et j'en étais involontairement blessé; j'aurais voulu qu'ils fussent moins polis, ou qu'il me fût permis de l'être davantage. Une espèce de souffrance sans nom s'emparait de moi, dès que je me voyais l'objet de l'attention. J'aurais voulu qu'on me laissât seul dans mon silence, entendre et admirer madame de Nevers.

Parmi les jeunes gens qui lui rendaient des soins, et qui venaient assidûment à l'hôtel d'Olonne, il y en avait deux qui fixaient plus particulièrement mon attention : le duc de L. et le prince d'Enrichemont. Ce dernier était de la maison de Béthune et descendait du grand Sully[2]; il possédait une fortune immense, une bonne réputation, et je savais que M. le maréchal d'Olonne désirait qu'il épousât sa fille. Je ne sais ce qu'on pouvait reprendre dans le prince d'Enrichemont, mais je ne vois pas non plus qu'il y eût rien à admirer. J'avais appris un mot nouveau depuis que j'étais dans le monde, et je vais m'en servir pour lui : ses formes étaient parfaites. Jamais il ne disait rien qui ne fût convenable et agréablement tourné[3]; mais aussi jamais rien d'involontaire ne trahissait qu'il eût dans l'âme autre chose que ce que l'éducation et l'usage du monde y avaient mis. Cet acquis était fort étendu, et comprenait tout ce qu'on ne croirait pas de son ressort. Le prince d'Enrichemont ne se serait jamais trompé sur le jugement qu'il fallait porter d'une belle action ou d'une grande faute; mais jusqu'à son admiration, tout était factice; il savait les sentiments, il ne les éprouvait pas; et l'on restait froid devant sa passion et sérieux devant sa plaisanterie, parce que la vérité seule touche, et que le cœur méconnaît tout pouvoir qui n'émane pas de lui.

Je préférais le duc de L., quoiqu'il eût mille défauts. Inconsidéré, moqueur, léger dans ses propos, impru-

dent dans ses plaisanteries, il aimait pourtant ce qui
était bien, et sa physionomie exprimait avec fidélité
les impressions qu'il recevait; mobile à l'excès, elles
n'étaient pas de longue durée, mais enfin il avait une
âme, et c'était assez pour comprendre celle des autres.
On aurait cru qu'il prenait la vie pour un jour de fête,
tant il se livrait à ses plaisirs; toujours en mouvement,
il mettait autant de prix à la rapidité de ses courses que
s'il eût eu les affaires les plus importantes; il arrivait
toujours trop tard, et cependant il n'avait jamais mis
que cinquante minutes pour venir de Versailles; il entrait
sa montre à la main, en racontant une histoire ridicule, ou je ne sais quelle folie qui faisait rire tout le
monde. Généreux, magnifique, le duc de L. méprisait
l'argent et la vie; et quoiqu'il prodiguât l'un et l'autre
d'une manière souvent indigne du prix du sacrifice,
j'avoue à ma honte que j'étais séduit par cette sorte de
dédain de ce que les hommes prisent le plus. Il y a de la
grâce dans un homme à ne reconnaître aucun obstacle[1]; et quand on expose gaiement sa vie dans une
course de chevaux, ou qu'on risque sa fortune sur une
carte, il est difficile de croire qu'on n'exposerait pas
l'un et l'autre avec encore plus de plaisir dans une
occasion sérieuse. L'élégance du duc de L. me convenait donc beaucoup plus que les manières, un peu com-
passées, du prince d'Enrichemont; mais je n'avais qu'à
me louer de tous deux. Les bontés de M. le maréchal
d'Olonne m'avaient établi dans sa société de la manière
qui pouvait le moins me faire sentir l'infériorité de la
place que j'y occupais. Je n'avais presque pas senti
cette infériorité dans les premiers jours; maintenant
elle commençait à peser sur moi : je me défendais par le
raisonnement; mais le souvenir de madame de Nevers
était encore un meilleur préservatif. Il m'était bien
facile de m'oublier quand je pensais à elle, et j'y pensais
à chaque instant.

Un jour, on avait parlé longtemps dans le salon du
dévouement de madame de B., qui s'était enfermée

avec son amie intime, madame d'Anville[1], malade et
mourante de la petite vérole. Tout le monde avait loué
cette action, et l'on avait cité plusieurs amitiés de jeunes
femmes dignes d'être comparées à celle-là[2]. J'étais
debout devant la cheminée, et près du fauteuil de
madame de Nevers. «Je ne vous vois point d'amie
intime? lui dis-je. — J'en ai une qui m'est bien chère,
me répondit-elle, c'est la sœur du duc de L. Nous
sommes liées depuis l'enfance; mais je crains que nous
ne soyons séparées pour bien longtemps; le marquis de
C. son mari est ministre en Hollande, et elle est à
La Haye depuis six mois. — Ressemble-t-elle à son
frère? demandai-je. — Pas du tout, reprit madame de
Nevers; elle est aussi calme qu'il est étourdi. C'est un
grand chagrin pour moi que son absence, dit madame
de Nevers. Personne ne m'est si nécessaire que madame
de C., elle est ma raison, je ne me suis jamais mise en
peine d'en avoir d'autre, et à présent que je suis seule je
ne sais plus me décider à rien[3]. — Je ne vous aurais
jamais cru cette indécision dans le caractère, lui dis-je.
— Ah! reprit-elle, il est si facile de cacher ses défauts
dans le monde! chacun met à peu près le même habit,
et ceux qui passent n'ont pas le temps de voir que les
visages sont différents. — Je rends grâces au ciel d'avoir
été élevé comme un sauvage, repris-je; cela me pré-
serve de voir le monde dans cette ennuyeuse uniformité; je suis frappé au contraire de ce que personne ne
se ressemble. — C'est, dit-elle, que vous avez le temps
d'y regarder; mais quand on vient de Versailles en cinquante minutes, comment voulez-vous qu'on puisse
voir autre chose que la superficie des objets? — Mais
quand c'est vous qu'on voit, lui dis-je, on devrait s'arrêter en chemin. — Voilà de la galanterie, dit-elle. — Ah!
m'écriai-je, vous savez bien le contraire!» Elle ne
répondit rien, et se mit à causer avec d'autres personnes. Je fus ému toute la soirée du souvenir de ce que
j'avais dit; il me semblait que tout le monde allait me
deviner.

Le lendemain, mon père se trouva un peu souffrant ; nous devions dîner à l'hôtel d'Olonne, et, pour ne pas me priver d'un plaisir, il fit un effort sur lui-même et sortit. Jamais son esprit ne parut si libre et si brillant que ce jour-là. Plusieurs étrangers qui se trouvaient à ce dîner témoignèrent hautement leur admiration, et je les entendis qui disaient entre eux qu'un tel homme occuperait en Angleterre les premières places. La conversation se prolongea longtemps, enfin la société se dispersa ; mon père resta le dernier, et, en lui disant adieu, M. le maréchal d'Olonne lui fit promettre de revenir le lendemain. Le lendemain ! grand Dieu ! il n'y en avait plus pour lui. En traversant le vestibule mon père me dit : « Je sens que je me trouve mal. » Il s'appuya sur moi et s'évanouit. Les domestiques accoururent ; les uns allèrent avertir M. le maréchal d'Olonne ; les autres transportèrent mon père dans une pièce voisine. On le déposa sur un lit de repos, et là tous les secours lui furent donnés. Madame de Nevers les dirigeait avec une présence d'esprit admirable. Bientôt, un chirurgien attaché à la maison de M. le maréchal d'Olonne arriva, et, voyant que la connaissance ne revenait point à mon père, il proposa de le saigner. Nous attendions Tronchin[1], que madame de Nevers avait envoyé chercher. Quelle bonté que la sienne ! elle avait l'air d'un ange descendu du ciel, près de ce lit de douleur ; elle essayait de ranimer les mains glacées de mon père en les réchauffant dans les siennes. Ah ! comment la vie ne revenait-elle pas à cet appel ? Hélas ! tout était inutile. Tronchin arriva, et ne donna aucune espérance. La saignée ramena un instant la connaissance. Mon père ouvrit les yeux ; il fixa sur moi son regard éteint, et sa physionomie peignit une anxiété douloureuse. M. le maréchal d'Olonne le comprit ; il saisit la main de mon père et la mienne. « Mon ami, dit-il, soyez tranquille, Édouard sera mon fils. » Les yeux de mon père exprimèrent la reconnaissance ; mais cette vie fugitive disparut bientôt ; il poussa un profond gémissement : il n'était plus! Comment vous peindre l'horreur de ce moment! je ne le pourrais même pas; je me jetai sur le corps de mon père, et je perdis à la fois la connaissance et le sentiment de mon malheur. En revenant à moi, j'étais dans le salon, tout avait disparu; je crus sortir d'un songe horrible: mais je vis près de moi madame de Nevers en larmes. M. le maréchal d'Olonne me dit: «Mon cher Édouard, il vous reste encore un père.» Ce mot me prouva que tout était fini. Hélas! je doutais encore; mon ami, quelle douleur! Accablé, anéanti, mes larmes coulaient sans diminuer le poids affreux qui m'oppressait. Nous restâmes longtemps dans le silence; je leur savais gré de ne pas chercher à me consoler. «J'ai perdu l'ami de toute ma vie, dit enfin M. le maréchal d'Olonne. — Il vous a dû sa dernière consolation, répondis-je. — Édouard, me dit M. le maréchal d'Olonne: de ce jour je remplace celui que vous venez de perdre; vous restez chez moi; j'ai donné l'ordre qu'on préparât pour vous l'appartement de mon neveu, et j'ai envoyé l'abbé Tercier prévenir M. d'Herbelot de notre malheur. Mon cher Édouard, je ne vous donnerai pas de vulgaires consolations; mais votre père était un chrétien, vous l'êtes vous-même; un autre monde nous réunira tous.» Voyant que je pleurais, il me serra dans ses bras. «Mon pauvre enfant, dit-il, je veux vous consoler, et j'aurais besoin de l'être moi-même!» Nous retombâmes dans le silence; j'aurais voulu remercier M. le maréchal d'Olonne, et je ne pouvais que verser des larmes. Au milieu de ma douleur, je ne sais quel sentiment doux se glissait pourtant dans mon âme; les pleurs que je voyais répandre à madame de Nevers étaient déjà une consolation; je me la reprochais, mais sans pouvoir m'y soustraire.

Dès que je fus seul dans ma chambre, je me jetai à genoux; je priai pour mon père, ou plutôt je priai mon père. Hélas! il avait fourni sa longue carrière de vertu, et je commençais la mienne en ne voyant devant moi que des orages. Je fuyais ses sages conseils quand il vivait, me disais-je, et que deviendrai-je maintenant que je n'ai plus que moi-même pour guide et pour juge de mes actions! Je lui cachais les folies de mon cœur; mais il était là pour me sauver; il était ma force, ma raison, ma persévérance; j'ai tout perdu avec lui. Que ferai-je dans le monde sans son appui! sans le respect qu'il inspirait! Je ne suis rien, je n'étais quelque chose que par lui; il a disparu, et je reste seul comme une branche détachée de l'arbre et emportée par les vents. Mes larmes recommencèrent; je repassai les souvenirs de mon enfance; je pleurai de nouveau ma mère, car toutes les douleurs se tiennent, et la dernière réveille toutes les autres! Plongé dans mes tristes pensées, je restai longtemps immobile, et dans l'espèce d'abattement qui suit les grandes douleurs; il me semblait que j'avais perdu la faculté de penser et de sentir; enfin, je levai les yeux par hasard, et j'aperçus un portrait de madame de Nevers; indigne fils! en le contemplant je perdis un instant le souvenir de mon père! Qu'était-elle donc pour moi? Quoi! déjà, son seul souvenir suspendait dans mon cœur la plus amère de toutes les peines! Mon ami, ce sera un sujet éternel de remords pour moi que cette faute dont je vous fais l'aveu; non, je n'ai point assez senti la douleur de la mort de mon père! Je mesurais toute l'étendue de la perte que j'avais faite; je pleurais son exemple, ses vertus; son souvenir déchirait mon cœur, et j'aurais donné mille fois ma vie pour racheter quelques jours de la sienne; mais quand je voyais madame de Nevers, je ne pouvais pas m'empêcher d'être heureux.

Mon père témoignait par son testament le désir de reposer près de ma mère. Je me décidai à le conduire moi-même à Lyon. L'accomplissement de ce devoir soulageait un peu mon cœur. Quitter madame de Nevers me semblait une expiation du bonheur que je trouvais près d'elle malgré moi. Mon père me recommandait aussi de terminer des affaires relatives à la tutelle des enfants d'un de ses amis; je voulais lui obéir; je me

disais que je reviendrais bientôt, que j'habiterais sous le
même toit que madame de Nevers, que je la verrais à
toute heure ; et mon coupable cœur battait de joie à de
telles pensées !

La veille de mon départ, M. le maréchal d'Olonne
alla passer la journée à Versailles ; je dînai seul avec
madame de Nevers et l'abbé Tercier. Cet abbé demeurait à l'hôtel d'Olonne depuis cinquante ans ; il avait été
attaché à l'éducation du maréchal, et la protection de
cette famille lui avait valu un bénéfice et de l'aisance. Il
faisait les fonctions de chapelain, et était un meuble
aussi fidèle du salon de l'hôtel d'Olonne que les fau-
teuils et les ottomanes de tapisseries des Gobelins qui le
décoraient. Un attachement si long de la part de cet
abbé avait tellement lié sa vie à l'existence de la maison
d'Olonne, qu'il n'avait d'intérêt, de gloire, de succès et
de plaisirs que les siens ; mais c'était dans la mesure
d'un esprit fort calme, et d'une imagination tempérée
par cinquante ans de dépendance. Il avait un caractère
fort facile : il était toujours prêt à jouer aux échecs,
ou au trictrac, ou à dévider les écheveaux de soie de
madame de Nevers ; et pourvu qu'il eût bien dîné, il ne
cherchait querelle à personne. La veille donc du jour où
je devais partir, voyant que madame de Nevers ne voulait faire usage d'aucun de ses petits talents, l'abbé
s'établit après dîner dans une grande bergère auprès du
feu, et s'endormit bientôt profondément. Je restai ainsi
presque tête à tête avec celle qui m'était déjà si chère.
J'aurais dû être heureux, et cependant un embarras
indéfinissable vint me saisir, quand je me vis ainsi seul
avec elle. Je baissai les yeux, et je restai dans le silence.
Ce fut elle qui le rompit. « À quelle heure partez-vous
demain ? me demanda-t-elle. — À cinq heures, répondis-je ; si je commençais ici la journée, je ne saurais
plus comment partir. — Et quand reviendrez-vous ? dit-
elle encore. — Il faut que j'exécute les volontés de mon
père, répondis-je ; mais je crois que cela ne peut durer
plus de quinze jours, et ces jours seront si longs que le

temps ne me manquera pas pour les affaires. — Irez-vous en Forez? demanda-t-elle. — Je le crois; je compte revenir par-là, mais sans m'y arrêter. — Ne désirez-vous donc pas revoir ce lieu? me dit-elle; on aime tant ceux où l'on a passé son enfance! — Je ne sais ce qui m'est arrivé, lui dis-je; mais il me semble que je n'ai plus de souvenirs. — Tâchez de les retrouver pour moi, dit-elle. Ne voulez-vous pas me raconter l'histoire de votre enfance et de votre jeunesse? À présent que vous êtes le fils de mon père, je ne dois plus rien ignorer de vous. — J'ai tout oublié, lui dis-je; il me semble que je n'ai commencé à vivre que depuis deux mois.» Elle se tut un instant; puis elle me demanda si le monde avait donc si vite effacé le passé de ma mémoire. «Ah! m'écriai-je, ce n'est pas le monde!» Elle continua: «Je ne suis pas comme vous, dit-elle; j'ai été élevée jusqu'à l'âge de sept ans chez ma grand-mère, à Faverange[1], dans un vieux château, au fond du Limousin, et je me le rappelle jusque dans ses moindres détails, quoique je fusse si jeune; je vois encore la vieille futaie de châtaigniers, et ces grandes salles gothiques boisées de chêne et ornées de trophées d'armes, comme au temps de la chevalerie. Je trouve qu'on aime les lieux comme des amis, et que leur souvenir se rattache à toutes les impressions qu'on a reçues. — Je croyais cela autrefois, lui répondis-je; maintenant je ne sais plus ce que je crois, ni ce que je suis.» Elle rougit, puis elle me dit: «Cherchez dans votre mémoire; peut-être trouverez-vous les faits, si vous avez oublié les sentiments qu'ils excitaient dans votre âme. Si vous voulez que je pense quelquefois à vous quand vous serez parti, il faut bien que je sache où vous prendre, et que je n'ignore pas comme à présent tout le passé de votre vie.»

J'essayai de lui raconter mon enfance, et tout ce que contient le commencement de ce cahier; elle m'écoutait avec attention, et je vis une larme dans ses yeux, quand je lui dis quelle révolution avait produite en moi l'accident de ce pauvre enfant dont j'avais sauvé la vie.

Je m'aperçus que mes souvenirs n'étaient pas si effacés que je le croyais, et près d'elle je trouvais mille impressions nouvelles d'objets qui jusqu'alors m'avaient été indifférents. Les rêveries de ma jeunesse étaient comme expliquées par le sentiment nouveau que j'éprouvais, et la forme et la vie étaient données à tous ces vagues fantômes de mon imagination.

L'abbé se réveilla comme je finissais le récit des premiers jours de ma jeunesse. Un moment après M. le maréchal d'Olonne arriva. Madame de Nevers et lui me dirent adieu avec bonté. Il me recommanda de hâter tant que je le pourrais la fin de mes affaires, et me dit que, pendant mon absence, il s'occuperait de moi. Je ne lui demandai pas d'explication. Madame de Nevers ne me dit rien ; elle me regarda, et je crus lire un peu d'intérêt dans ses yeux : mais que je regrettais la fin de notre conversation ! Cependant j'étais content de moi ; je ne lui ai rien dit, pensais-je, et elle ne peut m'avoir deviné. C'est ainsi que je rassurais mon cœur. L'idée que madame de Nevers pourrait soupçonner ma passion me glaçait de crainte, et tout mon bonheur à venir me semblait dépendre du secret que je garderais sur mes sentiments.

J'accomplis le triste devoir que je m'étais imposé, et pendant le voyage je fus un peu moins tourmenté du souvenir de madame de Nevers. L'image de mon père mort effaçait toutes les autres : l'amour mêle souvent l'idée de la mort à celle du bonheur ; mais ce n'est pas la mort dans l'appareil funèbre dont j'étais environné, c'est l'idée de l'éternité, de l'infini, d'une éternelle réunion, que l'amour cherche dans la mort ; il recule devant un cercueil solitaire.

À Lyon, je retrouvai les bords du Rhône et mes rêveries, et madame de Nevers régna dans mon cœur plus que jamais. J'étais loin d'elle, je ne risquais pas de me trahir, et je n'opposai aucune résistance à la passion qui venait de nouveau s'emparer de toute mon âme. Cette passion prit la teinte de mon caractère. Livré à mon unique pensée, absorbé par un seul souvenir, je vivais encore une fois dans un monde créé par moi-même, et bien différent du véritable ; je voyais madame de Nevers, j'entendais sa voix, son regard me faisait tressaillir ; je respirais le parfum de ses beaux cheveux. Ému, attendri, je versais des larmes de plaisir pour des joies imaginaires. Assis sur une pierre au coin d'un bois, ou seul dans ma chambre, je consumais ainsi des jours inutiles. Incapable d'aucune étude et d'aucune affaire, c'était l'occupation qui me dérangeait ; et mal-gré que je susse bien que mon retour à Paris dépendait de la fin de mes affaires, je ne pouvais prendre sur moi d'en terminer aucune. Je remettais tout au lendemain ; je demandais grâce pour les heures, et les heures étaient toutes données à ce délice ineffable de penser sans contrainte à ce que j'aimais. Quelquefois on entrait dans ma chambre, et on s'étonnait de me voir impatient et contrarié comme si l'on m'eût interrompu. En appa-rence, je ne faisais rien ; mais en réalité, j'étais occupé de la seule chose qui m'intéressât dans la vie. Deux mois se passèrent ainsi. Enfin, les affaires dont mon père m'avait chargé finirent, et je fus libre de quitter Lyon. C'est avec ravissement que je me retrouvai à l'hô-tel d'Olonne, mais cette joie ne fut pas de longue durée. J'appris que madame de Nevers partait dans deux jours pour aller voir à La Haye son amie madame de C. Je ne pus dissimuler ma tristesse, et quelquefois je crus remarquer que madame de Nevers aussi était triste ; mais elle ne me parlait presque pas, ses manières étaient sérieuses ; je la trouvais froide, je ne la recon-naissais plus, et ne pouvant deviner la cause de ce changement, j'en étais au désespoir.

Après son départ, je restai livré à une profonde tris-tesse. Mes rêveries n'étaient plus comme à Lyon mon occupation chérie ; je sortais, je cherchais le monde pour y échapper. L'idée que j'avais déplu à madame de Nevers, et l'impossibilité de deviner comment j'étais coupable, faisaient de mes pensées un tourment conti-

nuel. M. le maréchal d'Olonne attribuait à la mort de
mon père l'abattement où il me voyait plongé. « Notre
malheur a fait une cruelle impression sur Natalie, me
dit un jour M. le maréchal d'Olonne ; elle ne s'en est
point remise ; elle n'a pas cessé d'être triste et souffrante depuis ce temps-là. Le voyage, j'espère, lui fera
du bien ; la Hollande est charmante au printemps,
madame de C. la promènera, et des objets nouveaux la
distrairont. »

Ce peu de mots de M. le maréchal d'Olonne me jeta
dans une nouvelle anxiété. Quoi ! c'était depuis la mort
de mon père que madame de Nevers était triste ! Mais
qu'était-il arrivé ? qu'avais-je fait ? Elle était changée
pour moi. Voilà ce dont j'étais trop sûr, et ce qui me
désespérait.

M. le maréchal d'Olonne avec sa bonté accoutumée
s'occupait de me distraire. Il voulait que j'allasse au
spectacle, et que je visse tout ce qu'il croyait digne d'intérêt ou de curiosité. Il me questionnait sur ce que
j'avais vu, causait avec moi comme l'aurait fait mon
père ; et pour m'encourager à la confiance, il me disait
que ces conversations l'amusaient, et que mes impressions rajeunissaient les siennes. M. le maréchal d'Olonne,
quoiqu'il ne fût point ministre, avait cependant beaucoup d'affaires. Ami intime du duc d'A. [1], il passait pour
avoir plus de crédit qu'en réalité il ne s'était soucié d'en
acquérir ; mais les grandes places qu'il occupait lui donnaient le pouvoir de rendre d'importants services.
Toute la Guyenne, dont il était gouverneur, affluait chez
lui. Pendant la plus grande partie de la matinée, il recevait beaucoup de monde. Quatre fois par semaine il
s'occupait de sa correspondance, qui était fort étendue :
il avait deux secrétaires qui travaillaient dans un de ses
cabinets ; mais il me demandait souvent de rester dans
celui où il écrivait lui-même. Il me parlait des affaires
qui l'occupaient avec une entière confiance. Il me faisait
quelquefois écrire un mémoire sur une chose secrète [2],
ou des notes relatives aux affaires qu'il m'avait confiées,

et dont il ne voulait pas que personne eût connaissance. J'aurais été bien ingrat, si je n'eusse été touché et flatté d'une telle préférence. Je devais à mon père les bontés de M. le maréchal d'Olonne; mais ce n'était pas une raison pour en être moins reconnaissant. Je cherchais à me montrer digne de la confiance dont je recevais tant de marques, et M. le maréchal d'Olonne me disait quelquefois, avec un accent qui me rappelait mon père, qu'il était content de moi.

Il est singulièrement doux de se sentir à son aise avec des personnes qui vous sont supérieures. On n'y est point, si l'on éprouve le sentiment de son infériorité; on n'y est pas non plus en apercevant qu'on l'a perdu: mais on y est, si elles vous le font oublier. M. le maréchal d'Olonne possédait ce don touchant de la bienveillance et de la bonté. Il inspirait toujours la vénération, et jamais la crainte. Il avait cette sorte de sécurité sur ce qui nous est dû qui permet une indulgence sans bornes. Il savait bien qu'on n'en abuserait pas, et que le respect pour lui était un sentiment auquel on n'avait jamais besoin de penser. Je sentais mon attachement pour lui croître chaque jour, et il paraissait touché du dévouement que je lui montrais[1].

J'allais quelquefois chez mon oncle M. d'Herbelot, et j'y retrouvais la même gaieté, le même mouvement qui m'avaient tant déplu à mon arrivée à Paris. Mon oncle ne concevait pas que je fusse heureux dans cet intérieur grave de la famille de M. le maréchal d'Olonne; et moi, je comparais intérieurement ces deux maisons tellement différentes l'une de l'autre. Quelque chose de bruyant, de joyeux, faisait de la vie chez M. d'Herbelot comme un étourdissement perpétuel. Là, on ne vivait que pour s'amuser, et une journée qui n'était pas remplie par le plaisir paraissait vide; là, on s'inquiétait des distractions du jour autant que de ses nécessités, comme si l'on eut craint que le temps qu'on n'occupait pas de cette manière ne se fût pas écoulé tout seul. Une troupe de complaisants, de commensaux remplissaient le salon de M. d'Herbelot, et paraissaient partager tous ses goûts : ils exerçaient sur lui un empire auquel je ne pouvais m'habituer ; c'était comme un appui que cherchait sa faiblesse. On aurait dit qu'il n'était jamais sûr de rien sur sa propre foi ; il lui fallait le témoignage des autres. Toutes les phrases de M. d'Herbelot commençaient par ces mots : « Luceval et Bertheney trouvent, Luceval et Bertheney disent » ; et *Luceval et Bertheney* précipitaient mon oncle dans toutes les folies et les ridicules d'un luxe ruineux, et d'une vie pleine de désordres et d'erreurs. Dans cette maison, toutes les frivolités étaient traitées sérieusement, et toutes les choses sérieuses l'étaient avec légèreté. Il semblait qu'on voulût jouir à tout moment de cette fortune récente, et de tous les plaisirs qu'elle peut donner, comme un avare touche son trésor pour s'assurer qu'il est là.

Chez M. le maréchal d'Olonne, au contraire, cette possession des honneurs et de la fortune était si ancienne qu'il n'y pensait plus. Il n'était jamais occupé d'en jouir ; mais il l'était souvent de remplir les obligations qu'elle impose. Des assidus, des commensaux, remplissaient aussi très souvent le salon de l'hôtel d'Olonne ; mais c'étaient des parents pauvres, un neveu officier de marine, venant à Paris demander le prix de ses services ; c'était un vieux militaire couvert de blessures, et réclamant la croix de Saint-Louis[1] ; c'étaient d'anciens aides de camp du maréchal ; c'était un voisin de ses terres ; c'était, hélas ! le fils d'un ancien ami. Il y avait une bonne raison à donner pour la présence de chacun d'eux. On pouvait dire pourquoi ils étaient là ; et il y avait une sorte de paternité dans cette protection bienveillante autour de laquelle ils venaient tous se ranger.

Les hommes distingués par l'esprit et le talent étaient tous accueillis chez M. le maréchal d'Olonne, et ils y valaient tout ce qu'ils pouvaient valoir ; car le bon goût qui régnait dans cette maison gagnait même ceux à qui il n'aurait pas été naturel : mais il faut pour cela que le

maître en soit le modèle, et c'est ce qu'était M. le maréchal d'Olonne.

Je ne crois pas que le bon goût soit une chose si
superficielle qu'on le pense en général : tant de choses
concourent à le former ; la délicatesse de l'esprit, celle
des sentiments ; l'habitude des convenances, un certain
tact qui donne la mesure de tout sans avoir besoin d'y
penser[1] ; et il y a aussi des choses de position dans le
goût et le ton qui exercent un tel empire ; il faut une
grande naissance, une grande fortune ; de l'élégance, de
la magnificence dans les habitudes de la vie : il faut
enfin être supérieur à sa situation par son âme et ses
sentiments ; car on n'est à son aise dans les prospérités
de la vie que quand on s'est placé plus haut qu'elles.
M. le maréchal d'Olonne et madame de Nevers pouvaient être atteints par le malheur sans être abaissés
par lui ; car l'âme du moins ne déchoit point, et son
rang est invariable.

On attendait madame de Nevers de jour en jour, et
mon cœur palpitait de joie en pensant que j'allais la
revoir. Loin d'elle, je ne pouvais croire longtemps que
je l'eusse offensée ; je sentais que je l'aimais avec tant
de désintéressement ; j'avais tellement la conscience
que j'aurais donné ma vie pour lui épargner un moment
de peine, que je finissais par ne plus croire qu'elle fût
mécontente de moi, à force d'être assuré qu'elle n'avait
pas le droit de l'être ; mais son retour me détrompa
cruellement !

Dès le même soir, je lui trouvai l'air sérieux et glacé
qui m'avait tant affligé : à peine me parla-t-elle, et mes
yeux ne purent jamais rencontrer les siens. Bientôt il
parut que sa manière de vivre même était changée ; elle
sortait souvent, et quand elle restait à l'hôtel d'Olonne
elle y avait toujours beaucoup de monde ; elle était
depuis quinze jours à Paris, et je n'avais encore pu me
trouver un instant seul avec elle. Un soir après souper
on se mit au jeu ; madame de Nevers resta à causer
avec une femme qui ne jouait point. Cette femme, au

bout d'un quart d'heure, se leva pour s'en aller, et je me
sentis tout ému en pensant que j'allais rester tête à tête
avec madame de Nevers. Après avoir reconduit madame
de R., madame de Nevers fit quelques pas de mon côté ;
mais se retournant brusquement, elle se dirigea vers
l'autre extrémité du salon, et alla s'asseoir auprès de
M. le maréchal d'Olonne, qui jouait au whist, et dont
elle se mit à regarder le jeu. Je fus désespéré. Elle me
méprise ! pensai-je ; elle me dédaigne ! Qu'est devenue
cette bonté touchante qu'elle montra lorsque je perdis
mon père ? C'était donc seulement au prix de la plus
amère des douleurs que je devais sentir la plus douce de
toutes les joies ; elle pleurait avec moi alors ; à présent
elle déchire mon cœur, et ne s'en aperçoit même pas.
Je pensai pour la première fois qu'elle avait peut-être
pénétré mes sentiments, et qu'elle en était blessée. Mais
pourquoi le serait-elle ? me disais-je. C'est un culte que
je lui rends dans le secret de mon cœur ; je ne prétends
à rien, je n'espère rien ; l'adorer c'est ma vie : comment
pourrais-je m'empêcher de vivre ? J'oubliais que j'avais
mortellement redouté qu'elle ne découvrît ma passion,
et j'étais si désespéré, que je crois qu'en ce moment je
la lui aurais avouée moi-même pour la faire sortir, fût-
ce par la colère, de cette froideur et de cette indifférence qui me mettaient au désespoir.

Si j'étais le prince d'Enrichemont, ou le duc de L., me
disais-je, j'oserais m'approcher d'elle ; je la forcerais à
s'occuper de moi ; mais dans ma position je dois l'attendre, et puisqu'elle m'oublie je veux partir. Oui, je la
fuirai, je quitterai cette maison ; mon père y apportait
trente ans de considération, et une célébrité qui le faisait rechercher de tout le monde ; moi je suis un être
obscur, isolé, je n'ai aucun droit par moi-même, et je ne
veux pas des bontés qu'on accorde au souvenir d'un
autre, même de mon père. Personne aujourd'hui ne
s'intéresse à moi ; je suis libre, je la fuirai, j'irai au bout
du monde avec son souvenir ; le souvenir de ce qu'elle
était il y a six mois ! Livré à ces pensées douloureuses,

je me rappelais les rêveries de ma jeunesse, de ce temps
où je n'étais l'inférieur de personne. Entouré de mes
égaux, pensai-je, je n'avais pas besoin de soumettre
mon instinct à l'examen de ma raison; j'étais bien sûr
de n'être pas *inconvenable*[1], ce mot créé pour désigner
des torts qui n'en sont pas. Ah! ce malaise affreux que
j'éprouve, je ne le sentais pas avec mes pauvres parents;
mais je ne le sentais pas non plus il y a six mois, quand
madame de Nevers me regardait avec douceur, quand
elle me faisait raconter ma vie, et qu'elle me disait que
j'étais le fils de son père. Avec elle, je retrouverais tout
ce qui me manque. Qu'ai-je donc fait? en quoi l'ai-je
offensée?

Le jeu était fini; M. le maréchal d'Olonne s'approcha
de moi, et me dit: «Certainement, Édouard, vous n'êtes
pas bien, depuis quelques jours vous êtes fort changé, et
ce soir vous avez l'air tout à fait malade.» Je l'assu-
rai que je me portais bien, et je regardai madame de
Nevers; elle venait de se retourner pour parler à quelqu'un. Si j'eusse pu croire qu'elle savait que je souffrais
pour elle, j'aurais été moins malheureux. Les jours suivants, je crus remarquer un peu plus de bonté dans ses
regards, un peu moins de sérieux dans ses manières;
mais elle sortait toujours presque tous les soirs, et,
quand je la voyais partir à neuf heures, belle, parée,
charmante, pour aller dans ces fêtes où je ne pouvais la
suivre, j'éprouvais des tourments inexprimables; je la
voyais entourée, admirée; je la voyais gaie, heureuse,
paisible, et je dévorais en silence mon humiliation et
ma douleur.

Il était question depuis quelque temps d'un grand bal
chez M. le prince de L., et l'on vint tourmenter madame
de Nevers pour la mettre d'un quadrille russe[2], que la
princesse voulait qu'on dansât chez elle, et où elle
devait danser elle-même. Les costumes étaient élégants,
et prêtaient fort à la magnificence; on arrangea le quadrille; il se composait de huit jeunes femmes toutes
charmantes, et d'autant de jeunes gens, parmi lesquels

étaient le prince d'Enrichemont et le duc de L. Ce dernier
fut le danseur de madame de Nevers, au grand déplaisir
du prince d'Enrichemont. Pendant quinze jours, ce quadrille devint l'unique occupation de l'hôtel d'Olonne ;
Gardel[1] venait le faire répéter tous les matins ; les
ouvriers de tout genre employés pour le costume prenaient les ordres ; on assortissait des pierreries ; on choisissait des modèles ; on consultait des voyageurs pour
s'assurer de la vérité des descriptions, et ne pas s'écarter du type national, qu'avant tout on voulait conserver.
Je savais mauvais gré à madame de Nevers de cette frivole occupation ; et cependant je ne pouvais me dissimuler que, si j'eusse été à la place du duc de L., je me
serais trouvé le plus heureux des hommes. J'avais l'injustice de dire des mots piquants sur la légèreté en
général, comme si ces mots eussent pu s'appliquer à
madame de Nevers ! Des sentiments indignes de moi, et
que je n'ose rappeler, se glissaient dans mon cœur.
Hélas ! il est bien difficile d'être juste dans un rang inférieur de la société ; et ce qui nous prime peut difficilement ne pas nous blesser. Madame de Nevers cependant
n'était pas gaie, et elle se laissait entraîner à cette fête
plutôt qu'elle n'y entraînait les autres. Elle dit une fois
qu'elle était lasse de tous ces plaisirs ; mais pourtant le
jour du quadrille arriva, et madame de Nevers parut
dans le salon à huit heures en costume, et accompagnée
de deux ou trois personnes, qui allaient avec elle répéter encore une fois le quadrille chez la princesse avant
le bal.

Jamais je n'avais vu madame de Nevers plus ravissante qu'elle ne l'était ce soir-là. Cette coiffure de velours
noir, brodée de diamants, ne couvrait qu'à demi ses
beaux cheveux blonds ; un grand voile brodé d'or et très
léger surmontait cette coiffure, et tombait avec grâce
sur son cou et sur ses épaules, qui n'étaient cachés que
par lui ; un corset de soie rouge boutonné, et aussi orné
de diamants, dessinait sa jolie taille ; ses manches
blanches étaient retenues par des bracelets de pierre-

ries, et sa jupe courte laissait voir un pied charmant, à peine pressé dans une petite chaussure en brodequin, de soie aussi, et lacée d'or ; enfin, rien ne peut peindre la grâce de madame de Nevers dans cet habit étranger, qui semblait fait exprès pour le caractère de sa figure et la proportion de sa taille. Je me sentis troublé en la voyant ; une palpitation me saisit ; je fus obligé de m'appuyer contre une chaise ; je crois qu'elle le remarqua. Elle me regarda avec douceur. Depuis si longtemps je cherchais ce regard, qu'il ne fit qu'ajouter à mon émotion. «N'allez-vous pas au spectacle ? me demanda-t-elle. — Non, lui dis-je, ma soirée est finie. — Mais cependant, reprit-elle, il n'est pas encore huit heures ? — N'allez-vous pas sortir !» répondis-je. Elle soupira ; puis me regardant tristement : «J'aimerais mieux rester», dit-elle. On l'appela, elle partit. Mais, grand Dieu ! quel changement s'était fait autour de moi ! «J'aimerais mieux rester !» Ces mots si simples avaient bouleversé toute mon âme ! «J'aimerais mieux rester !» Elle me l'avait dit, je l'avais entendu ; elle avait soupiré, et son regard disait plus encore ! Elle aimerait mieux rester ! rester pour moi ! Ô ciel ! cette idée contenait trop de bonheur ; je ne pouvais la soutenir ; je m'enfuis dans la bibliothèque ; je tombai sur une chaise. Quelques larmes soulagèrent mon cœur. Rester pour moi ! répétai-je ; j'entendais sa voix, son soupir ; je voyais son regard, il pénétrait mon âme, et je ne pouvais suffire à tout ce que j'éprouvais à la fois de sensations délicieuses. Ah ! qu'elles étaient loin les humiliations de mon amour-propre ! que tout cela me paraissait en ce moment petit et misérable ! Je ne concevais pas que j'eusse jamais été malheureux. Quoi ! elle aurait pitié de moi ! Je n'osais dire : Quoi ! elle m'aimerait ! Je doutais, je voulais douter ! mon cœur n'avait pas la force de soutenir cette joie ! Je la tempérais, comme on ferme les yeux à l'éclat d'un beau soleil ; je ne pouvais la supporter toute entière. Madame de Nevers se tenait souvent le matin dans cette même bibliothèque où je m'étais réfugié. Je trouvai sur

la table un de ses gants; je le saisis avec transport; je le
couvris de baisers; je l'inondai de larmes. Mais bientôt je m'indignai contre moi-même d'oser profaner son
image par mes coupables pensées; je lui demandais
pardon de la trop aimer. Qu'elle me permette seulement de souffrir pour elle! me disais-je; je sais bien que
je ne puis prétendre au bonheur. Mais est-il donc possible que ce qu'elle m'a dit ait le sens que mon cœur
veut lui prêter? Peut-être que, si elle fut restée un instant de plus, elle aurait tout démenti. C'est ainsi que le
doute rentrait dans mon âme avec ma raison; mais
bientôt cet accent si doux se faisait entendre de nouveau au fond de moi-même. Je le retenais, je craignais
qu'il ne s'échappât; il était ma seule espérance, mon
seul bonheur; je le conservais comme une mère serre
son enfant dans ses bras!

Ma nuit entière se passa sans sommeil; j'aurais été
bien fâché de dormir, et de perdre ainsi le sentiment de
mon bonheur. Le lendemain, M. le maréchal d'Olonne
me fit demander dans son cabinet; je commençai alors
à penser qu'il fallait cacher ce bonheur, qu'il me semblait que tout le monde allait deviner: mais je ne pus
surmonter mon invincible distraction. Je n'eus pas
besoin longtemps de dissimuler pour avoir l'air triste;
je revis à dîner madame de Nevers, elle évita mes
regards, ne me parla point, sortit de bonne heure, et me
laissa au désespoir. Cependant sa sévérité s'adoucit un
peu les jours suivants, et je crus voir qu'elle n'était pas
insensible à la peine qu'elle me causait. Je ne pouvais
presque pas douter qu'elle ne m'eût deviné; si j'eusse
été sûr de sa pitié, je n'aurais pas été malheureux.

Je n'avais jamais vu danser madame de Nevers, et
j'avais un violent désir de la voir, sans en être vu, à une
de ces fêtes où je me la représentais si brillante. On
pouvait aller à ces grands bals comme spectateur; cela
s'appelait aller *en beyeux*[1]. On était dans des tribunes,
ou sur des gradins, séparés du reste de la société; on y
trouvait en général des personnes d'un rang inférieur,

et qui ne pouvaient aller à la cour. J'étais blessé d'aller
là ; et la pensée de madame de Nevers pouvait seule
l'emporter sur la répugnance que j'avais d'exposer ainsi
à tous les yeux l'infériorité de ma position. Je ne pré-
tendais à rien, et cependant, me montrer ainsi à côté de
mes égaux m'était pénible. Je me dis qu'en allant de
bonne heure, je me cacherais dans la partie du gradin
où je serais le moins en vue, et que dans la foule on ne
me remarquerait peut-être pas. Enfin, le désir de voir
madame de Nevers l'emporta sur tout le reste, et je pris
un billet pour une fête que donnait l'ambassadeur d'Angleterre, et où la reine[1] devait aller. Je me plaçai en
effet sur des gradins qu'on avait construits dans l'embrasure des fenêtres d'un immense salon ; j'avais à côté
de moi un rideau, derrière lequel je pouvais me cacher,
et j'attendis là madame de Nevers, non sans un sentiment pénible, car tout ce que j'avais prévu arriva, et je
ne fus pas plus tôt sur ce gradin que le désespoir me
prit d'y être. Le langage que j'entendais autour de moi
blessait mon oreille. Quelque chose de commun, de
vulgaire, dans les remarques, me choquait et m'humi-
liait, comme si j'en eusse été responsable. Cette société
momentanée où je me trouvais avec mes égaux m'apprenait combien je m'étais placé loin d'eux. Je m'irri-
tais aussi de ce que je trouvais en moi cette petitesse de
caractère qui me rendait si sensible à leurs ridicules[2].
Le vrai mérite dépend-il donc des manières ! me disais-
je. Qu'il est indigne à moi de désavouer ainsi au fond de
mon âme le rang où je suis placé, et que je tiens de mon
père ! N'est-il pas honorable ce rang ? qu'ai-je donc
à envier ? Madame de Nevers entrait en ce moment.
Qu'elle était belle et charmante ! Ah, pensai-je, voilà ce
que j'envie ; ce n'est pas le rang pour le rang, c'est qu'il
me ferait son égal. Ô mon Dieu ! huit jours seulement
d'un tel bonheur, et puis la mort[3]. Elle s'avança, et elle
allait passer près du gradin sans me voir, lorsque le duc
de L. me découvrit au fond de mon rideau, et m'appela
en riant. Je descendis au bord du gradin, car je ne vou-

lais pas avoir l'air honteux d'être là. Madame de Nevers s'arrêta, et me dit: «Comment! vous êtes ici? — Oui, lui répondis-je, je n'ai pu résister au désir de vous voir danser; j'en suis puni, car j'espérais que vous ne me verriez pas.» Elle s'assit sur la banquette qui était devant le gradin, et je continuai à causer avec elle. Nous n'étions séparés que par la barrière qui isolait les spectateurs de la société: triste emblème de celle qui nous séparait pour toujours[1]! L'ambassadeur vint parler à madame de Nevers, et lui demanda qui j'étais. «C'est le fils de M. G., avec lequel je me rappelle que vous avez dîné chez mon père, il y a environ un an, lui répondit-elle. — Je n'ai jamais rencontré un homme d'un esprit plus distingué», dit l'ambassadeur. Et s'adressant à moi: «Je fais un reproche à madame de Nevers, dit-il, de ne m'avoir pas procuré le plaisir de vous inviter plus tôt; quittez, je vous prie, cette mauvaise banquette, et venez avec nous.» Je fis le tour du gradin, et l'ambassadeur continuant: «La profession d'avocat est une des plus honorées en Angleterre, dit-il; elle mène à tout. Le grand chancelier actuel, Lord D., a commencé par être un simple avocat, et il est aujourd'hui au premier rang dans notre pays. Le fils de Lord D. a épousé une personne que vous connaissez, madame, ajouta l'ambassadeur en s'adressant à madame de Nevers; c'est Lady Sarah Benmore, la fille aînée du duc de Sunderland. Vous souvenez-vous que nous trouvions qu'elle vous ressemblait?» L'ambassadeur s'éloigna. «Comme vous êtes pâle! qu'avez-vous? me dit madame de Nevers. — Je l'emmène, dit le duc de L. sans l'entendre; je veux lui montrer le bal, et d'ailleurs vous allez danser.» Le prince d'Enrichemont vint chercher madame de Nevers, et j'allai avec le duc de L. dans la galerie, où la foule s'était portée, parce que la reine y était. Le duc de L., toujours d'un bon naturel, était charmé de me voir au bal; il me nommait tout le monde, et se moquait de la moitié de ceux qu'il me nommait. J'étais inquiet, mal à l'aise; l'idée qu'on pou-

vait s'étonner de me voir là m'ôtait tout le plaisir d'y
être. Le duc de L. s'arrêta pour parler à quelqu'un ;
je m'échappai, je retournai dans le salon où dansait
madame de Nevers, et je m'assis sur la banquette qu'elle
venait de quitter. Ah ! ce n'est pas au bal que je pensais !
je croyais encore entendre toutes les paroles de l'ambassadeur ; que j'aimais ce pays où toutes les carrières
étaient ouvertes au mérite ! où l'impossible ne s'élevait
jamais devant le talent ! où l'on ne disait jamais : « Vous
n'irez que jusque-là[1] ! » Émulation, courage, persévérance, tout est détruit par l'impossible, cet abîme qui
sépare du but, et qui ne sera jamais comblé ! Et ici l'autorité est nulle comme le talent ; la puissance elle-même
ne saurait franchir cet obstacle, et cet obstacle, c'est ce
nom révéré, ce nom sans tache, ce nom de mon père
dont j'ai la lâcheté de rougir ! Je m'indignai contre moi-
même, et, m'accusant de ce sentiment comme d'un
crime, je restai absorbé dans mille réflexions douloureuses. En levant les yeux je vis madame de Nevers
auprès de moi. « Vous étiez bien loin d'ici, me dit-elle.
— Oui, lui répondis-je, je veux aller en Angleterre, dans
ce pays où rien n'est impossible[2]. — Ah ! dit-elle, j'étais
bien sûre que vous pensiez à cela ! Mais ne dansez-vous
pas ? me demanda-t-elle. — Je crains que cela ne soit
inconvenable, lui dis-je. — Pourquoi donc ? reprit-elle ;
puisque vous êtes invité, vous pouvez danser, et je ne
vois pas ce qui vous en empêcherait. Et qui inviterez-
vous ? ajouta-t-elle en souriant. — Je n'ose vous prier,
lui dis-je ; je crains qu'on ne trouve déplacé que vous
dansiez avec moi. — Encore ! s'écria-t-elle ; voilà réellement de l'humilité fastueuse. — Ah ! lui dis-je tristement, je vous prierais en Angleterre. » Elle rougit. « Il
faut que je quitte le monde, ajoutai-je ; il n'est pas fait
pour moi, j'y souffre, et je m'y sens de plus en plus
isolé ; je veux suivre ma profession ; j'irai au Palais, personne là ne demandera pourquoi j'y suis ; je mettrai une
robe noire, et je plaiderai des causes. Me confierez-vous
vos procès ? lui demandai-je, je les gagnerai tous. — Je

voudrais commencer par gagner celui-ci, me dit-elle.
Ne voulez-vous donc pas danser avec moi?» Je ne pus
résister à la tentation; je pris sa main, sa main que je
n'avais jamais touchée! et nous nous mîmes à une
contredanse[1]. Je ne tardai pas à me repentir de ma faiblesse; il me semblait que tout le monde nous regardait. Je croyais lire l'étonnement sur les physionomies,
et je passais du délice de la contempler, et d'être si près
d'elle, de la tenir presque dans mes bras, à la douleur
de penser qu'elle faisait peut-être pour moi une chose
inconvenante, et qu'elle en serait blâmée. Comme la
contredanse allait finir, M. le maréchal d'Olonne s'approcha de nous, et je vis son visage devenir sérieux et
mécontent. Madame de Nevers lui dit quelques mots
tout bas, et son expression habituelle de bonté revint
sur-le-champ. Il me dit: «Je suis bien aise que l'ambassadeur vous ait prié, c'est aimable à lui.» Cela voulait
dire: «Il l'a fait pour m'obliger, et c'est par grâce que
vous êtes ici.» C'est ainsi que tout me blessait, et que,
jusqu'à cette protection bienveillante, tout portait un
germe de souffrance pour mon âme, et d'humiliation
pour mon orgueil.

Je fus poursuivi pendant plusieurs jours après cette
fête par les réflexions les plus pénibles, et je me promis
bien de ne plus me montrer à un bal. L'infériorité de
ma position m'était bien moins sensible dans l'intérieur
de la maison de M. le maréchal d'Olonne, ou même au
milieu de sa société intime, quoiqu'elle fût composée de
grands seigneurs, ou d'hommes célèbres par leur esprit.
Mais là du moins on pouvait valoir quelque chose par
soi-même, tandis que dans la foule on n'est distingué
que par le nom ou l'habit qu'on porte; et y aller comme
pour y étaler son infériorité me semblait insupportable,
tout en ne pouvant m'empêcher de trouver que cette
souffrance était une faiblesse. Je pensais à l'Angleterre;
que j'admirais ces institutions qui du moins relèvent
l'infériorité par l'espérance! Quoi! me disais-je, ce qui
est ici une folie sans excuse serait là le but de la plus

noble émulation; là je pourrais conquérir madame de
Nevers! Sept lieues de distance séparent le bonheur et
le désespoir. Qu'elle était bonne et généreuse à ce bal!
elle a voulu danser avec moi, pour me relever à mes
propres yeux, pour me consoler de tout ce qu'elle sentait bien qui me blessait. Mais est-ce d'une femme? est-
ce de celle qu'on aime qu'on devrait recevoir protection
et appui? Dans ce monde factice tout est interverti, ou
plutôt c'est ma passion pour elle qui change ainsi les
rapports naturels; elle n'aurait pas *rendu service* au
prince d'Enrichemont en le priant à danser. Il prétendait à ce bonheur; il avait droit d'y prétendre, et moi
toutes mes prétentions sont déplacées, et mon amour
pour elle est ridicule! J'aurais mieux aimé la mort que
cette pensée; elle s'empara pourtant de moi au point
que je mis à fuir madame de Nevers autant d'empressement que j'en avais mis à la chercher; mais c'était sans
avoir le courage de me séparer d'elle tout à fait, en
quittant comme je l'aurais dû peut-être la maison de
M. le maréchal d'Olonne, et en suivant ma profession. Madame de Nevers par un mouvement opposé
m'adressait plus souvent la parole, et cherchait à dissiper la tristesse où elle me voyait plongé; elle sortait
moins le soir; je la voyais davantage, et peu à peu sa
présence adoucissait l'amertume de mes sentiments.

Quelques jours après le bal de l'ambassadeur d'Angleterre, la conversation se mit sur les fêtes en général;
on parla de celles qui venaient d'avoir lieu, et l'on cita
les plus magnifiques et les plus gaies. «Gaies! s'écria
madame de Nevers; je ne reconnais pas qu'aucune fête
soit gaie; j'ai toujours été frappée au contraire qu'on
n'y voyait que des gens tristes, et qui semblaient fuir
là quelque grande peine. — Qui se serait douté que
madame de Nevers ferait une telle remarque, dit le duc
de L. Quand on est jeune, belle, heureuse, comment
voit-on autre chose que l'envie qu'on excite, et l'admiration qu'on inspire? — Je ne vois rien de tout cela, dit-
elle, et j'ai raison. Mais sérieusement, ne trouvez-vous

pas comme moi que la foule est toujours triste? Je suis
persuadée que la dissipation est née du malheur[1]; le
bonheur n'a pas cet air agité. — Nous interrogerons les
assistants au premier bal, dit en riant le duc de L. —
Ah! reprit madame de Nevers, si cela se pouvait, vous
seriez peut-être bien étonné de leurs réponses! — S'il y
a au bal des malheureux, dit le duc de L., ce sont ceux
que vous faites, madame. Voici le prince d'Enrichemont, je vais l'appeler, et invoquer son témoignage.» Le
duc de L. se tirait toujours de la conversation par des
plaisanteries : observer et raisonner était une espèce de
fatigue dont il était incapable; son esprit était comme
son corps, et avait besoin de changer de place à tout
moment. Je me demandai aussi pourquoi madame de
Nevers avait fait cette réflexion sur les fêtes, et pourquoi depuis six mois elle y avait passé sa vie. Je n'osais
croire ce qui se présentait à mon esprit, j'aurais été trop
heureux.

Les jours suivants madame de Nevers me parut
triste, mais elle ne me fuyait pas. Un soir elle me dit:
«Je sais que mon père s'est occupé de vous, et qu'il
espère que vous serez placé avantageusement au ministère des Affaires étrangères; cela vous donnera des
moyens de vous distinguer prompts et sûrs, et cela vous
mettra aussi dans un monde agréable. — Je tenais à la
profession de mon père, lui dis-je; mais il me sera doux
de laisser M. le maréchal d'Olonne et vous disposer de
ma vie.»

Peu de jours après elle me dit: «La place est obtenue,
mais mon père ne pourra pas longtemps vous y être
utile. — Les bruits qu'on fait courir sur la disgrâce de
M. le duc d'A. sont donc vrais? lui demandai-je. — Ils
sont trop vrais, me répondit-elle, et je crois que mon
père la partagera. Suivant toute apparence, il sera exilé
à Faverange au fond du Limousin, et je l'y accompa-
gnerai. — Grand Dieu! m'écriai-je, et c'est en ce moment
que vous me parlez de place? Vous me connaissez donc
bien peu, si vous me croyez capable d'accepter une

place pour servir vos ennemis? Je n'ai qu'une place au monde, c'est à Faverange, et ma seule ambition c'est d'y être souffert.» Je la quittai en disant ces mots, et j'allai, encore tout ému, chez M. le maréchal d'Olonne lui dire tout ce que mon cœur m'inspirait. Il en fut touché. Il me dit qu'en effet le duc d'A. était disgracié, et que, sans avoir partagé ni sa faveur ni sa puissance, il partagerait sa disgrâce. «J'ai dû le soutenir dans une question où son honneur était compromis, dit-il; je suis tranquille, j'ai fait mon devoir, et la vérité sera connue tôt ou tard. J'accepterai votre dévouement, mon cher Édouard, comme j'aurais accepté celui de votre père; je vous laisserai ici pour quelques jours, vous terminerez des affaires importantes, que sans doute on ne me donnera pas le temps de finir. Restez avec moi, me dit-il, je veux mettre ordre au plus pressé, être prêt, et n'avoir rien à demander, pas même un délai.»

L'ordre d'exil arriva dans la soirée, et répandit la douleur et la consternation à l'hôtel d'Olonne. M. le maréchal d'Olonne, avec le plus grand calme, donna des ordres précis, et, en fixant une occupation à chacun, suspendit les plaintes inutiles.

Le duc de L., le prince d'Enrichemont, et les autres amis de la famille, accoururent à l'hôtel d'Olonne au premier bruit de cette disgrâce. M. le maréchal d'Olonne eut toutes les peines du monde à contenir le bouillant intérêt du duc de L., à enchaîner son zèle inconsidéré, et à tempérer la violence de ses discours. Le prince d'Enrichemont, au contraire, toujours dans une mesure parfaite, disait tout ce qu'il fallait dire, et je ne sais comment, en étant si convenable, il trouvait le moyen de me choquer à tout moment. Quelquefois en écoutant ces phrases si bien tournées, je regardais madame de Nevers, et je voyais sur ses lèvres un léger sourire, qui me prouvait que le prince d'Enrichemont n'avait pas auprès d'elle plus de succès qu'auprès de moi. J'eus à cette époque un chagrin sensible. M. d'Herbelot se conduisit envers M. le maréchal d'Olonne de la manière la plus indélicate. Ils avaient eu à traiter ensemble une affaire relative au gouvernement de Guyenne ; et après des contestations assez vives, mon oncle avait eu le dessous. Il restait quelques points en litige ; mon oncle crut le moment favorable pour le succès, il intrigua, et fit décider l'affaire en sa faveur. Je fus blessé au cœur de ce procédé.

Cependant les ballots, les paquets remplirent bientôt les vestibules et les cours de l'hôtel d'Olonne. Quelques chariots partirent en avant avec une partie de la maison, et M. le maréchal d'Olonne et madame de Nevers quittèrent Paris le lendemain, ne voulant être accompagnés que de l'abbé Tercier. Tout Paris était venu dans la soirée à l'hôtel d'Olonne ; mais M. le maréchal d'Olonne n'avait reçu que ses amis. Il dédaignait cette insulte au pouvoir dont les exemples étaient alors si communs[1]. Il trouvait plus de dignité dans un respectueux silence. Je l'imite ; mais je ne doute pas qu'à cette époque vous n'ayez entendu parler de l'exil de M. le maréchal d'Olonne comme d'une grande injustice, et d'un abus de pouvoir, fondé sur la plus étrange erreur.

Les affaires de M. le maréchal d'Olonne me retinrent huit jours à Paris. Je partis enfin pour Faverange, et mon cœur battit de joie en songeant que j'allais me trouver presque seul avec celle que j'adorais. Joie coupable ! indigne personnalité ! J'en ai été cruellement puni, et cependant le souvenir de ces jours orageux que j'ai passés près d'elle sont encore la consolation et le seul soutien de ma vie.

J'arrivai à Faverange dans les premiers jours de mai. Le maréchal d'Olonne se méprit à la joie si vive que je montrai en le revoyant ; il m'en sut gré, et je reçus ses éloges avec embarras. S'il eut pu lire au fond de mon cœur, combien je lui aurais paru coupable ! Lorsque j'y réfléchis, je ne comprends pas que M. le maréchal d'Olonne n'eût point encore deviné mes sentiments secrets mais la vieillesse et la jeunesse manquent également de pénétration, l'une ne voit que ses espérances, et l'autre que ses souvenirs.

Faverange était ce vieux château où madame de Nevers avait été élevée, et dont elle m'avait parlé une fois. Situé à quelques lieues d'Uzerche, sur un rocher, au bord de la Corrèze, sa position était ravissante. Un grand parc fort sauvage environnait le château; la rivière qui baignait le pied des terrasses fermait le parc de trois côtés. Une forêt de vieux châtaigniers couvrait un espace considérable, et s'étendait depuis le sommet du coteau jusqu'au bord de la rivière. Ces arbres vénérables avaient donné leur ombre à plusieurs générations; on appelait ce lieu la Châtaigneraie. La rivière, les campagnes, les collines bleuâtres qui fermaient l'horizon, tout me plaisait dans cet aspect; mais tout m'aurait plu dans la disposition actuelle de mon âme. La solitude, la vie que nous menions, l'air de paix, de contentement de madame de Nevers, tout me jetait dans cet état si doux où le présent suffit, où l'on ne demande rien au passé ni à l'avenir, où l'on voudrait faire durer le temps, retenir l'heure qui s'échappe et le jour qui va finir.

M. le maréchal d'Olonne en arrivant à Faverange avait établi une régularité dans la manière de vivre qui laissait du temps pour tout. Il avait annoncé qu'il recevrait très peu de monde, et, avec le bon esprit qui lui était propre, il s'était créé des occupations qui avaient de l'intérêt, parce qu'elles avaient un but utile. De grands défrichements, la construction d'une manufacture, celle d'un hospice, occupaient une partie de ses matinées; d'autres heures étaient employées dans son cabinet à écrire des Mémoires sur quelques parties de sa vie plus consacrées aux affaires publiques. Le soir, tous réunis dans le salon, M. le maréchal d'Olonne animait l'entretien par ses souvenirs ou ses projets; les gazettes, les lectures, fournissaient aussi à la conversation et jamais un moment d'humeur ne trahissait les regrets de l'ambition dans le grand seigneur exilé, ni le dépit dans la victime d'une injustice. Cette simplicité, cette égalité d'âme n'étaient point un effort dans M. le maréchal d'Olonne. Il était si naturellement au-dessus de toutes les prospérités et de tous les revers de la fortune, qu'il ne lui en coûtait rien de les dédaigner, et si la faiblesse humaine, se glissant à son insu dans son cœur, y eût fait entrer un regret de la vanité, il l'aurait raconté naïvement, et s'en serait moqué le premier. Cette grande bonne foi d'un caractère élevé est un des spectacles les plus satisfaisants que l'homme puisse rencontrer; il console et honore ceux mêmes qui ne sauraient y atteindre.

Je parlais un jour avec admiration à madame de Nevers du caractère de son père. «Vous avez, me dit-elle, tout ce qu'il faut pour le comprendre; le monde admire ce qui est bien, mais c'est souvent sans savoir pourquoi; ce qui est doux, c'est de retrouver dans une autre âme tous les éléments de la sienne: et quoi qu'on fasse, dit-elle, ces âmes se rapprochent; on veut en vain les séparer! — Ne dites pas cela, lui répondis-je, je vous prouverais trop aisément le contraire. — Peut-être ce que vous me diriez fortifierait mon raisonnement, reprit-elle; mais je ne veux pas le savoir.» Elle se rapprocha de l'abbé Tercier, qui était sa ressource pour ne pas rester seule avec moi.

Il était impossible qu'elle ne vît pas que je l'adorais; quelquefois j'oubliais l'obstacle éternel qui nous séparait. Dans cette solitude, le bonheur était le plus fort. La voir, l'entendre, marcher près d'elle, sentir son bras s'appuyer sur le mien, c'étaient autant de délices auxquelles je m'abandonnais avec transport. Il faut avoir aimé pour savoir jusqu'où peut aller l'imprévoyance. Il semble que la vie soit concentrée dans un seul point, et que tout le reste ne se présente plus à l'esprit que comme des images effacées. C'est avec effort que l'on appelle sa pensée sur d'autres objets; et dès que l'effort cesse, on rentre dans la nature de la passion, dans l'oubli de tout ce qui n'est pas elle.

Quelquefois je croyais que madame de Nevers n'était pas insensible à un sentiment qui ressemblait si peu à ce qu'elle avait pu inspirer jusqu'alors; mais, par la bizarrerie de ma situation, l'idée d'être aimé, qui aurait dû me combler de joie, me glaçait de crainte. Je ne mesurais qu'alors la distance qui nous séparait; je ne sentais qu'alors de combien de manières il était impossible que je fusse heureux. Le remords aussi entrait dans mon âme avec l'idée qu'elle pouvait m'aimer. Jusqu'ici je l'avais adorée en secret, sans but, sans projets, et sachant bien que cette passion ne pouvait me conduire qu'à ma perte; mais enfin je n'étais responsable à personne du choix que je faisais pour moi-même. Mais si j'étais aimé d'elle, combien je devenais coupable[1]! Quoi! je serais venu chez M. le maréchal d'Olonne, il m'aurait traité comme son fils, et je n'aurais usé de la confiance qui m'admettait chez lui que pour adorer sa fille, pour m'en faire aimer, pour la précipiter peut-être dans les tourments d'une passion sans espoir! Cette trahison me paraissait indigne de moi, et l'idée d'être aimé qui m'enivrait ne pouvait pourtant m'aveugler au point de voir une excuse possible à une telle conduite; mais là encore l'amour était le plus fort, il n'effaçait pas mes remords, mais il m'ôtait le temps d'y penser. D'ailleurs la certitude d'être aimé était bien loin de moi, et le temps s'écoulait comme il passe à vingt-trois ans, avec une passion qui vous possède entièrement.

Un soir la chaleur était étouffante; on n'avait pu sortir de tout le jour; le soleil venait de se coucher, et l'on avait ouvert les fenêtres pour obtenir un peu de fraîcheur. M. le maréchal d'Olonne, l'abbé, et deux hommes d'une petite ville voisine assez instruits, étaient engagés dans une conversation sur l'économie politique; ils agitaient depuis une heure la question du commerce des grains[2], et cela faisait une de ces conversations pesantes où l'on parle longuement, où l'on suit un raisonnement,

où les arguments s'enchaînent, et où l'attention de ceux
qui écoutent est entièrement absorbée; mais rien aussi
n'est si favorable à la rêverie de ceux qui n'écoutent
pas; ils savent qu'ils ne seront pas interrompus, et
qu'on est trop occupé pour songer à eux. Madame de
Nevers s'était assise dans l'embrasure d'une des fenêtres
pour respirer l'air frais du soir; un grand jasmin qui
tapissait le mur de ce côté du château montait dans la
fenêtre, et s'entrelaçait dans le balcon. Debout, à deux
pas derrière elle, je voyais son profil charmant se dessi-
ner sur un ciel d'azur, encore doré par les derniers
rayons du couchant; l'air était rempli de ces petites
particules brillantes qui nagent dans l'atmosphère à la
fin d'un jour chaud de l'été; les coteaux, la rivière, la
forêt, étaient enveloppés d'une vapeur violette qui n'était
plus le jour, et qui n'était pas encore l'obscurité. Une
vive émotion s'empara de mon cœur. De temps en
temps un souffle d'air arrivait à moi; il m'apportait le
parfum du jasmin, et ce souffle embaumé semblait s'exhaler de celle qui m'était si chère! Je le respirais avec
avidité. La paix de ces campagnes, l'heure, le silence,
l'expression de ce doux visage, si fort en harmonie avec
ce qui l'entourait, tout m'enivrait d'amour. Mais bientôt
mille réflexions douloureuses se présentèrent à moi. Je
l'adore, pensai-je, et je suis pour jamais séparé d'elle!
Elle est là; je passe ma vie près d'elle, elle lit dans mon
cœur, elle devine mes sentiments, elle les voit peut-être
sans colère: eh bien! jamais, jamais, nous ne serons
rien l'un à l'autre! La barrière qui nous sépare est
insurmontable, je ne puis que l'adorer; le mépris la
poursuivrait dans mes bras! et cependant nos cœurs
sont créés l'un pour l'autre. Et n'est-ce pas là peut-être
ce qu'elle a voulu dire l'autre jour! Un mouvement irrésistible me rapprocha d'elle; j'allai m'asseoir sur cette
même fenêtre où elle était assise, et j'appuyai ma tête
sur le balcon. Mon cœur était trop plein pour parler.
«Édouard, me dit-elle, qu'avez-vous? — Ne le savez-vous
pas?» lui dis-je. Elle fut un moment sans répondre;

puis elle me dit : « Il est vrai, je le sais ; mais si vous ne
voulez pas m'affliger, ne soyez pas ainsi malheureux.
Quand vous souffrez, je souffre avec vous ; ne le savez-
vous pas aussi ? — Je devrais être heureux de ce que
vous me dites, répondis-je, et cependant je ne le puis.
— Quoi ! dit-elle, si nous passions notre vie comme
nous avons passé ces deux mois, vous seriez malheureux ? » Je n'osai lui dire que oui ; je cueillis des fleurs
de ces jasmins qui l'entouraient, et qu'on ne distinguait
plus qu'à peine ; je les lui donnai, je les lui repris ; puis
je les couvris de mes baisers et de mes larmes. Bientôt
j'entendis qu'elle pleurait, et je fus au désespoir. « Si
vous êtes malheureuse, lui dis-je, combien je suis coupable ! Dois-je donc vous fuir ? — Ah ! dit-elle, il est trop
tard[1]. » On apporta des lumières ; je m'enfuis du salon ;
je me trouvais si à plaindre, et pourtant j'étais si heureux, que mon âme était entièrement bouleversée.

Je sortis du château, mais sans pouvoir m'en éloigner ; j'errais sur les terrasses, je m'appuyais sur ces
murs qui renfermaient madame de Nevers, et je m'abandonnais à tous les transports de mon cœur. Être aimé,
aimé d'elle ! elle me l'avait presque dit ; mais je ne pouvais le croire. Elle a pitié de moi, me disais-je, voilà
tout ; mais n'est-ce pas assez pour être heureux ? Elle
n'était plus à la fenêtre ; je vis de la lumière dans une
tour qui formait l'un des angles du château. Cette
lumière venait d'un cabinet d'étude qui dépendait de
l'appartement de madame de Nevers. Un escalier tournant, pratiqué dans une tourelle, conduisait de la ter-
rasse à ce cabinet. La porte était ouverte, je m'en
rapprochai involontairement ; mais à peine eus-je fran-
chi les premières marches que je m'arrêtai tout à coup.
Que vais-je faire ? pensai-je ; lui déplaire peut-être, l'ir-
riter ! Je m'assis sur les marches ; mais bientôt, entraîné
par ma faiblesse, je montai plus haut. Je n'entrerai pas,
me disais-je ; je resterai à la porte, je l'entendrai seulement, et je me sentirai près d'elle. Je m'assis sur la dernière marche, à l'entrée d'une petite pièce qui précédait

le cabinet. Madame de Nevers était dans ce cabinet!
Bientôt je l'entendis marcher, puis s'arrêter, puis marcher encore; mon cœur plein d'elle battait dans mon
sein avec une affreuse violence. Je me levai, je me ras-
sis, sans savoir ce que je voulais faire. En ce moment sa
porte s'ouvrit: «Agathe, dit-elle, est-ce vous? — Non,
répondis-je; me pardonnerez-vous? J'ai vu de la lumière
dans ce cabinet, j'ai pensé que vous y étiez, je ne sais
comment je suis ici. — Édouard, dit-elle, venez; j'allais
vous écrire; il vaut mieux que je vous parle, et peut-être
que j'aurais dû vous parler plus tôt.» Je vis qu'elle
avait pleuré. «Je suis bien coupable, lui dis-je; je vous
offense en vous aimant, et cependant que puis-je faire?
Je n'espère rien, je ne demande rien, je sais trop bien
que je ne puis être que malheureux. Mais dites-moi seulement que si le sort m'eût fait votre égal, vous ne
m'eussiez pas défendu de vous aimer? — Pourquoi ce
doute? me dit-elle; ne savez-vous pas, Édouard, que
je vous aime? Nos deux cœurs se sont donnés l'un à
l'autre en même temps; je ne me suis fait aucune illusion sur la folie de cet attachement; je sais qu'il ne peut
que nous perdre. Mais comment fuir sa destinée? l'absence eût guéri un sentiment ordinaire; j'allai près de
mon amie chercher de l'appui contre cette passion,
cette passion qui fera, Édouard, le malheur de tous
deux. Eugénie employa toute la force de sa raison pour
me démontrer la nécessité de combattre mes sentiments. Hélas! vous n'ignorez pas tout ce qui nous
sépare! je crus qu'elle m'avait persuadée; je revins à
Paris, armée de sa sagesse bien plus que de la mienne.
Je pris la résolution de vous fuir; je cherchai la distraction dans ce monde où j'étais sûre de ne pas vous trouver. Quelle profonde indifférence je portais dans tous
ces lieux où vous n'étiez pas, où vous ne pouviez jamais
venir! Ces portes s'ouvraient sans cesse, et ce n'était
jamais pour vous! Le duc de L. me plaisantait souvent
sur mes distractions. En effet, je sentais bien que je
pouvais obéir aux conseils d'Eugénie, et conduire ma

personne au bal; mais, Édouard, n'avez-vous jamais senti que mon âme était errante autour de vous, que la meilleure moitié de moi-même restait près de vous, qu'elle ne pouvait pas vous quitter[1]!» Je tombai à ses pieds. Ah! si j'avais osé la serrer dans mes bras! Mais je n'avais que de froides paroles pour peindre les transports de mon cœur. Je lui redis mille fois que j'étais heureux; que je défiais tous les malheurs de m'atteindre; que ma vie se passerait près d'elle à l'aimer, à lui obéir; qu'elle ne pouvait rien m'imposer qui ne me parût facile. En effet, mes chagrins, mes remords, son rang, ma position, la distance qui nous séparait, tout avait disparu; il me semblait que je pouvais tout supporter, tout braver, et que j'étais inaccessible à tout ce qui n'était pas l'ineffable joie d'être aimé de madame de Nevers. «Je ne vous impose qu'une loi, me dit-elle, c'est la prudence. Que mon père ne puisse jamais soupçonner nos sentiments· vous savez assez que s'il en avait la moindre idée il se croirait profondément offensé; son bonheur, son repos, la paix de notre intérieur seraient détruits sans retour. C'est de cela que je voulais vous parler, ajouta-t-elle en rougissant; voyez, Édouard, si je dois ainsi rester seule avec vous? Je vous ai dit tout ce que je ne voulais pas vous dire; hélas! nous ne savons que trop bien à présent ce qui est au fond de nos cœurs! ne nous voyons plus seuls. — Je vais vous quitter, lui dis-je, ne m'enviez pas cet instant de bonheur; est-il donc déjà fini?»

L'enchantement d'être aimé suspendit en moi pour quelques jours toute espèce de réflexion; j'étais devenu incapable d'en faire. Chacune des paroles de madame de Nevers s'était gravée dans mon souvenir, et y remplaçait mes propres pensées; je les répétais sans cesse, et le même sentiment de bonheur les accompagnait toujours. J'oubliais tout: tout se perdait dans cette idée ravissante que j'étais aimé; que nos deux cœurs s'étaient donnés l'un à l'autre en même temps; que, malgré tous ses efforts, elle n'avait pu se détacher de moi; qu'elle m'aimait; qu'elle avait accepté mon amour; que ma vie s'écoulerait près d'elle; que la certitude d'être aimé me tiendrait lieu de tout bonheur. Je le croyais de bonne foi, et il me paraissait impossible que la félicité humaine pût aller au-delà de ce que madame de Nevers venait de me faire éprouver, lorsqu'elle m'avait dit que, même absente, son âme était errante autour de moi.

Cet enivrement aurait peut-être duré longtemps, si M. le maréchal d'Olonne, qui se plaisait à louer ceux qu'il aimait, n'eut voulu un soir faire mon éloge. Il parlait à quelques voisins qui avaient dîné à Faverange, et, quoique j'eusse essayé de sortir dès le commencement de la conversation, il m'avait forcé de rester. Ah! quel supplice il m'imposait! m'entendre vanter pour ma délicatesse, pour ma reconnaissance, pour mon dévouement! Il n'en fallait pas tant pour rappeler ma raison égarée, et pour faire rentrer le remords dans mon âme. Il s'en empara avec violence, et me déchira d'autant plus que j'avais pu l'oublier un moment. Mais par une bizarrerie de mon caractère, j'éprouvai une sorte de joie de voir que pourtant je sentais encore ce que devait sentir un homme d'honneur; que la passion m'entraînait sans m'aveugler, et que du moins madame de Nevers ne m'avait pas encore ôté le regret des vertus que je perdais pour elle. J'essayai de me dire qu'un jour je la fuirais. Fuir madame de Nevers! m'en séparer! Je ne pouvais en soutenir la pensée, et cependant j'avais besoin de me dire que dans l'avenir j'étais capable de ce sacrifice. Non, je ne l'étais pas; j'ai senti plus tard que m'arracher d'auprès d'elle, c'était aussi m'arracher la vie.

Il était impossible qu'un cœur déchiré comme l'était le mien pût donner ni recevoir un bonheur paisible. Madame de Nevers me reprochait l'inégalité de mon humeur; elle qui n'avait besoin que d'aimer pour être heureuse, tout était facile de sa part : c'était elle qui faisait les sacrifices. Mais moi qui l'adorais et qui étais certain de ne la posséder jamais! Dévoré de remords,

obligé de cacher à tous les yeux cette passion sans
espoir, qui ferait ma honte si le hasard la dévoilait à
M. le maréchal d'Olonne, que me dirait-il? Que je devais
fuir. Il aurait raison, et je sentais que je n'avais d'autre
excuse qu'une faiblesse indigne d'un honnête homme,
indigne de mon père, indigne de moi-même; mais cette
faiblesse me maîtrisait entièrement; j'adorais madame
de Nevers, et un de ses regards payait toutes mes douleurs; grand Dieu! je n'ose dire qu'il effaçait tous mes
remords.

On passait ordinairement les matinées dans une
grande bibliothèque que M. le maréchal d'Olonne avait
fait arranger depuis qu'il était à Faverange. On venait
de recevoir de Paris plusieurs caisses remplies de livres,
de gravures, de cartes géographiques, et un globe fort
grand et fort beau nouvellement tracé d'après les découvertes encore récentes de Cook[1] et de Bougainville[2].
Tous ces objets avaient été placés sur des tables, et M. le
maréchal d'Olonne, après les avoir examinés avec soin,
sortit, emmenant avec lui l'abbé Tercier.

Je demeurai seul avec madame de Nevers, et nous
restâmes quelque temps debout devant une table à faire
tourner ce globe avec l'espèce de rêverie qu'inspire toujours l'image, même si abrégée, de ce monde que nous
habitons. Madame de Nevers fixa ses regards sur le
grand océan Pacifique et sur l'archipel des îles de la
Société[3], et elle remarqua cette multitude de petits
points qui ne sont marqués que comme des écueils. Je
lui racontai quelque chose du voyage de Cook que je
venais de lire, et des dangers qu'il avait courus dans ces
régions inconnues par ces bancs de corail que nous
voyons figurés sur le globe, et qui entourent cet archipel comme pour lui servir de défense contre l'Océan.
J'essayai de décrire à madame de Nevers quelques-unes
de ces îles charmantes; elle me montra du doigt une
des plus petites, située un peu au nord du tropique et
entièrement isolée. «Celle-ci, lui dis-je, est déserte, mais
elle mériterait des habitants; le soleil ne la brûle jamais;

de grands palmiers l'ombragent; l'arbre à pain, le bananier, l'ananas y produisent inutilement leurs plus beaux fruits; ils mûrissent dans la solitude; ils tombent, et personne ne les recueille. On n'entend d'autre bruit dans cette retraite que le murmure des fontaines et le chant des oiseaux; on n'y respire que le doux parfum des fleurs: tout est harmonie, tout est bonheur dans ce désert. Ah! lui dis-je, il devrait servir d'asile à ceux qui s'aiment. Là, on serait heureux des seuls biens de la nature, on ne connaîtrait pas la distinction des rangs ni l'infériorité de la naissance[1]! Là, on n'aurait pas besoin de porter d'autres noms que ceux que l'amour donne, on ne serait pas déshonoré de porter le nom de ce qu'on aime!» Je tombai sur une chaise en disant ces mots, je cachai mon visage dans mes mains, et je sentis bientôt qu'il était baigné de mes larmes; je n'osais lever les yeux sur madame de Nevers. «Édouard, me dit-elle, est-ce un reproche? Pouvez-vous croire que j'appellerais un sacrifice ce qui me donnerait à vous? Sans mon père, croyez-vous que j'eusse hésité.» Je me prosternai à ses pieds; je lui demandai pardon de ce que j'avais osé lui dire: «Lisez dans mon cœur, lui dis-je; concevez, s'il est possible, une partie de ce que je souffre, de ce que je vous cache; si vous me plaignez, je serai moins malheureux.»

Cette île imaginaire devint l'objet de toutes mes rêveries; dupe de mes propres fictions, j'y pensais sans cesse; j'y transportais en idée celle que j'aimais: là, elle m'appartenait; là, elle était à moi, toute à moi! Je vivais de ce bonheur chimérique; je la fuyais elle-même pour la retrouver dans cette création de mon imagination, ou loin de ces lois sociales, cruelles et impitoyables; je me livrais à de folles illusions d'amour[2], qui me consolaient un moment, pour m'accabler ensuite d'une nouvelle et plus poignante douleur.

Il était impossible que ces violentes agitations n'altérassent pas ma santé; je me sentais dépérir et mourir; d'affreuses palpitations me faisaient croire quelquefois que je touchais à la fin de ma vie, et j'étais si malheureux que j'en voyais le terme avec joie. Je fuyais madame de Nevers; je craignais de rester seul avec elle, de l'offenser peut-être en lui montrant une partie des tourments qui me déchiraient.

Un jour elle me dit que je lui tenais mal la promesse que je lui avais faite d'être heureux du seul bonheur d'être aimé d'elle. «Vous êtes mauvais juge de ce que je souffre, lui dis-je, et je ne veux pas vous l'apprendre; le bonheur n'est pas fait pour moi, je n'y prétends pas; mais dites-moi seulement, dites-moi une fois que vous me regretterez quand je ne serai plus; que ce tombeau qui me renfermera bientôt attirera quelquefois vos pas; dites que vous eussiez souhaité qu'il n'y eût pas d'obstacle entre nous.» Je la quittai sans attendre sa réponse; je n'étais plus maître de moi; je sentais que je lui dirais peut-être ce que je ne voulais pas lui dire; et la crainte de lui déplaire régnait dans mon âme autant que mon amour et que ma douleur. Je m'en allai dans la campagne: je marchais des journées entières, dans l'espérance de fuir deux pensées déchirantes qui m'assiégeaient tour à tour; l'une, que je ne posséderais jamais celle que j'aimais; l'autre, que je manquais à l'honneur en restant chez M. le maréchal d'Olonne. Je voyais l'ombre de mon père me reprocher ma conduite, me demander si c'était là le fruit de ses leçons et de ses exemples. Puis à cette vision terrible succédait la douce image de madame de Nevers; elle ranimait pour un moment ma triste vie; je fermais les yeux pour que rien ne vînt me distraire d'elle. Je la voyais, je me pénétrais d'elle; elle devenait comme la réalité, elle me souriait, elle me consolait, elle calmait par degré mes douleurs, elle apaisait mes remords. Quelquefois je trouvais le sommeil dans les bras de cette ombre vaine; mais, hélas! j'étais seul à mon réveil! Ô mon Dieu! si vous m'eussiez donné seulement quelques jours de bonheur! Mais jamais, jamais! tout était inutile; et ces deux cœurs formés l'un pour l'autre, pétris du même limon, pénétrés du même amour, le sort impitoyable les séparait pour toujours[1]!

Un soir, revenant d'une de ces longues courses, je m'étais assis à l'extrémité de la Châtaigneraie, dans l'enceinte du parc, mais cependant fort loin du château. J'essayais de me calmer avant que de rentrer dans ce salon où j'allais rencontrer les regards de M. le maréchal d'Olonne, lorsque je vis de loin madame de Nevers qui s'avançait vers moi; elle marchait lentement sous les arbres, plongée dans une rêverie dont j'osai me croire l'objet: elle avait ôté son chapeau, ses beaux cheveux tombaient en boucles sur ses épaules; son vêtement léger flottait autour d'elle; son joli pied se posait sur la mousse si légèrement qu'il ne la foulait même pas; elle ressemblait à la nymphe de ces bois; je la contemplais avec délices; jamais je ne m'étais encore senti entraîné vers elle avec autant de violence; le désespoir auquel je m'étais livré tout le jour avait redoublé l'empire de la passion dans mon cœur. Elle vint à moi, et dès que j'entendis le son de sa voix, il me sembla que je reprenais un peu de pouvoir sur moi-même. «Où avez-vous donc passé la journée? me demanda-t-elle; ne craignez-vous pas que mon père ne s'étonne de ces longues absences? — Qu'importe? lui répondis-je, mon absence bientôt sera éternelle. — Édouard, me dit-elle, est-ce donc là les promesses que vous m'aviez faites? — Je ne sais ce que j'ai promis, lui dis-je; mais la vie m'est à charge, je n'ai plus d'avenir, et je ne vois de repos que dans la mort. Pourquoi s'en effrayer? lui dis-je, elle sera plus bienfaisante pour moi que la vie; il n'y a pas de rangs dans la mort, je n'y retrouverai pas l'infériorité de ma naissance qui m'empêche d'être à vous, ni mon nom obscur; tous portent le même nom dans la mort! Mais l'âme ne meurt pas, elle aime encore après la vie, elle aime toujours. Pourquoi dans cet autre monde ne serions-nous pas unis? — Nous le serons dans celui-ci, me dit-elle. Édouard, mon parti est pris; je serai à vous, je serai votre femme. Hélas! c'est mon bonheur aussi

bien que le vôtre que je veux! Mais dites-moi que je ne
verrai plus votre visage pâle et décomposé comme il
l'est depuis quelque temps; dites-moi que vous repren-
drez à la vie, à l'espérance; dites-moi que vous serez
heureux. — Jamais! m'écriai-je avec désespoir. Grand
Dieu! c'est donc quand vous me proposez le comble de
la félicité, que je dois me trouver le plus malheureux de
tous les hommes! Moi! vous épouser! moi! vous faire
déchoir! vous rendre l'objet du mépris, changer l'éclat
de votre rang contre mon obscurité! vous faire porter
mon nom inconnu! — Eh! qu'importe? dit-elle, j'aime
mieux ce nom que tous ceux de l'Histoire; je m'honore-
rai de le porter, il est le nom de ce que j'aime. Édouard!
ne sacrifiez pas notre bonheur à une fausse délicatesse.
— Ah! ne me parlez pas de bonheur, lui dis-je; point de
bonheur avec la honte! Moi! trahir l'honneur! trahir
M. le maréchal d'Olonne! je ne pourrais seulement soutenir son regard! Déjà je voudrais me cacher à ses
yeux! de quelle juste indignation ne m'accablerait-il pas!
Le déshonneur! c'est comme l'impossible; rien à ce
prix. — Eh bien! Édouard, dit-elle, il faudra donc nous
séparer?» Je demeurai anéanti. «Vous voulez ma mort,
lui dis-je, vous avez raison, elle seule peut tout arranger. Oui, je vais partir; je me ferai soldat, je n'aurai pas
besoin pour cela de prouver ma noblesse, j'irai me faire
tuer. Ah! que la mort me sera douce! je bénirais celui
qui me la donnerait en ce moment. » Je ne regardais pas
madame de Nevers en prononçant ces affreuses paroles.
Hélas! la vie semblait l'avoir abandonnée. Pâle, glacée,
immobile, je crus un moment qu'elle n'existait plus; je
compris alors qu'il y avait encore d'autres malheurs
que ceux qui m'accablaient! À ses pieds j'implorai son
pardon; je repris toutes mes paroles, je lui jurai de
vivre, de vivre pour l'adorer, son esclave, son ami, son
frère; nous inventions tous les doux noms qui nous
étaient permis. «Viens, me dit-elle en se jetant à genoux;
prions ensemble; demandons à Dieu de nous aimer
dans l'innocence, de nous aimer ainsi jusqu'à la mort!»

Je tombai à genoux à côté d'elle ; j'adorai cet ange presque autant que Dieu même ; elle était un souffle émané de lui ; elle avait la beauté, l'angélique pureté des enfants du ciel. Comment un désir coupable m'au-rait-il atteint près d'elle ? Elle était le sanctuaire de tout ce qui était pur. Mais loin d'elle, hélas ! je redevenais homme, et j'aurais voulu la posséder ou mourir.

Nous entrâmes bientôt dans la lutte la plus singulière et la plus pénible ; elle, pour me déterminer à l'épouser ; et moi, pour lui prouver que l'honneur me défendait cette félicité que j'eusse payée de mon sang et de ma vie. Que ne me dit-elle pas pour me faire accepter le don de sa main ! Le sacrifice de son nom, de son rang ne lui coûtait rien ; elle me le disait, et j'en étais sûr. Tantôt elle m'offrait la peinture séduisante de notre vie intérieure. «Retirés, disait-elle, dans notre humble asile, au fond de nos montagnes, heureux de notre amour, en paix avec nous-mêmes, saurons-nous seulement si l'on nous blâme dans le monde ?» Et elle disait vrai, et je connaissais assez la simplicité de ses goûts pour être certain qu'elle eût été heureuse, sous notre humble toit, avec mon amour et l'innocence[1]. Quelquefois elle me disait : «Il se peut que j'offense, en vous aimant, les convenances sociales, mais je n'offense aucune des lois divines ; je suis libre, vous l'êtes aussi, ou plutôt nous ne le sommes plus ni l'un ni l'autre. Y a-t-il, Édouard, un lien plus sacré qu'un attachement comme le nôtre ? Que ferions-nous dans la vie maintenant, si nous n'étions pas unis ? Pourrions-nous faire le bonheur de personne ?» Je ne puis dire ce que me faisait éprouver un pareil lan-gage ; je n'étais pas séduit, je n'étais pas même ébranlé ; mais je l'écoutais comme on prête l'oreille à des sons harmonieux qui bercent et endorment les douleurs. Je n'essayais pas de lui répondre ; je l'écoutais, et ses paroles enchanteresses tombaient comme un baume sur mes blessures. Mais, par une bizarrerie que je ne saurais expliquer, quelquefois ces mêmes paroles pro-duisaient en moi un effet tout contraire, et elles me jetaient dans un profond désespoir. Inconséquence des passions! le bonheur d'être aimé me consolait de tout, ou mettait le comble à mes maux. Madame de Nevers quelquefois feignait de douter de mon amour: «Vous m'aimez bien peu, disait-elle, si je ne vous console pas des mépris du monde. — J'oublierais tout à vos pieds, lui disais-je, hors le déshonneur, hors le blâme dont je ne pourrais pas vous sauver. Je le sais bien, que les maux de la vie ne vous atteindraient pas dans mes bras; mais le blâme n'est pas comme les autres blessures, sa pointe aiguë arriverait à mon cœur avant que de passer au vôtre; mais elle vous frapperait malgré moi, et j'en serais la cause. De quel nom ne flétrirait-on pas le sentiment qui nous lie? Je serais un vil séducteur, et vous une fille dénaturée. Ah! n'acceptons pas le bonheur au prix de l'infamie! Tâchons de vivre encore comme nous vivons, ou laissez-moi vous fuir et mourir. Je quitterai la vie sans regret: qu'a-t-elle qui me retienne? Je désire la mort plutôt; je ne sais quel pressentiment me dit que nous serons unis après la mort, qu'elle sera le commencement de notre éternelle union.» Nos larmes finissaient ordinairement de telles conversations; mais, quoique le sujet en fût si triste, elles portaient en elles je ne sais quelle douceur qui vient de l'amour même. Il est impossible d'être tout à fait malheureux quand on s'aime, qu'on se le dit, qu'on est près l'un de l'autre. Ce bien-être ineffable que donne la passion ne saurait être détruit que par le changement de ceux qui l'éprouvent; car la passion est plus forte que tous les malheurs qui ne viennent pas d'elle-même.

Cependant nous sentions la nécessité de nous distraire quelquefois de ces pensées douloureuses pour conserver la force de les supporter. Nous essayâmes de lire ensemble, de fixer sur d'autres objets que nous-mêmes nos idées et nos réflexions; mais l'imagination préoccupée par l'amour ressemble à cette forêt enchantée que nous peint Le Tasse, et dont toutes les issues ramenaient toujours dans le même lieu[1]. La passion répond à tout, et tout ramène à elle. Si nous trouvions dans nos lectures quelques sentiments exprimés avec vérité, c'est qu'ils nous rappelaient les nôtres ; si les descriptions de la nature avaient quelque charme pour nous, c'est qu'elles retraçaient à nos cœurs l'image de la solitude où nous eussions voulu vivre. Je trouvais à madame de Nevers la beauté et la modestie de l'Ève de Milton, la tendresse de Juliette, et le dévouement d'Emma[1]. La passion qui produit tous les fruits de la faiblesse est cependant ce qui met l'homme de niveau avec tout ce qui est grand, noble, élevé. Il nous semblait quelquefois que nous étions capables de tout ce que nous lisions de sublime ; rien ne nous étonnait, et l'idéal de la vie nous semblait l'état naturel de nos cœurs, tant nous vivions facilement dans cette sphère élevée des sentiments généreux. Mais quelquefois aussi, un mot qui nous rappelait trop vivement notre propre situation, ou ces tableaux touchants de l'amour dans le mariage, qu'on rencontre si fréquemment dans la poésie anglaise, me précipitaient du faîte de mes illusions dans un violent désespoir. Madame de Nevers alors me consolait, essayait de nouveau de me convaincre qu'il n'était pas impossible que nous fussions heureux, et la même lutte se renouvelait entre nous, et apportait avec elle les mêmes douleurs et les mêmes consolations.

Il y avait environ six mois que M. le maréchal d'Olonne était à Faverange, et nous touchions aux derniers jours de l'automne, lorsqu'un soir comme on allait se retirer, on entendit un bruit inaccoutumé autour du château : les chiens aboyaient, les grilles s'ouvraient, les chaînes des ponts faisaient entendre leur claquement en s'abaissant, les fouets des postillons, le hennissement des chevaux, tout annonçait l'arrivée de plusieurs voitures en poste. Je regardai madame de Nevers : le même pressentiment nous avait fait pâlir tous deux, mais nous n'eûmes pas le temps de nous communiquer notre pensée ; la porte s'ouvrit, et le duc de L. et le prince d'Enrichemont parurent. Leur présence disait tout ; car M. le maréchal d'Olonne avait annoncé qu'il ne voulait recevoir aucune visite tant que durerait son exil, et il n'était venu à Faverange que deux ou trois vieux amis, qui même n'y avaient fait que peu de séjour. M. le maréchal d'Olonne était en effet rappelé. Le duc de L. le lui annonça avec le bon cœur et la bonne grâce qu'il mettait à tout, et le prince d'Enrichemont recommença à dire toutes ces choses convenables que madame de Nevers ne pouvait lui pardonner. Il en avait toujours de prêtes pour la joie comme pour la douleur, et il n'en fut point avare en cette occasion. Il s'adressait plus particulièrement à madame de Nevers; elle répondait en plaisantant; la conversation s'animait entre eux, et je retrouvais ces anciennes souffrances que je ne connaissais plus depuis six mois; seulement elles me paraissaient encore plus cruelles par le souvenir du bonheur dont j'avais joui près de madame de Nevers, seul en possession du moins de ce charme de sociabilité qui n'appartenait qu'à elle: à présent il fallait le partager avec ces nouveaux venus; et pour que rien ne me manquât, je retrouvais encore leur politesse; cérémonieuse de la part du prince d'Enrichemont, cordiale de la part du duc de L.; mais enfin, me faisant toujours ressouvenir, et de ce qu'ils étaient, et de ce que j'étais moi-même.

La conversation s'établit sur les nouvelles de la société, sur Paris, sur Versailles. Il était simple que M. le maréchal d'Olonne fût curieux de savoir mille détails que personne depuis longtemps n'avait pu lui apprendre; mais j'éprouvais un sentiment de souffrance inexprimable en me sentant si étranger à ce monde, dans lequel madame de Nevers allait de nouveau passer sa vie. Le prince d'Enrichemont conta que la reine avait dit qu'elle espérait que madame de Nevers serait de retour pour le premier bal qu'elle donnerait à Trianon. Le duc de L. parla du voyage de Fontainebleau qui venait de finir. Je ne pouvais m'étonner que madame de Nevers s'occupât de personnes qu'elle connaissait, de la société dont elle faisait partie; mais cette conversation était si

différente de celles que nous avions ordinairement
ensemble, qu'elle me faisait l'effet d'une langue inconnue[1], et j'éprouvais une sensation pénible en voyant
cette langue si familière à celle que j'aimais. Hélas!
j'avais oublié qu'elle était la sienne, et le doux langage
de l'amour que nous parlions depuis si longtemps avait
effacé tout le reste.

Le duc de L. qu'on ne fixait jamais longtemps sur le
même sujet revint à parler de Faverange, et s'engoua de
tout ce qu'il voyait, de l'aspect du château par le clair
de lune, de l'escalier gothique, surtout de la salle où
nous étions. Il admira la vieille boiserie de chêne, noir
et poli comme l'ébène, qui portait dans chacun de ses
panneaux un chevalier armé de toute pièce, sculpté en
relief, avec le nom et la devise du chevalier, sculptés
aussi au bas du panneau. Le duc de L. lut les devises, et
plaisanta sur la délivrance de madame de Nevers, enfermée dans ce donjon gothique comme une princesse du
temps de la chevalerie[2]. Il lui demanda si elle ne s'était
pas bien ennuyée depuis six mois. «Non sans doute, dit-
elle, je ne me suis jamais trouvée plus heureuse, et je
suis sûre que mon père quittera Faverange avec regret.
— Oui, dit M. le maréchal d'Olonne, le souvenir du
temps que j'ai passé ici sera toujours un des plus doux
de ma vie. Il y a deux manières d'être heureux, ajouta
M. le maréchal d'Olonne: on l'est par le bonheur qu'on
éprouve, ou par celui qu'on fait éprouver: s'occuper du
perfectionnement moral et du bien-être physique d'un
grand nombre d'hommes est certainement la source
des jouissances les plus pures et les plus durables; car
le plaisir dont on se lasse le moins est celui de faire le
bien, et surtout un bien qui doit nous survivre.» Je fus
frappé au dernier point de ce peu de paroles. Une pensée traversa mon esprit. Quoi! M. le maréchal d'Olonne,
si je lui ravissais sa fille, aurait encore une autre
manière d'être heureux; et moi, grand Dieu! en perdant madame de Nevers, je sentais que tout était fini
pour moi dans la vie: avenir, repos, vertu même, tout

me devenait indifférent; et jusqu'à ce fantôme d'honneur auquel je me sacrifiais, je sentais qu'il ne me serait plus rien si je me séparais d'elle. La mort seule alors deviendrait ma consolation et mon but: rien n'était plus rien pour moi dans le monde, le monde lui-même n'était plus qu'un désert et un tombeau. Cette idée que M. le maréchal d'Olonne serait heureux sans sa fille était le piège le plus dangereux qu'on eût encore pu m'offrir.

Deux jours après l'arrivée des deux amis, M. le maréchal d'Olonne quitta Faverange. Avec quelle douleur je m'arrachai de ce lieu où madame de Nevers m'avait avoué qu'elle m'aimait! Je ne partis que quelques heures après elle; je les employai à dire un tendre adieu à tout ce qui restait d'elle. J'entrai dans le cabinet de la tour, dans ce cabinet où elle n'était plus; je me mis à genoux devant le siège qu'elle occupait; je baisais ce qu'elle avait touché; je m'emparais de ce qu'elle avait oublié; je pressais sur mon cœur ces vestiges qu'avait laissés sa présence, hélas! c'était tout ce qu'il m'était permis de posséder d'elle, mais ils m'étaient chers comme elle-même, et je ne pouvais m'arracher de ces murs qui l'avaient entourée, de ce siège où elle s'était assise, de cet air qu'elle avait respiré. Je savais bien que je serais moins avec elle où j'allais la retrouver, que je ne l'étais en ce moment, dans cette solitude remplie de son image; un triste pressentiment me disait que j'avais passé à Faverange les seuls jours heureux que le ciel m'eut destinés.

En arrivant à l'hôtel d'Olonne, j'éprouvai un premier chagrin: madame de Nevers était sortie. Je parcourus ces grands salons déserts avec une profonde tristesse. Le souvenir de la mort de mon père se réveilla dans mon cœur. Je ne sais pourquoi cette maison semblait me présager de nouveaux malheurs. J'allai dans ma chambre: j'y retrouvai le portrait de madame de Nevers enfant; sa vue me consola un peu, et je restai à le contempler jusqu'à l'heure du souper. Alors je descendis dans le salon; je le trouvai plein de monde. Madame de Nevers faisait les honneurs de ce cercle avec sa grâce accoutumée, mais je ne sais quel nuage de tristesse couvrait son front. Quand elle m'aperçut, il se dissipa tout à coup. Magie de l'amour! j'oubliai toutes mes peines; je me sentis fier de ses succès, de l'admiration qu'on montrait pour elle; si j'eusse pu lui ôter une nuance de ce rang qui nous séparait pour toujours, je n'y aurais pas consenti. En ce moment, je jouissais de la voir au-dessus de tous, encore plus que je ne souhaitais de la posséder, et j'éprouvais pour elle un enivrement d'orgueil dont j'étais incapable pour moi-même. Si j'avais pu ainsi m'oublier toujours, j'aurais été moins malheureux; mais cela était impossible. Tout me froissait, tout blessait ma fierté: ce que j'enviais le plus dans une position élevée, c'est le repos que je me figurais qu'on devait y éprouver, c'était de ne compter avec personne, et d'être à sa place partout. Cette inquiétude, ce malaise d'amour-propre, aurait été un véritable malheur, si un sentiment bien plus fort m'eût laissé le temps de m'y livrer; mais je pensais trop à madame de Nevers pour que les chagrins de ma vanité fussent durables, et je les sentais surtout, parce qu'ils étaient une preuve de plus de l'impossibilité de notre union. Tout ce qui me rabaissait m'éloignait d'elle, et cette réflexion ajoutait une nouvelle amertume à des sentiments déjà si amers.

J'occupai, à mon retour de Faverange, la place que M. le maréchal d'Olonne m'avait fait obtenir aux Affaires étrangères, et qu'on m'avait conservée par considération pour lui. Le travail n'en était pas assujettissant, et cependant je le faisais avec négligence. La passion rend surtout incapable d'une application suivie; c'est avec effort qu'on écarte de soi une pensée qui suffit au bonheur, et tout ce qui distrait d'un objet adoré semble un vol fait à l'amour. Cependant ces sortes d'affaires sont si faciles qu'on était content de moi, et que je recueillais de ma place à peu près tout ce qu'elle avait d'agréable; elle me donnait des relations fréquentes avec les hommes distingués qui affluaient à Paris de toutes les parties de l'Europe, et je prenais insensiblement un peu plus de consistance dans le monde, à cause des petits services que je pouvais rendre. Je logeais toujours à l'hôtel d'Olonne ; j'y passais toutes mes journées, et ce nouvel arrangement n'avait rien changé à ma vie que de créer quelques rapports de plus ; les étrangers qui venaient chez M. le maréchal d'Olonne, me connaissant davantage, me montraient en général plus d'obligeance et de bonté.

J'avais bien prévu qu'à Paris je verrais moins madame de Nevers ; mais je me désespérais des difficultés que je rencontrais à la voir seule. Je n'osais aller que rarement dans son appartement, de peur de donner des soupçons à M. le maréchal d'Olonne, et dans le salon il y avait toujours du monde. Elle était obligée d'aller assez souvent à Versailles, et quelquefois d'y passer la journée. Il me semblait que je n'arriverais jamais à la fin de ces jours où je ne devais pas la voir ; chaque minute tombait comme un poids de plomb sur mon cœur. Il s'écoulait un temps énorme avant qu'une autre minute vînt remplacer celle-là. Lorsque je pensais qu'il faudrait supporter ainsi toutes les heures de ce jour éternel, je me sentais saisi par le désespoir, par le besoin de m'agiter du moins, et de me rapprocher d'elle à tout prix. J'allais à Versailles : je n'osais entrer dans la ville de peur d'être reconnu par les gens de M. le maréchal d'Olonne, mais je me faisais descendre dans quelque petite auberge d'un quartier éloigné, et j'allais errer sur les collines qui entourent ce beau lieu. Je parcourais les bois de Satory ou les hauteurs de Saint-Cyr : les arbres dépouillés par l'hiver étaient tristes comme mon cœur. Du haut de ces collines, je contemplais ces magnifiques palais dont j'étais à jamais banni. Ah ! je les aurais tous donnés pour un seul regard de madame de Nevers ! Si j'avais été le plus grand roi du monde, avec quel bonheur j'aurais mis à ses pieds toutes mes couronnes ! Qu'il est heureux l'homme qui peut élever à lui la femme

qu'il aime, la parer de sa gloire, de son nom, de l'éclat
de son rang, et, quand il la serre dans ses bras, sentir
qu'elle tient tout de lui, qu'il est l'appui de sa faiblesse,
le soutien de son innocence! Hélas! je n'avais rien à
offrir à celle que j'aimais qu'un cœur déchiré par la
passion et par la douleur. Je restais longtemps abîmé
dans ces pénibles réflexions; et quand le jour commençait à tomber, je me rapprochais du château; j'errais
dans ces bosquets déserts qui semblent attendre encore
la grande ombre de Louis XIV[1]. Quelquefois assis aux
pieds d'une statue, je contemplais ces jardins enchantés
créés par l'amour; ils ne déplaisaient pas à mon cœur:
leur tristesse, leur solitude étaient en harmonie avec la
disposition de mon âme. Mais quand je tournais les
yeux vers ce palais qui contenait le seul bien de ma vie,
je sentais ma douleur redoubler de violence au fond de
mon âme. Ce château magique me paraissait défendu
par je ne sais quel monstre farouche. Mon imagination
essayait en vain d'en forcer l'entrée: elle tentait toutes
les issues, toutes étaient fermées, toutes se terminaient
par des barrières insurmontables, et ces voies trom-
peuses ne menaient qu'au désespoir. Je me rappelais
alors ce qu'avait dit l'ambassadeur d'Angleterre. Ah! si
j'avais eu une seule carrière ouverte à mon ambition,
quelles difficultés auraient pu m'effrayer? J'aurais tout
vaincu, tout conquis; l'amour est comme la foi, et partage sa toute-puissance; mais l'impossible flétrit toute
la vie! Bientôt la triste vérité venait faire évanouir mes
songes; elle me montrait du doigt cette fatalité de
l'ordre social qui me défendait toute espérance, et j'entendais sa voix terrible qui criait au fond de mon cœur:
«Jamais, jamais tu ne posséderas madame de Nevers!»
La mort alors m'eût semblé douce en comparaison des
tourments qui me déchiraient. Je retournais à Paris
dans un état digne de pitié, et cependant je préférais ces
agitations à la longue attente de l'absence, où je me sentais me consumer sans pourtant me sentir vivre.

Je tombai bientôt dans un état qui tenait le milieu

entre le désespoir et la folie ; en proie à une idée fixe, je
voyais sans cesse madame de Nevers : elle me poursuivait pendant mon sommeil ; je m'élançais pour la saisir
dans mes bras, mais un abîme se creusait tout à coup
entre nous deux : j'essayais de le franchir, et je me sentais retenu par une puissance invincible ; je luttais en
vain ; je me consumais en efforts superflus ; je sortais
épuisé, anéanti, de ce combat qui n'avait de réel que le
mal qu'il me faisait, et la passion qui en était cause.
Mystérieuse alliance de l'âme et du corps ! Qu'est-ce
que cette enveloppe fragile qui obéit à une pensée, que
le malheur détruit, et qu'une idée fait mourir ? Je sentais que je ne résisterais pas longtemps à ces cruelles
souffrances. Madame de Nevers me montrait sans déguisement sa douleur et son inquiétude ; elle cherchait à
adoucir mes peines sans pouvoir y parvenir ; sa tendresse ingénieuse me prouvait sans cesse qu'elle me
préférait à tout. Elle, si brillante, si entourée, elle dédaignait tous les hommages, elle trouvait moyen de me
montrer à chaque instant qu'elle préférait mon amour
aux adorations de l'univers. Une reconnaissance passionnée venait se joindre à tous les autres sentiments de
mon cœur, qui se concentraient tous en elle seule. Si
j'avais pu lui donner ma vie ! mourir pour elle, pour
qu'elle fût heureuse ! ajouter mes jours à ses jours, ma
vie à sa vie ! Hélas ! je ne pouvais rien, et elle me donnait ce trésor inestimable de sa tendresse sans que je
pusse lui rien donner en retour.

Chaque jour la contrainte où je vivais, la dissimula-
tion à laquelle j'étais forcé, me devenait plus insupportable. J'avais renoncé au bonheur, et il me fallait
sacrifier jusqu'au dernier plaisir des malheureux, celui
de s'abandonner sans réserve au sentiment de leurs
maux ! Il me fallait composer mon visage, et feindre
quelquefois une gaieté trompeuse qui pût masquer les
tourments de mon cœur, et prévenir des soupçons qui
atteindraient madame de Nevers. La crainte de la com-
promettre pouvait seule me donner assez d'empire sur

moi-même pour persévérer dans un rôle qui m'était si pénible.

Je m'apercevais depuis quelque temps que cette bienveillance dont j'avais eu tant à me louer de la part du prince d'Enrichemont et du duc de L. avait entièrement cessé. Le prince d'Enrichemont me montrait une froideur qui allait jusqu'au dédain; et le duc de L. avait avec moi une sorte d'ironie qui n'était ni dans son caractère ni dans ses manières habituelles. Si j'eusse été moins préoccupé, j'aurais fait plus d'attention à ce changement; mais M. le maréchal d'Olonne me traitait toujours avec la même bonté, me montrait toujours la même confiance: il me semblait que je n'avais à craindre que lui seul, et que tant qu'il ne soupçonnerait pas mes sentiments pour madame de Nevers, j'étais en sûreté. La conduite du prince d'Enrichemont et du duc de L. me blessa donc sans m'éclairer; je n'avais jamais aimé le premier, et je me sentais à mon aise pour le haïr; je n'étais pas jaloux de lui; je savais que madame de Nevers ne l'épouserait jamais, et cependant je l'enviais d'oser prétendre à elle, et d'en avoir le droit[1]. Je lui rendais avec usure la sécheresse et l'aigreur qu'il me montrait, et je ne perdais pas une occasion de me moquer devant lui des défauts ou des ridicules dont on pouvait l'accuser, et de louer avec exagération les qualités qu'on savait bien qu'il ne possédait pas.

Un jour M. le maréchal d'Olonne alla souper et coucher à Versailles: madame de Nevers devait l'accompagner, mais elle se trouva souffrante; elle fit fermer sa porte, resta dans son cabinet, et l'abbé et moi nous passâmes la soirée avec elle. Jamais je ne l'avais vue si belle que dans cette parure négligée, à demi-couchée sur un canapé, et un peu pâle de la souffrance qu'elle éprouvait. Je lui lus un roman qui venait de paraître, et dont quelques situations ne se rapportaient que trop bien avec la nôtre. Nous pleurâmes tous deux: l'abbé s'endormit; à dix heures il se réveilla, et mon cœur battit de joie en voyant qu'il allait se retirer. Il partit, et nous laissa seuls. Dangereux tête-à-tête, pour lequel nous étions bien mal préparés tous deux! «Édouard, me dit-elle, je veux vous gronder. Qu'est-ce que ces continuelles altercations dans lesquelles vous êtes avec le prince d'Enrichemont? hier, vous lui avez dit les choses les plus aigres et les plus piquantes. — Prenez-vous son parti? lui demandai-je. Il est vrai, je le hais; il prétend à vous, et je ne puis le lui pardonner. — Je vous conseille d'être jaloux du prince d'Enrichemont, me dit-elle; je vous offre ce que je lui refuse, et vous ne l'ac-ceptez pas. — Ah! faites-moi le plus grand roi du monde, m'écriai-je, et je serai à vos genoux pour vous demander d'être à moi. — Vous ne voulez pas recevoir de moi ce que vous voudriez me donner, me dit-elle. Est-ce ainsi que l'amour calcule? Tout n'est-il pas com-mun dans l'amour? — Ah! sans doute, lui dis-je; mais c'est quand on s'appartient l'un à l'autre, quand on n'a plus qu'un cœur et qu'une âme; alors en effet tout est commun dans l'amour. — Si vous m'aimiez comme je vous aime, dit-elle, combien il vous en coûterait peu d'oublier ce qui nous sépare!» Je me mis à ses pieds. «Ma vie est à vous, lui dis-je, vous le savez bien; mais l'honneur! il faut le conserver: vous m'ôteriez votre amour si j'étais déshonoré. — Vous ne le serez point, me dit-elle; le monde nous blâmerait peut-être. Eh! qu'importe? quand on est à ce qu'on aime, que faut-il de plus? — Ayez pitié de moi, lui dis-je; ne me montrez pas toujours l'image d'un bonheur auquel je ne puis atteindre: la tentation est trop forte. — Je voudrais qu'elle fût irrésistible, dit-elle. Édouard! ne refusez pas d'être heureux! Va! dit-elle avec un regard enivrant, je te ferais tout oublier! — Vous me faites mourir, lui dis-je. Eh bien! répondez-moi. Ce sacrifice que vous me demandez, c'est celui de mon honneur. Le feriez-vous ce sacrifice? dites, le feriez-vous à mon repos, le feriez-vous, hélas! à ma vie?» Elle ne me comprit que trop bien. «Édouard, dit-elle d'une voix altérée, est-ce vous qui me parlez?» J'allai me jeter sur une chaise à l'autre

extrémité du cabinet. Je crus que j'allais mourir, cette
voix sévère avait percé mon cœur comme un poignard.
Me voyant si malheureux, elle s'approcha de moi, et
voulut prendre ma main. « Laissez-moi, lui dis-je, ne
me faites pas perdre le peu de raison que je conserve
encore. » Je me levai pour sortir; elle me retint.
« Non, dit-elle en pleurant, je ne croirai jamais que
vous ayez besoin de me fuir pour me respecter! » Je
tombai à ses genoux. « Ange adoré, je te respecterai
toujours, lui dis-je; mais tu le vois, tu le sens bien toi-
même, que je ne puis vivre sans toi! Je ne puis être à
toi, il faut donc mourir! Ne t'effraie pas de cette pensée, nous nous retrouverons dans une autre vie, bien-
aimée de mon cœur! Y seras-tu belle, charmante, comme
tu l'es en ce moment? Viendras-tu là te rejoindre à ton
ami? Lui tiendras-tu les promesses de l'amour, dis,
seras-tu à moi dans le ciel? — Édouard, vous le savez
bien, dit-elle toute troublée, si vous mourez, je meurs:
ma vie est dans ton cœur, tu ne peux mourir sans moi! »
Je passai mes bras autour d'elle; elle ne s'y opposa
point; elle pencha sa tête sur mon épaule. « Qu'il serait
doux, dit-elle, de mourir ainsi! — Ah! lui dis-je, il serait
bien plus doux d'y vivre! Ne sommes-nous pas libres
tous deux? Personne n'a reçu nos serments: qui nous
empêche d'être l'un à l'autre? Dieu aura pitié de nous. »
Je la serrai sur mon cœur. « Édouard, dit-elle, aie toi-
même pitié de moi, ne déshonore pas celle que tu
aimes! Tu le vois, je n'ai pas de forces contre toi. Sauve-
moi! sauve-moi! S'il ne fallait que ma vie pour te
rendre heureux, il y a longtemps que je te l'aurais donnée; mais tu ne te consolerais pas toi-même de mon
déshonneur. Eh quoi! tu ne veux pas m'épouser, et tu
veux m'avilir? — Je ne veux rien, lui dis-je au désespoir, je ne veux que la mort! Ah! si du moins je pouvais
mourir dans tes bras, exhaler mon dernier soupir sur
tes lèvres! » Elle pleurait; je n'étais plus maître de moi:
j'osai ravir ce baiser qu'elle me refusait. — Elle s'arracha de mes bras; ses larmes, ses sanglots, son désespoir

me firent payer bien cher cet instant de bonheur. Elle
me força de la quitter. Je rentrai dans ma chambre le
plus malheureux des hommes ; et pourtant jamais la
passion ne m'avait possédé à ce point. J'avais senti que
j'étais aimé ; je pressais encore dans mes bras celle que
j'adorais. Au milieu des horreurs de la mort, j'aurais été
heureux de ce souvenir. Ma nuit entière se passa dans
d'affreuses agitations ; mon âme était entièrement bouleversée ; j'avais perdu jusqu'à cette vue distincte de
mon devoir qui m'avait guidé jusqu'ici. Je me demandais pourquoi je n'épouserais pas madame de Nevers ;
je cherchais des exemples qui pussent autoriser ma fai-
blesse¹ ; je me disais que dans une profonde solitude
j'oublierais le monde et le blâme ; que, s'il le fallait, je
fuirais avec elle en Amérique, et jusque dans cette île
déserte, objet de mes anciennes rêveries. Quel lieu du
monde ne me paraîtrait pas un lieu de délices avec la
compagne chérie de mes jours, mon amie, ma bien-
aimée ? Natalie ! Natalie ! Je répétais son nom à demi-
voix pour que ces doux sons vinssent charmer mon oreille,
et calmer un peu mon cœur. Le jour parut, et peu
d'instants après on me remit une lettre. Je reconnus
l'écriture de madame de Nevers ; jugez de ce que je dus
éprouver en la lisant.

« Ne craignez pas mes reproches, Édouard, je ne vous
en ferai point : je sais trop que je suis aussi coupable, et
plus coupable que vous ; mais que cette leçon nous
montre du moins l'abîme qui est ouvert sous nos pas :
il est encore temps de n'y point tomber. Plus tard,
Édouard, cet abîme ensevelirait à la fois et notre bonheur et notre vertu. Ne trahissons pas les sentiments
qui ont uni nos deux cœurs. C'est par ce qui est bon,
c'est par ce qui est juste, vrai, élevé dans la vie, que nous
nous sommes entendus. Nous avons senti que nous parlions le même langage, et nous nous sommes aimés. Ne
démentons pas à présent ces qualités de l'âme auxquelles nous devons notre amour, et sachons être heu-

reux dans l'innocence, et nous contenter du bonheur
dont nous pouvons jouir devant Dieu.

«Il le faut, Édouard, oui, il faut nous unir, ou nous
séparer. Nous séparer! Crois-tu que je pourrais écrire
ce mot, si je ne savais bien que l'effet en est impossible?
Où trouverais-tu de la force pour me fuir? Où en trou-
verais-je pour vivre sans toi? Toi, moitié de moi-même,
sans lequel je ne puis seulement supporter la vie un seul
jour, ne sens-tu pas comme moi que nous sommes inséparables? Que peux-tu m'opposer? Un fantôme d'honneur qui ne reposerait sur rien. Le monde t'accuserait
de m'avoir séduite! Eh! quelle séduction y a-t-il entre
deux êtres qui s'aiment que la séduction de l'amour?
N'est-ce pas moi d'ailleurs qui t'ai séduit! Si je ne
t'avais montré que je t'aimais, m'aurais-tu avoué ta tendresse? Hélas! tu mourais plutôt que de m'en faire
l'aveu! Tu dis que tu ne veux pas m'abaisser? Mais
pour une femme y a-t-il une autre gloire que d'être
aimée? un autre rang que d'être aimée? un autre titre
que d'être aimée? Te défies-tu assez de ton cœur pour
croire qu'il ne me rendrait pas tout ce que tu te figures
que tu me ferais perdre? Imagine, si tu le peux, le
bonheur qui nous attend quand nous serons unis, et
regrette, si tu l'oses, ces prétendus avantages que tu
m'enlèves. Mon père, Édouard, est le seul obstacle; je
méprise tous les autres, et je les trouve indignes de
nous. Eh bien, je veux t'avouer que je ne suis pas sans
espérance d'obtenir un jour le pardon de mon père.
Oui, Édouard, mon père m'aime; il t'aime aussi: qui ne
t'aimerait pas! Je suis sûre que mon père a regretté mille
fois de ne pouvoir faire de toi son fils; tu lui plais, tu
l'entends, tu es le fils de son cœur. Eh! n'es-tu pas celui
de son vieil ami, qui sauva autrefois son honneur et sa
fortune? Eh bien, nous forcerons mon père d'être heureux par nos soins, par notre tendresse; s'il nous exile
de Paris, il nous admettra à Faverange. Là, il osera
nous reconnaître pour ses enfants; là, il sera père dans
l'ordre de la nature, et non dans l'ordre des conve-

nances sociales, et la vue de notre amour lui fera oublier tout le reste. Ne crains rien. Ne sens-tu pas que tout nous sera possible, quand nous serons une fois l'un à l'autre? Crois-moi, il n'y a d'impossible que de cesser de nous aimer, ou de vivre sans nous le dire. Choisis, Édouard! ose choisir le bonheur. Ah! ne le refuse pas! Crois-tu n'être responsable de ton choix qu'à toi seul? Hélas! ne vois-tu pas que notre vie tient au même fil? Tu choisirais la mort en choisissant la fuite, et ma mort avec la tienne!»

En achevant cette lettre, je tombai à genoux; je fis le serment de consacrer ma vie à celle qui l'avait écrite, de l'aimer, de l'adorer, de la rendre heureuse. J'étais plongé dans l'ivresse; tous mes remords avaient disparu, et la félicité du ciel régnait seule dans mon cœur. Madame de Nevers connaît bien mieux que moi ce monde où elle passe sa vie, me disais-je; elle sait ce que nous avons à en redouter. Si elle croit notre union possible, c'est qu'elle l'est. Que j'étais insensé de refuser le bonheur! M. d'Olonne nous pardonnera d'être heureux; un jour il nous bénira tous deux; et Natalie! Natalie sera ma compagne chérie, ma femme bien-aimée; je passerai ma vie entière près d'elle, uni à elle. Je succombais sous l'empire de ces pensées délicieuses, et mes larmes seules pouvaient alléger cette joie trop forte pour mon cœur, cette joie qui succédait à des émotions si amères, si profondes, et souvent si douloureuses.

J'attendais avec impatience qu'il fût midi, heure à laquelle je pouvais, sans donner de soupçons, paraître un instant chez madame de Nevers, et la trouver seule. Les plus doux projets remplirent cet invervalle; j'étais trop enivré pour qu'aucune réflexion vînt troubler ma joie. Mon sort était décidé; je me relevais à mes propres yeux de la préférence que m'accordait madame de Nevers, et une pensée, une seule pensée absorbait toutes les autres: elle sera à moi! elle sera toute à moi! La mort, s'il eut fallu payer de la mort une telle félicité, m'en eut semblé un léger salaire. Mais penser que ce serait là le bonheur, le charme, le devoir de ma vie! Non, l'imagination chercherait en vain des couleurs pour peindre de tels sentiments, ou des mots pour les rendre! Que ceux qui les ont éprouvés les comprennent, et que ceux qui les ignorent les regrettent; car tout est vide et fini dans la vie sans eux ou après eux!

Les deux jours qui suivirent cette décision de notre sort furent remplis de la félicité la plus pure. Madame de Nevers essayait de me prouver que c'était moi qui lui faisais des sacrifices, et que je ne lui devais point de reconnaissance d'avoir voulu son bonheur, et un bonheur sans lequel elle ne pouvait plus vivre. Nous convînmes qu'elle irait au mois de mai en Hollande. Ce voyage était prévu; une visite promise depuis longtemps à madame de C. en serait le prétexte naturel. Je devais de mon côté feindre des affaires en Forez, qui me forceraient de m'absenter quinze jours; j'irais secrètement rejoindre Mme de Nevers à La Haye, où le chapelain de l'ambassade devait nous unir; c'était un vieux prêtre qu'elle connaissait, et sur la fidélité duquel elle comptait entièrement. Une fois de retour, nous avions mille moyens de nous voir et d'éviter les soupçons.

Lorsque je réfléchis aujourd'hui sur quelles bases fragiles était construit l'édifice de mon bonheur, je m'étonne d'avoir pu m'y livrer, ne fût-ce qu'un instant, avec une sécurité si entière; mais la passion crée autour d'elle un monde idéal. On juge tout par d'autres règles; les proportions sont agrandies; le factice, le commun disparaissent de la vie; on croit les autres capables des mêmes sacrifices qu'on ferait soi-même; et lorsque le monde réel se présente à vous, armé de sa froide raison, il cause un douloureux et profond étonnement.

Un matin, comme j'allais descendre chez madame de Nevers, mon oncle, M. d'Herbelot, entra dans ma chambre. Depuis l'exil de M. le maréchal d'Olonne, je le voyais peu; ses procédés à cette époque avaient

encore augmenté l'éloignement que je m'étais toujours
senti pour lui. Croyant qu'il était de mon devoir de ne
pas me brouiller avec le frère de ma mère, j'allais chez
lui de temps en temps. Il me traitait toujours très bien ;
mais depuis près de trois semaines je ne l'avais pas
aperçu*. Il entra avec cet air jovial et goguenard qui
annonçait toujours quelque histoire scandaleuse. Il se
plaisait à cette sorte de conversation, et y mêlait une
bonhomie qui m'était encore plus désagréable que la
franche méchanceté ; car porter de la simplicité et un
bon cœur dans le vice, est le comble de la corruption.

   « Eh bien, Édouard, me dit-il, tu débutes bien dans la
carrière ; vraiment, je te fais mon compliment, tu es
passé maître. Ma foi, nous sommes dans l'admiration,
et Luceval et Bertheney prédisent que tu iras au plus
loin. — Que voulez-vous dire, mon oncle ? lui demandai-je assez sérieusement. — Allons donc, dit-il, vas-tu
faire le mystérieux ? Mon cher, le secret est bon pour les
sots ; mais quand on vise haut, il faut de la publicité, et
la plus grande. On n'a tout de bon que ce qui est bien
constaté ; l'une est un moyen d'arriver à l'autre, et il
faudra bientôt grossir ta liste. — Je ne vous comprends
pas, lui dis-je, et je ne conçois pas de quoi vous voulez
parler. — Tu t'y es pris au mieux, continua-t-il sans
m'écouter, tu as mis le temps à profit. Que diront les
bégueules et les cagots ? Toutes les femmes voudront
t'avoir. — M'avoir ! répétai-je : qu'est-ce que tout cela
signifie ? — Tu es un beau garçon ; je ne suis pas étonné
que tu leur plaises : diable ! elles en ont de plus mal
tournés. — Qui donc ? de quoi parlez-vous ? — Comment ! de quoi je parle ? Eh ! mais, mon cher, je parle de
madame de Nevers. N'es-tu pas son amant ? tout Paris
le dit. Ma foi, tu ne peux pas avoir une plus jolie femme,
et qui te fasse plus d'honneur. Il faut pousser ta pointe ;
nous établirons le fait publiquement, et c'est là, Édouard,
le chemin de la mode et de la fortune. » Je sentis mon

---

* On est prié de lire la note à la fin de ce volume (voir p. 190-191).

sang se glacer dans mes veines. «Quelle horreur!
m'écriai-je : qui a pu vous dire une si infâme calomnie?
Je veux connaître l'insolent, et lui faire rendre raison de
son crime.» Mon oncle se mit à rire. «Comment donc,
dit-il, ne serais-tu pas si avancé que je croyais? Serais-
tu amoureux par hasard? Va, tu te corrigeras de cette
sottise. Mon cher, on a une femme aujourd'hui, une
autre demain; elles ne sont occupées elles-mêmes qu'à
s'enlever leurs amants les unes aux autres. Avoir et
enlever, voilà le monde, Édouard, et la vraie philoso-
phie. — Je ne sais où vous avez vu de pareilles mœurs,
lui dis-je indigné; grâces au ciel, elles me sont étrangères, et elles le sont encore plus à la femme angélique
que vous outragez. Nommez-moi dans l'instant l'auteur
de cette horrible calomnie!» Mon oncle éclata de rire
de nouveau, et me répéta que tout Paris parlait de ma
bonne fortune, et me louait d'avoir été assez habile et
assez adroit pour séduire une jeune femme qui était
sans doute fort gardée. «Sa vertu la garde, répliquai-je
dans une indignation dont je n'étais plus le maître; elle
n'a pas besoin d'être autrement gardée. — C'est éton-
nant! dit mon oncle. Mais où as-tu donc vécu? dans un
couvent de nonnes? — Non, monsieur, répondis-je, j'ai
vécu dans la maison d'un honnête homme, où vous n'êtes
pas digne de rester.» Et, oubliant ce que je devais au
frère de ma mère, je poussai dehors M. d'Herbelot, et
fermai ma porte sur lui.

Je demeurai dans un désespoir qui m'ôtait presque
l'usage de la raison. Grand Dieu! j'avais flétri la réputation de madame de Nevers! La calomnie osait profaner sa vie, et j'en étais cause! On se servait de mon nom
pour outrager l'ange adorable objet de mon culte et de
mon idolâtrie! Ah! j'étais digne de tous les supplices,
mais ils étaient tous dans mon cœur. C'est mon amour
qui la déshonore, pensai-je; qui la livre au blâme, au
mépris, à cette honte que rien n'efface, qui reparaît toujours comme la tache sanglante sur la main de Macbeth[1]! Ah! la calomnie ne se détruit jamais, sa souillure

est éternelle ; mais les calomniateurs périront, et je vengerai l'ange de tous ceux qui l'outragent. Se peut-il
qu'oubliant l'honneur et mon devoir, j'aie risqué de mériter ces vils éloges ? Voilà donc comment ma conduite
peut se traduire dans le langage du vice ? Hélas ! le piège
le plus dangereux que la passion puisse offrir, c'est ce
voile d'honnêteté dont elle s'enveloppe. Je voyais à présent la vérité nue, et je me trouvais le plus vil comme le
plus coupable des hommes. Que faire ! que devenir !
Irais-je annoncer à madame de Nevers qu'elle est déshonorée, qu'elle l'est par moi ! Mon cœur se glaçait dans
mon sein à cette pensée. Hélas ! qu'était devenu notre
bonheur ! Il avait eu la durée d'un songe ! Mon crime
était irréparable ! Si j'épousais à présent madame de
Nevers, que n'imaginerait-on pas ? Quelle calomnie nouvelle inventerait-on pour la flétrir ? Il fallait fuir ! il fallait la quitter ! je le sentais, je voyais que c'était mon
devoir ; mais cette nécessité funeste m'apparaissait
comme un fantôme dont je détournais la vue. Je reculais devant ce malheur, ce dernier malheur, qui achevait pour moi tous les autres, et mettait le comble à mon
désespoir. Je ne pouvais croire que cette séparation fût
possible : le monde ne m'offrait pas un asile loin d'elle ;
elle seule était pour moi la patrie ; tout le reste, un vaste
exil. Déchiré par la douleur, je perdais jusqu'à la faculté
de réfléchir ; je voyais bien que je ne pouvais rester près
de madame de Nevers ; je sentais que je voulais la venger, surtout sur le duc de L., que mon oncle m'avait
désigné comme l'un des auteurs de ces calomnies. Mais
le désespoir surmontait tout ; j'étais comme noyé, abîmé,
dans une mer de pensées accablantes : aucune consolation, aucun repos ne se présentait d'aucun côté ; je ne
pouvais pas même me dire que le sacrifice que je ferais
en partant serait utile ; je le faisais trop tard ; je ne prenais pas une résolution vertueuse ; je fuyais madame de
Nevers comme un criminel, et rien ne pouvait réparer
le mal que j'avais fait : ce mal était irréparable ! Tout
mon sang versé ne rachèterait pas sa réputation injus

tement flétrie! Elle, pure comme les anges du ciel, ver-
rait son nom associé à ceux de ces femmes perdues,
objets de son juste mépris! et c'était moi, moi seul, qui
versais cet opprobre sur sa tête! La douleur et le désespoir s'étaient emparés de moi à un point que l'idée de la
vengeance pouvait seule en ce moment m'empêcher de
m'ôter la vie.

Je balançais si j'irais chez le duc de L. avant de parler à madame de Nevers, lorsque j'entendis sonner avec
violence les sonnettes de son appartement; un mouvement involontaire me fit courir de ce côté; un domestique m'apprit que madame de Nevers venait de se
trouver mal, et qu'elle était sans connaissance. Glacé
d'effroi, je me précipitai vers son appartement; je tra-
versai deux ou trois grandes pièces sans savoir ce que je
faisais, et je me trouvai à l'entrée de ce même cabinet
où la veille encore nous avions osé croire au bonheur.
Madame de Nevers était couchée sur un canapé, pâle et
sans mouvement. Une jeune femme que je ne connaissais point la soutenait dans ses bras; je n'eus que le
temps de l'entrevoir. M. le maréchal d'Olonne vint au-
devant de moi. «Que faites-vous ici? me dit-il d'un air
sévère, sortez. — Non, lui dis-je; si elle meurt, je meurs.»
Je me précipitai au pied du canapé. M. le maréchal
d'Olonne me releva. «Vous ne pouvez rester ici, me dit-
il; allez dans votre chambre, plus tard je vous parlerai.» Sa sécheresse, sa froideur aurait percé mon cœur,
si j'avais pu penser à autre chose qu'à madame de
Nevers mourante; mais je n'entendais qu'à peine M. le
maréchal d'Olonne, il me semblait que ma vie était
comme en suspens, et ne tenait plus qu'à la sienne. La
jeune femme se tourna vers moi; je vis des larmes dans
ses yeux. «Natalie va vous voir quand elle reprendra
connaissance, dit-elle, votre vue peut lui faire du mal.
— Le croyez-vous? lui dis-je, alors je vais sortir.» J'allai
dans la pièce qui précédait le cabinet; je ne pus aller
plus avant; je me jetai à genoux: «Ô mon Dieu!
m'écriai-je, sauvez-la! sauvez-la!» Je ne pouvais répé-

ter que ces seuls mots : Sauvez-la ! Bientôt j'entendis
qu'elle reprenait connaissance ; on parlait, on s'agitait
autour d'elle. Un vieux valet de chambre de madame de
Nevers, qui la servait depuis son enfance, parut en ce
moment ; me voyant là, il vint à moi. « Il faut rentrer
chez vous, M. Édouard, me dit-il. Bon Dieu ! comme
vous êtes pâle ! Pauvre jeune homme, vous vous tuez.
Appuyez-vous sur moi, et regagnons votre chambre. »
J'allais suivre ce conseil, lorsque M. le maréchal
d'Olonne sortit de chez sa fille. « Encore ici ! dit-il d'une
voix altérée. Suivez-moi, monsieur, j'ai à vous parler.
— Il ne peut se soutenir, dit le vieillard. — Oui, je le
puis », dis-je en l'interrompant ; et essayant de reprendre
des forces pour la scène que je prévoyais, je suivis M. le
maréchal d'Olonne dans son appartement.

« Les explications sont inutiles entre nous, me dit
M. le maréchal d'Olonne ; ma fille m'a tout avoué. Son
amie, instruite plus tôt que moi des calomnies qu'on
répandait sur elle, est venue de Hollande pour l'arracher de l'abîme où elle était prête à tomber. Je pense
que vous n'ignorez pas le tort que vous avez fait à sa
réputation ; votre conduite est d'autant plus coupable,
qu'il n'est pas en votre pouvoir de réparer le mal dont
vous êtes cause. Je désire que vous partiez sur-le-champ ;
je n'abandonnerai point le fils d'un ancien ami, quelque
peu digne qu'il se soit montré de ma protection. J'ob-
tiendrai pour vous une place de secrétaire d'ambassade
dans une cour du Nord, vous pouvez y compter. Partez
sans délai[1] pour Lyon, et vous y attendrez votre nomi-
nation. — Je n'ai besoin de rien, monsieur, lui dis-je,
permettez-moi de refuser vos offres ; demain je ne serai
plus ici. — Où irez-vous ? me demanda-t-il. — Je n'en
sais rien, répondis-je. — Quels sont vos projets ? — Je
n'en ai point. — Mais que deviendrez-vous ? — Qu'importe ! — Ne croyez pas, Édouard, que l'amour soit
toute la vie. — Je n'en désire point une autre, lui dis-je.
— Ne perdez pas votre avenir. — Je n'ai plus d'avenir.
— Malheureux ! que puis-je donc faire pour toi ? —

Rien. — Édouard! vous déchirez mon cœur, je l'avais armé de sévérité, mais je ne puis en avoir longtemps avec vous. Je n'ai point oublié les promesses que je fis à votre père mourant, je ferais tout pour votre bonheur; mais vous le sentez vous-même, Édouard, vous ne pouvez épouser ma fille. — Je le sais, monsieur, je le sais parfaitement, je partirai demain. Me permettez-vous de me retirer? — Non, pas ainsi; Édouard, mon enfant! ne suis-je pas ton second père? — Ah! lui dis-je, vous êtes celui de madame de Nevers! Soignez-la, aimez-la, consolez-la quand je n'y serai plus. Hélas! elle aura besoin de consolation!» Je le quittai. J'allai chez moi, dans cette chambre que j'allais abandonner pour toujours! dans cette chambre où j'avais tant pensé à elle, où je vivais sous le même toit qu'elle! Il faudra donc m'arracher d'ici, me disais-je. Ah! qu'il vaudrait bien mieux y mourir! J'eus la pensée de mettre un terme à ma vie et à mes tourments. L'idée de la douleur que je causerais à madame de Nevers et le besoin de la vengeance me retinrent.

Ma fureur contre le duc de L. ne connaissait pas de bornes; car il nous voyait d'assez près, pour avoir pu juger que mon respect pour madame de Nevers égalait ma passion, et il n'avait pu feindre de me croire son amant que par une méchanceté réfléchie, digne de tous les supplices. Je brûlais du désir de tirer de lui la vengeance qui m'était due, et je jetais sur lui seul la fureur et le désespoir que tant de causes réunies avaient amassés dans mon sein. Je passai la nuit à mettre ordre à quelques affaires; j'écrivis à madame de Nevers et à M. le maréchal d'Olonne des lettres qui devaient leur être remises si je succombais; je fis une espèce de testament pour assurer le sort de quelques vieux domestiques de mon père que j'avais laissés en Forez. Je me calmais un peu en songeant que je vengerais madame de Nevers, ou que je finirais ma triste vie, et que je serais regretté par elle. Je me défendais de l'attendrissement qui voulait quelquefois pénétrer dans mon cœur,

et aussi des sentiments religieux dans lesquels j'avais
été élevé et des principes qui, malgré moi, faisaient
entendre leur voix au fond de mon âme. À huit heures,
je me rendis chez le duc de L. Il n'était pas réveillé. Il
me fallut attendre ; je me promenais dans un salon avec
une agitation qui faisait bouillonner mon sang. Enfin, je
fus admis. Le duc de L. parut étonné de me voir. « Je
viens, monsieur, lui dis-je, vous demander raison de
l'insulte que vous m'avez faite, et des calomnies que
vous avez répandues sur madame de Nevers à son sujet.
Vous ne pouvez croire que je supporterai un tel outrage,
et vous vous devez, monsieur, de m'en donner satisfaction. — Ce serait avec le plus grand plaisir, me dit le
duc de L. Vous savez, M. G., que je crains peu ces occa-
sions-là ; mais malheureusement, dans ce cas-ci, c'est
impossible. — Impossible ! m'écriai-je, c'est ce qu'il faudra voir. Ne croyez pas que je vous laisserai impuné-
ment calomnier la vertu, et noircir la réputation d'un
ange d'innocence et de pureté ! — Quant à calomnier,
dit en riant le duc de L., vous me permettrez de ne pas
le prendre si haut. J'ai cru que vous étiez l'amant de
madame de Nevers ; je le crois encore, je l'ai dit ; je ne
vois pas en vérité ce qu'il y a là d'offensant pour vous ;
on vous donne la plus charmante femme de Paris, et
vous vous fâchez ? Bien d'autres voudraient être à
votre place, et moi tout le premier. — Moi, monsieur, je
rougirais d'être à la vôtre. Madame de Nevers est pure,
elle est vertueuse, elle est irréprochable. La conduite
que vous m'avez prêtée serait celle d'un lâche, et vous
devez me rendre raison de vos indignes propos. — Mes
propos sont ce qu'il me plaît, dit le duc de L. ; je pense-
rai de vous, et même de madame de Nevers, ce que je
voudrai. Vous pouvez nier votre bonne fortune, c'est fort
bien fait à vous, quoique ce soit peu l'usage aujour-
d'hui. Quant à me battre avec vous, je vous donne ma
parole d'honneur qu'à présent j'en ai autant d'envie
que vous ; mais, vous le savez, cela ne se peut pas. Vous
n'êtes point gentilhomme, vous n'avez aucun état dans

le monde, et je me couvrirais de ridicule si je consentais à ce que vous désirez. Tel est le préjugé. J'en suis désespéré, ajouta-t-il en se radoucissant ; soyez persuadé que je vous estime du fond du cœur, M. G., et que j'aurais été charmé que nous pussions nous battre ensemble. Vous pâlissez ! dit-il ; je vous plains, vous êtes un homme d'honneur. Croyez que je déteste cet usage barbare ; je le trouve injuste, je le trouve absurde ; je donnerais mon sang pour qu'il me fût permis de me battre avec vous[1]. — Grand Dieu ! m'écriai-je, je croyais avoir épuisé toutes les douleurs ! — Édouard, dit le duc, qui paraissait de plus en plus touché de ma situation, ne prenez pas un ami pour un ennemi ; ceci me cause, je vous l'assure, une véritable peine. Quelques paroles imprudentes ne peuvent-elles se réparer ? — Jamais, répondis-je. Me refusez-vous la satisfaction que je vous demande ? — J'y suis forcé, dit le duc. — Eh bien, repris-je, vous êtes un lâche ; car c'est une lâcheté que d'insulter un homme d'honneur, et de le priver de la vengeance. »

Je sortis comme un furieux de la maison du duc de L. Je parcourais les rues comme un insensé ; toutes mes pensées me faisaient horreur. Les furies de l'enfer semblaient s'attacher sur moi : le mal que j'avais fait était irréparable, et on me refusait la vengeance ! Je retrouvais là cette fatalité de l'ordre social qui me poursuivait partout, et je croyais voir des ennemis dans tous les êtres vivants et inanimés qui se présentaient à mes regards. Je m'aperçus que c'était la mort que j'avais cherchée chez le duc de L., car je ne m'étais occupé de rien au-delà de cette visite. La vie se présentait devant moi comme un champ immense et stérile, où je ne pouvais faire un pas sans dégoût et sans désespoir. Je me sentais accablé sous le fardeau de mon existence comme sous un manteau de plomb. Un instant peut me délivrer de ce supplice ! pensai-je ; et une tentation affreuse, mais irrésistible, me précipita du côté de la rivière !

Le duc de L. logeait à l'extrémité du faubourg Saint-Germain, vers les nouveaux boulevards, et je descendais la rue du Bac avec précipitation dans ces horribles pensées. J'étais coudoyé et arrêté à chaque instant par la foule qui se pressait dans cette rue populeuse. Ces hommes qui allaient tranquillement à leurs affaires me faisaient horreur. La nature humaine se révolte contre l'isolement, elle a besoin de compassion ; la vue d'un autre homme, d'un semblable, insensible à nos douleurs, blesse ce don de pitié que Dieu mit au fond de nos âmes, et que la société étouffe et remplace par l'égoïsme. Ce sentiment amer augmentait encore mon irritation : on dirait que le désespoir se multiplie par lui-même. Le mien était au comble, lorsque tout à coup je crus reconnaître la voiture de madame de Nevers, qui venait vers moi. Je distinguai de loin ses chevaux et ses gens, et mon cœur battit encore une fois d'autre chose que de douleur en pensant que j'allais la voir passer. Cependant la voiture s'arrêta à dix pas de moi, et entra dans la cour du petit couvent de la Visitation des filles Sainte-Marie. Je jugeai que madame de Nevers allait y entendre la messe ; et au même instant l'idée me vint de l'y suivre, de prier avec elle, de prier pour elle, de demander à Dieu des forces pour nous deux, d'implorer des secours, de la pitié de cette source de tout bien, qui donne des consolations, quand rien n'en donne plus ! C'est ainsi que cet ange me sauva, que sa seule présence enchaîna mon désespoir, et me préserva du crime que j'allais commettre.

Je me jetai à genoux dans un coin obscur de cette petite église. Avec quelle ferveur je demandai à Dieu de consoler, de protéger, de bénir celle que j'aimais ! Je ne la voyais pas, elle était dans une tribune grillée ; mais je pensais qu'elle priait peut-être en ce moment elle-même pour son malheureux ami, et que nos sentiments étaient encore une fois semblables. Ô mon Dieu ! que nos prières se confondent en vous, m'écriai-je, comme nos âmes s'y confondront un jour ! C'est ainsi que nous serons unis, pas autrement : vous n'avez pas voulu que nous le fussions sur la terre ; mais vous ne nous sépare-

rez pas dans le ciel. Ne la rendez pas victime de mes
imprudences; alors je pourrai tout supporter: confondez ses calomniateurs. Je ne suis pas digne de la venger! dit-on: qu'importe! Qu'importe ma vie, qu'importe
tout, pourvu qu'elle soit heureuse, qu'elle soit irréprochable! Seul je suis coupable. Si j'eusse écouté la voix
de mon devoir, je n'aurais pas troublé sa vie! Il faut
maintenant avoir le courage de lui rendre l'honneur
que ma présence lui fait perdre; il faut partir, partir
sans délai. Il me semblait que je retrouvais dans cette
église une force qui m'était inconnue, et que le repentir,
au lieu de me plonger dans le désespoir, m'animait de
je ne sais quel désir d'expier mes fautes, en me sacrifiant
moi-même, et de retrouver ainsi la paix, ce premier
besoin du cœur de l'homme. Je pris avec moi-même
l'engagement de partir ce même jour; mais ensuite je
ne pus résister à l'espoir de voir encore une fois madame
de Nevers, quand elle monterait en voiture. Je sortis:
hélas! elle n'y était plus. En quittant le couvent, je ren-
contrai un jeune homme que je connaissais un peu. Il
arrivait d'Amérique: il m'en parla. Ce seul mot d'Amérique m'avait décidé, tout m'était si égal[1]! Je me résolus
à partir dans la soirée. On fait la guerre en Amérique,
pensai-je, je me ferai soldat, je combattrai les ennemis
de mon pays. Mon pays! hélas! ce sentiment était pour
moi amer comme tous les autres. Enfant déshérité de
ma patrie, elle me repousse[2], elle ne me trouve pas
digne de la défendre! Qu'importe! mon sang coulera
pour elle; et si mes os reposent dans une terre étrangère, mon âme viendra errer autour de celle que j'aimerai toujours. Ange de ma vie! tu as seul fait battre
mon cœur, et mon dernier soupir sera pour toi!

Je rentrai à l'hôtel d'Olonne, comme un homme
condamné à mort, mais dont la sentence ne sera exécu-
tée que dans quelque temps. J'étais résigné, et mon
désespoir s'était calmé en pensant que mon absence
rendrait à madame de Nevers sa réputation et son repos.

C'était du moins me dévouer une dernière fois pour elle.

Le vieux valet de chambre de madame de Nevers vint dans ma chambre. Il m'apprit qu'elle était restée à la Visitation avec son amie madame de C., et qu'elles n'en reviendraient que le lendemain. Je perdais ainsi ma dernière espérance de la voir encore une fois. Je voulus lui écrire, lui expliquer, en la quittant pour toujours, les motifs de ma conduite, surtout lui peindre les sentiments qui déchiraient mon cœur. Je n'y réussis que trop bien : ma lettre était baignée de mes larmes. À quoi bon augmenter sa douleur, pensai-je, ne lui ai-je pas fait assez de mal? Et cependant, est-ce mon devoir de me refuser à lui dire une fois, une dernière fois, que je l'adore! J'ai espéré pouvoir le lui dire tous les jours de ma vie : elle le voulait, elle croyait que c'était possible? J'essayai encore d'écrire, de cacher une partie de ce que j'éprouvais : je ne pus y parvenir. Autant le cœur se resserre quand on n'aime pas, autant il est impossible de dissimuler avec ce qu'on aime : la passion perce tous les voiles dont on voudrait l'envelopper. Je donnai ma lettre au vieux valet de chambre de madame de Nevers, il la prit en pleurant. Cet intérêt silencieux me faisait du bien, je n'aurais pu en supporter un autre. Je demandai des chevaux de poste, à la nuit tombante, et je m'enfermai dans ma chambre. Ce portrait de madame de Nevers, qu'il fallait encore quitter, avec quelle douleur ne lui dis-je point adieu! je baisais cette toile froide; je reposais ma tête contre elle; tous mes souvenirs, tout le passé, toutes mes espérances, tout semblait réuni là, et je ne sentais pas en moi-même la faculté de briser le lien qui m'attachait à cette image chérie : je m'arrachais à ma propre vie en déchirant ce qui nous unissait; c'était mourir que de renoncer ainsi à ce qui me faisait vivre. On frappa à ma porte. Tout était fini. Je me jetai dans une chaise de poste, qui me conduisit, sans s'arrêter, à Lorient, où je m'embarquai le lendemain sur le bâtiment qui nous amena ici tous deux.

CONCLUSION

C'est avec effort que je respectai les intentions d'Édouard, et que j'observai la parole que je lui avais donnée de ne pas chercher à le voir le reste du jour. L'amitié reconnaît difficilement son insuffisance; elle croit pouvoir consoler, et ne sait pas que l'ami dont elle partage les maux n'est dans ses bras qu'un vain simulacre privé de sentiment et de vie. Je préparais cependant une consolation à Édouard: c'était de parler avec lui de madame de Nevers. Je la connaissais, et je savais combien elle était digne de la passion qu'elle avait su inspirer. Je passai la nuit à réfléchir au sort d'Édouard, à cette fatalité dont il était la victime, à la bizarrerie de l'ordre social, à ce malheur indépendant des hommes, et cependant créé par eux. Je cherchais des remèdes à la situation de mon malheureux ami, et j'étais forcé de m'avouer avec douleur qu'elle n'en offrait aucun d'efficace.

Le lendemain, de bonne heure, j'entrai dans la chambre d'Édouard, elle était déserte. J'aperçus sur sa table quelques journaux qui venaient d'arriver de France. Personne ne l'avait vu sortir. Comme je savais qu'on devait attaquer, ce matin même, le camp anglais, l'inquiétude me prit, je me fis donner un cheval, et je courus, encore très faible, sur les traces de l'armée. En arrivant je trouvai une canonnade violente engagée pour une position dont il paraissait presque impossible de chasser l'ennemi. Je distinguai Édouard au premier rang, et j'arrivai pour le voir tomber couvert de blessures. Je le reçus dans mes bras; son sang coulait à gros bouillons[1]; je voulus essayer de l'arrêter, il s'y opposa. «Laissez-moi mourir, me dit-il, et ne me plaignez pas: la mesure est comblée; la vie m'est odieuse: j'ai tout perdu. Ah! dit-il, la mort vient trop tard.» Il expira, sa tête se pencha sur moi; je reçus son dernier soupir. Je revins dans un désespoir dont je ne me croyais plus capable.

Les gazettes contenaient cet article :

Hier 26 août, à onze heures du matin, on a célébré en l'église et paroisse de Saint-Sulpice les obsèques et funérailles de T. H. et T. P.[1] dame madame Louise-Adélaïde-Henriette-Natalie d'Olonne, veuve de T. H., T. P., et T. Ill. seigneur Mgr. le duc de Nevers, prince de Châtillon, marquis de Souvigny, etc., etc., décédée en son hôtel, rue de Bourbon, à l'âge de vingt et un ans, par suite d'une maladie de langueur[2]. Après la cérémonie, le convoi s'est mis en marche pour le Limousin, où madame la duchesse de Nevers a témoigné le désir d'être enterrée. On la conduit en la baronnie de Faverange, bailliage de***, généralité de***, où elle reposera au caveau de ses ancêtres[3], en l'église et chapitre abbatial dudit Faverange, etc., etc.

Vers la fin de cette même année, la paix me permit de repasser en France ; je ramenai avec moi le corps de mon malheureux ami. Je demandai, et j'obtins de M. le maréchal d'Olonne la permission de le déposer dans ce caveau qui contenait l'autre moitié de lui-même. Je le fis placer au pied du cercueil de madame de Nevers, et alors seulement je sentis le premier soulagement à ma douleur.

M. le maréchal d'Olonne avait quitté le monde et la cour. Il habita Faverange jusqu'à la fin de sa vie, qu'il consacra à la bienfaisance la plus active et la plus éclairée ; mais quoique sa carrière ait été longue, et en apparence paisible, il conserva toujours une profonde tristesse. Il disait souvent qu'il s'était trompé en croyant qu'il y avait dans la vie deux manières d'être heureux.

FIN

Je ne sais si les expressions de cette conversation ne
paraîtront pas un peu forcées ; elles sont copiées tex-
tuellement, et on les trouvera toutes dans les Mémoires
du temps ; dans ceux de madame d'Épinay, du baron
de Besenval, du duc de Lauzun ; dans les lettres de
madame de Graffigny [2], etc., etc. ; monuments mémo-
rables d'une époque où le vice était tellement entré
dans les mœurs d'une portion de la société, qu'on peut
dire qu'il s'y était établi comme un ami, dont la présence ne dérange plus rien dans la maison. Dans ces
mœurs-là, on était bon, généreux, brave, indulgent et
vicieux. À côté des modèles les plus admirables de l'intégrité de la vie, la corruption se montrait sans voile, et
semblait faire gloire d'elle-même ; la perversité était
devenue telle que, dans ce monde nouveau, le vice
n'était plus qu'un sujet de plaisanterie ; l'esprit abusé
par de fausses doctrines niait presque également le bien
et le mal, et ne reconnaissait d'autre culte que le plaisir.
Une seule chose avait survécu à ce naufrage de la
morale : cette chose était un mot indéfinissable dans sa
puissance, et qui n'avait peut-être échappé à la ruine de
toutes les vertus que par son vague même : c'était l'honneur. Il a été pour nous la planche dans le naufrage ;
car il est remarquable que, dans la Révolution, c'est par
l'honneur qu'on est rentré dans la morale ; c'est l'honneur qui a fait l'émigration ; c'est l'honneur qui a

ramené aux idées religieuses. Dès que le mépris s'est attaché à la puissance, on a voulu être opprimé; dès que le déshonneur s'est attaché à l'impiété, on a voulu être homme de bien. Tant il est vrai que les vertus se tiennent comme les vices, et que, tant qu'on en conserve une, il ne faut pas désespérer de toutes les autres.

FIN DE LA NOTE

Olivier ou le Secret

Maestro, che è quel ch'i' odo?
e che gent'è, che par nel duol sí vinta?

Dante[1]

PREMIÈRE PARTIE

LETTRE PREMIÈRE

LE COMTE DE NANGIS
À LA COMTESSE DE NANGIS SA FEMME

Que puis-je répondre à votre dernière lettre? Je vous ai dit mille fois que je ne comprenais rien à tous ces raffinements de sensibilité, je déclare que mon désir le plus vif est de vous rendre heureuse. J'ai fait pour y parvenir tout ce qui était en mon pouvoir, je ne vous gêne en rien, je ne suis ni exigeant, ni jaloux; aucune femme ne jouit de plus de liberté que vous, vous aviez une place à la cour, elle vous ennuyait, et quoiqu'elle pût être utile à ma fortune, je vous ai permis de la quitter. Vous n'aimez pas le grand monde, je ne vous force point à y vivre. Ne voyez-vous pas qui vous voulez? Ne faites-vous pas ce qui vous plaît? Laissez-moi donc un peu de cette liberté dont vous jouissez vous-même et permettez que j'aie comme vous mes goûts et mes plaisirs. Citez-moi dans la société des maris qui soient les modèles de cette perfection que vous rêvez sans cesse? Je ne vois pas qu'on leur fasse des crimes de rechercher les agréments de la vie, ils suivent leurs goûts, les miens n'ont rien de répréhensible, j'aime le monde, la chasse, le spectacle, tout cela est fort innocent et je ne puis comprendre que vous ne sentiez pas ce que votre exigence a d'injuste. J'en appelle à votre esprit que tout le monde vante pour reconnaître l'exagération des plaintes dont votre dernière lettre est remplie. Vous ne me voyez jamais, dites-vous ? Mais je voudrais savoir quels sont les hommes qui restent ainsi toujours chez eux ? On dirait réellement à vous entendre, que je passe ma vie en mauvaise compagnie, ou que je me ruine au jeu. Ma patience est à bout ; cette lutte de votre exigence contre ma liberté dure depuis cinq ans, et je crois que plus nous allons, plus votre injustice augmente[1] ; c'est dans les romans et les tragédies que vous trouverez les caractères qui vous plaisent ; je n'aime point les fictions, je ne suis nullement romanesque, et je fais plus de cas de la raison que de l'esprit. Tâchez donc que le vôtre vous serve à me supporter comme je suis. Renoncez à me changer et ce sera le meilleur moyen d'éviter ces chagrins que vous vous faites à vous-même si inutilement ; je vous aime beaucoup, mais je ne suis point un héros de roman[2], je vis dans le monde honorablement comme mes pères y ont vécu[3], je fais comme les autres, et je désire que vous vous trouviez heureuse dans une situation qui satisferait pleinement les désirs de toutes les femmes que je connais.

Avez-vous des nouvelles d'Olivier ? Revient-il enfin pour signer nos partages ? C'est sans doute une idée fort bizarre qui engagea sa mère et la vôtre à laisser ainsi en commun leur fortune ; on peut être sœurs et s'aimer beaucoup en séparant cependant ses intérêts, et l'on épargne par là, à ses héritiers, mille affaires désagréables[4].

Par quel hasard ne me parlez-vous pas de madame votre sœur ? Vous deviez l'accompagner jusqu'à Fontainebleau, avez-vous renoncé à ce projet ? Quand vous lui écrirez, n'oubliez pas de lui exprimer mon regret de n'avoir pu lui dire adieu ; je la connais assez pour être sûr qu'elle aura le bon esprit de se plaire à Naples, et de tirer de son agréable position tout le parti qu'on peut en tirer.

Adieu, ma chère, je ne crois pas pouvoir quitter Villers-Cotterêts[1] avant quinze jours.

LETTRE II

LA COMTESSE DE NANGIS
À LA MARQUISE DE C., SA SŒUR,
AMBASSADRICE À NAPLES[2]

Chère Adèle! qu'elle est triste la lettre qui commence l'absence! Cette douleur, nouvelle pour mon pauvre cœur, le déchire, comme s'il ne connaissait que celle-là. Chère sœur, c'est qu'en te perdant, je perds la force qui me soutenait, la main qui soulageait mes blessures, l'appui qui m'empêchait de succomber sous mes maux. Je n'oublierai jamais l'accent avec lequel tu me dis, en t'arrachant de mes bras : si du moins tu étais heureuse! Je rentrai dans l'auberge, je montai dans cette chambre si triste et si solitaire, et quand je n'entendis plus le bruit des voitures sur le pavé, je tombai dans un désespoir que je n'essaierai pas de te décrire, en te perdant je perdais tout, que me restait-il? Je regardais autour de moi, j'étais seule; aucune main amie ne venait essuyer mes larmes, personne n'avait pitié de ma douleur et ne se mettait en peine de la soulager; et cependant qu'ai-je donc fait pour mériter d'être privée de mon appui naturel, de l'appui de celui auquel j'ai uni ma vie? Ne devrait-il pas me consoler, me prêter sa force? En m'appuyant sur lui, je reprendrais un peu de courage, s'il me serrait sur son cœur, je sentirais que je ne suis pas seule au monde. Qu'est-ce que le mariage qui ne double pas l'existence? Il la flétrit, il la frappe de stérilité, il ne fait que défendre de chercher ailleurs ce qu'il ne donne pas; je me sentais si malheureuse que je n'ai pu résister à écrire à M. de Nangis; lorsque mon cœur est ainsi déchiré, il me semble toujours que je vais le persuader, et qu'il est impossible qu'en montrant ce

que je sens, je ne le touche pas ; j'ai donc écrit une de
ces lettres dont, depuis si longtemps, nous avons reconnu
l'inutilité ; je ne lui parlais pas de toi, mon cœur était
trop blessé pour en parler avec modération. Je voulais
m'adresser à sa raison, lui prouver que pour lui, comme
pour moi, il y aurait du bonheur dans cette union des
cœurs sans laquelle le mariage manque son but et ne
devient qu'une chaîne gênante. Je tâchais de lui peindre
le bonheur comme je le comprends, mais, Adèle, ce
n'est pas le sien : il prend les désirs pour des reproches,
les projets pour de l'exigence, la tendresse pour de la
domination. Que d'efforts inutiles depuis cinq ans ! Il y
a des êtres dont on se sent séparé comme par ces murs
de cristal dépeints dans les contes de fées, on se voit, on
se parle, on s'approche, mais on ne peut se toucher[1]. Je
t'envoie sa réponse, je m'y attendais et, cependant, elle
m'a causé une vive douleur. Étrange faculté que l'espérance, qui vit en nous malgré nous en dépit des calculs
et de la raison, elle est bien plus dans le caractère que
dans l'esprit. Il semble qu'elle se renouvelle avec le
sang et qu'on ne puisse la perdre qu'avec la vie. Chère
sœur, il faut que je sois bien à plaindre, car je voudrais
arracher de mon cœur cette espérance qu'on appelle le
dernier bien des malheureux, elle ne me sert qu'à
redoubler mes peines, à en produire sans cesse de nouvelles. Peut-être que si je n'espérais plus, je me résigne-
rais, et alors au moins, j'aurais du repos, mais il faut
que j'en sois bien loin de cette résignation ! Croirais-tu
que ces lettres si froides, si sèches, me causent encore
aujourd'hui un profond étonnement ? Je ne puis m'y
accoutumer ; je crois lire une langue étrangère, une
langue que je ne comprends point. Et quand je pense
que celui qui m'écrit ces lettres est mon mari, celui à
qui ma vie est liée pour toujours, le seul que je puisse
aimer et dont je doive être aimée, je sens des mouvements de désespoir si violents que je déteste la vie, puis
je me dis que cependant il n'est pas méchant, que c'est
un homme que tout le monde estime, dont j'admire

moi-même la droiture et l'intégrité[1], alors, chère Adèle, je ne sais plus ce que deviennent mes pensées, je doute de tout, je doute de moi-même, je me demande si mon malheur n'est pas en moi, si le monde est fait de manière à ce que les sentiments que j'éprouve soient naturels, si ce n'est pas une folie que d'aimer et de vouloir être aimée, si la tendresse, le dévouement, l'abandon, l'amour ne sont pas des vertus de roman qu'il faut étouffer dans son cœur au prix de faire son propre malheur et celui des autres ; chère Adèle, quand tu étais ici, tu rassurais mon cœur abattu. Je sentais près de toi que ce qui est bon, noble, élevé n'est point une fiction, je versais dans tes bras mes larmes amères, et j'étais soulagée ; maintenant je suis seule, et je le suis pour toute ma vie, je n'ai que vingt-deux ans, et je n'espère plus de bonheur. Pourquoi n'irais-je pas te retrouver ? M. de Nangis se passerait de moi si facilement, je l'importune, je le gêne, et le mal est trop profond, chère Adèle, pour pouvoir jamais se guérir.

J'attends Olivier tous les jours, il sera bien fâché de ne plus te trouver ici, ses lettres sont toujours d'une mélancolie singulière, je trouve même sa tristesse augmentée depuis six mois ; surtout depuis le dernier voyage qu'il a fait ici, on ne peut obtenir de lui aucune confiance, quelquefois je soupçonne qu'il a un attachement en Angleterre. Adieu, mon Adèle, adieu ! Ce mot renouvelle toute ma douleur, que deviendrais-je privée de toi ? Il me semble que j'ai perdu avec toi tout ce qui me faisait vivre.

LETTRE III
LE COMTE DE SANCERRE[2]
À LA COMTESSE DE NANGIS

Je vous obéis, ma chère cousine, je reviens à Paris, nous terminerons nos tristes partages, vous le désirez,

on me le dit, mais je voudrais ne pas le croire ; n'est-ce
pas M. de Nangis qui veut ainsi séparer nos fortunes ?
Laissez-moi l'espérer. J'aimais, je l'avoue, cette com-
munauté d'intérêts, elle était un reste de l'affection qui
a uni nos mères, n'oublions pas qu'elles furent sœurs
par le cœur comme par le sang[1]. Peut-être, en ne partageant pas leurs biens, voulurent-elles nous donner un
exemple qu'il m'eut été doux de suivre, les liens de
famille ont tant de force, ce qui les brise est pénible.
Nous ne dirons donc plus *nos terres de Picardie*, je
regrette ces mots que je n'ai jamais prononcés sans me
sentir presque votre frère. Il me semble que dans ce
partage je suis le mieux traité, vous gardez Flavy, dit-
on, et moi j'aurai Rouville, mais c'est à Rouville que
vous avez été élevée. C'est là que s'écoula notre heureuse enfance, vous rappelez-vous nos jeux, nos projets,
nos chagrins ? Tout était commun. Ces souvenirs sont
présents à mon cœur, sont-ils donc effacés du vôtre ?
On me dit que vous désirez conserver la partie de la
forêt des Aubiers qui touche au parc de Flavy, j'ai envie
de me plaindre que vous ayez cru nécessaire de me
faire écrire à ce sujet.

Je quitterai lundi l'Angleterre, c'est un pays que je
voudrais que vous connussiez, c'est celui de tous où l'on
apprécie peut-être davantage la vérité des sentiments et
celle du caractère ; ce qui est factice peut devenir une
mode chez les Anglais mais ne pénétrera jamais dans le
fond de leurs mœurs, ces mœurs sont simples, et ce qui
prouve qu'elles sont pures, c'est que le bonheur et les
vertus domestiques sont placés très haut dans l'estime
du peuple anglais. Nulle part les femmes ne sont plus
heureuses, car nulle part elles ne sont mieux aimées,
elles ne règnent pas, elles consolent, c'est en elles que
l'on va chercher le repos et la paix du cœur, une femme
est la compagne, l'amie qu'on a choisie pour s'aider à
supporter les maux de la vie[2]. On se promet à l'autel
d'être unis *for better and for worse*, de se secourir *in
grief, in sickness, in misfortune*. Me trouvant dernière-

ment en Worcestershire, j'allai visiter Hagley ; on me montra le tombeau de cette Lady Lyttleton qui fut si aimée et si regrettée ! Vous souvenez-vous de cette admirable élégie que nous lûmes une fois ensemble à Rouville ? Je pensai à vous ma chère cousine sous ces beaux ombrages d'Hagley[1], ils vous auraient plu. Vous savez si bien l'anglais que vous comprendriez promptement l'Angleterre, un pays dont on entend mal la langue paraît plein de mystères. Il y a je ne sais quel accord entre le langage, les caractères, les mœurs et même les objets inanimés d'un pays, tout se tient et semble s'expliquer l'un par l'autre. Il y a une langue comme un accent pour chacun des sentiments du cœur, l'anglais convient à la passion et à la douleur, il exprime ce qui ne peut s'expliquer, il voile ce qu'on n'oserait comprendre[2].

Adieu, ma chère cousine, jeudi 19 mai je serai près de vous[3].

LETTRE IV

LA COMTESSE DE NANGIS
À LA MARQUISE DE C.

Olivier vient de m'écrire en quittant l'Angleterre une lettre qui me cause beaucoup d'étonnement. Il y a plus que de la mélancolie dans cette lettre, il y a du sentiment, mais un sentiment plus inexplicable encore que ne l'était sa tristesse. Croit-il que j'ignore qu'il a refusé de m'épouser ? Te souviens-tu du jour où nous trouvâmes sa lettre dans les papiers de ma pauvre mère ? Ce moment ne s'effacera jamais de mon souvenir. Nous étions trop jeunes disait-il, il avait vingt et un ans, j'en avais dix-huit[4] ! Il partit, il alla faire la guerre en Russie, il fut quatre ans sans revenir[5], à son retour, il me trouva mariée, et depuis lors, tu te rappelles toutes les bizarreries de sa conduite ; tout est bizarre en nous, mon Adèle, car je devrais être blessée, irritée peut-être contre Olivier; je devrais haïr un homme qui a pu m'épouser et qui ne l'a pas voulu; eh bien! je ne sens point dans mon cœur ce mouvement qui m'éloignerait de lui; la conduite d'Olivier me paraît inconcevable, mais je n'ai jamais envie de l'accuser, il me semble toujours que s'il pouvait s'expliquer il se justifierait, ce secret, ce mystère qui l'environne l'excuse à mes yeux, je me dis qu'il n'est pas possible qu'il soit coupable puisqu'il est si malheureux, du reste que m'importe à présent? Mon sort n'est-il pas fixé? Je me reproche d'arrêter ma pensée sur un tel sujet. Ah! si j'étais aimée de celui à qui j'ai uni ma vie, combien tout le reste me serait indifférent; si du moins j'avais des enfants[1], ils rempliraient mon cœur, ils occuperaient l'activité de mon âme, ils ne repousseraient pas mes caresses, je placerais sur eux toutes mes espérances, et en sentant que je leur suis nécessaire, je trouverais que cela vaut la peine de vivre. On dirait qu'Olivier sent aussi ce même mal qui me dévore. Que je le plains s'il n'a rien à aimer! J'ai relu cette élégie de Lord Lyttleton. Olivier a bien raison de dire que les femmes sont heureuses en Angleterre. Ah! que je consentirais volontiers à prendre dans le tombeau la place de cette Lady Lyttleton, objet d'une passion si tendre et de regrets si touchants, n'est-ce pas vivre que d'être ainsi regrettée? J'ai traduit ce morceau, je te l'envoie, Adèle! Je ne serai jamais pour personne *the dear reward of ev'ry virtuous toil*, je ne serai jamais la compagne, l'amie, l'autre moitié de personne. Les *joys of wedded love*[2] ne seront jamais les miennes! Adèle! Adèle! je voulais te cacher l'impression que m'a faite cette lettre, mais je ne puis dissimuler avec toi, vois donc mon pauvre cœur tel qu'il est, il est bien malade, chère sœur, et il a autant besoin de ta raison que de tes consolations. Écris-moi. Quoi! chaque jour t'éloigne de moi! Je ne puis supporter cette pensée.

LETTRE V

LA COMTESSE DE NANGIS
À LA MARQUISE DE C.

Chère Adèle! je reprends tout ce que je t'ai dit hier, ne pourrais-je donc jamais me corriger d'être crédule? Je sais maintenant la cause de la mélancolie d'Olivier. C'est Lord Exeter[1] qui m'a appris ce que je vais te raconter, je le trouvai hier chez ma belle-mère, il se plaça à côté de moi, je ne sais pourquoi je sentais du plaisir à parler de l'Angleterre et à causer avec un Anglais. Lord Exeter voit souvent Olivier, il m'en fit l'éloge : «Il a, me dit-il, un caractère fort élevé et une douceur infinie dans les manières, son humeur est inégale mais son esprit doit à ce défaut même une variété piquante. Sans être inconséquent, son imagination prête aux objets mille formes diverses et toutes sont vraies, quoique aucune ne se ressemble. — Comment, lui dis-je, vous croyez qu'on peut ainsi voir les choses de plusieurs manières différentes et toujours avec vérité? Je vous trouve bien indulgent. — Ce n'est pas dans la manière de voir les choses qu'est l'esprit faux, reprit Lord Exeter, c'est dans les conséquences qu'on veut en tirer. Qu'Olivier soit gai ou triste, on voit et on sent qu'il est toujours sincère; on dirait qu'il renferme en lui seul plusieurs êtres distincts, mais ils sont tous aimables et on ne sait quel est celui qui mérite la préférence. — Qu'il est agréable, m'écriai-je, d'être si bien loué. — Je serais heureux, reprit Lord Exeter, qu'une circonstance dont on parle fît de l'Angleterre la seconde patrie d'Olivier. — Et quelle circonstance? demandai-je. — On prétend, dit Lord Exeter, qu'il est amoureux de la fille de Lord Derby et qu'il doit l'épouser incessamment. Mais si cela était vrai, vous le sauriez sans doute; déjà plusieurs fois, on a cru Olivier amoureux sans qu'il le fût, sa mélancolie habituelle donne à sa galanterie l'apparence du sentiment, il a près de toutes les femmes cette douceur, cette expression tendre qu'on peut si facilement prendre pour de l'amour, et qui est peut-être son plus grand charme. »

Tu vois, mon Adèle, qu'avec ma bonhomie ordinaire[1] j'ai pris pour du sentiment cette galanterie dont parle Lord Exeter, cette galanterie avec laquelle Olivier trompe toutes les femmes, et que je voudrais du moins qu'il se dispensât d'avoir avec moi. J'avais raison de le croire amoureux en Angleterre, c'est là en effet qu'il trouvera la femme qui lui convient et le bonheur comme il l'entend, ce bonheur qu'il peignait si bien dans sa lettre. Et cependant, chère Adèle, crois-tu qu'on puisse être heureux en épousant une étrangère ? Les habitudes, la religion, le langage même, ne sont-ils pas des obstacles à une complète union ? Olivier n'est pas assez religieux, nous le lui avons souvent reproché, mais il y a autre chose que la dévotion dans la religion de nos pères ; nous tenons à elle par tant de liens ! Elle a son honneur, on pourrait presque en être le martyr sans y croire[2] ; je sens, Adèle, que je ne supporterais pas de voir ce que j'aime professer un autre culte que le mien ; c'est une séparation affreuse que la différence de religion, car c'est surtout dans les espérances que les âmes s'unissent. Que peut-on voir par-delà la vie quand on n'adore pas le même Dieu ? Mais l'amour efface toutes ces considérations, elles ne se présentent à moi que parce que je suis indifférente, que m'importe d'ailleurs ? Adieu, chère Adèle, quand donc recevrai-je la nouvelle de ton arrivée ?

LETTRE VI

BILLET DU COMTE DE SANCERRE
À LA COMTESSE DE NANGIS

Je venais près de vous avec le seul sentiment doux qui ait approché de mon cœur depuis six mois, pourquoi, en un instant, avez-vous changé toute la disposition de mon âme? Cet accueil contraint et sévère, par où l'ai-je mérité? Vos plaisanteries me blessaient encore plus que votre froideur, vous savez mon secret, dites-vous? Non, vous ne le savez pas, mais vous avez oublié le passé, ce passé où je fus votre frère, et où je n'avais pas besoin de m'expliquer pour être entendu, rendez-le-moi, Louise, ou laissez-moi retourner en Angleterre, là si je ne trouve pas le bonheur, je trouverai du moins la paix, et c'est un bien que je perdrai ici, en y restant plus longtemps.

LETTRE VII

LA COMTESSE DE NANGIS
À LA MARQUISE DE C.

Je suis mécontente de moi, vous le serez aussi, mon Adèle; on loue la franchise de mon caractère, ne devrais-je pas du moins être sincère avec moi-même? Ah! les sentiments répréhensibles s'enveloppent de mille voiles au fond de notre âme, on les poursuit sans les atteindre et, comme les génies des contes arabes, ils prennent toutes les formes pour nous échapper[1].

Je t'ai parlé de ma conversation avec Lord Exeter. Est-il possible que tant de petitesse, que tant d'injustice soit entré dans mon cœur! Il est trop vrai pourtant que je fus vivement piquée de ce qu'on me dit de la passion d'Olivier pour cette Anglaise; c'était une inconséquence, une folie, c'était plus encore. De quel droit serais-je mécontente qu'Olivier eût pour une autre les sentiments qu'il ne peut avoir pour moi? Ne suis-je pas mariée? Je n'ai pour Olivier que de l'amitié, je ne puis avoir que cela, je ne puis prétendre à autre chose; sais-tu, mon Adèle, quel indigne sentiment s'est glissé dans mon cœur? C'est la vengeance. Oui, en lisant la dernière lettre d'Olivier, je jouissais en secret de voir que cet

homme, qui n'avait pas voulu m'épouser, me regrettait
peut-être ; la conversation de Lord Exeter me désabusa,
Olivier arriva au milieu de mon dépit, je le reçus mal, il
voulut s'expliquer, je répondis en plaisantant ; Olivier
vit bientôt que cette gaieté n'était pas sincère, il parut
affligé, il me quitta et il vient de m'écrire un billet qui
ne dissipe que trop cette injuste colère. Mais, Adèle, il la
remplace par une autre crainte ! Quoi ! Olivier m'aimerait ! Ses inégalités, sa tristesse, son absence, tout ce qui
nous étonnait, ce serait de l'amour ! Non, je ne puis le
croire ; Lord Exeter ne dit-il pas que les manières d'Olivier avec toutes les femmes ressemblent au sentiment ?
Je suis une femme, une cousine, une vieille amie, Olivier s'attendait à trouver en moi de l'amitié, il a trouvé
de la réserve, il est blessé, il doit l'être, n'est-ce pas chère
Adèle ? C'est moi qui ai tous les torts, je le confesse,
absous-moi, conseille-moi, mais hélas ! un mois se passera avant que j'aie ta réponse, et il faut que je réponde
tout à l'heure à Olivier. Que lui dirai-je ? Je reprendrai
le ton de l'amitié, cela ne me coûtera rien, je sens toute
ma colère dissipée, n'est-ce pas la preuve que le sentiment qui l'excitait n'était pas bien profond ? Ah ! chère
sœur, je te trompe, je ne serais pas ainsi agitée pour ce
qui me serait indifférent, mais je trouve tant de sentiments inexplicables au fond de mon cœur que je ne
puis moi-même parvenir à les démêler ; serait-il possible que ce qui me trouble à ce point fût une misérable
vanité, une petite coquetterie ? que ce cœur déchiré
depuis si longtemps fût encore accessible à des impressions si légères ! Je me haïrais d'en être capable, hélas !
Adèle, ma vie a été assez troublée, je n'ai pu être heureuse, mais je croyais qu'en me résignant à mon sort, je
trouverais au moins la paix, et jamais je n'en fus si loin.
Chère sœur, guide-moi, conseille-moi, dis-moi ce que je
dois faire, quoi, Adèle ! je serais aimée !

LETTRE VIII

LA COMTESSE DE NANGIS
À LA MARQUISE DE C.

M. de Nangis est arrivé lundi, et hier, nous nous sommes réunis chez les gens d'affaires pour signer ces tristes partages ; tout est réglé, tu garderas les trois fermes de Normandie, Olivier prend Rouville, et moi j'aurai Flavy et la moitié de la forêt des Aubiers ; je préférais Rouville, mais M. de Nangis a tenu à Flavy, à cause de la chasse. La maison de Paris sera vendue ! cette maison qui est dans la famille depuis le temps du chancelier ! cette maison où nous sommes tous nés ! où j'ai vu mourir ma mère ! J'aurais voulu la conserver, mais je savais d'avance tout ce que me dirait M. de Nangis, cette maison est loin de tout, elle est vieille, elle est mal bâtie, elle est incommode, la cour est petite, que sais-je ? J'ai donc caché mes regrets et supprimé toute réflexion ; mais en écoutant la lecture de l'acte, lorsqu'on en est venu à cet article de la maison, dont le prix serait partagé entre nous, je n'ai pu m'empêcher de soupirer tristement, c'était comme un dernier adieu que je disais à tant de chers souvenirs.

Je ne t'étonnerai pas en te parlant de la bonne grâce d'Olivier dans toute cette affaire de nos partages ; on ne peut pousser plus loin la noblesse et le désintéressement. Il semblait qu'il ne se souvînt que ces partages le regardaient que lorsqu'il avait un sacrifice à faire ou une difficulté à aplanir. J'aurais souffert que M. de Nangis se montrât moins noble qu'Olivier en cette occasion, mais je n'avais pas cela à craindre ; il a toute la délicatesse qui vient de la rectitude des principes et du sentiment de la justice[1] ; mais il y a dans le désintéressement naturel d'Olivier une grâce indéfinissable ; ce n'est peut-être pas une vertu, c'est une qualité involontaire qui n'a besoin ni de réflexion ni d'effort ; ce désintéressement

plaît encore plus que la générosité parce qu'il a moins
de faste ; on n'admire pas, mais on ne peut s'empêcher
d'aimer celui qui le possède ; comment serait-on égoïste,
insensible, en étant aussi désintéressé ? Il semble que les
qualités qui viennent du cœur se tiennent toutes, elles
participent l'une de l'autre, en avoir une est comme une
preuve qu'on possède toutes les autres. Adieu, chère
Adèle, nous allons à Flavy le 23 juin, et Olivier doit passer un mois à Rouville avant que d'aller à son régiment.

LETTRE IX

LA COMTESSE DE NANGIS
À LA MARQUISE DE C.

Je ne puis m'expliquer, chère Adèle, ce que j'éprouve
depuis quelques jours. Pourquoi ma vie est-elle ainsi
tout à coup remplie ? Je me reproche un bien-être dont
je jouis loin de toi et qui ne me vient pas de toi, hélas !
Ne doit-il pas m'être suspect ? Depuis si longtemps toi
seule me consolais, toi seule recevais le triste dépôt de
mes chagrins ! Sans doute je ne suis pas heureuse, j'en
suis bien loin ! Mais depuis quelque temps je ne pense
plus si souvent à mes peines, ou pour mieux dire, il me
faut y penser pour les sentir ; maintenant je prends une
sorte d'intérêt à mille choses qui m'étaient indifférentes
autrefois, je ne me sens plus si étrangère au mouvement
du monde, je recherche la société, la conversation a
pour moi un nouvel attrait, et apparemment que mon
amour-propre s'est réveillé car je ne suis pas fâchée de
plaire ; cette disposition m'anime, je sens que je gagne à
moins souffrir ; ah ! que je voudrais bien plus si j'étais
heureuse ! Pourquoi, chère Adèle, n'es-tu pas ici ? Tu
lirais dans mon cœur, tu m'expliquerais à moi-même ;
et s'il fallait rentrer dans ma tristesse, tu me donnerais
du moins le dédommagement de ta pitié ; loin de toi,
que puis-je faire ? Dois-je fuir cette lueur de consolation

qui m'apparaît après tant d'orages? Admettons qu'elle vienne d'Olivier, ne puis-je donc, chère Adèle, l'aimer comme un ami? Nous sommes presque frère et sœur, nous le sommes encore plus par les goûts et les sentiments, que par le sang qui coule dans nos veines, pourquoi une affection innocente ne nous serait-elle pas permise[1]? Tout le monde aime Olivier, pourquoi ne l'aimerais-je pas aussi? On croirait qu'il devine les mouvements les plus secrets de mon cœur; je t'ai mandé combien il m'était pénible de voir vendre notre vieille maison, notre berceau à tous? Eh bien! Olivier l'achète; hier, il me dit: «J'ai vu que vous la regrettiez.» Figure-toi, chère Adèle, ce que me paraissent de tels soins! Moi, du bonheur de qui personne ne s'occupa jamais! Adèle! je veux cacher à Olivier ce que j'éprouve, il se croirait aimé s'il voyait ma reconnaissance; adieu, mon Adèle, j'ai enfin reçu la nouvelle de ton arrivée.

LETTRE X

LA COMTESSE DE NANGIS
À LA MARQUISE DE C.

J'ai passé hier la soirée chez ma belle-mère, j'y ai retrouvé Lord Exeter, Olivier et lui se sont placés près de moi, et alors, j'ai raconté à Olivier l'éloge charmant que Lord Exeter m'avait fait de lui, la veille de son arrivée[2]. «Nous autres Anglais qui manquons d'imagination, dit Lord Exeter, nous admirons singulièrement ce don de varier son esprit et de le promener sur mille sujets différents. Il faut qu'il y ait une grande force dans une faculté dont on fait ainsi tout ce que l'on veut. — Je ne le crois pas, répondit Olivier, je penserais plutôt que la mobilité vient de la faiblesse. On ne parcourt tant de sujets que parce qu'ils vous lassent tous successivement. — Ou bien, dit Lord Exeter, parce qu'on les épuise vite, ce qui n'est pas la même chose. — À moins, dis-je en regardant Olivier, qu'il ne soit question de sentiment ; alors, est-ce la force ou la faiblesse, qui produit la constance ? » Lord Exeter se mit à rire : « Je n'ose dire ce que je crois, reprit-il, mais j'ai toujours pensé qu'il y avait de la paresse dans la constance, et qu'il fallait souvent moins de force pour être fidèle que pour changer. — Cela dépend du caractère, dit Olivier. — L'inconstance peut être un devoir, dit Lord Exeter. — Ou un caprice, m'écriai-je. — Ou un malheur ! » dit Olivier. En prononçant ce mot, il se leva et s'éloigna de nous avec une expression de tristesse qui me surprit ; car Olivier a trop de bon goût pour ne pas prendre les choses pour ce qu'elles valent ; mais il y a longtemps que je remarque que les plaisanteries le blessent, et qu'on ne peut jamais prévoir l'effet qu'on fera sur lui. Lord Exeter me dit : « Il y a certainement une cause secrète à la mélancolie d'Olivier ; il y a des sujets auxquels on ne peut toucher avec lui ; il ressemble à la sensitive, dès qu'on s'approche, il se retire. — Je ne lui connais aucun chagrin, répondis-je, personne, au contraire, ne possède tant de moyens de bonheur qu'Olivier ; il est riche, il est dans le monde de la manière la plus agréable. Il a fait la guerre avec une valeur si brillante qu'il a une réputation à l'âge où l'on commence à peine à faire parler de soi ; vous disiez vous-même, mylord, qu'il plaisait généralement, rien ne lui manque pour être heureux[1]. — Rien, dit Lord Exeter, que de savoir [et] sentir qu'il l'est. » Alors, nous commençâmes à parler du spleen[2], et de tous ces dégoûts, et ces ennuis, qui sont les malheurs de ceux qui n'en ont pas d'autres ; Lord Exeter me raconta des anecdotes curieuses sur cette maladie de l'âme, si commune en Angleterre ; et je l'écoutais attentivement quand M. de Rieux[3] s'approcha de nous. Il me semble que tu le connais à peine, mais tu connais du moins sa belle figure, ses manières élégantes et sa réputation de galanterie. Je vais te raconter le commencement de nos rapports.

Quelques jours après ton départ, étant à Versailles

chez la duchesse de B., on parla des romans de madame de Riccoboni, et on vanta les *Lettres de milady Catesby*. Je me prononçai pour *Ernestine* [1], et je soutins mon opinion avec cette vivacité que tu m'as vue trop souvent pour les choses qui touchent mon cœur; je suis toujours fâchée après de telles conversations de m'être ainsi laissé entraîner, et d'avoir montré le fond de mon âme à tant d'indifférents. Je réfléchissais donc tristement à ce que je venais de dire, lorsque M. de Rieux s'approcha de moi et, s'appuyant sur le dos de mon fauteuil, il me dit: «Comment se fait-il que je vous aie si souvent rencontrée et qu'aujourd'hui soit le premier jour où je vous aie vue?» Je répondis en riant que j'avais comme les fées le don de paraître et disparaître à volonté: «Mais, dis-je à M. de Rieux, je voudrais perdre ce don-là, car je me repens presque toujours de m'être fait voir. — Je croirais plutôt, me répondit-il, que ce sont les autres que vous faites repentir de vous avoir vue.» Nous causâmes ainsi un instant dans ce langage de demi-coquetterie que tu sais par cœur et auquel on n'attache pas plus d'importance qu'aux formules de politesse dont la conversation est remplie. Je fus donc assez étonnée de voir le lundi suivant que M. de Rieux s'était fait présenter chez ma belle-mère, et depuis lors je soupe avec lui deux fois la semaine. Il a l'air occupé de moi, me regarde, me parle, et se place auprès de moi dès qu'il en trouve l'occasion, tu sais ce que sont de tels soins de la part de M. de Rieux, il en rend de pareils à deux ou trois autres femmes, puis il a une maîtresse, dit-on, Mlle Julie de l'Opéra, je ne t'ai seulement pas parlé de cette conquête, mais hier au soir, lorsqu'il s'approcha de moi, l'idée qu'Olivier allait remarquer les soins de M. de Rieux me jeta dans un embarras que je n'avais jamais eu avec lui; je crus observer qu'il était charmé de me voir ainsi troublée; chose singulière que la manière dont on nous juge! M. de Rieux commença donc à plaisanter et, pour cacher mon embarras, j'entrai dans cette gaieté qui était loin

de mon cœur ; mais je ne pus me défendre de regarder
Olivier ; je le vis pâlir, et toute cette joie factice s'évanouit en un instant, alors me retournant vers Lord Exeter, j'affectai de reprendre notre première conversation ;
je lui dis quelques mots que M. de Rieux ne pouvait
comprendre, ce moyen me réussit ; M. de Rieux s'éloigna et je vis la sérénité renaître sur le front d'Olivier ;
pauvre Olivier ! ne m'est-il pas permis du moins de ne
pas ajouter à ses peines ? Adieu, ma sœur, demain nous
partons pour Flavy, et Olivier vient avec nous.

LETTRE XI

LA COMTESSE DE NANGIS
À LA MARQUISE DE C.

Nous sommes à Flavy depuis quelques heures, tu
devines facilement, chère Adèle, les tristes réflexions
qui m'ont poursuivie pendant la route ! C'était la première fois que je faisais ce voyage sans ma mère ; il n'y
a pas encore deux ans que je la ramenai pleine de vie,
de force et de santé, trois mois après, nous l'avions perdue ! Je reconnaissais tous les objets qui frappaient mes
regards, chaque arbre, chaque buisson, semblait me
parler d'elle. À Moreuil, le père Pacard vint avec empressement atteler lui-même nos chevaux, tu sais comme
ma pauvre mère le questionnait toujours sur sa ferme et
sur sa famille, je n'eus pas la force de l'appeler ; lui
aussi, je pense, n'eut pas le courage d'approcher de
moi, mais quand il eut fini d'atteler, il se tint sur le pas
de sa porte et ôtant le bonnet qui couvrait ses cheveux
blancs il me regarda d'un air triste et resta ainsi jusqu'à
ce que la voiture fût partie, je me sentis tout émue, on
s'étonne de trouver, dans de pauvres gens sans éducation, une délicatesse que toute la culture de l'esprit
ne donne pas ; que de fois je me suis indignée de la
confiance avec laquelle on vous apporte dans le monde

un intérêt qui vous est indifférent! Je voudrais qu'on fît un traité des consolations importunes.

En arrivant à l'entrée de la grande avenue de pommiers, nous trouvâmes déjà quelques paysans qui s'étaient rassemblés pour nous recevoir; j'en voyais d'autres venir de loin, dans cette grande plaine de Méricourt, ils accouraient par les sentiers tracés dans les blés, et la saison est si peu avancée que ces blés, quoique en épis, sont encore tout verts, nous avions un temps du mois de mars, le soleil était souvent caché par de gros nuages noirs, un vent impétueux agitait les blés, ce qui produisait sur cette grande plaine une sorte d'ondulation qui me rappelait la vue de la mer après un orage; les paysans se hâtaient pour nous voir passer, ils portaient leurs habits de fête, les barbes flottantes des femmes voltigeaient derrière elles, leur coiffure blanche, leurs corsets rouges étaient quelquefois éclairés par un rayon du soleil qui disparaissait aussitôt. En approchant de Flavy, la foule redoubla, et les coups de fusil et les cris de «Vive madame» commencèrent, je tâchai d'écarter mes tristes pensées pour faire un bon accueil à ces pauvres gens; au château, nous trouvâmes le vestibule rempli de jeunes filles; elles portaient des gâteaux, des fleurs, des agneaux, des colombes; enfin, tous leurs innocents hommages[1]; je reconnus dans la foule beaucoup de paysans de Rouville; Olivier me dit que c'était leur devoir d'être là, qu'ils étaient mes vassaux, que Rouville était un fief qui relevait de Flavy, qu'ils fêtaient leur *Dame* et que la redevance féodale de Rouville était un bouquet de roses offert la veille de la Saint-Jean[2]; Olivier me donna ce bouquet, et fit la plaisanterie de mettre un genou en terre, pour me prêter, disait-il, *Foi et Hommage*. Mais quoi que nous fissions pour être gais, nous ne pouvions y parvenir, chère Adèle! la mort était encore trop présente là! Ne trouves-tu pas quelque chose de peu délicat dans ces réjouissances faites à l'occasion de ce qu'on prend possession d'une terre qu'on

aurait voulu ne posséder jamais ? d'un bien qui n'est à
nous que parce que nous avons perdu une mère ?

On avait préparé le feu de la Saint-Jean au milieu de
l'avant-cour ; il était surmonté d'un énorme bouquet,
nous y allâmes après dîner, le curé récita les prières,
bénit le bûcher et j'y mis le feu ; alors les cris et les
joies recommencèrent, chacun saisit un brin de bois
enflammé, et les paysans se mirent à danser, on leur
donna du vin, et nous rentrâmes au château ; bientôt
M. de Nangis voulut jouer au billard, il emmena Olivier,
et moi, je me suis mise à te raconter ma journée, tant
que j'écris, cela suspend la peine de l'absence, mais,
chère Adèle, en finissant ma lettre je perds l'illusion qui
me soutenait, je t'ai parlé, tu ne m'as pas répondu ; je
me souviens alors de la distance qui nous sépare, et je
sens ma douleur renaître au fond de mon âme avec une
amertume nouvelle et peut-être plus poignante encore.

LETTRE XII

LA COMTESSE DE NANGIS
À LA MARQUISE DE C.

Chère Adèle, écoute le récit de ma matinée et dis-moi
si Olivier ne te paraît pas entièrement inexplicable. Après
le déjeuner, nous allâmes avec M. de Nangis voir les
ouvriers qui travaillent à la nouvelle clôture du parc.
Bientôt M. de Nangis s'éloigna de nous, donnant des
ordres, prenant des mesures, et parcourant avec l'homme
qui dirige les travaux toute la partie du bois qui va être
renfermée dans le parc. Olivier me fit remarquer un
beau point de vue de l'abbaye de Cressy[1], nous n'en
jouissions qu'imparfaitement et nous montâmes pour le
mieux voir sur quelques débris du vieux mur qui se trouvaient là, nous étions alors à l'entrée du sentier qui
longe la forêt, à peu près à mi-côte, et qui domine la vallée de l'Aure[2] et toutes ces riantes campagnes que nous

avons si souvent parcourues ensemble. C'est une vraie séduction qu'un joli sentier sur le bord d'un bois, le marcher si doux sur la mousse, la fraîcheur, les beaux arbres de la lisière qui étendent leurs branches en liberté, enfin j'ai succombé ; je suis entrée dans ce sentier, et chemin faisant nous admirions ces vues champêtres, et les variétés de l'ombre et de la lumière sur les bois, sur les eaux et sur cette vénérable abbaye dont le soleil semblait se plaire à éclairer l'élégance gothique.

Olivier compara cette architecture à celle des Russes, il me fit la description des dômes de leurs églises et des croix enchaînées qui les surmontent puis, passant à l'aspect de la nature, il me peignit les vastes forêts de sapins, les plaines monotones, les grands fleuves qui parcourent les solitudes, et la neige qui pendant six mois de l'année vient couvrir tous les objets de sa froide et ennuyeuse uniformité. Nous étions près du chêne de Beauval, en face du village de Saint-Méry et de la Cavée d'où sort ce beau ruisseau qui fait aller les roues de la filature de coton de M. Solvyns[1]. Ces grands bâtiments blancs ressortaient admirablement sur la verdure ; Olivier me dit : «C'est à l'établissement de ce bon Hollandais que cette vallée doit la prospérité. C'est une chose étonnante que le bien que l'agriculture et l'industrie se font l'une à l'autre, cette vérité est bien plus connue des Anglais que de nous et elle est le fondement de leur prospérité.» Olivier me raconta alors mille faits curieux sur les manufactures qu'il a visitées dans diverses provinces d'Angleterre et me montra comment la richesse du pays avait augmenté en raison de l'emploi qu'on avait pu fournir au temps des pauvres, ce temps, la première des valeurs et la plus souvent perdue. Il me parla de cette protection touchante exercée en Angleterre comme un devoir par les classes élevées, de ces associations créées dans la vue de l'utilité publique, et dont la noble émulation est de se surpasser l'une l'autre dans cette carrière[2]. «Vous aimez beaucoup l'Angleterre, dis-je à Olivier. — Je l'estime, me répondit-il, mais, Louise,

croyez-moi, on n'aime, on n'aime de cœur que son
pays. Si vous saviez ce que c'est que de retrouver son
pays après une longue absence! Il semble que tout vous
accueille, et que les objets inanimés eux-mêmes soient
nos vieux amis. On ouvre son cœur à mille douces
impressions, on salue sa terre natale par je ne sais quel
hymne muet, langage de l'âme et mystérieux comme
elle[1]; vous ne pouvez concevoir sans l'avoir senti ce
qu'on éprouve après un long voyage en foulant le sol
qui nous a vu naître, ce que c'est que d'entendre parler
sa langue, de rentrer dans cette possession commune
de tout, de dire notre gloire, notre prospérité, notre
bonheur, on se sent associé aux choses et aux personnes. Il me semble qu'en France tout est en analogie
avec moi, l'air, le jour, le feuillage, tout cela est mon
bien. Aimer ainsi sa patrie est peut-être un sentiment
irréfléchi mais il n'en a que plus de force. Ah! Louise!
ce ne sont pas les sentiments raisonnables qui règnent
avec le plus de puissance dans notre âme, on croirait
presque le contraire, souvent des passions inexplicables
bouleversent le cœur de l'homme, et on meurt de ce
qu'on ne saurait ni justifier, ni comprendre. »

Olivier se tut, nous marchâmes encore quelque temps
en silence; je ne sais quel accent douloureux avait marqué ses dernières paroles, mon cœur était serré comme
si Olivier m'eut annoncé un malheur, enfin je levai les
yeux et je me vis à Rouville.

Nous étions en face de la maison du jardinier, ses
enfants jouaient dans la cour, ils vinrent à moi et, tandis qu'ils appelaient leurs parents, je vis de loin le
jardin de fleurs et j'eus envie de regarder quelques
églantiers que j'avais greffés moi-même deux ans auparavant; je les trouvai tout couverts de roses; ils ressemblaient à de petits arbres; tu sais que les fenêtres de la
bibliothèque donnent sur ce jardin, les portes en étaient
ouvertes et Olivier m'engagea à y entrer pour me reposer, je ne sais si j'eus tort d'y consentir, mais il m'était
impossible de croire que je n'étais pas là chez moi. J'en-

trai donc dans cette chambre où rien n'était changé,
chère Adèle, depuis le jour où je la quittai avec ma
mère, la pendule, hélas! marquait encore la même
heure! Son métier, sa petite table, son fauteuil! je pleurai amèrement en voyant tout cela. Olivier prit ma
main, et nous restâmes ainsi longtemps sans pouvoir
parler. Enfin il me dit: «C'est moi qui serai le gardien
de vos souvenirs, ne m'enviez pas ce partage; je ne puis
espérer de bonheur, désormais toute ma vie est dans le
passé, eh bien! j'y trouve de quoi m'unir à vos douleurs,
n'avons-nous pas les mêmes regrets? Je suis du moins
votre frère par le cœur, ce sentiment, personne ne peut
nous le ravir, il sera la consolation de ma triste vie.»
Adèle! me trouves-tu coupable d'avoir écouté ce langage? Hélas! je ne lui ai trouvé que trop de charme,
mais, chère sœur, si Olivier a pour moi de tels sentiments, qui l'empêchait d'unir son sort au mien? Pourquoi semble-t-il déplorer aujourd'hui un malheur qu'il
a fait lui-même? Quel motif a pu l'engager à repousser
les vœux de nos parents, à rompre ce mariage projeté
sur nos berceaux? Enfin j'ai accepté son amitié, je lui ai
dit qu'elle me consolait, ah! chère sœur, j'ai eu tort;
car de retour à Flavy, quand M. de Nangis a parlé de
cette longue promenade, quoiqu'il en parlât avec l'espèce d'indifférence qu'il met à tout ce qui me regarde,
je me suis sentie rougir. Sois donc ma conscience, mon
Adèle, puisque la mienne est si obscure que souvent je
ne puis savoir moi-même si j'approuve ou si je blâme ce
que j'ai fait, et dis-moi surtout ce que tu penses de la
conduite d'Olivier et de la bizarrerie de ses sentiments.

LETTRE XIII

LA COMTESSE DE NANGIS
À LA MARQUISE DE C.

Si j'avais de tes nouvelles, chère sœur, je me trouverais presque heureuse, je ne puis te dire ce que me

paraît cette sensation si nouvelle, et si délicieuse, il me semble que mon cœur est délivré d'un lourd fardeau, que des chaînes pesantes sont tombées de mes mains, ou plutôt que mes yeux s'ouvrent pour la première fois à la lumière. Tout me plaît, tout m'est facile, tout m'amuse, mais ce que j'éprouve me trouble et m'étonne, comme si j'étais tombée dans un état extraordinaire ; je cherche, je me demande ce que j'ai, je m'interroge moi-même, et je m'aperçois tout à coup que je suis heureuse, et que c'est le chagrin qui me manque ; nous menons la vie que j'ai toujours préférée, la vie de château, il est vrai que jusqu'ici elle a été fort solitaire, mais je ne me suis point encore aperçue que le monde nous ait manqué.

M. de Nangis passe la journée avec ses ouvriers ou à la chasse ; Olivier, qui s'est établi à Rouville, vient ici tous les matins ; nous nous promenons, nous dessinons ensemble, il me fait la lecture pendant que je travaille ; quelquefois nous lisons de l'anglais[1] ; et il m'apprend l'allemand. Rien ne paraît difficile avec lui ; tu sais comme il trouve toujours le point juste de ce qu'il faut savoir. Les études les plus ardues sont amusantes quand il les guide, une leçon de langue se rattache à mille choses, lorsqu'une analogie de mots se rencontre, ce simple rapport mène souvent à la conversation la plus intéressante ; on dirait que l'esprit d'Olivier crée comme des liens entre tous les objets[2]. La réflexion lui fait voir des choses sous une variété infinie d'aspects, et ainsi une seule pensée en appelle mille autres. Souvent ces conversations nous jettent bien loin du point d'où nous étions partis, nous nous rappelons notre enfance, nous remarquons comme l'âge modifie les premières impressions sans les détruire. Je trouve que l'esprit humain ressemble aux plantes qui sont contenues tout entières dans le germe qui les produit. Olivier paraît se plaire dans nos douces occupations, il a l'air plus heureux, plus tranquille, il semble que rien ne lui manque et que notre vie entière doive se passer ainsi. Hélas ! cela

dépendait de lui! Quel mystère préside à nos destinées!
Mais que me servirait de l'éclaircir, tout est fini pour
tous les deux; il l'a voulu, mais l'amitié nous reste, c'est
encore un bien; ce bien-là, je puis le recevoir et le donner en accordant à Olivier cette partie de mon cœur
que M. de Nangis dédaigne, je ne trahirai aucun de mes
devoirs; si je parviens à adoucir les peines d'Olivier, à
le consoler de ce malheur que j'ignore quoique j'en sois
la victime, je sens, chère Adèle, que mes propres chagrins s'évanouiront comme un songe, car mon malheur
c'était de ne pouvoir faire le bonheur d'un autre. Que
me manque-t-il du reste dans la vie? n'ai-je pas tous les
biens que le monde estime? Le rang, la fortune, la jeunesse, la santé[1]? Ce monde avait plus de raison que
je ne croyais en me blâmant de n'être pas heureuse,
mais il faut que je t'avoue que je ne m'en aperçois
qu'aujourd'hui.

LETTRE XIV

LA MARQUISE DE C.
À LA COMTESSE DE NANGIS

Chère Louise! en commençant cette lettre, j'ai besoin
de me rappeler la droiture et la générosité de ton cœur,
j'hésite, c'est avec effort que j'écris ce que je voudrais
du moins adoucir par l'accent de ma tendresse. Pauvre
sœur! lorsque, après tant de chagrins, tu me confies
enfin quelques sentiments plus doux, faut-il donc que je
vienne flétrir la première consolation, porter le trouble
dans ton âme pure et te dire: reprends tes douleurs.
Est-ce à moi qui suis heureuse, à me montrer ainsi
sévère? Suis-je même un bon juge d'une position comme
la tienne? Moi, tendrement aimée d'un mari que j'aime
de même, moi, dont le cœur est rempli des plus doux
sentiments de la nature, et qui suis forte peut-être de
mon bonheur même? Quoi! chère Louise, ce serait mon

devoir de blâmer ce triste soulagement que ton cœur éprouve ? Je me trouve barbare, cruelle, et pourtant ne serais-je pas coupable si je te cachais la vérité ? Ô ma sœur ! il n'y a de bonheur que dans l'accomplissement de nos devoirs ! et j'ai plus de mérite à te le dire, que si ce devoir était pour moi comme pour toi, difficile et douloureux. Que vas-tu faire, chère Louise, en t'abandonnant au charme que tu trouves dans l'attachement d'Olivier ? Commencer une carrière nouvelle d'orages et de douleurs. Crois-moi, une simple amitié ne porterait pas ainsi à ton âme une impression délicieuse, ce qui guérit le mal, chère Louise, ne peut être que ce bien qui t'a manqué jusqu'ici. Tu cherchais depuis longtemps le complément de ta vie, tu l'as trouvé ; pour un cœur comme le tien, ce seul bonheur peut suffire, mais les hommes, chère sœur, ne connaissent point cette passion de l'âme qui se nourrit de sentiments[1] ; Olivier, qui refusa d'être ton mari, qui sans doute te regrette aujourd'hui, voudra se faire aimer de toi comme il t'aime lui-même ; il voudra t'entraîner, te séduire, je vois tout dans mes craintes hors la possibilité que tu deviennes coupable, mais, Louise, tu seras malheureuse, et tu n'auras pas dans ce nouveau malheur le dédommagement que donne la paix de la conscience ; tu ne pourras pas te dire : je ne l'ai pas mérité.

Olivier, auquel je ne conteste aucune des perfections que tu lui trouves, est par cela même pour toi le plus dangereux des hommes ; tu as souffert toute ta vie de n'être point comprise et cela devait être, car une des qualités que le monde reconnaît le plus difficilement est la parfaite simplicité de l'âme, il cherche toujours un but caché dans les actions de la vie, il veut trouver un intérêt à ce qui lui semble un effort, il cherche le mot de l'énigme et méconnaît ce qu'il ne saurait comprendre, telle a été ta destinée ; ton cœur, chère Louise, pur comme l'or qui sort du creuset et sans alliage comme lui, ressemble à ces beaux phénomènes de la nature dont on refuse d'admettre la possibilité, il faut qu'on soit forcé de les reconnaître et l'on ne se rend qu'à l'évidence. Ce cœur cependant est connu d'Olivier, il l'a vu se former, il en a suivi les progrès depuis l'enfance; non seulement il te comprend, mais il te devine; avec lui seul peut-être, tu peux ouvrir ton âme comme tu le fais avec moi; et qui sait mieux que moi à quel point ce qu'il y trouvera doit augmenter sa passion! Toi-même, Louise, tu aimes Olivier, tu l'as toujours aimé; dans notre enfance, il était plus ton frère que je n'étais ta sœur, te rappelles-tu cette fièvre terrible qu'il eut à l'âge de dix-sept ans? Oublies-tu que tu fus plus malade que lui? Pâle, anéantie, tu attendais la vie ou la mort, de sa vie ou de sa mort[1]. Ton mariage avec lui était si convenable qu'on n'en doutait pas; il n'était presque pas un secret, tu fus élevée dans cette pensée, Olivier alors ne paraissait vivre que pour toi, bizarrerie inexplicable! Mais enfin, chère sœur, tu appartiens à un autre; M. de Nangis est digne de toute ton estime, tu l'admires, tu l'aimes, si sa tendresse eut répondu à la tienne, je suis assurée que ces premières impressions de ta jeunesse se fussent détruites; si tu ne l'avais pas aimé, aurais-tu été si malheureuse de son indifférence? Son bonheur est ton devoir, il faut le faire, Louise, le faire à tout prix, et crois-moi, le tien en dépend plus peut-être qu'il ne paraît en dépendre. M. de Nangis, si sensible à l'honneur, ne pourrait être heureux si ta réputation était flétrie; elle le sera promptement si tu souffres les soins et les assiduités d'Olivier, on sait trop tes chagrins, il ne faut point, hélas! qu'on t'en voie consolée. M. de Nangis ne veut recevoir de toi qu'un bonheur négatif, essaie de le satisfaire, et ta conscience te paiera tous tes sacrifices avec usure, crois-moi, le cœur se nourrit de vertus autant que de bonheur, et les fruits en sont bien plus doux; ma Louise, ma sœur, tu me trouveras sévère; mais que puis-je dire? Oui, chère sœur, il faut éloigner de toi Olivier, et la paix de ton avenir dépend du parti que tu vas prendre; que ne puis-je t'adoucir l'amertume de ce sacrifice, pourquoi du moins ne suis-je pas avec toi pour te fortifier, pour animer ton courage, je ne crains pas que tu recules devant la peine que tu te feras à toi-même, mais tu reculeras devant celle d'Olivier, et s'il te la montre, tout est perdu ; pardon ! chère Louise, mais je n'ai pas besoin de te dire que ton bonheur m'est plus cher que le mien, et dans ce bonheur je comprends tous les sentiments qui sont dignes de toi et de celle qui t'a transmis son cœur avec la vie. Louise ! c'est à elle que j'ai pensé en écrivant cette lettre et c'est en son nom que je te parle[1], écoute-la du fond du tombeau, chère sœur, elle te parlera encore et te guidera mieux que je ne pourrais le faire, peut-être cette voix de la conscience, cette voix sévère mais salutaire, est celle de ces guides chéris que nous avons perdus trop tôt, elle se fait entendre au fond de nos âmes, et nous enseigne la route qui conduit à eux, imitons leurs vertus pour les rejoindre. Mais j'ai tort. Je t'offense en craignant de ne pas te persuader, je n'en appelle qu'à toi seule, Louise, et je suis en repos pour l'avenir.

LETTRE XV

LA COMTESSE DE NANGIS
À LA MARQUISE DE C.

Je t'obéirai, chère Adèle, je t'obéirai ; hélas ! fais-moi seulement grâce de quelques jours ; n'en appelle pas à ma conscience, non, je ne vois pas ce danger qui t'épouvante, je ne sais quel instinct me rassure ; sans doute il est trompeur puisque tu crois mon devoir compromis. J'obéirai donc, je croirai obéir à ma mère que tu invoques et dont le souvenir ne sera pas appelé en vain. Mais, mon Adèle, accorde-moi du temps ; laisse-moi préparer Olivier à cette séparation, que du moins il ne croie pas qu'en refusant ses soins, je veuille accueillir ceux d'un autre ; hier, j'étais décidée à chercher un prétexte pour retourner à Paris et, si je n'en trouvais pas, à avouer franchement tes craintes à Olivier. Adèle, il m'aime assez pour que je puisse ainsi en appeler à sa délicatesse. Il m'aurait entendue, il serait parti. Hélas! j'aimerais à lui devoir de la reconnaissance, je m'étais donc résignée avec douleur, je l'avoue, mais hier après dîner il nous est arrivé une visite à laquelle j'étais loin de m'attendre, c'est M. de Rieux; il est venu à la Ferté chez sa tante la vieille duchesse de R., et il compte y passer quinze jours. Comme cette tante est fort ennuyeuse, il est clair que M. de Rieux sera sans cesse ici, et que c'est peut-être pour cela qu'il est venu dans le voisinage; si je renvoie Olivier en ce moment, que pensera-t-il, chère sœur? Déjà l'arrivée de M. de Rieux l'a fort troublé, tu sais comme sa physionomie est mobile! Je voyais ses yeux suivre tous mes mouvements, et je n'osais presque avoir pour M. de Rieux la politesse la plus commune. Olivier se reprocha bientôt un mouvement si injuste, il sortit et revint au bout d'un quart d'heure avec un air triste mais tranquille, il causa, il fut aimable, mais sans cesser d'être amer ou piquant avec M. de Rieux; la contrainte, on ne sait pourquoi, tourne l'esprit à l'amertume, cependant, combien même avec ce désavantage, Olivier se montrait supérieur à M. de Rieux. Quelque chose de vif et d'individuel se fait sentir dans ce qu'il dit; c'est comme un terrain fertile qui produit sans peine tout ce qu'on lui demande, on ne reconnaît jamais le bien des autres dans sa conversation; tout lui appartient ou par le fond ou par la forme qu'il sait lui donner; ce que dit M. de Rieux est sans doute agréablement tourné, il y a de la correction, de l'élégance, de la grâce même dans ses pensées, mais la touche y manque, c'est comme une belle copie, elle peut plaire tant qu'on n'a pas vu le tableau original.

Me voici donc pour quinze jours en butte aux soins de M. de Rieux, et ce qui t'étonnera, c'est que M. de Nangis n'a jamais été de meilleure humeur; cela trompe tes calculs, n'est-ce pas? Oui, Adèle, il a l'air charmé que je

paraisse contente, que lui importe mon cœur! Pense-t-il
à ce qui l'occupe? Il a l'air soulagé que je ne demande
plus rien au sien, il me sait gré de ce qui devrait
l'offenser s'il avait seulement pour moi une ombre d'affection; tu vois qu'il n'est même pas jaloux de moi
d'amour-propre? Explique-moi à moi-même? Chère
sœur, je suis blessée de cette indifférence, oui, elle m'afflige. Ah! s'il m'aimait, que mon cœur reviendrait aisément à lui, cela ne doit-il pas te rassurer? Aurais-je
ce mouvement si mes sentiments étaient coupables?
Cependant, chère Adèle, je suivrai tes conseils, je sou-
mettrai ma raison à la tienne, je reprendrai ma vieille
habitude de souffrir[1], n'est-ce pas pour souffrir que je
suis née?

Il y a demain une grande chasse, on doit essayer des
chevaux que M. de Nangis a fait venir d'Angleterre,
je serai seule toute la matinée, je relirai ta lettre, je
recueillerai mes forces; mais sois tranquille, Adèle,
j'obéirai, je suis sûre d'obéir. Le malheur n'est-il pas
toujours sûr de m'atteindre?

LETTRE XVI

LE COMTE DE SANCERRE
À LA MARQUISE DE C.

Adèle! je suis chargé de vous apprendre le plus
affreux événement, cependant ne craignez rien pour
Louise, mais, ma chère cousine, il est trop probable
que, lorsque cette lettre vous parviendra, le comte de
Nangis n'existera plus. Il a fait ce matin une chute de
cheval qui ne laisse aucune espérance pour sa vie.
Comment vous peindre l'état de Louise et le désespoir
qui règne dans cette maison! Une fatalité semblait poursuivre M. de Nangis, vous connaissez sa passion pour
les chevaux, il avait fait venir d'Angleterre un cheval de
race superbe[2] mais à peine dompté, il voulut monter ce

cheval à la chasse, nous tâchâmes inutilement de l'en dissuader, il s'amusa quelque temps à nous faire voir dans la cour son adresse à manier ce fougueux animal, enfin il s'en rendit maître, et nous partîmes. Louise devait seulement venir au rendez-vous, la chasse se prolongea, nous mena assez loin, nous revenions, lorsque le malheur voulut que M. de Nangis rencontrât au bout d'une allée une barrière assez haute, il essaie de la franchir, le cheval s'épouvante, saute mal et tombe avec M. de Nangis dont la tête frappe rudement une vieille souche qui se trouvait là. L'accident fut affreux, M. de Nangis, grièvement blessé à la tempe, perdait beaucoup de sang, nous courûmes tous à lui et nous le trouvâmes sans connaissance. Pendant que nous nous agitions pour le secourir, j'aperçus au bout de l'allée la calèche de Louise qui venait tranquillement vers nous! Quel spectacle, ma chère cousine! Une sorte de terreur s'empara de nous; nous restions immobiles en la voyant s'approcher pleine de sécurité de cette scène de désolation. Quand elle fut à vingt pas, la pensée de l'effroi qu'elle allait éprouver me frappa tout à coup, je me précipitai au-devant d'elle et j'arrêtai ses chevaux. En voyant mon visage, elle devina un malheur. J'essayai de la préparer, tout fut inutile, elle se jeta hors de la voiture et courut au pauvre blessé. Jamais je n'aurais cru Louise capable de ce courage et de cette présence d'esprit, mais la force d'âme est un trésor qui sert à tout. Louise fit repartir la voiture pour chercher un brancard et un chirurgien, elle pansa elle-même cette blessure terrible, elle trouva un moyen auquel nous n'avions pas pensé, et en comprimant la plaie, elle parvint à arrêter le sang. Pâle, froide comme le marbre, il semblait que toute sa vie se fût concentrée dans un seul point, son activité, son énergie, son intelligence, tout était dirigé vers l'espoir de sauver M. de Nangis, elle était morte à tout le reste. On attendit près d'une heure le retour de la voiture; Louise soutenant M. de Nangis dans ses bras, les yeux fixés sur l'avenue, gardait un profond silence,

enfin le chirurgien arriva, et le mouvement du brancard, en causant de vives douleurs à M. de Nangis, lui
rendit un peu de connaissance, il reconnut sa femme
qui marchait près du brancard et sembla la remercier
de ses soins et lui adresser quelques expressions de tendresse, mais il ne pouvait articuler que très imparfaitement. On arriva au château, le danger s'était encore
accru pendant la route; depuis deux heures le mal est
tellement augmenté que le chirurgien ne conserve
aucune espérance, M. de Nangis a demandé le curé qui
est en ce moment auprès de lui. Louise ne quitte pas
cette chambre de douleurs, on voit que son courage
seul soutient ses forces, hélas! elle en aura besoin, on a
cherché à lui donner de l'espérance, mais il n'y en a
aucune, le crâne est fracassé; on m'appelle, ah! ma
cousine, tout est fini!

À minuit.

En entrant dans la chambre de M. de Nangis, je trouvai Louise évanouie, je l'emportai chez elle où l'on fut
longtemps sans pouvoir la rappeler à la vie, il semblait
qu'elle l'eût perdue avec l'espérance, enfin elle ouvrit
les yeux et nous regarda d'un air étonné, mais bientôt
le souvenir de son malheur se présentait à elle, elle
tomba une seconde fois dans l'état d'où elle ne faisait
que de sortir. Ce second évanouissement fut très long,
elle n'a repris sa connaissance qu'il y a environ une
heure. Adèle, le premier usage qu'elle en a fait a été de
m'éloigner d'elle! Il semblait qu'elle reçût mes soins avec
horreur; laissez-moi, laissez-moi, m'a-t-elle dit plusieurs fois, elle détournait la tête pour ne pas me voir,
elle repoussait ce qui venait de ma main. Grand Dieu!
cette douleur me manquait! mais qu'importe! c'est la
sienne qui m'occupe. Hélas! si je croyais lui faire du
bien, je la fuirais, mais je ne dois pas la quitter encore,
M. de Rieux lui-même reste jusqu'à l'arrivée de la marquise de Nangis à laquelle j'ai envoyé un courrier. Je
suis le plus proche parent de Louise, il ne m'est pas per-

mis de l'abandonner dans un tel malheur ; je ne la verrai pas ; elle le veut. En effet, dans les grandes douleurs,
ceux qu'on n'aime pas importunent, elle est baignée de
larmes, dit-on, elle prie sans cesse, pourquoi ne puis-je
prendre la place de celui pour lequel Louise adresse au
ciel ces touchantes prières ! Il méritait de vivre puisqu'il
était si aimé. J'avais cru longtemps que Louise éprouvait pour son mari une violente passion, je ne le croyais
plus, je me trompais.

Six heures du matin.

On me dit qu'elle est mieux, qu'elle est plus tranquille. Ah ! ma cousine, qu'il est dur d'apprendre par
des indifférents des nouvelles de la douleur d'un être
pour qui on donnerait sa vie ! Mais peut-être Louise a-
t-elle raison, il faut s'isoler dans le monde puisque avec
ses affections, on multiplie ses douleurs. Adieu Adèle, je
partirai d'ici incessamment.

LETTRE XVII

LA COMTESSE DE NANGIS
À LA MARQUISE DE C.

Chère Adèle, je croyais connaître le malheur, combien je me trompais ! Tout est supportable dans la vie
hors de voir dans le passé des regrets que rien ne peut
adoucir et des torts que rien ne peut réparer. Il ne s'est
écoulé que huit jours depuis ma dernière lettre, et il me
semble que ma vie entière a passé sur cet intervalle, j'ai
perdu M. de Nangis, mes yeux se sont ouverts et je me
suis jugée moi-même, mes injustices m'indignent, mon
ingratitude me fait horreur ; que demandais-je donc pour
être heureuse ? Ne me donnait-il pas l'affection d'un
honnête homme ? J'étais piquée qu'il ne fût pas jaloux
de moi ! Quelle petitesse ! Quelle misérable vanité ! Il me
prouvait son estime, et je l'accusais ! Nos goûts étaient

différents, mais c'était à moi d'adopter les siens et je ne
l'ai pas fait, il aimait l'indépendance mais il me laissait
la mienne, c'est hélas! ce que je lui reprochais le plus!
Ah! si je pouvais le faire revivre, il me semble que je
comprends à présent comment je pourrais le rendre
heureux, et ce sentiment produit dans mon âme un surcroît d'amertume et de douleur qui met le comble à
mon désespoir, il fallait donc le perdre pour l'apprécier!
Ses sentiments étaient si élevés, son caractère était si
noble. Te souviens-tu, chère Adèle, comment dans
toutes les grandes occasions, nous nous comprenions
sans nous parler[1]? On pouvait tout attendre et tout
demander de la générosité de son cœur, et s'il eut fallu
chaque jour faire un appel aux grandes qualités de son
caractère, nous eussions toujours été d'accord, ce n'est
que dans les choses communes que nous différions,
c'est le courant de la vie que nous ne comprenions pas
de même, et pourquoi, au lieu de lutter comme je l'ai
fait, ne me suis-je pas soumise à sa manière de voir? La
nature a donné aux femmes la flexibilité de caractère
pour qu'elles pussent se plier aux goûts du compagnon
de leur vie; j'ai voulu donner les miens à M. de Nangis,
et quand je me plaignais de lui, c'est lui qui aurait eu
lieu de se plaindre de moi, il ne l'a jamais fait, tout ce
qu'il a eu de bons procédés pour moi se représente
aujourd'hui devant mes yeux pour ajouter à ma douleur; combien je suis coupable! Quoi! chère Adèle, j'ai
pu croire qu'il m'était permis d'avoir pour un autre des
sentiments que je n'avais pas pour M. de Nangis! Ah! je
donnerais ma vie pour reprendre au passé tous ces
mouvements de mon cœur qui n'étaient pas pour lui, ils
me paraissent aujourd'hui une infidélité coupable, tout
mon cœur ne lui appartenait-il pas? Qu'importe qu'il
voulût ou non en jouir? Chère Adèle, ses dernières
paroles étaient si tendres! Ce souvenir ne s'effacera
jamais. Je ne puis m'accoutumer à l'idée que j'ai perdu
M. de Nangis, que je ne le reverrai plus, que je ne puis
plus le rendre heureux, je regrette tout; j'ai souffert

sans doute, mais je souffrais parce que je l'aimais, que ne puis-je à ce prix le faire revivre, quel malheur affreux de perdre celui auquel on a été si intimement unie ! Je me figurais qu'il repoussait ma tendresse, mais pourtant, que de fois il m'a serrée dans ses bras ! J'étais sa femme, son amie, je trouvais qu'il manquait de confiance en moi et cependant il ne me cachait rien d'important, nous avions tant d'intérêts communs, combien il reste encore de moyens de bonheur dans le mariage, même lorsque l'amour manque. Je ne vois cela qu'aujourd'hui, et je sens redoubler ma douleur et mes remords, je veux relire ta dernière lettre, chère sœur, ces conseils admirables contre lesquels j'avais la faiblesse de lutter, je veux la relire pour me trouver aussi coupable que je le suis en effet, mes regrets seront une expiation, ils sont à présent le seul adoucissement à ma douleur, je suis si malheureuse qu'il me semble que si M. de Nangis voit mon cœur, il me pardonne.

Je vais retourner à Paris avec ma belle-mère, je logerai chez elle pendant mon deuil, je ne sais ce que je deviendrai ensuite, qu'importe ! Tout est fini pour moi et je ne veux plus d'avenir. Adieu Adèle. Olivier est parti. Ma sœur ! ne m'en parle plus.

FIN DE LA PREMIÈRE PARTIE

SECONDE PARTIE

Depuis trois mois, mon cher cousin, je n'ai reçu de vous que deux lettres courtes, tristes, et où le chagrin semble percer à chaque ligne. Laissez-moi m'autoriser des droits de ma vieille amitié, pour vous dire une fois combien cette disposition m'afflige; si je vous voyais quelques sujets de peine, je vous plaindrais, je ne vous questionnerais pas, mais votre vie est remplie de tout ce qu'on est convenu d'appeler le bonheur; je sais qu'on peut le posséder sans en jouir, mais alors, on voit un obstacle, et cet obstacle, mon cher Olivier, j'ai beau le chercher en vous et hors de vous, je ne saurais le trouver. Confiez à mon tendre intérêt la cause de cette mélancolie qui vous accable; on ne soulage pas le cœur avec des raisonnements mais lorsqu'il est délivré du poids de son secret, il éprouve un repos qui prépare la guérison. Le chagrin exerce une sorte d'empire sur lui-même, il use et détruit le cœur qui le renferme. Il ressemble à ces liqueurs fermentées qui brisent tous les vases où l'on essaie de les contenir. Depuis longtemps je remarque en vous cette disposition à cacher ce qui vous blesse, elle vous a fait beaucoup de mal, je crains qu'elle ne vous en prépare encore. Eh quoi! à vingt-huit ans, possédant tout ce que le monde envie, aimé, recherché, estimé, libre, et ne voyant dans l'avenir qu'un vaste champ d'espérances heureuses, un chagrin secret vous dévore, et loin de le combattre vous semblez vous plaire à le nourrir.

Ne m'accusez pas, Olivier, de ce tort trop commun de citer au tribunal de l'indifférence la cause du sentiment et d'accuser les victimes au lieu de les plaindre; disputer à nos amis leur douleur m'a toujours paru un mouvement aussi injuste qu'il est cruel; le secret de la douleur est dans la manière dont elle affecte l'âme; dites-moi: je suis malheureux, et laissez mon amitié travailler à adoucir vos maux. Croyez-moi, je ne suis pas sans puissance; si vous lisiez dans mon cœur, vous me pardonneriez de vouloir porter de la consolation dans le vôtre. Peut-on voir sans regret votre destinée ainsi empoisonnée, vous, Olivier, dont le caractère et les goûts semblent faits exprès pour donner le bonheur et pour le goûter? Quelle fatalité a donc voulu que vous l'ayez toujours fui quand vous avez pu l'atteindre? Ce mystère ne peut-il se révéler? Dans quel cœur déposerez-vous vos peines si le mien vous intimide, croyez-vous avoir beaucoup à m'apprendre? Mais si je sais quelque chose de vos sentiments secrets, vous seul, je l'avoue, pouvez m'en donner la clé, ils sont inexplicables à mes yeux et c'est un effort pour mon amitié que de vous absoudre sans vous entendre[1]. Vous m'entendriez peut-être plus que je ne le veux si je m'expliquais davantage. Écrivez-moi; parlez-moi de vos projets pour l'hiver; ne quittez-vous pas bientôt Lunéville? n'allez-vous pas à Paris?

Louise est mieux portante, elle commence à sortir de l'abattement affreux où l'avait plongée la mort de M. de Nangis, elle reste chez sa belle-mère dont la santé exige tous ses soins; elle avait désiré se réunir à moi, mais l'état de la marquise de Nangis ne permet pas à Louise de s'éloigner, et je le regrette moins, puisqu'il serait possible que, d'ici à peu de mois, j'allasse moi-même

retrouver ma sœur. Cher Olivier! ne serons-nous donc
pas un jour tous réunis à Rouville?

LETTRE II

LE COMTE DE SANCERRE
À LA MARQUISE DE C.

Il y a des destinées, ma chère cousine, qui sont frap-
pées de malheur, rien ne peut les changer, elles défient
les secours de l'amitié et les conseils de la raison; privées de la douceur de confier leurs peines, elles voient
le blâme s'attacher à elles quand elles ont lassé la pitié;
telle est, Adèle, ma triste vie, croyez que si ma douleur
eut admis des consolations, je n'aurais pas attendu pour
réclamer votre intérêt que vous me l'eussiez offert, je
dois souffrir seul; il m'est défendu de puiser dans un
autre cœur la force et l'appui qui me manquent, il faut
que je tire tout mon secours de moi-même et que, dans
mon malheur, je n'aie d'autre ami et d'autre témoin
que moi, une telle situation est si peu d'accord avec la
nature de l'homme, qu'elle est une douleur à elle seule;
vous savez mieux qu'une autre si mon cœur est fait
pour s'isoler ainsi; trop susceptible de sentiments passionnés, je vis dans la lutte perpétuelle de mes affections contre mon sort; le bonheur que je dois fuir ne
cesse d'obséder toutes mes pensées, et mon imagination en multiplie les charmes pour augmenter mon supplice. Il semble que les seuls sentiments dont mon cœur
soit capable sont ceux que l'honneur m'interdit et que
ma vie entière doive se consumer en regrets, en désirs
et en privations. Un profond dégoût s'attache pour moi
à tout ce que je possède et j'envie tout ce que je n'ai pas,
je regarde le laboureur qui cultive en paix ses champs,
je voudrais prendre sa place et lui donner cette part de
gloire et de fortune qui m'est échue et qui ne peut rien
pour mon bonheur, et croyez-moi, Adèle, je gagnerais à

cet échange[1]. Le vide, l'ennui[2] qui me dévorent se mêlent à mes moindres actions, comme pour les empoisonner toutes, les seuls moments où je respire sont ceux où je puis faire un peu de bien, parce que alors je perds dans l'intérêt des autres le sentiment douloureux de moi-même et que je m'oublie en les servant[3]. Cet état, je vous l'avoue, a beaucoup diminué pour moi le prix de la vie, je conserve la mienne plus par honneur que par goût ; mais quelquefois le sacrifice me semble plus grand que le prix que j'en retire, et la satisfaction intérieure de la conscience ne vaut pas la délivrance que la mort me donnerait.

Vous avez voulu voir mon cœur, je vous en ai montré tout ce que je pouvais vous en montrer, vous détournerez les yeux de ce triste tableau, et cependant, Adèle, le monde est rempli de ces secrètes douleurs et, si vous obteniez de la plupart des hommes la même franchise que vous avez obtenue de moi, ils vous feraient peut-être les mêmes révélations. Vous m'avez promis de m'épargner les raisonnements, ils ne peuvent rien à ces maux profonds de l'âme, à ces chagrins vieillis et enracinés dans le cœur. Cet abîme, Adèle, ne peut se sonder et le mal est trop loin pour qu'on puisse même essayer de l'atteindre.

Mais, me direz-vous, tout cela ne paraît point dans le monde ; vous avez de la gaieté dans l'esprit, vous prenez part à la conversation, vous avez l'air de vous intéresser aux choses courantes de la vie, et ce que vous venez de peindre est le désespoir. Ma cousine, il en est des maladies de l'âme comme de celles du corps, celles qui tuent le plus sûrement sont celles qu'on porte avec soi dans le monde, il y a des désespoirs chroniques (si on osait le dire) qui ressemblent aux maux qu'on appelle ainsi, ils rongent, ils dévorent, ils détruisent mais ils n'alitent pas[4]. Adèle ! je suis bien malheureux, plaignez-moi, ne me questionnez plus. Vous en savez peut-être déjà trop sur mon sort, oubliez ce que je vous en ai dit, et ne m'en parlez jamais. Ce n'est pas aux douleurs sans

remède qu'il faut offrir des consolations, on les augmente en les confiant, il semble qu'elles se fortifient par
le récit qu'on en fait et qu'on se persuade à soi-même
les tristes vérités qu'on démontre.

Vous me demandez quels sont mes projets, ils sont
vagues comme ma destinée ; dans quelque lieu que
j'aille, personne ne m'attend, qu'importe donc celui que
je choisirai ! Je n'ose retourner à Rouville, j'y trouve
trop de souvenirs. Si j'allais à Paris, Louise sans doute
ne me recevrait pas. Depuis six mois, Adèle, je n'en ai
aucune nouvelle ! Peut-être ferai-je un voyage en Angleterre, peut-être irai-je en Italie, qu'importe [1] ! Adieu, ma
chère cousine, conservez-moi vos bontés.

LETTRE III

LA MARQUISE DE C.
AU COMTE DE SANCERRE

Olivier, Olivier ! je ne veux pas vous croire ; j'aime
mieux vous deviner et voir dans un tableau déchirant
les tableaux créés par une susceptibilité excessive ; voilà
le fruit de cette délicatesse, de cette sensibilité qui depuis
si longtemps tourmentent votre vie. Vous avez comme
bien d'autres le défaut de vos qualités, vous souvenez-
vous de notre enfance, de notre jeunesse, de vos chagrins, de vos mécontentements secrets [2] ? Alors, comme
aujourd'hui, votre cœur se fermait aux consolations,
mais Louise savait y pénétrer, elle seule avait le don de
lire dans votre âme et d'apaiser tous ces orages ; a-t-elle
donc perdu cet empire ? Louise vous oublie, dites-vous ?
Je vous envoie une lettre que je viens de recevoir d'elle,
vous y verrez que loin de vous oublier elle s'étonne de
votre abandon. On est enfant plus longtemps qu'on ne
pense, Olivier, ne le serions-nous pas encore ? Croyez-
vous qu'il y ait plus de raison dans vos chagrins d'aujourd'hui que dans vos malheurs d'autrefois ? Vous

vous plaignez de Louise et vous êtes injuste ; elle a senti profondément la perte de son mari, cette âme pure cherchait à multiplier ses regrets et, dans l'excès de sa délicatesse, voulait presque se trouver des torts pour augmenter sa douleur, vous vous êtes blessé qu'elle ait refusé vos soins dans ce premier moment, mais depuis, avez-vous cherché à obtenir de Louise l'explication de sa conduite à cette époque ? Des amis s'éloignent-ils ainsi sans essayer de s'entendre, est-ce moi qui jouerai aujourd'hui le rôle de Louise, faudra-t-il que je vous explique à vous-même ? Mais Olivier, je n'aurai pas le talent de pénétrer dans ces replis du cœur où la susceptibilité se retire ; on me reproche d'être positive, il est vrai que je n'ai jamais eu besoin de compliquer mes sentiments parce que ma position a toujours été simple, il en résulte que j'ai toute la raison que donne le bonheur ; mais ce bonheur est troublé, mon cher cousin, il l'est en ce moment par la position de Louise. Que deviendra-t-elle, isolée dans un monde qui l'admire sans la comprendre ? Louise a besoin d'appui et souffrira d'en être privée. Sa belle-mère n'est pour elle qu'un devoir, je suis loin et vous lui manquez quand votre amitié lui serait le plus nécessaire. La société, quand elle y rentrera, ne pourra rien pour son bonheur, Louise n'est pas une personne qu'on puisse distraire ; elle a besoin d'être occupée et non pas dissipée[1], tout lui manquera, même son malheur qui a tenu tant de place dans sa vie, car je ne veux pas vous le cacher, mon cher cousin, Louise n'a point été heureuse avec M. de Nangis, elle a souffert de cette souffrance de tous les jours qui finit par être plus difficile à supporter que ces malheurs affreux, mais subits, après lesquels du moins on se relève. Je suis trop loin de Louise pour pouvoir lui être utile, on ne peut demander conseil de cinq cents lieues, et Louise, avec un esprit supérieur, une sagacité et une finesse de jugement bien rares, a plus besoin d'appui qu'une personne commune, il faut à ma sœur l'autorité d'un ami pour qu'elle puisse croire à elle-même, tant sa douce humilité et sa modestie sont sincères; Louise, direz-vous, peut former des liaisons nouvelles; non, ces cœurs qui donnent tout dans la jeunesse conservent leurs amis et n'en font pas, ils en sont d'autant plus à plaindre quand les anciens les abandonnent. Adieu Olivier, je voudrais avoir répondu à votre lettre, c'est l'avenir qui me l'apprendra.

LETTRE IV

LA COMTESSE DE NANGIS
À LA MARQUISE DE C.
(renfermée dans la précédente)

Ne t'inquiète pas de ma santé, chère Adèle, je me porterai toujours assez bien. La consultation n'a rien eu d'alarmant, les médecins me conseillent le lait d'ânesse[1] et d'aller respirer l'air de la campagne de bonne heure. Ce printemps, je suivrai sans peine ce conseil, je reverrai Flavy, ce lieu si rempli de douloureux souvenirs, mais je ne les crains pas puisque ce qu'ils me retracent est toujours présent à mon cœur, je vis comme les vieillards dans le passé, avec mes regrets, presque avec mes remords, mais tu ne me permets pas cette expression, peut-être en effet est-elle exagérée, mais il n'en est pas moins vrai que le sentiment de n'avoir pas fait tout ce qu'on pouvait faire est presque aussi pénible pour une âme délicate que d'avoir fait ce qu'on n'aurait pas dû faire.

Mon grand deuil[2] est fini depuis quelques jours, et je commence à me trouver le soir chez ma belle-mère à l'heure où elle reçoit des visites; elle n'a pas encore rouvert sa porte, mais tu sais qu'elle aime le monde et elle a plus étendu sa liste que je ne l'aurais voulu; hier, pendant que j'étais chez elle, on a annoncé M. de Rieux; je ne l'avais pas rencontré depuis Flavy; sa vue m'a reportée à ce moment affreux; lui-même m'a paru

ému de ce souvenir, **il a** peu parlé, m'a seulement
demandé de mes nouvelles d'un air fort touché, et sans
se mêler à la conversation, il est resté debout près de la
cheminée une partie de la soirée, ce n'était plus M. de
Rieux dont l'arrivée était toujours un événement dans
une chambre, je ne sais quelle métamorphose s'est opé-
rée en lui, à peine a-t-il prononcé quelques paroles, et le
peu qu'il a dit n'était pas ce qu'il aurait dit autrefois ; il
ne ressemble plus en rien à ce qu'il était, ses manières,
son geste, son regard, l'expression de ses traits, tout est
changé ; à quoi peut tenir une telle altération ? On dirait
que les manières ont leur physionomie comme les traits
du visage, elles indiquent ce qui se passe au-dedans de
nous ; il faut que M. de Rieux ait été atteint par quelque
circonstance qui a mis tout à coup dans sa vie le sérieux
qui lui manquait, je trouve qu'il a gagné à cet échange,
il n'a plus aucune affectation, rien ne ramène à la simplicité comme le malheur ; du reste, cette soirée me fut
pénible, je rentrais avec peine dans ce mouvement du
monde qui occupe des autres sans intérêt et fait sortir
de soi sans profit. C'est une source de peines, chère
sœur, que d'avoir été élevées comme nous dans un intérieur, où chacun était lié à l'autre par des sentiments,
où toutes les conversations étaient des épanchements
du cœur, où tous les rapports étaient l'échange des plus
douces émotions de l'âme ; confiance, abandon, dévouement, impressions reçues en commun, et rendues plus
vives par le récit qu'on aimait à s'en faire, détails sans
réserve, sans secret, dans le simple abandon du cœur.
Toi, moi, Olivier, nos deux mères, tout paraît hostile
après cette douce société de bienveillance et d'amour[1].
Jours paisibles de mon enfance ! je vivrai là désormais,
rien dans l'avenir ne peut valoir mon premier, mon seul
bonheur.

Vois, chère Adèle, quelle a été ma destinée ! Je n'ai
trouvé que des peines dans le mariage, et maintenant la
crainte d'en avoir mal rempli les devoirs me tourmente
et me poursuit. Le monde me sera toujours étranger, je

le sens, il est autour de moi, mais il n'est pas en moi et je ne lui donnerai jamais de gage, cela encore tient à notre éducation, je l'ai vu trop tard ce monde, il ne peut jamais me plaire, il est comme ces mets qui dégoûtent d'abord, et qu'on finit par aimer beaucoup, mais il faut pour cela s'y être habitué quand on était jeune. C'est le bonheur intérieur qui serait fait pour moi, mais je n'ai pu l'obtenir et je n'ai recueilli de mes efforts que douleur et désespoir. L'idée de me remarier me fait horreur, personne au monde par des raisons diverses ne pourrait me convenir, et je suis décidée à repousser toute ma vie toute espèce de proposition de ce genre. Nous nous rejoindrons peut-être, chère Adèle, toi seule à présent peux me rendre mes premières affections, toi seule me restes, Olivier m'oublie! Le passé n'est donc plus rien pour lui. Son amitié devait-elle finir ainsi! Tu ne m'en parles jamais, a-t-il donc aussi cessé de t'écrire?

LETTRE V

LE COMTE DE SANCERRE
À LA MARQUISE DE C.

Je vais partir. Je ne sais si j'obéis à ma faiblesse ou si je cède à votre persuasion, qu'importe! Je vais chercher des chagrins, je vais peut-être en donner; tel est mon caractère, je vois mes fautes et ne puis m'empêcher de les commettre, une lutte constante m'est impossible. La force me manque, tout vaut mieux que certains efforts, combien j'envie l'énergie qui décide et qui soutient[1], mon esprit juge l'entraînement de mon cœur et déplore ce qui lui manque; mon caractère, formé de traits à peine esquissés, comprend tout et ne maîtrise rien, et l'empire qu'exercent sur moi les passions est d'autant plus grand que je tombe dans le précipice les yeux ouverts et qu'elles règnent sur mon découragement et sur ma faiblesse; plus misérable que le roseau, je plie et ne me relève pas. Ce qui me manque, Adèle, c'est le sentiment du Devoir, le Devoir peut remplacer le caractère, mais rien ne m'a enseigné cette dure leçon[1], mon enfance s'est passée comme un jour paisible, le Devoir naît de la contrainte, rarement j'ai eu à lui faire appel, une seule fois dans ma vie, j'ai obéi, qu'il m'en a coûté! Je devrais, Adèle, suivre encore cette voix sévère, je ne le puis, d'ailleurs vous me conseillez de rejoindre Louise, vous voulez que je parte, vous me faites entendre que je dois partir. Ah! que cela était inutile! Je vous l'avoue, Adèle, je ne supporte pas la pensée de Louise malade loin de moi, de Louise m'accusant d'oubli! Eh bien! ne suis-je pas son frère, son ami, son premier ami? Qui peut mieux que moi la soigner, l'aimer, partager ses peines, en porter seul le fardeau? Adèle! que je suis malheureux! Ne parlez à personne de ce trouble que je vous laisse voir, d'autres peut-être seraient heureux à ma place, je ne le puis. C'est sur l'extérieur de ma vie qu'on me juge, vous, Adèle, ne me jugez pas, la vérité, surtout la vérité de sentiment est relative; plaignez-moi comme un malade qui vous confierait des maux que vous ne pourriez guérir; je ne demanderais à personne cette pitié passive, il faut un cœur généreux pour l'éprouver, elle est bien rare et cependant elle seule console.

Adieu Adèle, je perdrais votre estime en me montrant comme je suis, mais je ne veux pas la conserver en vous trompant. Croyez-moi: les grandes peines secrètes usent les ressorts de l'âme, on vaut moins de tout ce qu'on a souffert[2].

LETTRE VI
LA COMTESSE DE NANGIS
À LA MARQUISE DE C.

J'ai appris par hasard, chère sœur, qu'Olivier était à Paris depuis deux jours; il n'a pas approché d'ici; voilà

donc comment finissent les plus chères affections! Je
suis bien jeune et déjà il faut que je perde mes illusions!
Sur quoi compter en ce monde si une amitié commencée avec la vie disparaît sans laisser de trace, disparaît
tout à coup, et sans retour!

Olivier me croit des torts, il a donc cessé de m'entendre, ah! si j'avais accepté ses consolations, serais-je
digne aujourd'hui de sa tendresse? Quoi! j'aurais pro-
fité de la mort de M. de Nangis pour me livrer sans
contrainte au plus cher sentiment de mon cœur? à un
sentiment coupable quand il vivait et que la délicatesse
m'interdirait peut-être encore aujourd'hui. Cette mort,
que j'aurais voulu racheter au prix de mon sang, eut
donc paru me délivrer d'une entrave! Le monde ne
l'aurait pas su? Qu'importe! je le savais moi et c'était
assez. Olivier ne m'a pas devinée, c'est comme si je
disais: il a cessé de m'aimer; Adèle! on devine toujours
ce qu'on aime. Combien j'ai été trompée! Toi-même,
chère sœur, tu ne doutais pas de l'attachement d'Olivier; tu vois que tes alarmes étaient peu fondées, mon
instinct me guidait mieux que ta raison, et cependant, il
y a des regards et des accents qui ne trompent pas,
pourquoi ne puis-je me les rappeler sans être coupable!
Si j'avais seulement un dernier regard, un dernier accent
qu'il me fût permis de me retracer avec innocence, il
me semble que je vivrais de cela tout le reste de ma
vie. Chère Adèle, depuis longtemps je me défendais
de te montrer le fond de mon cœur, à toi, mon autre
moi-même! Je voulais respecter encore longtemps la
mémoire de M. de Nangis, mais savoir Olivier si près de
moi, l'attendre, l'espérer, croire à toute heure qu'il va
venir, que c'est lui que j'entends, je ne puis te peindre
l'agitation où cet état me jette, et quand je me dis qu'il
l'ignore, qu'il n'y pense pas, qu'il faut que je m'accou-
tume à passer mes jours sans le voir, ou peut-être, à ne
plus voir en lui qu'un étranger, je sens une inexprimable douleur, une irritation toujours croissante s'em-
pare de moi, je suis blessée, ou du moins toutes mes

réflexions me disent que je dois l'être; méconnue, oubliée, autrefois dédaignée, j'ai cru à des regrets qui paraissaient sincères et qu'il feignait peut-être pour me tromper, ah! il ne faut pas mériter le mépris de soi-même, il faut se relever par une juste fierté et oublier qui nous oublie, la dignité, la raison, la paix du cœur, tout l'ordonne; oui, je saurai faire violence à ma nature pour ressentir tout ce que la conduite d'Olivier a de blessant pour mon cœur, d'humiliant pour mon amour-propre, je fuirai plutôt que de me laisser ainsi maîtriser par une passion sans espérance. Chère Adèle! j'entends du bruit, on vient! ah! Dieu! ce n'est pas lui!...

C'était M. de Rieux, jamais visite ne m'a été plus importune, il me fallait soulever un poids énorme pour lui parler et pour lui répondre, il apportait ici une disposition toute contraire, mais bientôt, remarquant ma tristesse, il est tombé lui-même dans la rêverie, cette conformité ne devait pas animer l'entretien, enfin m'apercevant tout à coup que nous étions restés plusieurs minutes sans parler, je me suis efforcée de rire, et pour m'étourdir je l'ai plaisanté sur ses distractions et sur le changement que tout le monde remarque en lui. «Je suis fâché, m'a-t-il dit, que tout le monde remarque ce que je voudrais que vous seule vissiez. En effet, a-t-il ajouté, d'un air sérieux, il y a des sentiments qui s'emparent de l'âme et influent singulièrement sur le caractère, et je n'aurais jamais cru, il y a à peine une année, que je serais devenu ce que je suis aujourd'hui.» J'ai détourné la conversation, il ne me manquait plus qu'une déclaration de M. de Rieux, et cependant il est aimable, il a mille qualités élevées, il doit plaire, il m'aime mieux peut-être que l'ingrat qui m'abandonne et qui m'oublie[1]. Adèle, Adèle! je voudrais effacer ce mot-là, ne me crois pas, chère sœur, quand je te dis du mal de lui.

LA MARQUISE DE C.
À LA COMTESSE DE NANGIS

Ma Louise! tu sais si ton bonheur m'est cher! Écoute-moi, et ne dédaigne pas mes conseils.

Aussitôt que je t'ai vue libre, je n'ai éprouvé qu'un désir, c'était de te voir un jour unie à celui qui te fut destiné dès l'enfance et qui eut les premiers sentiments de ton cœur, je ne t'entretenais pas de ce projet, je respectais ta douleur, ton deuil et ta position, mais je me berçais de la douce idée de venir près de toi accomplir enfin cette union chérie, projetée par nos parents et cimentée par votre affection mutuelle, je voulais, en attendant, lire dans le cœur d'Olivier, pénétrer ses sentiments, juger ses intentions, l'amener doucement aux miennes; je lui ai écrit plusieurs fois, et plusieurs fois, dans l'expression d'un chagrin profond et concentré, j'ai cru voir percer une passion violente retenue par cette susceptibilité ombrageuse, défaut inné de son caractère. Mais, Louise, une dernière lettre m'a éclairée, il faut le dire, elle m'a enlevé toute espérance. J'ai vu, j'ai vu clairement qu'il existe un obstacle à ton union avec Olivier, et un obstacle qu'il croit invincible, je ne sais quel il est; des engagements antérieurs peut-être... Je ne puis m'arrêter à rien de positif; mais j'ai la certitude que l'obstacle existe et qu'il est pour Olivier un affreux malheur. Le désordre de sa dernière lettre ne le prouve que trop. Sa passion, son entraînement vers toi, le devoir qui l'arrête et qu'il n'écoute pas; son découragement sur lui-même, signe plus sûr que tous les autres d'un malheur sans espérance, que te dirais-je, chère Louise, tout augmente mes craintes. Je vois la paix de ta vie menacée, le caractère d'Olivier ressemble à un orage, il est sombre et incertain. Qu'importe qu'il t'adore, si c'est pour te précipiter dans l'abîme avec lui? J'ai la douleur d'être peut-être pour quelque chose dans ce voyage qui va le rapprocher de toi, il met sa faiblesse à l'abri de mes conseils; Louise! il faut qu'Olivier s'explique, arrache-lui son secret, ou sépare-toi de lui pour toujours. Je crains trop qu'il n'empoisonne ta vie au lieu de la rendre heureuse. Qu'a-t-il fait? Qu'a-t-il promis? Quoi! tu es libre et Olivier ne peut être à toi! Chère sœur, ne me parle plus du calme de mon caractère, une terreur subite s'est emparée de moi, je comprends les tourments de l'imagination, de ces vues multipliées des mêmes craintes et des mêmes douleurs; Louise! ne t'expose pas à perdre ton repos, n'embrasse pas cette idole trompeuse de bonheur qui se brisera entre tes mains; Olivier est entraîné, il le sent lui-même, où irez-vous tous deux? Mon ange! ma Louise, viens ici, viens me retrouver, n'affronte pas toutes ces tempêtes, il te perdra avec lui, il t'enveloppera dans ce nuage effrayant où se cache son sort. Que deviendras-tu! Je m'accuse comme d'un crime de la lettre qui a décidé son départ. Vous m'ordonnez de partir, dit-il, moi! je serais responsable de ton malheur! Pourquoi se réunir à toi s'il n'est plus libre? C'est donc pour t'enivrer du charme de sa tendresse, pour te faire vivre d'amour et pour déchirer ensuite ton cœur, cela lui sera bien facile; Louise, ne refuse pas ma prière; Olivier ne peut rester près de toi s'il ne peut être ton époux, n'expose pas ton bonheur, ton repos, ta vie; puisse ma raison te fortifier, conjurer les malheurs que je prévois! Mais je ne sais quel pressentiment augmente encore mon inquiétude, ma Louise, ne le réalise pas. Accorde-moi les droits que tu me donnas tant de fois, les perdrais-je quand ils peuvent t'être utiles!

LETTRE VIII

LA COMTESSE DE NANGIS
À LA MARQUISE DE C.

Chère Adèle! je ne t'ai jamais vue déraisonnable qu'aujourd'hui, que peux-tu craindre pour moi? J'ai vu Olivier, et je suis heureuse; je le suis, comme je ne l'ai jamais été; je suis guérie aussi[1]; il m'a apporté tous les biens, je respire facilement, tout est repos, tout est bonheur autour de moi, je vois Olivier ou je l'attends; je ne sais quel sentiment de sa présence me reste encore quand il est parti et semble parer et embellir tout ce qui m'entoure. Il est venu avant-hier; je m'aperçois en t'écrivant qu'il ne m'a pas dit ce qui l'avait empêché de venir plus tôt, j'ai oublié en le voyant que je l'avais attendu, son premier regard m'a appris que j'étais toujours aimée; il a pris ma main, l'a baisée, l'a gardée entre les siennes, il semblait qu'il ne pût s'en détacher; puis il m'a parlé de ma santé, non pas comme en parlent les indifférents qui en demandent des nouvelles, mais avec un accent qui disait: soignez-vous pour moi, ma vie est attachée à la vôtre, vous êtes mon seul bien, mon seul intérêt, mon seul bonheur; il a voulu savoir l'avis des médecins et quel régime on me faisait suivre, je lui ai parlé de la campagne et de Flavy; il ne m'a pas dit: j'irai à Rouville, il a serré ma main qu'il tenait encore, puis nous avons parlé, je ne sais de quoi, de mille riens peut-être, mais tout nous intéressait. Je voudrais savoir quelle est la sensation du malheureux privé de la raison, au moment où il la retrouve, je suis persuadée que nous éprouvions quelque chose de cela, nous semblions rentrer en possession de ce qu'il y avait de meilleur en nous-mêmes, c'était comme le réveil d'un songe douloureux. Après avoir parlé longtemps de nous, de notre enfance, de nos souvenirs, peu à peu la conversation s'est ralentie, et bientôt, nous sommes tombés dans le silence; Adèle! nous nous regardions tous deux comme si nous eussions eu soif de nous voir, nous ne pouvions nous rassasier de ce bonheur. Je sentais son regard au fond de mon âme, il venait y ranimer ma vie, ah! l'amour n'avait jamais cessé de la remplir! Cette émotion était trop forte, nos yeux se remplirent de larmes, je mis sa main sur mon cœur: «Ne nous séparons plus, lui dis-je. — Jamais, répondit-il, jusqu'à la mort.» Qu'importe tout le reste, n'est-ce pas là le bonheur! Nous entrâmes alors dans mille détails sur Flavy, sur Rouville, nos projets nous montraient que nos goûts étaient toujours les mêmes, nous n'en doutions pas; mais chaque fois que la preuve arrivait, c'était un nouveau bonheur; chère Adèle, on dirait que nos âmes se touchent par tous les points, nos cœurs, nos pensées, nos vies, tout est commun, mes propres idées dans la bouche d'Olivier me semblent encore plus *miennes*, et ceci me prouve plus que tout que je ne suis rien sans lui, et qu'il doit à jamais régner sur ma destinée, Adèle! ma bien-aimée sœur, quoi! je le rendrai heureux! Qu'est-ce donc que les félicités du ciel si je puis vivre sur la terre la compagne d'Olivier! Que peux-tu craindre? Quel malheur peut nous atteindre? Je suis sûre qu'il m'aime, que me fait tout le reste? S'il y a un obstacle à notre union, nous le vaincrons, et il n'y en a pas à son amour. Adèle! que je te plains de n'avoir jamais senti ce que j'éprouve! On croit que c'est vivre que d'exister, combien on se trompe! Que me parles-tu d'abîme et de dangers? Peux-tu croire que je craindrais le malheur avec Olivier? Ce sera ma gloire que de partager sa bonne et sa mauvaise fortune; tu ne comprends guère l'amour si tu ne sais pas qu'on préfère mille fois se perdre avec ce qu'on aime à se sauver seule; seule! voilà le malheur, il est dans ce seul mot, avec lui tout est délices, sans lui tout est douleur et désespoir. Combien je l'ai senti quand je me croyais oubliée! Chère sœur, je paierais au prix de toute ma vie un seul des regards qu'il fixait sur moi ce matin.

Chère Adèle, oserais-je confier à ta raison des sentiments que tu condamneras peut-être, ils se calmeront,
ils s'apaiseront, ils ne me posséderont pas toujours
ainsi tout entière, mais, mon Adèle, je retrouve Olivier,
Olivier! l'ami, le compagnon de mon enfance, l'époux
choisi par ma mère, il m'aime, je le sens, je le vois, pro-
mets-moi donc d'être heureuse et laisse-moi guérir tes
craintes chimériques par le doux récit de mon bonheur; va, calme tes frayeurs et reçois dans ton âme un
peu de cette félicité dont la mienne est remplie. Ô mon
Dieu! ne me l'arrachez pas ou ôtez-moi en même temps
et la vie, et tout ce qui me la fait sentir[1].

LETTRE IX

LA COMTESSE DE NANGIS
À LA MARQUISE DE C.

J'ai toujours entendu dire que rien n'était plus difficile à décrire que le bonheur, cela doit être; ce qui rétablit l'harmonie dans toutes les facultés de notre être ne
peut se saisir, c'est comme la santé qui échappe à l'analyse et dont on ne mesure le bienfait que quand on l'a
perdue; on dirait que le bonheur est la santé de l'âme,
il lui donne ce bien-être moral, but de la création; il
rétablit cet équilibre qu'elle cherche toujours, mais que
si rarement elle réussit à atteindre.

Comment te faire comprendre, chère sœur, ce que
j'éprouve depuis quelques jours; la paix, la douce joie
qui se mêlent à tout ce qui m'occupe, je ne sais quel
parfum délicieux semble répandu sur tout ce qui m'approche, tout m'est facile, les difficultés s'aplanissent
d'elles-mêmes, les contrariétés disparaissent, les chagrins, la tristesse, les inquiétudes, tout fuit! Je suis si
loin de souffrir que je ne puis croire que j'aie jamais
souffert; je le sais cependant. Adèle! ces tristes jours
renaîtront-ils jamais? Non sans doute. Quels pourraient

être les chagrins dont l'attachement d'Olivier ne me consolerait pas!

Chère sœur, je suis honteuse de t'écrire tout cela, que penseras-tu de moi? Ce n'est pas la raison qui peut juger de tels sentiments, et cependant, avant de les croire exagérés, il faudrait en avoir essayé soi-même. Pauvre sœur! tu ne sais pas comment tu pourrais aimer, tu as été à peu près heureuse, qu'il y a loin de là à ce que j'éprouve! Cette pensée me donne avec toi une sorte de gêne qui m'est nouvelle, je ne craignais pas de te montrer mes douleurs, nous avons tous au-dedans de nous leur juste mesure, mais le bonheur! Ah! ma sœur! il faut être aimée d'Olivier pour savoir ce que c'est que le bonheur.

Le matin, en me réveillant, je sais que je suis heureuse, je le sais, avant de savoir pourquoi je le suis, peu à peu mes idées se débrouillent, je pense à Olivier, je crois entendre sa voix; ses yeux semblent attachés sur les miens et quelquefois cette impression est si vive qu'elle fait battre mon cœur comme si je le voyais lui-même; je me lève; en m'habillant, je m'amuse à me parer, moi qui n'y songeai de ma vie! Mais je soigne ainsi ce qu'il aime; je me plais, parce que je lui plais, je veux m'embellir pour lui plaire davantage, ensuite, je pense qu'il va venir, et ne crois pas, Adèle, que ce temps me paraisse long, c'est l'incertitude qui rend l'attente pénible; il vient donc, et que penses-tu que nous disions ensemble? Nous disons tout ce que nous avons déjà dit mille fois, mais qu'importe! Souvent nous ne disons rien; il est là, il me regarde et je sens qu'il m'aime, il ne me le dit pas, qu'ai-je besoin qu'il me le dise! Tout me le prouve, je vois qu'il est heureux et que le temps s'envole pour lui avec la même rapidité que pour moi, sentiment indéfinissable! qui réduit sous son obéissance tous les intérêts de la vie, qui fait que rien n'est plus rien que dans son rapport avec ce qu'on aime, qu'on perd pour lui jusqu'à cette sensation d'individualité, ce moi personnel qu'on dit qui ne meurt qu'un quart d'heure après nous, ce sentiment enfin par lequel on arrive à être, comme dit le poète anglais, *all in all* l'un pour l'autre[1]. Chère Adèle! est-il possible que je jouisse de ce bonheur dans l'innocence, que rien ne me défende de le sentir, que ma vie puisse s'écouler ainsi? Hélas, c'est alors que je retrouve la triste condition de l'humanité, je doute de la durée, de ce qui remplit ainsi mon âme de délices, le monde n'est pas fait pour un tel bonheur, on regretterait trop la vie!

LETTRE X

LA COMTESSE DE NANGIS
À LA MARQUISE DE C.

Comment définir le charme de la présence de ce qu'on aime[2]! As-tu remarqué quelquefois, chère Adèle, du haut des coteaux de Flavy, ces beaux paysages si *meublés* de fermes, de jardins, de hameaux, de maisons de campagne? Sous le ciel gris d'un jour d'automne, on ne distingue presque rien, une teinte égale enveloppe toute la vallée, mais tout à coup un rayon de soleil perce le nuage et fait apparaître, comme par magie, une multitude infinie d'objets; chaque arbre, chaque maison prend sa part de ce rayon vivifiant, tout brille de son éclat et il semble animer à lui seul la nature entière. Voilà, chère sœur, ce qu'est pour moi la présence d'Olivier. Le soir, chez ma belle-mère, avant qu'il soit venu, la conversation est difficile; je m'efforce d'y donner quelque intérêt, mais je cherche mes idées, elles ne se présentent pas d'elles-mêmes, j'ai recours à ma mémoire, ce sont les autres qui font les frais de ma conversation et malgré cela elle languit encore; on annonce Olivier! la scène change, mon esprit, mes idées, ma gaieté, tout me revient, il me semble que j'arrive avec lui et que je vois pour la première fois tout ce qui m'entoure, la conversation s'anime, on parle, on rit ; ce qui serait tombé un instant auparavant fait fortune, car on est toujours de moitié dans la conversation, et tout l'esprit du monde disparaît s'il faut en faire seul tous les frais. Comment se peut-il que l'amour ait un rapport caché avec tous les intérêts de la vie ? Il se mêle à tout, tout ramène à lui. En présence d'Olivier, je cause, je m'anime, la conversation est variée, je me prête à ce qu'on veut dire, on traite mille sujets, je n'en évite aucun. Mais, Adèle, quelque chose que je dise, c'est toujours à Olivier que je m'adresse, ma pensée répond toujours à ce sentiment de bonheur qui vit au fond de moi-même, et qui est comme une âme nouvelle qui est venue habiter en moi pour me faire connaître une félicité dont je ne soupçonnais pas même l'existence.

Dans quinze jours je partirai pour Flavy, hélas, chère sœur ! l'année dernière à la même époque, je fis ce même voyage ! Lorsque je pense à M. de Nangis, je me reproche mon bonheur ; aurais-je dû si tôt me livrer à ce sentiment délicieux ! Dieu m'est témoin que si, pour faire revivre M. de Nangis, il fallait sacrifier ce sentiment et ma vie, je n'hésiterais pas. Quelquefois, je le prie, je l'implore, j'ai besoin qu'il me pardonne d'être heureuse ; mais malgré tous mes efforts je ne réussis point à tranquilliser ma conscience, son souvenir est pour moi comme un remords, la présence d'Olivier en suspend l'amertume mais ne peut l'effacer tout entière, adieu ma sœur, serait-il possible que l'espérance que tu m'as donnée se réalisât ? Quoi ! je te verrais dans trois mois ! que me manquerait-il donc alors ?

LETTRE XI

LA MARQUISE DE C.
AU COMTE DE SANCERRE

Vous êtes à Paris depuis six semaines mon cher cousin, et je m'étonne de votre silence, vous voyez Louise chaque jour, comment n'avez-vous rien à me dire? C'est par elle que je sais que vous avez retrouvé cette paix de l'âme, ce repos dont vous me sembliez bien loin à Lunéville, ne suis-je donc que la confidente de vos chagrins? Me fermez-vous votre cœur quand vous le livrez à la joie? Vous avez communiqué à ma sœur cette heureuse disposition, on s'associe bien aisément aux impressions des personnes qu'on aime, mais j'ai besoin de voir s'effacer celles que m'ont laissées vos dernières lettres avant de partager ce bonheur dont Louise me fait un ravissant tableau.

Soyez sincère avec vous-même, Olivier, ne tombez pas dans ce tort trop commun de la faiblesse de caractère d'oublier dans le présent le devoir du passé ou de l'avenir; rendez-vous compte de votre situation et dites-moi comment il se peut que vous fussiez si malheureux il y a deux mois puisque vous êtes si heureux aujourd'hui?

Ce qu'un homme d'honneur se doit à lui-même, c'est de ne jamais tromper, de ne point accepter le don qu'il ne lui est pas permis de rendre; hélas! les promesses les plus chères ne sont pas celles que la bouche articule; la conduite, le regard, l'accent ne sont-ils pas des engagements? Les plus sacrés de tous peut-être puisqu'ils attachent sans condition, que ce lien inégal n'enchaîne que l'un des deux et que le devoir qu'il crée est sans tribunal et sans appel[1].

Je ne vous écrirais pas ainsi, Olivier, si je ne savais que votre cœur n'est pas responsable des fautes de votre caractère; je m'autorise de vos propres aveux, rétractez-les et je serai heureuse; mais la faiblesse est toujours menaçante même lorsque les principes sont sévères et les sentiments délicats, on tombe dans le précipice les yeux ouverts, mais l'on y tombe tôt ou tard[2]. Olivier! croyez-vous que je puisse tracer ces mots sans douleur! et je ne vous montre pas toutes mes craintes!

Vous savez si Louise m'est chère! Je suis plus âgée qu'elle, mon caractère, sans avoir plus de force que le sien, a peut-être plus de décision, elle s'est appuyée sur moi dans toutes ses peines, il me semble que c'est mon devoir de veiller sur ma sœur, d'écarter d'elle les chagrins, de ne pas souffrir que cette âme tendre reçoive ces orages d'adversité qui la briseraient, je me sens comme responsable du bonheur de Louise[1]; Olivier! je vous le confie, à vous le premier ami de son enfance qu'elle aime d'une affection si pure et comme le cœur seul de Louise est capable d'aimer. Vous vous êtes comparé au roseau, oserez-vous recevoir de moi cette charge? La porterez-vous fidèlement? Justifierez-vous ma confiance? Soyez droit, sincère, délicat; ayez le courage de vous montrer ce que vous êtes, Olivier! C'est vous estimer beaucoup que de vous parler ce langage.

LETTRE XII

LA COMTESSE DE NANGIS
À LA MARQUISE DE C.

Je ne t'ai pas écrit depuis quelques jours, mon Adèle, qu'il faut peu de chose pour me troubler! J'ai cru remarquer qu'Olivier était triste, j'espérais dissiper ce nuage, chère sœur, je n'aurai de repos que quand j'en aurai effacé la trace. Mais je n'en puis deviner la cause. Serait-il possible qu'Olivier fût jaloux? Il y a longtemps que je ne t'ai parlé de M. de Rieux, il continue à me rendre des soins, mais ses manières sont mystérieuses, il semble qu'il ne veuille être deviné que par moi et qu'il craigne qu'on ne soupçonne que je suis l'objet qui l'occupe. Je garde son secret de mon mieux et tu penses bien que je ne lui donne pas d'encouragements; je n'ai pu jusqu'ici m'expliquer que par beaucoup de froideur, car M. de Rieux a l'art de faire tout entendre sans rien exprimer, et l'on ne peut répondre clairement à ce qui vous est dit d'une manière si vague, mais cependant, il se plaint, et sans changer de manières, il affecte de se montrer à moi très malheureux de ce qu'il appelle ma

sévérité. Hier il vint chez ma belle-mère. Jamais je ne
l'avais vu si triste ; il passa la soirée sans dire un mot ;
Olivier n'était guère plus gai ; ma belle-mère reçut
beaucoup de monde et retint à souper le vieux marquis
de Mussidan[1], tu le connais, il vit encore sur ce temps
où il était l'élève de Chaulieu et l'homme à la mode de
la société du Temple[2], il regarda partir M. de Rieux, et
quand on eut refermé les portes : « Quel dommage ! dit-
il, voilà un jeune homme perdu. — Comment donc ? dit
ma belle-mère. — Mais ne savez-vous pas, madame,
quels ridicules il se donne ? » Alors M. de Mussidan
s'établit sur une voyeuse[3], ce qu'il fait toujours quand il
a une histoire à raconter, et il nous apprit que M. de
Rieux avait quitté toutes ses maîtresses : « Il a abandonné madame de C. et madame de B. et madame de
R., dit-il, et la petite Julie[4]. » Ma belle-mère se mit à
rire : « Mais, dit-elle, il me semble qu'il a fort bien fait.
— Madame, reprit M. de Mussidan, on perd toute sa
considération dans le monde en changeant de manière
d'être, il faut commencer comme on peut, mais il faut
soutenir tout ce qu'on a fait. — Ainsi, dis-je à M. de
Mussidan, vous défendez qu'on se corrige ? — Je voudrais, répondit-il, qu'on ne se fît point ermite à vingt-
cinq ans, quand on a commencé comme un homme de
bonne compagnie. Ces sagesses prématurées me sont
suspectes. — Mais, en fait de sagesse, dit ma belle-
mère, convenez que M. de Rieux ne vous laisse rien à
désirer ? — Réellement, reprit M. de Mussidan, il m'avait
rappelé ma jeunesse, trois ou quatre femmes charmantes qui l'adoraient, cette petite Julie pour laquelle il
se ruinait, madame de V. qu'il avait enlevée si brillam-
ment au marquis de..., gros jeu, de beaux chevaux, un
peu de rouerie, mais sans excès et du meilleur goût du
monde[5]. — En vérité, dis-je à M. de Mussidan, vous ne
faites guère l'éloge de ce temps que vous regrettez si
fort, si c'est là ce qu'il fallait pour y plaire. — Ah ! je ne
doute pas, madame, que M. de Rieux ne trouve des
défenseurs, on voudra faire de lui un héros de roman[6],

mais on ne lui donnera qu'un ridicule de plus et, s'il est amoureux, ajouta M. de Mussidan (en appuyant sur ce mot), il ne prend pas le chemin de plaire. — Et pourquoi pas? repris-je (car j'étais piquée de cette immoralité dans un vieillard, on a besoin de respecter la vieillesse, ce qui dérange ce sentiment est pénible). — Pourquoi? dit M. de Mussidan, c'est que les femmes ne font cas que des sacrifices qu'elles arrachent, elles aiment la victoire plus que les concessions, et c'est une bonne tactique avec elles que de conserver toujours une victime à leur immoler. — Je ne conçois pas l'amour que vous dépeignez là, dis-je à M. de Mussidan, ce serait jouer l'amour comme une partie d'échecs avec des spectateurs pour juger les coups et des consolations toutes prêtes en cas de défaite; l'amour est le sentiment le plus involontaire et le plus exclusif du cœur, il est impossible qu'il n'influe pas sur les goûts et sur le caractère, et quand on conserve le sang-froid nécessaire pour tous les calculs dont vous parlez là, c'est qu'on n'aime pas.» Je regardai Olivier en disant ces mots, il était triste, rêveur, je pensai tout à coup qu'il devinait peut-être le mystère de la conduite de M. de Rieux. J'aurais voulu lui parler, il me semble qu'il l'évita. Il ne vint pas auprès de moi comme de coutume après souper, il resta à l'autre bout du salon, sombre et préoccupé, je cherchai du moins à dire des choses dont il pût se faire l'application. Je disputai avec M. de Mussidan, je me moquai de ce temps où l'on n'aimait rien parce que l'on ne pouvait rien aimer, où les sentiments étaient factices et le goût faux; où la bonne chère était le lien de l'amitié, et l'amour, le moyen de l'ambition. «Ce que vous appelez l'amour, dis-je à M. de Mussidan, flétrirait l'âme, tandis que le véritable amour l'élève et l'ennoblit, voyez tous ces héros qui ont aimé leurs maîtresses aussi sincèrement que la gloire, Louis XIV, Henri IV, Charles VII et tant d'autres; s'ils étaient légers, ils étaient sincères du moins, ils changeaient, mais leur amour était sans calcul, ils gardaient la tactique pour la guerre et l'abandon pour l'amour. » Tout ceci me réussit mal, M. de Mussidan prétendit que je défendais M. de Rieux et l'idée qu'Olivier allait le croire me fit rougir ; je cherchai à rencontrer ses yeux, mais je ne pus y parvenir, il était debout, appuyé sur la cheminée et me tournait le dos ; dans la glace, je crus plusieurs fois le voir changer de visage, il baissa la tête, ne dit rien, et au bout de dix minutes sortit du salon ; toute ma colère s'évanouit en le voyant partir, je m'étonnai de ma vivacité, je me la reprochai. Que m'importe l'opinion de M. de Mussidan ? Ai-je un autre intérêt qu'Olivier dans le monde ! Que j'ai envie d'être à Rouville ; là, Olivier ne croira pas que je lui préfère M. de Rieux ; quelle folie ! il est impossible qu'il ait cette pensée.

LETTRE XIII

LA COMTESSE DE NANGIS
À LA MARQUISE DE C.

Chère sœur, je ne reconnais plus Olivier, il semble à chaque instant me reprendre une portion de ce bonheur dont il avait rempli mon âme. Je ne puis deviner la cause de l'état où je le vois, on dirait qu'il lutte contre lui-même, il passe des soirées entières sans approcher de moi, puis, tout à coup, il m'adresse quelques paroles tendres, mais bientôt il se trouble, l'accent de sa voix s'altère, il s'éloigne de nouveau ou sort brusquement de la chambre comme s'il voulait échapper à un danger invisible et menaçant ; il y a environ huit jours qu'il a ainsi changé subitement de manière d'être sans que rien pût m'y préparer ; la veille encore il m'avait quittée plein de tendresse et d'abandon, le lendemain je le revis sombre et préoccupé ; depuis ce temps, il ne vient plus me voir le matin, il m'a donné des prétextes, il a des affaires dit-il, des affaires ! et on le rencontre seul à cheval à trois ou quatre lieues de Paris, il me fuit, il

cherche la solitude, qu'a-t-il donc? Un instant, je l'ai
cru jaloux de M. de Rieux, mais serait-il possible qu'Olivier ne vît pas que tout mon cœur est à lui! Hélas! on
peut aisément lire dans mon âme, souvent je crains de
ne pas assez dissimuler le sentiment qui l'occupe, et
cependant M. de Rieux ne me devine pas encore puisqu'il persévère dans ses soins. Hier, il parlait avec ma
belle-mère du bonheur que donne l'espérance; Olivier
dit quelques mots amers sur les mécomptes qu'elle prépare et les chagrins qu'elle rend plus cruels; M. de
Rieux, qui était près de moi, me dit tout bas: «*Me la
défendez-vous?*» J'affectai de n'avoir pas entendu; que
m'importent les sentiments d'un autre! Ah! que je suis
ingrate pour M. de Rieux; chère sœur, qu'il me sera
doux de rassurer Olivier, de lui dire que je n'aime que
lui, que je n'aimerai jamais que lui. Mais en attendant il
est malheureux, toute la soirée il a été d'une profonde
tristesse, il parlait à peine et ne s'est pas approché de
moi, je l'ai prié de venir me voir ce matin, je l'attends,
que me dira-t-il? N'est-il pas étrange qu'Olivier me
laisse voir par toutes ses actions qu'il m'aime, qu'il me
préfère à tout, et que sa bouche cependant ne me l'ait
pas encore prononcé? Serait-il possible qu'il ne vît pas
que tout mon bonheur dépend de lui seul? Non! il n'est
pas modeste à ce point-là.

LETTRE XIV

LA COMTESSE DE NANGIS
À LA MARQUISE DE C.

Chère Adèle! je suis bien agitée; comme le malheur
est toujours près de nous! Je n'ose me rendre compte
de ce que je crains, et cependant comment expliquer la
conduite d'Olivier! Chère sœur, que j'aurais besoin de
tes consolations, tu trouverais les paroles qui calme-
raient mon cœur, tu raisonnerais mon inquiétude et je
ne puis que la sentir.

Je ne sais plus ce que je te mandais dans ma dernière lettre, j'attendais Olivier, je voulais obtenir sa confiance, j'avais préparé tout ce que je comptais lui dire, une trompeuse sécurité ne me laissait d'autre trouble que celui qui vient de trop aimer ; j'étais si sûre de son attachement ! Hélas ! je le suis encore, et cependant, je suis malheureuse.

Au lieu d'Olivier, je vis entrer chez moi M. de Rieux, il venait tout rempli de sa conversation avec ma belle-mère, de cette conversation que j'avais déjà oubliée ; je sentis, plus que jamais, que rien ne met à l'aise comme l'indifférence ; je détournais les paroles de M. de Rieux aussi facilement que ces faiseurs de tours qui renvoient sans cesse cette balle qui ne saurait les atteindre ; ah ! c'est au cœur seulement qu'on est vulnérable ! M. de Rieux voulait toujours dire des mots que je pusse appliquer à son sentiment pour moi ; et je n'étais occupée qu'à donner à ces mots, par mes réponses, une signification vague ; je généralisais toutes ses idées, et je faisais des opinions avec tous ses sentiments ; il y avait déjà longtemps qu'il était chez moi, quand on annonce Olivier ; il entra d'un air abattu ; M. de Rieux sortit ; Olivier prit sa place ; nous restâmes un moment dans le silence ; enfin je lui demandai pourquoi depuis huit jours je ne l'avais pas vu le matin ? «La vie que nous menions, a cessé de vous plaire, lui dis-je, vous vous repentez de m'avoir rendu les souvenirs de notre jeunesse, de ce temps où nous étions heureux, de notre seule affection ; j'ai déjà perdu bien des illusions ; faut-il que je perde encore celle de notre amitié ?» Il ne me répondit pas, mais me regardant avec tristesse : «Que vous disait le comte de Rieux ? me dit-il, qu'il vous aime ? qu'il vous adore ? Il vous pressait de consentir à son bonheur, il vous offre mille avantages, il les réunit tous, un beau nom, une grande fortune, de la grâce, de l'esprit ; sans doute, il obtiendra de vous ce qu'il vous demande ?» Et ses yeux se fixèrent sur les miens comme s'il attendait de moi une réponse. «Vous savez bien, lui dis-je, que si je me décidais à risquer encore une fois la paix de ma vie, ce n'est pas M. de Rieux que je choisirais. — Et qui donc?» s'écria-t-il. Mais au même instant, sa physionomie prenant une expression frappante de douleur et de désespoir, il mit sa main sur ma bouche et s'écria avec un accent déchirant: «Ne le nommez pas! ne le nommez pas! Louise! je ne veux pas le savoir; laissez-moi vivre quelques jours encore!» Et se levant d'un air agité, il marcha dans la chambre et fut plusieurs minutes sans parler. «Qu'avez-vous? lui dis-je, ne pouvez-vous donc être sincère avec moi? Qui partagera vos peines, si ce n'est moi? N'ai-je pas le droit de lire dans votre cœur? Ne suis-je plus votre compagne, votre amie, votre sœur?» Il ne me répondit point; je pris sa main: «Olivier, lui dis-je, Louise n'est-elle plus rien pour vous? — Il faut que je vous quitte... Je dois vous quitter, me dit-il. Louise! vous êtes tout pour moi, la vie n'est rien sans vous, mais un obstacle... un motif... Un Devoir...» Il ne put continuer, son visage devint d'une pâleur mortelle, il appuya ses lèvres sur ma main, elles étaient froides et tremblantes: «N'oubliez pas un malheureux, me dit-il d'une voix étouffée. — Grand Dieu! allez-vous donc partir, m'écriai-je, Olivier! Olivier!» Ah! ma sœur! je l'appelai en vain, il s'enfuit, il ne revint pas, il n'est pas revenu, il ne reviendra peut-être jamais!...

On m'apporte un billet de lui! Étrange faiblesse du cœur! Je ne sais pourquoi ce billet me rassure. Je suis aimée, chère Adèle, il me le dit cette fois, et quelle passion que la sienne! Comme son cœur répond au mien! Et nous serions séparés! Non, s'il était marié, il ne m'écrirait point ainsi; et son mariage seul est un obstacle; je lèverai tous les autres, c'est sa délicatesse qui les crée; Olivier! le meilleur, le plus noble, le plus généreux des hommes! Hélas! que je puisse seulement le voir, rester près de lui. N'y a-t-il pas des sœurs qui passent leur vie près de leur frère? Pourquoi ce bonheur me serait-il refusé? Adèle! dis-moi que tout n'est pas fini! Quoi! je ne le verrais plus! Ces jours d'une félicité si pure seraient déjà passés? Quoi! si vite! Pourquoi donc leur survivre? La mort vaut mieux que de tels regrets.

LETTRE XV

BILLET DU COMTE DE SANCERRE À LA COMTESSE DE NANGIS

J'ai manqué à un devoir sacré, il fallait vous fuir, ou plutôt, il fallait ne jamais vous revoir; ah! Louise! puis-je donc sans mourir renoncer à vous? Nos deux vies, nos deux âmes ne sont-elles pas unies par une chaîne indissoluble? Et cependant, je serais le dernier des hommes si je cherchais à engager votre cœur, quand jamais je ne puis prétendre à vous. La bizarrerie de mon sort me condamne à fuir deux fois le bonheur que je paierais au prix de ma vie. Louise! je devrais peut-être vous cacher mon désespoir, renoncer à vous le peindre! Non, je n'abuserai pas de votre pitié pour troubler votre vie, pour vous faire partager une passion à jamais sans espérance. Qu'elle me perde seul; restez libre, un autre vous aime! Il est digne de vous; ah! Louise! il ne vous aime pas comme moi, mais il est plus heureux. La vie m'est odieuse, il ne fallait pas vous revoir, voir le bonheur de si près! C'était trop. Cette faiblesse m'a perdu; adieu! me pardonnerez-vous? Conserverez-vous le souvenir d'un malheureux? Que serais-je pour vous? Vous, Louise, vous serez l'unique charme, l'unique pensée, l'unique culte de mon cœur, jusqu'à mon dernier soupir.

LETTRE XVI

LA COMTESSE DE NANGIS
À LA MARQUISE DE C.

J'ai envoyé chez Olivier, hélas chère sœur! les chevaux de poste l'attendaient, il était parti en me quittant. Il est allé en Angleterre. C'est là peut-être qu'il a formé ces liens qui nous séparent! Mais non, je ne puis le croire; un devoir si positif l'aurait éloigné de moi bien plus tôt, ah! ma sœur, que je suis malheureuse! Quoi! je suis aimée d'Olivier et lorsqu'il m'en donne l'assurance, mon cœur est déchiré! Cet obstacle terrible, invincible, que peut-il être? J'épuise mon imagination en conjectures, elles me paraissent toutes fausses ou forcées[1], et je ne puis éteindre cette lueur d'espoir qui s'obstine à vivre au fond de mon âme. Ne pas troubler ma vie! le cruel! ah! il ne sait pas la millième partie de ce que je souffre! il reviendrait s'il le savait; mais je ne veux pas le lui montrer, je tâcherai d'être calme en lui écrivant de soumettre notre situation à la raison, au calcul; je veux qu'il me prenne pour juge, hélas! s'il voyait l'état de mon cœur, il se défierait de moi. Il aurait tort; Adèle, je sacrifierai tout à son devoir; mais que ce sacrifice du moins soit volontaire; que j'en reconnaisse la nécessité; alors je courberai la tête, je renoncerai au bonheur, à l'espérance, à tout. Mais ce malheur mystérieux, terrible! mourir! sans voir la main qui nous frappe! Adèle, Adèle, que tu es heureuse! Ah! la paix est le seul bonheur! charme ravissant! délices d'être aimée! j'ai tout senti, j'ai tout perdu, quoi! il est parti? je ne le verrai plus? Ah! ma sœur! il me semble que mon cœur me quitte et se brise. Vivre sans Olivier! c'est impossible.

LETTRE XVII

LA COMTESSE DE NANGIS
AU COMTE DE SANCERRE

Vous craignez de troubler ma vie en restant près de moi, ne craignez-vous pas de la troubler bien davantage, Olivier, par cette fuite, ce mystère et la bizarrerie de votre conduite ? Vous êtes malheureux, vous dites que vous m'aimez, ne serait-il pas plus simple de me confier votre situation, de me dire quel est ce devoir que vous croyez qui nous sépare, et de discuter ensemble ce qui intéresse le bonheur de tous deux ? de tous deux ! Oui, Olivier, vous avez raison du moins en ne doutant pas de mon cœur, oui, je me serais fait gloire d'être votre femme, de tenir à vous par tous les genres de liens, de les serrer, de les multiplier autour de nous ! Cruel ! les avez-vous donc donnés à une autre ces droits qui n'appartenaient qu'à moi ? Hélas, je vous étais destinée avant que de naître ! N'as-tu pas reçu ma première caresse, fixé mon premier regard, mes lèvres balbutiaient ton nom avant de prononcer celui de ma mère, ta présence apaisait mes cris, et je m'endormais dans tes bras[1], que j'étais heureuse alors ! Mais, Olivier, faut-il donc renoncer à tous les sentiments parce qu'il en est un que vous avez rendu impossible ? Ne suis-je plus votre sœur, votre amie, si je ne puis être votre femme ? Faut-il briser aussi ces liens innocents qui nous consoleraient ? Est-ce mon bonheur ou le vôtre que vous ménagez en me fuyant ? Si c'est le mien, il est trop tard, il aurait toujours été trop tard, mon cœur a été à vous depuis que je respire, je ne me souviens pas d'un temps où je ne vous aimais pas, deux fois dédaignée, deux fois abandonnée ce sentiment est resté le même, Olivier ! Ce n'est pas là de l'amour, c'est bien plus ; surtout c'est bien mieux. Le secret de votre vie est celui de la mienne, ne me le cachez pas ; si un devoir sacré vous force à me fuir, j'aurai le courage de l'approuver. Votre devoir est mon devoir ; votre honneur, mon honneur ; nous leur obéirons ensemble et je serai tranquille en partageant le sacrifice. Serait-il possible qu'une autre possédât votre cœur ? Non, vous n'êtes pas l'époux d'une autre, cette crainte affreuse, je ne l'ai pas, et cependant quel devoir ! quel obstacle peut s'élever entre nous deux ? Pouvez-vous me dire : « M. de Rieux vous aime, il est digne de vous », est-ce de la générosité ou de l'indifférence qui ont dicté ces mots ? Olivier ! M. de Rieux n'est rien pour moi ; si je ne puis être à vous, je ne serai à personne, et du moins je vous aimerai toujours sans remords. Que de fois, pendant la vie de M. de Nangis, je me suis reproché ce sentiment, vous savez si j'ai trahi mes devoirs, mais cet attachement si tendre vivait au-dedans de moi comme une partie de moi-même, il m'était cher, il était, hélas ! tout ce qui me restait de vous. Olivier, ne refusez pas ma prière, que Louise soit toujours votre amie, versez dans son cœur vos chagrins, les siens, nous ne pouvons être l'un à l'autre, mais peut-être que nous pouvons nous aimer, quoi ! tes yeux ne me verraient plus, ta main ne presserait plus la mienne ! Peux-tu supporter cette pensée ? Dis-moi, dis-moi la vérité, reviens près de moi, goûtons encore le bonheur dont nous jouissions depuis deux mois ; tu l'as senti, et tu peux y renoncer. Ah ! tu n'as donc jamais aimé puisque tu as trouvé ce courage !

LETTRE XVIII

LA COMTESSE DE NANGIS
À LA MARQUISE DE C.

J'ai écrit à Olivier, je ne puis avoir sa réponse avant huit jours ; je vais, ma sœur, l'attendre à Flavy ; tu blâmeras ce voyage, mais, Adèle, je souffre trop ici ; le monde, un salon, la société, des égards, tout cela est

trop loin de ce que j'éprouve, la contrainte peut s'exer-
cer sur les chagrins mais non pas sur l'incertitude, ce
mystère qui me poursuit sans relâche m'ôte la faculté
de voir et d'entendre, ma pensée fixée sur lui ne peut
être distraite par rien[1], Olivier qui m'abandonne, cette
cause inconnue qui nous sépare, voilà les seules idées
sur lesquelles mon cœur, mon esprit, mon imagination
puissent s'arrêter, elles se présentent sous toutes les
formes, mais c'est toujours elles, et hors ces deux points,
tout est vide et sans intérêt pour moi. Peut-être que
d'être seule remettra un peu de calme dans mon âme.
Je n'entends du monde qu'un bruit sourd et confus,
mais il m'importune. À Flavy, à Rouville, je retrouverai
quelque chose d'Olivier, des souvenirs du moins si l'espérance est morte, mais l'est-elle ? Refusera-t-il mes
prières ? Saurai-je son secret ? ce secret funeste qui
détruit tout mon bonheur et tout le sien. Adèle ! par quel
sort bizarre suis-je poursuivie ! aimée d'Olivier, je pourrais le rendre heureux, être sa femme, la femme d'Olivier ! ah ! ma sœur, ma raison est prête à m'abandonner,
un effroi, un saisissement inconcevable ne m'ont pas
quittée depuis que j'ai reçu ce fatal billet, une pensée,
une seule pensée me dévore. Quoi ! tout, tout est d'accord, nos cœurs, nos âges, nos goûts, nos fortunes, la
volonté de nos parents, il m'aime, je l'adore et jamais,
jamais nous ne serons unis, et je ne sais pas pourquoi !
La cause de cette douleur qui me tue, je l'ignorerai
peut-être toujours ! Ah ! ma sœur, je ne sais quel pressentiment affreux me poursuit, si je devais ne plus voir
Olivier, il dit que la vie lui est odieuse, ô mon Dieu !
conservez-le et que j'ignore à jamais ce qui nous sépare !
Les importunités de M. de Rieux continuent ; je refuse
de le recevoir, Olivier dit qu'il est digne de moi, ah !
personne n'est digne de moi et je ne suis digne de personne, mon cœur est déchiré, mon esprit est bouleversé, je suis incapable d'aucune réflexion, il me semble
que ce qui réunit les idées entre elles soit brisé en moi ;
une seule pensée, un désir violent de pénétrer la cause

d'une affreuse douleur, voilà tout ce qui me reste avec la honte de me sentir si peu maîtresse de moi-même. Hélas ! ma sœur, je suis sous l'empire d'une passion terrible, je le vois, je le sens, plains-moi, je ne mérite que ta pitié.

FIN DE LA SECONDE PARTIE

TROISIÈME PARTIE

Chère Adèle! je n'ai point de nouvelles d'Olivier, chaque jour, chaque heure ajoute à mon inquiétude, l'image de la douleur se présente à moi sous toutes ses faces, tantôt un mariage sépare à jamais Olivier de moi, tantôt je le vois mourant et désespéré, quelquefois hélas! je le vois distrait et consolé; la jalousie, la crainte, le regret, l'envie, me déchirent tour à tour; je ne me reconnais plus, je cherche en moi cette douceur de caractère qui jadis me faisait trouver de la consolation dans mes larmes; je pleurais et je me sentais calmée; mais alors je n'étais pas la proie d'une incertitude déchirante, mon malheur était positif, je le voyais, je le connaissais, je n'avais pas à la fois à le sentir et à le deviner, et enfin, chère Adèle, je n'avais que ma seule douleur; mais celle d'Olivier, c'est celle-là qui me déchire, je le vois pâle, tremblant, tel qu'il était en s'arrachant d'auprès de moi; ah! s'il n'existait plus! si je le perdais! alors, bientôt ma sœur, je ne souffrirais plus, et ma mort découvrirait peut-être ce secret funeste. Olivier! Olivier! Chère Adèle, je ne puis vivre sans lui, sans le bonheur qu'il me donnait par sa présence; que tout

m'était facile alors! tout me souriait, j'étais bonne, bienveillante, paisible, je remplissais sans peine tous mes
devoirs, rien ne me coûtait, j'étais aimée! Eh, ne le suis-
je plus! Hélas! je le suis encore plus que jamais peut-
être, et c'est pour le malheur et le tourment de tous les
deux.

J'avais espéré trouver ici un peu de repos, mais je n'y
vois que des sujets de tristesse. Le souvenir de M. de
Nangis fait renaître tous mes remords et, pour combler
la mesure, je suis forcée de trouver que je mérite mes
peines, le ciel est juste, si j'eusse été plus attachée à
faire le bonheur de M. de Nangis, cette passion eut pris
moins de pouvoir sur mon âme, mais le voudrais-
je? Ah! que je suis loin de souhaiter de moins aimer!
Pauvre Olivier! Mon amour est peut-être tout ce qui lui
reste! Ma sœur, le reverrai-je un jour? Me guidera-t-il
encore sous ces beaux ombrages? Ses yeux s'attacheront-
ils encore sur les miens? Me répétera-t-il qu'il m'aime,
sur ce banc, dans ce berceau si souvent témoin de notre
innocente affection!

L'autre jour, j'allai à Rouville, je retrouvai ce petit
parterre cultivé sous les fenêtres de ma mère et qu'on
appelait mon jardin; je m'étonnai d'y voir un grand
arbre, mais bientôt je reconnus un petit amandier qu'Olivier m'avait autrefois donné pour ma fête et que j'avais
moi-même planté en ce lieu, l'arbre a vingt pieds de
haut, il a crû tranquillement au milieu de nos troubles
et de nos douleurs, ses progrès insensibles n'ont été
interrompus ni par les chagrins, ni par les larmes, ni
par la mort! Je l'embrassai en pleurant, le jardinier me
dit qu'il avait proposé d'abattre cet arbre qui touche
presque à la maison, mais Olivier a défendu qu'on y
touchât; c'est le même motif qui nous le rend cher!
Adèle, si je n'ai pas de nouvelles d'Olivier, je ne resterai
pas à Flavy; ma sœur, je ne puis y vivre, je souffre trop;
ces heures éternelles me consument. Je n'ose te dire où
j'irai; chère sœur, je veux aller sur le bord de la mer,
me rapprocher de l'Angleterre; mes médecins m'ont

conseillé les bains[1], je m'étais refusée à faire ce voyage, mais je puis avoir changé d'avis ; là, je serai plus près d'Olivier, je verrai la mer qu'il a traversée, les côtes du pays qu'il habite, je ne serai pas si seule que je suis ici, l'air, les vents m'apporteront quelque chose de lui et, s'il m'écrit, je recevrai plus tôt ses lettres.

Aie pitié de moi ; j'ai tort, je le sais, je le sens ; ah! ma sœur! qu'on est heureux de pouvoir juger raisonnablement le sentiment, de le soumettre au calcul, aux convenances! Adèle, le bonheur ressemble à ces plantes qui enivrèrent les voyageurs de notre vieil Homère, quand on en a goûté une fois, tout le reste est fade, il n'y a plus dans la nature que ce seul aliment qui puisse nous nourrir et nous satisfaire, et l'on risque la vie, le repos, l'honneur pour le retrouver[2].

LETTRE II

LA COMTESSE DE NANGIS
À LA MARQUISE DE C.

J'ai été surprise hier par la visite de Lord Exeter ; il a su que j'étais ici par un de mes gens qu'il a rencontré sur la route ; il arrivait d'Angleterre, il avait vu Olivier ; je l'ai trouvé, m'a-t-il dit, fort changé et fort maigri ; il vient d'être malade ; il va passer quelques semaines à l'île de Wight[3] pour tâcher de se rétablir ; il partait le lendemain. Je voudrais pouvoir te peindre, mon Adèle, ce que j'éprouvais en entendant cette voix monotone de Lord Exeter prononcer froidement ces paroles! Le désaccord dans les mouvements du cœur irrite comme le désaccord en musique, mais fait bien plus de mal[4]. J'ai essayé inutilement de savoir quelque chose de plus, l'amitié des Anglais s'arrête à un certain degré où l'intimité commence. Ils font trois cents lieues pour aller voir un ami, mais ils ne se croient pas le droit d'entrer dans sa chambre quand il est malade ; cependant, cela me faisait du bien de voir quelqu'un qui avait vu Olivier, d'entendre la voix qui lui avait parlé, je questionnai Lord Exeter; je tâchai de ne montrer que le degré d'intérêt qui m'est permis, de cacher hélas! celui qui m'est défendu, mais notre conversation ne m'apprit rien de plus; Lord Exeter me redisait la même chose, sans varier, sans rien ajouter, presque dans les mêmes termes: il a été malade, il est changé, il est maigri, il part pour l'île de Wight; c'était tout ce qu'il savait, mais un Français aurait fait quelque chose de cela. Les Anglais ont un positif et une vérité dans l'esprit qui déconcertent l'agitation et poussent l'inquiétude au désespoir. Quand Lord Exeter m'a quittée, je ne savais que devenir; j'ai donné des ordres pour mon départ, j'irai à Dieppe[1], et de là, j'enverrai Julien[2] à l'île de Wight, il me rapportera des nouvelles d'Olivier et sa réponse; je sais tout ce que tu peux me dire, chère sœur, c'est toi que j'offense, je ne suis responsable de moi qu'à toi seule; toi seule es mon juge; mais Adèle, je suis trop malheureuse et il faut que tu me pardonnes.

LETTRE III

LA COMTESSE DE NANGIS
À LA MARQUISE DE C.

De Dieppe.

J'ai reçu au moment où je quittais Flavy la lettre que je t'envoie. J'ai fait partir ce matin Julien avec ma réponse; mon voyage s'est bien passé, je n'ai rien vu, rien regardé; cette mer immense ne m'a point frappée comme la première fois; la passion borne tout, elle enchaîne l'imagination, elle la fixe sur un seul objet. Tout est indifférent quand tout est secondaire[3]. J'attends ici la réponse d'Olivier. Si je n'obtiens pas sa confiance, que deviendrai-je? Ma sœur, peut-on vivre

quand on a perdu tout ce qui fait aimer la vie? Olivier
est libre, il pourrait être à moi et il ne le veut pas! Le
malheureux! il ne le peut pas! un devoir! un obstacle!
et quel devoir! et quel obstacle! Adèle, sais-tu ce que je
crains, c'est de perdre la raison! Cette pensée unique
qui me poursuit, qui me dévore, qui s'attache à moi, la
nuit, le jour, à tout moment, à toute heure! Je sens,
dans cette pensée, une puissance inconnue; elle m'a
saisie, et je me débats inutilement sous son empire;
mon esprit préoccupé ne peut plus être distrait par
rien, la vie semble avoir perdu pour moi tout mouvement; chaque objet rappelle la même idée, je la retrouve
en tout lieu et dans mes moindres actions; pourrait-on
donner le nom frivole de curiosité à ce besoin impérieux de percer un mystère dont dépend la vie, et
encore, si ce n'était que ma vie! Mais, Adèle, je perdrai
Olivier, il est malade, il est désespéré, il veut mourir,
dit-il, eh bien! nous mourrons ensemble; alors je saurai
tout; alors, comme il le dit dans sa lettre, se mêleront
nos deux vies, nos deux substances, et son âme ne
pourra plus rien cacher à la mienne. Je serai plus heureuse dans ma mort que je ne le fus de ma vie. Adèle!
que peux-tu penser de moi! quel mépris peut-être mes
lettres élèvent en toi! Ta sage raison se révolte contre
ma faiblesse, hélas! ma sœur, c'est pour l'état où je suis
qu'il est dit: ne jugez pas; non, ne dispute rien à la passion, elle seule sait ces secrets, cette langue terrible ne
s'apprend qu'aux dépens du repos, du bonheur, de la
paix de la vie entière; on la paie trop cher pour n'avoir
pas le droit de la parler; mais crois-tu que ce soit un
soulagement? Non, Adèle, en te peignant mes tourments, je les augmente[1]; chaque nouvelle forme que je
donne à mon inquiétude la fortifie et la redouble, car ce
qui est vrai est fécond, et la douleur comme le reste, je
te quitte, ah! ma sœur! donne-moi toute ta pitié.

LETTRE IV
LE COMTE DE SANCERRE
À LA COMTESSE DE NANGIS

Que de sentiments divers votre lettre a excités dans mon âme! Louise! pour un moment la joie a surmonté tous les autres, j'ai été heureux en dépit du sort et de la fortune, j'ai tout oublié hors que j'étais aimé de vous[1], hélas! j'ai oublié aussi que je vous entraînais avec moi dans cet abîme dont j'avais voulu vous sauver, comment résister au charme de me sentir préféré par Louise! aimé comme j'aime, de retrouver dans votre âme l'image de tout ce qu'éprouve la mienne! union délicieuse! sécurité touchante! et c'est à ce bonheur qu'il faut renoncer! renoncer pour toujours! renoncer pour moi! pour toi! Il faut que je t'immole à une fatalité qu'il ne m'est pas même permis de te faire connaître! Unique bien de mon cœur, peut-on survivre à un tel tourment? Non, sans doute; quand je croyais t'aimer seul, j'étais malheureux; tu m'aimes et je suis désespéré; je dois mourir; vous avez prononcé sur mon sort, que me resterait-il désormais? La gloire, la fortune, l'ambition, tout est fini pour moi[2], sans toi rien ne me touche, sans toi quelles jouissances goûterais-je? Mon orgueil, mes espérances, tous les intérêts de ma vie se sont perdus dans toi, dans l'amour que tu m'inspires; je donnerais pour te posséder tout ce que le monde estime et un de tes regards me rend plus heureux que l'empire de l'univers.

Quelquefois, me retraçant les souvenirs du passé, je m'arrête sur ces jours de notre première jeunesse, jours de bonheur où je m'ignorais moi-même, je t'aimais et, dans ma sécurité trompeuse, je ne voyais devant nous qu'une paisible union et un éternel amour. Grand Dieu! l'amour est resté, il est resté seul! et une barrière insurmontable s'est élevée entre nous deux. Je tends les bras

vers toi comme le malheureux qui périt dans un naufrage, mais tu ne peux me sauver, et jamais, jamais,
nous ne serons unis[1]! Ah! Louise! tu me demandes
mon secret, mais je ne puis te le dire, tout en moi se
révolte à l'idée de le révéler[2]; le désespoir, la honte, se
partagent ma triste vie. Ne me questionne pas; crois-
moi, Louise, la mort est le seul remède à mes maux,
dans un froid cercueil, je retrouverai la paix, j'irai t'attendre dans ce monde des affections vivantes[3]; là, cette
passion inexplicable qui m'entraîne vers toi sera satis-
faite; là se mêleront nos deux vies, nos deux substances,
là, s'accomplira ce mystère d'amour... Ah! Louise! il ne
fallait pas te revoir, te revoir et te quitter était au-dessus
des forces d'un homme. Tu ne sais pas avec quel effort
je reste éloigné de toi; si je cessais un moment de résister, mes pas se tourneraient vers toi comme d'eux-
mêmes, tu m'appelles sans cesse, et mes pensées, mon
esprit, mon cœur, mon âme, tout vole vers toi comme
l'aimant vers le pôle qu'il chérit[4]. As-tu senti comme
moi le délice de ces instants que nous venons de passer
ensemble? Ah! ils m'ont rendu bien plus heureux que je
n'ai osé te le dire. Ta présence suspendait mes maux,
ton sourire effaçait toutes mes peines et suffisait à mon
bonheur, loin de toi mes pensées restent imparfaites,
mes sentiments ne sont qu'ébauchés, j'ai besoin de toi
pour tout; et je sens près de toi que l'amour seul complète la vie; et cependant, croiras-tu que pendant ces
deux mois, je n'ai jamais voulu m'avouer que j'étais
aimé de toi; je cherchais à me persuader que tu n'éprouvais pour moi qu'une amitié de sœur, que ton bonheur
n'était pas compromis par ma présence, que ta tran-
quillité excusait ma faiblesse. Louise, tu m'aimes! je
suis donc coupable[5], mais qu'importe, cette certitude
d'être aimé de toi m'est plus chère que tout le reste, et
si tu es comme moi, tu refuserais la paix et le repos
qu'il faudrait acheter par l'indifférence, soyons malheureux en nous aimant, et ne nous plaignons pas du sort
puisqu'il ne nous a pas tout ôté. Mon désespoir s'est

calmé en vous écrivant, je prévois quelque douceur à recevoir une lettre de vous, répondez-moi à l'île de Wight; là, je serai plus près de vous; là, je pourrai peut-être entrevoir la France; chère Louise! mon amie, ma sœur! pourquoi ne puis-je te donner le nom chéri qui renferme en lui seul, toutes les affections, tous les amours! À cette pensée mon âme se bouleverse de nouveau et l'amertume y reprend sa place. Adieu! j'aime mieux te quitter avec un sentiment doux.

LETTRE V

LA COMTESSE DE NANGIS
AU COMTE DE SANCERRE

Non Olivier, on n'est point malheureux quand on est aimé ainsi, ce serait nous calomnier nous-mêmes que de croire que nous ne trouverons pas le bonheur dans une douce, paisible et innocente affection. Je veux oublier les engagements que vous pouvez avoir pris, ils laissent libres les sentiments de votre cœur puisque vous me les avez donnés, dites-moi que vous pouvez me les conserver toujours et je serai heureuse, je crois qu'il y a assez de sensibilité, assez de délicatesse en celui que j'aime, pour qu'il ne cherche pas uniquement le bonheur dans ce qui en est, hélas! si souvent, le complément et la fin; notre amour, Olivier, est plus relevé que ces amours vulgaires; si vos liens vous laissent libre d'éprouver de l'amour tout ce qui ressemble à l'amitié, je serai heureuse de mon partage et je ne souhaiterai rien de plus[1], l'intime confiance nous restera, l'union, la conformité des sentiments, ce qui attire, ce qui retient, ce qui fait qu'on se devine et qu'on est deux pour porter tous les fardeaux et pour sentir tous les plaisirs de la vie. Mais cette confiance, le premier devoir de l'amitié, Olivier! vous y avez déjà manqué, vous m'avez quittée pour me rendre libre, disiez-vous? Non, cette idée n'est pas de vous ; jamais vous n'avez eu la pensée que je serais heureuse sans vous, que je me ferais un bonheur où vous ne seriez pas ; c'est là un conseil, c'est un raisonnement de l'indifférence, elle seule peut croire possible qu'on reste libre, abandonnée de ce qu'on aime, heureuse loin de ce qu'on aime ! L'amour sait trop bien que cela ne se peut pas, vous le saviez, Olivier, pourquoi avez-vous agi par une impulsion étrangère ? Va, ne l'écoute plus ; seuls, nous savons ce qu'il nous faut. Ils appartiennent à un autre monde, ceux qui veulent nous conseiller et nous juger, nous ne leur demandons rien, qu'ils nous laissent en paix ; ensemble, nous pouvons vivre, ensemble nous pouvons mourir, et si nous sommes malheureux, nous trouverons au fond de nos souffrances cette consolation qui reste toujours dans une position, telle misérable qu'elle soit, quand elle est simple ; les maux désespérés se font par des mains étrangères ; comme ces infortunés qui, pour s'ôter la vie, sont obligés d'emprunter des armes factices, leurs propres forces les abandonneraient dans cette tâche difficile, ils les sentiraient décroître avec la douleur, ils n'en auraient qu'à proportion de ce qu'ils peuvent souffrir. Ne me faites donc de mal, Olivier, que celui que vous croirez nécessaire, ne vous en rapportez qu'à vous, vous seul savez ce secret qui me paraît moins redoutable puisqu'il nous permet de nous aimer, voyez ce qu'il faut lui sacrifier ; mille conjectures plus bizarres les unes que les autres se présentent à moi et se détruisent dès que je veux les examiner, est-ce l'honneur qui vous force au silence ? Avez-vous fait un de ces serments dont la mort seule peut délier ? Ne me trompez pas. Dites-moi seulement qu'un jour, vous me révélerez ce mystère ; il éloigne deux cœurs faits pour s'aimer, et qui s'aimeront en dépit de lui, mais, Olivier, il n'exige pas que nous ne nous voyions plus ! Olivier, vous êtes sur cet autre rivage, un abîme immense est entre nous, mais il ne nous sépare pas, je vis en toi, tu vis en moi, et ces deux moitiés de la même âme se réuniront tôt ou tard.

LETTRE VI

LE COMTE DE SANCERRE
À LA COMTESSE DE NANGIS

Je serais le plus méprisable des hommes si je n'en étais pas le plus heureux, ma Louise, tu m'as rendu digne de toi, tu transformes mon âme, tu l'élèves, tu l'épures, mais il faudrait qu'elle participât de la nature de l'ange[1] pour approcher de la tienne. Oui, celui qui est aimé de toi peut trouver son sort assez beau pour n'en pas envier un autre, la félicité que tu donnes est plus complète que tous les transports des vulgaires amours, elle ne laisse ni honte, ni regrets, et elle durera toujours. Ma bien-aimée Louise! que tu as raison de ne pas vouloir admettre dans notre sort une intervention étrangère. Seuls, nous nous comprenons; seuls, nous pouvons nous entendre; quel bonheur est devant nous! Dans une douce confiance, nous verrons s'écouler nos jours; nous verrons la vieillesse s'approcher sans la craindre, car elle ne pourra rien nous enlever; et la mort même ne nous causera point d'effroi, puisqu'elle ne saurait nous désunir, mais, Louise, ces mystères, ce secret, qui m'ôte hélas! le nom de ton époux, comment répondre à tes questions?... Je puis te confier ce secret, il n'intéresse que moi, il ne regarde que moi, et l'honneur ne me défend pas de le révéler. Si tu l'exiges, je le déposerai dans ton sein, mais, Louise, je te l'avoue, il m'en coûtera un effort douloureux. Cependant, si tu le veux, si tu veux connaître le motif de cette conduite bizarre qui deux fois m'a fait renoncer à celle que je n'ai jamais cessé d'adorer, alors, je me ferai violence, alors, je te dirai tout, mais, Louise, si tu exiges cette confidence, peut-être resterai-je encore quelque temps loin de toi. Je sens que je ne pourrais te voir dans ce premier moment. Ah! Louise! tu me devines peut-être, mais non, ce secret fatal ne peut être deviné, et moins par toi que par personne!

Réponds-moi, prononce sur mon sort, dispose de ma vie ; seule, tu en disposeras désormais ; près de toi, je n'aurai plus de bonheur, de plaisir, d'intérêts, que les tiens ; cette union plus sacrée que tous les liens que le monde estime, ne sera jamais brisée. Après une vie innocente, le même cercueil nous réunira tous deux, et nous aurons arraché au sort jaloux des plaisirs que ceux qui se croient heureux ne connaissent peut-être pas. Une seule chose me trouble, c'est la crainte de nuire à ta réputation en vivant près de toi ; que dira le monde en me voyant te consacrer ma vie ? Je méprise-rais ses discours s'ils n'atteignaient que moi, mais je sens que je n'y serai que trop sensible s'ils censurent ta conduite ; cependant, Louise, nous sommes rapprochés par tant de liens, la nature semble avoir voulu nous unir, pourquoi n'a-t-elle pas achevé son ouvrage ? Qu'il est douloureux de trouver des motifs d'inquiétude dans ce qui devrait faire la gloire comme le charme de ma vie ! Je veux écarter cette pensée, rappeler ta douce image et accepter, si je puis, comme une expiation de mon bonheur tout ce qui lui manque. Ah ! Louise ! que cela est difficile !

LETTRE VII

LA COMTESSE DE NANGIS
AU COMTE DE SANCERRE

Gardez votre secret, Olivier, je renonce à le savoir, non, je n'exigerai pas de vous ce qui vous coûterait un effort douloureux ; je donnerais ma vie pour vous épar-gner des peines, mais je ne vous en causerai jamais aucune, d'ailleurs ce secret ne nous sépare plus, je consens à l'ignorer puisqu'il nous permet d'être heu-reux ; il est possible que j'eusse été moins généreuse il y a quinze jours, vous me fuyiez alors, vous me disiez de vous trahir, de me donner à un autre, je voyais dans ce mystère la cause du malheur de ma vie ; à présent, je le trouve encore plus inexplicable peut-être, mais bien moins douloureux, oublions-le, cher Olivier, ne le laissons pas troubler la félicité qu'il n'a pas le pouvoir de détruire, on dit qu'il faut occuper l'esprit pour l'empêcher de s'égarer, j'occuperai ton cœur pour t'empêcher de souffrir ; dans notre innocente union, je te rendrai si heureux que tu oublieras ton secret et toutes tes peines, et si, peut-être, un jour, dans l'épanchement d'une douce confiance, tu te le rappelles, ce sera pour t'étonner d'avoir pu cacher quelque chose à l'autre moitié de toi-même. Vois combien je suis difficile, je refuse ton secret si tu le confies, et je prétends qu'il t'échappe.

Viens donc ! et que rien ne te retienne plus, je ne te dirai pas comme Égée[1] : attache une marque à la voile de ton vaisseau, je le reconnaîtrai entre tous ; quelque chose de toi te devancera à travers les vents, je saurai que tu approches, comme on dit que le voyageur fatigué pressent dans le désert la source qui va le rafraîchir. Viens ! Olivier, mon ami, mon frère ! celui que j'ai toujours aimé, que j'aimerai toujours, viens, je t'attends pour tout. Pour voir ce qui m'entoure, pour reprendre au plaisir, pour croire au bonheur ; je t'attends pour former des projets, pour goûter l'espérance, hélas ! je t'attends pour vivre !

Ne me parle point des dangers que court ma réputation, ils n'existent pas, et s'ils existaient, je ne compterais pas ce sacrifice ; mais, tout nous rapproche, nous formons avec Adèle toute notre famille, et loin qu'on puisse s'étonner que nous nous voyions sans cesse, on aurait lieu de s'étonner si nous ne nous voyions plus ; viens donc, viens sans crainte, et que le délice de nous revoir nous paie, en une fois, tout ce que nous venons de souffrir.

LETTRE VIII

LA COMTESSE DE NANGIS
À LA MARQUISE DE C.

Chère Adèle, Olivier est revenu, il est ici depuis deux jours et je suis aussi heureuse que tu m'as vue misérable. Chère sœur, nous ne pouvions pas vivre séparés, c'était une folie que de le croire. Un mystère, un obstacle insurmontable empêche que nous ne puissions être unis. Olivier a voulu me confier son secret, cet aveu lui coûtait, je l'ai refusé, mais qu'importe ? Nous pouvons vivre près l'un de l'autre, Olivier sera mon ami, il ne me quittera plus, nos jours s'écouleront dans la paix et dans l'innocence, Adèle, on ne sait pas quel bonheur donne la présence de ce qu'on aime, indépendamment de tout le reste, on ne sait pas quel charme il y a à être entendu, à être deviné, à sentir ensemble et à se comprendre sans s'être rien dit. Je rentre en possession de tout cela et il me semble que je retrouve la vie, je jouis de tout, j'admire la nature et je rends grâce à son auteur qui a permis qu'Olivier me fût rendu. Quelquefois, chère sœur, nous suivons les bords de cette vaste mer, orageuse comme nos cœurs ; en ce moment une tempête l'agite, un vent léger l'effleurait à peine quand elle m'a ramené Olivier, en quelques heures, une frêle barque l'a porté sur tous ces abîmes, désormais je serai sa barque, je le sauverai aussi de tous les dangers, de tous les abîmes, il m'a confié son bonheur, il s'est chargé du mien.

Une seule chose m'inquiète, chère sœur, c'est que tu ne désapprouves ce qui me rend heureuse, mais crois-moi ; il n'y a pas une raison, une vérité absolue. Hors les principes éternels de la religion et de la morale, tout se modifie, tout est relatif dans le monde, et c'est le caractère et la manière de sentir qui font la vérité des diverses conditions du bonheur. L'ambitieux croit voir le réel de la vie dans les honneurs et les dignités, l'orgueilleux dans les succès, l'avare dans l'argent; pour une âme tendre, chère sœur, le réel de la vie, c'est d'aimer et d'être aimée, voilà le vrai pour moi, je n'en connais pas d'autre, c'est là ce qui me fait vivre, c'est là ce qui me ferait mourir. Confie-toi comme moi à l'honneur d'Olivier, crois que la vertu nous est également chère, ne crains rien, vis tranquille, et ne gâte pas par tes inquiétudes le bonheur dont je jouis.

Je vais passer encore quelques jours ici, ce pays me plaît. La mer donne de la grandeur au paysage parce qu'elle place à côté de la paix des champs l'image des dangers et de la mort. Ces voiles lointaines ramènent les idées vers leurs missions aventureuses, on pense à l'espace qu'elles vont traverser, aux rivages inconnus qui les attendent, aux hasards qu'elles vont courir; symboles de la vie, elles ignorent ce que le sort leur réserve, elles fuient avec l'espérance dont elles portent l'emblème à leur pied.

J'ai retrouvé ici une compagne de notre enfance, Henriette de D. Tu te rappelles qu'après la mort de son père elle suivit sa mère en Normandie, elle a épousé depuis peu le baron de T., un jeune homme fort agréable, qui possède une petite terre près de Dieppe où ils demeurent toute l'année, ils ne sont pas riches mais ils sont très heureux[1], Henriette n'a ni talent, ni beaucoup d'esprit, mais sa simplicité et je ne sais quel goût naturel lui tiennent lieu de tout le reste, on se plaît avec elle, parce que tout est vrai dans ses paroles et dans ses manières, elle sait peu, mais elle sait bien, elle est contente de son lot, mais ne dédaigne point ce qu'elle ignore, elle exprime naturellement le plaisir ou la curiosité que lui causent les choses nouvelles, elle ne connaît ni le dédain, ni l'envie, elle admire ou blâme tout bonnement, et comme elle est bienveillante par nature, il n'est pas difficile de lui plaire; je la vois souvent. Son mari l'aime beaucoup, l'amour lui fait oublier la pêche et la chasse, que ne fait-il pas! Ne suis-je pas

tout près de plaisanter! Ah! ma sœur! quelle mobilité
que la nôtre! Quoi! j'étais malheureuse il y a quinze
jours! Cela peut-il se croire!

LETTRE IX

LA COMTESSE DE NANGIS
À LA MARQUISE DE C.

À l'île de Wight, le 10 juillet.

Ma chère Adèle, cette date t'étonnera, mais ne fais
point une mine fâchée, je ne suis pas seule ici, ou ce qui
serait bien pis, je n'y suis pas seule avec Olivier; nous
sommes tous venus dans un joli bateau pêcheur qui
appartient au baron de T. Le temps était si beau, la mer
si calme, Olivier désirait tant me montrer un petit coin
de l'Angleterre, enfin me voilà. Ce matin, nous avons
parcouru toute l'île en calèche. Je suis forcée d'avouer
que nous n'avons point d'arbres en France, c'est ce
qu'Olivier voulait me prouver, il n'y a que trop réussi;
ils ont une forme, un port, une verdure, un feuillage
incomparables, de la grâce dans des proportions gigan-
tesques, voilà les arbres en Angleterre. Cette île ressemble à un petit monde à part, tout est petit hors les
arbres, d'étroits vallons, des coteaux qui s'élèvent à
peine mais dont les pentes sont gracieuses, des rochers,
la mer sans bornes qui finit le paysage et laisse la pensée indéterminée; ce qui me frappe ici particulièrement, c'est l'ordre et l'arrangement qui règnent partout,
le caractère d'un peuple se fait sentir dans l'aspect de
son pays, il y a des soins auxquels aucune police ne
peut forcer, il faut qu'ils soient inspirés par le goût
national, on prend involontairement de l'estime pour
les Anglais en admirant cette propreté qu'ils établissent
chez eux, elle fait la parure et une grande partie du
charme de leur joli pays, les maisons sont petites mais

soignées, l'image de la négligence et de la misère ne se présente nulle part. Si l'on est ruiné, on vend sa maison et on en achète une plus petite, mais on vit toujours dans la proportion de ses moyens, et jamais une magnificence délabrée n'atteste aux voyageurs la misère vaniteuse du propriétaire. Peut-être cependant suis-je injuste, et je me reproche d'avoir écrit ce mot. Qui sait si un sentiment touchant ne nous attache pas aux ruines du château qu'ont habité nos ancêtres? si nous ne préférons pas leurs portes disjointes, leurs toits ébranlés à des habitations sans souvenirs? Il faudrait rester plus longtemps ici que je ne compte le faire pour décider cette question; du reste, l'ensemble de tout ce que je vois m'est agréable. Nous nous sommes étonnées quelquefois de cette couleur harmonieuse que les Anglais savent donner au paysage; ici, elle m'est expliquée, ils en ont le modèle sous les yeux, cette couleur est sans éclat, mais elle est suave, elle plaît comme le demi-jour.

Nous avons débarqué sur la côte sud-ouest près du petit village de ***. L'auberge est à cent pas du hameau, on croirait qu'un peintre en a choisi le site; le vallon, brillant de verdure, ombragé par des chênes antiques, est arrosé par un petit ruisseau qui porte en tribut sa goutte d'eau à l'océan et use ainsi de ses droits comme un grand fleuve; des rochers assez escarpés bordent le vallon du côté où l'auberge est bâtie, cette chaîne se prolonge vers la mer comme un promontoire à l'abri duquel est un petit port, le mouvement de ce port anime le paysage, on voit que la paix qu'on goûte dans cette retraite n'a rien de monotone, on lui appliquerait cette définition qu'un homme d'esprit donnait du bonheur: «l'intérêt dans le calme[1]».

Notre jolie auberge est si petite qu'elle ne contient qu'un parloir et deux chambres à coucher, Henriette en a pris une et moi l'autre, il faut qu'Olivier se contente d'un mauvais galetas, car monter un lit dans le salon, fi donc! il ne faut pas seulement en avoir la pensée. Bon-

soir, chère sœur, demain je retourne en France. Pauvre
France! sais-tu qu'on ne la voit point d'ici?

Jeudi matin.

Je t'écris encore pendant qu'on prépare le bateau, je
suis triste; levée de bonne heure, j'ai voulu profiter de
la fraîcheur pour me promener, j'ai fait avertir Olivier,
on m'a dit qu'il n'était pas réveillé parce qu'il était rentré fort tard la nuit dernière; il vint enfin, il paraissait
souffrant, triste surtout; nous partîmes, je le questionnai, il chercha d'abord à éviter de me répondre, ensuite
il me dit que ne pouvant dormir dans son mauvais gîte,
il s'était promené au bord de la mer une partie de la
nuit; ah! chère Adèle, je ne devine que trop la cause de
ce redoublement de peines, nous voyons ici le bonheur
de trop près! nous sommes heureux mais il faut éviter
les comparaisons.

Notre promenade a été silencieuse, la marée montait,
les vagues venaient se dérouler sur une grève de sable,
un peu au-dessous de nous, la mer s'élevait insensiblement et approchait du pied des rochers, nous restions
fixés là veillant sur ses progrès et comme absorbés par
ce spectacle, et cependant! que nous en étions loin! La
mer a cet avantage qu'on peut penser à la fois à elle et
à autre chose. Son idée n'a rien de fixe, c'est plutôt une
sensation qu'elle fait éprouver, une sensation de vague,
d'infini, qui se mêle à tout et colore les pensées sans en
distraire[1]; adieu, mon Adèle, nous allons partir. Cette
mer que je vais traverser baigne aussi les rivages que tu
habites!

LETTRE X

LA COMTESSE DE NANGIS
À LA MARQUISE DE C.

De Dieppe.

Je trouve, en arrivant ici, une lettre de ma belle-mère qui m'annonce qu'elle sera à Flavy le 20 juillet. Elle m'amène, dit-elle, le marquis de Mussidan. Je le veux bien ; il serait difficile à présent de me donner de l'humeur et, cependant, je ne suis pas contente d'Olivier ; il est souvent triste, il est surtout inégal, nous comprenons le bonheur de la même manière, mais on dirait que nous le sentons différemment. Il est si agité, je suis si tranquille, il me le reproche quelquefois ; les hommes sont bien inconséquents, que voudrait-il donc ? Je quitte Henriette avec regret, il y a quelque chose de doux dans ces demi-sentiments qui font éprouver le charme de la bienveillance et ne menacent pas le bonheur, il serait peut-être sage de s'en tenir à ceux-là.

> *Content but half to be pleased*
> *Content but half to please*[1].

Mais non, Adèle, ce n'est pas là mon lot, et puisque Dieu a voulu que je pusse beaucoup aimer et beaucoup souffrir[2], j'accepte ma destinée ; je me résigne à sentir dans toute leur étendue les biens et les maux de l'âme, je n'envie pas le repos que j'achèterais au prix de ne plus aimer ; aimer, n'est-ce donc pas vivre ?

Quelle espérance faut-il que je conserve de ton retour ? Depuis six mois tu retardes ce voyage, tu m'as promis d'être à Flavy à la fin de l'été, chère sœur, ne me fais pas trop attendre, près de toi et d'Olivier que me restera-t-il à désirer ? Je voudrais, mon Adèle, te peindre le charme du caractère d'Olivier pour te faire apprécier le bonheur que j'éprouve à vivre près de lui ; tu as à peine vu Olivier depuis quatre ans, tu te le rappelles étranger au monde, inégal, souvent boudeur, faisant peu de frais pour plaire, mais plaisant cependant par la vérité de son caractère et la douceur de ses sentiments ; la guerre et les voyages ont fait un autre homme d'Olivier, son esprit est plus assuré, mille connaissances, mille souvenirs varient sans cesse sa conversation. Il attache, il intéresse sans paraître y penser, tout ce qu'il dit est neuf et n'est jamais bizarre, on s'étonne de n'avoir pas trouvé soi-même ce qu'il exprime si naturellement, mais, Adèle, sais-tu un autre charme d'Olivier, c'est que tout cela disparaît au moindre trouble de son cœur, c'est moi qui allume ce flambeau et qui ai le pouvoir de l'éteindre. Je vois dans ses traits l'impression qu'il reçoit de mes paroles[1], ce sentiment si tendre se trahit sans cesse, il me fait jouir du pouvoir qu'il me donne sur lui, il aime à tenir de moi jusqu'à son esprit même, j'éveille ses idées, je console son cœur, dis-moi donc si je ne suis pas heureuse. Je le serais trop pour cette vie, chère sœur, si Olivier partageait ma sécurité, mais, Adèle, il est bien loin de là, depuis quelques jours il est toujours sombre, et quand il est seul avec moi, il est ou trop tendre, ou désespéré ; ce secret ! ce fatal secret ! qu'il nous fait de mal à tous deux ! Sans cela que notre position serait simple ! Comme Henriette, je pourrais avouer tous les sentiments de mon cœur et m'en faire gloire, et lui, pauvre Olivier, il ne serait pas consumé par un regret de tous les moments, je serais à lui, toute à lui ; il ne désirerait plus rien et m'aimerait plus encore peut-être ! Adieu, chère Adèle, je pars dans une heure, Olivier va faire une course à Paris, il ne revient à Rouville que dans huit jours ; je l'exige ; par prudence. Vois ! c'est toi qui me coûtes huit jours de bonheur.

LETTRE XI

LA COMTESSE DE NANGIS
À LA MARQUISE DE C.

Me voici à Flavy, j'ai fait la route avec un sentiment pénible, je ne conçois pas qu'on dise que le souvenir du malheur passé augmente le bonheur présent, je trouve au contraire qu'il l'empoisonne, le malheur n'est jamais si loin qu'on n'ait plus lieu de le craindre, il est au fond du vase, il en est la lie, on sent qu'il est tout près de revenir. J'ai couché à la ville d'Eu[1], j'ai été voir le château et me promener sous les beaux ombrages du parc ; de là, on découvre la mer, elle apparaît entre deux rochers, et une jolie petite ville appelée Tréport est comme suspendue à l'un des deux. De grands arbres, de la verdure, un ruisseau, des rochers, un petit port de mer, cela devrait ressembler à l'île de Wight, eh bien, c'est tout autre chose ! Ici, l'aspect de la campagne s'étend au loin, tout est vaste, tout est ouvert, la pente des coteaux est plus allongée, on voit qu'on est dans un autre pays, chez un autre peuple. Les objets sont les mêmes et la physionomie est toute différente.

Ma belle-mère arrive à Flavy mercredi, Olivier un peu plus tard ; que ces huit jours sont longs ! En les sacrifiant, je me croyais plus de courage ; mais j'ai besoin que la présence d'Olivier vienne de nouveau consacrer des lieux où j'ai répandu tant de larmes ; je souffrirai à Flavy jusqu'à ce qu'il y soit venu, il faut qu'il me laisse de doux souvenirs pour que je puisse y supporter la solitude ; à présent, cette solitude est trop remplie de ce qui n'est pas lui, je le porte partout mais il n'est nulle part. J'apprends que M. de Rieux se trouve dans le voisinage. Je plains sa persévérance ! Comment n'est-on pas averti par un pressentiment secret qu'on ne sera jamais aimé, quoi ! l'amour, parmi tous ses miracles, n'en a donc pas pour guérir la constance inutile, il faut qu'il trompe, même où il ne règne pas !

Ah! chère sœur, voici un billet d'Olivier! Olivier
arrive, je vais le revoir, il est triste, je lui ferai du bien;
il a eu raison de venir; nous n'y pensions vraiment pas,
huit jours étaient trop longs et très inutiles.

LETTRE XII

BILLET DU COMTE DE SANCERRE
À LA COMTESSE DE NANGIS

Ma Louise, j'ai obéi à tous vos ordres, j'ai été hier à
Versailles; le soir, j'ai fait des visites, on m'a vu partout; à présent, que voulez-vous que je devienne? Vous
m'avez rappelé, est-ce pour m'exiler encore? Laissez-
moi retourner à Rouville, revoir Flavy, ne sentez-vous
pas que notre bonheur tient à un fil! Hélas, tout incomplet qu'il est, nous pouvons le perdre! Et jamais, jamais,
nous n'aurons rien à gagner; jouissons donc du peu
que la fortune nous laisse, que je te voie, que je rêve le
bonheur qui ne sera jamais le mien. Ah! Louise, ta présence est le charme qui enchaîne mon désespoir; loin
de toi, je vois mon sort tel qu'il est et je déteste la vie, et
est-ce te voir que de te voir sans cesse entourée? Nous
pouvons passer deux jours ensemble, voudrais-tu me
les arracher? Deux jours! est-ce donc trop? Je serai à
Rouville bien peu d'heures après ma lettre.

LETTRE XIII

LA COMTESSE DE NANGIS
À LA MARQUISE DE C.

Ah! mon Adèle! le bonheur est impossible! Je ne disais
pas cela avant-hier à l'arrivée d'Olivier, mais depuis deux
jours, il semble que sa tristesse augmente à chaque instant. Comment n'ai-je pas prévu ce résultat? Il n'était
que trop probable. Quelquefois il prend mes mains, il

les couvre de baisers, mais bientôt il me repousse, il me fuit, il m'évite, il cherche à me dérober ses souffrances, ah! ma sœur! je n'en devine que trop la cause[1]; si je pouvais donner ma vie pour écarter le devoir qui nous sépare, que je le ferais volontiers, mais je suis condamnée à voir Olivier consumé d'une douleur que rien ne peut soulager, d'un mal que rien ne peut guérir! Eh bien! Adèle, reconnais du moins tes injustices, conviens qu'Olivier ne méritait pas la défiance que tu lui as montrée! Jamais un mot, jamais un accent ne trahit le trouble de son cœur, je le devine, mais il s'immole à moi, il ne me demande ni sacrifice, ni pitié, ah! ma sœur, qu'une conduite moins généreuse aurait bien moins de danger pour moi!

Hier, après le dîner, nous fîmes une longue promenade, nos souvenirs nous retraçaient le passé, Olivier rappela sa tendresse pour moi et son premier départ; j'emportai, me dit-il, tout ce qui pouvait jamais m'appartenir de vous, votre image, elle a préservé mon cœur de tout autre sentiment, je n'ai jamais aimé que Louise. On me disait que vous adoriez M. de Nangis, j'étais jaloux et j'avais le double chagrin de l'être et de me sentir injuste; j'expliquai alors à Olivier la nature du sentiment qui m'avait attachée à M. de Nangis, le besoin de son affection, le désir de le rendre heureux, je racontai comment j'avais échoué dans tous mes efforts; la froideur de M. de Nangis, votre abandon, dis-je à Olivier, m'avaient découragée sur moi-même, je ne me croyais digne de rien, je doutais de tout, je partageais le dédain dont je me voyais l'objet, je pensais qu'il n'y avait rien d'aimable en moi puisque je n'étais point aimée[2]. Mais, Olivier, je ne vous accusais pas, vous étiez resté pour moi un frère chéri, je pensais à vous sans cesse, je désirais de vous revoir et j'excusais à mes propres yeux la vivacité de mes sentiments par l'innocence de mes souvenirs. Nous causâmes ainsi longtemps comme les matelots qui se racontent les tempêtes et les orages de leur vie passée; mais, chère Adèle, je sens que nous ne

sommes pas encore au port[1]. Nous étions rentrés et
nous parlions encore dans le salon de ces temps si remplis de tristes souvenirs, le jour baissa peu à peu, mais
nous étions trop remplis de nous-mêmes pour nous en
apercevoir. Enfin un valet de chambre entra et annonça
M. de Rieux, et, comme au même instant on apporta
des lumières, je vis que nous sortions d'une obscurité
presque totale, je fus embarrassée d'être surprise ainsi
seule avec Olivier, je sentis que je rougissais, et je vis
sur le visage de M. de Rieux qu'il soupçonnait pour la
première fois mes véritables sentiments. Hélas! ces
soupçons me seraient bien indifférents si ma position
était simple, si je pouvais justifier ma tendresse et appartenir à celui que j'aime, je fus troublée toute la soirée;
Olivier et M. de Rieux firent seuls les frais de la conversation et j'eus lieu de le regretter; ils s'aigrirent de
plus en plus; j'entendis Olivier (pour avoir le plaisir
d'être d'une autre opinion que M. de Rieux) soutenir le
contraire de ce qu'il avait dit mille fois, et jamais il ne
montra plus d'esprit qu'en soutenant cette mauvaise
cause, enfin ils cessèrent; M. de Rieux demanda la permission de revenir, et je n'eus aucun prétexte pour le
refuser. Que deviendrai-je! Mon Adèle, ah! ton retour
me serait aussi utile qu'il me serait doux. Pauvre Olivier! que je l'aime! Son bonheur m'est aussi nécessaire
que l'air que je respire, qu'il était triste ce soir quand
il fallut retourner à Rouville! Il ne pouvait s'arracher
d'auprès de moi. C'était la dernière soirée que nous passions seuls; il essayait de me quitter, il revenait. Enfin,
je lui proposai d'aller avec lui jusqu'à la porte du parc,
nous marchâmes en silence par la grande allée droite,
la lune nous éclairait, quand la porte fut ouverte, il me
serra dans ses bras, et, en me disant adieu, ses larmes
se mêlèrent avec les miennes; ô ma sœur! et nous serions
séparés! Adèle, ne sens-tu pas que cela est impossible?
Il faut que le devoir qui s'oppose à notre union soit bien
impérieux, ce devoir qu'il ne peut me révéler sans manquer à l'honneur. Plusieurs fois depuis deux jours, j'ai

tenté d'en obtenir l'aveu, mais il pâlit quand je le questionne ; son visage se décompose et tout mon courage
s'évanouit. Plains-moi, je suis près d'Olivier, je l'adore,
il ne me quittera plus, eh bien ! Adèle, je suis malheureuse, et je ne sais quel pressentiment me dit que je le
serai encore plus.

LETTRE XIV

LA COMTESSE DE NANGIS
À LA MARQUISE DE C.

Ma belle-mère est ici depuis quelques jours, elle a
amené M. de Mussidan. Je n'imaginais pas tout ce que
la contrainte peut ajouter aux tourments de l'âme, cette
pensée unique de mon cœur, à laquelle je voudrais me
livrer tout entière, j'en suis continuellement distraite ;
ma belle-mère se fait un point d'honneur de soutenir
la conversation. M. de Mussidan, en homme de bonne
compagnie, partage ce système, leur entretien se compose surtout de noms propres, je crois que je supporterais mieux une conversation sur les idées, les miennes
peut-être pourraient y trouver place, mais cette galerie
de personnages inconnus, qu'on fait passer devant moi,
me fatigue sans m'amuser. Je me crois au milieu de la
foule avec le mouvement de moins ; hier, nous avons
coulé à fond l'histoire de M. d'Aiguillon et de M. de
La Chalotais[1] ; dans un autre temps peut-être, je me
serais intéressée à ces récits d'événements qui se sont
passés peu de temps avant ma naissance[2] et que je sais
mal, mais rien ne guérit de la curiosité comme l'amour,
toutes les facultés de l'âme sont occupées, il n'y a plus
de place pour le reste.

M. de Rieux vient ici presque tous les jours ; depuis
qu'il a découvert mon secret, sa présence me gêne, il est
triste avec moi et irrité avec Olivier, lorsque j'échappe
aux histoires de la cour de Louis XV, à ses ministres, à

ses chasses, à ses maîtresses, c'est pour entendre les
mots piquants que s'adressent Olivier et M. de Rieux ;
hier ils parlaient des prétentions, Olivier dit : « Il y a de
la lâcheté à prétendre à ce qu'on ne peut obtenir.
— Cela dépend, répondit M. de Rieux, de la nature de
l'obstacle. — On déplaît et on importune, dit Olivier. —
On trompe et l'on trahit », dit M. de Rieux[1]. J'allai près
d'eux, j'essayai de plaisanter, je m'efforçai de rire, et
quand ils me virent, ils cessèrent ; mais ils se retirèrent
comme des ennemis, chacun rentra sur son terrain,
prêt à recommencer le lendemain. Je suis inquiète, agitée, chère Adèle, un malheur me menace, je le prévois
et ne puis l'empêcher.

Je n'ai point dormi, ce matin je suis allée de bonne
heure dans le sentier de Rouville, j'espérais rencontrer
Olivier, en effet je le trouvai près du chêne de Beauval,
je lui reprochai sa conduite, sa tristesse, et surtout son
aigreur avec M. de Rieux : « En quoi peut vous déplaire,
lui dis-je, un homme qui ne vous a point fait de mal et
que je n'aimerai jamais ? Ne pouvez-vous donc vivre
paisiblement avec lui ? — Non, me dit-il, il vous aime ; il
prétend à vous ; cette pensée m'est insupportable, je
suis jaloux, je suis injuste, je le sais, je le sens[2], ah !
Louise ! vous ne savez pas combien la douleur s'augmente par les reproches qu'on se fait à soi-même, il est
pénible d'être mécontent des autres, il est affreux d'être
mécontent de soi. — Mais, lui dis-je, vous pouvez faire
cesser ce mécontentement en renonçant à ce qui le
cause. — Non, me dit-il, je ne suis pas le maître de ce
que j'éprouve quand on veut approcher de vous. Ah !
Louise ! je ne pourrais être heureux avec toi que dans
une profonde solitude. — Mais en dernier lieu, lui dis-
je, nous étions seuls et vous étiez malheureux ? — Il est
vrai, dit-il, je ne sais ce qu'il me faut, je ne sais ce que
je veux, la vie ne peut plus rien pour moi, elle me
fatigue, elle n'a en réserve que des douleurs, et la mort
qui me délivrerait de mes peines me séparerait de toi,
de toi ma bien-aimée ! » Et me regardant avec passion :

«Quoi! dit-il, tu ne seras jamais à moi!» Je fondis en larmes, il me prit dans ses bras, nous restâmes ainsi quelques minutes. Ah! ma sœur! d'un mot j'aurais pu le consoler, mais l'honneur, mais la vertu me défendent de le prononcer, ce mot, et Olivier pourrait-il être heureux si j'étais méprisable?

Je reçois ta lettre! Tu viens! Je ne veux voir que cette espérance et oublier que tu me désapprouves, viens exiger d'Olivier la confidence que je n'ai pas la force de lui arracher; fais de nous ce que tu voudras, mais, si tu veux que je vive, Adèle, ne nous sépare plus.

LETTRE XV

LA MARQUISE DE C.
À LA COMTESSE DE NANGIS

Je pense avec inquiétude, chère sœur, que tu ne recevras cette lettre qu'un mois après la date de celle que tu m'écrivais de Dieppe, il est trop tard, chère sœur, pour te dire ce que je pense du parti que tu as pris. D'ailleurs, es-tu en état d'entendre les calculs et les conseils de la raison, je blesserais ton cœur sans le guérir. Non, je m'arrête à une autre idée; je pars, je vais près de toi adoucir, partager tes peines, te rendre à toi-même, chère sœur, je n'ose dire: partager ta joie; je ne prévois pas qu'elle puisse résulter de ta position actuelle; il est trop probable qu'Olivier n'avait pas pris la résolution violente mais sage de te fuir sans un motif puissant; il évitait le danger; tu l'y plonges; ah! ma sœur! respectons les sacrifices, ils sont toujours inspirés par la vertu. Mais c'est assez; bientôt nous serons réunies, bientôt tu laisseras ton Adèle sonder ces plaies douloureuses. Ah! puisse-t-elle les guérir au prix de son bonheur et de sa vie; quinze jours après que tu auras reçu cette lettre je serai près de toi, chère Louise! Je vais te revoir, t'embrasser, pauvre sœur, que tu as souffert!

Ah! lorsque ton cœur est déchiré, peux-tu dire que le mien est tranquille!

LETTRE XVI

LA COMTESSE DE NANGIS
À LA MARQUISE DE C.

Ta lettre a causé beaucoup de trouble à Olivier, chère sœur, il craint que tu ne veuilles nous éloigner l'un de l'autre, je lui ai juré que la mort même ne nous séparerait pas, mais rien ne le calme, rien ne le console, il est pâle, il est malade[1] et il me le cache; depuis deux jours, il ne vient plus à Flavy, il souffre davantage dans le monde, la vue des indifférents lui fait mal, mais ma belle-mère doit partir dans quelques jours, et peut-être qu'alors nous serons moins importunés de visites; chère sœur, pense que le bonheur d'Olivier est bien plus pour moi que ma vie, plus hélas! que tout le reste; ainsi, n'arrive point ici avec des projets sévères, ne demande que des sacrifices possibles; peut-être fallait-il ne pas nous revoir, mais, Adèle, maintenant rien ne peut plus nous arracher l'un à l'autre, le tenter, ce serait nous apporter des peines inutiles, et même, resserrer encore nos liens.

J'ai voulu te dire cela pour prévenir les plans que tu pourrais former pendant la route, j'ai voulu te dire ce qui était possible, et ce qui ne l'était pas; tu recevras ceci à Rome, déjà plus près de moi. Ah! chère sœur, tu ne me retrouveras plus; Louise n'est plus ce que tu l'as laissée; tout entière au sentiment qui remplit mon cœur, mon existence est perdue dans celle d'Olivier, je n'ai plus d'opinions, de pensées, d'idées que les siennes, il est le souffle qui m'inspire et son âme habite bien plus en moi que la mienne, je souffre sans doute et cependant je ne donnerais pas cette souffrance pour tous les bonheurs; un regard d'Olivier paie toutes mes peines,

et renoncer à lui, chère sœur, me serait bien plus impossible que de renoncer à vivre, épargne-nous donc, traite-
nous comme des malades, comme des insensés; hélas!
peut-être le sommes-nous. Quelquefois je m'étonne de
l'état où je suis, je redemande à Dieu ma force, ma
raison, ma vertu; mais s'il faut acheter tout cela aux
dépens de la vie d'Olivier, que je me perde et qu'il soit
sauvé; aie pitié de moi, Adèle, je rougis devant toi et
cependant je ne suis pas encore coupable.

LETTRE XVII

LA COMTESSE DE NANGIS
À LA MARQUISE DE C.

Tout est sujet de trouble pour Olivier. Hier, il a été
profondément blessé, et j'en suis cause, il voulait retourner à Rouville, pourquoi l'ai-je retenu?

Pour te faire comprendre ce récit, il faut que je t'explique la nouvelle distribution de l'appartement de Flavy.
Tu ne connais pas la grande galerie de trois pièces, on
n'en a fait qu'une, des arcades, des colonnes marquent
la place que les murs occupaient autrefois, l'intervalle
du milieu est resté en bibliothèque et, aux deux côtés de
la cheminée, sont des niches avec des sofas et des tables
couvertes de livres et d'estampes[1]; les tables de jeu sont
à un bout de la galerie du côté du billard et le métier de
ma belle-mère est placé à l'autre extrémité près de la
grande porte qui donne sur le jardin; hier la chaleur
était extrême, on ne put sortir; après le dîner, ma belle-
mère s'établit à son ouvrage; je restai auprès d'elle;
M. de Mussidan et M. de Rieux se mirent à jouer au
trictrac dans la partie de la galerie la plus éloignée de
nous, Olivier resta un moment près de moi, puis passa
dans le jardin, puis rentra (probablement sans être
aperçu), alla s'asseoir sur un des sofas et, s'appuyant
sur une table, il se mit à regarder quelques gravures qui

se trouvaient là ; de cette manière il n'était séparé de
M. de Rieux et de M. de Mussidan que par une colonne,
il ne pouvait en être vu, mais je le voyais, moi, ainsi
qu'eux, et bientôt je remarquai que l'attention d'Olivier
était fortement excitée par ce qu'il entendait dire à
M. de Mussidan et à M. de Rieux ; leur partie était finie
et ils causaient d'un air animé à demi-voix et je ne pouvais saisir ce qu'ils disaient à cause de l'éloignement,
hélas ! Olivier ne les entendait que trop bien[1]. Je le vis
pâlir, rougir, deux fois je le vis se lever, comme pour
aller à eux, enfin je vis M. de Mussidan se pencher sur
le trictrac et dire quelques mots tout bas à M. de Rieux
qui se mit à rire ; Olivier alors poussant la table avec
une espèce de fureur se montra tout à coup, une expression de colère et d'indignation que je ne lui avais jamais
vue couvrait ses traits ; saisie d'effroi, j'allai à eux, espé-
rant machinalement détourner l'impression de cette
scène. M. de Mussidan et M. de Rieux avaient l'air
embarrassé, une légère nuance de moquerie sur les
lèvres de M. de Rieux changea en irritation la disposition conciliante que j'apportais, cependant, tout semblait calmé, Olivier était sorti par la porte du billard et
les autres ne semblaient pas se souvenir de ce qui s'était
passé, qu'ont-ils pu dire ! il m'est impossible de le deviner. Olivier ne reparut pas. Distraite, agitée, je fus obligée de me faire une violence extrême pour rester dans
le salon. Ce matin j'allai dans le sentier de Rouville, j'y
trouvai Olivier, plus changé, plus abattu que je ne
l'avais vu de ma vie, je le questionnai, je lui laissai voir
mes craintes : « Non, me dit-il, je n'aurai même pas la
satisfaction de me battre contre M. de Rieux[2], en ce
moment du moins ; il faut que je dévore cet outrage ; il
jouira du plaisir de m'avoir humilié, ma vengeance ne
serait pour lui qu'un succès de plus. Ah ! Louise ! que
mon sort est affreux ! Vous ne concevez pas la millième
partie de ce que je souffre ! Je vous adore, vous ne pouvez être à moi, et je vois un homme qui vous aime me
mépriser sans qu'il me soit permis de lui arracher la

vie! — Vous mépriser! m'écriai-je. Comment vous ser-
vez-vous de cette expression révoltante; cher Olivier!
qui ne t'estime pas, qui ne t'honore pas? Ces mêmes
hommes que tu accuses vantaient hier au soir ton
caractère avec enthousiasme, ta noblesse, ta générosité,
ta brillante valeur!» Il soupira: «Hélas! dit-il, si tu pouvais être à moi, j'oublierais tout le reste.» Ô ma sœur!
voilà sa douleur, sa véritable douleur! il n'en a pas
d'autre, il ne peut en avoir une autre. Ma belle-mère
part demain, M. de Rieux retourne pour quelques jours
à Paris, Adèle! que deviendrai-je!

LETTRE XVIII

LA COMTESSE DE NANGIS
À LA MARQUISE DE C.
(adressée à Lyon)

J'ai fait dire ce matin à Olivier que ma belle-mère et
M. de Rieux étaient partis, il est venu à onze heures;
mais, Adèle, dans une mélancolie, dans un abattement
qui ont achevé de me désespérer, à peine m'a-t-il parlé,
ses phrases étaient courtes et entrecoupées, il me répondait quelquefois sans avoir paru m'entendre. Je lui ai
dit que maintenant que nous étions seuls nous nous ver-
rions sans cesse. Il a secoué la tête d'un air de doute,
j'ai voulu lui tracer le plan de notre vie, rappeler
quelques-uns des projets qui nous charmaient autrefois,
il m'a regardée fixement: «Louise, m'a-t-il dit, vous
vous efforcez de sauver un malheureux entraîné par
son sort, croyez-moi, tout est inutile, laissez-moi périr;
une seule chose pouvait me rattacher à la vie, et ce
bien, je ne le posséderai jamais. — Olivier, Olivier, lui
dis-je, c'est donc là le secret de votre douleur! — Ne me
parlez pas, me dit-il, je sais tout ce que vous pourriez
me dire, laissez-moi rester près de vous, en silence,
tenir seulement votre main; si je pouvais mourir ainsi!

— Voilà donc, lui dis-je, le bonheur que nous nous étions promis ! Ah ! qu'Adèle avait raison ! il faut respecter les sacrifices, ils sont inspirés par la vertu. — La vertu ! répéta-t-il avec impatience, c'est votre repos que je cherchais, le trouverez-vous dans mon absence ? Serez-vous heureuse si je vous quitte ? Dites-le, et je suis prêt à partir. — Olivier, lui répondis-je, rien ne nous séparera jamais, pas même la mort. » Il pressa ma main sur son cœur. « Qu'avez-vous ? lui dis-je, qu'avez-vous ? ne me le cachez pas. Ce secret nous fera moins de mal quand nous le saurons tous deux. » Il ne me répondit pas. J'insistai encore : « Olivier ! lui dis-je, par pitié, ne me cache pas la vérité, faut-il te suivre au bout du monde ? mendier avec toi, partager avec toi l'exil, le déshonneur, tout ? Tout n'est rien ! je ne sentirai pas les maux qui m'atteindront dans tes bras, ce rempart m'abritera de tout, de tous les orages de la vie, je n'en sentirai que le bonheur[1]. — Le bonheur, répéta-t-il avec un accent douloureux. — Ah ! m'écriai-je, si je pouvais seulement donner ma vie pour toi, pour te consoler, pour te faire du bien ! — Dieu, Dieu ! quel supplice ! dit-il. — Tu ne m'aimes donc pas, repris-je, puisque tu résistes à mes prières ? — Je ne t'aime pas ! dit-il, moi ! je ne t'aime pas ? » et me saisissant dans ses bras, il me serra sur son cœur d'un air égaré et comme hors de lui-même, mais bientôt, Adèle, il me rejeta loin de lui, et couvrant son visage de ses mains, il s'enfuit en gémissant. Ah ! ma sœur ! toute ma force m'abandonne, je ne verrai pas mourir Olivier ; hélas ! avant que tu arrives peut-être, il sera guéri et je serai déshonorée.

LETTRE XIX

LA COMTESSE DE NANGIS
À LA MARQUISE DE C.
(adressée à Auxerre)

Adèle, je suis accablée de douleur, Olivier est malade, hier au soir, la fièvre l'a pris, l'accès a continué toute la nuit avec beaucoup d'agitation et du délire[1]; Julien, tout en me disant qu'il est mieux, me donne des détails qui redoublent mon inquiétude, il a fallu cette nuit le veiller, il voulait se lever et sortir, tantôt il tombait dans un accablement affreux, tantôt il s'emportait avec violence; ce matin il est calme, il est levé, il est habillé, et l'on croit qu'il n'a plus de fièvre; mais elle peut revenir, elle reviendra, ah! ma sœur tout est fini, tout est décidé, je ne laisserai pas mourir Olivier, qu'il vive et que je sois méprisable! Retourne Adèle, retourne dans ta famille; désormais, je suis indigne de toi, seule je pleurerai ma faute, abandonne-moi à mon sort. Je ne mérite plus que ta pitié et ton mépris.

LETTRE XX

LA COMTESSE DE NANGIS
AU COMTE DE SANCERRE

Olivier! quelle est la cause du chagrin qui vous consume? Votre mélancolie, votre tristesse sont-elles les symptômes de cette douleur dont vous m'avez fait si souvent entrevoir la cause? Chaque jour, votre changement, votre air abattu, ébranlent mes résolutions et portent le désespoir dans mon cœur. L'état où vous avez été cette nuit y met le comble. Hélas! vous ne savez donc pas comment je vous aime puisque vous croyez que je résisterai à la crainte de vous perdre! Olivier! dis un mot; et Louise qui n'a jamais vécu que pour toi immolera sa vertu à ton bonheur, et son repos à ta vie ; mais que, du moins, ce sacrifice te rende à toi-même, qu'en me perdant, je te sauve, et alors je supporterai avec courage la honte et mon propre mépris [1]. Cachée, ignorée, je vivrai pour toi seul ; le monde ne me reverra jamais ; ne crois pas que je consente à couvrir ma faute d'un voile d'honnêteté et à braver d'un front audacieux l'opinion publique ; quoique déchue, je serai trop fière encore pour usurper l'estime que je ne mériterai plus, je n'aurai dans ma retraite que le regret de la vertu, mais c'est quelque chose. Je l'aimais plus que tout, mais je t'aime plus qu'elle, je l'adorerai en secret, j'aimerai encore son image dans les autres, et si je suis méprisable je tâcherai du moins de n'être pas corrompue. Indigne de placer sur moi-même mon orgueil, je le placerai tout entier en toi, je ne serai plus que ce que tu me feras être ; et, lorsque, rendu à la vie par le sacrifice que je t'aurai fait, tu retourneras au monde que tu dédaignes, à la gloire que tu abandonnes, je t'attendrai chaque jour ; moins digne de toi, ta tendresse me sera bien plus nécessaire. Olivier ! ne me la retire pas alors, ne me méprise pas parce que je t'aurai tout donné, ne te lasse pas de mon amour parce que tu n'auras plus rien à lui demander, je n'exigerai rien, je n'en aurai plus le droit, mais ta tendresse deviendra ma seule consolation, ma seule excuse ; je serai ta maîtresse, ton esclave, tu disposeras de moi à ton gré ; mais je dois toujours t'appartenir ; je n'aurai d'autre recours que la générosité de ton cœur, mais l'instant où je ne te serais plus rien serait le dernier de ma vie. Eh bien, même alors, crois-tu que je regretterais le sacrifice que je te fais ? Non, sans doute. Il n'est pas volontaire, te voir souffrir et mourir est au-dessus de mes forces. Olivier ! sois donc heureux, et que le Dieu de miséricorde ait pitié de moi.

LETTRE XX,
LA MARQUISE DE C.
À LA MARQUISE DE NANGIS (DOUAIRIÈRE)

De Flavy.

Ah! madame! comment vous dire, comment vous peindre la douleur, le désespoir qui m'accable! Il faut vous instruire, il faut que vous sachiez l'événement affreux... Ma sœur vit, c'est tout ce que je puis dire. Peut-être, hélas, que je ne le dirai pas longtemps, on m'appelle, je ne puis la quitter; permettez, madame, que Julien vous donne le détail de ce qui s'est passé; il sait mieux que moi ce qui a précédé cette horrible catastrophe; Louise est bien mal, cependant le médecin n'est pas sans espérance, ah! madame, vous connaissez, vous aimez cet ange, jugez donc et partagez ma douleur.

LETTRE XXII
JULIEN À MADAME LA MARQUISE
DE NANGIS

C'est par les ordres de madame la marquise de C. que j'ai l'honneur d'écrire à madame pour lui faire le récit du malheur qui accable la maison.

Avant-hier, mardi 23 d'août, M. le comte de Sancerre fut pris vers le soir d'un violent accès de fièvre; Thibaud et Roger m'ont dit que c'était tout ce qu'ils pouvaient faire que de le tenir dans son lit, il voulait se lever, il jetait tout ce qui était sur lui et, dans son délire, il parlait beaucoup de madame la comtesse. Il l'appelait à grands cris, se plaignait à elle de ce qu'on la retenait par force et la priait de venir le délivrer, ensuite il se taisait, répandait des larmes et portait souvent ses mains à son front comme s'il eut éprouvé une grande douleur.

On a caché à madame la comtesse que M. le comte eût parlé d'elle, mais on lui a dit tout le reste, et hier, sur les midi, elle fit partir sa voiture pour Amiens avec l'ordre de ramener le médecin. Madame paraissait fort inquiète, quoiqu'on lui eût apporté plusieurs fois de bonnes nouvelles et que M. le comte n'eût plus de fièvre. Madame demanda deux fois sa calèche, sûrement pour aller à Rouville, ensuite elle dit qu'elle ne sortirait pas. À cinq heures elle m'appela et, me donnant une lettre, elle me recommanda de la remettre en main propre à M. le comte de Sancerre et de lui demander encore de ses nouvelles. Quand j'arrivai à Rouville, je trouvai tout le monde inquiet dans le château, non pas que M. le comte fût précisément plus mal, puisqu'il était levé et habillé, mais il n'avait rien voulu prendre de toute la journée, il s'était enfermé dans son cabinet et Thibaud me dit qu'étant entré sans ordres, M. le comte l'avait fort maltraité. « Cela ne lui est pas naturel, dit Thibaud, il est sûrement bien malade, je ne l'ai jamais vu comme cela. » Nous allâmes Thibaud et moi, à la porte du cabinet, Thibaud frappa doucement, mais M. le comte ne répondit pas ; cependant, quand on lui eut dit que j'apportais une lettre de madame la comtesse, il vint à la porte, il l'entrouvrit, prit la lettre et referma la porte, mais je l'avais assez vu pour remarquer qu'il était fort changé, sa cravate était dénouée, ses cheveux en désordre, il avait l'air tout égaré, il me fit peur ; nous restâmes là, Thibaud et moi, et au bout d'un moment, nous entendîmes comme un cri ; puis nous n'entendîmes plus rien. Thibaud me regarda ; j'allai écouter à la porte du cabinet, et bientôt j'entendis marcher tantôt vite, tantôt doucement, et cela nous rassura un peu. Il venait de temps en temps des domestiques du château pour s'informer des nouvelles de M. le comte, personne ne prévoyait ce qui est arrivé et cependant chacun sentait comme une terreur au-dedans de soi. Comme madame la comtesse m'avait ordonné de rapporter une réponse, je me hasardai à frapper encore. M. le comte dit : «C'est bien.» Mais il ne vint ouvrir la porte qu'au bout d'un bon quart d'heure ; il était plus composé que la première fois, il me dit : «Vous lui répondrez que je la verrai demain, demain matin au chêne de Beauval. — Comment se trouve monsieur le comte ? demandai-je. — Bien, très bien», répondit-il ; mais sa voix démentait ses paroles, elle était toute tremblante et étouffée comme s'il eut fait un grand effort pour parler. Je retournai à Flavy et madame parut étonnée de la réponse de M. le comte de Sancerre. «Quoi ! dit-elle, il ne m'a pas écrit ? » Ensuite, elle me fit des questions, s'il avait encore la fièvre, s'il avait reposé, s'il avait pris quelque chose, je répondis à tout, en cherchant à tranquilliser madame la comtesse. Elle se rassura un peu quand je lui dis que M. le comte était levé et habillé, enfin elle se coucha. Ce matin, de bonne heure, la fille du jardinier de Rouville, Suzette[1], qui est filleule de madame, vint pour lui apporter des fleurs, comme c'était la veille de la Saint-Louis. Je la questionnai, elle me dit qu'on était toujours inquiet au château, que M. le comte avait passé la nuit dans son cabinet, qu'il avait fait allumer du feu et avait brûlé de grands tas de papiers[2]. Il ne faisait qu'écrire et brûler des papiers, disait la petite, on le voyait par les fenêtres du jardin et M. Thibaud, qui ne s'est pas couché, y a été plusieurs fois, mais à la fin M. le comte s'en est aperçu, alors il s'est levé et a poussé les volets de sorte que M. Thibaud n'a pas pu voir ce qu'il a fait depuis. Je recommandai à Suzette de ne rien dire de cela à madame de peur de l'inquiéter et j'allai à mon ouvrage.

Il pouvait être à peu près dix heures et j'allais servir le déjeuner quand on entendit des fouets de poste dans l'avenue, et bientôt une berline entra dans la cour, c'était madame la marquise de C. qui avait couru toute la nuit car on ne l'attendait que ce soir. Le premier mot qu'elle me dit fut : ma sœur ? où est donc ma sœur ? et elle courut dans le salon. Madame la comtesse n'y était point. Je pensai qu'elle était sûrement allée dans

sa chambre au retour de la promenade, j'y envoyai, mais
ses femmes dirent que depuis huit heures que madame
était sortie, elles ne l'avaient pas revue. Dans la bibliothèque, dans la galerie, dans le petit jardin, on ne la
trouva nulle part. Enfin madame la marquise de C. dit :
« Elle est sûrement dans le parc, allons-y. — Elle a dû
aller ce matin au chêne de Beauval, répondis-je, mais
sans doute elle est revenue. — C'est égal, dit madame
de C., allons-y. » Alors nous partîmes avec deux ou trois
domestiques qui avaient déjà cherché madame de tous
côtés, et la petite Suzette qui retournait à Rouville et
qui courait en avant ; en approchant du chêne de Beauval, madame de C. dit : « Il me semble que je vois une
robe blanche[1] là-bas » ; au même instant, la petite jette
un cri terrible. Ah ! madame ! quel spectacle ! madame
la comtesse évanouie au pied de l'arbre et M. le comte
étendu à ses pieds, baigné dans son sang, et son pistolet
à côté de lui[2]. Nous courûmes tous, madame de C. se
jeta sur madame sa sœur, mit la main sur son cœur et
dit : « Elle vit ! elle vit encore ! » Elle essaya alors de la
soulever, mais elle n'eut pas la force, je l'aidai et nous
appuyâmes la tête de madame la comtesse sur les genoux
de madame sa sœur. Mais la connaissance ne lui revint
pas. Nous voulûmes secourir aussi M. le comte, il fallut
ôter de force la petite Suzette qui s'était jetée sur le
corps, et qui criait : « Mon parrain ! mon cher parrain ! »
Nous enlevâmes l'enfant toute pleine de sang, nous
relevâmes M. le comte de Sancerre, mais il était mort,
la balle avait percé le cœur. On rapporta madame, on
la mit au lit et le hasard voulut que le médecin qu'elle
avait envoyé chercher pour M. le comte arrivât en ce
moment, il a employé tous les moyens pour faire revenir madame, mais jusqu'ici tout a été inutile, on sent à
son cœur qu'elle vit, mais c'est tout ; du reste elle est
comme morte. Ah ! madame ! quel malheur ! les gens
de justice vont, dit-on, verbaliser à Rouville, un si bon
maître ! une si bonne maîtresse ! et celui qui vous écrit,

madame, les a tous vus naître! Excusez-moi, madame. J'ai l'honneur d'être avec un profond respect, etc.

LETTRE XXIII
LA MARQUISE DE C.
À LA MARQUISE DE NANGIS

Ce n'est qu'hier au soir vers dix heures que ma sœur a paru revenir à la vie, mais, madame, peut-on appeler la vie l'état affreux où elle est! Elle ne m'a point reconnue; tout ce qui l'entoure semble lui être étranger, elle reçoit les soins qu'on lui rend avec indifférence, elle ne s'y prête pas, elle ne s'y oppose pas, son âme est ailleurs. Le médecin attribue à la maladie l'espèce d'égarement où elle est, mais ma sœur n'a point de fièvre, elle ne semble pas souffrir, elle n'a point de délire, elle regarde sans voir, elle agit sans penser, et cependant, il ne paraît pas que l'événement horrible qui l'a plongée dans cet état soit présent à son souvenir[1]. Elle n'a pas pleuré, elle ne donne aucun signe de douleur, ce n'est pas de l'affliction qu'elle éprouve. Ah! madame! c'est bien plus! Je lui ai adressé les paroles les plus tendres, je l'ai serrée dans mes bras, arrosée de mes larmes, mais je pleurais sur une statue, elle me regardait avec étonnement; je voyais les traits de Louise et je ne les reconnaissais plus, ils étaient privés de tout ce qui les animait autrefois, cette physionomie si mobile, si pleine de vie et de sensibilité, il n'en reste aucune trace, elle garde un profond silence, ne paraît pas même entendre nos voix, elle ne témoigne que le désir de quitter son lit et le médecin ne veut pas l'en laisser sortir[2]; je crains qu'il ne se trompe sur l'état de ma sœur, je désirerais qu'elle vît Tronchin. Vous pourriez, madame, le décider à venir ici, il a tant de déférence pour vous qu'il ne vous refuserait pas de faire ce voyage. Ah! madame! je rassemble mes forces pour ne pas succomber à tout ce que

je crains. Louise! ma bien-aimée sœur! où es-tu? Quoi!
je te serre dans mes bras et tu ne me reconnais plus!
Ma voix t'appelle et tu ne me réponds pas! Mon âme ne
dit plus rien à la tienne! Ah! qu'il faut que le coup qui
l'a frappée ait porté loin pour avoir atteint une telle
affection! Ah! madame! j'ai perdu ma sœur, elle n'est
pas morte mais elle n'existe plus, son cœur, son âme, sa
raison, tout a disparu! Ô mon Dieu! ne m'ôtez pas l'espérance, je la sens prête à m'abandonner, tout ce qui
m'en reste, madame, est en vous. Tout l'avenir de Louise
dépend peut-être du traitement qu'on va lui faire, ce
traitement peut ou la sauver ou la perdre pour toujours,
jugez donc avec quelle impatience j'attends le médecin
habile que seule, madame, vous pouvez nous amener.

CONCLUSION

Deux jours après la date de cette lettre, madame la marquise de Nangis et Tronchin arrivèrent à Flavy, ils trouvèrent Louise dans le même état, pas un mot n'était sorti de sa bouche; froide, glacée, immobile, son existence semblait totalement machinale. Ses yeux ternes n'exprimaient plus rien et il paraissait impossible de lui faire prendre aucune nourriture[1]. Le premier coup d'œil de Tronchin fut défavorable; après un mûr examen, il exprima la crainte qu'une lésion du genre le plus grave ne se fût formée au cerveau[2], cependant il donna un traitement et désira que la malade pût jouir de sa liberté; elle en profita pour se lever et s'habiller, mais sans empressement, ensuite elle sortit; on la suivit de loin, elle traversa le parc, prit le sentier de la forêt et se dirigea sur Rouville; arrivée au chêne de Beauval, elle s'arrêta, croisa les bras, et regardant de tous côtés, elle sembla attendre encore celui qui ne pouvait plus venir auprès d'elle. Elle attendit longtemps, ensuite elle s'assit et, appuyant sa tête sur ses mains, elle resta dans cette attitude jusqu'au coucher du soleil, alors elle se leva, fixa de nouveau ses regards du côté de Rouville et reprit le chemin de Flavy, mais lentement, comme à regret, s'arrêtant et tournant souvent la tête comme pour voir si on ne la suivait pas, arrivée au château, on plaça devant elle quelque nourriture et, pour la première fois depuis trois jours, elle consentit à la prendre ; le lendemain à huit heures, Louise retourna au chêne de Beauval ; marchant à pas lents elle atteignit le pied de l'arbre, alors, comme la veille, elle chercha des yeux celui qu'elle ne devait jamais plus revoir, puis elle s'assit et, immobile, elle sembla oublier les heures dans une profonde méditation. Vers le soir, elle retourna à Flavy.

Depuis ce jour, Louise a accompli tous les jours ce triste pèlerinage ; parmi les neiges et les glaces de l'hiver, au soleil brûlant de l'été, sous les pluies de l'automne, elle se rendait chaque matin à son rendez-vous solitaire ; elle ne paraissait pas saisir le changement des saisons ; l'on ne s'apercevait pas qu'elle en fût incommodée ; plusieurs fois cependant, on voulut s'opposer à ces courses ; mais son état devenait si grave qu'on était forcé de les lui laisser reprendre[1]. Peu à peu, ceux qui la soignaient s'accoutumèrent à son état, les années s'écoulèrent sans apporter de changement à sa situation, jamais une teinte de vie ne vint colorer ses joues, jamais un sourire n'effleura ses lèvres...

Tronchin reparut deux fois à Flavy et déclara la maladie sans ressource. La marquise de Nangis passa trois semaines près de sa belle-fille, ensuite des affaires la rappelèrent à Paris. M. de Rieux voulut s'assurer par lui-même de l'état de Louise, il vint à Flavy, y passa vingt-quatre heures et partit ensuite pour un long voyage. La marquise de C. demeura près de sa sœur tout l'hiver, mais au printemps, elle fut obligée de retourner à Naples où l'attendaient son mari et ses enfants. Louise resta seule. Julien continua à donner régulièrement de ses nouvelles à madame de C. Le monde oublia bientôt jusqu'à son existence[2].

Note.

On n'a jamais su le secret d'Olivier. Quelques personnes ont répandu dans le monde qu'il avait eu des

raisons de se croire le frère de madame de Nangis[1].
Cette conjecture a paru probable, mais elle est demeurée sans preuve, comme toutes celles auxquelles cette
déplorable aventure a donné lieu.

DOSSIER

CHRONOLOGIE
1777-1828

1777. *27 février*. Naissance à Brest de Claire Louise Rose Bonne, fille d'Armand Guy Simon de Coëtnempren, comte de Kersaint, aîné d'une famille noble de Bretagne, officier de marine qui devint vice-amiral en 1792, et de Claire Louise Françoise de Paul d'Alesso d'Éragny, sa cousine, riche héritière originaire de la Martinique (état civil vérifié).

1788. Parution du *Bon Sens*, pamphlet anonyme du comte de Kersaint («par un gentilhomme breton»), attaquant violemment les privilèges et le maintien des trois ordres, et proposant un projet de monarchie constitutionnelle librement inspiré de Montesquieu.

1790. *18 octobre*. Armand de Kersaint fonde la *Société des Amis de la Constitution et de la Liberté*. Lié aux Girondins, il devient membre de l'Assemblée législative puis de la Convention.

1792. *31 mai*. Jugement de séparation des parents de Claire.

1793. *21 janvier*. Mort de Louis XVI.
4 décembre. Le comte de Kersaint, qui s'était publiquement opposé à l'exécution du souverain, est condamné à mort; ses biens sont confisqués.
5 décembre. Il est exécuté place de la Révolution (actuelle place de la Concorde).

1794. *Avril*. Claire de Kersaint et sa mère se rendent à Philadelphie puis en Martinique (Sainte-Beuve, *Portraits de femmes*, éd. citée, p. 108) afin de recouvrer la fortune maternelle. Grâce à l'énergie déployée par la jeune fille, cette entreprise est en grande partie couronnée de succès.

1794-1795. Revenues en Europe, les deux femmes s'installent à Londres et fréquentent le milieu des émigrés que Claire décrira dans les *Mémoires de Sophie* et *Amélie et Pauline*, deux récits inédits.

1797. *Novembre*. Claire épouse *Amédée* Bretagne Malo de Durfort (1771-1838), marquis puis duc de Duras, premier gentilhomme de la chambre du Roi, fonction qu'il exerce auprès de Louis XVIII en exil, puis pendant la Restauration.

1798. *19 juillet*. Naissance à Teddington de Claire Augustine Maclovie *Félicie*.

1799. *25 septembre*. Naissance à Teddington de Claire Henriette Philippine Benjamine dite *Clara*.

1795-1799. Claire apprend l'anglais, l'italien et le latin.

1800. *20 mars*. Le duc de Duras, beau-père de Claire, meurt ; elle devient duchesse de Duras.

1807. Acquisition du château d'Ussé en Touraine.

1808. *Janvier*. Les Duras se réinstallent en France ; ils vivent retirés à Ussé jusqu'en 1815.

　　　　Même année. Rencontre de Chateaubriand. Il devient son « cher frère », il l'appelle sa « chère sœur ».

1813. *30 septembre*. Félicie, âgée de quinze ans, épouse Charles Léopold Henri de La Trémoille, prince de Talmont.

1814. *Début de la Restauration*. La duchesse, dont le salon (rue de Varenne) est l'un des plus brillants de Paris, ne cesse d'utiliser son influence au profit de Chateaubriand (ambassades à Berlin et à Londres, Congrès de Vérone...).

1815. *Juin*. Mort de Mme de Kersaint en Belgique, où elle s'était réfugiée avec la famille de Duras durant les Cent Jours.

　　　　7 novembre. Mort du prince de Talmont. Félicie devient veuve à dix-sept ans.

1817. Début de l'amitié de Chateaubriand pour Mme Récamier.

1818. *Février*. Astolphe de Custine rompt ses fiançailles avec Clara de Duras trois jours avant la signature du contrat de mariage.

1819. *30 août*. Clara de Duras épouse Henri Louis de Chastellux, comte de Chastellux, auquel Louis XVIII confère, le jour de son mariage, le titre de duc de Rauzan, du nom d'une des principales seigneuries de la maison de Durfort. Cette union a été précédée de deux épisodes qui ont pu servir de sources à *Édouard* et *Olivier* : la passion de M. Benoist pour Clara, le projet avorté de mariage avec Astolphe de Custine (voir Introduction, p. 46).

　　　　14 septembre. Félicie épouse, contre la volonté de sa mère, Auguste du Vergier, comte de La Rochejaquelein, dit *le Balafré*, frère d'Henri et de Louis, héros des guerres de Vendée. Elle devient une des principales égéries du parti légitimiste.

1821. *Mars*. Claire de Duras écrit des *Pensées de Louis XIV* qui paraîtront en 1827 sous le titre de *Pensées de Louis XIV extraites de ses ouvrages et de ses lettres manuscrites*, 1 vol. in-16, Firmin-Didot.

Fin 1821-fin 1822. Année d'intense rédaction. Mme de Duras écrit *Ourika*, *Édouard*, *Olivier ou le Secret* et *Le Moine*. Plus tardifs sont les *Mémoires de Sophie*, *Le Paria*, *Amélie et Pauline*, etc., qui sont, comme *Le Moine du Saint-Bernard*, encore inédits.

Mme de Duras se rend souvent dans sa retraite d'Andilly. Elle vendra cette maison à Talleyrand et la remplacera en 1824 par une autre demeure située à Saint-Germain-en-Laye.

1823-1824. Publication privée puis publique d'*Ourika*.

1825. Publication privée puis publique d'*Édouard*. (Pour une présentation détaillée, voir Les œuvres de Mme de Duras en leur temps, Chronologie d'un phénomène, p. 312-322.)

1826. *Janvier*. Parution d'un roman anonyme intitulé *Olivier*. Ce texte, dû à la plume mystificatrice d'Henri de Latouche, est attribué à la duchesse qui dément immédiatement.
Août. La duchesse, déjà tuberculeuse, est frappée d'hémiplégie. Ses souffrances tant physiques que morales s'aggravent.

1828. *16 janvier*. Décès de la duchesse de Duras à Nice (état civil vérifié).

1829. *22 avril*. Le duc de Duras épouse en secondes noces Marie-Émilie Knusli, veuve de Joseph Dias-Santos. Elle mourra le 10 janvier 1862.

1838. *1er avril*. Mort du duc de Duras.

1848. *4 juillet*. Mort de Chateaubriand.

LES ŒUVRES DE MADAME DE DURAS
EN LEUR TEMPS
CHRONOLOGIE D'UN PHÉNOMÈNE

1821

Mars. Claire de Duras achève de rassembler des *Pensées de Louis XIV* qui paraîtront en 1827 : «depuis que je suis à Saint-Cloud je me suis amusée à rechercher et à faire un recueil des pensées de Louis XIV [...]. Je voulais vous envoyer ce cahier et vous proposer d'écrire à la tête de ces pensées un morceau» (29 mars, *Mme de Duras et Chateaubriand, correspondance inédite*, à paraître).

20 novembre. Mme de Duras résume dans son journal le sujet d'*Ourika*, voir Document, p. 327-328.

Fin de l'année. Rédaction d'*Ourika*. Mme de Duras lit son œuvre à ses intimes. Le manuscrit circule.

1822

8 janvier. Mme de Duras note dans son journal : «J'ai fait *Ourika*, je ne sais si j'ai réussi. Cette occupation a interrompu le journal, je veux le reprendre, et ne plus laisser écouler de si longs intervalles sans écrire.»

Janvier-février. *Édouard* est en bonne voie d'achèvement (Chateaubriand, *Correspondance générale*, éd. citée, t. IV, p. 244).

Avril. Mme de Duras médite tristement sur les deux ouvrages qu'elle vient d'écrire. (À Chateaubriand, lettre inédite, partiellement citée par A. Bardoux, p. 283 et suiv. : «Vendredi Saint [5 avril]. [...] ces romans m'ont fait du mal, ils ont été remuer au fond de mon âme un vieux reste de vie qui ne servira qu'à souffrir.»)

Avril-juin. Mme de Duras lit *Édouard*, fait circuler le manuscrit parmi ses relations (Mmes de Vintimille, de Dino, de Montcalm, etc.) mais assure qu'elle ne songe pas à «imprimer».

15 juillet. Mme de Duras entretient son «cher frère» d'un nouveau projet littéraire qui donnera naissance à deux romans distincts, *Olivier ou le Secret* et *Le Moine*: «Lundi 15 juillet. [...] Savez-vous que je suis en train d'un certain sujet dont vous étiez tenté, vous souvenez-vous que vous vouliez faire l'histoire d'un pauvre homme, d'un certain paria, à sa manière, un abbé de Saint-Gildas [allusion à Abélard], c'est encore un isolement, je ne sais faire que cela» (lettre partiellement et inexactement citée par A. Bardoux, *op. cit.*, p. 362; voir ci-dessus Introduction, p. 46, n. 1).

Août. La rédaction d'*Olivier* avance probablement de front avec celle du *Moine*.

Novembre. «4 novembre. [...] *Olivier* a de grands succès, c'est une mode que de l'entendre et on ne s'en soucie que parce que je ne veux pas le montrer, le monde est ainsi fait» (à Chateaubriand, lettre inédite, citée partiellement par A. Bardoux, p. 404). «Paris ce 14 novembre. [...] Vous n'avez pas d'idée du succès d'*Olivier* auprès du peu de personnes à qui je l'ai laissé lire. Mais je vais le jeter au feu.» «18 novembre. [...] Savez-vous que je vous prépare un roman pour votre retour? C'est un sujet admirable [celui du *Moine*], mais il faudrait plus de talent que moi.» «Paris le 24 novembre. [...] Adieu, cher frère, j'ai fait un *Moine* qu'on dit mieux que tout ce que j'ai fait, me voilà femme auteur, vous les détestez, faites-moi grâce, en vérité ce n'est pas moi, je ne sais ce qui me possède, un souffle, un lutin, cette fois-ci j'avais cette épée dans le corps, comme pour *Ourika*, j'étais bien plus tranquille pour *Olivier*.» «Paris le 25 novembre. [...] je vous attends pour vous lire *Le Moine*, je suis impatiente de savoir si vous l'aimerez, l'héroïne est bretonne.» En effet, l'héroïne du *Moine*, Coralie d'Acigné, est issue «d'une ancienne maison de Bretagne» (*Le Moine*, feuillet 10). Acigné est le nom d'une bourgade assez peu éloignée de Combourg (à Chateaubriand, lettres inédites; la lettre du 25 novembre est citée par A. Bardoux, *op. cit.*, p. 422).

1823

Fin décembre. Une première édition hors commerce et sans nom d'auteur d'*Ourika* sort des presses de l'Imprimerie royale. C'est une édition «à très petit nombre» selon la *Bibliographie de la France* (désormais abrégée en *BF*) du 3 avril 1824: douze exem-

plaires selon le *Feuilleton littéraire* (27 mars 1824), trente selon
la duchesse de Duras (lettre à Rosalie de Constant, citée par
G. Pailhès, *op. cit.*, p. 280), quarante selon les *Mémoires* de la
duchesse de Maillé (*Souvenirs des deux Restaurations*, éd. citée,
p. 230, note *) et le *Dictionnaire des ouvrages anonymes* d'Auguste Barbier, cinquante selon *Le Mercure du xixᵉ siècle* (1824,
t. V, p. 45). Il y aurait eu deux émissions (dites A et B) de
cette première édition (Lucien Scheler, «Un best-seller sous
Louis XVIII : *Ourika* par Mme de Duras», *Bulletin du bibliophile*,
1988, p. 17-18). *Le Diable boiteux* est le premier journal à rendre
compte de cet ouvrage (nᵒ 141, 1ᵉʳ décembre 1823, p. 3-4). L'auteur anonyme de ce compte rendu est P.-F. Tissot.

1824

Premiers mois de l'année. Rédaction probable des *Mémoires de
Sophie* : «Paris, 15 mai. [...] À présent, je fais des Mémoires, la
vie d'une femme racontée par elle-même. Cela est à moitié, je
n'y travaille plus. Tout ce beau zèle est passé» (à Rosalie de
Constant, lettre citée par G. Pailhès, p. 460-462, nous modifions
le millésime et datons cette lettre de 1824).

25 mars. On donne deux médiocres vaudevilles : *Ourika ou la Petite
négresse* de Carmouche et Mélesville au théâtre des Variétés (*BF*,
3 avril) : «[...] la pâleur du tableau, le vide de l'action et l'invrai-
semblance choquante du dénouement [Ourika retourne dans son
pays] ont fait condamner tout l'ouvrage» (*Feuilleton littéraire*,
27 mars, nᵒ 31). *Ourika la Négresse* de Ferdinand de Villeneuve
et Ch. Dupeuty au théâtre du Gymnase-Dramatique (*BF*,
10 avril) : «Ce drame, d'un style lâche et insipide, rempli d'in-
vraisemblances et de puérilités, est encore fort ennuyeux ; il a été
écouté avec impatience, et sifflé par les spectateurs payants»
(*ibid.*).
Alexandre Duval (1767-1842), auteur dramatique, membre de
l'Institut et habitué du salon de la rue de Varenne, écrit une
Ourika en trois actes dont *Le Diable boiteux* se fait l'écho : «La
jolie nouvelle d'*Ourika* [...] a fourni à M. Alexandre Duval le
sujet d'une comédie pour le Théâtre-Français» (nᵒ 81, 21 mars).
Mais il y a quelque tirage : «Mlle Mars ne croit pas pouvoir se
charger du rôle de l'héroïne de Mme de D...s et le bruit court
que M. Duval s'est décidé à retirer sa comédie» (nᵒ 85, 25 mars)[1].

---

1. La pièce qui n'est pas répertoriée par Charles Beaumont Wicks
(*The Parisian Stage*, 5 vol., Alabama, 1950-1979) n'a, en effet, probable-

Ce que regrette, quelques jours plus tard, le même journal : une autre *Ourika* «attend dans les cartons poudreux du Théâtre-Français le moment d'éclipser ses entrées ; le nom de l'auteur de cette dernière donne une chance à peu près certaine de succès ; il est homme de talent et d'esprit, et se sera bien gardé de traiter son sujet d'une manière aussi anti-philosophique que l'ont traité les auteurs d'*Ourika-St-Martin*» (nᵒ 99, 8 avril).

27 mars. «Il y avait foule aujourd'hui chez le libraire Ladvocat au Palais-Royal, pour se procurer le charmant ouvrage intitulé *Ourika*. L'éditeur a sans doute voulu que cet ouvrage se distinguât des autres productions jusque dans la manière dont il est imprimé : c'est un fort joli volume dont toute l'édition est sur beau papier vélin. Il se vend au bénéfice d'un établissement de charité. Prix 3 fr. 50 c et 4 fr. par la poste» (*Le Diable boiteux*, nᵒ 87, 27 mars). *Le Corsaire, journal des spectacles, de la littérature, des arts, mœurs et modes* assure que l'«[o]n prépare pour les Variétés une parodie d'*Ourika, ou la Jeune Négresse*, qui sera intitulée : *Bouriqua ou l'Ânesse de Montmartre*» (nᵒ 261, 27 mars, p. 4).

Mars. Édition pirate d'*Ourika*, probablement publiée en Angleterre, en Suisse ou en Italie (L. Scheler, art. cit., p. 20-21). Le nom de l'auteur est indiqué («Mme la duchesse de Duras») et deux personnages du roman restés anonymes dans l'édition contrôlée par Mme de Duras sont nommés (le chevalier de B... devient le chevalier de Boufflers, Mme la maréchale de B... Mme la maréchale de Beauvau).

3 avril. La *BF* annonce la mise en vente «au profit d'un établissement de charité» d'un roman intitulé *Ourika* sans nom d'auteur,

---

ment pas été jouée en public. Mais elle a fait l'objet de lectures privées, comme le montre cette lettre de Charles Brifaut : «Mon cher Duval, / Je suis chargé auprès de vous d'une grande négociation par plusieurs femmes aimables et spirituelles qui meurent d'envie de connaître votre *Ourika*. Elles sont toutes liées avec Mme la duchesse de Duras dont le roman les a charmées. La réputation que vous avez si justement acquise leur a persuadé qu'en mettant le roman en comédie, vous avez fait un ouvrage délicieux. Elles savent que vous avez de l'amitié pour moi et je n'ai plus de repos. Tirez-moi d'affaire, je vous en prie, en acceptant l'invitation de Mme la comtesse de Chastenay, l'une d'elles, chez laquelle elles ont toutes promis de se réunir si vous voulez leur donner un soir. Mme de Chastenay vous attendrait à dîner, je vous mènerais, vous seriez reçu comme on vous reçoit, avec empressement, avec enthousiasme ; vous auriez des convives dignes de vous et des *auditrices* dignes de votre ouvrage» (*Souvenirs d'un académicien sur la Révolution, le Premier Empire et la Restauration*, éd. citée, t. II, lettre non datée, p. 112-113).

chez Ladvocat, au prix de 3,50 fr. Selon Lucien Scheler (art. cité, p. 19), cette édition connaît trois tirages de 1 000 exemplaires chacun (prix : 3 fr. 50 c et 4 fr. par la poste) qui, selon *Le Diable boiteux* (nᵒ 97, 6 avril, p. 4), sont épuisés dans la semaine. Ladvocat annonce donc la réimpression de deux mille exemplaires du roman (*BF*, 24 avril : « La couverture imprimée porte : *Deuxième tirage* »).

5 avril. Représentation d'*Ourika ou l'Orpheline africaine* — dite « *Ourika III* » —, mélodrame en un acte et en prose de Merle et Courcy, au théâtre de la Porte-Saint-Martin (*BF*, 17 avril). Selon le *Feuilleton littéraire* (nᵒ 35, 4 avril) : « La disette d'idées, la pauvreté d'invention se joint ici à l'absence de tout talent. [...] Le public, trop longtemps ennuyé, s'est vengé par des sifflets. »

10 avril. Édition pirate belge d'*Ourika* : « Les libraires de Bruxelles, qui sont à l'affût de tout ce qui se publie en France avec succès, et qui ont fait plus d'une noirceur à leurs confrères de Paris, viennent de s'emparer d'*Ourika* ; déjà cette nouvelle de Mme de D. a été réimprimée par leurs soins. Nous espérons au moins, dans l'intérêt des habitants de Bruxelles, qu'aucun écrivain belge n'aura la fantaisie d'arranger ce roman en pièce de théâtre » (*Le Diable boiteux*, nᵒ 101, 10 avril).

Le Diable boiteux, toujours bien informé, fait également état d'une *Ourika* blanche (!) donnée au théâtre de l'Odéon : « On dit que l'*Ourika* de l'Odéon ne sera pas une négresse. Les auteurs ont pensé apparemment que si la plume d'un romancier pouvait avoir bonne grâce à peindre des attraits d'ébène, une actrice n'avait rien à gagner à se barbouiller le visage » (nᵒ 98, 7 avril). Et le lendemain : « Une quatrième *Ourika* doit paraître, à ce qu'on assure, dans le grand désert d'outre-Seine [l'Odéon] [...] » (nᵒ 99, 8 avril). Pièce répertoriée par Wicks (*Ourika*, comédie en 3 actes en prose, Odéon, 11 mai).

17 avril. La *BF* enregistre la parution d'« *Ourika, stances élégiaques* » par Mme P. V. de L. B... [pseudonyme de Pierre-Ange Vieillard selon le *Dictionnaire des ouvrages anonymes* de Barbier], tiré à deux cents exemplaires, « au bénéfice de la famille Massias ». Le *Feuilleton littéraire* accorde un article louangeur à ces « stances » (nᵒ 44, 13 avril).

8 mai. Mise en vente d'une édition russe orchestrée par un libraire de Saint-Pétersbourg avec l'appui de Ladvocat. Sur les modifications du texte exigées par la censure tsariste, voir Lucien Scheler, art. cité, p. 23-26.

Mai. Émile Deschamps loue vivement *Ourika* dans *La Muse française* (11ᵉ livraison, mai), voir Introduction, p. 44-45.

Juin. Stendhal consacre une chronique à *Ourika* et annonce que

Mme de Duras prépare un roman sur le thème de l'impuissance (*New Monthly Magazine*, «Publications étrangères», in *Paris-Londres*, éd. citée, p. 171-172 [1]).

26 juin. La *BF* enregistre la parution de *La Nouvelle Ourika, ou les Avantages de l'éducation* de Mme Dudon (2 vol. in-12., 5 fr.). Le libraire Pigoreau, qui signale à plusieurs reprises le «débit d'*Ou-*

---

1. «*Ourika, ou la Négresse*, par Mme la duchesse de ..., 1 volume. / Ce roman possède un mérite incontestable, celui d'être court. Bien qu'étiré jusqu'à quatre-vingts pages à l'aide de grands caractères et de marges copieuses, il aurait pu facilement être resserré et tenir dans trente ou quarante pages moyennes. L'auteur en est la duchesse de Duras. Et pour un premier essai dans la profession, elle a fait preuve de beaucoup de savoir-faire pour préparer les moyens de son succès. Tout d'abord on lut *Ourika* dans un petit nombre de cercles choisis où quelques gens de lettres furent admis par faveur particulière et formellement enjoints de ne pas divulguer le secret. Ils comprirent, naturellement, ce que l'on entendait par là et clamèrent à grand bruit l'éloge d'*Ourika* à tous ceux qui voulaient les entendre. On en fit alors une édition destinée à être distribuée en privé, uniquement aux amis de l'auteur. Peu après, les petits journaux littéraires [entendez *La Pandore* et *Le Diable boiteux*] se mirent à parler à mots couverts de la belle mais noire Ourika : enfin, on annonça qu'on en avait dérobé un exemplaire à l'aimable et modeste auteur et qu'il se trouvait maintenant aux mains de protes. Ainsi la curiosité était-elle habilement portée à son point d'ébullition quand Ladvocat, le libraire à la mode, annonça la publication d'*Ourika* au profit d'une institution charitable. Ces précautions feraient honneur au *book-maker* le plus expérimenté et elles obtinrent le succès qu'elles avaient si adroitement préparé. Quelques milliers d'exemplaires se vendirent en fort peu de temps. L'histoire est simple et assez bien racontée, avec, ici et là, une légère teinte de sentimentalité affectée et de ce que les Français appellent *"précieux"*. Mais dans l'ensemble, pour un premier essai, et celui d'une duchesse, c'est un ouvrage qui lui fait honneur [...]. Les principaux incidents sont pris dans la réalité. Le célèbre chevalier de Boufflers avait ramené en France une petite négresse de quatre ans [*sic*] qu'il donna à une dame de la Cour. Pour une négresse, l'enfant était jolie et, gagnant le cœur de sa maîtresse, elle fut élevée avec tous les raffinements réservés à une jeune Française de haut rang. Devenue femme, Ourika tombe éperdument amoureuse d'un parent de sa protectrice ; mais, découvrant que sa couleur constitue un obstacle insurmontable à son mariage, elle renonce à tous les raffinements et au luxe de la vie européenne, abandonne à l'objet de son amour non partagé une grande fortune qu'on lui avait laissée et s'empresse de retourner dans son île natale pleurer sa fâcheuse couleur [le dénouement conté par Stendhal à ses lecteurs est, on le voit, hautement fantaisiste !]. Le noble auteur, encouragé par le succès de cette histoire simple, se prépare à en publier une autre intitulée *Valère* [en réalité *Olivier*], dont le héros n'est point noir comme Ourika, mais se trouve néanmoins dans une situation aussi embarrassante : il ne peut être aimé ! et

rika» et la «célérité» avec laquelle s'écoulent ses nombreuses éditions, reste sceptique devant cette entreprise de récupération : «Nous souhaitons, mais nous ne promettons pas à cette *Nouvelle Ourika* le succès de sa *sœur aînée*» (*Septième supplément à la Petite Bibliographie biographico-romancière*, 20 juillet, p. 10).

La *BF* annonce un poème «*Ourika, élégie*» de Delphine Gay, joint à la troisième édition de ses *Essais poétiques*. Mme de Duras, qui connaît bien Sophie Gay et sa fille, n'en est pas mécontente : «Aimez-vous les vers de Mlle Gay? ceux qu'elle a faits sur *Ourika*? [...] ils sont jolis» (à Rosalie de Constant, 24 juillet, G. Pailhès, *op. cit.*, p. 449).

21 août. La *BF* annonce la parution chez Bobée d'une traduction espagnole d'*Ourika*: *Urika, novela traducida del francés...* tirée à 500 exemplaires.

25 août. Ouverture du Salon, n° 1992, tableau du baron Gérard : *Ourika raconte son histoire et ses malheurs*. Cette œuvre, dont on a perdu la trace, nous est connue par la représentation gravée d'Alfred Johannot (voir Hugh Honour, *L'Image du Noir dans l'art occidental*, Gallimard, 1989, 2 vol., t. I, p. 132, illustration 75). La mode des objets *à l'Ourika* bat son plein (voir Introduction p. 39).

Louis XVIII commande un vase représentant *Ourika*, cité dans le testament de la duchesse, et qui se trouve actuellement au château d'Ussé.

1825

18 juin. La *BF* annonce la parution d'une 2e édition «revue et corrigée» de *La Nouvelle Ourika, ou les Avantages de l'éducation* de Mme Dudon.

2 juillet. La *BF* annonce une deuxième traduction en espagnol d'*Ourika* chez Pochard : *Urika, la negra sensible o los efectos de una educación equivocada : suceso verdadero* : traducción del francés.

Le *Mercure du XIXe siècle* publie de larges extraits d'un roman intitulé *Olivier* en le présentant de manière à le faire passer pour un écrit de Mme de Duras : imprimé en Angleterre, sans nom d'auteur et au profit d'un établissement charitable (*Mercure du XIXe siècle*, 1825, t. XI, p. 579-590). Ce texte peut être attribué à Henri de Latouche.

---

cela pour une cause que le roman révélera, nous n'osons en parler ici [...]» (© Stock).

16 juillet. Mme de Duras donne son manuscrit de *Recueil des pensées de Louis XIV* à Mme de Vintimille.

28 octobre. La *BF* annonce le tirage de cent exemplaires d'un ouvrage hors commerce intitulé *Édouard* «par l'auteur d'*Ourika*» («Tiré à 100. Ne se vend pas»). Ce chiffre est confirmé par Stendhal (*Paris-Londres*, éd. citée, p. 624). Mais la duchesse écrit à Rosalie de Constant : «Je l'ai fait imprimer à cinquante exemplaires» (G. Pailhès, *op. cit.*, p. 467). La *BF* annonce la parution des *Mélanges poétiques* [seconde édition], contenant «Ourika, romance», d'Ulric Guttinguer, chez Auguste Udron.

3 décembre. La *BF* annonce une édition commerciale d'*Édouard* («C'est une seconde édition. La première, tirée seulement à 100, n'a pas été mise dans le commerce») par l'auteur d'*Ourika*, chez Ladvocat, «au profit d'un établissement de charité», au prix de 10 fr., ce qui est considérable pour un roman en deux volumes qui coûte généralement 5 fr. Cela n'empêche aucunement «une très grande vente» (*Paris-Londres*, éd. citée, p. 625)!

7 décembre. La *BF* annonce les *Inspirations poétiques* de Gaspard de Pons chez Urbain Canel. On y trouve une pièce en vers : «Ourika l'Africaine».

10 décembre. La *BF* annonce «un *second* tirage de la seconde édition [c'est-à-dire de la première édition commerciale]» d'*Édouard* au prix de 10 fr. et précise : «toute l'édition est sur papier vélin».

Décembre. Stendhal consacre une chronique à *Édouard* (roman qu'il a déjà évoqué dans le *London Magazine* le 18 novembre, *Paris-Londres*, éd. citée, p. 589-590) dans le *New Monthly Magazine*, «Publications étrangères» (*Paris-Londres*, éd. citée, p. 600[1] ; voir aussi p. 625 et 794).

---

1. «*Édouard*, roman par Mme la duchesse de Duras, 2 vol. in-12 / On recherche et on lit ce roman avec empressement, car il a l'attrait du fruit défendu du fait qu'il n'a pas été publié ; cinquante exemplaires seulement ont été imprimés pour être distribués à des amis. Le sujet, à la fois aristocratique et délicat, fut suggéré, dit-on, au noble auteur, par un fait qui eut lieu dans sa propre famille. Édouard, le héros de l'histoire, qui n'est pas de noble extraction, devient passionnément amoureux d'une veuve de haute naissance. Bien que sachant qu'il lui a inspiré une passion égale, plutôt que la perdre en l'épousant, il s'embarque pour l'Amérique et là, comme la plupart des héros de roman dans une situation semblable, il trouve une mort glorieuse sur le champ de bataille. La noble veuve, en apprenant son sort, tombe malade et meurt d'amour. Quel triomphe pour les *convenances* ! Quelle leçon pour les jeunes duchesses tendres et romanesques qui devront se garder d'approcher des plébéiens trop séduisants ! Le style de l'écrivain sent sa caste. De peur de se servir d'une expression ou d'un tour de phrase qui ne soit pas reconnu par la haute société où elle évolue, elle s'éloigne

1826

7 janvier. La *BF* annonce une troisième édition d'*Ourika* chez Ladvocat (1 000 exemplaires, 4 fr.).

9 janvier. Après *Le Globe* (26 novembre 1825), *Le Frondeur*, petite feuille satirique et littéraire bien renseignée, signale au public les ouvrages à venir de Mme de Duras : «les *Souvenirs de Sophie pendant l'émigration*, [...] *Frère Ange*» (voir Introduction, p. 40-41).

21 janvier (selon *La Pandore* du 22 janvier) ou *23 janvier* (selon *La Quotidienne* du même jour). Un roman intitulé *Olivier* est mis en vente chez Urbain Canel, libraire-éditeur. Tout laisse entendre qu'il s'agit du troisième roman de la duchesse. Comme *Ourika* et *Édouard*, ce roman est publié anonymement, dans le format in-12, avec la même typographie — mais non chez le même éditeur. La mention «publié pour une œuvre de charité» ne manque pas, non plus qu'une épigraphe mélancolique empruntée à Lord Byron : «*Dost thou ask, what secret voe / I bear corroding joy and youth ? / In pity from the search forbear.*» L'auteur de cette supercherie littéraire est Henri de Latouche.

28 janvier. La *BF* annonce la parution d'*Olivier* [de Latouche].

8 février. Le public ayant accueilli avec faveur ce roman anonyme, la *BF* annonce une deuxième édition d'*Olivier*. La duchesse nie toute participation au pseudo-*Olivier* de Latouche. Elle fait paraître dans le *Journal des Débats* (24 janvier), *La Quotidienne* (24 et 28 janvier) et *Le Moniteur universel* (25 janvier) un même communiqué affirmant que «cet ouvrage est tout à fait étranger à l'auteur d'*Édouard*» et désavoue «formellement un intrus appelé *Olivier* qui voulait s'introduire dans sa famille». Ce communiqué fait l'objet d'une longue explication dans *La Quotidienne* du 28 janvier.

11 février. La *BF* annonce la parution d'une traduction d'*Édouard* en allemand : *Eduard, von der Verfasserin der Ourika*, etc. (*Édouard, par l'auteur d'Ourika*, traduit par Henri Stoeber), Strasbourg et Paris, Levrault, 1826.

Mai-juin. *Ourika*, tableau du baron Gérard, est exposé au musée Colbert[1], dit aussi la galerie Lebrun, au milieu d'une multitude

---

continuellement de la manière la plus naturelle, la plus pathétique ou la plus juste d'exprimer un sentiment ou une idée. La duchesse de Duras en tant qu'auteur est, comme son héroïne, victime de l'aristocratie» (© Stock).

1. Le musée Colbert, dit aussi galerie Lebrun, était une galerie privée, située passage Colbert, qui organisait des expositions ouvertes au

de chefs-d'œuvre. Voir *Le Frondeur. Sciences et Arts, littérature, mœurs, théâtres, modes,* 27 mai, n° 147, et 1er juin, n° 152 : « Exposition de tableaux au profit des Grecs : [...] jamais salon, depuis dix ans, n'a offert un ensemble de tableaux plus remarquable que celui qui brille aujourd'hui dans la galerie Lebrun » : David (*La Mort de Socrate, Mars et Vénus,* les portraits de *Pie VII* et du *cardinal Caprara, Psyché abandonnée, Télémaque et Eucharis*), Girodet (*Danaé* et *Tête de Vierge*), Gros (*Le Combat de Nazareth, Les Pestiférés de Jaffa*), Guérin (*Le Retour de Marcus Sextus*), Horace Vernet (*Mazeppa, Combat entre les Grecs et les Turcs, Guérillas espagnoles*), Carle Vernet (*Cosaque*), Granet, Gérard, etc. (*Portrait du général Foy*).

23 décembre. Stendhal expose à Mérimée les difficultés du roman qu'il projette sur l'impuissance (*Armance*). Ce thème lui est inspiré par ce qu'il sait du roman non publié de Mme de Duras, *Olivier ou le Secret* : « J'ai pris le nom d'Olivier, sans y songer, à cause du défi. J'y tiens parce que le nom seul fait *exposition* et exposition non indécente. » On sait que l'écrivain nommera finalement son héros Octave (Stendhal, *Correspondance*, Champion, 1997-1999, t. III, p. 598).

1827

6 janvier. La *BF* annonce la parution chez Firmin-Didot des *Pensées de Louis XIV extraites de ses ouvrages et de ses lettres manuscrites* de Mme la duchesse de Duras (tiré à 100 exemplaires).

18 août. La *BF* enregistre la publication, sans nom d'auteur, d'*Armance ou quelques scènes d'un salon de Paris en 1827* chez Urbain Canel (éditeur de l'*Olivier* de Latouche).

1828

20 avril. Stendhal déplore dans le *New Monthly Magazine* la mort de Mme de Duras (*Paris-Londres,* éd. citée, p. 851-853) : « Les romans de Mme de Duras sont parsemés d'observations qui, pour la finesse, ne déshonoreraient pas La Bruyère » (*ibid.,* p. 853 ; voir aussi ci-dessus Introduction, p. 55).

---

public de peintures, gravures et dessins (voir « Henri Gaugain et le musée Colbert : l'entreprise d'un directeur de galerie et d'un éditeur d'art à l'époque romantique », Beth S. Wright, *Nouvelles de l'estampe,* décembre 1990, p. 24-31).

1829

4 avril. La *BF* enregistre la publication d'*Aloys ou le Religieux du Mont Saint-Bernard* chez Le Normant fils et Vezard. Ce bref roman paru de manière anonyme est l'œuvre d'Astolphe de Custine. La donnée de l'ouvrage rappelle de près celle du *Moine* de Mme de Duras, roman qui avait fait l'objet de plusieurs lectures devant un large public mondain (voir *Correspondance inédite* et *Le Moine du Saint-Bernard*, éditions à paraître).

15 juin. La *BF* enregistre une deuxième édition, toujours anonyme, d'*Aloys ou le Religieux du Mont Saint-Bernard* de Custine.

1830

13 novembre. La *BF* enregistre la publication du *Rouge et le Noir* de Stendhal.

1839

25 mai. La *BF* annonce la parution chez Debécourt des *Réflexions et prières inédites* «publiées au profit d'un établissement de charité pour de jeunes enfants» de Mme la duchesse de Duras.

NOTE SUR L'ÉTABLISSEMENT
DES TEXTES

OURIKA

Notre texte est celui de la première édition publique d'*Ourika*, parue chez Ladvocat au mois de mars 1824. Cependant, nous y apportons quelques menues rectifications après vérification du brouillon et du manuscrit complet de l'œuvre consultés dans les archives des descendants de la duchesse de Duras. Lucien Scheler, qui a pu confronter les deux versions imprimées (*A* et *B*) de l'édition hors commerce d'*Ourika* tirée à peu d'exemplaires en décembre 1823, a relevé entre ces deux versions de légères différences («Un best-seller sous Louis XVIII : *Ourika* par Mme de Duras», *Bulletin du bibliophile*, 1988, p. 17-18). Ces corrections d'auteur, pour une raison non élucidée, n'ont pas été conservées dans l'édition de mars 1824, laquelle reproduit donc la version *A*. Nous adoptons la version *B* avec ses variantes, à l'exception de deux d'entre elles qui sont manifestement fautives (p. 87 et 89). *B* n'est pas toujours identique au manuscrit mis au net (*Ms*). Nous indiquons ci-dessous le texte de la version *B* reproduite par Ladvocat.

— *Ms* et *B* : l'épigraphe est placée sous le titre «Introduction» et non sous le titre, *Ourika*.

— p. 65. *Ms* et *B* : «paraissait la toucher». *A* : «parut la toucher».

— p. 65. *Ms* et *B* : «répondit-elle : mais cependant». *A* : «répondit-elle : cependant».

Ms et *B* : «quand nous nous connaîtrons davantage». *A* : «quand nous nous connaîtrons un peu davantage».

— p. 67-68. *B* : «exclure ce qui ressemblait à l'exagération». *Ms* et *A* : «exclure tout ce qui ressemblait à l'exagération».

— p. 68. *B* : «elle-même : en la voyant, en l'écoutant». *Ms* et *A* : «elle-même ; et, en la voyant, en l'écoutant».

— p. 73. *B* : « Des combinaisons infinies, les mêmes pensées ».
Ms et *A* : « Des combinaisons infinies des mêmes pensées ».

— p. 74. *B* : « en me permettant de la lui confier ». *Ms* et *A* : « en me permettant de la confier ».

— p. 75. *B* : « j'aurais voulu dire comme eux : Ma mère ! » *Ms* et *A* : « j'aurais voulu pouvoir dire comme eux : Ma mère ! ».

— p. 75-76. *Ms* et *B* : « cette arène où les hommes ». *A* : « cette arène où des hommes ».

— p. 81. *B* : « s'il m'avait questionnée ». *Ms* et *A* : « s'il m'eut questionnée ».

— p. 82. *B* : « tous les cœurs ont-ils les mêmes besoins ? » *Ms* et *A* : « tous les cœurs ont-ils tous les mêmes besoins ? »

— p. 87. *Ms* et *B* : « la joie du cœur ». *A* : « les joies du cœur ».

B : « je sens qu'à présent mes peines ». *Ms* et *A* : « je sentais qu'à présent mes peines » (nous n'adoptons pas cette modification et nous nous conformons au manuscrit mis au net).

— p. 89. *B* : « cette force, où elle était, et je fis honte de ». *Ms* et *A* : « cette force, où elle était. Je me fis honte de » (nous n'adoptons pas cette modification et nous nous conformons au manuscrit mis au net).

— p. 90. *B* : « je ne prenais part à aucune conversation ». *Ms* et *A* : « je ne prenais à aucune conversation ».

— p. 90 : *B* : « des enfants de couleur qui m'appelleraient leur mère » (conforme au *brouillon* du manuscrit). *Ms* et *A* : « qui m'appelleraient : Ma mère ! »

ÉDOUARD

Notre texte est celui de l'édition publique parue chez Ladvocat en 1825.

OLIVIER OU LE SECRET

Nous donnons le texte, transcrit par nos soins, du manuscrit autographe, complet et mis au net d'*Olivier ou le Secret*. Ce manuscrit, conservé dans des archives familiales, se compose d'un unique et fort cahier, non paginé par la duchesse. Le texte du roman s'étend sur 291 pages. Il contient trois parties et une conclusion. Le titre (*Olivier ou le Secret*) est indiqué. Une épigraphe empruntée à Dante le suit. Les trois parties sont d'égale longueur, bien qu'il y ait dix-sept lettres dans la première partie, dix-huit dans la deuxième et vingt-trois dans la troisième. Une conclusion, accompagnée d'une note explicative, achève le roman.

Pour l'établissement de cette version inédite d'*Olivier*, nous avons respecté scrupuleusement le manuscrit, qui offre un texte en continu soigneusement revu par la duchesse elle-même, comme l'attestent les quelques corrections orthographiques et ratures. Les variantes sont rares et n'interrompent pas la lecture, Claire de Duras ayant collé sur le texte à écarter un papier où se trouve le texte définitif. Les graphies anciennes ont été, comme pour *Ourika* et *Édouard*, modernisées et les majuscules normalisées. La ponctuation de l'auteur, plus expressive que grammaticale, a été modifiée, mais uniquement lorsqu'elle devenait trop déroutante pour le lecteur actuel, habitué à une autre scansion. Nous avons unifié les titres, généralement abrégés sur le manuscrit, les transcrivant en toutes lettres (comte, comtesse, marquise...), ainsi que les numérotations (« 1re partie » qui devient « Première partie », etc.) Notons cependant que Claire de Duras ayant écrit en toutes lettres « Seconde partie », nous avons respecté son choix. En indiquant les noms des correspondants, Mme de Duras écrit indifféremment « comte Olivier de Sancerre » ou « comte de Sancerre » ; nous unifions en choisissant uniquement « comte de Sancerre », cette dénomination étant un peu plus fréquemment employée par l'auteur. Nous nous sommes conformée à l'usage anglais, respecté par Mme de Duras dans ses manuscrits, qui veut que Lord, Lady et Miss conservent leur majuscule s'ils sont suivis d'un nom propre. Les *italiques* sont ceux de l'auteur. Les crochets signalent l'intervention de l'éditeur.

La version définitive d'*Olivier* est sensiblement plus longue que celle publiée par Denise Virieux en 1971 chez José Corti, le roman s'enrichit d'un tiers du texte : l'épisode de la mort de M. de Nangis fait l'objet d'un long développement inédit, celui du voyage à l'île de Wight également. Des personnages apparaissent (le baron de T.), d'autres peuvent être identifiés avec précision (Henriette de D., amie d'enfance de Louise de Nangis, épouse du baron de T.). Si un événement a suscité plusieurs versions, on est désormais assuré de celle qui est privilégiée en définitive par Mme de Duras : le duel entre Olivier et M. de Rieux ne se produit pas, par conséquent ce dernier n'est ni blessé ni soigné par Olivier, etc. De même, si Mme de Duras a hésité entre deux noms pour un personnage, la version publiée ici permet de savoir le choix ultime opéré par la romancière (commandeur de Brézé/marquis de Mussidan). Par ailleurs, la chronologie interne du roman est désormais certaine : les épisodes retrouvent l'ordre voulu par Mme de Duras : celui de « l'histoire [d'une] âme et non des événements [d'une] vie » (*Le*

Moine du Saint-Bernard). Et surtout une note de la «conclusion», jusqu'ici inédite, propose au lecteur une explication de la conduite d'Olivier de Sancerre qui diffère de celle qui avait circulé dans les salons à partir de 1822. Claire de Duras avait laissé soupçonner l'impuissance de son héros; elle suggère désormais «qu'il avait eu des raisons de se croire le frère de madame de Nangis», mais sans appuyer, ajoutant avec une maîtrise digne des plus grands écrivains, que «cette conjecture a paru probable, mais elle est demeurée sans preuves». Le lecteur, définitivement égaré, est abandonné à une méditation sur les méandres insolubles et insondables du cœur humain.

DOCUMENT

*Dans le journal inédit qu'elle tient du 31 août 1821 au 23 juillet 1825, Mme de Duras note le 20 novembre 1821 à propos d'*Ourika:

On va donner une tragédie intitulée *Le Paria*[1]. Si M. Lavigne[2] [*sic*] a senti tout le parti que le talent peut tirer du sentiment douloureux de l'isolement, il aura fait un bel ouvrage. Il y a des douleurs primitives, qui portent en elles-mêmes la source des grandes beautés parce qu'elles sont simples comme la nature, et qu'elles viennent d'elle seule, l'isolement est de ce nombre. Dieu a dit: il n'est pas bon que l'homme soit seul. L'isolement est donc un état contre nature, un véritable malheur, et celui que la société rejette de son sein est par cela seul le plus malheureux des êtres. Cette situation est admirablement peinte dans *Le Lépreux*[3], elle fait presque tout l'intérêt de *Philoctète*[4]. Je voudrais qu'on traitât avec talent un autre sujet, c'est un événe[ment] qui s'est passé de nos jours [et dont] j'ai été témoin.

Le chevalier de Boufflers avait rapporté du Sénégal à Mad[am]e la maréchale de Boufflers une petite négresse à peine âgée de deux ans, on la nomma Ourika, et elle devint dans le salon de Mme de Beauvau le jouet et l'amusement de la société[5], on lui donnait du

1. Claire de Duras ébauchera un roman portant ce titre vers 1823.
2. Tragédie en cinq actes de Casimir Delavigne représentée pour la première fois le 1er décembre 1821; elle connut un immense succès.
3. *Le Lépreux de la cité d'Aoste* de Xavier de Maistre (1811).
4. Claire de Duras fait probablement ici allusion à la tragédie de Sophocle plus qu'à celles de Chateaubrun (1755) ou de Laharpe (1783) qui portent toutes trois comme titre le nom de l'ami d'Hercule, Philoctète, abandonné sur l'île de Lemnos par les Grecs.
5. Il est naturel que Mme de Duras ait bien connu l'histoire d'Ourika: sa belle-mère, la duchesse douairière de Duras, née Noailles, était la

bonbon, on la faisait sauter, on s'amusait de ses enfantillages, on l'aimait car elle était douce, bonne et ces gâteries ne la gâtaient pas. Ourika grandit au milieu de la société la plus spirituelle de Paris, elle acquit de l'instruction, des talents, sans perdre la naïveté de sa nature et même un peu de sa nonchalance. Mme de Beauvau causait avec elle, formait son esprit, son jugement, sa raison, et l'on aurait pu souhaiter à sa fille la grâce et le maintien d'Ourika. La Révolution dispersa [la sociê]té de Mme de Beauvau. [papier manquant] pprochant encore davantage de cette jeune fille fut pour Ourika l'occasion d'un développement encore plus grand des facultés de son âme ; devenue l'amie de sa bienfaitrice, son esprit cherchait à s'élever pour se mettre au niveau du sien, ses sentiments s'exaltaient pour comprendre ceux qui lui étaient confiés. Naturellement vive et passionnée comme une négresse, elle était contenue et réservée comme une jeune fille française, elle avait tous les charmes de l'esprit et toutes les séductions que l'éducation peut ajouter à une nature distinguée. Mais quel pouvait être son sort, isolée au milieu du monde par sa couleur, il fallait qu'elle renonçât au mariage et même à l'amour. Celui qui l'aurait entendue ne pouvait l'épouser, elle-même n'eût pu supporter de porter des enfants [d'une] couleur qui était pour e[ux] le sceau de la réprobation, elle ne croyait même pas pouvoir être aimée, elle en était venue à ne pouvoir se regarder dans un miroir, sa figure lui paraissait celle d'un monstre, elle devint triste, sauvage, chaque année ajoutait à sa mélancolie. Elle mourut de chagrin avant vingt ans, et se trouva heureuse de mourir.

---

belle-sœur de la princesse de Poix, fille d'un premier mariage du maréchal de Beauvau et très proche de la deuxième femme de son père, l'éducatrice d'Ourika (*Vie de la princesse de Poix, née Beauvau*, par la vicomtesse de Noailles, 1855, Ch. Lahure). Un portrait de la véritable Ourika est d'ailleurs conservé au château de Mouchy, qui appartient toujours aux Noailles.

BIBLIOGRAPHIE SÉLECTIVE

I. ŒUVRES DE CLAIRE DE DURAS

SOURCES MANUSCRITES

Ourika, brouillon et mise au net complète.

Édouard, version définitive incomplète et fragments divers.

Olivier ou le Secret, brouillon, mise au net complète et fragments divers.

Les Veilles du Saint-Bernard, brouillon et mise au net inachevés du *Moine*.

Le Moine du Saint-Bernard, texte complet, magnifiquement relié, copié par une main qui n'est pas celle de Mme de Duras. On lit ces mots manuscrits sur la page de garde : « Légué par Madame la Duchesse de Duras à son amie Mad[emois]elle Rosalie de Constant de Genève ».

Mémoires de Sophie, brouillon et mise au net inachevés, fragments divers. La mise au net n'est pas de la main de Mme de Duras.

Le Paria, brouillon inachevé.

Amélie et Pauline, début de mise au net précédé d'un feuillet préliminaire indiquant les principales étapes du roman projeté.

Pecueil des pensées de Louis XIV, recueillies et données à Mad[am]e de Vintimille par K[ersaint] de Duras, le 16 juillet 1825 à S[ain]t-Germain ».

[Journal], journal tenu par Mme de Duras du 31 août 1821 au 23 juillet 1825.

Diverses ébauches, romanesques ou non, dépourvues de titres.

Lettres inédites dont une partie est à paraître (voir Introduction, p. 46, note 1).

SOURCES IMPRIMÉES

A. Éditions anciennes

Ourika, Ladvocat, 1 vol. in-12, 1824.

Édouard, Ladvocat, 2 vol. in-12, 1825.

Pensées de Louis XIV extraites de ses ouvrages et de ses lettres manuscrites, 1 vol. in-16, Firmin-Didot, 1827.

Réflexions et prières inédites, 1 vol. in-18, Debécourt, 1839.

Ourika, notice par M. de Lescure, Librairie des Bibliophiles, 1878.

Édouard, préface d'Octave Uzanne, Librairie des Bibliophiles, 1879.

B. Éditions modernes

Ourika, suivi d'*Édouard*, éd. Jean Giraud, étude de Joë Bousquet, Stock, 1950.

Olivier ou Le Secret, texte inédit, éd. Denise Virieux, José Corti, 1971.

Ourika, éd. Claudine Herrmann, Des Femmes, 1979.

Édouard, éd. Claudine Herrmann, Mercure de France, coll. «Mille et une femmes», 1983; éd. reproduite par le Mercure de France, coll. «Le Temps retrouvé», 2005.

Ourika, éd. Roger Little, Exeter (GB), University of Exeter press, 1993; éd. revue et augmentée, 1998.

Édouard, dans *Mademoiselle de Clermont* (Mme de Genlis), *Édouard* (Mme de Duras), éd. Gérard Gengembre, Éditions Autrement, 1994 (cette édition, ainsi que celle qui a paru dans la coll. «Bouquins», ne comporte ni l'épigraphe ni l'épilogue du roman).

Ourika. Édouard dans *Romans de femmes du XVIIIᵉ siècle*, éd. Raymond Trousson, Laffont, coll. «Bouquins», 1996.

Ourika, éd. Christiane Chaulet, Saint-Pourçain-sur-Sioule, Bleu autour, 2006.

C. En marge des œuvres

Olivier, Urbain Canel, 1 vol. in-12, 1826. Paru anonymement, ce texte peut être attribué à Henri de Latouche (sur cette supercherie littéraire, voir Introduction, p. 41-42, et Chronologie des œuvres, p. 320).

Frère Ange: Chantal Bertrand-Jennings affirme qu'un «dernier roman [de Mme de Duras], *Le Frère Ange*, parut en 1829 de manière anonyme» («Condition féminine et impuissance sociale: les romans de la duchesse de Duras», *Romantisme*, 1989, 1ᵉʳ trimestre, p. 48, n. 12). Roger Little (éd. citée, p. 45, n. 39) pense, à juste titre, que C. Bertrand-Jennings confond cet ouvrage avec le roman d'Astolphe de Custine, *Aloys ou le Religieux du Mont*

Saint-Bernard, paru anonymement la même année, aucun *Frère Ange* n'étant publié en 1829. La donnée du roman de Custine est proche de celle du *Moine* de Mme de Duras, auquel la presse de l'époque fait, en effet, allusion sous le titre de *Frère Ange*.

Aloys ou le Religieux du Mont Saint-Bernard [paru sans nom d'auteur], Vezard, 1829.

CUSTINE (ASTOLPHE DE), *Aloys ou le Religieux du Mont Saint-Bernard*, présentation par Philippe Sénart, Bibliothèque 10/18, 1971.

CHALAYE (SYLVIE), *Les* Ourika *du Boulevard*, L'Harmattan, coll. «Autrement Mêmes», 2003 (cet ouvrage fournit au lecteur le texte des trois pièces portant *Ourika* à la scène en 1824).

II. ÉTUDES

AUTOUR DES ŒUVRES DE CLAIRE DE DURAS

BERTRAND-JENNINGS (CHANTAL), «Condition féminine et impuissance sociale: les romans de la duchesse de Duras», *Romantisme*, XIX, n° 63, 1989, p. 39-50; *D'un siècle l'autre. Romans de Claire de Duras*, Jaignes, La Chasse au Snark, 2001; *Un autre mal du siècle*, Toulouse, Presses Universitaires du Mirail, 2005.

CRICHFIELD (GRANT), *Three Novels of Madame de Duras*, La Haye, Mouton, 1975.

HOFFMANN (LÉON-FRANÇOIS), *Le Nègre romantique: personnage littéraire et obsession collective*, Payot, 1973, p. 223-227.

LAFORGUE (PIERRE), *L'Éros romantique. Représentations de l'amour en 1830*, PUF, 1998.

LUPPÉ (Marquis de), «Autour de l'*Armance* de Stendhal: l'*Olivier* de la duchesse de Duras», *Le Divan*, 250 (avril-juin 1944).

O'CONNELL (DAVID), «The Black Hero in French Romantic fiction» *Studies in Romanticism*, 1973, p. 516-529; «*Ourika*, Black Face, White Mask», *The French Review*, XLVII, 1974, p. 51-52.

RIBERETTE (PIERRE), «Le modèle d'*Olivier*», *Bulletin de la Société Chateaubriand*, n° 28, nouvelle série, 1985, p. 93-100.

SCHELER (LUCIEN), «Un best-seller sous Louis XVIII: *Ourika* par Mme de Duras», *Bulletin du bibliophile*, 1988, p. 11-28.

SWITZER (RICHARD), «Mme de Staël, Mme de Duras and the question of race», *Kentucky Romance Quarterly*, XX, 1973.

CLAIRE DE DURAS ET STENDHAL

Armance ou quelques scènes d'un salon de Paris en 1827, Urbain Canel, 1827. Nous citons cette œuvre dans l'édition «Folio classique» d'Armand Hoog (1975), tirage de 1994.

BERTHIER (PHILIPPE), *Armance*, Notice dans Stendhal, *Œuvres romanesques complètes*, Gallimard, coll. «Bibliothèque de la Pléiade», t. I, 2005, en particulier les p. 875-881.

BORDAS (ÉRIC), «Censurer le style d'une duchesse», in *Stendhal journaliste anglais*, études réunies par Philippe Berthier et Pierre-Louis Rey, Presses de la Sorbonne nouvelle, 2001, p. 189-212.

STENDHAL, *Paris-Londres. Chroniques*, édition et traduction de Renée Dénier, Stock, 1997.

VERMALE (FRANÇOIS), «Stendhal et la duchesse de Duras», *Ausonia*, cahiers trimestriels, janvier-septembre 1942, p. 85-92.

DONNÉES BIOGRAPHIQUES

ABRANTÈS (Duchesse d'), *Mémoires sur la Restauration ou Souvenirs historiques sur cette époque...*, 6 vol., J. L'Henry, 1836, voir t. VI.

ANCELOT (VIRGINIE), *Les Salons de Paris. Foyers éteints*, Tardieu, 1858.

ARBLAY (FANNY D'), *Du Consulat à Waterloo. Souvenirs d'une Anglaise à Paris et à Bruxelles*, José Corti, coll. «Domaine romantique», 1992.

BARANTE (PROSPER DE), «Mme la duchesse de Duras», *Mercure du XIXᵉ siècle*, 1828, t. XX, p. 238-241.

BARDOUX (AGÉNOR), *La Duchesse de Duras*, Calmann-Lévy, coll. «Études sociales et politiques», 1898. Biographie de la duchesse s'interrompant en 1822. Le texte des lettres de Chateaubriand et de Claire de Duras que cite l'auteur est fragmentaire.

Biographie des dames de la cour et du faubourg Saint-Germain par un valet de chambre congédié, chez les marchands de nouveautés, au Palais-Royal, 1826, notice «Duchesse de Duras».

BERRY (MARY), *Voyages de Miss Berry à Paris, 1782-1836*, traduits par Mme la duchesse de Broglie, A. Roblot, 1905.

Biographie nouvelle des contemporains ou dictionnaire historique ou raisonné de tous les hommes qui, depuis la Révolution française, ont acquis de la célébrité par leurs actions, leurs écrits, leurs erreurs et leurs crimes, soit en France, soit dans les pays étrangers, par MM. A. V. Arnault, Jay, Jouy, Norvins, À la librairie historique, rue Saint-Honoré nº 123, 1820-1825, 20 vol., t. VI, notice «Duras».

BOIGNE (Comtesse de), *Mémoires. Récits d'une tante*, éd. Jean-Claude Berchet (1971), Mercure de France, coll. «Le Temps retrouvé», 2 vol., 1986.

BRIFAUT (CHARLES), *Récits d'un vieux parrain à son jeune filleul* dans *Œuvres*, Prosper Diard, 1858, 6 vol., voir t. I; *Souvenirs d'un académicien sur la Révolution, le Premier Empire et la Restauration*, Albin Michel, 1921, 2 vol.

CHATEAUBRIAND (FRANÇOIS-RENÉ DE), *Correspondance générale*, éd. Béatrice d'Andlau, Pierre Christophorov, Pierre Riberette et Agnès Kettler en cours de publication, Gallimard, 6 vol. parus (1977-2004) couvrant les années 1789-1822 et juin 1824-1827; *Mémoires d'outre-tombe*, éd. Jean-Claude Berchet, Le Livre de Poche, coll. « La Pochothèque », 2 vol., 2003-2004.

CUSSY (Chevalier de), *Souvenirs du chevalier de Cussy, garde du corps, diplomate et consul général, 1795-1866*, publiés par le comte Marc de Germiny, 2 vol., Plon, 1909.

CUSTINE (Marquis de), *Souvenirs et portraits*, textes choisis et présentés par Pierre de Lacretelle, Monaco, Éditions du Rocher, 1956.

DASH (Comtesse), *Mémoires des autres*, À la librairie illustrée, s. d. (1896-1897), 6 vol., voir t. II et III.

GENLIS (Comtesse de), *Mémoires inédits sur le XVIIIᵉ siècle et la Révolution française depuis 1756 jusqu'à nos jours*, Ladvocat, 10 volumes, 1825 (voir tome 7, p. 292-294).

HAUSSONVILLE (Comte d'), *La Baronne de Staël et la duchesse de Duras*, Imprimerie du Figaro, 1910.

KOZLOVSKY (PIOTR), « Ourika et son auteur » dans *Diorama social de Paris par un étranger qui y a séjourné l'hiver de l'année 1823 et une partie de l'année 1824*, Champion, 1997, p. 189-193.

LA TOUR DU PIN (Marquise de), *Journal d'une femme de cinquante ans, 1778-1815*, Chapelot, 2 vol., 1913; *Mémoires. Journal d'une femme de cinquante ans*, suivis d'extraits inédits de sa correspondance, éd. Christian de Liedekerke Beaufort, Mercure de France, coll. « Le Temps retrouvé », 1979. Cette dernière édition, moins complète du point de vue des *Mémoires* proprement dits, contient des lettres non présentes dans l'édition Chapelot; c'est la raison pour laquelle nous citons, selon les cas, l'une ou l'autre version.

MAILLÉ (Duchesse de), *Souvenirs des deux Restaurations*, journal inédit présenté par Xavier de La Fournière, Librairie Académique Perrin, 1984.

PAILHÈS (ABBÉ GABRIEL), *La Duchesse de Duras et Chateaubriand d'après des documents inédits*, Librairie Académique Perrin, 1910. Ouvrage contenant la publication d'une grande partie de la correspondance de Mme de Duras.

SAINTE-BEUVE (CHARLES-AUGUSTIN), *Chateaubriand et son groupe littéraire sous l'Empire. Cours professé à Liège en 1848-1849* (1861), nouvelle édition par Maurice Allem, Classiques Garnier, 1948, 2 vol.; « Madame de Duras » (1834) dans *Portraits de femmes*

(1844), éd. Gérald Antoine, Gallimard, coll. «Folio classique», 1998, p. 104-124.

VILLEMAIN (ABEL-FRANÇOIS), *Souvenirs contemporains d'histoire et de littérature*, Bruxelles, Méline, Cans et compagnie, 1854.

NOTES

OURIKA

Page 61.

1. Citation extraite du poème de Lord Byron *Childe Harold's Pilgrimage* (1812) : «Voilà ce que j'appelle être seul ; voilà la solitude !» (*Le Pèlerinage de Childe-Harold* in *Œuvres complètes*, Charpentier, 1838, deuxième chant, strophe XXVI, p. 83). Le goût de Mme de Duras pour la poésie anglaise est largement attesté par sa correspondance. On en trouve de nombreuses traces dans ses œuvres : une citation de Thomas Gray (p. 92) dans *Ourika*, une autre de Milton dans *Édouard* (p. 101), une encore empruntée au *Don Juan* de Byron et une allusion à une élégie de George Lyttelton dans *Olivier* (p. 248 et 202), plus une citation de Frances Greville dans *Olivier*, p. 281, ainsi qu'une citation de Pope dans les *Mémoires de Sophie* (feuillet 11), une autre de Goldsmith qui constitue l'épigraphe du *Paria*. «J'aime beaucoup les vers de Cowper», écrit-elle également à Rosalie de Constant (16 juillet [1809], cité par G. Pailhès, *La Duchesse de Duras et Chateaubriand*, Perrin, 1910, p. 61). On la croit volontiers car William Cowper (1731-1800), auteur réputé des *Hymnes* (1767), puis des *Poèmes* (1782) et du *Devoir* (1785), était partisan de «la cause sainte de l'abolition de la traite des nègres» (*Le Globe*, t. III, n° 9, 12 janvier 1826, p. 45) et composa un *Paria* peu avant sa mort. Sainte-Beuve souligne donc, à juste titre, que «les poètes anglais [...] étaient familiers [à Claire de Duras], et quelques vers d'eux la faisaient rêver» (*Portraits de femmes*, «Madame de Duras», Gallimard, coll. «Folio classique», 1998, p. 109).

Page 63.

1. L'Assemblée constituante abolit les vœux perpétuels (13 février 1790) et supprime tous les ordres religieux (12 octobre 1792). Ceux-ci se reconstituent à partir du premier Empire et sous la Restauration. Les congrégations masculines sont soumises à une autorisation par voie législative (loi de 1817), tandis que les congrégations féminines peuvent être autorisées par simple ordonnance (loi de 1825). La permission de l'empereur Napoléon relative au «rétablissement de quelques-uns de ces couvents» n'est donc que tacite au moment de la confession d'Ourika.

Page 64.

1. Ce sujet fréquemment traité au XVIIIe siècle, notamment par Diderot (*La Religieuse*, 1796) ou Joseph Fiévée (*Les Rigueurs du cloître*, 1790), familier du salon de Mme de Duras, est étonnamment présent chez la duchesse. Dans *Le Moine*, le futur frère Ange a déjà été ordonné lorsqu'il rencontre Coralie d'Acigné. La jeune fille prend donc la «résolution de se faire religieuse» (feuillet 19), ce qui accable son amant: «l'idée que j'allais voir Coralie à travers cette grille me fit horreur, il me semblait que la séparation à laquelle nous étions condamnés m'était tout à coup devenue visible» (feuillet 18). Même sentiment d'impuissance dans les *Mémoires de Sophie* dont l'héroïne est destinée à «être abbesse de Remiremont»: «quoique je n'eusse pas encore prononcé de vœux, ma position était si arrêtée que je n'étais pas une personne à laquelle on pût prétendre» (feuillet 3). Même obstacle encore dans un roman ébauché, sans titre, se passant au temps des Croisades: croyant son amant mort, la princesse Alix entre dans les ordres, mais celui-ci réapparaît. L'infortunée en meurt «de douleur et de joie» (sur ce roman, voir *Édouard*, n. 1 de la p. 107 et n. 1 de la p. 108).

2. Surprise semblable dans *Le Paria*: «Je découvris sous le grand chapeau rabattu de ce pauvre inconnu des traits qui n'étaient pas sans noblesse, son teint olivâtre semblait appartenir à quelque race d'Orient, ses grands yeux noirs d'une douceur remarquable, fort cernés et d'une expression mélancolique, n'avaient rien de la profession [celle de marin] qu'annonçait son habillement. [...] dès que l'étranger s'apercevait qu'il était l'objet de mon attention, il cachait son visage dans ses deux mains et restait dans cette attitude jusqu'à ce que je me fusse retiré» (feuillets 2 et 3).

Page 67.

1. Le chevalier de Boufflers, gouverneur du Sénégal à partir de novembre 1785, fit don à Delphine (future marquise de Custine et

mère d'Astolphe, marquis de Custine) et Elzéar de Sabran d'un enfant «noir comme l'ébène» qu'ils appelèrent Vendredi (Gaston Maugras, *Delphine de Custine*, Plon, 1912, p. 27), à la duchesse d'Orléans d'une petite fille «jolie, non pas comme le jour, mais comme la nuit» *(Correspondance de la comtesse de Sabran et du chevalier de Boufflers*, Plon, 1875, p. 413). La princesse de Beauvau reçut une autre petite fille, Ourika, qui mourut à seize ans. Son souvenir est évoqué avec émotion et tendresse dans les *Mémoires de la princesse de Beauvau* (Techener, 1872, p. 147-150).

2. Mme de Duras avait pu lire dans Cowper (voir p. 335, n. 1) ce texte intitulé «La Plainte d'un nègre»: «Ravi à mes foyers, à leurs plaisirs, j'ai laissé la côte de l'Afrique, et l'on m'a charrié sur les eaux pour enrichir un maître. Des hommes, mes semblables, me vendirent, m'achetèrent, et mon prix fut quelques pièces d'or; mais quoi qu'ils aient trafiqué de mon corps, mon âme n'a pu être vendue» (cité dans *Le Globe*, t. III, n. 9, 12 janvier 1826, p. 45).

3. Selon Ovide (*Métamorphoses*, X, 243-297), Pygmalion, célèbre sculpteur qui s'était voué au célibat, créa la femme idéale en la sculptant dans l'ivoire. Il en devint amoureux et obtint de Vénus qu'elle animât sa statue. En 1819, le tableau de Girodet, *Pygmalion amoureux de sa statue*, fit davantage sensation au Salon (n° 1461) que *Le Radeau de la Méduse* de Géricault. Le 3 novembre 1819, le tableau fut présenté à Louis XVIII qui était accompagné du duc de Duras (Sylvain Bellenger, *Girodet 1767-1824*, Gallimard/Musée du Louvre éditions, 2005, p. 467).

Page 68.

1. Réflexion semblable dans les *Mémoires de Sophie* (feuillet 3): «Une jeune personne pour réussir devait être naïve, on lui passait même l'étourderie, on s'attendrissait sur un premier mouvement qui révélait le secret de son cœur, mais les nuances du tact étaient si fines, qu'il y avait un bon goût dans l'étourderie et une mesure dans le premier mouvement qu'il ne fallait jamais dépasser.»

2. Voir *Édouard* (p. 133): «Je ne crois pas que le bon goût soit une chose si superficielle qu'on le pense en général: [...] la délicatesse de l'esprit, celle des sentiments; l'habitude des convenances, un certain tact qui donne la mesure de tout sans avoir besoin d'y penser.» Olivier de Sancerre, de son côté, «a trop de bon goût pour ne pas prendre les choses pour ce qu'elles valent» (*Olivier*, p. 210). Le comte de Ségur évoque avec nostalgie la société du XVIIIe siècle où le «bon goût» régnait, et «dont on ne retrouve plus aujourd'hui le charme»: «On y voyait un mélange indéfinissable de simplicité et d'élégance, de grâce et de raison, de critique et d'urbanité» (*Mémoires, souvenirs et anecdotes*, Bibliothèque des

Mémoires relatifs à l'histoire de France pendant le dix-huitième siècle, Firmin-Didot frères, 1859, t. XIX, p. 37). Voir aussi *Édouard*, p. 103, n. 2 et p. 116, n. 4.

Page 69.

1. Un quadrille est généralement composé de quatre couples formés chacun d'un danseur et d'une danseuse. Le thème des «quatre parties du monde», couramment utilisé dans l'iconographie depuis le milieu du XVIIᵉ siècle, redevient à la mode à partir de 1780 (Guerre d'Indépendance des États-Unis et revendication de la liberté des mers): un canapé intitulé «Les parties du monde» — dossier: Asie et Afrique; siège: Amérique et Europe — est conservé dans les collections du mobilier national (GMT, 13984). Dans *Édouard*, on constate une agitation analogue lors de la préparation d'un «quadrille russe», composé de huit jeunes femmes et huit jeunes gens: «on assortissait des pierreries; on choisissait des modèles; on consultait des voyageurs pour s'assurer de la vérité des descriptions, et ne pas s'écarter du type national, qu'avant tout on voulait conserver» (p. 135-136 et n. 2 de la p. 135).

Page 70.

1. Françoise Massardier-Kenney («Duras, Racism and Class», *Translating Slavery: Gender and Race in French Women's Writing, 1783-1823*, Actes du colloque tenu à l'université de Toronto, 20-25 mai 1995, Kent, Ohio & London, Kent State University Press, 1994, p. 191) interprète cet intérêt manifesté pour la *comba* comme une tentative de s'instruire à propos de l'Afrique et de lier la culture sénégalaise à la culture française. La *comba* dans *Ourika* s'opposerait donc à la *chica* décrite par Hugo dans *Bug-Jargal* (1826): une danse «lascive» aux «attitudes grotesques», dotée, pour faire bonne mesure, d'un «caractère sinistre» (chapitre XXVI).

2. Inquisitive: cet adjectif, qui n'est plus guère utilisé aujourd'hui, signifie «interrogateur» selon Boiste (*Dictionnaire Universel de la langue française* [septième édition] 1829).

Page 71.

1. La mère d'Édouard se montrera aussi raisonnable que la marquise de ...: «Ne sortons point de notre état, disait-elle à mon père: pourquoi mener Édouard dans un monde où il ne doit pas vivre, et qui le dégoûtera peut-être de notre paisible intérieur» (p. 111). Dans *La Dot de Suzette* de Joseph Fiévée (1798), Mme de Senneterre, aristocrate responsable, désire que la charmante et vertueuse Suzette «ne sort[e] point de son état», elle ne lui fait donner «que l'éducation qu'on reçoit dans une école de village»

(éd. Claude Duchet, Desjonquères, 1990, p. 62). Ce roman, réédité en 1821, illustre la position de la duchesse en ce qu'il offre à ceux qui ont connu l'Ancien Régime « quelque chose qui [les] ramenait à leur ancienne existence » (*ibid.*, p. 21), tout en enregistrant l'évolution de la société : Suzette épouse, en définitive, le fils de sa bienfaitrice avec la bénédiction de celle-ci.

Page 72.

1. Ce sentiment a déjà été exprimé par Rousseau dans *Les Rêveries du promeneur solitaire* : « Me voici donc seul sur la terre [...] » (Gallimard, coll. « Folio classique », 1972, p. 35) et par Chateaubriand dans *René :* « Hélas ! j'étais seul, seul sur la terre ! » (*Atala, René, Le Dernier Abencérage*, Gallimard, coll. « Folio classique », éd. Pierre Moreau, 1971, p. 160). De la même manière, les héros de Mme de Duras sont obsédés par le profond sentiment de leur isolement. Voir *Édouard*, p. 100 : « le malheur l'avait rendu comme étranger aux autres hommes » ; « je dois souffrir seul », dit Olivier de Sancerre (p. 232). Dans *Amélie et Pauline*, le comte Henry de Melcy (également nommé « comte de P. » dans le résumé que Mme de Duras a laissé de ce roman) se décrit comme « errant sur la terre, exilé de son pays » (premier cahier). Sentiment que l'on retrouve chez Astolphe de Custine : « je devins entièrement étranger, non seulement au lieu de ma naissance, mais au genre humain, à toute société réelle » (*Aloys ou le Religieux du Mont Saint-Bernard*, Vezard, 1829, p. 46). Plus loin, Ourika dira encore : « j'étais étrangère à la race humaine toute entière ! » (p. 73).

Page 73.

1. Mme de B. fait examiner Ourika par l'« un des plus célèbres médecins de France au dix-huitième siècle » : Paul-Joseph Barthez (1734-1806), originaire de Montpellier comme le médecin qui recueille les confidences d'Ourika mourante, était le créateur de la doctrine du principe vital. Il soignait Louis XVI et le duc d'Orléans (*Dictionnaire des sciences médicales. Biographie médicale*, Panckoucke, 1820-1825, t. I, p. 572).

2. Le sentiment d'isolement ressenti par Ourika, honteuse de sa couleur, inspire à Mme de Maillé cette réflexion : « Mme la duchesse de Duras vient de faire imprimer une nouvelle de sa composition intitulée *Oureka* [*sic*]. C'est un charmant petit ouvrage dont le sujet a un fonds de vérité. La princesse de Beauvau avait élevé une négresse avec beaucoup de soin. Il en résulta que cette enfant étant parvenue à l'âge de la jeunesse ne se trouva plus en sympathie avec une société dont sa position sociale, ainsi que sa couleur, l'excluaient également. Elle en mourut de chagrin. Cela

me rappelle la fille de Mlle Mars à qui sa mère avait fait donner une excellente éducation morale et religieuse. [...] Elle ne put supporter d'être la bâtarde d'une actrice» (Duchesse de Maillé, *Souvenirs des deux Restaurations*, journal inédit présenté par Xavier de La Fournière, éd. citée, p. 102-103 [avril 1824]).

Page 74.

1. Écho semblable dans *Le Moine*: «Si l'on m'eut appris à vous connaître alors ô mon Dieu! je vous aurais trouvé en moi, vous auriez rempli le vide qui peu à peu se formait dans mon âme, votre présence aurait réglé les mouvements tumultueux de mon cœur, mais on me croyait trop jeune pour m'enseigner votre loi, et on ne s'apercevait pas que le chagrin m'avait déjà vieilli et presque mûri ma raison» (feuillet 8). Et encore: «Dieu restait muet en moi, loin qu'il remplît mon âme, je ne savais même pas que je dusse recourir à lui dans mes peines» (feuillet 7).

2. La même idée est exprimée dans *Le Moine*: «C'est un des mystères de la destinée de l'homme que le malheur paraisse multiplier les facultés de son intelligence. On dirait que semblables aux plantes qui ne fleurissent que dans les lieux battus par les tempêtes, l'homme n'acquiert son développement moral qu'au sein de l'adversité» (feuillet 7).

Page 76.

1. Le salon de la grand-mère de Sophie est semblable à celui de Mme de B.: «Sa maison était le centre de réunion de tout ce qui était distingué dans tous les genres, une supériorité quelconque était un titre pour y être admis, et elle avait l'art de faire que tous ces différents mérites fussent flattés de se trouver ensemble» (*Mémoires de Sophie*, feuillet 1). Ces observations sont corroborées par le comte de Ségur: «Les hommes de lettres les plus distingués étaient admis avec faveur dans les maisons de la plus haute noblesse. Ce mélange des hommes de cour et des hommes lettrés donnait aux uns plus de lumières, aux autres plus de goût» (*Mémoires, souvenirs et anecdotes*, éd. citée, p. 38).

2. Mme de Duras analysera à nouveau cette caractéristique d'une époque révolue dans les *Mémoires de Sophie*: «À cette époque surtout, les formes présentaient l'apparence de tout ce qui était aimable, il fallait être *adoré*, aussi rien n'égalait la bonté, le désintéressement, la sensibilité dont on faisait l'étalage» (feuillet 1).

Page 77.

1. La question de la suppression de l'esclavage est agitée, depuis le début du règne de Louis XVI, au sein même du gouvernement.

En 1788, Brissot crée la société des Amis des Noirs dont font partie l'abbé Sieyès, Hérault de Séchelles, l'abbé Grégoire et Mirabeau. Le comte de Kersaint, père de la duchesse, était l'auteur d'une *Suite des moyens proposés à l'Assemblée nationale pour rétablir la paix et l'ordre dans les colonies* (1792) qui propose l'affranchissement progressif des esclaves noirs. L'esclavage, supprimé par la Convention (décret du 16 pluviôse an II, 4 février 1794), est rétabli en 1802. La traite est interdite par Napoléon le 29 mars 1815, mais l'esclavage ne sera définitivement aboli en France que le 4 mars 1848.

L'intérêt de Claire de Duras pour cette cause est attesté par deux textes de sa main : un fragment de proverbe et quelques mots notés sur un carnet. Le héros du proverbe, Charles, confie à sa cousine Amélie : « Moi, j'aurais gâté toutes ses affaires [celles de leur oncle qui est planteur]. Ces pauvres diables de nègres me faisaient pitié, il fait si chaud dans ce pays-là ; quand je les voyais partir pour le travail, j'avais toujours envie de leur dire : mes bons amis, restez chez vous. Si j'avais été le maître je leur aurais donné congé tous les jours, ma foi ! je leur aurais peut-être donné la liberté, ce sont des hommes après tout » (feuillet non numéroté). Dans le second document, Mme de Duras a noté : « C'est une chose remarquable que ce même Las Casas, défenseur des malheureux Américains, fut celui qui, le premier, eut l'idée de faire cultiver les terres par des nègres esclaves apportés d'Afrique, il proposa cette mesure au conseil de Charles Quint, elle fut adoptée et Las Casas fut le promoteur et le soutien de cet infâme commerce. » Ces réflexions sont probablement nées d'un souvenir personnel de la duchesse qui s'était rendue en 1794 à la Martinique pour y recouvrer la fortune maternelle, Mme de Kersaint étant originaire de cette île.

2. La révolte des esclaves noirs de Saint-Domingue (Haïti) en août 1791 fit échouer la tentative d'abolition immédiate de l'esclavage dans les colonies françaises. Victor Hugo met en scène cette insurrection dans son roman, *Bug-Jargal*, paru en 1826, mais dont un premier état avait été publié dans *Le Conservateur littéraire* en mai et juin 1820.

3. Une insurrection parisienne, provoquée par le veto mis par Louis XVI à deux décrets votés par l'Assemblée législative (déportation des prêtres non assermentés et formation d'un camp de vingt mille gardes nationaux fédérés près de Paris), se produit le 20 juin 1792. Vingt mille émeutiers envahissent le palais des Tuileries, coiffant Louis XVI du bonnet rouge, mais sans obtenir qu'il lève son veto. C'est alors que les révolutionnaires décident d'en finir avec le roi et préparent l'insurrection du 10 août.

4. 10 août 1792 : journée révolutionnaire au cours de laquelle les

sections parisiennes envahissent les Tuileries, obligeant Louis XVI à se placer sous la protection de l'Assemblée législative. Les sections forcent celle-ci à décréter la suspension du roi et son internement jusqu'à ce qu'une Convention nationale ait pu donner de nouvelles institutions au peuple. Le 10 août marque l'effondrement de la monarchie. Mme de Duras évoque à nouveau les journées du 20 juin et du 10 août dans les *Mémoires de Sophie* : «Cependant les lettres que nous recevions de France devenaient de plus en plus alarmantes, la journée du 20 juin fit pressentir tout ce qu'on avait à craindre, et celle du 10 août réalisa tout ce qu'on avait craint» (feuillet 20).

Page 78.

1. La maréchale de Beauvau, fixée à Saint-Germain-en-Laye où était enterré son mari qu'elle regrettait passionnément, écrit dans ses *Mémoires* : «je porte à la fin de chaque jour mon hommage et ma douleur auprès de ce tombeau» (*Mémoires de la princesse de Beauvau*, éd. citée, p. 143).

2. Le 9 février 1792, l'Assemblée législative décide la confiscation et la vente des biens des émigrés. Un décret du 30 mars de la même année en règle l'administration. Dans les *Mémoires de Sophie*, le prince Charles, qui fait partie de l'armée de Condé, écrit gaiement à sa sœur : «Nous y serons [à Paris] à la Saint-Louis, nous voulons arriver à temps pour faire crier *Vive le roi!* à ces coquins de l'Assemblée. Vous savez qu'ils viennent de décréter la confiscation de tous les biens des émigrés? S'ils me vendent ma dernière petite voiture anglaise, je ne leur pardonnerai de ma vie» (feuillet 19). Claire de Duras, jeune mariée, dut entreprendre des démarches afin de faire rayer sa mère, Mme de Kersaint, de la liste des émigrés. On trouve un écho de cet épisode dans les *Mémoires de Sophie* où Sophie et Mme de Grancey cherchent toutes deux à obtenir de Fouché la radiation de M. de Grancey de cette liste (feuillet non numéroté).

3. Les émigrés, qui avaient établi leur quartier général à Coblence, tentèrent d'obtenir des cours européennes une intervention contre la Révolution et organisèrent un corps d'armée, sous les ordres du prince de Condé. Dans les *Mémoires de Sophie*, Charles, frère de la narratrice, s'engage dans l'armée de Condé, tandis que l'aîné de la famille reste à Paris : «Il fut décidé que mon frère partirait le plus tôt possible pour Coblentz [*sic*]» (feuillet 16). Dans *Amélie et Pauline*, roman ébauché de Mme de Duras, le héros «arrive à Coblentz, fait la campagne des Princes, et, après la dissolution de l'armée, part pour la Suisse» (feuillet non numéroté).

4. Louis XVI fut guillotiné le 21 janvier 1793 place de la Révolution (actuelle place de la Concorde). Le comte de Kersaint, père de Mme de Duras, membre de la Convention, avait refusé de voter la mort du roi. Il fut exécuté le 5 décembre 1793.

Page 79.

1. La sécularisation des biens ecclésiastiques fut décidée par l'Assemblée constituante le 2 novembre 1789. Sur le «discrédit universel dans lequel tombèrent toutes les croyances religieuses à la fin du siècle dernier» et l'irréligion «répandue parmi les princes et les beaux esprits», membres du clergé compris, voir Tocqueville, *L'Ancien Régime et la Révolution*, Livre III, chapitre II, Laffont, coll. «Bouquins», 1986, p. 1045, 1041-1042, et marquise de La Tour du Pin, *Journal d'une femme de cinquante ans, 1778-1815*, Chapelot, 1913, t. I, p. 27-31.

2. Étienne-François, comte de Stainville puis duc de Choiseul (1719-1785), ambassadeur à Rome, secrétaire d'État aux Affaires étrangères (1758), secrétaire d'État à la Guerre (1761) et à la Marine (1763). Il exerça, de fait, la direction du gouvernement jusqu'en 1770, date à laquelle il fut disgracié et se retira dans son magnifique domaine de Chanteloup, près de Tours.

Page 80.

1. Maximilien de Robespierre (1758-1794) fut exécuté le 28 juillet 1794 (10 thermidor, an II). Cet événement, qui marqua la fin de la Terreur, est signalé dans les *Mémoires de Sophie*: «Pendant que nous étions à Hambourg, il nous parvint quelques rapports confus de la chute de Robespierre» (feuillet 30).

Page 81.

1. Allusion aux «grands coups d'épée» distribués libéralement dans le *Roland furieux*. Le poème de l'Arioste est familier à Mme de Duras et à son entourage, comme en témoigne cette lettre adressée par Mme de La Tour du Pin à son amie Claire le 25 juillet 1813: «Je pense quelquefois que M. de Ch[ateaubriand] me regarde comme cette ennuyeuse fée Logistille, dans l'Arioste, qui détruisait tous les enchantements; il ne faudrait pas que j'allasse à la Vallée, de peur que je ne le rendisse un désert comme le jardin d'Alcine» (cité par G. Pailhès, *op. cit.*, p. 106).

Page 83.

1. Voir Le Tasse, *La Jérusalem délivrée*, trad. Le Prince Le Brun (1774), Librairie de Paris, s. d., chant XIII, strophe 18, p. 220: «Tel un enfant timide fuit des spectres que lui forge son imagination;

tel, dans l'ombre et dans le silence de la nuit, il redoute les fantômes qu'il a créés.»

2. Frère Ange, le héros du *Moine*, s'exprime de la même manière : « si mon âme alors eut pu s'élever vers Dieu, il était en moi et je l'y aurais trouvé ; mais préoccupé par mes peines je ne l'y cherchais pas et je laissais ainsi se fermer cette source bienfaisante et pure d'où pouvait sortir le seul remède à mes chagrins » (feuillet 7).

3. C'est le nom d'une famille noble du Languedoc. Alexandre-François de Thémines (1742-1829), évêque de Blois depuis 1776, était réputé pour sa vertu. Dans *La Princesse de Clèves* de Mme de Lafayette, le vidame de Chartres est, un temps, amoureux de Mme de Thémines.

Page 85.

1. Édouard dit exactement la même chose : « il me semble que je n'ai commencé à vivre que depuis deux mois » (p. 127).

Page 86.

1. Mme de Duras, qui évoque un passage de l'*Odyssée* dans *Olivier* (p. 266), se souvient-elle ici des paroles d'Andromaque dont la famille a été décimée comme celle d'Anaïs ? « Hector, tu es pour moi tout ensemble, un père, une digne mère ; pour moi tu es un frère autant qu'un jeune époux » (*Iliade*, Gallimard, coll. « Folio classique », préf. P. Vidal-Naquet [1975], trad. P. Mazon [1937/1938], chant VI, p. 147).

Page 89.

1. Benjamin Constant utilise une image semblable dans *Adolphe* (1816) : « je reprenais quelquefois avec elle le langage de l'amour ; mais ces émotions et ce langage ressemblaient à ces feuilles pâles et décolorées qui, par un reste de végétation funèbre, croissent languissamment sur les branches d'un arbre déraciné » (Gallimard, coll. « Folio classique », 1973, p. 85).

Page 90.

1. Le même sentiment est exprimé à deux reprises dans *Édouard* : « Si nous trouvions dans nos lectures quelques sentiments exprimés avec vérité, c'est qu'ils nous rappelaient les nôtres » et « Je lui lus un roman qui venait de paraître, et dont quelques situations ne se rapportaient que trop bien avec la nôtre » (p. 162 et 170).

Page 92.

1. Ce « poète anglais » est Thomas Gray (1716-1771), auteur d'une *Elegy Written in a Country Churchyard* (1751) qui contient

ces vers (vers 55-56) : « Il naît plus d'une fleur qui rougit loin des yeux, / Et livre son parfum au souffle du désert » (*Anthologie bilingue de la poésie anglaise*, Gallimard, « Bibliothèque de la Pléiade », 2005, p. 582-583). Stendhal cite le vers 120 (« [*And*] *Melancholy mark'd him for her own* ») de l'*Elegy* de Gray dans une épigraphe d'*Armance* (éd. citée, p. 60).

Page 93.

1. Sur cette question fondamentale qui hante Mme de Duras : un amour passionné est-il nécessairement coupable ou destiné à le devenir ? voir *Olivier*, n. 1 de la p. 209.

2. Dans une variante notée sur un feuillet isolé, Mme de Duras est plus explicite : « la mère qui se jette dans la gueule du lion pour sauver son fils avait-elle donc un amour coupable <incestueux> et cette sœur qui voulut suivre à l'échafaud son frère chéri <était-elle coupable> ». Sur le thème récurrent de l'inceste chez Claire de Duras, voir *Olivier*, n. 1 de la p. 305.

Page 94.

1. Cette image a été remarquée par Sainte-Beuve : « [...] chez Mme de Duras [...] le prêtre est redevenu un vrai confesseur et, comme dit Ourika, un vieux matelot qui connaît les tempêtes des âmes » (*Portraits de femmes*, éd. citée, p. 116). Voir aussi *Olivier* (p. 285) : « Nous causâmes ainsi longtemps comme les matelots qui se racontent les tempêtes et les orages de leur vie passée. » Chateaubriand utilisait déjà cette métaphore dans une lettre adressée en 1813 à sa « chère sœur » : « Les jeunes matelots aiment les vents et la tempête, mais les vieux esclaves qui ont ramé longtemps comme moi, dans une galère, connaissent le prix du beau temps » (cité par A. Bardoux, *La Duchesse de Duras, op. cit.*, p. 136).

Page 95.

1. Dans *Le Moine*, Coralie d'Acigné éprise d'un prêtre, le futur frère Ange, décide également d'entrer dans les ordres. Même démarche de la princesse Alix dans un roman historique ébauché par la duchesse (voir *Édouard*, n. 1 de la p. 107). Solution désespérée que l'on retrouve dans Stendhal (*Le Philtre, Armance...*) et dans Balzac (*La Fille aux yeux d'or, Béatrix, Albert Savarus*). Ursule Mirouët, se croyant délaissée par Savinien de Portenduère, calcule qu'elle a « précisément assez » pour payer sa dot au couvent où elle entrera (*Ursule Mirouët*, CH, t. III, p. 940). Le même calcul avait été fait, auparavant, par Aloys qui se réserve « la modique somme nécessaire pour pouvoir être admis » au couvent du mont Saint-Bernard (*Aloys ou le Religieux du Mont Saint-Bernard*, éd. citée, p. 238).

ÉDOUARD

Page 97.

1. «Aussi modeste amant que sa maîtresse est belle, Olinde désire beaucoup, espère peu et ne demande rien» (*La Jérusalem délivrée*, trad. Le Prince Le Brun [1774], Librairie de Paris, s. d., chant II, strophe XVI, p. 22). Nouvel Olinde, Édouard dit à propos de Mme de Nevers: «Je ne prétends à rien, je n'espère rien» (p. 134). Le poème de Torquato Tasso dit Le Tasse (1544-1595) est bien connu de Mme de Duras qui écrit à Rosalie de Constant le 6 avril 1824: «Je ne connais d'invincible que les sentiments, les autres obstacles sont comme les fantômes de cette forêt dans Le Tasse: quand on les attaque, ils disparaissent» (cité par G. Pailhès, *op. cit.*, p. 283). Dans les *Mémoires de Sophie*, la belle-sœur de l'héroïne «répandait mille charmes dans la conversation, mais elle la maintenait toujours à l'extérieur des sentiments, comme ces nymphes du Tasse qui défendaient à Renaud l'entrée du bois sacré» (feuillet 5).

Page 99.

1. Dès 1777, des volontaires français, parmi lesquels La Fayette, arrivent en Amérique pour soutenir la cause des colonies américaines révoltées contre l'Angleterre. Un corps d'armée, commandé par Rochambeau, débarque en 1780 et prend une part importante à l'offensive finale qui entraînera la capitulation de Cornwallis à Yorktown (19 octobre 1781). Le traité de Versailles (1783) consacre ensuite l'indépendance des treize États unis d'Amérique. François Jean, chevalier puis marquis de Chastellux, grand-oncle du gendre de Mme de Duras, faisait partie de la société des Cincinnati fondée en 1783 par des officiers qui avaient combattu pendant la guerre d'Indépendance. Édouard, s'embarquant pour rejoindre les «troupes françaises employées dans la guerre d'Amérique», l'action du roman, antérieure à ce départ, précède nécessairement 1780.

Page 100.

1. Dans *Le Rouge et le Noir* (I, 7, coll. «Folio classique», 2000, éd. Anne-Marie Meininger, p. 83), Julien Sorel se montre «[f]roid, juste, impassible», «sa pensée était ailleurs. Tout ce que pouvaient faire ces marmots ne l'impatientait jamais».

2. Réflexion proche dans les *Mémoires de Sophie*: Madame de Grancey «me regarda tristement puis elle me dit: "Quand on n'a

jamais été jolie, ni heureuse, on n'a jamais été jeune" » (feuillet non numéroté). Voir les *Souvenirs des deux Restaurations* de la duchesse de Maillé, éd. citée, p. 231 : « Je n'oublierai jamais avec quelle amertume elle [la duchesse de Duras] me dit un jour en parlant d'âge : "On n'a jamais été jeune lorsque l'on n'a jamais été jolie." » La Rochefoucauld l'avait observé : « Il ne sert de rien d'être jeune sans être belle, ni d'être belle sans être jeune » (Maxime 497).

Page 101.

1. Mme de Duras connaît et admire *Le Paradis perdu* de Milton qu'elle a découvert, comme Chateaubriand, pendant ses années à Londres. Le passage auquel il est fait allusion se trouve dans le chant III (vers 542 et 555-563). Satan est « saisi d'étonnement à la vue soudaine de l'Univers. [...] Il regardait l'espace tout à l'entour [...], depuis le point oriental de la Balance jusqu'à l'étoile laineuse qui porte Andromède loin des mers atlantiques au-delà de l'horizon ; ensuite il regarde en largeur d'un pôle à l'autre, et sans plus tarder, droit en bas dans la première région du monde il jette son vol précipité » (*Le Paradis perdu*, trad. Chateaubriand [1836], Gallimard, *Poésie*/Gallimard, 1995, p. 110). Ce texte a suffisamment frappé Claire de Duras pour qu'elle y fasse allusion dans un passage du *Paria* (feuillet non numéroté) qu'elle recopie *à sept reprises* en le modifiant légèrement à chaque fois.

Page 103.

1. Même perspicacité de la part de celui qui sollicite les confidences de frère Ange dans *Le Moine* : « Je découvrais sous cet humble habit des manière nobles et simples ; tous ces religieux avaient les mêmes vertus, mais celles du frère Ange me semblaient appartenir à une nature plus délicate, il avait l'humilité d'un apôtre, avec le goût et le langage d'un homme du monde » (feuillet 3). Dans les *Mémoires de Sophie*, l'héroïne remarque : « on ne sait pas quelle sympathie on découvre à l'instant qu'une personne qu'on n'a jamais vue appartient à la bonne compagnie, un geste, un regard suffisent » (troisième partie, feuillet non numéroté).

2. Voir p. 68, n. 2 ; p. 133, n. 1.

Page 104.

1. Encore un élément autobiographique. La comtesse de Boigne note que les occupations littéraires de la duchesse de Duras « ne la calmaient pas sur ses chagrins de cœur que l'attachement naissant de monsieur de Chateaubriand pour madame Récamier rendait très poignants » (*Mémoires. Récits d'une tante*, éd. citée, t. II, p. 11). Dans *Olivier*, le héros écrit à Adèle de C. : « Ce n'est pas aux dou-

leurs sans remède qu'il faut offrir des consolations, on les augmente en les confiant, il semble qu'elles se fortifient par le récit qu'on en fait et qu'on se persuade à soi-même les tristes vérités qu'on démontre» (p. 233-234). Louise ne dit pas autre chose à sa sœur : «[...] Adèle, en te peignant mes tourments, je les augmente» (*ibid.*, p. 268).

Page 105.

1. Dans ses *Tablettes chronologiques pour servir à l'histoire de Lyon. 1700-1750* (Lyon, Rusand, 1831), Antoine Péricaud ne fait aucune allusion à une épidémie en 1748, pas plus que J. A. F. Ozanam, auteur d'une *Histoire médicale générale et particulière des maladies épidémiques...* (Paris, Méquignon-Marvis, Lyon, Maire, 5 vol., 1817-1823).

Page 106.

1. Dans un roman inachevé et dépourvu de titre, le seul dans l'œuvre de Mme de Duras à mettre en scène la société post-révolutionnaire, un des personnages est dans une situation proche de celle d'Édouard, amoureux sans espoir de la duchesse de Nevers. Bien que fort riche, puisqu'il est le «petit-fils d'un maître de forges», il a la douleur d'apprendre que le «vieux marquis de la Roche Saint-André», «le voltigeur le plus déterminé, l'ultra le plus entêté, le vieillard le plus plein de préjugés que tu aies jamais connu, une perruque de la cour de Louis XV» ne lui permettra jamais d'épouser sa petite-fille, la comtesse Idalie (feuillet non numéroté). Or, la magnifique description des forges du père d'Édouard peut devoir quelque chose à celles que possédait un proche de Claire de Duras, Charles d'Angosse (1774-1835), fils de maître de forges et maître de forges lui-même (voir Sainte-Beuve, *Portraits de femmes*, éd. citée, p. 123 : «Mme de Duras a aimé son mari, puis M. d'Angosse, puis M. de Chateaubriand»). Charles d'Angosse, selon la duchesse d'Abrantès, était «un homme de qualité et un vrai gentleman» (cité par R. Fortassier, *Les Mondains de «La Comédie humaine»*, Klincksieck, 1974, p. 21). Les forges possédées par la famille d'Angosse se trouvaient dans le Béarn, mais Mme de Duras, composant sa propre carte du Tendre, les déplace dans le Forez, région naturellement associée à l'univers de *L'Astrée* (voir n. 1 de la p. 120).

Page 107.

1. Dans une ébauche romanesque de la duchesse de Duras se passant au temps des Croisades, le héros, Edmond de Tintiniac (parfois orthographié Tintignac), agit comme Édouard : «suivi des

petits paysans du village, il aimait à se montrer le plus fort et le plus hardi. Une entreprise périlleuse s'offrait-elle ? Il voulait seul la tenter, et le danger était le seul plaisir qu'il n'aimait pas à partager ; quelquefois s'avançant au loin sur le sable à la marée basse, il revenait en courant poursuivi par les vagues, qui le couvraient de leur écume.» Sur une feuille volante se rapportant à ce roman inachevé, Mme de Duras a noté les principaux événements d'une intrigue qui rappelle distinctement la triste histoire d'Édouard et de Natalie de Nevers : «amours d'un Breton [Edmond de Tintiniac, petit gentilhomme] pour une Provençale, il refuse d'épouser sa maîtresse pour ne pas la faire déchoir de son rang, il part pour la mériter. [...] / on apprend que le chevalier a péri à la bataille de La Massoure — désespoir d'Alix — sa mère meurt, elle fait de son château un monastère et s'y fait religieuse / le chevalier reparaît couvert de gloire et comblé des dons de Saint Louis / Alix meurt de douleur et de joie en le revoyant» (feuillet non numéroté).

Page 108.

1. Edmond de Tintiniac se conduit de la même manière : «un jour (il avait douze ans) un enfant de la troupe plus jeune de quelques années qu'Edmond resta en arrière dans ce jeu périlleux, la vague l'atteignit, il allait périr, lorsque Edmond s'élançant au-devant de la vague lui arrache sa proie et, se cramponnant dans le sable, il attend que le flot se soit retiré, alors il emporte l'enfant sur la grève, personne ne sut cette action, Edmond l'oublia, mais il renonça à ce jeu. À cette époque, son caractère sembla prendre une énergie nouvelle et sortit tout à coup de l'enfance» (feuillet non numéroté). Et dans *Édouard* : «De ce moment je sortis de l'enfance» (p. 108).

Page 109.

1. Comme le créateur de *La Peau de chagrin*, Mme de Duras enseigne sans relâche à son lecteur la puissance destructrice de la passion. Dans les *Mémoires de Sophie*, l'héroïne éponyme s'analyse ainsi : «J'avais reçu de la nature une profonde sensibilité, mon cœur passionné dans ses attachements montrait un dévouement sans bornes aux objets de ses affections [...]; on me loua dans l'enfance sur ces dispositions naturelles de mon âme, et la pente de mon caractère fut décidée sans retour» (feuillet 1). Ces dispositions innées sont encore développées par la pernicieuse éducation «sentimentale» donnée à Sophie par sa grand-mère : «elle s'amusait de la vivacité de mes impressions, de l'abandon de mes sentiments, de la véhémence de mes désirs, on aurait dit qu'elle considérait mon cœur comme une étude, [...] elle me ménageait

des surprises, elle jouissait de mon émotion, elle se plaisait à me
voir fondre en larmes sur un mot doux de mon frère, et pâlir à une
marque d'oubli ou d'indifférence de sa part» (feuillet 4). Mme de
Genlis recommande l'attitude inverse dans *Adèle et Théodore ou
Lettres sur l'éducation* (1782): «point de passions»! (Lecointe et
Durey, 1827, lettre IX, t. I, p. 75).

Page 111.

1. Olonne est le nom d'un bourg de Vendée et le titre d'un comté
appartenant à la maison de La Trémoille. Or Félicie, fille aînée de
Mme de Duras, avait épousé en 1813 Charles Léopold Henri de
La Trémoille, prince de Talmont. Mme du Deffand évoque à plusieurs reprises la duchesse d'Olonne dans sa correspondance
(*Lettres de Mme du Deffand. 1742-1780*, Mercure de France, coll.
«Le Temps retrouvé», 2002, p. 658, 727, 730, etc.). Ajoutons
encore, bien qu'il paraisse extrêmement peu probable que Mme de
Duras ait été amateur de textes érotiques, qu'il existait une pièce
intitulée *La Comtesse d'Olonne* (reproduite dans *Le Théâtre d'amour
au xviii*ᵉ *siècle*, Bibliothèque des curieux, 1910).

2. Sur cette impossibilité de vivre paisiblement dans un autre
«monde» que le sien, voir *Ourika*, n. 1 de la p. 71.

3. Mme de Mortsauf écrira dans le même sens à Félix de Van-
denesse: «j'attache la plus grande importance à cette instruction
[«la science des manières»], si petite en apparence. Les habitudes
de la grande compagnie vous sont aussi nécessaires que peuvent
l'être les connaissances étendues et variées que vous possédez»
(Balzac, *Le Lys dans la vallée*, CH, t. IX, p. 1087). Selon Tocqueville, cette «science» constitue le seul élément qui distingue encore
l'aristocratie à la fin du xviiiᵉ siècle: «on pouvait encore apercevoir, sans doute, entre les manières de la noblesse et celles de la
bourgeoisie une différence; car il n'y a rien qui s'égalise plus lentement que cette superficie de mœurs qu'on nomme les manières;
mais, au fond, tous les hommes placés au-dessus du peuple se ressemblaient; ils avaient les mêmes idées, les mêmes habitudes, suivaient les mêmes goûts, se livraient aux mêmes plaisirs, lisaient les
mêmes livres, parlaient le même langage» (*L'Ancien Régime et la
Révolution* in *De la démocratie en Amérique, Souvenirs, L'Ancien
Régime et la Révolution*, éd. citée, p. 1002). Ce qui rend, évidem-
ment, la situation d'Édouard d'autant plus absurde et insupportable.

4. *Le Paradis perdu*, chant VIII, vers 383-384, éd. citée, p. 224:
«Entre inégaux quelle société, quelle harmonie, quel vrai délice
peuvent s'assortir?» «*Among unequals what society / can sort, what
harmony or true delight?*»

Page 112.

1. Cette mère, qui disparaît prématurément, était, dans une première version du roman dont il subsiste quelques feuillets manuscrits non numérotés, la destinataire de la confession d'Édouard : « Ah ! ma mère, pardonnez-moi, mais ce fardeau est trop lourd, j'ai dû renoncer au bonheur de vivre. Je vais chercher à me rappeler le détail de ce qui a rempli ma vie. Je rechercherai dans mon âme ces mouvements que je vous cachais alors avec tant de soin. Vous saurez tout, vous me plaindrez. » Et il continue : « Lorsque mes études furent achevées, mon père me mena à Paris », etc.

Page 113.

1. Avant comme après la Révolution, le quartier de la Chaussée-d'Antin était habité par de riches financiers, fermiers généraux ou banquiers (Thélusson, Necker, etc.). Dans leur comédie à succès des *Trois quartiers* (1827), Picard et Mazères mettent successivement en scène des marchands de nouveautés qui habitent le Marais, une famille de banquiers logeant à la Chaussée-d'Antin et des personnages aristocratiques du faubourg Saint-Germain. On sait le parti que Balzac, en particulier dans *Le Père Goriot*, tirera de la barrière mondaine qui séparait ces derniers des familles de banquiers. Cette démarcation est ironiquement soulignée par la duchesse de Duras elle-même dans une ébauche de roman dépourvue de titre, dont l'action est postérieure à la Révolution : « ne voyez-vous pas — dit-on d'un jeune fat ambitieux — que depuis qu'il passe sa vie au faubourg Saint-Germain, il se donne des airs de marquis de la vieille cour, chanter des romances à la Chaussée-d'Antin, fi donc ! à la bonne heure au faubourg Saint-Germain ! » (feuillet non numéroté).

2. C'est-à-dire Pierre Jélyotte (1713-1797), chanteur célèbre et musicien de talent. À quelques exceptions près (Mme du Deffand ironise à propos d'un certain « ton de voix [...] doux, naïf et même un peu niais dans le goût de Jeliot », *Lettres de Mme du Deffand. 1742-1780*, éd. citée, p. 34-35), le public l'adorait : « On tressaillait de joie dès qu'il paraissait sur scène, on l'écoutait avec l'ivresse du plaisir [...]. Les jeunes femmes en étaient folles » (Marmontel, *Mémoires*, Mercure de France, 1999, p. 153). Il était, en effet, très recherché dans les salons et fut un temps l'amant de Mme de Jully, belle-sœur de Mme d'Épinay. Le tableau d'Ollivier intitulé *Le Thé à l'anglaise chez le prince de Conti* (musée de Versailles, 1766) le représente au Temple, une guitare à la main, debout derrière Mozart enfant installé au clavecin.

3. Sophie Arnould (1740 ?-1802), célèbre cantatrice, aussi belle que spirituelle, qui débuta à l'Opéra en 1757 et connut un succès

éclatant jusqu'à sa retraite en 1778. Mme d'Oberkirch la décrit ainsi : «Mademoiselle Arnould ne se départait jamais de ces manières raffinées qui masquent chez certaines femmes une moralité imparfaite, tels ces voleurs espagnols qui vous réclament votre bourse, le chapeau à la main et disant: "la charité, s'il vous plaît"» (*Mémoires de Mme d'Oberkirch*, Mercure de France, coll. «Le Temps retrouvé», 1989, p. 608).

Page 115.

1. Il s'agit certainement de Charles James Fox (1749-1806), adversaire infatigable de William Pitt (1708-1778) et l'un des principaux orateurs du parti whig.

2. «Le régime féodal, et surtout la centralisation monarchique, firent disparaître cette institution [le jury] sur le continent. En Angleterre, le *jury* fut introduit par les Saxons et s'y acclimata pendant qu'il tombait en désuétude partout ailleurs» (Pierre Larousse, *Grand Dictionnaire universel du dix-neuvième siècle* [1866-1879], 34 vol., article «JURY ou JURI»). L'Assemblée constituante introduisit en 1791 le jury dans les institutions judiciaires françaises.

3. Mme de Duras signale dans *Édouard*, mais aussi dans *Olivier* et les *Mémoires de Sophie*, le goût des Français du XVIIIᵉ siècle pour l'Angleterre, prédilection qu'elle partage partiellement. «L'anglomanie fait des progrès immenses», note Mme d'Oberkirch en 1786 dans ses *Mémoires* (éd. citée, p. 544). «*L'anglomanie* était générale dans la classe opulente de la nation française pendant le règne de Louis XVI» (*Mémoires de Louis-Philippe duc d'Orléans écrits par lui-même*, Plon, 1973, cités par François Bluche, *La Vie quotidienne au temps de Louis XVI*, Hachette, 1980, p. 135).

4. Montesquieu (1689-1755) s'est fait le théoricien de la séparation des trois pouvoirs dans *L'Esprit des lois* (1748). Il y montre sa préférence, non pour le régime démocratique qu'il ne croit possible que dans de petites cités, mais pour un gouvernement modéré où le pouvoir du souverain est équilibré par des corps intermédiaires et par une aristocratie consciente de son rôle : pour lui, le régime démocratique a pour principe la vertu, le gouvernement aristocratique la modération et le gouvernement monarchique l'honneur. En 1788, le comte de Kersaint, père de Mme de Duras, avait fait paraître un pamphlet anonyme, *Le Bon Sens*, attaquant violemment les privilèges et le maintien des trois ordres, et proposant un projet de monarchie constitutionnelle inspiré de Montesquieu: «Quoi! me dira-t-on, vous n'établissez aucune distinction d'ordre, et vous confondez ainsi six millions de citoyens! Mais y avez-vous bien pensé?... Oui; et c'est après de mûres réflexions que j'ai pris ce parti, le seul vraiment raisonnable, le seul qui

puisse nous dégager tout d'un coup des langes des préjugés qui nous enveloppent» (*Le Bon Sens*, «par un gentilhomme breton», 1788, p. 57).

Page 116.

1. Mathieu Molé (1584-1656), magistrat dont l'intégrité était célèbre. Procureur général (1614), puis premier président (1641), il joua pendant la Fronde un rôle modérateur, s'opposant aux violences de ses confrères et des bourgeois parisiens, ce qui le mit plusieurs fois en péril d'être massacré. Il devint garde des Sceaux en 1651.

2. Il peut s'agir de Guillaume de Lamoignon (1617-1677) ou de Chrétien Guillaume de Lamoignon de Malesherbes (1721-1794). Le premier fut successivement conseiller au parlement de Paris (1635), maître de requêtes (1644), intendant en Bretagne (1655) et premier président au parlement de Paris (1658). Il refusa de présider la commission extraordinaire chargée de juger Fouquet et fut remplacé par Séguier. Soucieux d'une justice plus humaine, il ébaucha un vaste plan de réforme de la législation et de la procédure (*Arrêtés de Lamoignon*, 1702). Le second, conseiller au parlement de Paris (1744), premier président de la Cour des aides et directeur de la Librairie (1750), protégea les philosophes et l'*Encyclopédie*. Il était favorable à l'affranchissement des Noirs. Défenseur du roi lors de son procès, il fut guillotiné en même temps que sa fille et ses petits-enfants (c'est-à-dire sa petite-fille, Aline Thérèse de Rosanbo et le mari de celle-ci, Jean Baptiste de Chateaubriand, frère aîné de l'écrivain).

3. Henri François d'Aguesseau (1668-1751), magistrat et homme politique français, avocat général au parlement de Paris (1691), puis procureur général (1700), il acquit dans ses fonctions une très grande réputation. Son œuvre principale fut un effort pour unifier la jurisprudence dans les matières régies par le droit écrit, inaugurant ainsi l'œuvre accomplie plus tard par les rédacteurs du *Code civil*. Il était, par ailleurs, le trisaïeul du gendre de Mme de Duras, Henri Louis de Chastellux, comte de Chastellux, duc de Rauzan.

4. Même écho dans les *Mémoires, souvenirs et anecdotes* du comte de Ségur qui évoque avec nostalgie les «entretiens tantôt profonds, tantôt légers, toujours à la fois instructifs et agréables» où l'on «apprenait, sans s'en douter, l'histoire et la politique des temps anciens et modernes» et où «presque tous les jugements semblaient dictés à la fois par la raison et par le bon goût. On y discutait avec douceur, on n'y disputait presque jamais, et, comme un tact fin rendait savant dans l'art de plaire, on y évitait l'ennui en ne

s'appesantissant sur rien» (*Bibliothèque des Mémoires relatifs à l'histoire de France pendant le XVIIIe siècle*, Firmin-Didot frères, t. XIX, p. 37-38). Temps révolus: Stendhal note en 1826 que la «société française est devenue dernièrement si prude [...], que la conversation française, autrefois si brillante, est aujourd'hui une corvée dont on serait heureux d'être dispensé» (*Paris-Londres. Chroniques*, éd. Renée Dénier, Stock, 1997, p. 732).

5. «[...] la qualité la plus rare, la plus dédaignée de nos jours: [...] *la justesse*, qualité sans laquelle pourtant toutes les autres sont nulles» (Astolphe de Custine, *Le Monde comme il est*, Eugène Renduel, 1835, t. II, p. 72).

Page 117.

1. Cette pratique était, en effet, courante dans la haute aristocratie. C'est ainsi que la fille de la duchesse de Polignac, amie de Marie-Antoinette, épouse le duc de Guiche à treize ans (*Mémoires de Mme Campan*, Mercure de France, coll. «Le Temps retrouvé», 1988, p. 175). De telles unions paraissaient néanmoins de plus en plus choquantes. Selon la baronne d'Oberkirch: «Il se fit au mois d'octobre de cette année [1779], un mariage dont tout le monde se crut le droit de causer. Le prince de Nassau-Saarbruck fit épouser à son fils, âgé de douze ans, mademoiselle de Montbarrey qui en avait dix-huit. On s'étonna de ce mariage [...] à cause de l'âge du prince» (*Mémoires de Mme d'Oberkirch*, éd. citée, p. 147-148). Cependant, la propre fille de Claire de Duras, Félicie, épouse à quinze ans, en 1813, Charles Léopold Henri de La Trémoille, prince de Talmont. Et dans *Amélie et Pauline*, roman ébauché par Mme de Duras, Pauline «est mariée à treize ans» à un «mari jeune comme elle [...]. Elle n'avait vu ce mari que deux fois et se le rappelle à peine» (feuillet non numéroté).

2. Mme de Duras utilise cette formule à plusieurs reprises. À nouveau dans *Édouard*, p. 137: «je voyais son regard, il pénétrait mon âme.» Dans les *Mémoires de Sophie*: «il fixait sur mes yeux ce regard si pénétrant et si doux, mystérieux langage qui fait concevoir qu'on puisse s'aimer après la mort» (troisième partie, feuillet non numéroté). Dans un fragment isolé dont l'héroïne se nomme Lucile: «pour la première fois de ma vie, mes lèvres ont pressé ces yeux charmants dont le regard si doux, si pénétrant va chercher ma vie au fond de mon âme.»

3. Coralie d'Acigné écrit de la même manière dans *Le Moine:* «depuis que j'existe, je n'ai jamais trouvé qu'en vous ce que j'attendais» (feuillet 15).

Page 118.

1. Sentiment déjà exprimé par Atala : «[...] si j'étais à recommencer la vie, je préférerais encore le bonheur de vous avoir aimé quelques instants dans un exil infortuné, à toute une vie de repos dans ma patrie» (*Atala, René, Le Dernier Abencérage*, Gallimard, coll. «Folio classique», éd. Pierre Moreau, 1971, p. 114). Louise de Nangis émet, à plusieurs reprises, le même jugement : «On croit que c'est vivre que d'exister, combien on se trompe! [...] tu ne comprends guère l'amour si tu ne sais pas qu'on préfère mille fois se perdre avec ce qu'on aime à se sauver seule ; [...] avec lui tout est délices, sans lui tout est douleur et désespoir» (*Olivier*, p. 245) ; «je n'envie pas le repos que j'achèterais au prix de ne plus aimer» (*ibid.* p. 281).

Page 120.

1. Le roman pastoral d'Honoré d'Urfé, *L'Astrée* (1607-1627), se déroule dans le Forez. Cette approche, qui consiste à confronter un lieu à sa représentation littéraire, est proche de celle de Chateaubriand visitant la Terre sainte *La Jérusalem délivrée* à la main (*Itinéraire de Paris à Jérusalem*, Gallimard, coll. «Folio classique», éd. Jean-Claude Berchet, 2005, p. 406-407).

2. Maximilien de Béthune, baron de Rosny, duc de Sully (1559-1641), célèbre compagnon puis ministre d'Henri IV, dirigea les finances du royaume dès 1596, fut surintendant de fait dès 1598, grand-maître de l'artillerie et des fortifications, gouverneur de la Bastille en 1602, surintendant des bâtiments, etc.

3. Le prince d'Enrichemont préfigure les jeunes gens de la Restauration qui «sont de si grands partisans du *convenable*» (*Le Rouge et le Noir*, II, 12, éd. citée, p. 424), et particulièrement le marquis de Croisenois, «le chef-d'œuvre de l'éducation de ce siècle», qu'on ne peut «regarder sans qu'il trouve une chose aimable et même spirituelle à vous dire» (*ibid.*, II, 8, p. 397-398).

Page 121.

1. Il existe un personnage semblable au duc de L. dans les *Mémoires de Sophie* : «Mon frère cadet, le prince Charles de B., était le modèle de la grâce et de l'amabilité de ce temps-là, facile par légèreté, doux par insouciance, jamais l'idée du devoir ne s'était présentée à lui. Entraîné à dix-huit ans par le torrent de la dissipation et des plaisirs, il fallait lui savoir gré comme c'était assez l'usage alors de toutes les folies qu'il ne faisait pas» (feuillets 1 et 2).

Page 122.

1. C'est le nom d'un géographe, alors célèbre, dont les cartes

sont un modèle d'exactitude pour l'époque : J.-B. Bourguignon d'Anville (1697-1782).

2. Mme Campan évoque «la fureur» qui régna un moment «de se faire une amie que l'on nommait *inséparable*» (*Mémoires de Mme Campan*, éd. citée, p. 129). Mme de Genlis indique, de son côté, que les femmes «ont des ajustements de cheveux, des galeries de portraits, des *autels à l'Amitié, des hymnes à l'Amitié*» (*Adèle et Théodore ou Lettres sur l'éducation*, éd. citée, t. I, p. 320); le bon ton exigeait que l'on partageât «extérieurement toutes les peines connues de ses amis intimes. Étaient-ils malades, il fallait s'enfermer avec eux» (*De l'esprit des étiquettes de l'ancienne cour et des usages du monde de ce temps*, Mercure de France, 1996, p. 114). C'est ce que fait Mlle de Cramm sans «un moment d'hésitation» pour Mme d'Oberkirch, atteinte de la petite vérole : «oubliant le danger, la contagion, oubliant sa jeunesse, son joli visage, elle vint s'enfermer avec moi, et s'exposa à toutes les conséquences de ce fléau» (*Mémoires de la baronne d'Oberkirch*, éd. citée, p. 172).

3. Si la sœur du duc de L. est la «raison» de Mme de Nevers, Mme de La Tour du Pin était celle de Mme de Duras. Elle lui écrit de Bruxelles en 1810 : «Mon Dieu! ma Claire, qu'il se passera du temps avant que vous ne soyez raisonnable!» (cité par G. Pailhès, *op. cit.*, p. 68). De la même manière, le père d'Édouard est la «force» et la «raison» de son fils (p. 125).

Page 123.

1. Mme de Nevers envoie donc chercher un des plus célèbres médecins du temps pour soigner le père d'Édouard : Théodore Tronchin (1709-1781), né à Genève, grand partisan de la médecine naturelle, propagateur de l'inoculation et premier médecin du duc d'Orléans à partir de 1766. Mme du Deffand écrit à Voltaire le 23 juillet 1760 : «J'aurais grand besoin de M. Tronchin, si la vie m'était plus chère» (*Lettres de Mme du Deffand. 1742-1780*, éd. citée, p. 85). La marquise de Nangis appelle cet illustre praticien au chevet de sa belle-fille, Louise, dans *Olivier* (p. 301 et n. 2, p. 303).

Page 127.

1. On a immédiatement cherché à découvrir quel était le modèle de Faverange. Dans *Paris en province et la province à Paris* (Ladvocat, 1831, t. II, p. 3-4) de Georgette Ducrest, nièce de Mme de Genlis, la comtesse de Roseville souhaite visiter le château de Noailles (dans le Limousin) : «Ce qui augmentait mon désir de voir ce vieux manoir, c'était l'idée que la duchesse de Duras l'avait copié dans son charmant roman d'*Édouard*. Je ne suis pas bien sûre que la magie de l'intérêt de cet ouvrage n'ait influé beaucoup mon opi-

nion sur le Limousin. En le traversant, je me rappelais les pages où il en est question d'une manière si séduisante, et je pensais, comme l'héroïne, que l'on devait trouver le bonheur dans ces montagnes, pourvu que le cœur fût plein d'un sentiment partagé!» Voir aussi n. 3 de la p. 189.

Page 130.

1. Il est possible que Mme de Duras songe au duc d'Aiguillon (1720-1782), chef du parti «dévot», qui succéda à Choiseul dont il ruina l'œuvre, laissant consommer le premier partage de la Pologne (1772). À l'avènement de Louis XVI (1774), il fut disgracié et exilé. Il est fait allusion au duc d'Aiguillon dans *Olivier* lorsque l'affaire La Chalotais est examinée par la marquise de Nangis et le marquis de Mussidan: «hier, nous avons coulé à fond l'histoire de M. d'Aiguillon et de M. de La Chalotais» (sur l'affaire La Chalotais, voir n. 1 de la p. 287).

2. Le marquis de La Mole écrit une «note secrète» d'après un procès-verbal rédigé par Julien Sorel, son secrétaire (*Le Rouge et le Noir*, II, 23, éd. citée, p. 515 et II, 21, «La note secrète», p. 494-500).

Page 131.

1. Placé dans la même situation qu'Édouard, Julien Sorel éprouvera des sentiments assez semblables: «Les bontés du marquis [de La Mole] étaient si flatteuses pour l'amour-propre toujours souffrant de notre héros, que bientôt, malgré lui, il éprouva une sorte d'attachement pour ce vieillard aimable» (*Le Rouge et le Noir*, II, 7, éd. citée, p. 380).

Page 132.

1. L'ordre de Saint-Louis, institué par Louis XIV en 1693 pour récompenser le mérite militaire, était ouvert à tous les officiers catholiques, d'origine noble ou bourgeoise, ayant dix ans de services ou s'étant distingués. Supprimé par la Convention, il fut rétabli sous la Restauration, puis définitivement aboli sous la monarchie de Juillet. Dans une lettre inédite, Chateaubriand demande à Mme de Duras de s'entremettre à propos d'une «pétition pour une croix de Saint-Louis. Voyez, parlez, triomphez».

Page 133.

1. Le 12 septembre 1821, Vitrolles lit à Mme de Duras un manuscrit de la princesse de Bouillon qui provoque en elle une vive admiration et lui inspire ce commentaire que l'on retrouve pratiquement mot à mot dans *Édouard*: «Il est tout simple que le

bon goût soit si rare, il faut que tant de choses concourent à le former, la délicatesse de l'esprit et du sentiment, l'habitude des convenances, un certain tact qui donne la mesure de tout sans avoir besoin d'y penser, voilà pour l'esprit, mais en vérité il y a aussi des choses de position dans ce [papier manquant] et ce tonlà, il faut [papier manquant] naissance, une grande fortune, de l'élégance, de la magnificence dans les habitudes de la vie, et puis être supérieure à tout cela par son âme et ses sentiments, car on n'est à l'aise dans les prospérités de la vie, que quand on s'est placé plus haut qu'elle. »

Page 135.

1. Inconvenable : c'est-à-dire qui est « opposé à convenable » selon Boiste (*Dictionnaire Universel de la langue française*, Paris [septième édition], 1829). Mme de Staël utilise cet adjectif dans *Corinne ou l'Italie* (1807, livre III, chap. I) : « Il [le comte d'Erfeuil] ne disait rien qui fût précisément inconvenable ; mais il froissait toujours les sentiments délicats d'Oswald [...] » (Gallimard, coll. « Folio classique », éd. Simone Balayé, 1985, p. 72).

2. Sur les quadrilles, voir *Ourika*, n. 1 de la p. 69. Cet intérêt pour la Russie peut avoir été inspiré par le voyage que firent en France, sous le nom de comte et comtesse du Nord, le fils de Catherine II (futur Paul Ier) et son épouse Marie Feodorovna, en 1782. La vogue des quadrilles à thème survivra à la Révolution. Un quadrille historique et un quadrille persan (dont la duchesse de Rauzan, fille cadette de Claire de Duras, faisait partie, costumée en femme de la cour de Perse) agrémentèrent le bal donné par la duchesse de Berry le 20 février 1829 qui fut l'une des plus magnifiques fêtes de la Restauration (Henri d'Alméras, *La Vie parisienne sous la Restauration*, Albin Michel, s. d. [1910], p. 225-226). Lors du bal donné par le duc de Retz, Mathilde de La Mole tente d'intéresser Julien Sorel à un quadrille que des dames « dansent d'une façon parfaite » (*Le Rouge et le Noir*, II, 8, éd. citée, p. 391).

Page 136.

1. On fait donc venir l'illustre Gardel, dit Gardel l'aîné (1741-1787), maître de ballets du roi depuis 1769 — auteur des ballets d'*Aline, reine de Golconde* de Monsigny, d'*Iphigénie en Aulide* de Gluck, des *Danaïdes* de Salieri, etc. Maître de danse de Marie-Antoinette, il faisait également répéter les révérences compliquées que les femmes présentées à la cour devaient exécuter (*Mémoires de Mme la comtesse de Genlis*, Ladvocat, 1825, t. I, p. 270). Son intervention lors du bal donné par le prince de L. est directement empruntée à la réalité du temps : Mme de Genlis conte qu'à un bal

donné par Mme de Crenay elle imagina un quadrille intitulé «les *proverbes*, chaque couple forma[n]t un proverbe dans la marche deux à deux. [....] Ce fut Gardel qui composa la figure de la danse, qui, suivant mon idée, devait représenter aussi un proverbe : *Reculer pour mieux sauter*», «Gardel fit de cette idée la figure de contredanse la plus jolie et la plus gaie que j'aie jamais vue. Nous fîmes beaucoup de répétitions» (*ibid.*, p. 384-385).

Page 138.

1. La définition du mot «beyeux» n'est donnée ni par Boiste, ni par Pierre Larousse, ni par Littré.

Page 139.

1. La reine, c'est-à-dire Marie-Antoinette.

2. Si Édouard est sensible aux ridicules de ses «égaux», Ourika a «honte d'appartenir à une race de barbares et d'assassins» (p. 77). Le sentiment d'isolement qui en résulte est également éprouvé par le héros du *Paria* : «Le plus grand des malheurs [...] est de n'appartenir à aucune caste, on éprouve alors dans son propre pays, ce que j'éprouve sur cette terre étrangère, on est seul, sans appui, sans secours» (feuillet 5).

3. Voir *Le Rouge et le Noir*, II, 31, éd. citée, p. 561-562 : «Ah! qu'elle m'aime huit jours, huit jours seulement, se disait tout bas Julien, et j'en mourrai de bonheur.»

Page 140.

1. «Je regardai en frémissant cette barrière. Rien en effet ne pouvait la briser! Tous les efforts humains étaient inutiles, elle était inflexible comme notre sort» (*Le Moine*, feuillet 18).

Page 141.

1. Pour Tocqueville, «la division des classes fut le crime de l'ancienne royauté» et la cause directe de sa disparition (*L'Ancien Régime et la Révolution*, Livre II, chapitre X, éd. citée, p. 1017). Mme Campan confirme ce point dans ses *Mémoires*, signalant un édit qui déclarait «inhabile pour parvenir au grade de capitaine, tout officier qui ne serait pas noble de quatre générations et interdisait tous les grades militaires aux officiers roturiers, excepté à ceux qui étaient fils de chevaliers de Saint-Louis. L'injustice et l'aberration de cette loi fut sans doute une cause secondaire de la Révolution» (éd. citée, p. 196). Le comte de Ségur souligne que «rien n'était plus rare que de voir des soldats ou des sous-officiers devenir officiers. [...] Les nobles seuls avaient le droit d'entrer au service comme sous-lieutenants» (*Mémoires, souvenirs et anecdotes*,

éd. citée, p. 44-45). Même écho dans les *Mémoires d'outre-tombe*, Livre quatrième, chapitre 13 (éd. citée, t. I, p. 264) : « nul ne pouvait être officier s'il n'était gentilhomme. »

2. Édouard serait, en effet, dans une situation préférable en Angleterre si l'on en croit Tocqueville (*L'Ancien Régime et la Révolution*, éd. citée, livre II, chapitre IX, p. 1003) : « C'était bien moins son parlement, sa liberté, sa publicité, son jury [sur l'institution du jury, voir n. 2 de la p. 115], qui rendaient dès lors, en effet, l'Angleterre si dissemblable du reste de l'Europe [...]. Les nobles et les roturiers y suivaient ensemble les mêmes affaires, y embrassaient les mêmes problèmes, et, ce qui est bien plus significatif, s'y mariaient entre eux. La fille du plus grand seigneur y pouvait déjà épouser sans honte un homme nouveau. »

Page 142.

1. Dans une longue lettre adressée à Claire de Duras, le duc de Lévis la félicite, avec quelque perfidie, d'avoir si bien représenté un « monde » qu'elle n'a connu que « par tradition » et par « ouïdire ». Cependant, « l'incident du bal » lui paraît pécher « contre la vraisemblance » : « J'admets que l'ambassadeur d'Angleterre ait fait descendre Édouard du gradin des spectateurs pour l'introduire dans l'intérieur de la salle ; c'est déjà une concession assez forte, puisque à une fête honorée de la présence de la Reine, il ne devait y avoir que des personnes présentées ou des étrangers de distinction ; mais cette invitation ne pouvait, en aucune manière, racheter le péché originel de l'inégalité de condition, et Édouard l'avocat n'en était pas moins, aux yeux de la cour et de la ville réunies dans un grand bal d'étiquette, un petit bourgeois toléré par une extrême condescendance. Dès lors, comment supposer que la duchesse de Nevers ait eu l'idée de danser avec lui ? Toutes les convenances s'y opposaient. On pourrait ajouter que la seule différence de costume rend la chose impossible, car aux fêtes de ce genre tous les danseurs portaient des habits richement brodés » (G. Pailhès, *op. cit.*, p. 473). Mais cette « tache » n'est relevée ni par le duc de Doudeauville (« Vos peintures de tout genre raniment nommément celles d'un temps que votre âge vous rend étrangères », *ibid.*, p. 472), ni par Talleyrand (« l'ensemble, l'idée, le plan, les couleurs d'un tableau qui n'a plus de peintres et dont les peintres, s'il y en avait, n'auraient plus de modèles, tout cela m'a donné deux des heures les plus heureuses de ma vie », *ibid.*, p. 464-465). Quant à Bertin, qui dirige le *Journal des Débats*, il écrit, le 14 novembre 1825, à la duchesse à propos d'*Édouard* : « Vous m'en avez plus appris en quelques pages sur l'ancienne société que les écrivains qui ont fait *ex professo* sur ce sujet de gros volumes » (*ibid.*, p. 473).

Page 144.

1. Sur la dissipation, voir *Olivier*, n. 1 de la p. 235.

Page 146.

1. Allusion probable au duc de Choiseul (voir *Ourika*, n. 2 de la p. 79), exilé dans son domaine de Chanteloup par Louis XV en 1770. Les courtisans se disputaient l'honneur de lui rendre visite (*Mémoires du duc de Choiseul*, Mercure de France, coll. «Le Temps retrouvé», 1983, p. 36).

Page 149.

1. Édouard dira encore: «Si vous êtes malheureuse, [...] combien je suis coupable!» (p. 151). Voir aussi *Olivier*, p. 270: «Louise, tu m'aimes! je suis donc coupable.»

2. Le commerce des grains est une question importante et vivement débattue à la fin du XVIIIᵉ siècle. L'abbé Galiani rédige des *Dialogues sur le commerce des blés* (Merlin, 1770) auquel l'abbé Morellet répond par une *Réfutation de l'ouvrage qui a pour titre: Dialogues sur le commerce des blés* (Paris, 1770). Jacques Necker écrit ensuite un ouvrage intitulé *Sur la législation et le commerce des grains* (1775). Sainte-Beuve note dans *Chateaubriand et son groupe littéraire* (éd. citée, Dixième leçon, t. I, p. 214): «Vers 1770, en effet, [...] le beau monde et les belles dames s'étaient mis à raisonner et à raffoler du Commerce des grains, comme au XVIIᵉ siècle on raisonnait sur la Grâce.»

Page 151.

1. La beauté de ces pages a été signalée par Sainte-Beuve dans ses *Portraits de femmes* (éd. citée, p. 116-117): «Entre toutes les scènes si finement assorties et enchaînées, la principale, la plus saillante, celle du milieu, quand, un soir d'été, à Faverange, pendant une conversation de commerce des grains, Édouard aperçoit Mme de Nevers au balcon, le profil détaché sur le bleu du ciel, et dans la vapeur d'un jasmin avec laquelle elle se confond, cette scène de fleurs données, reprises, de pleurs étouffés et de chaste aveu, réalise un rêve qui se reproduit à chaque génération successive; il n'y manque rien.»

Page 153.

1. Image caractéristique du premier romantisme. Voir Thomas Moore, *Les Amours des Anges* et les *Mélodies irlandaises*, trad. Louise Sw[anton]-Belloc, Chasseriau, 1823, p. 63: «n'avais-je pas voltigé autour d'elle dans son sommeil?»

Page 155.

1. James Cook (1728-1779), navigateur anglais. Il explora l'océan Pacifique durant son premier voyage (1768-1771), démontra l'inexistence d'un grand continent austral pendant sa deuxième expédition (1772-1775) et mourut, tué par les indigènes de Hawaï, dont il avait découvert l'archipel en 1778. Il a laissé des journaux de ses trois voyages autour du monde.

2. Louis Antoine, comte de Bougainville (1729-1811), passa le détroit de Magellan, visita Tahiti, Samoa et les Nouvelles-Hébrides, avant de découvrir les îles Salomon. Il rentra à Saint-Malo en 1769 et raconta son expédition dans son *Voyage autour du monde* (1771), ouvrage qui exerça une influence profonde sur les idées et les hommes de son temps. Diderot écrivit la même année un *Supplément au Voyage de Bougainville*.

3. Les îles de la Société sont un archipel de la Polynésie qui comprend les îles du Vent (avec Tahiti) et les îles Sous-le-Vent. Découvertes par l'Anglais Wallis en 1767, elles furent visitées par Bougainville, puis, en 1769, par James Cook et par des membres de la Royal Society de Londres, d'où leur nom.

Page 156.

1. James Cook décrit les îles de la Société dans la relation qu'il a laissée de sa deuxième expédition (*Collection de tous les voyages faits autour du monde par les différentes nations de l'Europe. Second voyage de James Cook*, Amsterdam, Paris, Pissot, Nyon 1777). Mme de Duras, grande lectrice de récits de voyages, en a gardé un souvenir précis. Les «dangers» qu'Édouard signale à Natalie de Nevers sont décrits par Cook: «[...] nous approchions d'une chaîne de rocs et de récifs: nous y découvrîmes une ouverture où nous crûmes pouvoir passer; mais on s'assura qu'il n'y avait pas assez d'eau quoique le flot s'y portât avec abondance, et il jetait nos vaisseaux sur le récif [...]; les horreurs du naufrage s'offrirent à nos yeux» (*op. cit.*, p. 111). Ainsi que l'atmosphère paradisiaque qui règne dans ces îles: Cook jouit à «Oaïti-Piha au sud-ouest d'O-Taïti [...] de ces belles matinées que les poètes se sont efforcés de peindre. Un léger souffle de vent nous apportait de la terre un parfum délicieux, [...] une plaine parée de fertiles arbres à pain et de palmiers [...], des bocages ravissants» (*ibid.*, p. 108). «Ces lieux nous laissèrent l'idée d'un des plus heureux pays de la Terre» (*ibid.*, p. 129). L'absence de distinctions sociales, dont rêve Édouard, est également indiquée par le navigateur: «entre l'homme le plus élevé et l'homme le plus vil, il n'y a pas à O-Taïti la distance qui subsiste en Angleterre entre un négociant et un laboureur: une

affection mutuelle fait qu'ils paraissent ne faire qu'une même famille» (*ibid.*, p. 144).

2. L'île déserte représente, par excellence, le lieu où l'inimaginable devient possible. Dans un très curieux roman de Gaspard de Pons (*Joséphine ou Souvenirs d'une relâche à l'île Juan Fernandez,* Urbain Canel, 1825), que *Le Mercure du XIXe siècle* analyse en le comparant aux œuvres de Mme de Duras (1825, t. XI, p. 575-576), Henri et Joséphine de L***, seuls rescapés d'un naufrage, vivent sur l'île de Robinson un amour incestueux dont le désir consumait la jeune fille depuis l'enfance. Quant à Armance de Zohiloff, éprise de son cousin Octave de Malivert, son imagination s'égare «dans des suppositions de solitude complète et d'île déserte, trop romanesques et surtout trop usées par les romans pour être rapportées» (Stendhal, *Armance*, éd. citée, p. 241, et notre introduction, p. 57-58).

Page 158.

1. Voir *Olivier*, p. 272: «[...] ce mystère [...] éloigne deux cœurs faits pour s'aimer, [...] un abîme immense est entre nous.»

Page 160.

1. Voir *Olivier*, n. 1 de la p. 237.

Page 161.

1. Les nombreux sortilèges dont la forêt de Saron, enchantée par le magicien Ismen, est prodigue sont décrits au chant XIII de *La Jérusalem délivrée*. Il n'y est, cependant, fait aucune allusion au fait que toutes «les issues» de ce bois ramènent «toujours dans le même lieu». Il est possible que Mme de Duras songe plutôt au chant XII du *Roland furieux*, où l'Arioste peint un palais, véritable royaume des illusions, où chacun poursuit en vain le mirage de ce qu'il désire le plus. Un chevalier, épuisé de cette quête chimérique, décide-t-il de quitter la place, l'image de l'objet convoité se présente à ses yeux et le rappelle. Ce passage de l'Arioste pourrait avoir inspiré également à Mme de Duras le passage où Édouard voit sans cesse Mme de Nevers en imagination dans un «château magique» sans pouvoir l'approcher (p. 168).

Page 162.

1. La «beauté et la modestie» d'Ève, avant la chute, dans *Le Paradis perdu* de Milton (Virginie était déjà dite «modeste [...] comme Ève», *Paul et Virginie* [1788], Henriot, 1837, p. 62); la «tendresse» de Juliette dans *Roméo et Juliette* de Shakespeare; le «dévouement» d'Emma, nièce de Charlemagne. Cette dernière, éprise du page Éginard, le porta sur ses épaules après un rendez-

vous nocturne afin que l'empreinte de ses pas ne le trahisse pas. Cette histoire touchante, sans grand fondement historique, était très en vogue au moment où Mme de Duras rédigeait ses romans. Elle a inspiré plusieurs poètes. Après Millevoye («Emma et Éginard»), Alfred de Vigny chante dans «La neige» les «pieds nus […] de la blanche Emma, princesse de la Gaule» (1820) et Saintine fait paraître en 1823 un «Fragment d'un poëme inédit» intitulé «Emma ou les Fiancés du Valois» dans *Le Mercure du XIXᵉ siècle*, (1823, t. I, p. 389-391). Chateaubriand dans les *Mémoires d'outre-tombe* estime que la princesse Frédérique «étant fille de Charlemagne eût reporté la nuit Eginhard sur ses épaules, afin qu'il ne laissât sur la neige aucune trace» (éd. citée, t. II, p. 66). Comme pour *Ourika*, la mode se mêle à ce vif engouement littéraire et l'on vit même «des chapeaux à *l'Emma*» (O. Uzanne, *La Femme et la mode*, Libraires-imprimeurs réunis, 1892, p. 98).

Page 164.

1. Julien Sorel est dans la même situation lorsqu'il entend les conversations de Mathilde et des jeunes gens assidus à l'hôtel de La Mole : «C'était comme une langue étrangère qu'il eût comprise et admirée, mais qu'il n'eût pu parler» (*Le Rouge et le Noir*, II, 4, éd. citée, p. 355).

2. Nous avons indiqué que Mme de Duras, admiratrice convaincue de Walter Scott, avait assez largement ébauché un roman historique dont l'action se déroule au «temps de la chevalerie» et dont l'héroïne eût été une belle «princesse». La situation dans laquelle se trouvent les héros de ce texte rappelle celle que connaissent Mme de Nevers et Édouard (voir n. 1 de la p. 107).

Page 168.

1. L'intérêt éprouvé par Mme de Duras pour Louis XIV était vif. En 1827 paraissent, pieusement mises en ordre par sa fille, la duchesse de Rauzan, des *Pensées de Louis XIV extraites de ses ouvrages et de ses lettres manuscrites* par Mme la duchesse de Duras (Firmin-Didot; tiré à 100 exemplaires).

Page 170.

1. De la même manière, Olivier est jaloux de M. de Rieux, pour lequel Louise n'éprouve pourtant aucun penchant: «il vous aime; il prétend à vous; cette pensée m'est insupportable, je suis jaloux, je suis injuste, je le sais, je le sens» (*Olivier*, p. 288 et n. 2, p. 288).

Page 173.

1. Sous l'Ancien Régime, les mésalliances étaient rares et même

exceptionnelles *en ce qui concerne les femmes* de l'aristocratie. Saint-Simon cite le cas de l'habile Gourville, époux d'une des sœurs du duc de La Rochefoucauld dont il était l'intendant et qui se tenait toujours respectueusement devant elle ainsi qu'il sied à un ancien domestique. Au XVIII⁵ siècle, la spirituelle duchesse de Chaulnes, remariée sans gloire, se dénommait elle-même «la femme à Giac» et disait qu'on ne reverrait pas de mésalliance aussi éclatante en son temps.

Page 178.

1. Voir *La Tragédie de Macbeth*, acte V, scène I, *in* Shakespeare, *Roméo et Juliette, Macbeth*, Gallimard, coll. «Folio classique», préf. et trad. d'Yves Bonnefoy, p. 303-304: «Disparais, maudite tache, disparais, te dis-je! [...] Ah, ces mains ne seront-elles donc jamais propres? [...] Encore cette odeur de sang! Tous les parfums de l'Arabie ne purifieront pas cette petite main.»

Page 181.

1. Voir *Le Rouge et le Noir*: «Qu'il parte dans vingt-quatre heures, pour se faire recevoir à Strasbourg [...]. Qu'il parte pour Strasbourg [...]», écrit le marquis de La Mole à propos de Julien Sorel (II, 34, éd. citée, p. 583-584).

Page 184.

1. On trouve dans les papiers de Mme de Duras ce billet isolé: «Je pense qu'il serait bien pour rendre ce fait croyable de mettre en note que les nuances de rang étaient alors si rigoureusement observées qu'il fallut que M. le comte d'Artois bravera [*sic*] le préjugé avant la Révolution pour pouvoir se battre avec M. le duc de Bourbon. (Cette anecdote qui est certaine rendra ce refus sinon plus simple du moins moins humiliant p[ou]r celui qui en est l'objet.)» Cependant, d'après Mme de La Tour du Pin et plusieurs membres de son entourage, rien n'empêche le duc de L. de se battre avec Édouard: «Votre mère a envoyé *Édouard* à mon mari. Je n'aime pas ce roman quoi qu'il soit bien écrit, mais rien n'est si maladroit que de dire tout cela dans le temps où nous vivons. Elle rabaisse la noblesse et irrite l'autre classe. Voilà un beau résultat. Les peintures de l'ancien monde manquent de vérité. Messieurs de Laval, de Fitzjames, et de La Tour du Pin réunis, disaient qu'ils ne savaient pas où elle avait appris que l'on refusât de se battre avec un homme comme Édouard...» (à Mme de La Rochejacquelein, 30 décembre 1825, *Mémoires. Journal d'une femme de cinquante ans*, suivis d'extraits inédits de sa correspondance, Mercure de France, coll. «Le Temps retrouvé», 1979, p. 394-395). Signalons, à

l'appui de l'affirmation de Mme de La Tour du Pin, le cas du père d'une célèbre comédienne (Mlle Desgarcins, 1770-1797) qui, insulté par un gentilhomme, se bat en duel avec lui sans sourciller. Pour des raisons différentes, Olivier ne pourra se battre avec M. de Rieux (voir n. 2, p. 292).

Page 186.

1. Édouard exécute le programme rêvé par le marquis de La Mole, désespéré à l'idée de l'union disproportionnée de Mathilde et de Julien : «[...] il lui semblait que Julien allait [...] changer de nom, s'exiler en Amérique, écrire à Mathilde qu'il était mort pour elle...» (*Le Rouge et le Noir*, II, 34, éd. citée, p. 581).

2. Mme de Duras revient à nouveau, dans *Le Paria*, sur la souffrance des exilés de l'intérieur : «Hélas ! je ne suis rien [...], même dans mon propre pays», dit le «paria» (feuillet 4). Il éprouve «dans son propre pays, ce qu'[on] éprouve sur une terre étrangère, on est seul, sans appui, sans secours» (feuillet 5). Un rédacteur du *Frondeur* a justement noté, avec beaucoup de perspicacité, que les malheurs d'Édouard venaient de ce qu'il «était né dans la classe des parias de l'Europe» (*Le Frondeur*, n° 30, 30 janvier 1826).

Page 188.

1. Souvenir de Corneille : «mes yeux ont vu son sang / couler à gros bouillons de son généreux flanc» (*Le Cid*, acte II, scène 7, vers 665-666).

Page 189.

1. T. H. et T. P. : Très Haute et Très Puissante.

2. La «langueur» dont meurt Natalie de Nevers peut être rapprochée de «l'état de langueur où le chagrin avait beaucoup de part» d'*Ourika* (p. 89). Elle fait partie de ces mystérieuses maladies qui déciment bon nombre d'héroïnes romantiques et sur lesquelles Moïse Le Yaouanc, citant à plusieurs reprises les ouvrages de Mme de Duras, a fait le point dans son ouvrage *Nosographie de l'humanité balzacienne* (Librairie Maloine, 1959, p. 184-189). Ajoutons que c'est aussi le 25 août que meurt Olivier de Sancerre.

3 Les descendants de Mme de Duras possédaient, il y a une vingtaine d'années encore, la propriété de *Faverolles* située non dans le Limousin mais près de Villers-Cotterêts. Comme Natalie de Nevers, la marquise de Lubersac, née Chastellux (nom de l'époux de Clara, deuxième fille de la duchesse de Duras), demanda, par un testament déposé le 5 février 1868 chez Maître Berceon, 346 rue Saint-Honoré, «à être enterrée dans le caveau de la chapelle de Faverolles et avec simplicité».

Page 190.

1. Cette note a été diversement jugée. Chateaubriand écrit à Mme de Duras le 4 juin 1822: «La note sur *Édouard* est très inutile. D'ailleurs, est-ce que vous comptez imprimer?» (*Correspondance générale*, éd. citée, t. V, n° 1663, p. 136). Mais le duc de Lévis est d'un tout autre avis: «Ce qu'il faut conserver précieusement, ou plutôt encadrer, c'est la note sur l'honneur, admirable de vérité et d'expression» (cité par G. Pailhès, *op. cit.*, p. 473).

2. Marquise d'Épinay (1726-1783), *Mémoires et correspondance*, Brunet, 1818; baron de Besenval (1722-1791), *Mémoires*, Buisson, an XIII [1805]; duc de Lauzun (1747-1793), *Mémoires*, Barrois aîné, 1822; le roman épistolaire de Mme de Graffigny (1695-1758), *Lettres d'une péruvienne* (A. Peine, 1747), contient une description critique de la société du premier XVIIIᵉ siècle qui connut un grand succès. Dans *Édouard*, *Olivier*, les *Mémoires de Sophie* et *Le Moine*, Mme de Duras analyse en profondeur le charme et les errements de cette société expirante, dont, grande dame et lectrice passionnée de Mémoires, elle avait une connaissance à la fois directe et indirecte.

OLIVIER OU LE SECRET

Page 193.

1. «J'avais d'égarement la tête ceinte: / "Qu'est-ce que j'entends, dis-je, ô mon maître? / quels sont ces gens que si grand deuil accable?"» À cette question, qui constitue l'épigraphe d'*Olivier*, Virgile répond à Dante: ce sont ceux «dont le cœur morne / vécut sans infamie et sans louange» (*La Divine Comédie, Enfer*, chant troisième, strophe 11, vers 31-33 et 35-36 dans Dante, *Œuvres complètes*, Gallimard, coll. «Bibliothèque de la Pléiade», éd. André Pézard, p. 896). Le choix de ce passage par Mme de Duras est intéressant à plusieurs titres. Il confirme le goût de la duchesse pour la littérature italienne qu'elle pratique dans le texte original — c'est à *La Jérusalem délivrée* qu'elle emprunte une épigraphe pour *Édouard*. Il permet de mieux cerner un héros éponyme qui ne sait ni accepter l'amour qui lui est offert ni le rejeter. Olivier de Sancerre fait partie des «*ignavi*», des tièdes, exclus à la fois du ciel et du «profond enfer» (*ibid.*, p. 897). Comme M. de Grancey, le héros des *Mémoires de Sophie*, Olivier «ne devine pas que le dévouement [de la femme aimante] sait se faire un bonheur de ce qui paraît le malheur aux égoïstes et aux cœurs froids et insensibles» (*Mémoires de Sophie*, feuillet 10). Nous avons corrigé l'orthographe italienne fautive de Mme de Duras.

Page 195.

1. Deux personnages portent le nom de comte et comtesse de Nangis dans *Anatole*, roman de Sophie Gay (1815) qui a pu constituer une source d'inspiration pour Mme de Duras. Le héros éponyme de cet ouvrage, sourd et muet, s'estime incapable d'inspirer l'amour (Introduction, p. 47). Un «obstacle invincible me sépare à jamais de vous», écrit-il à Valentine de Saverny (*Anatole*, Michel Lévy, 1864, p. 97), formule que l'on retrouve à plusieurs reprises sous la plume d'Olivier (*Olivier* p. 242 et 259).

Page 196.

1. Cette première lettre est saturée d'éléments autobiographiques. Les souffrances de Louise de Nangis sont celles de Claire de Duras. Follement éprise de son mari au début de leur union, elle «pleurait jour et nuit, et adoptait malheureusement des airs déplorables qui ennuyaient son mari à périr» (marquise de La Tour du Pin, *Journal d'une femme de cinquante ans, 1778-1815*, Chapelot, 1914, t. II, p. 190-191). Celui-ci «détestait les scènes» (*ibid.*) et ne concevait pas qu'on pût lui adresser des reproches: «Sa femme l'aimait passionnément et il était très infidèle. Ce n'était pas le moyen d'avoir la paix chez lui, aussi n'y était-elle pas et il s'en étonnait, comme s'il n'avait pas su à qui s'en prendre. Son père et son grand-père avaient été tellement libertins qu'il se croyait régulier en n'ayant qu'une maîtresse. [...] il ne comprenait pas qu'il dût s'arrêter et gêner ses goûts et ses fantaisies; il s'étonnait de l'humeur de sa femme comme d'une injustice» (duchesse de Maillé, *Souvenirs des deux Restaurations*, éd. citée, p. 232-233). Même écho sous la plume d'Astolphe de Custine qui peint le duc de Duras sous le nom de M. de M**: «il avait pris peu de part aux chagrins de sa femme, qu'il avait toujours regardée comme une espèce de visionnaire.» Il «l'avait *accablée de bons procédés*; mais elle l'aimait, et elle vit s'écouler dans les larmes les plus belles années d'une existence qui aurait suffi au bonheur d'une femme ordinaire» (*Aloys ou le Religieux du Mont Saint-Bernard*, Vezard, 1829, p. 178 et 91).

2. C'est le malentendu fondamental qui sépare les époux car Claire de Kersaint avait justement cru épouser un héros de roman: «Elle me dit un jour sur un ton de gaieté qu'elle me devait son mariage: n'avait-elle pas décidé dans sa prime jeunesse de ne jamais se marier qu'elle n'eût rencontré un Delville [héros de *Cecilia*]. Or tel lui était apparu à l'époque le duc de Duras — *d'un tout aussi noble caractère* — dit-elle, mais j'ai peur qu'aujourd'hui, c'est-à-dire dix ans plus tard, ses idées, son jugement ne soient plus les mêmes» (Fanny [Burney] d'Arblay, *Du Consulat à Waterloo. Souvenirs d'une*

Anglaise à Paris et à Bruxelles, éd. citée, 1992, p. 246). Mme de Duras avait donc tenté de «faire du roman, avec un mari qui était le moins romantique de tous les hommes!» (marquise de La Tour du Pin, *Journal d'une femme de cinquante ans, 1778-1815*, éd. citée, t. II, p. 191) mais il «n'avait vu que de l'importunité dans un amour si romanesque, et [...] il avait répondu aux rêveries de sa femme par une froideur malheureusement trop réelle» (*Aloys*, éd. citée, p. 73).

3. Ce point est confirmé par Custine (*Aloys*, éd. citée, p. 177): «il [M. de M**] ne vivait que de traditions.»

4. Encore un trait qui marque le manque de sensibilité, c'est-à-dire d'imagination: «C'était un homme à qui la sensibilité eut été superflue pour se conduire dans la vie; et même toute émotion inattendue l'aurait gêné dans le scrupuleux exercice de ses principes» (*ibid.*). La délicatesse d'Olivier contraste avec la froideur de M. de Nangis. On s'en apercevra au moment des partages qui suivent le testament de la mère de Louise (lettres I, 3 et I, 8).

Page 197.

1. Le château et la forêt de Villers-Cotterêts appartenaient à la maison d'Orléans depuis le mariage de Monsieur, frère de Louis XIV, avec Henriette d'Angleterre en 1661. À partir de 1750, le duc d'Orléans, fils du Régent, affecte deux millions à la restauration du château, et fait en outre construire l'hôtel de la Vénerie. On comprend que le comte de Nangis, aimant «le monde [et] la chasse», apprécie le «séjour[s] de Villers-Cotterêts où tout ce qu'il y avait de plus aimable était rassemblé» (*Mémoires du prince de Ligne*, Mercure de France, coll. «Le Temps retrouvé», 2004, p. 92).

2. Adèle, marquise de C., sœur de Louise de Nangis, se rend au royaume de Naples, dont le trône est occupé par Ferdinand IV, époux de Marie-Caroline d'Autriche, sœur de Marie-Antoinette. D'après Mme de Genlis, un des rôles de l'ambassadeur de France à Naples était d'instruire les dames françaises des règles d'étiquette en usage à la cour de Naples (*De l'esprit des étiquettes de l'ancienne cour et des usages du monde de ce temps*, Mercure de France, 1996, p. 33).

Page 198.

1. Le cristal est matière courante dans les contes de fées (*Gracieuse et Percinet* de Mme d'Aulnoy, *Le Prince Glacé et la Princesse Étincelante* de Mlle de Lubert, etc.). Mme de Duras fait ici allusion à un conte de Mme Leprince de Beaumont, *Le Prince Désir*: la princesse Mignonne, enfermée dans un «palais de cristal», ne peut être approchée par le prince Désir qui est épris d'elle; elle «de son côté, approchait aussi sa main de la glace», mais sans succès jus-

qu'au moment où le prince convient, de lui-même, que son nez est trop long pour lui permettre d'atteindre sa bien-aimée. Le cristal vole alors en éclats (*Le Cabinet des Fées*, éd. E. Lemirre, Arles, Philippe Picquier, 2000, p. 799).

Sainte-Beuve, autorisé par Mme de Rauzan à faire une «lecture rapide» d'*Olivier*, avait pris en note cette phrase (*Portraits de femmes*, Gallimard, coll. «Folio classique», 1998, p. 124). Nous avons indiqué dans l'Introduction (p. 42) que l'image du «mur de cristal», citée par Sainte-Beuve et transformée par Stendhal en «mur de diamant» dans *Armance* (éd. citée, p. 150), permettait seule de supposer l'existence d'un texte plus complet que la version d'*Olivier* publiée par Denise Virieux, puisqu'on ne trouvait pas trace de cette formule dans le manuscrit qui avait servi de base à son édition parue chez José Corti en 1971.

Page 199.

1. Mme de Charrière, que Mme de Duras connaissait et admirait (voir G. Pailhès, *La Duchesse de Duras et Chateaubriand*, p. 41 et p. 81), décrit le même sentiment de détresse dans les *Lettres de Mistriss Henley*. L'héroïne, unie à un homme aussi honnête que froid, est dans la situation de Louise de Nangis (et de Claire de Duras): «j'étais tellement combattue entre l'estime que m'arrachait tant de modération, de raison, de droiture dans mon mari, et l'horreur de me voir si étrangère à ses sentiments, si fort exclue de ses pensées, si inutile, si isolée, que je n'ai pu parler.» Elle est rongée par le désespoir qui mine Louise. Celle-ci écrit: «je déteste la vie», Mistriss Henley s'exclame: «le chagrin tue aussi» (*Lettres de Mistriss Henley à une amie… dans Lettres neuchâteloises, Mistriss Henley, Le Noble*, Genève, A. Jullien, 1908, p. 160 et 161). Louise fera encore allusion à la «rectitude des principes» de M. de Nangis dans la lettre I, 8, p. 207.

2. Un des héros de *La Princesse de Clèves* se nomme «le comte de Sancerre»; l'histoire de ses amours malheureuses fait l'objet d'un long développement (Mme de Lafayette, *La Princesse de Clèves*, éd. Bernard Pingaud, Gallimard, coll. «Folio classique», 2000, p. 92-104). Il existe également un roman de Mme Riccoboni, intitulé *Lettres d'Adélaïde de Dammartin, comtesse de Sancerre au comte de Nancé son ami* (1767), où une cassette dotée d'un ingénieux «secret», c'est-à-dire d'un mécanisme permettant de dissimuler des lettres révélatrices, joue un rôle important dans le développement de l'action.

Page 200.

1. Olivier et Louise, nés de deux sœurs unies «par le cœur

comme par le sang» qui laissent «en commun leur fortune» (p. 196 et p. 200), élevés comme frère et sœur, sont dans la situation de Paul et Virginie. Dans le roman de Bernardin de Saint-Pierre (que Sophie et son frère Charles lisent ensemble dans les *Mémoires de Sophie*), Mme de La Tour et Marguerite se donnaient «les doux noms d'amie, de compagne et de sœur, n'avaient qu'une volonté, qu'un intérêt, qu'une table. Tout entre elles était commun» (*Paul et Virginie, suivi de La Chaumière indienne, du Café de Surate, des Voyages de Codrus, avec un vocabulaire servant à l'établissement du texte*, Henriot, 1837, p. 13). «Tout était commun» écrit, de son côté, Olivier en retraçant à Louise le paradis perdu de leur «heureuse enfance» (p. 200). Notons encore qu'Armance appelle Mme de Malivert, mère d'Octave, «maman» ou «ma chère maman». Octave et Armance sont donc à la fois frère et sœur, cousins, amis et amants, comme le sont Olivier et Louise.

L'influence de Bernardin de Saint-Pierre sur Mme de Duras est considérable, tout comme elle le fut sur Chateaubriand. L'article «Nègre» (*Vocabulaire de tous les termes de botanique, histoire naturelle, géographie, marine, etc. employés dans cet ouvrage*, in *Paul et Virginie...*, éd. cit., **p.** 334-338), vibrante dénonciation de cet «horrible trafic», de «ce commerce horrible de sang humain» qu'est la traite des Noirs, ne pouvait qu'enthousiasmer l'auteur d'*Ourika*, qui s'inspire également de *La Chaumière indienne* pour écrire *Le Paria*. Sur les autres traces laissées par l'œuvre de Bernardin de Saint-Pierre dans *Olivier*, voir lettre II, 17 (n. 1 de la p. 260) et lettre III, 4 (n. 4 de la p. 270).

2. Écho direct de l'opinion de Mme de Staël (*De la littérature* [1800], Première partie, chapitre XV, GF Flammarion, 1991, p. 244): «L'Angleterre est le pays du monde où les femmes sont le plus véritablement aimées.» Voir aussi *ibid.*, **p.** 243: «Les femmes n'ont joui nulle part, comme en Angleterre, du bonheur causé par les affections domestiques.»

Page 201.

1. Lord George Lyttelton (1709-1773), homme politique et écrivain à qui Fielding dédiera *Tom Jones* (1749). Il était le possesseur du magnifique domaine de Hagley dans le Worcestershire dont de nombreux poètes ont célébré le charme: James Thomson (1700-1748) décrit Hagley comme «the British Tempé» dans *The Seasons*, «Spring» (vers 906); il le loue encore dans «The Castle of Indolence» (chant I, strophe LXVI et suiv.); Samuel Whyte loue «*her verdant shade*» dans une «*Ode: To the Muse*» (*The Shamrock, or Hibernian Cresses*, 1722), etc. Lord George Lyttelton perdit Lucy Fortescue, sa femme, qu'il aimait tendrement. Il lui consacra l'élé-

gie évoquée par Olivier: «*To the Memory of the same* LADY, A MONODY» (1747) et lui fit élever un tombeau. Sur cette élégie, dont Louise cite quelques mots dans la lettre I, 4, voir aussi n. 2 de la p. 202.

2. Nouvelle preuve de l'influence de Mme de Staël (*op. cit.*, p. 242): «La langue anglaise [...] a de très grands avantages pour la poésie: tous les mots fortement accentués ont de l'effet sur l'âme, parce qu'ils semblent partir d'une impression vive.»

3. Le roman commence donc vers le début du mois de mai, environ dix-huit mois après la mort de la mère d'Adèle et de Louise. Louise écrit ensuite à Adèle: «nous allons à Flavy le 23 juin, et Olivier doit passer un mois à Rouville» (p. 208). Ce mois est un peu extensible puisque Olivier reste à Rouville après la Saint-Jean, qui est le 24 juin (p. 213). Survient ensuite l'accident mortel dont est victime M. de Nangis, alors qu'Olivier est toujours auprès de sa cousine. Olivier reste alors six mois loin de Louise (p. 234). Environ un an après la mort de M. de Nangis, les deux cousins retournent à Flavy et Rouville (p. 249). Ils viennent de passer ensemble «six semaines» à Paris (p. 249). Louise estime à «deux mois» le temps de bonheur qu'ils ont connu (p. 261). Le 23 août, Olivier est saisi d'un accès de fièvre, le 24 août, il écrit à Louise, le 25, jour de la Saint-Louis, il meurt à l'aube. Le même jour, à dix heures, Adèle, sœur de Louise, arrive à Flavy et la trouve évanouie au pied du chêne de Beauval près du corps inanimé d'Olivier. Notons que c'est aussi le 25 août que s'éteint Natalie de Nevers (*Édouard*, p. 189).

4. Selon cette lettre, Olivier a vingt et un ans et Louise dix-huit lorsqu'il a refusé de l'épouser. Olivier reste ensuite «quatre ans sans revenir» (p. 201). Louise signale, cependant, au début du roman qu'elle est mariée depuis cinq ans — elle aurait donc convolé à dix-sept ans — et qu'elle a vingt-deux ans (p. 199). Olivier est annoncé comme ayant vingt-huit ans quelques mois plus tard (p. 231). La différence d'âge qui les sépare a donc doublé. On verra que la date à laquelle se déroule le roman pose également quelques problèmes en raison des éléments contradictoires fournis par Mme de Duras à son lecteur (n. 2 de la p. 287).

5. Les héros masculins de Mme de Duras apparaissent souvent comme des «êtres de fuite». Si Olivier part pour la Russie après avoir refusé d'épouser Louise, M. de Grancey, épris de Sophie, se laisse marier à contrecœur par son oncle, et s'enfuit «le jour même de son mariage en sortant de l'église, il allait, disait-il, porter sa douleur dans toute l'Europe. Il allait d'abord à Vienne, ensuite en Russie, il devait visiter Constantinople, la Grèce et revenir par l'Italie. Je voudrais me distraire, disait-il, et je ne l'espère pas

deux pensées douloureuses me suivront partout, l'une des deux viendra sans cesse empoisonner ma vie, et m'ôte jusqu'à la triste consolation de me livrer à l'autre sans contrainte et sans remords » (*Mémoires de Sophie*, feuillet 12). Dans la lettre II, 2, Olivier confiera à Adèle son projet de se rendre « en Angleterre, peut-être [...] en Italie, qu'importe ! » (p. 234).

Page 202.

1. De manière symbolique, Louise, hantée par le besoin d'aimer et d'être aimée, est stérile. Dans sa première lettre, la jeune femme a déjà évoqué son existence « frapp[é]e de stérilité » (p. 197). Louise est non seulement privée des enfants qu'avait Claire de Duras, mais elle ignore la vie mondaine intense de la duchesse (le comte de Nangis lui rappelle qu'il « ne [la] force point à [...] vivre » dans le « grand monde », p. 195) et l'ambitieuse énergie que celle-ci manifestait au service de ses amis, notamment Chateaubriand. Isolée affectivement et socialement, elle peut donc s'abandonner sans entraves, mais non sans risques, aux cruelles délices de l'introspection, ressasser un heureux passé et un douloureux présent. Louise figure, en quelque sorte, l'âme passionnée et mélancolique de Claire de Duras dégagée de toutes les contingences de son existence de grande dame.

2. Louise cite partiellement deux vers de l'élégie de Lord George Lyttelton, « To the Memory of the same LADY, A MONODY », évoquée plus haut par Olivier (p. 202) : strophe XV, vers 214 (« *The joys of wedded love were never thine* ») et strophe XVI, vers 234 (« *The dear reward of ev'ry virtuous toil* »). Sur Hagley et son possesseur, voir n. 1 de la p. 201. On comprend que Claire de Duras, désespérée par le sentiment de n'avoir jamais été aimée, ait été profondément émue par cet hommage bouleversant rendu à une épouse disparue, par « ces tableaux touchants de l'amour dans le mariage, qu'on rencontre si fréquemment dans la poésie anglaise » (*Édouard*, p. 162). Pendant près de trois cents vers, Lord George Lyttelton exalte la beauté, le charme, la vertu et l'esprit de la « meilleure des femmes » (vers 226). Mme de Duras, privée des « *joys of wedded love* », inspirera des regrets moins déchirants. Amédée de Duras se remariera avec une satisfaction manifeste un an après la disparition de Claire, s'écriant naïvement, quelques semaines après son deuxième mariage : « Ah ! mon ami, tu ne peux pas comprendre le bonheur d'avoir plus d'esprit que sa femme ! » (Comtesse de Boigne, *Mémoires. Récits d'une tante*, éd. citée, t. II, p. 160.)

Page 203.

1. Exeter est le nom d'un personnage des *Lettres de milady*

Juliette Catesby à milady Henriette Campley son amie (1759), roman de Mme Riccoboni, cité par Louise de Nangis (p. 211). C'est aussi le nom d'un aristocrate anglais bien réel dont Mme de Boigne conte le romanesque mariage dans ses *Mémoires* (éd. citée, t. II, p. 125-126).

Page 204.

1. Mme de Duras s'exprime de manière semblable lorsqu'elle écrit à Chateaubriand le 14 mai 1822 : « il faut que je sois bien bonasse car même cette boutade m'a fait un peu de bien. »

2. Mme de Duras a souligné l'irréligion régnant dans la haute société à la fin du XVIIIe siècle dans *Ourika* (voir n. 1 de la p. 79) et dans les *Mémoires de Sophie* (« le Devoir avait été proscrit avec la Religion », feuillet 1). Elle a également noté dans *Édouard* le changement opéré par la Révolution sur ce point : « dès que le déshonneur s'est attaché à l'impiété, on a voulu être homme de bien » (p. 190-191). Claire de Duras, profondément pieuse, comme en témoignent de nombreux textes tels les *Réflexions et prières inédites* qui paraissent de manière posthume chez Debécourt en 1839 ainsi qu'un *Recueil de prières à l'usage des enfants* et un cahier de conseils adressés à sa fille Félicie restés inédits, avait cependant l'âme trop élevée pour jamais tomber dans les pratiques de dévotion mesquines et intéressées caractéristiques de la Restauration : « Autrefois on servait Dieu, aujourd'hui on se sert de Dieu », observait-elle (cité par Stendhal, *Paris-Londres. Chroniques*, éd. citée, p. 670).

Page 205.

1. Un de ces Protées orientaux est signalé dans l'« Histoire du prince Zeyn Alasnam » : si notre arrivée déplaît au « roi des génies », dit le sage Mobarec au héros du conte, « il paraîtra sous la forme d'un monstre effroyable ; mais, s'il approuve votre dessein, il se montrera sous la forme d'un homme de bonne mine » (Antoine Galland, *Les Mille et Une Nuits*, éd. Jean Gaulmier, GF-Flammarion, 1965, t. III, p. 28).

Page 207.

1. Nouvelle allusion à la droiture et à la noblesse d'âme de M. de Nangis que confirment les témoignages du temps à propos du duc de Duras, son modèle : « je n'ai jamais connu d'homme plus loyal et plus délicat », écrit Mme de Maillé (*Souvenirs des deux Restaurations*, *op. cit.*, p. 233). Il apparaît « plein de droiture et de loyauté » à Custine. Certaines nuances lui échappent cependant, comme le chagrin de sa femme à l'idée d'abandonner la maison où

elle est née. Sur le contraste produit par les caractères de M. de Nangis et d'Olivier, voir n. 4 de la p. 196.

Page 209.

1. Plusieurs personnages féminins de Claire de Duras s'abandonnent à ces espérances illusoires. L'héroïne des *Mémoires de Sophie* rêve d'un sentiment permis entre M. de Grancey (qui est marié) et elle. Dans *Amélie et Pauline*, Amélie «promet sans hésiter une affection fraternelle»: «elle veut ne jamais se remarier, et consacrer sa vie entière au comte, [son] ami, tout donner parce qu'elle est libre, ne rien demander parce qu'il ne l'est pas. [...] Amélie n'imagine pas que rien au monde puisse changer de tels sentiments» (feuillet préliminaire). La candeur de ces âmes pures cause leur perte, car «le piège le plus dangereux que la passion puisse offrir, c'est ce voile d'honnêteté dont elle s'enveloppe» (*Édouard*, p. 167): Louise excuse «à [s]es propres yeux la vivacité de [s]es sentiments par l'innocence de [s]es souvenirs» (*Olivier*, p. 285) et parce que les pensées d'Amélie «sont chastes», elle les croit «innocentes» (*Amélie et Pauline*, feuillet préliminaire). Sur ce désir récurrent de Louise de Nangis et ses conséquences tragiques, voir n. 1 de la p. 220. Dans *Le Lys dans la vallée*, Mme de Mortsauf commettra la même erreur que les héroïnes de Mme de Duras et en mourra.

2. Ce qui est, de la part de Louise, une manière ingénieuse et délicate de louanger à son tour. Dans *Cécile*, Benjamin Constant admire en Mme de Malbée, c'est-à-dire Mme de Staël, «cette manière de louer qui distingue les Français de la première classe» (*Adolphe...*, Gallimard, coll. «Folio classique», 1973, p. 201).

Page 210.

1. Première évocation du bonheur supposé dont jouit Olivier. Il y sera encore fait allusion dans la lettre II, 1 sous la plume d'Adèle. Mme de Duras pense ici à Astolphe de Custine à qui elle écrit: «la providence vous avait (j'ose le dire sans orgueil) traité avec partialité; distinction d'esprit et d'âme; agréments extérieurs, fortune, existence, enfin tout ce que le monde prise, vous l'aviez trouvé» (lettre inédite du 27 janvier [1822?]). Stendhal se souviendra de ce passage d'*Olivier* dans *Armance*: «avec tous les autres avantages qu'il [Octave de Malivert] réunissait d'ailleurs, il eût pu être fort heureux» (éd. citée, p. 72).

2. Spleen: nom anglais donné à une forme de l'hypocondrie consistant, nous dit Littré, en un ennui sans cause, en un dégoût de la vie. On trouve déjà ce mot chez Voltaire, Delille ou dans la correspondance de Grimm.

3. Rieux est le nom d'un village situé non loin de Blangy-sur-Bresle, près de la forêt d'Eu (*Olivier ou le Secret*, éd. Denise Virieux, p. 212, n. 30). C'est également le nom d'une illustre famille de Bretagne, connue depuis le XIIIᵉ siècle.

Page 211.

1. *Lettres de milady Juliette Catesby* (1759) et *Histoire d'Ernestine* (1765), œuvres de la romancière Marie-Jeanne Riccoboni (1713-1792), qui connut un immense succès aux XVIIIᵉ et XIXᵉ siècles. Mme du Deffand lit ses romans, Stendhal en recommande la lecture à sa sœur Pauline. Ils font partie de la bibliothèque de Césarine Birotteau (Balzac, *CH*, t. VI, p. 104). Mme de Duras donne à l'une des héroïnes des *Mémoires de Sophie,* la belle et vertueuse Mlle de Valory, le prénom d'Ernestine (feuillet 46). Stendhal intitule un court roman: *Ernestine ou la Naissance de l'amour* (1825). Sur l'influence exercée par Mme Riccoboni sur Claire de Duras, voir aussi n. 2 de la p. 199, n. 1 de la p. 203; n. 1 de la p. 214; n. 1 de la p. 241 et n. 2 p. 248.

Page 213.

1. Delphine de Custine raconte une réception semblable lors de son arrivée à Fervaques: la foule en liesse, le bouquet offert à la nouvelle châtelaine («une troupe joyeuse me donne un bouquet», les sentiers «bordés d'habitants» manifestant leur «empressement» à l'accueillir, les «coups de fusil»... Comme le dit la «reine des roses», «rien n'y manquait»)! (à la comtesse de Boufflers, mai 1804, cité par Gaston Maugras, *Delphine de Custine*, Plon, 1912, p. 386-387).

2. La Saint-Jean est le 24 juin, jour du solstice d'été.

Page 214.

1. Cressy ou Crécy, bourg de la Somme, à vingt kilomètres au nord d'Abbeville, est surtout célèbre par la bataille qui s'y est déroulée en 1346. Mme Riccoboni est l'auteur d'un roman intitulé: *Histoire de M. le marquis de Cressy* (1758).

2. L'Aure, affluent de l'Eure, passe à Verneuil et à Nonancourt.

Page 215.

1. François Balthazar Solvyns, peintre et voyageur belge (1760-1824), est l'auteur d'un monumental ouvrage, *Les Hindous* (Paris, chez l'auteur, 1808-1812). Il a également fait paraître en 1804 à Londres: *Costumes of Indostan... taken in the years 1798 et 1799,* doté d'explications en français et en anglais et enrichi de soixante planches enluminées. La sixième de ces planches représente des

tisserands indiens «avec leur manière de travailler au métier». Les filatures de coton — celles de Louviers sont les plus importantes au XVIIIe siècle — eurent à vaincre bon nombre de préjugés. Mme d'Oberkirch cite le cas d'une personne qui assure, avec fureur, en 1780 que «la toile des Indes [c'est-à-dire le coton]» est une «nouveauté à laquelle elle ne s'accoutumerait jamais» (*Mémoires*, éd. citée, p. 152)!

2. En attribuant ce discours à Olivier, Mme de Duras songe probablement au duc de La Rochefoucauld-Liancourt, philanthrope célèbre (1747-1827), qui fit en 1769 un voyage en Angleterre consacré à l'étude des produits industriels et agricoles. De retour en France, il établit sur ses terres une ferme modèle et des filatures de coton. Le duc de La Rochefoucauld-Liancourt émigra après le 10 août 1792 puis séjourna en Angleterre et aux États-Unis. Rentré en France sous le Consulat, il se consacra, entre autres activités, à la propagation des nouvelles méthodes agricoles et industrielles en usage outre-Manche. Il est l'auteur de plusieurs ouvrages dont un *État des pauvres ou Histoire des classes travaillantes de la société en Angleterre* paru en 1800 (voir Pierre Larousse, article «La Rochefoucauld-Liancourt, François Alexandre Frédéric, duc de»). Il est fait allusion à ce célèbre bienfaiteur dans *Armance* (éd. citée, p. 143, 150, 249, et n. 1 de cette page).

Page 216.

1. On pourrait déceler ici les traces d'une lecture attentive de *Milly ou la terre natale* si ce poème n'était de 1827: «Pourquoi le prononcer ce nom de la patrie? / Dans son brillant exil mon cœur en a frémi; / Il résonne de loin dans mon âme attendrie, / Comme les pas connus ou la voix d'un ami. [...] Objets inanimés, avez-vous donc une âme / Qui s'attache à notre âme et la force d'aimer?» (Lamartine, *Méditations poétiques. Nouvelles Méditations poétiques*, éd. Marius-François Guyard, *Poésie*/Gallimard, 1981, **p**. 270). Le même sentiment est exprimé avec force dans *Le Paria*: «vous reverrez votre terre natale et ce sera pour ne plus la quitter», assure le narrateur à l'exilé qui désire «de vivre pour ne point mourir loin de [s]a terre natale» (feuillet 5).

Page 218.

1. On songe aux longues marches quotidiennes que Mme de Duras fit un temps avec Chateaubriand: «Je reconnais — lui écrira-t-elle avec nostalgie — ces grandes allées, ces champs que nous avons parcourus ensemble quand vous écriviez *Moïse* et que vous aviez pour moi plus d'attachement. Je ne puis vous dire ce que sont pour moi les souvenirs» (cité par G. Pailhès, *op. cit.*, p. 73).

2. Le don de conversation que possède Olivier, et auquel il est encore fait allusion dans les lettres I, 15 et III, 10, est rapproché à juste titre par Denise Virieux de celui d'Édouard (*Olivier ou le Secret*, éd. citée, p. 210): «il avait un esprit singulièrement original; il ne voyait rien d'une manière commune» (*Édouard*, p. 100). On peut également penser à Astolphe de Custine qui a inspiré à Mme de Duras de nombreux traits d'Olivier («j'ai toujours le même goût pour votre esprit et pour votre conversation», lui écrit-elle après leur rupture dans une lettre inédite) et à la duchesse elle-même. Talleyrand la félicite dans une lettre du 2 avril [1825] de «[...] l'un de [se]s dons les plus heureux, la supériorité d'une conversation qui vaut surtout par le mouvement et le naturel, [...] cet art auquel je mets tant de prix» (cité par G. Pailhès, *op. cit.*, p. 464). Custine la décrit, dans *Aloys*, comme sachant «donner à la conversation un tour intéressant et toujours simple» (éd. citée, p. 87).

Page 219.

1. Bien que possédant en apparence, comme Louise et comme Olivier, «tous les biens que le monde estime», le rang, la fortune, la distinction d'esprit, Mme de Duras n'était pas heureuse: «[...] elle s'était fait un entourage charmant, au milieu duquel elle se mourait de chagrin et de tristesse» (Mme de Boigne, éd. citée, t. II, p. 10).

Page 220.

1. Ce motif revient comme un leitmotiv dans toutes les œuvres publiées ou non de Mme de Duras: un homme ne saurait se satisfaire de «cette passion de l'âme qui se nourrit de sentiments» (voir n. 1 de la p. 209).

Page 221.

1. Sophie connaît la même épreuve pendant son enfance: «Mon frère Charles tomba malade d'une fluxion de poitrine, je ne le quittai pas, tous les plaisirs furent oubliés, mon inquiétude ne connaissait pas de bornes, mon imagination voyait déjà ce frère chéri dans la tombe et je perdais le seul ami, le seul intérêt de ma vie» (*Mémoires de Sophie*, feuillets 5 et 6). La maladie d'Olivier pourrait être à l'origine de son impuissance puisque sa «première jeunesse» correspond à un temps de «sécurité trompeuse». Ensuite, «l'amour est resté, il est resté seul! et une barrière insurmontable s'est élevée entre nous deux», écrit Olivier à Louise (p. 269). «Plaignez-moi comme un malade», dit-il (*ibid.*, p. 239). De même, Octave de Malivert a été fort souvent malade jusqu'à quinze ans et, de l'âge de seize ans, date son «serment téméraire» de vivre éloi-

gné de l'amour (*Armance*, éd. citée, p. 199). Ce diagnostic est conforme aux théories médicales de l'époque : « L'impuissance est aussi la suite du trouble causé par les maladies graves et générales, et de l'épuisement qu'elles déterminent lorsque ces maladies ont produit un grand désordre, lorsqu'elles ont été longues ou chroniques, ou enfin lorsque les convalescences ont été lentes et difficiles » (*Dictionnaire des sciences médicales par une société de médecins et de chirurgiens* [Alibert, Nacquart, Pinel, Virey...], Panckoucke, 1818, t. XXIV, article « Impuissance », p. 184). Mais dans le cas d'Olivier, certains traits de caractère préexistent à la crise dont parle Adèle (p. 234, p. 242 et n. 2 de la p. 234), ce qui complique son cas. L'impuissance, si impuissance il y a, ne semble pas être la seule cause de son incurable mélancolie.

Page 222.

1. Le couple que forment Olivier et Louise est soumis à une autorité exclusivement féminine, incarnée par la mère puis par la sœur aînée. Dans ses lettres à Adèle, Louise parle toujours de « ma mère » (six fois, p. 207, 212, 217, 222, 246 et 260) et non, comme on pourrait s'y attendre, de « notre mère ». Lorsque Adèle, figure manifeste de l'autorité maternelle disparue, met en garde sa sœur au nom de « celle qui t'a transmis son cœur avec la vie » et ajoute : « c'est en son nom que je te parle », Louise répond : « J'obéirai donc, je croirai obéir à ma mère que tu invoques » (p. 222). Sur ce point, voir aussi le dernier paragraphe de la lettre II, 11 (p. 250-251).

Page 224.

1. Réflexion caractéristique de la profonde mélancolie de Mme de Duras qui écrit à Rosalie de Constant le 24 mars [1810] : « [...] il y a des gens qui ont besoin de souffrir par leur cœur, [...] et j'ai peur d'être du nombre de ces gens-là » (cité par G. Pailhès, *op. cit.*, p. 67-68). La duchesse écrit également à Chateaubriand au mois de mars 1821 : « [...] j'aspire à la vieillesse parce qu'on dit que je serais guérie, mais la jeunesse s'obstine, et il faut souffrir. » Même réflexion dans les *Mémoires de Sophie* : « nous ne sommes pas sur terre pour être heureux, mais pour mériter de le devenir » (feuillet 1). De son côté, Louise dira encore : « Le malheur n'est-il pas toujours sûr de m'atteindre ? » (p. 224) et « Dieu a voulu que je pusse beaucoup aimer et beaucoup souffrir » (p. 281).

2. Dans la version d'*Olivier* publiée en 1971 (éd. Denise Virieux, p. 129), M. de Nangis demandait à sa femme : « Avez-vous des nouvelles d'Olivier ? Je l'ai prié de me ramener d'Angleterre un cheval de chasse. Informez-vous s'il a fait ma commission ? » À cette question, une phrase raturée donnait la réponse suivante (manuscrit

vérifié): «<J'ai envoyé à M. de Nangis un cheval de chasse, il arrivera avec sa généalogie et son gouverneur, conservez bien l'un et l'autre car ils font une grande partie de son mérite.>» Mme de Duras, en modifiant son texte, montre qu'elle ne souhaitait pas qu'Olivier puisse être considéré comme responsable, même indirectement et involontairement, de la mort de M. de Nangis (voir lettre I, 16).

Page 228.

1. Même écho dans *Aloys* de Custine (éd. citée, p. 116-117): «Elle [Mme de M**] vanta [l]a loyauté chevaleresque [de son mari], sa droiture, la noblesse de ses sentiments; et je ne pouvais comprendre comment, avec tant de rapports, leurs âmes n'étaient pas plus unies. C'est qu'elles ne s'entendaient que sur les points qui décident de la conduite de la vie; toujours d'accord dans les grandes occasions, elles étaient divisées par les événements de chaque jour; en un mot, ils se ressemblaient par leurs vertus, et différaient par leurs goûts.» Voir aussi *Olivier*, n. 1 de la p. 199.

Page 231.

1. De la même manière, Mme de Duras s'est interrogée sans trêve sur la raison qui a poussé Astolphe de Custine à refuser *in extremis* d'épouser sa fille Clara. Les quelques lettres (inédites) de leur correspondance qui ont été conservées (le jeune homme ayant tenté à plusieurs reprises de renouer les liens qui l'unissaient à la mère de son ancienne fiancée) montrent qu'Astolphe, comme Olivier, a tenté de justifier sa conduite bizarre sans clairement entrer dans les raisons de sa dérobade. Ce qui lui vaut cette réponse: «vous me dites qu'il y a un secret à votre conduite, je veux le croire, mais je ne puis vous juger que sur ce que j'ai vu de vous» (lettre inédite, non datée). La duchesse lui avoue se trouver devant «une véritable énigme»: «J'avais eu un moment une autre idée [impuissance ou homosexualité?], que votre mariage a détruite, mais dans tous les cas vous n'en étiez pas plus excusable, [...] vous me direz quelque jour cet étrange mystère, si ce n'est pas encore un jeu de votre imagination, et si seulement je ne vous ai pas dit votre *vrai* motif» (27 janvier [1822?]). Ce qui apparaît clairement, en revanche, à la duchesse, c'est la «faiblesse» d'Astolphe, son manque de «caractère», l'absence en lui du sentiment du «devoir»... Il est coupable d'avoir «jou[é] avec le bonheur des autres». Tous ces défauts sont ceux qu'Olivier ne cesse de se reprocher à lui-même et qu'Adèle ou Louise soulignent tour à tour.

Page 233.

1. L'ensemble de ce passage a éveillé l'intérêt de Stendhal qui fait déclarer à Octave de Malivert : « moi seul, je me trouve isolé sur la terre » ; « je n'ai et je n'aurai jamais personne à qui je puisse librement confier ce que je pense » ; « Suis-je donc destiné à vivre toujours sans amis » ? (*Armance*, éd. citée, p. 71). « Une imagination passionnée [porte Octave] à s'exagérer les bonheurs dont il ne pouvait jouir » (*ibid.*, p. 72), comme Olivier « le bonheur qu['il] doi[t] fuir ». Si Olivier envie « le laboureur qui cultive en paix ses champs », Octave rêve d'« être le fils d'un fabricant de draps » (*ibid.*), ou d'aller « en province donner des leçons d'arithmétique, de géométrie appliquée aux arts, de tout ce qu'on voudra » (*ibid.*, p. 149), ou bien d'« être un chimiste à quelque manufacture » (*ibid.*, p. 145), ou bien encore de se faire « valet de chambre » (*ibid.*, p. 149). Sur le sentiment d'étrangeté et d'isolement qui hante les héros de Mme de Duras, voir aussi *Ourika*, n. 1 de la p. 72.

2. Comme Chateaubriand (« Ma sœur [...] semblait se plaire à augmenter mon ennui », *René* dans *Atala, René, Le Dernier Abencérage*, Gallimard, coll. « Folio classique », éd. Pierre Moreau, 1971, p. 154), Mme de Duras donne à « ennui » le sens fort qu'il avait au XVIIe siècle, celui de « tourment de l'âme ». L'« ennui » éprouvé par Olivier est l'ennui qui dévore Titus dans *Bérénice* (acte II, scène 4, vers 599) ou qui accable Néron dans *Britannicus* (acte V, scène 8, vers 1721).

3. Montrer un cœur *sensible* est de la plus grande importance au XVIIIe siècle. Dans *Adèle et Théodore* (1782) de Mme de Genlis, « une jeune paysanne » dotée d'une « jolie figure » et d'un « *air touchant* » suscite la « sensibilité d'Adèle » (Lecointe et Durey, 1827, t. I, lettre XIV, p. 137). De la même manière, usant d'une mise en scène soigneusement élaborée, M. d'Almane « procure [...] à Théodore » la satisfaction de secourir une personne fictivement en détresse : « nous nous livrons à la joie de lui offrir un asile, et nous la conduisons en grande pompe au pavillon de l'Hospitalité » (*ibid.*, p. 331-333). De semblables scènes sont représentées par les peintres, Greuze notamment (*La Dame de charité*, 1775, musée des Beaux-Arts de Lyon).

Dans le cas présent, faire « un peu de bien », moyen employé par Olivier pour se divertir de son mal de vivre, est le remède même que propose le narrateur à Paul désespéré de la mort de Virginie : « Mon fils, la bienfaisance est le bonheur de la vertu » (*Paul et Virginie*, éd. citée, p. 161). La *Biographie nouvelle des contemporains...* par MM. A. V. Arnault, Jay, Jouy, Norvins note que la « duchesse de Duras [...] fille du comte de Kersaint, préside une société de bienfaisance, et fait partie de la société d'enseignement élémentaire» (à la librairie historique, 1820-1825, t. VI, p. 262).

4. Sainte-Beuve a noté ce passage qui l'a frappé («il en est des maladies de l'âme [...] n'alitent pas») dans ses *Portraits de femmes* (éd. citée, p. 124).

Page 234.

1. Sur l'humeur vagabonde d'Olivier, qu'Octave de Malivert partagera pour les mêmes raisons, voir n. 5 de la p. 201.

2. Dès son enfance, et par conséquent *avant* qu'on puisse attribuer à l'impuissance ses bizarreries, Olivier avait des «chagrins», des «mécontentements secrets». Même remarque dans la lettre II, 7 (p. 242) où Adèle souligne la «susceptibilité ombrageuse» de son cousin, «défaut *inné* de son caractère» (nous soulignons). Olivier est, depuis sa jeunesse, un véritable héros romantique: son «caractère ressemble à un orage, il est sombre et incertain [...], [il te] précipiter[a] dans l'abîme avec lui», écrit Adèle à Louise (*ibid.*).

Page 235.

1. Semblable à Aloys, Louise ne pourrait trouver quelque soulagement à ses peines dans la dissipation: «C'est ce que le monde appelle *les plaisirs*, qui allonge les jours, par la fatigue qu'on éprouve à se distraire sans cesse: on est guéri de l'ennui, dès qu'on ne se croit plus obligé de s'amuser; les hommes qui ne songent qu'à se divertir montrent par là même qu'ils sont de tous les plus malheureux» (*Aloys...*, éd. citée, p. 120).

Page 236.

1. Mme de Duras, toujours délicate, avait reçu le même conseil de ses médecins, suscitant cette remarque de Chateaubriand: «Le lait passe-t-il toujours? C'est une singulière nourriture que ce lait» (lettre inédite).

2. Avant la Révolution, le deuil qui suivait la perte d'un mari durait un an et six semaines. Il se subdivisait en trois temps: on portait la laine pendant les six mois du *grand deuil*, puis la soie pendant six autres mois. On se vêtait ensuite de noir et blanc pendant les six dernières semaines (*petit deuil*). Ce cérémonial, réapparu sous la Restauration, se simplifia à partir de la monarchie de Juillet.

Page 237.

1. Sur le «bonheur intérieur», que l'on vit au sein d'une étroite «société de bienveillance et d'amour», voir le témoignage de Fanny d'Arblay: «Elle [Mme de Duras] me montra un jour un des-

sin représentant une petite cabane isolée au sommet d'une haute
montagne. Y vivrait-elle seule ou avec un compagnon? je ne me
suis pas hasardée à le lui demander» (Fanny [Burney] d'Arblay,
*Du Consulat à Waterloo. Souvenirs d'une Anglaise à Paris et à
Bruxelles*, éd. citée, p. 247). Notons que Mme de Nevers propose à
Édouard de vivre dans un «humble asile, au fond de nos montagnes» (*Édouard*, p. 160).

Page 238.

1. Dans une lettre non datée et inédite, postérieure à leur rupture (1818), Mme de Duras écrivait à Astolphe de Custine: «si
je vaux quelque chose c'est par la force de caractère <c'est en
sachant ce que je veux>, vous avouez vous-même que vous en
manquez.»

Page 239.

1. Dans la même lettre (voir note précédente), Mme de Duras
accuse Astolphe de Custine d'ignorer le «sentiment du Devoir»: «il
est commode d'être généreux sur le papier, ce qu'il faut c'est
<remplir tous ses devoirs> soutenir l'épreuve et en sortir victo-
rieux, je déteste les sophismes appliqués aux devoirs.» On connaît
la fréquence et l'importance du mot «devoir» sous la plume de
Stendhal: «Cette idée est le *devoir*, se dit la malheureuse Armance.
[...] du moment que j'ai aperçu le *devoir*, ne pas le suivre à l'instant, en aveugle, sans débats, [...] c'est être indigne d'Octave.»
Octave, lui-même, est «le devoir *incarné*» (*Armance*, éd. citée,
p. 102 et p. 50). Mais Olivier n'est aucunement un héros stendhalien: il voit ses «fautes et ne [peut s']empêcher de les commettre»,
«une lutte constante [lui] est impossible». Il envie ceux qui possèdent «l'énergie qui décide et qui soutient» et dont il est dépourvu
(p. 238). Il n'a pas «l'âme droite et forte» d'Octave (*Armance*, éd.
citée, p. 58).

2. «Lorsque le chagrin a bouleversé l'âme à un certain degré, il
y laisse une empreinte ineffaçable» (*Mémoires de Sophie*, feuillet 28).

Page 241.

1. On peut penser à ce passage des *Lettres de milady Juliette
Catesby* de Mme Riccoboni: «Se peut-il que le souvenir de cet
ingrat soit ineffaçable! qu'il me trouble ou m'afflige sans cesse!...
Quelle idée Sir James prendra-t-il d'une femme qui pleure parce
qu'un homme aimable l'aime tendrement? Un homme dont la
naissance est égale à la sienne, dont la fortune est considérable...»
(Desjonquères, 1997, lettre XVII, p. 83).

Page 244.

1. On songe à Aristophane : «S'ils sont heureux, n'ont-ils pas la santé ? L'homme malheureux ne se porte jamais bien !» (*Les Oiseaux*, vers 603-604).

Page 246.

1. Le vœu de Louise sera malheureusement exaucé puisque la mort d'Olivier lui fera perdre la raison.

Page 248.

1. Citation du *Don Juan* de Byron (chant II, strophe 189, vers 1507) : «*They fear'd no eyes nor ears on that lone beach, / They felt no terrors from the night, / They were all in all to each other*» («Ils ne craignaient d'être vus et entendus sur cette plage solitaire ; la nuit ne leur causait point d'effroi ; ils étaient tout en tout l'un à l'autre», Lord Byron, *Œuvres complètes*, Charpentier, 1838, p. 617). On se souvient que Mme de Duras a déjà emprunté à Byron le texte de l'épigraphe d'*Ourika* (voir p. 61 et n. 1 de l'épigraphe).

2. Cette lettre, ainsi que la précédente, évoque de manière frappante le célèbre début du chapitre IV d'*Adolphe* : «Charme de l'amour, qui pourrait vous peindre ! Cette persuasion que nous avons trouvé l'être que la nature avait destiné pour nous, ce jour subit répandu sur la vie, et qui nous semble en expliquer le mystère, cette valeur inconnue attachée aux moindres circonstances, ces heures rapides, dont tous les détails échappent au souvenir par leur douceur même, et qui ne laissent dans notre âme qu'une longue trace de bonheur, etc. (Gallimard, coll. «Folio classique», 1973, p. 60). Mme de Duras connaissait et appréciait *Adolphe* : «Le roman de M. Constant — écrit-elle le 16 juillet 1816 — nous a fait un sujet de distraction et de dispute. Il est plein de talent et d'esprit et *horriblement* vrai, mais l'amour-propre de tout le monde est intéressé à n'en pas convenir» (comte d'Haussonville, *La Baronne de Staël et la duchesse de Duras*, éd. citée, p. 41). On peut aussi penser à *Ernestine*, ce roman qu'aime Louise de Nangis (p. 211) : «La présence de cet homme aimable inspire je ne sais quel sentiment délicieux, dont le charme est inexprimable ; dès qu'il est près de moi, je me trouve heureuse ; je lis dans ses yeux qu'il est content aussi, et j'aime à penser qu'un même mouvement cause ses plaisirs et les miens» (Mme Riccoboni, *Histoire du marquis de Cressy* suivi d'*Ernestine*, Didot aîné, 1814, p. 181).

Page 250.

1. Les remarques d'Adèle à Olivier ressemblent fort à celles qu'adresse Mme de Duras à Custine après leur rupture : «Astolphe,

il n'est pas permis de jouer avec le bonheur des autres et le caractère qui peut ainsi indulger des rêveries romanesques, au risque de troubler la paix de la vie des autres, ne peut inspirer ni confiance ni foi, je ne reçois point l'excuse qu'on s'aveugle, qu'on ne se connaît pas, on se connaît fort bien soi-même, et chacun est dans la confidence de son propre caractère, ce qui manque c'est le sentiment du devoir, c'est la force, c'est la délicatesse, c'est l'honneur, car il y a toujours assez de force où il y a assez d'honneur» (lettre inédite, 27 janvier [1822 ?]).

2. C'est le grand reproche de Claire de Duras à l'encontre d'Astolphe de Custine : «on peut remplir des volumes, des sentiments les plus élevés, <mais> et dans l'occasion manquer aux premiers devoirs de la vie [...]. En vous il y a trop loin de la théorie à l'application» (lettre inédite non datée).

Page 251.

1. Adèle se sent «responsable du bonheur de Louise» comme Mme de Duras de celui de sa fille Clara dont elle avait encouragé les fiançailles avec Astolphe de Custine : «[...] tout avait été mis en œuvre pour faire réussir une affaire, dont elle avait fait, par je ne sais quel sentiment passionné, qu'elle applique à tout ce qu'elle veut, l'affaire de sa vie. [...] mais enfin [...], elle avait risqué le sort, le bonheur de sa fille [...]» (à Rahel, 12 juillet 1818, Astolphe de Custine, *Lettres à Varnhagen*, éd. Roger Pierrot, Ressources, Paris-Genève, 1979, p. 254). L'inexplicable dérobade d'Astolphe, rompant son engagement trois jours avant la discussion du contrat au cours du mois de février 1818, est la source directe des mises en garde qu'Adèle ne cesse d'adresser à Olivier.

Page 252.

1. Mucidan, ou Mussidan, est le nom d'une petite ville de Dordogne. Dans la version définitive d'*Olivier*, Mme de Duras écrit d'abord «Mucidan» puis, le plus souvent, «Mussidan». C'est donc cette orthographe que nous retenons. Une des variantes du texte montre que Mme de Duras avait envisagé de nommer ce personnage, le «commandeur de Brézé» (*Olivier ou le Secret*, éd. José Corti, 1971, p. 152).

2. Guillaume Amfrye, abbé de Chaulieu (1639-1720), épicurien aimable, poète, élève de Chapelle et de Bachaumont, attaché au grand prieur de Vendôme, et surnommé l'*Anacréon du Temple*. Voltaire a décrit sa personne et son talent dans *Le Temple du goût* : «Je vis arriver en ce lieu / Le brillant abbé de Chaulieu, / Qui chantait en sortant de table ; / Il osait caresser le dieu, / D'un air familier, mais aimable ; / Sa vive imagination / Prodiguait dans sa

douce ivresse / Des beautés sans correction, / Qui choquaient un peu la justesse, / Et respiraient la passion» (voir *Biographie universelle ancienne et moderne...*, publiée sous la direction de M. Michaud, Thoisnier Desplaces, Michaud, 1844, t. VIII, article «Chaulieu, Guillaume Amfrye de», p. 35-36).

3. Le marquis de Mussidan s'installe sur une *voyeuse d'homme*, c'est-à-dire sur un siège fait «pour assister au jeu assis à califourchon», alors que les femmes choisissent des *voyeuses à genoux* qui sont à siège bas (Pierre Verlet, *Les Meubles français du XVIIIᵉ siècle*, PUF, 1982, p. 79).

4. M. de Rieux, épris de Louise, agit comme le duc de Nemours après sa rencontre avec Mme de Clèves: «[...] il avait un nombre infini de maîtresses, et c'était même un défaut en lui; car il ménageait également celles qui avaient du mérite et celles qui n'en avaient pas. Depuis qu'il est revenu, il ne connaît ni les unes ni les autres; il n'y a jamais eu un si grand changement; je trouve même qu'il y en a dans son humeur, et qu'il est moins gai que de coutume» (Mme de Lafayette, *La Princesse de Clèves*, éd. citée, p. 86).

5. Mme de Duras, qui décrit la société du XVIIIᵉ siècle comme «immorale, non par principe mais par légèreté» (*Mémoires de Sophie*, feuillet 48), peint, à plusieurs reprises, des personnages semblables au marquis de Mussidan, ex-commandeur de Brézé. Un des oncles d'Amélie est commandeur de l'ordre de Malte dans *Amélie et Pauline* (feuillet préliminaire) où le héros incrimine «la légèreté des vieillards et l'incroyable immoralité de tous» (premier cahier). Stendhal se souviendra, sans doute, du marquis de Mussidan (ou commandeur de Brézé) en créant le personnage du commandeur de Soubirane dans *Armance*.

Comme Mme de Duras, Balzac a mis en scène des personnages anachroniques à l'influence désastreuse: le «vieux vidame de Pamiers, ancien commandeur de l'ordre de Malte», «contant bien [...] posait en principe que tromper les femmes, mener plusieurs intrigues de front, devait être toute l'occupation des jeunes gens, qui se fourvoyaient en voulant se mêler d'autre chose dans l'État» (*Ferragus*, CH, t. V, p. 801-802). L'«ancien héros de ruelles» qu'est le chevalier de Valois, jette «les principes des roués encyclopédistes dans cette jeune âme [celle de Victurnien d'Esgrignon], en narrant les anecdotes du règne de Louis XV, en glorifiant les mœurs de 1750» (*Le Cabinet des Antiques*, CH, t. IV, p. 987). Balzac a également stigmatisé en 1830, dans ses *Complaintes satiriques sur les mœurs du temps présent*, «les squelettes de la Restauration» dont «les derniers restent sous verre, comme des curiosités d'histoire naturelle» (*Œuvres diverses*, dir. P.-G. Castex,

collab. Roland Chollet et René Guise, Gallimard, coll. «Bibliothèque de la Pléiade.», 1996, t. II, p. 739-740).

6. C'est l'opinion d'une jeune fille sur M. de Grancey auquel elle
trouve «l'air mélancolique»: «je parie qu'il est malheureux, il ressemble à un héros de roman» (*Mémoires de Sophie*, feuillet 38).

Page 259.

1. Comme sa sœur Adèle (p. 230), Louise s'épuise en «conjectures» sur la nature de l'«obstacle terrible, invincible» qui la
sépare d'Olivier.

Page 260.

1. Encore une allusion à l'enfance de Paul et Virginie que leurs
mères «prenaient plaisir» à «coucher dans le même berceau». «Si
Paul venait à se plaindre, on lui montrait Virginie; à sa vue il souriait et s'apaisait. Si Virginie souffrait, on en était averti par les cris
de Paul» (*Paul et Virginie*, éd. citée, p. 13-15); de la même
manière, la présence d'Olivier «apaisait [l]es cris de Louise» et,
dans la lettre III, 1, un simple banc devient: «ce berceau si souvent témoin de notre innocente affection». Dans un proverbe ébauché par Mme de Duras, que l'on pourrait intituler *Charles et
Amélie*, deux cousins amoureux l'un de l'autre sont séparés — évi-
demment — par un sort contraire. Charles demande à leur nour-
rice commune son soutien dans des termes analogues à ceux de
Louise: «Dorine! vous nous avez élevés tous deux, vous nous por-
tiez tous deux dans vos bras, vous souvenez-vous du temps où vous
la [Amélie] balanciez dans vos bras tandis que je dormais sur vos
genoux» (feuillet non numéroté).

Page 262.

1. Louise, comme le faisait Édouard avant elle, s'exprime de la
même manière (p. 287): «rien ne guérit de la curiosité comme
l'amour, [...] il n'y a plus de place pour le reste». Mme de Duras
prévoyait de développer à nouveau dans *Amélie et Pauline* des
«réflexions sur le vide que laissent dans l'âme les passions violentes, [l'] indifférence qu'elles inspirent pour tous les intérêts de la
vie» (feuillet préliminaire).

Page 266.

1. La valeur thérapeutique des bains de mer est reconnue en
France à partir du milieu du XVIIIe siècle sous l'influence des
Anglais: «En France, quoique personne ne conteste l'efficacité de
l'eau de mer, peu de médecins en prescrivent l'usage» (*Journal des
bains de mer de Dieppe, ou Recherches sur l'usage hygiénique et thé-*

rapeutique de l'eau de mer, Ch. L. Mourgué, Paris, Mme Seignot. Dieppe, Corsange, 1823, p. 3). Cependant, «[...] en 1778, il s'était formé à Dieppe, sous le nom de Maison-de-Santé, un établissement autorisé du Gouvernement. [...] on y trouvait toutes les commodités possibles pour prendre les bains de mer avec le plus grand avantage» (P.-J. Perret, *Histoire des bains de mer de Dieppe*... E. Delevoye, 1855, p. 36). Mais c'est surtout après la Révolution que les bains de Dieppe prennent de l'importance. Une société créée par le comte de Brancas, destinée à développer l'entreprise. se mit à l'œuvre en 1822. La duchesse de Berry s'y rendit tous les ans à partir de 1824 — à l'exception de 1828 — jusqu'en 1830 (*ibid.*, p. 55 et 64). Dans *Le Paria*, le narrateur, M. de Busseray, part pour «Dieppe dans l'été de 1790 bien résolu à suivre le régime qui [lui est] prescrit» (feuillet 1). Claire de Duras se rend à Dieppe dans le même but, sous la Restauration, écrivant à Chateaubriand en mars 1821 dans une lettre inédite: «J'irai à Dieppe, mais non comme dans la comédie où Brunet fait le voyage sans sortir de Paris [Wafflard et Fulgence, *Le Voyage à Dieppe*, Théâtre-Français, 1er mars 1821], il est enchanté de la vivacité de l'air de la mer de la rue Montorgueil et il trouve les huîtres fraîches, on dit que c'est très drôle.»

2. Allusion au séjour d'Ulysse et de ses compagnons au pays des Lotophages: «Or, sitôt que l'un d'eux goûte à ces fruits de miel [le "lotos"], il ne veut plus rentrer ni donner de nouvelles: tous voudraient se fixer chez ces mangeurs de dattes, et gorgés de ces fruits, remettre à jamais la date du retour» (*Odyssée*, Gallimard, coll. «Folio classique», éd. Ph. Brunet [1999], trad. Victor Bérard [1931], chant IX, p. 168). Balzac fait exprimer à Vautrin une pensée analogue à propos des êtres passionnés: «Ils n'ont soif que d'une certaine eau prise à une certaine fontaine» (*Le Père Goriot*, *CH*, t. III, p. 88).

3. Île de Wight: île anglaise de la Manche, située au sud de Southampton, célèbre pour la douceur de son climat.

4. Cette phrase («Le désaccord [...] mal») a été notée par Sainte-Beuve dans ses *Portraits de femmes* (éd. citée, p. 124).

Page 267.

1. Encore un élément autobiographique. Mme de Duras, toujours fragile, écrivait à Chateaubriand au mois de mars 1821: «Mais, cher frère, je désespère de jamais bien me porter [...]. Comme tous les remèdes me font mal et que l'air seul me fait du bien, j'ai envie d'aller à la mer dès qu'il fera beau, c'est pour moi l'air natal et je suis persuadée qu'il y a quelque analogie cachée entre les organes et l'air qu'on devait naturellement respirer. J'irai à Dieppe.»

2. Julien, domestique de Mme de Nangis, qui a vu naître Olivier et Louise (p. 300-301), sera le narrateur de la catastrophe finale. Mme de Duras avait à son service un domestique de confiance, auquel elle confiait les lettres qu'elles envoyait à Chateaubriand, nommé Justin.

3. Voir n. 1 de la p. 262.

Page 268.

1. Olivier écrit de la même manière que les douleurs sans remède «se fortifient par le récit qu'on en fait et qu'on se persuade à soi-même les tristes vérités qu'on démontre» (p. 234).

Page 269.

1. Olivier, comme Octave convalescent, goûte «pour la première fois de sa vie le bonheur de parler de son amour à l'être qu'il aimait» (*Armance*, éd. citée, p. 196).

2. Dans les *Mémoires de Sophie* (feuillet 11), M. de Grancey exprime la même idée lorsqu'il commente pour Sophie quelques mots d'un poème de Pope, significativement intitulé *Eloisa to Abelard*: «*Fame, wealth and honour, what are you to love!*» (vers 80). Écho semblable dans *Amélie et Pauline*: «Ma sœur bien-aimée, lui disait-il [le comte de P.], ne sens-tu pas que nous sommes inséparables? où est la gloire qui me dédommagerait de ne plus entendre ta douce voix, ah! ma gloire est de t'aimer comme je t'aime et de respecter ta vertu et ton repos!» (Troisième cahier.) Natalie de Nevers écrit à Édouard: «[...] pour une femme y a-t-il une autre gloire que d'être aimée?» (p. 174).

Page 270.

1. Un peu plus loin, Louise utilise exactement la même formule: «jamais, jamais nous ne serons unis» (p. 262). Nulle part, Mme de Duras ne sera plus explicite que dans cette lettre II, 4. Pourquoi le serait-elle davantage puisque personne n'ignore en 1826 la véritable «nature» du secret d'Olivier (voir Introduction, p. 41 et 52)? Cette discrétion a été appréciée comme il convenait, si l'on en croit le témoignage de Mme de Maillé: «Le sujet d'un de ces ouvrages était bien difficile à traiter. Je n'oserais le raconter. C'était une gageure en famille. C'était, selon moi, ce qu'elle a fait de mieux. On ne saurait se tirer d'un mauvais pas avec plus de délicatesse; c'est celui où l'on trouve le plus de charme dans le style et une verve que l'on est étonné que le sujet ait pu lui inspirer. Si l'on me devine ou si on le devine, on sera bien convaincu que ce sujet n'ait jamais été dit par l'auteur et que le désespoir et la fin du héros le

font seul supposer» (duchesse de Maillé, *Souvenirs des deux Restaurations*, éd. citée, p. 233).

2. Octave de Malivert éprouve la même difficulté à énoncer son «secret»: «Être séparé de vous serait la mort pour moi et cent fois pis que la mort; mais j'ai un secret affreux que jamais je n'ai confié à personne, [...]; mais quel est l'homme qui t'adore, c'est un *monstre*. [...] tout à coup il devint comme furieux, [...] et prit la fuite» (*Armance*, éd. citée, p. 239).

3. Voir *Le Moine*: «Coralie! Coralie! mais dans l'éternité nous nous reverrons! dans le sein de Dieu nos âmes se confondront et notre amour alors, ne sera plus un crime!» (feuillet détaché).

4. Souvenir de *Paul et Virginie*, éd. citée, p. 159: «Comme l'aiguille touchée de l'aimant, [...] elle se tourne vers le pôle qui l'attire.»

5. Même réaction de la part d'Édouard apprenant l'amour de Mme de Nevers pour lui: «combien je suis coupable» (p. 151 et n. 1 de la p. 49).

Page 271.

1. Sur ce point récurrent chez Mme de Duras, voir n. 1 de la p. 209.

Page 273.

1. Mme de Duras a-t-elle lu *Les Amours des Anges et les Mélodies irlandaises* de Thomas Moore qui paraissent en Angleterre puis en France en 1823? Olivier, dans son rêve chimérique et dangereux — qu'il partage avec Louise — d'une «félicité [...] plus complète que tous les transports des vulgaires amours», semble évoquer les mots de la Mélodie XLI: «Union bénie! fondée par un ange et digne d'une telle origine! seul asile paisible et sûr où l'Amour, après sa chute et son exil du Ciel, puisse encore trouver une patrie dans ce monde ténébreux!» (Thomas Moore, *Les Amours des Anges et les Mélodies irlandaises*, trad. Louise Sw[anton]-Belloc, Chasseriau, 1823, p. 79). Dans *Armance* (éd. citée, p. 85) et dans *Lucien Leuwen*, Stendhal s'inspire de Moore qui exercera également une grande influence sur le jeune Balzac.

Page 275.

1. Égée, roi d'Athènes, devait livrer chaque année aux Crétois un tribut de sept jeunes garçons et sept jeunes filles. Son fils Thésée partit sur un vaisseau aux voiles noires pour délivrer sa patrie de cette servitude. Il convint avec son père que, s'il revenait vainqueur, il arborerait des voiles blanches. Dans l'euphorie de sa victoire sur le Minotaure, à qui les jeunes Athéniens étaient destinés à

être livrés, il oublia à son retour le signal convenu. Égée, croyant son fils mort, se précipita dans la mer qui, depuis, porte son nom.

Page 277.

1. Ce ménage modeste et idyllique s'oppose en tout au couple Nangis, doté de tous les avantages de la fortune, mais désuni et malheureux. Il est caractéristique que le baron de T. oublie par amour «la pêche et la chasse», ce qui n'était certes pas le cas du comte de Nangis (p. 195 et 224). Sur l'existence simple et retirée dont Mme de Duras disait rêver et que Natalie de Nevers propose à Édouard, voir n. 1 de la p. 160.

Page 279.

1. S'agit-il de celui dont parle Talleyrand dans une lettre du 2 avril [1825] adressée à Mme de Duras : «un homme d'esprit a dit que si l'amour et la galanterie avaient le même ton [ils n'avaient] pas du moins le même accent» (G. Pailhès, *op. cit.*, p. 465)?

Page 280.

1. Mme de Duras, fille de l'amiral de Kersaint, partage avec Chateaubriand cet amour de la mer sensible dans *Olivier* et dans plusieurs romans non menés à terme. Dans *Le Paria*, M. de Busseray dirige sa «promenade vers cette longue jetée de Dieppe, d'où la vue s'étend au loin sur la pleine mer et s'égare dans un horizon sans bornes» (*Le Paria*, début abandonné). De même, dans un roman se déroulant au temps des Croisades que nous avons évoqué dans les n. 1 des p. 107 et 108, le héros, élevé dans «un antique château appelé Tintignac, la mer baigna[n]t le pied du rocher sur lequel il était construit», s'abandonne, comme M. de Busseray, à la contemplation des «vaisseaux» qui «paraissent au large» (feuillet non numéroté). Quant au caractère d'Olivier, il est à l'évidence aussi changeant, imprévisible et dangereux que l'élément marin, d'où l'importance, tout au long du roman, des images empruntées au vocabulaire de la mer (voir p. 270, 275, 280, 285... et n. 1 de la p. 94 d'*Ourika*).

Page 281.

1. Citation approximative du poème de Frances Greville (née Macartney, v. 1724-1789) intitulé *A Prayer for Indifference*. La citation exacte est la suivante :

> Half pleased, contented will I be,
> Content but half to please.

2. Voir n. 1 de la p. 224

Page 282.

1. Voir *Édouard*, p. 119 : « ma pensée achevait la sienne ; je voyais se réfléchir sur son front l'impression que je recevais moi-même. » On songe à *Armance* (éd. citée, p. 207) : « Sans projet il s'établissait ainsi pour eux au milieu de la société la plus agréable et la plus animée, non pas une conversation particulière, mais comme une sorte d'écho qui, sans rien exprimer bien distinctement, semblait parler d'amitié parfaite et de sympathie sans bornes. »

Page 283.

1. Eu est à vingt-neuf kilomètres de Dieppe. Son magnifique château s'élève sur l'emplacement d'une forteresse médiévale. La construction de celui-ci, commencée à la fin du XVe siècle, fut achevée par la Grande Mademoiselle. En 1821, c'est-à-dire peu de temps avant le début de la rédaction d'*Olivier*, Louis-Philippe, alors duc d'Orléans, entreprit de l'agrandir et de l'embellir.

Page 285.

1. Louise se trompe malheureusement sur l'origine de la souffrance d'Olivier. La lettre où elle lui proposera de devenir sa maîtresse (lettre III, 20, p. 295) sera la cause directe du désastre final.

2. Comme Mme de M**, Louise a la « modestie du malheur » : « il ne lui venait pas dans l'esprit qu'elle pût faire la destinée de quelqu'un ; accoutumée à se compter pour rien, elle s'était persuadée qu'elle n'avait pas ce qu'il faut pour être aimée » (*Aloys*, éd. citée, p. 152).

Page 286.

1. Voir *Ourika*, n. 1 de la p. 94.

Page 287.

1. Louis René de Caradeuc de La Chalotais (1701-1785), procureur général au parlement de Bretagne (1752) et acquis aux idées philosophiques, mena à partir de 1763 la résistance des parlementaires bretons aux divers édits du duc d'Aiguillon qu'il jugeait attentatoires aux franchises de sa province. Arrêté avec son fils, magistrat comme lui, il fut enfermé à la citadelle de Saint-Malo (1765), puis exilé à Saintes (1767-1774). À l'avènement de Louis XVI, il fut replacé à la tête du parlement de Rennes (1775). Voir p. 130, n. 1.

2. Si la date de naissance de Louise précède de peu l'affaire La Chalotais, on peut la situer avant 1765, peut-être même avant 1763. Comme la jeune femme a vingt-deux ans au moment où commence le roman, admettons que l'intrigue s'engage vers 1785-

1787 et s'achève un an plus tard vers 1786-1788. Ces dates, si approximatives soient-elles, n'en sont pas moins inacceptables puisque Tronchin, qui déclare Louise incurable à la fin du roman, meurt en 1781. Louise perd donc nécessairement la raison avant cette date. Cette imprécision renforce le sentiment qu'éprouve le lecteur d'être introduit dans un univers hors du temps, sorte d'Ancien Régime rêvé, ponctué de rares allusions à la Cour, qui s'achève non par la Révolution mais par une mystérieuse dissolution des êtres passionnés et exclusifs qui le hantent.

Page 288.

1. Cette réflexion de M. de Rieux sur la «nature de l'obstacle» qui empêche Olivier de prétendre à Louise, les réflexions ironiques qu'il échange avec le marquis de Mussidan dont Louise se fait l'écho dans la lettre III, 17, p. 291, montrent que, plus perspicace ou mieux informé que la chaste Louise (dans la lettre III, 17, p. 292, elle avoue qu'il lui est «impossible de [...] deviner» la teneur des remarques du marquis de Mussidan et de M. de Rieux), il a peut-être deviné la cause de l'étrange conduite d'Olivier vis-à-vis de sa cousine et des femmes en général.

2. Denise Virieux fait remarquer de manière pertinente «le caractère névrotique de cette jalousie, l'ambivalence de cette obsession du rival parce qu'il a les qualités qui manquent au héros» (*Olivier ou le Secret*, éd. citée, p. 230, n. 97). Édouard éprouvait déjà un sentiment semblable vis-à-vis du prince d'Enrichemont: «je n'étais pas jaloux de lui; [...] et cependant je l'enviais d'oser prétendre à elle, et d'en avoir le droit.» Louise reproche à Olivier «son aigreur avec M. de Rieux». De même, Mme de Nevers gronde Édouard pour «la sécheresse et l'aigreur» qu'il montre au prince (p. 170 et 171).

Page 290.

1. Pris entre le bonheur d'être aimé et le désespoir de ne pouvoir accepter cet amour, Olivier dépérit comme Édouard, dont la situation — quoique pour des motifs différents — était semblable: «Il était impossible que ces violentes agitations n'altérassent pas ma santé; je me sentais dépérir et mourir.» «Je sentais que je ne résisterais pas longtemps à ces cruelles souffrances.» Louise s'en alarme aussi vivement que Mme de Nevers qui montre à Édouard «sans déguisement sa douleur et son inquiétude» (p. 156 et 169). Les deux héros ne parviennent pas à résoudre la contradiction entre ce dont ils rêvent et la réalité à laquelle ils sont soumis (roture, impuissance ou crainte de l'inceste). D'où leur mélancolie profonde, leurs sautes d'humeur, leurs crises violentes suivies de périodes d'apathie, leurs tentations suicidaires...

Page 291.

1. La galerie de Flavy évoque la bibliothèque de Faverange où s'amoncellent sur des tables, «gravures» et «cartes géographiques» (*Édouard*, p. 155).

Page 292.

1. Comme Ourika derrière son paravent, Olivier, involontairement caché par une colonne, entend une conversation qui ne lui est pas destinée. Entendre, ou apprendre dans le cas de la jeune Noire, leur propre malheur par la bouche d'autrui, leur sera pareillement intolérable et, en définitive, mortel.

2. Denise Virieux, qui a étudié avec la plus grande attention les différentes variantes de la version non mise au net d'*Olivier*, a montré que Mme de Duras avait d'abord envisagé un duel entre Olivier et M. de Rieux : «Il avait blessé M. de Rieux, mais heureusement pas dangereusement» (éd. citée, p. 180). Il est intéressant que Mme de Duras ait modifié ce point dans la version définitive de son texte. Si le changement d'Olivier «durable[ment]» bouleversé par son duel était «affreux» (*ibid.*, p. 181), son état est infiniment plus douloureux et pitoyable si, comme Édouard, il n'a «même pas la satisfaction de [s]e battre avec M. de Rieux», s'il doit le laisser «jouir [...] du plaisir de [l]'avoir humilié».

Page 294.

1. Louise peut être comparée à Natalie de Nevers qui propose, en vain, à Édouard le «sacrifice de son nom, de son rang» et un bonheur qui console «des mépris du monde» (p. 160 et 161).

Page 295.

1. Olivier est, comme Édouard, «dans un état qui [tient] le milieu entre le désespoir et la folie». L'un «délire», l'autre est «en proie à une idée fixe» (p. 169).

Page 296.

1. Dans *Ernestine*, roman de Mme Riccoboni que Louise admire (voir p. 211 et n. 1 de la même page), l'héroïne éponyme déclare au marquis de Clémengis (éd. citée, p. 99) : «Si, pour sauver vos jours, il faut me rendre méprisable, renoncer à mes principes, à ma propre estime, peut-être à la vôtre, je ne balance point entre un intérêt si cher et mon seul intérêt. Ordonnez, monsieur, du destin d'une fille disposée, déterminée à tout immoler à votre bonheur.»

Par son offre, Louise, qui n'a pas su décrypter les messages — bien obscurs, il est vrai — d'Olivier, détermine immédiatement, non pas l'heureux mariage qui clôt le roman de Mme Riccoboni, mais une crise ultime et sanglante. La lettre de Louise, fruit d'une passion exaltée par une angoisse toujours croissante, engendre une douleur insoutenable dans l'esprit d'Olivier, affaibli par une constante tension mentale. Cependant, Olivier eut-il pu accepter l'amour de sa cousine, la situation de celle-ci n'en eut guère été améliorée. Dans *Amélie et Pauline*, Amélie, vivante image de la sœur bien-aimée et disparue du comte de P., devient la maîtresse de celui-ci. Or, la jeune femme était destinée par Mme de Duras, de manière toute balzacienne, à devenir une «femme abandonnée» après de brefs moments heureux, si l'on peut «connaître le bonheur dans le crime» (*Amélie et Pauline*, feuillet préliminaire)!

Page 299.

1. Ce prénom évoque celui de l'héroïne du célèbre roman de Fiévée, *La Dot de Suzette* (1798). Sur ce texte, voir *Ourika*, n. 1 de la p. 71.

2. Le fait qu'Olivier brûle des papiers avant de mettre fin à ses jours pourrait confirmer l'hypothèse selon laquelle il aurait «eu des raisons de se croire le frère de madame de Nangis» (voir n. 1 de la p. 305 et note finale, p. 304).

Page 300.

1. On remarquera que la robe blanche de Louise (vêtement sacrificiel ou linceul prématuré) constitue la seule indication vestimentaire de ce roman étouffant où, à l'inverse des autres textes de Mme de Duras, les personnages ne sont à aucun moment décrits. Seul le paysage, considéré comme un état d'âme, retient l'attention de l'auteur. Dans *Olivier*, il n'est de réalité qu'intérieure.

La robe blanche est également la parure obligée de la jeune femme «mélancolique» chère au premier romantisme. On s'en convaincra en admirant, parmi tant d'autres, le tableau de Gérard représentant *Mme Barbier-Walbonne* (1796, musée du Louvre), *La Mélancolie* (1801, Amiens, musée de Picardie) de Constance Charpentier et le portrait posthume par Gros de *Christine Boyer, première femme de Lucien Bonaparte* (vers 1801, musée du Louvre) dont la robe blanche est rehaussée d'un châle rouge, contraste que l'on retrouve dans l'image de Louise, vêtue de blanc, près du cadavre ensanglanté d'Olivier.

2. On ignore si Olivier a révélé son secret à Louise avant de se suicider ou si elle l'a trouvé mort au pied du chêne de Beauval. Quelle était son intention en lui donnant rendez-vous en ce lieu plusieurs fois cité dans les lettres précédentes? Le secret d'Olivier disparaît avec lui. Au contraire, Octave de Malivert écrit à sa jeune

femme avant sa mort, s'accordant «le bonheur de tout dire à son Armance» (*Armance*, éd. citée, p. 256).

Page 301.

1. Ce thème du chagrin d'amour menant à la folie a connu une grande vogue à la fin du XVIIIe siècle (voir Jean Sgard, «Les folles de 1786», dans *Du visible à l'invisible. Pour Max Milner*, José Corti, 1988, t. I, p. 111-121). Mme de Duras connaissait le célèbre opéra-comique intitulé *Nina ou la Folle par amour* de Marsollier de Vivetières et Dalayrac (1786), régulièrement représenté sous la Restauration. Elle avait surtout lu *Malvina* (1801), immense succès de Mme Cottin, dont l'héroïne, trop vivement atteinte dans ses affections, perd la raison, la retrouve, mais n'en meurt pas moins du souvenir de l'infidélité d'un mari trop aimé. Ce dénouement a certainement influencé Claire de Duras qui, de son propre aveu, était une admiratrice déclarée du talent de la romancière. Ayant appris que Charles Brifaut «possédait quelques lettres de madame Cottin où l'on retrouve son talent», elle lui adresse les lignes suivantes : «la d[uch]esse de Duras aurait un vif désir de connaître ces lettres [...]. Personne n'admirant autant que la d[uch]esse de Duras l'esprit, l'âme, et le talent de M[a]d[am]e Cottin» (lettre inédite non datée). Cependant Mme de Duras inverse la situation : Malvina retrouve la raison mais c'est pour s'éteindre, alors que Louise reste incurable et n'en meurt pas.

2. Le docteur Pinel (1745-1826), grand spécialiste des affections mentales, recommande pour sa part «qu'on [...] laisse [les malades] se livrer à toute l'activité de leurs mouvements, et en plein air», cité dans *Des maladies mentales considérées sous les rapports médical, hygiénique et médico-légal*, par É[tienne] Esquirol, J. Baillière, 1838, 2 vol., t. I, p. 140.

Page 303.

1. Le 5 avril 1822, Mme de Duras écrit à Chateaubriand : «Cher frère, la pauvre Mouche [surnom de Natalie de Noailles (1774-1835); sur celle-ci, voir Préface, p. 18 et 21-22]! Savez-vous qu'à force de ne point manger et de rester seule, son esprit même qu'elle avait conservé tout entier baisse, diminue, et qu'elle tourne, on n'ose dire à quoi, mais à une sorte d'imbécillité! [...] Ah! que cette pauvre femme a souffert, il y a là des secrets de douleur que personne ne saura jamais.» Le docteur Esquirol (1772-1840) signale «le refus obstiné de quelques monomaniaques qui ne mangent point, [...] pour obéir à l'idée fixe qui les domine» (*ibid.*, p. 221). Ce célèbre aliéniste avait justement été consulté à propos de Natalie de Noailles : «[...] Léontine est arrivée, M. Hyde est à la campagne, je

ne sais s'il a vu Esquirol, je ne sais rien de Mouche mais je suis inquiète, pauvre femme» (lettre inédite du 21 octobre 1822).

2. Théodore Tronchin, médecin genevois célèbre dans toute l'Europe, se rend déjà au chevet du père d'Édouard (p. 123 et n. 1 de la même page). Il se conforme ici à une «opinion générale et assez naturelle [qui] a fait consister l'aliénation des fonctions de l'entendement, dans un changement ou une lésion d'une partie quelconque de la tête». Cependant, le docteur Pinel note que la manie, si on la «regarde comme une affection purement nerveuse», n'implique pas ces lésions. Il semble que chez certains malades, seules «les facultés affectives [o]nt été [...] lésées». Les «causes déterminantes de cette maladie sont le plus souvent des affections morales très vives, [...] des chagrins profonds et des amours malheureuses». Tel est manifestement le cas de Louise: «Certaines personnes, douées d'une sensibilité extrême, peuvent recevoir une commotion si profonde que toutes les fonctions morales en sont comme suspendues ou oblitérées: une joie excessive comme une forte frayeur peuvent produire ce sentiment si inexplicable» (Philippe Pinel, *Traité médico-philosophique sur l'aliénation mentale ou la manie*, Richard, Caille et Ravier, an IX [1801], p. 106, 107, 110, 150, 166).

Page 304.

1. Esquirol, dans son article déjà cité de 1816, «De la folie», note que chez le monomaniaque l'attention est tellement concentrée qu'elle ne se porte plus sur les objets environnants; ces fous sentent et ne pensent pas (repris in *Maladies mentales, op. cit.*, t. I, p. 21-22). Voir aussi l'article «Mélancolie» du *Dictionnaire des sciences médicales. Biographie médicale*, Panckoucke, 1820-1825, t. XXXII, p. 156 et 153-154: «L'attention du mélancolique est dans une activité très grande, dirigée avec une force de tension presque insurmontable; concentré tout entier sur l'objet qui l'affecte, le mélancolique ne peut détourner son attention ni la porter sur les autres objets étrangers à son affection. L'esprit [...] est dans un état tétanique.» Quant au corps, il «est impassible à toute impression étrangère à l'objet de [son] délire, tandis que l'esprit s'exerce avec la plus grande activité sur les idées qui s'y rattachent». Par conséquent, ces malades «opposent en général une résistance obstinée aux volontés qui les contrarient [...], et ils ne veulent pas faire connaître les motifs de leur entêtement» (*Dictionnaire encyclopédique des sciences médicales*, Asselin, Victor Masson, 1870, deuxième série, t. III, article «Lypémanie», p. 545).

2. Cette fin admirable qui réduit un être vivant à l'état de «statue» arrosée des «larmes» d'une Adèle-Niobé navrée de douleur,

est peut-être la traduction romantique du retrait du monde décidé par Mme de Clèves. Ce que Mme de Lafayette écrit de son héroïne qui a refusé, au nom d'une conception très haute de l'amour, d'épouser le duc de Nemours («les autres choses du monde lui avaient paru si indifférentes qu'elle y avait renoncé pour jamais», *La Princesse de Clèves*, éd. citée, p. 251), s'applique à Louise lorsqu'elle a perdu Olivier. Plus *rien* n'existe à ses yeux. La disparition de l'être aimé, toujours attendu et définitivement absent, la maintient dans un état intermédiaire entre la vie et la mort. Seule «une vive impression ou une forte commotion physique ou morale [pourrait] […] faire cesser son état» (*Dictionnaire des sciences médicales. Biographie médicale*, art. cité, p. 156). Dans une lettre prophétique (II, 8, p. 245 mais voir aussi les lettres II, 18 et III, 3), la jeune femme comparait, avec une émotion profonde, la félicité de retrouver Olivier à «la sensation du malheureux privé de la raison, au moment où il la retrouve» (p. 244). Cette éventualité disparue, Louise, incurable, ne peut se réveiller du «songe douloureux» où elle reste plongée.

Dans un des débuts abandonnés du *Paria*, Mme de Duras, manifestement fascinée par la condition physique et mentale à laquelle peut conduire une passion (elle a été douloureusement impressionnée par la folie de Natalie de Noailles qu'elle évoque souvent dans sa correspondance), a mis en scène un personnage dont l'état rappelle celui de Louise et annonce celui de Cambremer, le héros d'*Un drame au bord de la mer* de Balzac: «Assis sur le banc, les bras appuyés sur le parapet, la tête penchée <en avant> sur ses bras, il regardait tristement, fixement la mer; rien ne le troublait, rien ne le dérangeait, aucun bruit ne lui faisait tourner la tête, à son silence, on eût pu croire qu'il était <privé du don de la parole> muet, à son impassibilité <on pouvait croire aussi> qu'il était sourd il semblait même que la nature l'eût mis au-dessus de ses besoins, car on le voyait jamais manger ni dormir; au soleil levant, il était <à sa place habituelle> sur le banc, au soleil couchant, il y était encore. […] C'est une statue disait Céline <rien ne peut l'animer> et certainement cet homme ne pense à rien, il pense trop peut-être, dit son père, à une même chose» (*Le Paria*, feuillets non numérotés).

Page 305.

1. Mme de Duras avait clairement laissé entendre à ses proches qu'elle écrivait un roman dont le héros était impuissant (voir Introduction, p. 41 et 52). Pourquoi livre-t-elle à son lecteur une interprétation différente des bizarreries d'Olivier? Pour l'égarer? La crainte de l'inceste serait-elle moins scandaleuse que l'accusation

d'impuissance? Elle est, du moins, parfaitement concevable d'un point de vue psychologique et paraît en effet «probable», car elle justifie mieux le terrible sentiment de honte et de culpabilité pesant sur le héros. On comprend, dans ces conditions, pourquoi Olivier, avant de mourir, passe une nuit à brûler des papiers. En revanche, il serait surprenant que les mères (ou supposées telles) des deux enfants aient désiré leur mariage, puisque l'une d'entre elles, au moins, sait nécessairement qu'une telle union est inconcevable. Ce qui est certain, c'est que Claire de Duras suggère, dans chacune de ses œuvres, d'étranges relations passionnées entre frères et sœurs (voir Introduction, p. 53-54). Ourika croit aimer Charles comme un frère, Natalie de Nevers dit à Édouard: «[...] vous êtes le fils de mon père» (p. 127), Louise et Olivier insistent de manière obsessionnelle sur les liens fraternels qui les unissent, l'héroïne des *Mémoires de Sophie* éprouve un sentiment passionné pendant son enfance pour son frère Charles, le héros d'*Amélie et Pauline* s'éprend follement d'Amélie précisément parce qu'elle lui rappelle sa sœur Cécile, la même affection se développe dans un fragment que nous avons cité (n. 1 de la p. 260) entre deux cousins, Charles et Amélie, prénoms que Mme de Duras semble affectionner particulièrement. Certes, l'inceste est un thème alors courant et le jeune Balzac, par exemple, le mettra intensivement en scène à la même époque (voir Marie-Bénédicte Diethelm, «Un aspect de l'imaginaire balzacien. La sœur-amante dans les œuvres de jeunesse de Balzac», *L'Année balzacienne 2001*, p. 221-246). Cependant, est-ce une coïncidence si plusieurs des héroïnes de Mme de Duras portent le prénom d'Amélie, illustré par la sœur trop aimante du René de Chateaubriand, «cher frère» de Claire de Duras, qui ne vivait, selon Mme de Boigne, «que pour lui» (*Mémoires*, éd. citée, t. I, p. 202)? Une lettre inédite adressée à Chateaubriand (1er août 1822) énonce la raison qui a pu mener la duchesse à écarter, en fin de compte, l'impuissance au profit de l'inceste: «il y a (quelque chose qu'on puisse faire), une sorte de ridicule attaché à ce malheur que rien ne peut effacer même le talent, voyez Abailard [*sic*]. Vous seul peut-être pouviez faire supporter cela, mais moi je n'en ai pas la force, d'ailleurs il y a un autre intérêt dans les sentiments cachés et mystérieux, voyez René.»

DOSSIER

COLLECTION FOLIO

Dernières parutions

Composition Nord compo
Impression Maury Imprimeur
45330 Malesherbes
le 20 décembre 2015.
Dépôt légal : décembre 2015.
Numéro d'imprimeur :204857 .

ISBN 978-2-07-030988-7. / Imprimé en France.